सोना और खून

भाग-4

आचार्य चतुरसेन

टू साइन

प्रकाशक : ट्रू साइन पब्लिशिंग हाउस
पता : SY.N0.21/2 & 21/3, सोननहल्ली,
कृष्णराजपुरा, बेंगलुरु, कर्नाटक - 560049 भारत
ईमेल : truesignbooks@gmail.com
वेबसाइट : www.truesign.in

सोना और खून
भाग-4

लेखक: आचार्य चतुरसेन

ISBN: 978-93-5805-525-2

संस्करण: 2023

आचार्य चतुरसेन

हिन्दी साहित्य के संसार में जब भी ऐतिहासिक चरित्र या घटनाओं का उल्लेख होता है, तब 'सोमनाथ', 'वयं रक्षाम:' और 'वैशाली की नगरवधू' नाम सबसे पहले उभर कर आता है, इन्हीं नामों के साथ शुरू हो जाता है आचार्य चतुरसेन शास्त्री और उनकी लिखी कृतियों के वर्णन की सुंदर गाथा का। उपन्यास, कहानी, चिकित्सा शास्त्र, शिक्षा से लेकर धर्म, संस्कृति, नैतिक शिक्षा तक शायद ही ऐसी कोई विधा हो जो चतुरसेन शास्त्री से अछूती रही हो। शास्त्रीजी हिन्दी के उन साहित्यकारों में हैं जिनका लेखन-क्रम साहित्य की किसी एक विशिष्ट विधा में सीमित नहीं किया जा सकता। इनका लेखन मुख्यत: ऐतिहासिक घटनाओं पर आधारित है।

उत्तर प्रदेश के बुलन्दशहर जिले के चांदोख गांव में 26 अगस्त, 1891 को जन्मे चतुरसेन शास्त्री के बचपन का नाम चतुर्भुज था। प्राथमिक शिक्षा उनके गांव के ही नजदीक सिकन्दराबाद कस्बे में हुई थी। सिकंदराबाद के बाद उच्च शिक्षा के लिए उन्होंने राजस्थान का रुख किया और जयपुर के संस्कृत कॉलेज में दाखिला लिया। यहां से उन्होंने 1915 में आयुर्वेद में आयुर्वेदाचार्य तथा संस्कृत में शास्त्री की उपाधि प्राप्त की।

इसके बाद शास्त्रीजी बतौर आयुर्वेदिक चिकित्सक कार्य करने के लिए दिल्ली आ गए। दिल्ली में उन्होंने अपनी एक आयुर्वेदिक डिस्पेंसरी खोली लेकिन अनुभव की कमी के चलते डिस्पेंसरी नहीं चली और उसे बन्द करना पड़ा। इस घाटे के चलते उनकी आर्थिक स्थिति इतनी बिगड़ गई कि उन्हें अपनी पत्नी के जेवर तक बेचने पड़े। फिर उन्होंने 25 रुपये प्रति माह के वेतन पर एक धर्मार्थ औषधालय में नौकरी भी की। कुछ समय तक यहां काम करने के पश्चात आचार्य चतुरसेन शास्त्री 1917 में लाहौर के डीएवी कॉलेज में आयुर्वेद के वरिष्ठ प्रोफेसर के रूप में नियुक्त हुए। लेकिन कॉलेज प्रबन्धन के साथ उनका ताल-मेल नहीं बैठा और उन्होंने इस्तीफा दे दिया। इसके बाद वे अपने ससुर के कल्याण औषधालय में मदद करने के लिए अजमेर पहुंच गए।

अजमेर जाने के बाद से शास्त्रीजी के जीवन में परिवर्तन शुरू हुआ और उनकी आर्थिक स्थिति में भी सुधार आया। अजमेर में वे बड़े- बड़े सेठों के घरों में भी चिकित्सा के लिए जाने लगे। बाद में राजस्थान के कई राजघरानों तक उनकी पहुँच बन गई। एक चिकित्सक के रूप

में उनकी ख्याति दिन-प्रतिदिन बढ़ती ही गई। चिकित्सक के रूप में उनका संसर्ग और सम्पर्क भांति-भांति के लोगों से होने लगा। जिंदगी का जो विविध रूप उन्हें देखने को मिला, अपनी जिंदगी के संघर्षों से जिस तरह उन्हें जूझना पड़ा, उसने शास्त्रीजी को लेखनी थामने के लिए विवश कर दिया। यहीं से उन्होंने अपनी लेखन यात्रा की शुरुआत भी कर दी और शीघ्र ही एक आयुर्वेदिक चिकित्सक के साथ-साथ कहानीकार और उपन्यासकार के रूप में भी प्रसिद्ध होने लगे। उन्होंने आयुर्वेद से सम्बन्धित लगभग एक दर्जन ग्रंथ लिखे। शास्त्रीजी ने आरोग्य शास्त्र, स्त्रियों की चिकित्सा, आहार और जीवन, मातृकला और अविवाहित युवक-युवतियों के लिए भी उपयोगी पुस्तकें लिखीं। इनके अलावा उन्होंने प्रौढ़ शिक्षा, स्वास्थ्य, धर्म, इतिहास, संस्कृति और नैतिक शिक्षा पर कई महत्वपूर्ण पुस्तकें लिखीं।

हालांकि आचार्य चतुरसेन शास्त्रीजी ने किशोरावस्था से ही हिन्दी में कहानी और गीतिकाव्य लिखना प्रारम्भ कर दिया था। फिर धीरे-धीरे उन्होंने उपन्यास, नाटक, जीवनी, संस्मरण, इतिहास तथा धार्मिक विषयों पर भी अपनी पकड़ बना ली। उन्होंने लगभग साढ़े चार सौ कहानियां लिखीं। अपनी शैली के वे अनोखे लेखक थे, जो अपने कथा-साहित्य में भी इतिहास, राजनीति, धर्मशास्त्र, समाजशास्त्र और युगबोध से सम्पृक्त विविध विषयों को दृष्टि में रखकर लिखते थे।

कहानी, उपन्यास, नाटक, निबंध तथा साहित्येतर विषयों की करीब दो सौ पुस्तकों के रचयिता आचार्य चतुरसेन शास्त्री को भारतीय इतिहास और संस्कृति से गहरा लगाव था तथा उनका अध्ययन भी काफी प्रगाढ़ था। जिस किसी भी काल की कहानी हो, उस काल विशेष की सभ्यता, ग्रामीण और नगरीय जीवन, रीति-रिवाज, वेशभूषा, बोलचाल, स्थापत्यकला चित्रण, सैन्य संगठन, राजा प्रजा सम्बन्ध, युद्ध आदि का वर्णन जितना जीवंत और प्रामाणिक शास्त्रीजी की रचनाओं में हुआ है, अन्यत्र दुर्लभ है। समाज और मनुष्य के कल्याणार्थ लिखा गया उनका साहित्य सभी के लिए उपयोगी रहा है।

साथ ही समकालीन स्थितियों की विषमताओं और असंगतियों की ओर भी उनके उपन्यास बराबर हमारा ध्यान खींचते हैं और इतिहास की भूलों को हम फिर न दोहराएं इस तरह से सावधान करते हैं। यों तो शास्त्रीजी की चर्चा एक ऐतिहासिक उपन्यासकार के रूप में ही अधिक रही है, किन्तु उनकी कीर्ति को अक्षय रखने वाला उपन्यास 'वयं रक्षामः' पौराणिक आख्यानों पर आधारित है। रामकथा को आधार बनाकर लिखा जाने वाला यह उपन्यास भारतीय संस्कृति का पूरा इतिहास है।

आचार्य चतुरसेन का पहला उपन्यास 'हृदय की परख' सन् 1981 में प्रकाशित हुआ। इसके बाद उन्होंने 1921 में सत्याग्रह और असहयोग आंदोलन को लेकर गांधीजी पर केन्द्रित आलोचनात्मक पुस्तक लिखीं, जो काफी चर्चित रही। शास्त्रीजी ने अपनी आत्मकथा 'यादों की परछाई' में 'राम' को ईश्वर रूप में न बताकर मानव रूप में बताया। वयं रक्षामः में भी उन्होंने राम के स्थान पर रावण को मुख्य पात्र के रूप में प्रस्तुत किया है। यह उनकी कालजयी रचना

है, जो प्रागैतिहासिक अतीत की कृति है, इसके कथानक के मूलाधार राक्षसराज रावण तथा महापुरुष राम हैं।

इस कृति के बारे में आचार्य चतुरसेन शास्त्री लिखते हैं, 'इस उपन्यास में प्राग्वेदकालीन नर, नाग, देव, दैत्य-दानव, आर्य, अनार्य आदि विविध नृवंशों के जीवन के वे विस्मृत-पुरातन रेखाचित्र हैं, जिन्हें धर्म के रंगीन शीशे में देखकर सारे संसार ने अन्तरिक्ष का देवता मान लिया था। मैं इस उपन्यास में उन्हें नर-रूप में आपके समक्ष उपस्थित करने का साहस कर रहा हूं। आज तक कभी मनुष्य की वाणी से न सुनी गयी बातें, मैं आपको सुनाने पर आमादा हूं। उपन्यास में मेरे अपने जीवन-भर के अध्ययन का सार है।'

'वयं रक्षाम:' के एक भाग रुद्र में उन्होंने भगवान शिव की वंशावली के बारे में वर्णन किया है। शिव की वंशावली को उन्होंने तत्कालीन समुदाय के रूप में पेश किया है। इतना ही नहीं उन्होंने पृथ्वी के अधिकांश हिस्से में हमारे पौराणिक पात्रों के आधिपत्य होने का उल्लेख किया है।

उनका सबसे चर्चित उपन्यास 'वैशाली की नगरवधू' है। इस उपन्यास के बारे में आचार्य चतुरसेन लिखा है कि उन्होंने इस उपन्यास की रचना के लिए दस वर्ष तक आर्य, बौद्ध, जैन और हिन्दुओं के साहित्य का सांस्कृतिक अध्ययन किया।

इस उपन्यास में दो जगहों का बुनियादी महत्व है- वैशाली और मगध। मगध आर्य जाति का प्रतीक है, साम्राज्य (वादी) है। उसमें राजतंत्र है, राजा की इच्छा ही वहां कानून है। उसमें प्राय: अधिकारों की बात की जाती है। दूसरी तरफ वैशाली है जो मिश्रित जातियों का प्रतिनिधित्व करती है। उसमें गणतंत्र है, चुनी हुई राज्य-परिषद का मत उसके लिए कानून है। उसमें अक्सर कर्त्तव्यों की बात की जाती है।

शास्त्रीजी ने वैशाली की नगरवधू के अतिरिक्त सोमनाथ, वयं रक्षाम:, गोली, सोना और खून (तीन खंड), रक्त की प्यास, हृदय की प्यास, अमर अभिलाषा, नरमेध, अपराजिता, धर्मपुत्र और देवांगना जैसे उपन्यास सृजन किया।

शास्त्रीजी की कहानियों में अक्षत, रजकण, वीर बालक, मेघनाद, सीताराम, सिंहगढ़ विजय, वीरगाथा, फंदा, लम्बग्रीव, दुखवा मैं कासों कहूँ सजनी, कैदी, आदर्श बालक, सोया हुआ शहर, कहानी खत्म हो गयी, धरती और आसमान और मेरी प्रिय कहानियां शामिल हैं।

उन्होंने अपना सम्पूर्ण जीवन लेखन को समर्पित कर दिया था या यों कहें कि जीवन को लेखन का पर्याय बना दिया था। सच्चे अर्थों में वे मसिजीवी थे और उनके हाथ से जीवन के अन्तिम क्षणों तक कलम नहीं छूटी। 2 फरवरी, 1960 को जब उनका देहावसान हुआ, उससे पूर्व वह 'सोना और खून' लिख रहे थे। इस उपन्यास को दस खण्डों में लिखने की उनकी योजना थी, जो पूरी न हो सकी। इस उपन्यास के चार खंड ही लिख पाए थे कि काल के क्रूर हाथों ने उन्हें हमसे छीन लिया, परन्तु इतना तय है कि कलम का ऐसा धनी व्यक्ति विरले ही जन्म लेता है।

अनुक्रम

दसवां खण्ड

1

मेरठ और दिल्ली में निश्चित तिथि से तीन सप्ताह पूर्व विद्रोह फूट निकला था। इससे क्रान्ति के नेता विमूढ़ हो गए। वे यह तय नहीं कर सके कि वे इसी समय उठ खड़े हों या निश्चित तिथि की प्रतीक्षा करें। उनकी यह अनिश्चितता उनकी विफलता का एक कारण बन गई। फिर भी देश-भर के अंग्रेज़ घबरा उठे और उन्हें चारों ओर संकट ही संकट दिखाई पड़ने लगा। सबसे अधिक भय कलकत्ता में छाया हुआ था, जहाँ यह अफ़वाह गर्म थी कि बैरकपुर की हिन्दुस्तानी सेना कलकत्ता आ रही है। कलकत्ते के अंग्रेज़ों में भगदड़ मच गई। सब स्त्री-पुरुष-बच्चे भाग-भागकर फोर्ट विलियम में एकत्र हो मोर्चेबन्दी करने लगे। कुछ अंग्रेज़ जहाज़ मिलते ही इंग्लैण्ड को प्रस्थान कर गए। बहुत-से बोरिया-बिस्तर बाँधकर जहाज़ मिलने की प्रतीक्षा करने लगे। परन्तु जनरल मैकडानल्ड और शुभदादेवी के सत्प्रयत्न से बैरकपुर की सेनाएँ शान्त रहीं। शुभदादेवी रानी रासमणि के राजमहल में शरणापन्न नहीं हुई। बैरकपुर के सब अंग्रेज़ स्त्री-बच्चों को उन्होंने अपने यहाँ शरण दी। गोपाल पाण्डे बैरकपुर के सिपाहियों से भी शुभदादेवी की आज्ञा-पालन का और उनकी रक्षा करने का वचन ले गए थे-इस कारण भी वहाँ के सिपाहियों ने शुभदादेवी की प्रतिष्ठा का खयाल रखा।

गवर्नर-जनरल लार्ड कैनिंग को मेरठ और दिल्ली के समाचार 15 मई को मिले। लार्ड डलहौज़ी ने यद्यपि अपने कार्यकाल में राज्य का बहुत विस्तार किया था, परन्तु शासन में स्थिरता अभी नहीं आई थी। शासन निर्बल और अव्यवस्थित था। लार्ड कैनिंग यह बात जानते थे। अब वे तन-मन से अंग्रेज़ी राज्य को उलट देने के इस प्रयत्न को निष्फल बनाने में जुट गए। इस समय हिन्दुस्तान में कुल मिलाकर दो लाख अड़तीस हज़ार सिपाही अंग्रेज़ों के अधीन थे, जिनमें केवल 18 हज़ार गोरे थे। इस प्रकार गोरों से हिन्दुस्तानी सेना की संख्या तेरह गुनी थी। बैरकपुर से आगरे तक केवल दानापुर में गोरी फ़ौज थी। 750 मील की व्यवस्था बनाए रखने के लिए यह सेना बिलकुल अपर्याप्त थी। फिर यही क्षेत्र अशान्ति का केन्द्र बना हुआ था। ग्राण्ड ट्रंक रोड इसी स्थान को पार करती जाती थी। इसलिए यह मार्ग सैनिक दृष्टि से अत्यन्त महत्त्वपूर्ण था।

लार्ड कैनिंग यद्यपि देश की परिस्थिति से अभी अनभिज्ञ ही था-पर वह बुद्धिमान और धैर्यवान था। उसने तुरन्त ताड़ लिया कि उसके साथियों ने उसे धोखे में रखा है। परन्तु वह कमर कसकर संकट का सामना करने को तैयार हो गया। उसने 20 मई को एक घोषणा-पत्र निकाला। उसमें उसने लोगों को समझाने की चेष्टा की कि वे भ्रम में हैं! पर उसका कोई असर नहीं हुआ। कैनिंग भी जानता था कि नैतिक अपील से अब काम नहीं चलेगा। उसने तेज़ी से अन्य उपायों को काम में लाना शुरू किया। ज़िम्मेदार पदों से सब छावनियों के देशी सिपाही हटा दिए गए। महत्त्वपूर्ण स्थानों, शस्त्रागारों, खज़ानों आदि पर गोरों का पहरा तैनात कर दिया। हिन्दुस्तानी सेना की गतिविधि पर कड़ी नज़र रखने के आदेश सर्वत्र जारी कर दिए। स्वामिभक्त सैनिकों को इनाम और विद्रोहियों को दण्ड देने की व्यवस्था की। उसने एक कानून बनाकर कमांडिंग अफ़सरों को अधिकार दे दिए कि वे बिना ही ऊपर से आदेश प्राप्त किए विद्रोही सैनिकों को कोर्ट-मार्शल कर दण्ड दें। उसने ईस्ट इण्डिया कम्पनी के बोर्ड ऑफ़ डायरेक्टर के अध्यक्ष के नाम जो खत लिखा उसमें लिखा था कि मैं इस समय दो काम करने में अपनी पूरी शक्ति लगा रहा हूँ। एक तो जितनी जल्दी हो सके विद्रोहियों को दिल्ली से निकाल बाहर करना और दूसरे अशान्तिग्रस्त क्षेत्रों में यूरोपियनों को एकत्र करना। वह यह भली-भाँति जानता था कि भारतीयों की दृष्टि में दिल्ली और बादशाह दोनों का अत्यन्त महत्त्व है। अंग्रेज़ों ने भले ही कलकत्ते को अपनी राजधानी बना लिया था। परन्तु भारतीयों की नज़र में उसका कोई महत्त्व न था। कैनिंग खूब जानता था कि यदि दिल्ली देर तक विद्रोहियों के हाथों में रही तो देश के लोगों की नज़र में अंग्रेज़ों की प्रतिष्ठा गिर जाएगी।

उसने दिल्ली को जल्द-से-जल्द वापस लेने के सब सम्भव उपाय किए। उसने बम्बई के गवर्नर लार्ड एलफिंस्टन को ईरान से लौटी हुई गोरी पल्टन को तत्काल भेजने का तार दिया। अंग्रेज़ों के सौभाग्य से ईरान का युद्ध समाप्त हो चुका था और सेना अभी लौट रही थी। बर्मा से 84 नम्बर गोरी पल्टन मँगाई गई थी, वह भी अभी कलकत्ता में थी। मद्रास से भी गोरी पल्टन मँगाई गई और इंग्लैण्ड से जो एक गोरी फ़ौज चीन जा रही थी उसे भी बुलाने का आदेश दे दिया। इस प्रकार उसने धैर्य से संकट का सामना करने का प्रबन्ध किया। अब वह एक ओर गोरी सेना के आने की राह देख रहा था, तो दूसरी ओर अशान्त क्षेत्रों से आने वाले समाचारों पर उसके कान लगे थे।

इस समय लार्ड एनसन भारत का प्रधान सेनापति था, जो उस समय शिमले की ठंडी हवा खा रहा था। घटनाओं की सूचना उसे 12 मई को मिली थी। उसने तुरन्त मसूरी से एक पल्टन अम्बाला बुलायी, और सिरपुर की गुरखा पल्टन को मेरठ पहुँचने की आज्ञा दे दी। 14 को वह स्वयं भी अम्बाला पहुँच गया। अम्बाले की सेना भड़की हुई थी, और पंजाब का चीफ़ कमिश्नर सर जॉन लारेंस चाहता था कि देशी पल्टनों के हथियार रखा लिये जाएँ। परन्तु एनसन ने उसकी यह सलाह न मानी। इसी समय सतलज प्रान्त के चीफ़ कमिश्नर जार्ज वारनेस ने, जो हिन्दुस्तानी सिपाहियों पर भरोसा नहीं करता था, सिखों पर निर्भर रहना ठान लिया। अम्बाला एक महत्त्वपूर्ण

सामरिक स्थान था। यही स्थान पंजाब को भारत के अन्य भागों से मिलाता है। एक तौर पर यह पंजाब का द्वार था, दिल्ली के भी यह निकट था। सेनापति ने वारनेस को इस नगर की रक्षा का भार सौंपा। उसने सिखों की एक विशेष पुलिस बनाई, और पटियाला, जीन्द, नाभा आदि सिख रियासतों से सहायता माँगी, जो उसे मिल गई। कैनिंग, एनसन को बार-बार दिल्ली पर आक्रमण करने को ज़ोर डाल रहा था। पर वह अपनी स्थिति ठीक करता रहा। उसने 25 मई को दिल्ली की ओर अम्बाले से सेनाएँ लेकर प्रस्थान किया, पर राह में करनाल आते-आते हैजे से उसका देहान्त हो गया।

2

सन 1856 के अन्तिम महीनों में अंग्रेज़ों का चीन के साथ विग्रह का सूत्रपात हुआ। चीनियों का एक दल 'एरो' नामक जहाज़ पर, जो हाल ही में हाँगकाँग के ऑर्डिनेंस के अन्तर्गत रजिस्टर्ड हो चुका था, चढ़ आया और जहाज़ के आदमियों को 'जहाज़ी लुटेरे' कहकर गिरफ़्तार कर लिया, और उस पर लगा हुआ ब्रिटिश झण्डा फाड़कर फेंक दिया। उन दिनों यूरोप की सभी जातियों के लुटेरे समुद्र में डाका डालते फिरते थे, और वास्तव में यह जहाज़ भी समुद्री लुटेरों ही का काम करता था-जहाज़ पर कप्तान द्वारा ब्रिटिश झण्डा फहराना भी अवैध था, क्योंकि इसकी रजिस्ट्री की अवधि बीत चुकी थी। परन्तु सर जान ब्रानिंग ने, जो इस समय हाँगकाँग में ब्रिटिश उच्चायुक्त थे, चीन के इस काम को अपराध ठहराया। उन्होंने एडमिरल सेमूर को आज्ञा दी कि वह नदी तट पर स्थित सब चीनी किलों को ध्वस्त कर दें। एडमिरल ने इतना ही नहीं किया बल्कि उसने कुछ चीनी टापुओं तथा डच फ़ौजों के किले पर भी अधिकार कर लिया। इसकी प्रतिक्रियास्वरूप चीन के गवर्नर येह ने ब्रानिंग का सिर काट लाने के लिए इनाम की घोषणा कर दी। ब्रानिंग तथा उसके साथी अन्य ब्रिटिश अफ़सरों को विष देकर भी मारने का प्रयत्न किया गया।

इस झगड़े को उठाने के मूल कारण का दायित्व ब्रिटिश सरकार पर आरोपित किया गया और लन्दन में हाउस ऑफ़ कॉमन्स में कौवडन ने एक प्रस्ताव निन्दामूलक उपस्थित किया। कंजरवेटिव, पाइलट्स तथा पीस पार्टी ने प्रस्ताव का समर्थन किया। लार्ड जॉन रसेल ने भी इस अवसर पर सरकार का विरोध किया।

इसका परिणाम यह हुआ कि पार्लियामेंट भंग कर दी गई। जब नया चुनाव हुआ तो पीस पार्टी खण्डित होकर बिखर गई। ब्राइट, मिलनेर, विक्सन्स, कौवडन अपनी-अपनी सीटें हार बैठे। नई पार्लियामेंट में लार्ड पामर्टन को बहुमत प्राप्त हुआ और वे इंग्लैण्ड के प्रधानमन्त्री चुन लिये गए। इसके बाद चीन के गवर्नर येह को एक अल्टीमेटम भेजा गया, जिसका आशय यह था कि वह नानकिंग सन्धि का पालन करें। परन्तु इसके तत्काल बाद ही कैण्टन पर गोले बरसाए गए, और अंग्रेज़ तथा फ्रेन्च दोनों ने मिलकर कैण्टन अधिकृत कर लिया। यह सन् 1857 की जनवरी या फरवरी में किया गया। इसी समय पेरिस में एक सन्धिपत्र पर हस्ताक्षर हुए जिसके आधार पर

पर्शिया की शत्रुता को समाप्त कर दिया गया। साथ ही पर्शिया के शाह को अफगानिस्तान में दस्तन्दाज़ी करने का अधिकार न रहा। हिरात को एक बिलकुल स्वतन्त्र प्रदेश घोषित कर दिया गया। इस प्रकार ईरान का युद्ध समाप्त हो गया।

अब ब्रिटेन ने चीन की ओर रुख किया। ईरान से जो सेना खाली हुई थी उसे चीन जाने की आज्ञा हुई। सेना चीन की ओर रवाना हुई ही थी और अभी वह अफगानिस्तान तक पहुँची ही थी कि दिल्ली और मेरठ में विद्रोह फूट उठा। इसकी सूचना पाते ही लार्ड एलगिन ने इस सेना को भारत की ओर मोड़ दिया। अभी यह पहली ही टुकड़ी थी और इसमें 14 हज़ार ब्रिटिश सिपाही थे। परन्तु इसी समय 40 हज़ार ब्रिटिश सेना केप ऑफ़ गुड होप के चारों ओर फैली हुई थी, जो पूर्वीय समस्याओं को सुलझाने को इंग्लैण्ड से भेजी गई थी और जिसके कमाण्डर-इन-चीफ़ सर कोलिन कैम्पबेल थे। सर कैम्पबेल को आज्ञा भेज दी गई कि वह आवश्यकता पड़ने पर तुरन्त ही भारत की ओर यथेष्ट सहायता भेज दें। यह पहली ब्रिटिश सेना थी जो भारत में ब्रिटिश सरकार ने भारत-विजय के लिए भेजी थी।

इस प्रकार एक ओर जहाँ अंग्रेज़ों को भारत से निकाल बाहर करने के लिए भारत में एक प्रचण्ड बवण्डर उठ रहा था-दूसरी ओर भारत में ब्रिटिश सत्ता की जड़ पाताल तक जमाए रखने के लिए ब्रिटेन पूरी ताकत लगा रहा था। अब विचारने की यहाँ दो बातें हैं-

प्रथम यह कि अब यह ईस्ट इण्डिया कम्पनी का काम नहीं था बल्कि ब्रिटिश सरकार का बढ़ा हुआ हाथ था, जिसकी कमान लार्ड पामर्टन के हाथ में थी, जो पूर्वीय समस्या के महान ज्ञाता समझे जाते थे और जो इस समय ब्रिटेन के प्रधानमन्त्री थे। महत्त्वपूर्ण बात यह थी कि ब्रिटेन की इस तैयारी तथा सुदृढ़ परिस्थिति का भारतीय क्रान्ति के नेताओं को कुछ भी ज्ञान न था। वे तो इस समय अंग्रेज़ों का इस प्रकार शिकार कर रहे थे जैसे जंगल में घेरकर जानवर का शिकार किया जाता है।

दूसरी बात यह कि अंग्रेज़ भी इस विप्लव को केवल सिपाही-विद्रोह समझ रहे थे। उन्हें इस बात का सानोगुमान भी न था कि वह भारतीय जन का अंग्रेज़ों की दासता से मुक्ति का एक असंगठित प्रयास है।

3

दिल्ली के स्वाधीन होने के समाचार बिजली के समान भारतवर्ष में फैल गए और सम्पूर्ण उत्तर भारत में विप्लव का दावानल सुलग उठा। कम्पनी की नौ नम्बर पैदल पल्टन अलीगढ़, मैनपुरी, इटावा और बुलन्दशहर में बंटी हुई थी। वहाँ ज्यों ही गोपाल पाण्डेय की फाँसी की सूचना पहुँची तो सिपाही क्रोध से चिल्ला उठे-भाइयों, शहीद का खून हमें पुकार रहा है। अब सिपाहियों को 31 तारीख तक प्रतीक्षा करना असम्भव हो गया। नौ नम्बर की समस्त पल्टन एकदम बिगड़ खड़ी हुई। उनके सिपाहियों ने अपने अफ़सरों से कह दिया कि जान बचाना है तो तुरन्त अलीगढ़ छोड़

दो। 20 तारीख की आधी रात को अलीगढ़ के सब अंग्रेज़ अपने स्त्री-बच्चों सहित अलीगढ़ से चल दिए। अलीगढ़ पर स्वाधीनता का हरा झण्डा लगा दिया और सब खज़ाना और हथियारों को कब्जे में कर सिपाहियों ने दिल्ली की ओर प्रस्थान कर दिया। इसके तीसरे ही दिन मैनपुरी और इटावे के सिपाही भी सब गोला-बारूद और हथियार ऊंटों पर लादकर दिल्ली चल दिए। इटावे के कलक्टर हम भारतीय स्त्री के वस्त्र पहनकर इटावे से भाग निकले। बुलन्दशहर के सिपाही भी उनमें मिल गए। पर इन्होंने अंग्रेज़ों का वध नहीं किया-गोला-बारूद और खज़ाना कब्जे में कर उन्होंने दिल्ली की राह ली। नगर का प्रबन्ध नगर-निवासियों को सौंप दिया गया। कम्पनी का राज्य खत्म हो गया।

मुरादाबाद में 31 मई को विद्रोह हुआ। अंग्रेज़ों को दो घण्टे का समय वहाँ से भाग जाने को दिया गया। सभी अंग्रेज़ भाग गए। वहाँ का कमिश्नर पावेल मुसलमान हो गया।

4

31 मई का सवेरा हुआ। बरेली के सिविल जज खानबहादुर खाँ ने बिस्तर पर से अपने अर्दली करीमुद्दीन को आवाज़ दी। हुजूर नवाब साहब का इकबाल बुलन्द करता हुआ अर्दली करीमुद्दीन हाथ बाँधे साहब की मसहरी पर आ हाज़िर हुआ। करीमुद्दीन जज साहब को हमेशा नवाब साहब कहा करता था। असल बात यह थी कि नवाब खानबहादुर खाँ पहले नवाबों के अन्तिम वंशधर थे। कभी बरेली में उनके पुरखों की तूती बोलती थी। बहुत दिन तक बरेली रुहेलों की राजधानी रह चुका था। खानबहादुर खाँ रहते भी नवाबी शान से थे। वे अपने बुजुर्गों के कारनामे बड़े जोशो-खरोश से सुनाया करते थे। शक्ल-सूरत और डील-डौल में भी आप जँचते थे। भरा हुआ जिस्म, गेहुँआँ रंग, बड़ी-बड़ी आँखें, करीने से काटी हुई स्याह दाढ़ी। होंठों पर पान की लकीर। गुस्सा जज साहब को बहुत था। जब उन्हें गुस्सा आता था तब शे'र की तरह दहाड़ते थे। वकील लोग भी उनसे घबराते थे।

उन दिनों साहब बहादुर लोग देशी हाकिमों को कुछ नहीं समझते थे। बात-बात में वे उनके काम में दखल देते, उनके कान मलते, उनसे जवाब-तलब करते थे। पर नवाब साहब थे कि साहब लोगों से दबते न थे। वे कहा करते थे-साहब, मैं पठान हूँ। कभी हमीं बरेली के मालिक थे। आज आपके नौकर हैं। हमारे लिए यही सज़ा काफ़ी है। ज़्यादा हमारा खून बर्दाश्त नहीं कर सकता। नहीं तो इस्तीफा हाज़िर है।

साहब लोग तरह दे जाते थे। बहुत-से साहब लोग हँस पड़ते थे। नवाब साहब थे खर्चीले। साहब लोगों को ठाठ की दावतें देते और खातिर-तवाजो करते रहते थे।

करीम खाँ के इशारे से खिदमतगार ने हुक्का मसहरी पर लगा दिया और वह पीछे को हट गया। नवाब साहब ने करीम से कहा- 'क्या वजह है कि तुम्हारी आँखें सुर्ख हो रही हैं?'

'हुजूर, रात-भर सो नहीं सका।

'क्या हुआ?'

'हुजूर, वक्त आ गया कि अब हमारी आँखों का खून दुश्मनों पर बरसे। बस, आज ही वह दिन है।'

'आज?'

'जी हुजूर, सब मामला हेच है। 8 नम्बर देशी रिसाला, 18 और 68 नम्बर पैदल पल्टन मय तोपखाने के एकदम तैयार बैठी है। बस, कमर कसिए और अपने बाप-दादों की बरेली को इन काफिर फिरंगियों से आज़ाद कीजिए।

'क्या जनरल सिवल्ड को सिपाहियों के मन का कुछ सानोगुमान है?'

'ज़रा भी नहीं हुजूर। तमाम रात मैं फ़ौजों में घूमता रहा हूँ। सब तैयार हैं। अंग्रेज़ या तो भाग जाएँगे या कुत्ते की मौत मरेंगे।'

'करीमबख्श, मैं कुछ सोचना चाहता हूँ।'

'हुजूर, बेअदबी माफ़ हो। कलम पकड़ते-पकड़ते आपके हाथ बोदे हो गए हैं। इसी से तलवार पकड़ते हुए झिझक होती है। सरकार, मैं भी पठान हूँ। उम्र में आपके बाप के बराबर हूँ। आपका नमकख्वार हूँ। उठिए, मैं आपको बुज़दिल न बनने दूंगा। अपने बाप-दादों का नाम रोशन कीजिए। अपनी बरेली को आज़ाद कीजिए।'

'यह लीजिए' यह कहकर उसने एक बड़ा-सा तमंचा कपड़ों से निकालकर नवाब साहब के हाथों में पकड़ा दिया। नवाब ने काँपते हाथों से तमंचा लिया। उसने कहा, 'क्या अंग्रेज़ कमाण्डर ने यह मुनादी नहीं करा दी है कि अब सिपाहियों को चर्बीवाले कारतूस देने बन्द कर दिए गए हैं? वे पुराने कारतूसों का इस्तेमाल कर सकते हैं।'

'करा दी होगी मुनादी। आप यह इश्तहार पढ़िए।'

उसने एक दस्ती इश्तहार नवाब साहब के हाथों में थमा दिया। उसमें देहली की फ़ौजों ने रुहेलखण्ड की फ़ौजों को निमन्त्रण दिया था।

उसमें लिखा था-

'स्वतन्त्र दिल्ली की सेना के सेनापति की ओर से बरेली और मुरादाबाद की पल्टनों के सेनापतियों के नाम हार्दिक आलिंगन। भाइयों, दिल्ली में अंग्रेज़ों के साथ बराबर लड़ाई हो रही है। ईश्वर के आशीर्वाद से हमने अंग्रेज़ों को जो पहली ही बार हराया है उससे वे इस कदर घबरा गए हैं जितना किसी दूसरे अवसर पर न घबराते। अनगिनत हिन्दुस्तानी बहादुर हिन्दुस्तान के हर इलाके से आ-आकर रोज़ दिल्ली में जमा होते जा रहे हैं। ऐसे अवसर पर आप यदि खाना खा रहे हों तो हाथ यहाँ आकर धोइए। शाहों के शाह बादशाह जहाँपनाह दिल्ली में आपका स्वागत करेंगे, और आपकी फ़ौज को सिरोपा देकर सरफराज करेंगे। हमारे कान आपकी ओर इस कदर

लगे हुए हैं कि जिस तरह रोज़ेदारों के कान अजान देनेवाले की पुकार की ओर लगे रहते हैं। हम आपकी तोपों की आवाज़ सुनने को बेचैन हैं। हमारी आँखें आपके दर्शनों की प्यासी हैं। आइए, और अपना फ़र्ज़ पूरा कीजिए। हमारा घर आपका घर है।'

इश्तहार को पढ़कर नवाब ने मुट्ठी में भींच लिया। उसने चाहा कि हुक्के में कश लगाए, पर कुछ सोचकर उसने हुक्के की नली एक ओर कर दी और कहा, 'करीमबख्श, खाना-पीना अब हम पर हराम है, जब तक कि बरेली में एक भी ज़िन्दा अंग्रेज़ रह रहा हो।'

'सुभान अल्लाह, सुभान अल्लाह, यह तो आप सच्चे पठान की तरह बोल रहे हैं। बिसमिल्लाह कीजिए।' उसने झुककर नवाब की हथेलियाँ चूम लीं।

इसी समय दो सिपाही दौड़े हुए आए। उन्होंने कहा, 'सिपाही सब बैरकों से निकल आए हैं और उन्होंने कप्तान ब्राउनलो के बंगले में आग लगा दी है, कप्तान ब्राउनलो को मार डाला गया है।'

नवाब साहब झपटकर उठे और फिर करीमबख्श से कहा, 'करीमबख्श, मैं तुम्हें बरेली की आज़ाद फ़ौज का कप्तान बनाता हूँ। जाओ, तोपखाने के सूबेदार बख्तखाँ को बुला लाओ।'

करीमबख्श अदब से सिर झुकाकर तेज़ी से चला गया। नवाब साहब गहरे सोच-विचार में डूबते-उतराते बड़ी बेचैनी से अपने कमरे में देर तक टहलते रहे, फिर जल्दी-जल्दी अपनी ज़रूरियात से फारिग होने चले गए।

5

ठीक ग्यारह बजे तोप छूटी। यही क्रान्ति का संकेत था। सिपाही अन्धाधुन्ध अपनी बैरकों से निकलकर साहब लोगों के बंगले जलाने और मारने-काटने लगे। जनरल सिवल्ड मार डाला गया। और भी अंग्रेज़ मौत के घाट उतार दिए गए। कुल 32 अंग्रेज़ जान बचाकर नैनीताल पहुँच पाए। छः ही घण्टे में बरेली अंग्रेज़ों के अधिकार से मुक्त हो गई और शहर पर हरा झण्डा फहराने लगा।

जिस समय अंग्रेज़ी झण्डा उतारकर हरा झण्डा फहराया गया, उसी समय सूबेदार बख्तखाँ को विद्रोही सेना का प्रधान सेनापति नियुक्त करने की घोषणा की गई, जिसका सेना ने हर्षध्वनि से स्वागत किया। जनता ने एक स्वर से नवाब खान बहादुरखाँ को बादशाह की ओर से रुहेलखण्ड का सूबेदार स्वीकार किया। उसी दिन सूर्यास्त के समय रुहेलखण्ड की स्वाधीनता की सूचना देने दिल्ली को दूत रवाना हो गया।

बरेली से 47 मील दूर शाहजहाँपुर में 28 नम्बर पैदल पल्टन थी। मुरादाबाद में 29 नम्बर पल्टन थी। ये पल्टनें भी उसी दिन सन्ध्या को स्वतन्त्र हो गईं। उन्होंने परेड पर आकर बाकायदा अपने अफ़सरों को सूचित किया कि कम्पनी का राज्य खत्म हो गया। आप सब लोग दो घण्टे के अन्दर शहर छोड़ दीजिए, वरना सबको मार डाला जाएगा। मुरादाबाद और शाहजहाँपुर की

जनता और पुलिस भी इनमें मिल गई। कुछ अंग्रेज़, जिनमें वहाँ के जज, कलक्टर और सिविल सर्जन भी शामिल थे, अपने बाल-बच्चों को लेकर भाग निकले। मुरादाबाद के कमिश्नर साहब और उनके साथी मुसलमान हो गए। इसलिए उन्हें नहीं मारा गया। इसके बाद सिपाहियों ने खज़ाने और तमाम सरकारी माल पर अपना अधिकार कर लिया। सूर्यास्त होने से प्रथम ही मुरादाबाद और शाहजहाँपुर दोनों ही स्वतन्त्र हो गए, और इन शहरों पर भी हरा झण्डा लहराने लगा। इसके दो दिन बाद बदायूँ भी स्वतन्त्र हो गया। शहर में ढिंढोरा पिटवा दिया कि अंग्रेज़ी राज्य का अन्त हो गया और नवाब सूबेदार खान बहादुर बादशाह दिल्ली के प्रतिनिधि की हैसियत से तमाम रुहेलखण्ड के हाकिम मुकर्रर हुए हैं। यह सुनकर तमाम अंग्रेज़ जंगलों में भाग गए।

नवाब खान बहादुर और जनरल बख्तखाँ ने मिलकर प्रान्त का शासन अपने हाथों में लेकर सब प्रकार की सुव्यवस्था की। उन्होंने एक ऐलान लिखकर सारे राज्य-भर में घोषणा कर दी कि हिन्दुस्तान के रहनेवालो, आज़ादी का पाक दिन, जिसका बहुत अरसे से इन्तज़ार था, आ पहुँचा है। आप लोग इसे मंजूर करेंगे या इनकार करेंगे? हिन्दू और मुसलमान भाइयों, आपको खयाल होना चाहिए कि यदि ये अंग्रेज़ हिन्दुस्तान में रह गए, तो हम सबको कत्ल कर देंगे। और आपके मजहब का नामोनिशान मिटा देंगे। अब तक हम अपने हाथ से अपना गला काटते रहे हैं। अब हमें मुल्कफरोशी के इस गुनाह से बाज़ आना चाहिए। मुसलमानों, अगर तुम कुरआन की इज़्ज़त करते हो, और हिन्दुओं, अगर तुम गौ माता की आन मानते हो, तो अपने छोटे-छोटे तफर्कों को भूल जाओ, और जंग के मैदान में कूदकर एक झण्डे के नीचे लड़ो और खून की धार से अंग्रेज़ों का नाम हिन्दुस्तान की ज़मीन से धो डालो।

इस घोषणा का भारी प्रभाव पड़ा। बरेली, शाहजहाँपुर और मुरादाबाद, बदायूँ से कम्पनी की तमाम सेनाएँ बख्तखाँ के नेतृत्व में खज़ानों, हथियारों और तोपखानों के साथ दिल्ली की ओर रवाना हो गई।

6

इस समय दिल्ली से लेकर बनारस तक विद्रोह की ज्वाला धधक रही थी। इस प्रान्त के उत्तर-पश्चिम में अनेक देशी रियासतें थीं। मध्य भारत एजेन्सी में इन्दौर, ग्वालियर, धार, भूपाल, देवास और जावरा रियासतें थीं। राजस्थान में जयपुर, जोधपुर आदि अट्ठारह रियासतें थीं। मध्य भारत एजेन्सी का केन्द्र इन्दौर था और राजस्थान का केन्द्र अजमेर था। देशी रियासतों में अंग्रेज़ों का प्रतिनिधि रहता था जो रेजीडेण्ट कहाता था। इन रियासतों में दो प्रकार की सेनाएँ थीं। एक राजा की खुद की, दूसरी उसकी रियासत की रक्षा के लिए सबसीडियरी सेना। इस दूसरी सेना का खर्च रियासत के सिर था, पर नियन्त्रण अंग्रेज़ सरकार के हाथों में था।

इन सेनाओं में भी विद्रोह की भावना भरी हुई थी। अंग्रेज़ी नियन्त्रण की सेना में विद्रोह की भावना अधिक थी। देशी राज्यों के राजा लोग–अधिकांश में नाबालिग और अनुभवहीन थे। वे

अपने पूर्वजों की स्वतन्त्रता-प्रियता को भूल चुके थे तथा अपने अलस और विलासी जीवन के अभ्यस्त हो गए थे। इन्होंने कभी युद्ध-क्षेत्र का मुँह भी नहीं देखा था-अत: इनमें से किसी ने भी क्रान्ति का साथ नहीं दिया। उनका तरुण रक्त ठण्डा हो चुका था। प्रत्येक रियासत में कुछ-न-कुछ गड़बड़ी थी और समूची राजपूतों की जाति मदकचियों की निर्जीव जाति बन चुकी थी। उनकी ओर से अंग्रेज़ बेफिक्र थे। राजस्थान के पोलिटिकल एजेण्ट सर जार्ज लारेंस इस समय आबू में ठंडी हवा खा रहे थे। उन दिनों तत्कालीन पश्चिमोत्तर प्रदेश की राजधानी आगरा थी, जहाँ गवर्नर रहता था। ज्यों ही आगरा के पूर्वी और उत्तरी प्रदेशों में अशान्ति फैली-गवर्नर कालविन ने मध्य भारत और राजपूताने की रियासतों पर नज़र फेंकी। वह जानता था कि कहीं इन रियासतों में आग फैल गई तो अंग्रेज़ों के संकटों की सीमा नहीं रहेगी।

इस समय तीन छोटे-छोटे क्षेत्र ब्रिटिश शासन के अधीन थे-अजमेर, नसीराबाद और नीमच। मुगल राज्य में भी अजमेर का महत्त्व बहुत था। ब्रिटिश शासनकाल में भी भारतवर्ष के मानचित्र में रियासतों के पीले विस्तार में अजमेर एक लाल बिन्दु था। सब रियासतें एक को छोड़कर हिन्दू राजाओं द्वारा शासित थीं जो अपने को सूर्य और चन्द्र के वंशधर बताते थे। सीसोदिया वंश के मुखिया मेवाड़ के राजा इस समय महाराणा स्वरूपसिंह थे जो शक्ति में तो नहीं, पद में सबसे ऊँचे माने जाते थे। जयपुर के महाराज रामसिंह के पूर्वजों ने मुगलकाल में अपना राज्यक्षेत्र काफ़ी बढ़ा लिया था। और अब रामसिंह कछवाहा राजपूतों के माने हुए मुखिया थे। इसी वंश की एक शाखा अलवर में थी जहाँ का शासक बलीसिंह था। जोधपुर के महाराज तख्तसिंह राठौरों के मुखिया थे। उनके पूर्वजों ने जसवन्तराव होलकर, नागपुर के भोंसले और अन्य सरदारों को अंग्रेज़ों के विरुद्ध सहायता दी थी जिससे वे प्रशंसनीय माने जाते थे। इन्हीं के वंश की एक शाखा बीकानेर में शासन करती थी। बूंदी और कोटा में हाड़ा राजपूत थे। केवल एक छोटी-सी रियासत टोंक मुसलमानों की थी, जिसका शासक पिण्डारी अमीरखाँ का वंशधर था जिसने कभी जसवन्तराव होलकर से मिलकर समूचे राजस्थान को आतंकित कर दिया था। राजस्थान परम्परा से सामन्ती वीरता और हिन्दू देशभक्ति का केन्द्र रहा था। प्रत्येक सामन्त अपने परिवार में एक चारण रखता था, जो उसे अपने वीर पूर्वजों की उत्सर्ग-गाथाएँ ओजस्वी स्वरों में गाकर पूर्व गौरव की याद दिलाता रहता था। राजपूतों को बचपन से शिक्षा ही युद्ध और शस्त्र-संचालन की मिलती थी। उत्सर्ग की भावनाएँ उनके रक्त में परम्परा से मिली थीं। परन्तु इस समय उनमें कुछ भी दम होता तो दिल्ली से गुजरात तक फैली हुई इस वीर भूमि के हाथों ही अंग्रेज़ी सत्ता की अन्त्येष्टि हो जाती।

7

जार्ज सेण्ट पैट्रिक लारेंस सर हेनरी लारेंस का बड़ा भाई था। हेनरी लारेंस ही गवर्नर-जनरल का राजस्थान का पहले एजेण्ट था और अब वह अवध का चीफ़ कमिश्नर था। पैट्रिक लारेंस घुड़सवार सेना के एक अधिकारी के रूप में अफगानिस्तान और पंजाब की लड़ाइयों में काम कर

चुका था। राजपूताने के लिए वह नया था, क्योंकि इस स्थान पर आने से पूर्व वही राजस्थान का पोलिटिकल एजेण्ट था। अब इस पद पर उसका उत्तराधिकारी मेजर शावर्स था, जो एक उत्साही अफ़सर था। दो और कूटनीतिक चाणाक्ष अधिकारी इस समय राजस्थान में थे। ईडन जयपुर में और मौंक मेसन जोधपुर में। उस समय सामन्तों, सरदारों और राज्य के प्रमुखों के बीच आए दिन एक-न-एक झगड़ा बना ही रहता था और इन अंग्रेज़ अफ़सरों को उनके कजिए चुकाने पड़ते थे।

मेरठ और दिल्ली में ज्यों ही विद्रोह फूटा कि जार्ज लारेंस चौकन्ना हो गया। उसने सबसे प्रथम अजमेर की सुरक्षा की। उसे चिन्ता हो उठी। क्योंकि वहीं अंग्रेज़ों की मैगज़ीन भी थी। तथा 15वीं देशी पैदल सेना की दो टुकड़ियाँ इसकी रक्षा कर रही थीं। निकटतम योरोपीय सेना दौसा में थी। जब मेरठ में विद्रोह फूटा तो हर देशी सेना को संशय से देखा गया। लारेंस ने भी खज़ाने और मैगज़ीन को तो देशी सेना के हाथ में रहने देना ठीक नहीं समझा। उसने दौसा से अंग्रेज़ी सेना बुलाने को लिखा। इधर अजमेर के कमिश्नर डिक्सन ने मेवाड़ के मेरों की एक टुकड़ी मेवाड़ से मँगाई थी। अत: मेरों के दल सहित लेफ्टिनेंट कर्नल ने मैगज़ीन का चार्ज ले लिया। 15वीं देशी सेना के सिपाही वापस नसीराबाद भेज दिए, जहाँ उनकी दूसरी टुकड़ियाँ भी थीं।

नसीराबाद में देशी पैदल सेना के अलावा तीसवीं देशी पैदल सेना, देशी तोपखाने की बन्दूकची टुकड़ी तथा बम्बई के भालेबरदार घुड़सवारों का एक दल छावनी डाले पड़े थे। जब अजमेर के सिपाही पहरे से हटाए जाकर-जहाँ वे अर्से से रह रहे थे-नसीराबाद पहुँचे-तो सिपाहियों को पता चल गया कि उन पर विश्वास नहीं रहा। और अब चाहे जब उनके हथियार रखाए जा सकते हैं। विद्रोह की भावना तो उनमें थी ही-दिल्ली और मेरठ के समाचार उन तक पहुंच चुके थे। अंग्रेज़ों के प्रति विद्वेष की भावना उनके मन में प्रथम ही से थी। सत्ताईस तारीख को नसीराबाद छावनी में अफ़वाह फैल गई कि एक गोरी सेना उनके हथियार छीनने नसीराबाद आ रही है। बस, ईंधन में चिनगारी पड़ने की देर थी-28 तारीख को नसीराबाद की सेना विद्रोही हो उठी। शुरू में थोड़े-से सैनिक बिगड़े। पर शाम तक लगभग सारी सेना विद्रोही हो उठी। 15वीं पलटन ने तोपखाने पर कब्जा कर लिया। अंग्रेज़ अधिकारी मार डाले गए। जो बचे वे भाग गए। विद्रोहियों ने खज़ाने पर अधिकार करके बाँट लिया और वे अंग्रेज़ अफ़सरों के बंगले जलाते हुए दिल्ली की ओर चले।

नीमच में 12वीं देशी पैदल सेना और 7वाँ ग्वालियर सैनिक घुड़सवार रिसाला था। नसीराबाद का समाचार वहाँ हवा में तैरता जा पहुँचा। नीमच नसीराबाद से 120 मील था। 2 जून को रंग-ढंग बुरे देखकर कर्नल एबर्ट ने उन्हें इकट्ठा कर राजभक्ति के कौल-करार कराए। 3 तारीख की शाम को सिपाही विद्रोही हो गए। अंग्रेज़ उदयपुर भाग गए। विद्रोही दिल्ली की ओर चल दिए और मेवाड़, कोटा और बूंदी की सैनिक टुकड़ियों ने नीमच को अपने अधिकार में ले लिया। 12 तारीख को 83वीं सेना के 400 सिपाही 12वीं बम्बई सेना योरोपीय घुड़सवार तोपखाने ने आकर नसीराबाद पर बिना ही लड़ाई फिर अधिकार कर लिया।

आगरा में उत्तर-पश्चिमी प्रान्त का लेफ्टिनेंट गवर्नर काल्विन रहता था। वह एक अनुभवी सिविलियन था और लार्ड आकलैण्ड का विश्वासी परामर्शदाता था। उसने मेरठ और दिल्ली में विद्रोह शुरू होते ही सब ईसाइयों को किले में बुला लेना चाहा था। परन्तु बाद में उसने इरादा बदल दिया और उसने पुलिस में नई भरती करके पुलिस के द्वारा शान्ति-स्थापना की व्यवस्था की। उसने विद्रोह को विशुद्ध मुस्लिम विद्रोह समझा, और दिल्ली तख्त के परम्परागत शत्रु ग्वालियर राज्य के मराठा सैनिकों और भरतपुर के जाट सैनिकों को सेना में रखकर हिन्दू-मुस्लिम मतभेद का लाभ उठाना चाहा। दोनों हिन्दू राजाओं ने मदद भेजी। फिर उसने भारतीय तथा अंग्रेज़ सैनिकों की परेड की। इसी समय दिल्ली, अलीगढ़, इटावा, और मैनपुरी से आने वाले अंग्रेज़ भगोड़ों ने यहां एक आतंक उत्पन्न कर दिया। मथुरा और होडल से भी विद्रोह की खबरें आईं। 31 मई को आगरा की दो सेनाओं के हथियार रखवाकर उन्हें छुट्टी दे दी गई। इतने परिश्रम से काल्विन बीमार पड़ गया। इसी समय रुहेलखण्ड, मालवा और बुन्देलखण्ड, से भी विद्रोह के समाचार आ गए। अब यह अफ़वाह थी कि नीमच के विद्रोही भी आगरा आ रहे हैं, परन्तु वे आगरा में नहीं घुसे। पर शहर में उपद्रव हो गया और 6 हज़ार ईसाई स्त्री-पुरुषों ने भागकर किले में शरण ली। पहले भारतीय नौकरों को किले से निकाल दिया गया। बाद में वे बुला लिये गए और अपने साथ धोबियों, कहारों, दर्ज़ियों, गड़रियों, रसोइयों और मेहतरों को भी किले में ले आए। अत: आगरे के किले का जीवन लखनऊ के रेज़ीडेण्ट भवन से बिलकुल ही दूसरे प्रकार का हो गया। न आगरा घेरा गया न किला।

8

यह एक अत्यन्त महत्त्वपूर्ण बात है कि जिन लोगों ने विद्रोह-यज्ञ का सूत्रपात किया-उनका लक्ष्यबिन्दु दिल्ली ही था। संक्षेपत: बादशाह गाजी बहादुरशाह के नाम पर विद्रोह का श्रीगणेश किया गया था। दिल्ली का तख्त यद्यपि अब एक मुर्दा चीज़ थी-पर उसके नाम में एक जादू था। इसलिए स्वाभाविक था कि दिल्ली की सफलता ही विद्रोह की सफलता थी। इसलिए विद्रोही और अंग्रेज़ दोनों की नज़र दिल्ली पर थी। इसी से भारत के कोने-कोने से विद्रोही सेनाएँ आ-आकर दिल्ली में एकत्र हो रही थीं, जो भारत के भिन्न-भिन्न भागों से खज़ाने ला-लाकर बादशाह के कदमों में अर्पण कर रही थीं। इसी से अंग्रेज़ों ने दिल्ली पर अधिकार करने में जी-जान लगा दिया था। और अपनी सम्पूर्ण शक्ति दिल्ली पर ही उन्होंने केन्द्रित की थी।

दिल्ली को दृष्टिकोण में रखते हुए भारत का पश्चिमोत्तर भाग ही सबसे महत्त्वपूर्ण था। उसी ओर से विद्रोहाग्नि को दमन करने का सम्पूर्ण आयोजन अंग्रेज़ कर रहे थे।

अंग्रेज़ी सेना के प्रधान जनरल एनसन ने समझ लिया था कि दिल्ली विजय के लिए केवल पंजाब से ही सहायता मिल सकती है। दुर्भाग्य से पंजाब ने विद्रोहियों का साथ नहीं दिया। पंजाब का चीफ़ कमिश्नर सर जान लारेंस पंजाब और वहाँ की जनता के स्वभाव को भली-भाँति जानता था और उसने पंजाब के सिखों और जनता को अंग्रेज़-भक्त बनाए रखने के लिए सब

सम्भव महत्त्वपूर्ण उपाय किए। उसने सिखों को औरंगजेब के जुल्मों की याद दिलाई जो उसने सिखों पर किए थे और गुरु तेगबहादुर का कत्ल किया था। उसने कहा-अब उन्हें अपने धर्म के दुश्मनों से बदला लेने तथा दिल्ली विजय करने का सुनहरा मौका मिल रहा है। जिस समय बूढ़ा बादशाह हाथी पर सवार होकर दिल्ली की गली-गली में यह घोषणा कर रहा था कि हिन्दू और मुसलमान मेरी दो आँखें हैं, और हमारी लड़ाई अंग्रेज़ों से है, उस समय पंजाब में उसकी ओर से यह जाली घोषणा की जा रही थी कि सब सिखों को मार डाला जाएगा।

सर लारेंस की इन चालों का काफ़ी प्रभाव पड़ा। बादशाह ने सिखों और सिख राजाओं को अपनी ओर मिलाने के जो-जो प्रयत्न किए उन सब में उसे असफलता ही मिली। बादशाह के दूत ताजुद्दीन ने-जो पटियाला, नाभा और जीन्द के राजाओं और प्रधान-प्रधान सिख सरदारों के पास भेजा गया था-प्रधान बादशाह को सूचना दी कि पंजाब के सिख सरदार सब सुस्त और कायर हैं। उनसे कोई आशा नहीं की जा सकती। वे अंग्रेज़ों के जहरीले तीरों के शिकार हो चुके हैं। और जब बादशाह ने कुछ सवार अपना फर्मान लेकर उनके पास भेजे तो उन्होंने उन्हें मरवा डाला। अपनी इस कूटनीतिक चाल में सर लारेंस ने एक इजाफा किया कि पंजाब की जनता से 6 फ़ीसदी ब्याज पर कम्पनी के नाम से बहुत रुपया कर्जा लिया। इससे दोहरा लाभ हुआ। प्रथम तो, यह रकम गाढ़े समय में उनके काम आई। दूसरे, जिन साहूकारों ने कम्पनी को कर्ज़ दिया था उन्हें कम्पनी का ही राज्य बने रहने में सुविधा है, यह उनकी धारणा हो गई, और वे प्राणपण से अंग्रेज़ी राज्य के सहायक हो गए।

लखनऊ के विद्रोहियों ने अफगानिस्तान से कुछ सम्पर्क स्थापित करना चाहा था, और काबुल के अमीर दोस्त मुहम्मद से कुछ बातें की थीं, पर अंग्रेज़ों ने उसे अपने पाश में कस लिया और सरहदी कबीलों का मुँह रुपयों से भर दिया। इन सब कामों के लिए उसने भारी-भारी तनख्वाहों पर बहुत मुल्ला आलिम रखे हुए थे।

पंजाब का चीफ़ कमिश्नर सर जान लारेंस ठंडी हवा खाने मरी जा रहा था, अभी वह रावलपिंडी में ही था कि मेरठ और दिल्ली के समाचार उसे मिले। वह तत्काल लाहौर लौटा और जुडिशियल कमिश्नर-राबर्ट मांटगोमरी से सलाहकर उसने ब्रिगेडियर कोरबेर को हुक्म दिया कि वह मियाँमीर की छावनी के सब देशी सिपाहियों से हथियार छीन ले।

पंजाब की स्वतन्त्रता छिने अभी अधिक वर्ष नहीं हुए थे। दस वर्ष पूर्व पंजाब की सत्ता खालसा दरबार के हाथों में थी। पर इसी अल्पकाल में अंग्रेज़ों ने जादू का डण्डा फेरकर सिखों को सिपाही से किसान बना दिया था। जो सिख किसान न बन सके थे उन्हें सेना में भर्ती कर लिया था। बहरहाल वह युद्धप्रिय लोगों का घर था। परन्तु अंग्रेज़ों की नीति थी, एक जाति को दूसरी जाति के साथ और एक वर्ग को दूसरे वर्ग के साथ विपरीत सन्तुलित करते रहना। पंजाब के सिख भी ईर्ष्या-भरी प्रतिद्वन्द्विता के कारण आपस में बँटे हुए थे। इससे अंग्रेज़ पंजाब की ओर से निश्चिन्त-से थे। प्रशासन में चुने हुए असैनिक लोग पूर्व के प्रान्त से लाकर पंजाब में लगा दिए गए थे।

पंजाब में जो सिपाही सिख नहीं थे, उन्हें पुरबिया कहा जाता था। उनकी संख्या भी काफ़ी थी। अम्बाला से लेकर मरदान तक विभिन्न सैनिक स्थानों पर साठ हज़ार आदमी छावनी में डाले गए थे, जिनमें 36 हज़ार हिन्दुस्तानी और 24 हज़ार यूरोपियन और पंजाबी थे। सिख और पुरबियों के बीच एकता की भावना न थी। 'पुरबिया' शब्द यहाँ जान-बूझकर प्रयुक्त किया था। यह शब्द उस घृणा और अपमान की भावना को पुनर्जीवित करता था, जिसे इस वर्ग के प्रति सदा दिखाया जाता था। गुड़गाँव, रेवाड़ी, हिसार आदि सीमान्त प्रदेशों को छोड़कर पुरबिया सिपाही पंजाब में अपने को विदेशी ही समझता था। यह अनुशुति भी पुनरुज्जीवित की गई थी कि गुरु के अनुयायियों की दिल्ली की लूट की भविष्यवाणी अंग्रेज़ी राज्य में ही पूरी होगी।

लाहौर के निकट मियाँमीर महत्त्वपूर्ण छावनी थी। सेना यहीं पर सबसे अधिक संख्या में थी। किन्तु यहाँ गोरे गिनती में हिन्दुस्तानी सिपाहियों से चौथाई ही थे। मियाँमीर की पल्टनें लार्ड मांटगोमरी के अधीन थीं। मेरठ की खबर पाते ही मांटगोमरी सावधान हो गया। 13 मई को उसे खबर मिली और उसी दिन प्रात:काल उसने परेड की आज्ञा निकाली। हिन्दुस्तानी सिपाही बीच में खड़े किए गए। तोपखाने को ऐसे स्थान पर खड़ा किया गया कि यदि सिपाही गड़बड़ी करें तो तोपों के गोले के शिकार हो जाएँ। सिपाहियों को

पता तब लगा जब वे असहायावस्था में थे। वे कुछ भी नहीं कर सकते थे। अन्ततः सभी हिन्दुस्तानी सिपाहियों ने हथियार रख दिए। यह उसी सेना का अपमान हो रहा था जिसने अफगानिस्तान की लड़ाई में अंग्रेज़ों के मान की रक्षा की थी। तमाशा यह था कि केवल 600 यूरोपियनों के सामने 2500 सिपाही निहत्थे किए गए।

इसके बाद गोरों की टुकड़ी लाहौर के किले में गई और वहाँ भी सेना के हथियार रखवा लिये गए और उसे किले से बाहर निकाल दिया गया। इस समय अमृतसर का गोविन्दगढ़ नाम का किला सिखों के हाथ में था। खबर फैली कि मियाँमीर और लाहौर के निहत्थे सैनिक गोविन्दगढ़ की ओर बढ़ रहे हैं। इस समाचार से अंग्रेज़ घबरा उठे। पर सिखों ने अमृतसर का यह किला भी अंग्रेज़ों के हाथ में रखा। फिरोज़पुर की सेना अशान्त थी। यहाँ पर एक बड़ी मैगज़ीन भी थी। यहाँ 13 मई को सिपाही परेड पर बुलाए गए, पर उनके व्यवहार में कोई सन्देह का कारण न था। उन्हें वापस बैरकों में भेज दिया गया। पर उसी दिन शाम को उन्होंने विद्रोह का झण्डा बुलन्द कर दिया। जो अंग्रेज़ मिला, मार डाला, उनके बंगले जला डाले। अंग्रेज़ों ने घबराकर मैगज़ीन को उड़ा दिया, हिन्दुस्तानी सेना ने दिल्ली की ओर कूच किया।

पेशावर अफगानिस्तान की सरहद पर छावनी थी। यहाँ अफगानों की रोकथाम के लिए पास-पास कई छावनियाँ स्थापित की गई थीं। पंजाब की सेनाएँ इस ताक में थीं कि अफगान या पेशावर के पठान विद्रोह का झण्डा ऊँचा करें। यदि ऐसा होता तो अंग्रेज़ों का निस्तार न था। इस समय यहाँ सात हज़ार छः सौ देशी सिपाही तथा दो हज़ार गोरे थे। लखनऊ के क्रान्तिदतों ने अफगानिस्तान के दोस्तमुहम्मद को एक पत्र लिखा भी था, पर वह अंग्रेज़ों के हाथ पड़ गया।

और अंग्रेज़ों ने अमीर से संधि कर ली थी। अफगान और अफरीदी सदा अंग्रेज़ों का काफिया तंग करते ही रहते थे। यहाँ लड़ाई-झगड़ा, हत्या-लूट, अपहरण होते ही रहते थे और अंग्रेज़ इन जातियों को लम्बी-लम्बी रकमें देकर सन्तुष्ट करते रहते थे। इधर से सीमा सुरक्षित करके ही अंग्रेज़ों ने पंजाब की सेना को नि:शस्त्र किया था। पेशावर के आस-पास छावनी में इस समय 24, 27 और 51 नम्बर पैदल पल्टनें थीं तथा एक घुड़सवार सेना भी थी। इन पल्टनों ने 22 मई को विद्रोह का निश्चय किया था। पर इन्हें 21 मई को ही घेर लिया, और इनके शस्त्र रखवा लिये।

इस समय 55 नम्बर सेना मरदान में थी। इसे भी नि:शस्त्र करने की आज्ञा हुई। इसका अफ़सर कर्नल स्पारिश वुड एक उच्च विचार का व्यक्ति था। वह लोकप्रिय भी था। उसने नि:शस्त्रीकरण का विरोध किया। और जब उसने देखा कि उस सेना को नि:शस्त्र करने को पेशावर से गोरी सेना आ रही है तो उसने आत्महत्या कर ली। उसके बाद जब गोरी सेना का तोपखाना उनके हथियार रखाने के लिए मरदान पहुंचा तो कुछ सिपाहियों ने किले से निकलकर भाग जाना चाहा-इस पर गोरी सेना ने उन्हें भून डाला। 150 सिपाही उसी स्थान पर मारे गए। कुछ भागने में सफल हुए। कुछ गिरफ्तार कर लिये गए। उनके साथ अतिशय क्रूर व्यवहार किया गया। अब 55 नम्बर सेना को परेड पर खड़ा किया गया। कुल नौ हज़ार सिपाही थे। एक चौरस मैदान में तीन ओर सेना खड़ी कर दी गई। चौथी ओर दस तोपें थीं। पहले दस कैदी तोपों के मुँह से बाँधे गए और तोपों पर बत्ती दे दी गई। सिपाहियों के हाथ-पैर-सिर चारों ओर हवा में उड़ गए। ऐसा चार बार दुहराया गया। हर बार सेना में से एक हाहाकार की ध्वनि उठती थी। इसके बाद हर हफ्ते एक-दो बार वही कार्रवाई होती रही। 50 नम्बर पल्टन के अधिकांश सिपाही निर्दोष थे। पर भागे सिपाही पकड़-पकड़कर लाए जाते थे और तोप के मुँह पर बाँधकर उड़ा दिए जाते थे।

उन दिनों पंजाब में सिपाहियों को तोप से उड़ा देना एक साधारण बात हो गई थी। 10 नम्बर पल्टन के हथियार केवल सन्देह पर ही ले लिये गए। उनके घोड़े और नकद रुपये भी छीन लिये गए, जो उनके अपने थे।

जालन्धर, फूलपुर, लुधियाना आदि स्थानों में विद्रोहियों का संगठन ज़बरदस्त था। यहाँ 9 जून को विद्रोह हुआ। उन्होंने अंग्रेज़ों के बंगलों में आग लगा दी, और मार-काट करते दिल्ली की ओर चल दिए।

यह पंजाब का दुर्भाग्य था कि इस समय सिखों का ऐसा कोई नेता न था जिसके चारों ओर वे इकट्ठे हो सकें।

पंजाब में पुरबियों की छ: रेजीमेण्ट पूरी तरह नष्ट कर डाली गई थीं और अब अंग्रेज़ तेज़ी से एक नई सेना भरती कर रहे थे। उन्होंने कबाइलियों को अंग्रेज़ी झण्डे के नीचे लड़ने को निमन्त्रित किया। कबाइलियों को अंग्रेज़ों से कोई प्रेम न था, जो उनकी पहाड़ियों में ज़बर्दस्ती धंस बैठे थे। पर उन्हें भारत की सम्पदा लूट लेने का प्रलोभन दिया गया और वह दिल्ली और लखनऊ को

लूटने के चाव से यूनियन जैक के नीचे आने लगे। इन लुटेरी प्रकृति के लोगों को भरती करके और इनके देशी जिलों से दूर ले जाकर लूटमार के लोभ का पूरा अवसर देना अंग्रेज़ों की अच्छी चाल थी, जिसमें उन्हें सफलता मिल रही थी।

9

मंगल पाण्डे की फाँसी के बाद ही लखनऊ के सैनिकों में उत्तेजना के आसार प्रकट हो गए थे। इस समय अवध समूचा सुलग रहा था। कहना चाहिए, क्रान्ति का इतना - प्रचण्ड और व्यवस्थित रूप अन्यत्र न था जो अवध में था। हज़ारों मौलवी और पण्डित एक-एक बारक और एक-एक गाँव में क्रान्ति का निमन्त्रण देते फिर रहे थे। निमन्त्रण का ढंग भी नया निराला था। लाल कमल और रोटी उसका चिह्न था। लाल रंग क्रान्ति का प्रतीक और कमल स्वतन्त्रता के प्रभात, लक्ष्मी, समृद्धि और शुभ भाग्य का संकेत था। यह लाल कमल गाँव-गाँव नहीं घूमता था, केवल सेना में जाता था।

चपाती भूख और छुआछूत के भावनारहित धर्म का प्रतीक थी। इसके द्वारा छुआछूत तथा धार्मिक मतभेद दूर करने का संकेत होता था। यह चपाती गाँव-गाँव घूमती थी। चपाती दिखाकर गाँव के लोगों से कहा जाता था कि हम तुम्हारी रोटी की व्यवस्था करेंगे, हमारे साथ आओ। हर गाँव में बड़ी-सी एक रोटी बनवाई जाती और दूसरे गाँव भेज दी जाती थी। उस गाँव का मुखिया गाँव-भर के पुरुषों को एकत्र करके अपनी भूख और रोटी के प्रश्न पर भाषण करता था और सब लोग उसका एक-एक टुकड़ा खाकर क्रान्ति में भाग लेने की प्रतिज्ञा करते थे। वहीं दूसरी रोटी तैयार की जाती थी और अगले गाँव भेज दी जाती थी। रोटी को एक गाँव से दूसरे गाँव ले जानेवाले साधु-फकीर होते थे। ये लोग कम्पनी की सेना में भी बेरोक-टोक चले जाते थे। इनमें बहुतेरे तो क्रान्ति के प्रचारक तथा नानाराव आदि द्वारा नियुक्त जासूस थे। बहुत-से साधु-सन्त स्वेच्छा से इस प्रकार क्रान्ति के अग्रदूत बन गए थे। ये क्रान्ति का सन्देश एक सेना से दूसरी सेना में, एक क्षेत्र से दूसरे क्षेत्र में पहुँचाते थे। कमल और रोटी दोनों ही खराब हो जानेवाली चीजें थीं। इन सन्देशवाहकों को आज्ञा थी कि सूखा फूल सेना में न ले जाएँ। चपाती एक गाँव में समाप्त होती और दूसरे में दूसरी बन जाती थी। सन्देशवाहक यह बताते थे कि क्रान्ति कब होगी और किसे क्या करना होगा। परन्तु ये संकेत अपूर्ण और अस्पष्ट ही होते थे। इसका कारण यह था कि क्रान्ति के अग्रदूत भी पूरी योजना नहीं बना पाए थे। इसी का यह परिणाम हुआ कि सेना में आग तो सुलगाई गई ज़ोरों से, पर इसमें अपने हाथ भी जलाने पड़े। कानपुर की सेना बढ़कर फतेहपुर जाए या फतेहपुर की सेना कानपुर जाए-इसका कुछ भी निर्णय नहीं किया गया था। इसी से समय पर बड़ी अव्यवस्था उत्पन्न हो गई।

आरम्भ में नाना साहब ने उत्तरी भारत के राजाओं को विद्रोह के लिए उकसाया था। उसी समय कमल और चपाती के द्वारा ग्रामों तथा सेनाओं में सन्देश भेजे गए। परन्तु अन्त तक भी नाना यह निर्णय न कर सके कि क्रान्ति का मुख्य नेता कौन होगा। एक ओर बूढ़े बादशाह का

हरा झण्डा था, किन्तु उसके नीचे विद्रोह, षड्यन्त्र और कुत्साओं का जाल फैला था। बादशाह शक्तिहीन था। हाँ, उसकी खानदानी धाक अवश्य थी। परन्तु यह खानदानी श्रेष्ठता भी इस जन-क्रान्ति के विरुद्ध पड़ी। अब बख्तखाँ का नेतृत्व शाहजादों ने अस्वीकार कर दिया। सच पूछा जाए तो एक भी ऐसा पुरुष इस समय न था जो समूची विद्रोही सेना का नेतृत्व करके उसे एक झण्डे के नीचे व्यवस्थित रूप में ला खड़ा करता। तिस पर समय से पूर्व ही विद्रोह भड़क उठने से सब प्रबन्ध अव्यवस्थित हो गया। यदि कोई एक प्रबल नेता कलकत्ता से कानपुर तक की विद्रोही सेनाओं का सच्चा संचालक बन सका होता तो क्या ही बात होती। नाना साहब और तांत्या टोपे, अपने ही क्षेत्र की सेनाओं का संचालन कर सके, बंगाल और बिहार की सेनाओं का संगठन वे नहीं कर सके। यह काम करने की उनमें वास्तव में सामाजिक योग्यता थी भी नहीं। इसी से क्रान्ति के लगभग सभी सिपाही अनियन्त्रित और नेतृत्वरहित रहे। अंग्रेजों ने जब दमन-चक्र फेरा तो कमल और चपाती के चक्कर में गाँवों और साधु-फकीरों का भी सिरे से कत्ले-आम करना आरम्भ कर दिया। इस दमन-चक्र में निर्दोष साधु-सन्त भी बहुत मारे गए।

10

अवध राज्य का संस्थापक मुगल दरबार का एक सामन्त था। वह वंश फारस से आया था जो शिया मतावलम्बी था। मुगल साम्राज्य के पतन के बाद वज़ीर के पद पर उसके उत्तराधिकारी वंशगत अधिकारी हो गए। और अवध का सूबा उनकी जागीर बन गया। बहुत दिन तक ये व्यवहारत: स्वतन्त्र होने पर भी मुगल राज्य की अधीनता मानते आए। बक्सर की लड़ाई के बाद ईस्ट इण्डिया कम्पनी उनकी अधिराज बन गई और दिल्ली की बादशाहत से उनका राजनैतिक सम्बन्ध छूट गया। बाद में अंग्रेज़ों ने अवध के नवाबों को बादशाह की उपाधि देकर मुगल बादशाह की सार्वभौमता नष्ट कर दी। परन्तु इन तथाकथित बादशाहों को इस कदर निचोड़ा गया कि अवध का यह फलता-फूलता राज्य खोखला हो गया और अन्त में वाज़िदअली शाह को राज्यच्युत करके अंग्रेज़ों ने कैद कर लिया और अवध के उपजाऊ सूबे को ब्रिटिश राज्य में मिला लिया।

ये बेचारे बादशाह अंग्रेज़ी सेना के संरक्षण में रहते थे। प्रशासन की पूरी देखरेख अंग्रेज़ों पर थी। अन्तत: यह राज्य पूरी तौर पर ब्रिटिश सरकार की दया पर टिका हुआ था। दुर्भाग्य से वाज़िदअली शाह एक असावधान और ऐयाश प्रकृति का आदमी था। वह राज्य-व्यवस्था नहीं कर सका। कुछ चेष्टा भी की-पर अंग्रेज़ी बन्धनों ने उसे सफल न होने दिया। अन्त में इस बादशाह ने अपने को रेजीडेण्ट की दया पर छोड़ दिया और उसका परिणाम यह हुआ कि वह बन्दी बनाकर कलकत्ता के मटियाबुर्ज में भेज दिया गया और अवध अंग्रेज़ी इलाका हो गया।

सूबे का कमिश्नर सर जेम्स उटरम बनाया गया। उसे आवश्यक सेना के साथ सूबे का प्रशासन सँभालने को तीन असैनिक अधिकारी भी दिए गए। ऊँचे पद अंग्रेज़ों के लिए सुरक्षित हो गए। नवाब की 60 हज़ार सेना को भंग कर दिया गया, उनमें से कुछ को सशस्त्र पुलिस में

भरती कर लिया गया। बाकी सैनिक अपने गाँवों में लौटकर हल चलाने लगे। परन्तु नये शासकों की रुचि-प्रवृत्ति भिन्न थी, संस्कृति भिन्न थी। इसलिए इस राजनीतिक परिवर्तन से अवध राज्य के सभी वर्गों में असन्तोष छाता चला गया। कुछ दिन बाद उटरम छुट्टी पर चला गया और उसके स्थान पर कोबरले जैक्सन नियुक्त हुआ। इस व्यक्ति में अवध जैसे नये सूबे को वश में करने की शक्ति न थी। वह छतर मंज़िल में, जिसमें सदा से शाही परिवार के लोग रहा करते थे, रहने लगा। जो लोगों को बहुत नागवार गुज़रा, और अन्त में उसे वहाँ से हटना पड़ा। पर जनता का क्रोध भड़क चुका था। कदम रसूल के भवन का मुसलमानों के लिए विशेष धार्मिक महत्त्व था। उसमें एक ऐसा पत्थर रखा था जिसे वे पैगम्बर के पाँव का निशान मानते थे। नये चीफ़ कमिश्नर ने भवन को मैगज़ीन बना दिया था। नवाब के परिवार से सम्बन्धित व्यक्तियों को वृत्ति मिलनी बन्द हो गई। इस प्रकार अवध की जनता में भय के साथ रोष भी बढ़ता ही गया।

किसान लोगों को आशा थी कि इस नई व्यवस्था से उन्हें लाभ होगा; परन्तु उनकी यह आशा भी फलवती नहीं हुई। इस समय अंग्रेज़ अपनी आमदनी बढ़ाने ही में जुटे थे, प्रजा की सुख-सुविधा की ओर उनका ध्यान ही न था। जिस प्रकार बिना बाधा के इतने बड़े राज्य का अधिकारी कैद हो गया था उससे उनके हौसले भी बढ़ गए थे। टिकटों, अर्जियों, भोजन, मकान, खाद्य पदार्थ, नौका सभी पर नये टैक्स लगाए गए थे। बाहर से आनेवाली प्रत्येक वस्तु के ठेके दिए जाते थे। पर जब अफीम पर टैक्स लगा तो लखनऊ के पुराने अफीमची एकदम बौखला उठे। उन दिनों चीन के बाद लखनऊ ही अफीम का शौकीन था। घूसखोरी और भ्रष्टाचार तो पहले ही से था, अब और बढ़ गया। जब राजस्व का नया बन्दोबस्त हुआ तो अंग्रेज़ों ने किसानों को ज़मीन का स्वामी माना। ताल्लुकेदार और ज़मींदार इससे बौखला उठे। अंग्रेज़ों ने इस बात पर विचार नहीं किया कि ये ताल्लुकेदार और ज़मींदार सामन्तशाही के अंग थे। वे न केवल किसानों के मालिक, वरन् उनकी जातियों के भी मुखिया थे और उनमें जातिगत एकता थी। अंग्रेज़ों ने ताल्लुकेदार की मिट्टी की गढ़ी ढहा दी-उनके सशस्त्र सैनिक तोड़ दिए। यद्यपि यह आवश्यक था; परन्तु इससे इनका दल भी असन्तुष्ट लोगों के साथ जा मिला। न किसानों ने नई सरकार को पसन्द किया, न ज़मींदारों ने। बहुतों की खानदानी जायदादें जब्त कर ली गईं।

फरवरी, सन् 1856 में अवध पर अधिकार हुआ। सर हेनरी लारेंस सन् 1857 में चीफ़ कमिश्नर बनकर आया। उसने यथासम्भव सुधार किए। लोगों की शिकायतों पर ध्यान दिया। ताल्लुकेदार और जागीरदार जो अंग्रेज़ी अमलदारी में सब कुछ खो चुके थे, उनके प्रति सर लारेंस ने नर्म दृष्टि की और उन्हें वृत्तियाँ दी। सम्मान दिया पर अब तो समय हाथ से निकल चुका था। सिपाहियों में उत्तेजना फैल चुकी थी।

अप्रैल के आरम्भ में कालपी पैदल सेना की 48वीं रेजीमेंट के एक सर्जन ने इसी समय एक बेवकूफ़ी का काम कर डाला। उसने अस्पताल से दवा की एक बोतल मुँह से लगा ली। परिणाम यह हुआ कि सब हिन्दुओं ने अस्पताल से दवा लेना बन्द कर दिया। हिन्दू जूठी दवा का इस्तेमाल

करने को तैयार न थे। सेना में जब यह खबर पहुंची तो सिपाही बिगड़ खड़े हुए। डॉक्टर का बंगला जला दिया और वह बड़ी कठिनाई से जान लेकर भाग सका। इसी उत्तेजना के दिनों में जब चीफ़ कमिश्नर अपनी गाड़ी में कहीं जा रहा था, भीड़ ने उस पर कीचड़ फेंकी। इसके बाद यह निश्चय किया गया कि देशी सेना की 24वीं रेज़ीमेण्ट को लखनऊ से हटा दिया जाए। परन्तु चीफ़ कमिश्नर को अब भी सुधार की आशा थी। 2 मई को 7वीं रेजीमेण्ट के सिपाहियों ने दाँत से कारतूस काटने से इनकार कर दिया। उन पर अनुशासन-भंग की कार्रवाई की गई। उनके शस्त्र छीन लिये गए और रेजीमेण्ट भंग कर दी गई।

अब सर हेनरी चौकन्ना हुआ और वह आसन्न-संकट के लिए सावधान हो गया। वह ऐसा प्रबन्ध करने लगा कि खतरा उपस्थित होने पर शहर तथा छावनी में गोरों की रक्षा की जा सके। पर वह भय और सन्देह प्रकट करना नहीं चाहता था।

सातवीं अवध सेना के अनियमित सैनिकों ने 48वीं देशी पल्टन को एक पत्र भेजा। 48वीं रेजीमेण्ट सन्दिग्ध थी। परन्तु जिन सिपाहियों के हाथ वह पत्र पड़ा उन्होंने उसे अपने अंग्रेज़ अफ़सरों के हवाले कर दिया। 13वीं देशी पल्टन के एक सिपाही ने ऐसे तीन व्यक्तियों को अपने कैप्टन के हवाले किया जो विद्रोह का सन्देश लेकर आए थे।

लारेंस ने इन सब वफ़ादार लोगों को सत्कृत करने के लिए 12 मई को एक दरबार किया। इस दरबार में सर हेनरी ने लखनऊ के प्रमुख सैनिक तथा असैनिक अधिकारी, फ़ौजी छावनी में कमीशन-प्राप्त देशी अधिकारी और दो गैर-कमीशन-प्राप्त अधिकारी उपस्थित थे। इसमें प्रत्येक रेजीमेण्ट से छ:-छ: सिपाही तैनात किए गए। और वफादार सिपाहियों को पुरस्कृत करने से प्रथम सर लारेन्स ने उनके सामने भाषण दिया-'पहले आलमगीर और बाद में हैदरअली ने हज़ारों हिन्दुओं को मुसलमान बनाया। उनके मन्दिरों को तोड़ा और अपवित्र किया, उनके घरों की मूर्तियों को नष्ट किया। अब हमारे समय की बात लीजिए। यहाँ उपस्थित बहुत लोग जानते हैं कि रणजीतसिंह ने मुसलमानों को नमाज़ के लिए मुल्लाओं को बुलाने नहीं दिया। लाहौर की मस्जिदों की मीनारों से मुअज्जिन को कभी अज़ां नहीं करने दी। ये मीनारें आज भी इसकी गवाह हैं। पिछले-से-पिछले वर्ष तक लखनऊ में कोई हिन्दू मन्दिर बनाने की हिम्मत नहीं कर सकता था। ये सारी बातें अब बदल गई हैं। सौ वर्षों के इतिहास से सैनिकों को यह समझ लेना चाहिए कि आज जो उन्हें यह कहकर बरगलाते हैं कि सरकार सैनिकों की जाति नष्ट करना चाहती है कितने झूठे हैं। मैं आशा करता हूँ कि आप सैनिकों की परम्परा को दाग न लगने देंगे। आप ब्रिटिश शक्ति और उसके साधनों से भी असावधान न रहेंगे। यह मैं समझता हूँ।'

परन्तु सर लारेन्स का भाषण बहरे कानों में पड़ा। बाद में पुरस्कृत सिपाही भी विद्रोही हो गए।

मेरठ की खबर लखनऊ में 14 मई को और दिल्ली की 15 को पहुँची। सर हेनरी ने गवर्नर-जनरल से अवध के सब अधिकार तुरन्त माँग लिये। उसे ब्रिगेडियर का ओहदा भी दिया गया। जिससे वह सैनिक सेना का भी प्रधान बन गया। उस समय अवध की सेना छितराई हुई थी।

पैदल सेना के तीन रेजीमेण्ट लखनऊ से कुछ मील दूर मुटिआँव नामक छावनी में और घुड़सवार सेना मुदकीपुर में थी। हेनरी समझता था कि कुछ थोड़े-से योरोपियन सवारों और मुख्य राजभक्त सिपाहियों की सहायता से वह अवध की रक्षा कर लेगा। वह फ़ौज में नई भरती करने की भी सोच रहा था।

उस समय अंग्रेजों की 24 चौकियाँ लखनऊ में थीं जिनमें रेजीडेन्सी चौकी सर्वोपरि थी, जो जनरल मैकलौड इनस के अधीन थी। उसकी खाई अवश्य उथली थी। पर और सभी दृष्टियों से यह उपयुक्त थी। उसमें काफ़ी स्थान था। मकानात भी बहुत थे। सामने नदी थी और पास ही बड़ा मैदान था। इसके सामने कहीं कोई ऐसी जगह नहीं थी जहाँ से गोले चलाए जा सकें। आस-पास के मकानों के ऊपरी भागों को तोड़ा जा सकता था-जिनसे रेजीडेन्सी पर हमला होने का भय था। इसकी बनावट भी कुछ इस ढंग की थी कि आसानी से रक्षा की जा सकती थी और गोले चलाए जा सकते थे। सबसे बड़ी बात यह थी कि यहाँ गोमती के उत्तर के खुले इलाके से आसानी से फ़ौज पहुँच सकती थी। जनरल इनस का सुझाव था कि आवश्यकता होने पर इसी स्थान को अंग्रेज़ों का रक्षागृह बनाया जाए।

हेनरी आपातकालीन परिस्थितियों का सामना करने की तैयारी तो कर रहा था पर वह नहीं चाहता था कि अस्थिर चित्त के लोगों पर उसकी परेशानी प्रकट हो। वह अपनी शक्ति ही का परिचय देना ठीक समझता था। उसने अपने पास सेना की कमी होने पर भी कैप्टन फ्लेचर की कमान में कानपुर सहायता भेज दी थी। वह कानपुर तक पहुँच गया था, फिर यह सोचकर कि दिल्ली से आगे बढ़ते हुए तूफ़ानी लोगों के हाथ सड़क न पड़ने पाए, इसे रोकने के लिए आगे बढ़ना ठीक होगा-वह दिल्ली की ओर बढ़ा। परन्तु मैनपुरी के पास पहुँचकर उसके सिपाही विद्रोही हो उठे, और उसे मार डाला। केवल उसका एक साथी कानपुर लौटा। लारेंस ने कैप्टन गाल की कमान में एक दस्ता और कानपुर को रवाना किया तथा मलीहाबाद जो मुसलमानों की आबादी का कस्बा था, कैप्टन वेस्टन की कमान में एक टुकड़ी वहाँ भेज दी गई। मुटिआँव की छावनी में जब-तब विद्रोह की अफ़वाहें उड़ने लगी थीं। इसलिए यहाँ की योरोपियन फ़ौज सदा सावधान रहती थी।

30 मई की रात के नौ बजे सिपाहियों ने मुटिआँव की योरोपियन फ़ौज पर आक्रमण कर दिया। कुछ लोगों की जान तो गई परन्तु घमासान युद्ध नहीं हुआ। 13वीं और 17वीं देशी पल्टन के कुछ सिपाहियों ने योरोपियनों का साथ दिया। 13वीं देशी पैदल सेना का एक दस्ता छावनी में सर हेनरी के बंगले पर पहरा देता था। वहाँ से शहर को जानेवाली सड़क बन्द कर दी गई। इसलिए विद्रोही सिपाही शहर की ओर नहीं बढ़ सके।

दूसरे दिन सुबह सिपाहियों पर उनके बैरक के सामने हमला कर दिया गया; परन्तु उन्होंने प्रतिरोध नहीं किया और तितर-बितर हो गए। शहर में भी कुछ बवंडर उठा, पर उसे पुलिस ने दबा दिया। कुछ सिपाही कैद किए गए, उनका कोर्ट मार्शल किया गया और उन्हें फाँसी दे दी

गई। मच्छी भवन के सामने फाँसी का तख्ता लटकाया गया और 18 पौंड वाली एक तोप भी वहाँ लगा दी गई। विद्रोही सिपाहियों ने दिल्ली की राह ली। सब अंग्रेज़ों, स्त्री-बच्चों ने रेजीडेन्सी में शरण ली।

अब प्रश्न यह था कि जो सैनिक अभी तक राजभक्त बने थे उन पर भरोसा रखा जाए या नहीं तथा उनके साथ कैसा सलूक किया जाए। गोरे सिपाहियों की संख्या बहुत ही कम थी। यह स्वाभाविक था कि वे चिन्तित हो उठे। फिर गोरे सिविलियनों की भी रक्षा का प्रश्न था। गिब्सन ने यह मत प्रकट किया कि इन सन्दिग्ध काले सिपाहियों से हमारी शक्ति नहीं बढ़ती। अत: उन सबके हथियार रखा लिये जाएँ जो अभी तक राजभक्त बने हैं और जिनकी संख्या 12 सौ थी। दूसरे ही दिन चिनहाट के सिपाही भी विद्रोही हो उठे। अब केवल पाँच सौ सिपाही अपने देशी भाइयों के विरुद्ध रेजीडेन्सी की रक्षा करते रहे। इसी बीच योरोपियन स्वयंसेवकों का एक दल बनाकर उसे शस्त्रास्त्र से सज्जित किया गया। सर लारेन्स इसी बीच रुग्ण हो गए। कर्नल इंगलिस, जो रक्षा दल का प्रधान था, गिब्सन की राय के विरुद्ध था। सर हेनरी को जब मालूम हुआ कि गिब्सन लखनऊ की रक्षक देशी सेना के भी हथियार रखाना चाहता है तो डॉक्टरों के मना करने पर भी उसने अपना कार्य-भार सँभाल लिया।

विद्रोह शीघ्र ही लखनऊ के चारों ओर फैल गया। इसका सामना करने के लिए कोई योजना नहीं बनाई गई। न संगठनात्मक कोई प्रयत्न किया गया। सभी रेजीमेण्टों ने अपनी मर्जी के मुताबिक काम किया। भारतीय सैनिकों के मन में प्रथम सन्देह, फिर भय अपने अफ़सरों के सम्बन्ध में उत्पन्न हो गया था। इसलिए विद्रोहियों से सहानुभूति रखनेवाली रेज़ीमेण्टों ने विद्रोह कर दिया।

11

जनरल ह्यू बड़ी बेचैनी से अपने ऑफ़िस के बरामदे में टहल रहे थे। सुबह का वक्त था और सुनहरी धूप सहन के वृक्षों से छनकर बरांडे में आ रही थी।

यद्यपि धूप में तेज़ी नहीं आई थी पर मई मास की यह प्रभातकालीन धूप भी अभी से असह्य बन गई थी। परन्तु जनरल का ध्यान इधर नहीं था। जनरल ह्यू बहुत बूढ़े थे। उनकी उम्र पचहत्तर को पार कर गई थी। उन्होंने पचास साल सिपाहियों में व्यतीत किए थे। सेना में उनका बड़ा नाम था, बड़ी धाक थी। सन 1804 में जब लार्ड लेक ने दिल्ली अधिकृत की थी तब जनरल ह्यू उनकी रकाब के साथ मौजूद थे। पंजाब और अफगानिस्तान की लड़ाइयाँ भी उन्होंने लड़ी थीं। सर हेनरी लारेन्स तो उन्हें शक्ति के स्तम्भ कहा करते थे। इस समय वह कानपुर के कमांडिंग अफ़सर थे।

जनरल ह्यू का कद लम्बा और शरीर छरहरा था। इस उम्र में भी वे सीधे खड़े रहते थे। उनकी करीने से तराशी हुईं मूँछें, तेज़ नीली आँखें और चिन्ता की रेखाओं से व्याप्त श्वेत मस्तक पर धवल छोटे तराशे हुए बाल उनके व्यक्तित्व को प्रभावशाली बना रहे थे। इस समय वह पूरी

अपनी जनरल की सैनिक वर्दी में न थे। सच पूछा जाए तो पोशाक की ओर उनका ध्यान ही न था-वह इस समय कानपुर के मजिस्ट्रेट और कलक्टर हिलर्सडन की प्रतीक्षा कर रहे थे। वह बारम्बार अपनी घड़ी देख रहे थे। उन्होंने नज़र उठाकर देखा तो शेफर्ड आ रहा था। शेफर्ड कमसरियट कार्यालय में एक यूरेशियन क्लर्क था। यह आदमी बड़ा चालाक और चुस्त था। उम्र इसकी कोई चालीस के लगभग होगी। शेफर्ड ने आकर जनरल को सलामी दी। जनरल ने कहा, 'शेफर्ड ने, हिलर्सडन नहीं आ रहे हैं, यह नौ बज रहा है, साढ़े आठ पर उनके आने की बात थी। क्या तुम इस सम्बन्ध में कुछ कह सकते हो!'

'जी हाँ, मोब्रे थामसन अभी मुझे मिले थे। वे कह रहे थे-दिल्ली से कुछ परेशान करनेवाली खबरें आई हैं, साहेब मजिस्ट्रेट उसी काम में व्यस्त हैं।'

'क्या थामसन ने यह भी बताया था कि वे खबरें कैसी हैं?'

'मैं ठीक-ठीक तो नहीं कह सकता, लेकिन सुना गया है कि दिल्ली और मेरठ की फ़ौजों ने बगावत कर दी है और कुछ अंग्रेज़ अफ़सरों और उनके स्त्री-बच्चों को कत्ल कर दिया है।

'कत्ल कर दिया है? यह तुम क्या कह रहे हो, शेफर्ड!'

'सर, मैं सही समाचार नहीं जानता। साहेब, मजिस्ट्रेट आएँ तो पूरी बात पता लगे।'

इसी समय कानपुर के कलक्टर और मजिस्ट्रेट हिलर्सडन आ मौजूद हुए। उनके साथ मोब्रे थामसन भी था। हिलर्सडन ने क्षमा याचना करते हुए कहा, 'सर, आपको प्रतीक्षा करनी पड़ी। पर देलही से बुरी खबरें आई हैं। मुझे कुछ आवश्यक कार्य करने पड़े। आपको असुविधा हुई।'

'लेकिन वे कैसी खबरें हैं? शेफर्ड कहता है, कुछ अफ़सरों और उनके स्त्री-बच्चों का कत्ल हुआ।

'सर, बात इससे भी गम्भीर है। दिल्ली में अंग्रेज़ों का कत्ले-आम हुआ है। जो अफ़सर और उनके स्त्री-बच्चे जीवित निकल भागे हैं उनका कोई समाचार नहीं है। दिल्ली पर इस समय विद्रोहियों का दखल है और बादशाह पेन्शनखोर उनका सरगना बना हुआ है।'

'यहाँ तक? मैं तो कल ही गवर्नर-जनरल को खबर भेज चुका हूँ कि यहाँ कानपुर में सब तरह का अमनो-अमान है।'

'अब तक तो ऐसा ही है सर, परन्तु हमें सतर्क और तैयार रहना आवश्यक है। उत्तर-पश्चिमी प्रान्त की अपेक्षा कानपुर में योरोपियनों और ईसाइयों की आबादी बहुत है। शाही सेना की 32वीं रेज़ीमेण्ट के अंग्रेज़ अफ़सर जो लखनऊ में तैनात हैं-उन सबके परिवार इस समय कानपुर में ही हैं। सबसे पहले उनकी सुरक्षा की व्यवस्था होनी आवश्यक है।'

'तुम्हारा खयाल ठीक है हिलर्सडन। लेकिन मैंने पचास साल से भी अधिक समय इन सिपाहियों के साथ व्यतीत किया है-मैं जानता हूँ कि दृढ़ता और आत्मविश्वास से काम लेने से संकट टल सकता है। लेकिन मेरी परेशानी का कारण यह तार है।'

उन्होंने जेब से एक मुड़ा हुआ कागज़ हिलर्सडन के हाथ में पकड़ा दिया। तार गवर्नर-जनरल ने कलकत्ते से भेजा था। उसमें यह आदेश था कि एक योरोपियन सेना को वहाँ रखने का प्रबन्ध तुरन्त किया जाए, और यह प्रकट कर दिया जाए कि तुम ऐसा कर रहे हो।

तार पढ़कर उसे जनरल को वापस देते हुए हिसर्लडन ने कहा, 'सर, यह तो अच्छा ही है कि एक योरोपियन सेना यहाँ पहुँच जाए।'

'यह तो ठीक है। परन्तु इस खबर को फैलाने का मतलब यह होगा कि सिपाहियों को चेताया जा रहा है कि उनकी कर्तव्यपरायणता अब सन्देह से परे नहीं है।'

'सर, क्या सिपाहियों के आचरण कुछ सन्दिग्ध हैं?'

इस पर मोब्रे थामसन ने जनरल को सलाम किया। मोब्रे थामसन सेना में कमीशन प्राप्त अफ़सर था। जनरल ने कहा, 'तुम कुछ कहना चाहते हो थामसन?'

'जी हुजूर, मैं कहना चाहता हूँ कि हिन्दुस्तानी सेना सदा की भाँति हर तरह शान्त है, पर हर व्यक्ति किसी-न-किसी भयंकर काण्ड की आशंका से भयभीत है। यह कोई नहीं कह सकता कि क्या होने वाला है। यूरोपीय और यूरेशियनों को स्पष्ट ही कुछ खतरा है।'

'क्या शहर की हवा भी बदली हुई है हिलर्सडन?'

'कुछ असाधारण बात तो है ही। कुछ योरोपियन व्यापारियों और दूसरे लोगों ने यह सोचकर नावें भाड़े पर ले ली हैं कि ज्यों ही कुछ खतरा दिखाई दे, वे इलाहाबाद को रवाना हो जाएँ। कुछ लोगों ने मकान और सम्पत्ति नौकरों पर छोड़ चले जाने का इन्तज़ाम कर लिया है। इसके अतिरिक्त हर आदमी ने चौकीदारों की संख्या बढ़ा ली है।'

'खैर, तो हमें बुरी-से-बुरी स्थिति का सामना करने को तैयार रहना चाहिए।'

'बेशक, सर।'

'एक बार कलकत्ते से योरोपियन सेना यहाँ पहुँच जाए तो मैं सब तरह निश्चिन्त हो सकता हूँ। कहा नहीं जा सकता कि कब क्या होगा।'

'सर, मैंने बिठूर के महाराज के पास सन्देश भेजा था।'

'क्या वह आदमी विश्वसनीय है?'

'यद्यपि अपने पिता की पेन्शन रुक जाने से मराठा राजा खुश नहीं है, परन्तु उसका आचरण असन्दिग्ध है और उसका हमारे साथ व्यवहार पूर्ण मैत्रीयुक्त है। कुछ दिन पूर्व मेरी पत्नी बिठूर गई थी और वह वहाँ से यह धारणा लेकर लौटी है कि यदि विद्रोह हुआ तो हम लोग बिठूर चले जाएँगे, जहाँ हम सब तरह सुरक्षित रहेंगे। बिठूर का राजा सम्पत्तिशाली और हमारा घनिष्ठ मित्र है। मैं भी कई बार उसके आतिथ्य का आनन्द ले चुका हूँ।'

'इस राजा ने तुम्हें कोई आश्वासन दिया है?'

'जी हाँ, उसने अंग्रेज़ महिलाओं के आतिथ्य और सुरक्षा के लिए अपनी सेवाएँ अर्पित की हैं, और कहा है कि स्त्रियों को तुरन्त बिठूर भेज दिया जाए। इसके अतिरिक्त वह तीन सौ शस्त्रास्त्रों से लैस जवान और दो तोप हमारी सहायता के लिए भेज रहे हैं।'

'उत्साहवर्धक समाचार है। लेकिन हिलर्सडन, हमें खूब सचेत रहना चाहिए।'

शेफर्ड अब तक चुपचाप एक कोने में खड़ा था। अब उसने कहा, 'सर, हमें डर और घबराहट केवल सिपाहियों ही से नहीं है, योरोपीय और यूरेशियन लोग लुटेरे और गूजरों के बड़े-बड़े गिरोहों के आने की अफ़वाहों से भी आतंकित हैं।?'

मोब्रे थामसन फिर सैल्यूट करके आगे बढ़ा। उसने कहा, 'जनरल, इस तनाव और अनिश्चितता की स्थिति से तो यही उत्तम है कि कोई भी कार्रवाई की जाए। हुजूर मुझे आज्ञा मिले तो मैं अपनी रेजीमेण्ट के साथ बाहर जाकर उनसे दो-दो हाथ कर लूँ, जो विद्रोह का दम भरते हैं। इससे हमारे आदमियों की भी परीक्षा हो जाएगी।

'हमें प्रत्येक परिस्थिति का सामना करने को तैयार रहना चाहिए थामसन, तुम्हें अपनी कारगुज़ारी का शीघ्र ही अवसर मिलेगा। परन्तु उतावली में हमें अपने मस्तिष्क का सन्तुलन नहीं खोना चाहिए।'

कलक्टर हिलर्सडन ने कहा, 'सर, मैंने यह गुप्त योजना सोची है कि आवश्यकता होने पर मैं स्वयं बिठूर जाऊँ और मराठा राजा की सहायता से पन्द्रह सौ सैनिक लेकर टुकड़ी तैयार करूँ जो विद्रोहियों को आश्चर्यचकित कर दे।'

'क्या इस आदमी पर तुम्हें इस कदर भरोसा है?'

'सर, वह एक वफादार आदमी है। यद्यपि ज़्यादा बुद्धिमान नहीं; परन्तु बुद्धिमान लोग सदा खतरनाक हुआ करते हैं। उसकी सहायता से हमें बहुत राहत मिलेगी। उसके साथ हमारे सदा से मैत्री सम्बन्ध रहे हैं। बल्कि मैंने तो एक और निश्चय किया है।'

'वह क्या?'

'मैं चाहता हूँ कि नवाबगंज के खज़ाने के संरक्षण का दायित्व उसी को सौंप दिया जाए।

'मेरी अपेक्षा तुम ही इस गुरुतर बात के महत्त्व को ठीक समझ सकते हो हिलर्सडन।'

'तो सर, ऐसा अवसर आए तो मैं आपसे अनुरोध करूँगा कि पाँच सौ घुड़सवारों और पैदलों की एक टुकड़ी उन्हें रखने की अनुमति दे दी जाए। मैंने उनसे बात की है-वे खज़ाने की रक्षा का दायित्व अपने ऊपर लेने को राजी हैं तथा इस बात पर भी सहमत हैं कि वह खज़ाने के निकट के एक बंगले में रहेंगे। दो छोटी तोपें भी उनके साथ रहेंगी।

‘खैर, तुम्हारी सिफारिश पर मैं उन्हें 53वीं देशी पैदल सेना की एक कम्पनी और दो तोपें भेज दूँगा। बशर्ते कि राजा स्वयं छावनी की सिविल लाइन में एक बंगले में रहे।

‘तो सर, मैं अभी शेफर्ड को भेजकर उसे यहीं बुला भेजता हूँ, जिससे सब बातें तय हो जाएँ।

‘ऐसा ही करो हिलर्सडन।’

‘लेकिन सर, उस तार की क्या कार्रवाई होगी?’

‘मैंने सूचना लखनऊ भेज दी है। आज 21 मई है। कल तक अवध अनियमित घुड़सवार सेना के 240 सवार और 55 योरोपियन लखनऊ से यहाँ पहुँच जाएँगे।’

‘मुझे और कुछ हुक्म है सर?’

‘मैं समझता हूँ तुम अपने दायित्व को खूब समझते हो। हिलर्सडन, मैं तुम्हें धन्यवाद देता हूँ। मराठा राजा से जो लाभ उठाया जा सके अवश्य उठाओ, लेकिन जो सुरक्षित स्थान तुमने चुना है और जहाँ सब अफ़सरों का परिवार तुरन्त आवश्यकता पड़ने पर आश्रय ले सकता है, वहीं तुम भी अपने परिवार को भेज दो। दूसरे सिविलयन अफ़सरों तथा यूरेशियनों से भी कह दो।’

‘बहुत अच्छा सर।’

हिलर्सडन ने जनरल को सलाम किया और चला गया।

12

मोब्रे थामसन जनरल ह्यू के बंगले से चलकर अपने बंगले पर आया तो उसने देखा, कुछ देशी सिपाही और अफ़सर वहाँ उसकी प्रतीक्षा कर रहे हैं। उनके चेहरों पर उत्तेजना और अशान्ति के आसार प्रत्यक्ष थे। मोब्रे अभी जनरल से इसी सम्बन्ध में बातें करके आया था। वह सिपाहियों की मुद्रा से आतंकित भी था, इससे उसने दम-दिलासा के स्वर में कहा-

‘बाबा लोग, तुम क्या चाहता है? देखो रूस हिन्दुस्तान पर पाँव बढ़ाएगा तो हम तुम्हारे साथ चलकर उसका सिर फोड़ देंगे। ईरान पैर फैलाएगा तो उसका मुँहतोड़ जवाब देंगे। तुम बाबा लोग हमारा नमकख्वार है। तुम वफादार सिपाही है। इसी से हम तुमको इतना रुपया तनख्वाह देता है।’

‘आपकी बात सच है हुजूर, हमने ज़रूर सरकार का नमक खाया है। और आज तक नमकहरामी नहीं की। सरकार ने जहाँ हमको झोंक दिया, आँख बन्द करके हम आग-पानी में कूद पड़े। बहुत खेत रहे, बहुत वापस आए। सिर कटवाने में हम पीछे नहीं रहे। काबुल पर हम ही गए। लाहौर में हम ही लड़े। पर अब सरकार हमारा धर्म-ईमान भ्रष्ट करना चाहे तो कैसे हो सकता है! हमको मर जाना मंजूर है, पर धर्म-कर्म हम नहीं छोड़ेंगे।’

‘सुनो, बाबा लोग! इन बातों से बाज़ आओ। तुम्हारा धर्म नहीं बिगड़ेगा। हम जामिन हैं। विश्वास करो।’

‘जब आपको हम पर विश्वास नहीं है तो हम कैसे विश्वास करें?’

‘हम तुम पर विश्वास करता है।’

‘तो हमारा धर्म भ्रष्ट करने को रुड़की से ऐसा आटा क्यों मँगाया गया है जिसमें गाय और सूअर की हड्डियाँ मिली हैं?’

‘झूठ बिलकुल झूठ। ऐसा हर्गिज़ नहीं किया गया है बाबा लोग।’

एक ने कहा, ‘अगर धोखे की कोई बात नहीं है तो साहब लोग बंगला छोड़कर सुरक्षित स्थान में क्यों चले गए हैं?’

दूसरे ने कहा, ‘शस्त्रागार पर देशी सिपाहियों का पहरा हटाकर गोरे सिपाही क्यों नियत किए गए हैं?’

तीसरे ने कहा, ‘हम जानते हैं गोरी फ़ौज आ रही है, उसके आते ही हमारे घोड़े और हथियार उन्हें दे दिए जाएंगे।’

‘नहीं, नहीं, बाबा लोग, ऐसी बात नहीं होगी, नहीं होगी।’

चौथे ने कहा, ‘अभी उस रात एक अफ़सर ने गस्त लगाती हुई हमारी टुकड़ी पर गोली चला दी और अदालत ने उसे यह कहकर छोड़ दिया कि वह शराब पिए हुए था। यदि हमने किसी अंग्रेज़ पर गोली चलाई होती तो हमें फाँसी होती।’

‘ओह बाबा लोग, ऐसा बात मत सोचो। हम पर भरोसा करो। तुम हमारा नमक खाता है। वफादार रहो।’

‘लेकिन साहब, हमारे साथ जब बुरा सलूक होगा तब हम झुकेंगे नहीं याद रखिए।’

यह कहकर सिपाहियों की टोली वहाँ से चल दी। थामसन मुँह बाए खड़ा देखता रहा।

13

झाँसी के शासक के साथ सबसे पहली सन्धि, ईस्ट इण्डिया कम्पनी की सन्धि, सन् 1804 में हुई। उस समय पेशवा बाजीराव द्वितीय की मातहती में शिवराव भाऊ वहाँ के शासक थे। वे सूबेदार कहाते थे। इस समय पेशवाई तो कमज़ोर हो गई थी पर सूबेदार सशक्त थे और बुन्देलखण्ड में पाँव जमाने के लिए झाँसी के सूबेदार को अनुकूल रखना आवश्यक था। सन् 1817 में बाजीराव पेशवा के सम्पूर्ण अधिकार कम्पनी को मिल गए और बाजीराव पेशवा आठ लाख रुपये की वार्षिक पेन्शन लेकर बिठूर में रहने लगे। झाँसी की अधिराज अब कम्पनी बहादुर हो गई। इसके बाद सन् 1832 में रामचन्द्रराव को राजा की उपाधि दी और यूनियन जैक भेजकर कहा-‘अब आप अच्छे-बुरे दिनों में इस ब्रिटिश झण्डे की रक्षा कीजिए।’ राजा की उपाधि ग्रहण करने का उत्सव-दरबार बड़ी धूमधाम से हुआ। उस दरबार में शिवराव भाऊ के पुत्र रघुनाथराव

और गंगाधर राव भी उपस्थित थे। शिवराव भाऊ का बड़ा पुत्र कृष्णराव था, परन्तु वह इस समय मर चुका था। कृष्णराव का पुत्र रामचन्द्रराव था। इसी से उसे झाँसी की गद्दी और राज का खिताब अंग्रेज़ी सरकार ने दिया।

रामचन्द्र की नाबालिगी के समय शासन-सूत्र उसकी माता सखूबाई चलाती थी। सखूबाई बड़ी क्रूर व कठोर हृदयवाली स्त्री थी। रामचन्द्र आवारा तबियत का आदमी था। माँ-बेटे में बनी नहीं और माँ ने बेटे को मरवा डालना तय किया। रामचन्द्रराव को तैरने का बड़ा शौक था। वह प्राय: रात को लक्ष्मी मन्दिर के चौपड़े में जाकर तैरा करता था, उसमें सखूबाई ने भाले गड़वा दिए, पर रामचन्द्रराव किसी तरह बच गया। जिन्होंने इस भेद का भण्डाफोड़ किया उन्हें सखूबाई ने मरवा डाला। सखूबाई अन्त में कैद कर ली गई। रामचन्द्रराव नि:सन्तान मर गया। उसकी विधवा ने कृष्णराव नामक एक बालक को गोद ले लिया परन्तु कम्पनी सरकार ने उसे नहीं माना। उसने रघुनाथराव को गद्दी दे दी। यह घटना सन् 1836 की है। रघुनाथराव ऐयाश तबियत के आदमी थे। उनको दो पुत्र और पुत्रियाँ एक मुसलमान वेश्या से हुईं। बड़ा लड़का नवाब अलीबहादुर के नाम से प्रसिद्ध हुआ। रघुनाथराव जब गद्दी पर बैठे तब अलीबहादुर की आय बाईस वर्ष की थी। इस समय राज्य में बड़ी अव्यवस्था फैली थी। शासन-शक्ति का केन्द्रीकरण नहीं हुआ था। रघुनाथराव को गद्दी पर बैठे अभी दो वर्ष भी नहीं बीते थे कि कम्पनी ने राज्य कोर्ट कर लिया। परन्तु चलते-चलते रघुनाथराव राज्य का सारा खज़ाना रण्डी-भड़ओं को लुटा गए। 85 गाँव अलीबहादुर की जागीर में लगा गए और सखूबाई को कैद से मुक्त कर गए। 1838 में रघुनाथराव का देहान्त हो गया। उसके उपरान्त चार दावेदार राज्य के उठ खड़े हुए। गंगाधरराव-भाई, कृष्णराव रामचन्द्रराव का कथित दत्तक पुत्र, अलीबहादुर और रघुनाथराव की विधवा रानी।

कम्पनी की सरकार ने गंगाधरराव को झाँसी का राजा मान्य किया। पर सखूबाई ने कम्पनी का हुक्म नहीं माना। वह कृष्णराव की पीठ पर थी। उसने किले तथा खज़ाने पर अधिकार कर लिया। तोपखाना भी उसने अपने अधिकार में ले लिया। गंगाधरराव को उनके शहरवाले घर में नज़रबन्द कर दिया। परन्तु गंगाधरराव किसी तरह भाग निकले और कानपुर जाकर अंग्रेज़ों के शरणागत हुए। उन दिनों कानपुर अंग्रेज़ों की शक्ति का एक बढ़ा-चढ़ा केन्द्र था। इस समय मध्य भारत का पोलिटिकल एजेण्ट साइमन फ्रेजर था। फ्रेजर झाँसी आया। सखूबाई से उसने मुलाकात की पर उसने उसे अपमानपूर्वक किले से निकलवा दिया। फ्रेजर सेना और तोपखाना लेकर लौटा। पहली ही मुठभेड़ में सखूबाई किला छोड़कर भाग गई। फ्रेजर ने गंगाधरराव को राजा घोषित कर दिया। अलीबहादुर की पाँच सौ रुपया माहवार पेन्शन बाँध दी गई।

गंगाधरराव भी बड़े रसिया निकले। संगीतज्ञ और कलाकौशल के गुणी गंगाधरराव को सदा घेरे रहते। दूर-दूर की वेश्याएँ-भाँड़ झाँसी आते, अपने करतब दिखा इनाम पाते। राजा को पुस्तकों का बड़ा शौक था। दूर-दूर से प्रतिलिपि कराकर उन्होंने झाँसी में पुस्तकों का भण्डार भरा। नाटकों का उन्हें बहुत शौक था। उनकी अपनी ही नाटकशाला थी। गंगाधरराव बहुधा स्वयं

अभिनय करते थे। मोतीबाई नाम की अभिनेत्री की भी उन दिनों झाँसी में धूम मची थी। राजकीय परिस्थिति ऐसी थी कि नगर का शासन तो गंगाधरराव चलाते थे पर राज्य-शासन कम्पनी की सरकार के हाथ में था। मिज़ाज उनका क्रोधी और उतावला था। छोटी भूलों पर भी वे कठोर दण्ड देते थे। गंगाधरराव विधुर थे, विवाह करना चाहते थे परन्तु उनके कठोर स्वभाव और रंडी-भड़ओं की सोहबत के कारण उनकी जो बदनामी फैली थी उससे कोई सम्भ्रान्त पुरुष उन्हें लड़की नहीं देता था। इसी समय बिठूर से मोरोपन्त की लड़की मनुबाई के साथ सम्बन्ध की बात चली। मनु इस समय अल्पावस्था की थी। उसकी आयु 13-14 वर्ष की थी। इधर गंगाधरराव चालीस को पार थे। मोरोपन्त पेशवा की सेवा में बिठूर में रहते थे। पेशवा के वे आश्रित थे। पेशवा के समर्थन से मनुबाई का विवाह गंगाधरराव से हो गया। विवाह होने पर मनुबाई लक्ष्मीबाई के नाम से विख्यात हुई।

लक्ष्मीबाई बड़ी तेजस्विनी लड़की थी। उसका लालन-पालन बिठूर के बाजीराव के परिवार में नानाराव और राव साहब के साथ हुआ था। उन दिनों बिठूर में मल्लयुद्ध के आचार्य बाला गुरु रहते थे। उन्होंने एक अखाड़ा स्थापित किया था जिसमें तरुण सब प्रकार की युद्ध-कला तथा शस्त्रोपचार सीखते थे। नानाराव को इसमें अभिरुचि थी। उनके साथ मनु भी घुड़सवारी और तलवार चलाने की कला में पारंगत हो गई थी। उसे यह शिक्षा खास तौर पर तांत्या टोपे ने दी थी, जो बाला गुरु के पट्ट शिष्य थे। वे बड़े उग्र स्वाभिमानी थे। स्वाभिमान की भावना तांत्या टोपे ने कूट-कूटकर मनु के मन में भर दी थी। झाँसी की रानी होने पर लक्ष्मीबाई की सारी ही उच्चाकांक्षाएँ परी हो गई। यहाँ भी उसने स्त्रियों का एक दल बनाया, और उन्हें शस्त्र-संचालन तथा अश्वारोहण की शिक्षा के लिए प्रोत्साहन दिया।

कालान्तर में रानी को पुत्र हुआ। पर वह अल्पावस्था ही में कालकवलित हो गया। निरुपाय गंगाधरराव ने एक बालक को गोद लिया। इसी समय उनका शरीरान्त हो गया। गोद के इस बालक को कम्पनी सरकार ने अस्वीकार कर दिया। इस बालक का नाम दामोदरराव था। पोलिटिकल एजेण्ट एलिस मरे ने दरबार में यह घोषणा पढ़ी-'दत्तक को गवर्नर जनरल ने नामंजूर किया है, इसलिए झाँसी राज्य ब्रिटिश सरकार के इलाके में मिलाया जाता है, रानी को पाँच हज़ार रुपये मासिक वृत्ति दी जाएगी तथा रानी किला खाली करके शहर की हवेली में रहेगी।' खानदानी जवाहरात और व्यक्तिगत खज़ाने का स्वामी दामोदरराव मान लिया गया।

रानी को बड़ी आशा थी कि गोद के बालक को कम्पनी की सरकार मान लेगी। उसने दरबार की बड़ी ठाठदार तैयारियाँ की थीं। सलामी दागने के लिए तोपों में बारूद तक डाल दी गई थी। पर एलिस की इस घोषणा से दरबार में सन्नाटा छा गया। परन्तु रानी ने पर्दे के पीछे से करारी आवाज़ में कहा- 'मैं अपनी झाँसी नहीं दूंगी। वह वृत्ति भी नहीं लूंगी।' एलिस तुरन्त दरबार से उठकर चला गया। रानी ने लन्दन में अपील की, पर वहाँ भी सुनवाई नहीं हुई, जवाब तक न मिला। झाँसी ब्रिटिश राज्य में मिला ली गई। कप्तान गार्डन वहाँ के डिप्टी कमिश्नर बने। जागीरें

ज़ब्त हुईं, ज़मींदारियाँ कायम हुईं। मन्दिरों की पूजा-सेवा में जो जायदादें लगी थीं वे ज़ब्त हो गईं, बहुत बावेला मचा। पर गार्डन ने सख्त हाथों से शासन किया। अदालतों की भीड़-भाड़ बढ़ी, वकीलों की नई ज़ात बनी। डिप्टी कमिश्नर जिसे वकालत की सनद देते वही वकील बन जाता। लोग अंग्रेज़ी ढंग, अदब-कानून सीखकर अंग्रेज़ी राज्य को चलाने में मदद देने लगे। रानी से किला खाली करा लिया गया। वह शहर के महल में चली गई। किले पर अंग्रेज़ी पल्टनों ने कब्जा कर लिया। रियासती फ़ौजी सामान बहुत-सा नष्ट कर दिया गया। बड़ी-बड़ी तोपों को निरुपयोगी कर दिया गया। झाँसी राज्य की सम्पूर्ण सेना खत्म कर दी गई। सिपाहियों को छ:-छ: महीने का वेतन देकर विदा किया गया। वे वेतन ले-लेकर रोते हुए महल के सामने से होकर निकले। रानी के दर्शन किए। प्रणाम किया और चले गए। शेष रियासती सब नौकर बर्खास्त कर दिए गए। अब उच्च पदों पर अंग्रेज़ अफ़सर नियुक्त हुए। दरबार-कवि, चित्रकार, धुरपदिए, सितारिये, नर्तकियाँ, नर्तक, सांटमार, कारीगर सब खत्म। उनकी जगह स्थापित हुए क्लब-डाकबंगले, जहाँ साहब लोग मौज-मज़ा करने को जाते और हिन्दुस्तानी अर्दली खानसामागिरी करते। पुरानी झाँसी खत्म हुई, नई झाँसी का यह रूप बना।

14

झाँसी की रानी लक्ष्मीबाई बड़े जीवट की असाधारण स्त्री थी। उसके हौसले बढ़े हुए थे और आत्म-सम्मान तथा साहस उसमें कूट-कूटकर भरा था। जब उसकी सेना को विघटित किया गया और सैनिक रानी माँ को अन्तिम प्रणाम करने महल के झरोखे के नीचे से आँसू बहाते गुज़रे तो रानी झरोखे में दोनों हाथ जोड़ अपनी सेना को विदाई का सत्कार देने आ खड़ी हुई। उसकी आँखों से भी आँसू झर-झर बह रहे थे। पर वे पानी के नहीं, 'खून के आँसू' थे। उसने केवल इतना ही कहा-'यह मत भूलना कि झाँसी तुम्हारी ही है।' उस समय सबने एक स्वर में कहा-'नहीं भूलेंगे रानी माँ, हम नहीं भूलेंगे।'

नगर-निवासी-सेठ-साहूकार, महाजन, मोदी और साधारणजन रानी के पास आते, अपनी-अपनी दु:ख-गाथा कहते, नये-पुराने समाचार सुनाते। रानी बड़ी कर्मठ स्त्री थी। विधवा होकर और राज्य-च्युत होकर वह और भी कर्मठ हो उठी थी। वह अब कुछ दुबली हो गई थी परन्तु इससे उसका सौन्दर्य और भी निखर उठा। उसका मुखमण्डल ज़रा लम्बा प्रतीत होने लगा था। उसके सौन्दर्य और सतेज आकृति को देखकर उसके प्रति आदर का भाव प्रकट होता था। उसकी बड़ी-बड़ी आँखों में ज्वलन्त ज्योति चमकती थी। वह अब विशेष आभूषण नहीं पहनती थी। केवल एक मोतियों की माला गले में, और हीरे की एक अंगूठी हाथ में रखती थी। श्वेत साड़ी मराठा ढंग से बाँधती थी। शीतकाल में उसी पर एक मोटा श्वेत शाल लपेट लेती थी। वह नित्य प्रात: एक प्रहर रात रहते स्नान करके आठ बजे तक शिवार्चन करती। इस समय गायक भक्ति रस के गायन करते रहते। इसके बाद थोड़ा दुग्धपान कर वह ग्यारह बजे तक महल के प्रांगण में घुड़सवारी, तीरन्दाज़ी, भाला-तलवार चलाना तथा बन्दूक का निशाना लगाने का अभ्यास करती, बहुधा वह दाँतों से घोड़े

की लगाम पकड़कर दोनों हाथों से तलवार चलाती। इस समय उसकी कुछ सहेलियाँ उसके साथ घोड़े पर सवार साथ होतीं। इनमें सुन्दर और मुन्दर, कुँवर भाऊ बख़्शी की औरत तथा झलकारी कोरिन छाया की भाँति उसके साथ रहतीं। ये सब स्त्रियाँ भी वीर वेश धारण कर ढाल-तलवार से सजे घोड़े पर सवार हो रानी के साथ समर-अभ्यास करती थीं। ग्यारह बजे रानी फिर स्नान करती तथा दान-धर्म कर भोजन करती और थोड़ा विश्राम करती थी। इसके बाद एकान्त में मौन हो ग्यारह सौ राम-नाम लिख आटे की गोलियाँ मछलियों को खिलाती थी।

महल के ठीक सामने राजकीय पुस्तकालय था। पुस्तकालय के पीछे ढाल था, तथा ढाल के नीचे रानी का सुन्दर बाग था। इसी बाग में रानी अपनी सहेलियों के साथ अपराह्न में आकर घुड़सवारी, मुद्‌गर, तीरन्दाज़ी तथा तलवार चलाने का अभ्यास करती थी। वह बहुधा एकान्त में बैठी किले की ओर देर तक देखती रहती। कभी वह युद्धक्षेत्र के नक्शे बनाती, कभी अपनी सहेलियों से युद्ध की चर्चा करती। कभी-कभी वह घोड़े पर सवार हो तीव्र गति से पहाड़ियों पर चढ़ जाती। उसकी सहेलियाँ उसके साथ होती थीं।

धीरे-धीरे रानी ने स्त्रियों की अच्छी-खासी सेना खड़ी कर ली। रानी की ये हलचलें छिपी न रहीं। अंग्रेज़ भी इसकी चर्चा करते और शहर के लोग भी। परन्तु एक असहाय भारतीय विधवा रानी, जो पर्दे में पली हो, कोई जीवट का काम कर सकती है इसकी अंग्रेज़ों ने कभी कल्पना भी नहीं की थी।

जब रानी झाँसी के आस-पास जंगलों में अपनी सखियों के साथ घुड़सवारी करती, घोड़े दौड़ाती, तो वह सामरिक दृष्टिकोण से भूमि का अध्ययन करती थी। इस प्रकार झाँसी के आस-पास की भूमि का राई-रत्ती ज्ञान उसे हो गया था। अवकाश के समय वह उस भूमि का, उस पर स्थित नदी-नाले-पर्वत का नक्शा बनाती और बड़ी देर तक उसे देखती रहती थी।

रानी की सहेलियाँ रानी का गूढ़ उद्देश्य नहीं समझती थीं। परन्तु उनमें बहुधा बातचीत होती रहती थी। वह स्त्रियों की भाँति पुरुषों को भी ज़रूरत का उपेदश देती। जो कोई उससे मिलने आता उससे कहती, 'शरीर को कमाकमाकर फौलाद बना लो। अमीरअली और नज़ीरअली नामक दो विख्यात पहलवान उसकी सेना में अब भी रहते थे। कुछ दिन के लिए उसके आह्वान पर बाला गुरु भी बिठूर से आए थे और कुछ दिन हथियारों के सूक्ष्म प्रयोग का अभ्यास कराकर चले गए थे। रानी के परामर्श से अमीरअली और नज़ीरअली ने नरसिंहराव की टोरिया के नीचे दक्षिणियों के मुहल्ले में अखाड़ा स्थापित किया था, जहाँ नगर के तरुण कुश्ती, छुरी, तलवार, रेकला, बिछुआ और बन्दूक का अभ्यास करते थे।

रानी इस प्रकार जो पूर्व भूमिका बना रही थी। उसका किसी को भी सानो-गुमान न था।

15

उस्ताद मुगलखाँ भारत के विख्यात धुरपदिए थे। महाराज गंगाधरराव उन्हें ग्वालियर से लाए थे। उन्होंने इन्हें तीन गाँव दिए थे और सौ रुपया माहवार तनख्वाह देते थे। महाराज गंगाधरराव

भी संगीत के बड़े पारखी थे। मुगलखाँ ने ईश्वरदत्त कण्ठ पाया था, जिसमें तैरते हुए खरज के स्वर समद्रगर्जन की भाँति हिलोरें भरते थे। बड़े-बड़े उस्ताद उनके आगे कान पकड़ते थे। महाराज गंगाधरराव जब मुगलखाँ को सुनने बैठते तब उस दिन वे दूसरा कोई काम नहीं कर सकते थे। गंगाधरराव के मरते ही मुगलखाँ के दिन बीत गए। महारानी विधवा होने के बाद केवल भजन-कीर्तन ही सुनती थी। परन्तु मुगलखाँ का वज़ीफा और जागीर कायम थी। अब अंग्रेज़ों ने आकर इलाका-जागीर ज़ब्त कर ली। रानी ने वज़ीफा जारी रखा, पर मुगलखाँ ने उसे लेने से इनकार कर दिया। बहुत कहने पर आँखों में आँसू भरकर कहा, 'श्रीमन्त सरकार, अब आपसे वज़ीफा नहीं लूँगा। अब तक सरकार का नमक खाया है, सो उसके बदले खून दूंगा। बस अब उसी क्षण की प्रतीक्षा में बैठा हूँ।' रानी ने और हठ नहीं किया। अब मुगलखाँ हर चाँद की पहली तारीख को रानी की सेना में हाज़िर आकर सलाम कर जाते हैं। गाना उन्होंने बन्द कर दिया है। बहुत राजा-रईसों ने बुलाया पर उन्होंने इनकार कर दिया।

उस्ताद मुगलखाँ की शिष्या थी मोतीबाई। मोतीबाई का रंग मोती के समान आँखें मछली के समान और कण्ठ-स्वर कोकिला के समान था। सारे शरीर की सुषमा एक फूल की छड़ी की सुषमा थी। महाराज गंगाधर ने नाटकशाला खोली थी। मोतीबाई उसमें अभिनय करती थी। वह राजा के बहुत मुँह-चढ़ी थी। पर राजा गंगाधरराव की मृत्यु होने पर मोतीबाई ने गाना-बजाना त्याग दिया। सरकारी वज़ीफा भी लेना बन्द कर दिया। केवल मास में एक बार वह रानी के मन्दिर की पौर में बैठकर भक्तिभाव के भजन गा आती थी। रानी की उस पर कृपा-दृष्टि थी।

उस दिन रानी ने मोती को बुला भेजा। रानी ने कहा, 'मोतीबाई, कुछ काम कर सकोगी?'

'श्रीमन्त सरकार जो आज्ञा देंगी वही करूँगी।'

'उसमें यदि खतरा उठाना पड़े?'

'सरकार, चाहे जान चली जाए।'

'और यदि इज़्ज़त से हाथ धोने पड़ें।'

मोतीबाई ज़रा हिचकी। फिर उसने कहा, 'तो भी सरकार मैं आपकी आज्ञा-पालन करूँगी।'

रानी की आँखों में आँसू उमड़ आए। उसने कहा, 'मोतीबाई, मैं भी तुम्हारी ही जैसी असहाय औरत हूँ। तुम्हारी इज़्ज़त को अपनी इज़्ज़त समझती हूँ। परन्तु तुम्हें झाँसी की सेवा करनी होगी।

'सरकार हुक्म दें।

'तुम्हें अंग्रेजों के यहाँ जाकर जासूसी करनी होगी। उनके सब भेदभाव लेने होंगे। कर सकोगी?'

'कैसे काम करना होगा सरकार?'

'इसकी एक राह मैं बता सकती हूँ। बाकी काम तो तुम्हें अपनी बुद्धि और शक्ति से करना होगा।'

'आप वह राह बताइए।'

'तुम नवाब साहब को अपने बस में कर सको तो मतलब हल हो सकता है।'

'कौन नवाब?'

'अलीबहादुर।'

'उनको बस में करने से क्या होगा?'

'वे अंग्रेज़ों के भेदिये हैं। उनके द्वारा अंग्रेज़ों तक तुम्हारी पैठ हो सकती है।'

'करूँगी सरकार।

'लेकिन तुम्हें मेरे पास नहीं आना पड़ेगा। आने-जाने से भेद खुल सकता है।'

'फिर आपको कैसे खबर दूंगी?'

'उसका उपाय मैं करूँगी। तुम अभी नवाब से मेल-जोल करो, उसके बाद दूसरे बात।'

'जैसी श्रीमन्त की आज्ञा।' मोतीबाई ने रानी को प्रणाम किया और चल दी।

16

नवाब अलीबहादुर गंगाधरराव के बड़े भाई रघुनाथराव के, वेश्या से उत्पन्न पुत्र थे। मरने से प्रथम रघुनाथराव ने उन्हें 85 गाँव जागीर में दिए थे, जिनकी आय छिहत्तर हज़ार रुपया सालाना थी। वे अपनी जागीर करेरा में एक आलीशान मकान बनाकर रहते थे। पर झाँसी में नई बस्ती में भी उनके तहत में एक आलीशान महल था। महल बहुत भारी था। उसमें तीन चौक थे। एक में रंगमहल, दूसरे में सैनिकों की बारकें, तीसरे में हाथी-घोड़े, गाय आदि पशु। महल का दरवाज़ा बहुत बुलन्द था। उसे चाँद दरवाज़ा कहते थे। जब रघुनाथराव मर गए और बड़े जोड़-तोड़ के बाद अंग्रेज़ों ने गंगाधरराव को गद्दी पर बैठाया तो नवाब अलीबहादुर के गाँव-इलाके भी ज़ब्त कर लिये और उनका पाँच सौ रुपये माहवार का मशाहिरा बाँध दिया। अलीबहादर ने पहले जागीर बहाल होने का और फिर पेन्शन बढ़ाने का बहुत ज़ोर मारा, पर महाराज गंगाधरराव ने उसकी बातों पर ध्यान नहीं दिया। अब अलीबहादुर, जब अंग्रेज़ों की पटिया झाँसी में बैठ गई तो, अंग्रेज़ों के खुशामदी जासूस बन गए। वे समय-समय पर झाँसी और रानी के कच्चे-पक्के समाचार उन्हें देते और वाहवाही लूटते। उन्हें रेजीडेण्ट ने आशा भी दिलाई थी कि वह उनकी सिफारिश करेगा। उसी आशा के भरोसे नवाब अलीबहादुर झाँसी के दुश्मन बने हुए थे।

रानी यह बात जानती थी। उसने सोचा कि अलीबहादुर की गतिविधि से ही अंग्रेज़ों की गतिविधि जानी जा सकती है। उसने खूब सोच-समझकर मोतीबाई को यह भार दिया था।

नवाब अलीबहादुर की सवारी में एक हाथी था। हाथी बहुत सुन्दर और बड़े डील-डौल का था। उसका नाम मोतीगज था। यों उसकी सवारी में रथघोड़े और भी थे, पर बहुधा हाथी पर ही सवार होकर अंग्रेज़ हाकिमों की सेवा में जाया करता था।

नवाब साहब का खास खिदमतगार था पीरू। पीरू बड़ा घाघ और लालची था। मोतीबाई ने पीरू को अपना निशाना बनाया। एक दिन उसे अपने घर बुलाया। एक रुपया उसकी हथेली पर रखा और कहा, 'म्याँ पीरू, खुदा जानता है कि अब इस धरती-आसमान पर या तो खुदा का सहारा है या तुम्हारा, म्याँ, तुम्हारे नवाब की जागती जोत है। हाकिम-हुक्काम सब उनका लिहाज़ करते हैं। ज़रा उनसे कहो-इस लौंडी के लिए कुछ करें। मैं उनके हुक्म से बाहर नहीं। वे सहारा न देंगे तो पीरू, मैं भूखी मर जाऊँगी।'

पीरू ने रुपया पाया तो दम-दिलासा दे नवाब के कान भरे। मोती जैसी सुन्दर-प्रसिद्ध गायिका उनका आसरा तकती है, यह जानकर वे बाग-बाग हो गए। रुख देखकर पीरू ने कहा, 'सबाब की बात है हुजूर, हुक्म हो तो मोतीबाई हाज़िर आकर सलाम करे।' नवाब का कलेजा धड़क रहा था। वे भी दिन थे कि महाराज गंगाधरराव के ज़माने में मोतीबाई से वह आँख भी नहीं मिला सकते थे। आज वह खुद ही उनकी मुट्ठी में आ रही थी। उन्होंने मन की खुशी दबाकर कहा, 'क्या हर्ज है, ले आना कभी। वे चाहती क्या हैं?'

और दूसरे ही दिन पीरू ने मोतीबाई को नवाब की बारादरी में ला बरामद किया। वह तामझाम में बैठकर आई. नवाब को सलाम किया और नीची नज़र करके बैठ गई।

इस समय भी मोतीबाई के रूप की दुपहरी चढ़ी थी। नवाब अलीबहादुर तो कभी से उस पर फरेफ्ता थे, आज घर बैठे मन की मुराद पूरी हुई। उन्होंने कहा, 'क्या चाहती हो मोतीबाई? तुम्हारे लिए मैं क्या कर सकता हूँ?'

'सरकार, आप तो सब कुछ कर सकते हैं। साहब लोग आपके इशारे पर नाचते हैं।'

'तो तुम अपना वज़ीफा चाहती हो या और कुछ?'

'बस।

'तो एक अर्जी बड़े साहब को लिख दो। मैं साहब को दे दूँगा। सिफारिश भी कर दूंगा।'

'हुजूर, मैं न अर्जी लिखूँगी, न मुए अंग्रेज़ के सामने जाऊँगी। मुए बड़े हूश होते हैं ये।'

'न अर्जी लिखोगी, न साहब के पास जाओगी, तो तुम्हारा काम कैसे होगा?' मोतीबाई ने मुस्कराकर एक कटाक्षपात किया और धीरे से कहा, 'यह मैं क्या जानूँ।' नवाब साहब लोटपोट हो गए। उन्होंने कहा, 'अच्छा, मैं साहब से कहूँगा।'

और मोतीबाई की मोहिनी छवि हृदय में धारण कर नवाब साहब ने झाँसी के कमिश्नर कप्तान गार्डन के पास जाकर मोतीबाई की सिफारिश की। साथ में यह भी कहा, 'मोतीबाई बड़े काम

की औरत है। रानी उस पर विश्वास करती है। उसके ज़रिये हमें सारे भीतरी भेद रानी के मिल सकते हैं। ज़रा उसे परचा लेने की आवश्यकता है।'

तो नवाब साहब, आप मोतीबाई को हमारी पेशी में लाइए। मैं उससे बात करूँगा।'

'ज़रूर लाऊँगा हुजूर, खातिर जमा रखिए।'

17

इस तरह अलीबहादुर खुश-खुश अपने घर लौटे।

झाँसी में हलचल बढ़ती जा रही थी। चारों ओर से अजनबी आदमी आ-आकर नाते-रिश्तेदारों के घर ठहरते। बाज़ारों में चक्कर लगाते। भाँति-भाँति की बातें करते। दिन-दिन झाँसी में भीड़ बढ़ती जा रही थी। अंग्रेज़ों के लिए यह चिन्ता का विषय था। शाम का वक्त था। अंग्रेज़ी क्लब के सामने वाले हरी-हरी दूब के रगने पर तीन-चार कुर्सियाँ पड़ी थीं। कुर्सियों पर तीन अंग्रेज़ अफ़सर बैठे थे। बीच में टेबुल पर शराब सजी थी। जाम पर जाम उड़ रहे थे और झाँसी की राजनीति पर चर्चा हो रही थी। तीन आदमियों में झाँसी के कमिशनर स्क्रीन, डिप्टी कमिश्नर गार्डन और सेना के अफ़सर कैप्टन डनलप बैठे थे।

कमिश्नर ने स्क्रीन से कहा, 'क्या तुमने सुना कि यहाँ झाँसी में बिठूर से तांत्या टोपे आया है?'

'कहाँ, मैंने तो नहीं सुना। बहुत लोग आते हैं। क्या इस आदमी में कोई विशेषता है?'

'मैंने सुना है कि वह नाना का खास आदमी है, रानी से इसकी विशेष घनिष्ठता है।'

'हो सकता है। परन्तु क्या वह कोई खतरनाक आदमी है?'

'कह नहीं सकते। परन्तु इस समय झाँसी में इधर-उधर से बाहर के बहुत आदमी आ रहे हैं। वे कौन हैं और क्यों यहाँ जमा हो रहे हैं?'

'मैंने तो इस बात पर ध्यान ही नहीं दिया। यों झाँसी का वातावरण शान्त है। सब ठीक-ठाक है।' डिप्टी कमिश्नर गार्डन ने कहा।

'ठीक न होगा तो मैं उसे ठीक रखूँगा सर, आप चिन्ता क्यों करते हैं।'

'मुझे आप पर भरोसा है। पर यह अत्यन्त आवश्यक है कि शहर की फिजा पर पूरा ध्यान रखा जाए।'

'मैं नहीं समझता कि शहर में कोई खास बात है।'

'मैं चाहता हूँ कि आप ज़रा ध्यान से इस पर नज़र रखें।'

'बहुत अच्छा। मैं आज ही अलीबहादुर से बात करूँगा।'

'क्या वह विश्वासी आदमी है?'

'वह राजा का रिश्तेदार ही है। बड़ा आदमी है। मिलने-जुलने में सभ्य है। मैंने उसे उसकी हवेली वापस दिला दी है। पर वह अपनी जागीर का दावेदार है।'

'लेकिन यह तो नामुमकिन है।'

'फिर भी कुछ तो उसके लिए होना ही चाहिए।'

'मसलन?'

'उसकी पेन्शन कुछ बढ़ जानी चाहिए।'

'यह भी मुश्किल है, लेकिन उसे नवाब का खिताब दिया जा सकता है।'

'खैर, अभी यही सही। यह वक्त उसे उलझाए रखने का है। मैंने उसे आशा दिलाई है।'

'खैर, तो ये हिन्दुस्तानी अपनी बात के पक्के कभी नहीं होते, उन पर एकाएक विश्वास करना भी ठीक नहीं है।'

'मैं एक और आदमी से सम्पर्क स्थापित कर रहा हूँ।'

'वह कौन है?'

'मोतीबाई है।

'औरत?'

'बड़े काम की औरत है। गर्जमन्द है। रानी तक उसकी पहुँच है। गंगाधरराव के ज़माने में वह नाटक में काम करती थी-अब भूखों मरती है।'

'बेशक, ऐसी औरतें काम की होती हैं। आप अवश्य ही उससे सम्पर्क स्थापित कीजिए।'

'लेकिन एक बात बड़ी अजीब है।'

'वह क्या?'

'रानी को घुड़सवारी और नोज़बाज़ी का बड़ा शौक है। मैंने अक्सर उसे मर्दाने वेश में घोड़ा दौड़ाते हुए मैदान में देखा है। देखने में तो वह पक्की घुड़सवार मालूम देती है।

'क्या उसके साथ कोई मर्द भी रहता है?'।

'नहीं, जहाँ तक मैंने सुना है, उसकी दो-चार सहेलियाँ हैं। घुड़सवारी का उन्हें भी बड़ा शौक है।'

'कुछ बुरा तो नहीं है। हमारे मुल्क में भी औरतें घुड़सवारी करती हैं।'

'पर यहाँ की औरतें तो परदे में रहती हैं।'

'क्या रानी पर्दा नहीं करती?'

'करती भी है। नहीं भी करती। सिपाहियों और दूसरे आदमियों के मुजरा करने पर वह उनके सामने आती है। मर्दाने लिबास में घुड़सवारी करती है। पर और वक्त पर्दा करती है। हम लोगों के सामने पर्दे में बैठकर चिलमन से बात करती है।'

'खैर, तो अब रानी पर भी नज़र रखिए। दिल्ली की खबरें बहुत खराब आ रही हैं। इधर गवर्नर-जनरल का तार आया है कि हमें खूब सावधान रहने की ज़रूरत है।'

'मैं समझता हूँ। हम खूब सावधान और सुरक्षित हैं।'

'शहर को एकदम काबू में रखिए।'

'यहाँ के लोगों में दम नहीं है। वे हमसे खुश हैं। वे जानते हैं कि हम उन्हें अन्धेरगर्दी से निकालकर कानून और न्याय का राज्य कायम कर रहे हैं।'

'बहुत ठीक कहा गार्डन!'

18

अलीबहादुर समझा-बुझाकर मोतीबाई को डिप्टी कमिश्नर गार्डन साहेब के बंगले पर ले गए। जैसे ही वे हाथी से उतरे, साहेब के अर्दली ने आकर सलाम किया।

नवाब साहेब ने हस्बदस्तूर दो रुपये अर्दली की हथेली पर रखकर कहा, 'क्या साहेब बहादुर फुर्सत में हैं?'

'जी हाँ, खूब फुर्सत में हैं। हुक्का पी रहे हैं। मैं अभी इत्तला करता हूँ। लेकिन...' उसने मोतीबाई की ओर देखा। नवाब साहेब ने कहा, 'मोतीबाई हैं। साहेब की खिदमत में अर्जी लेकर आई हैं।'

अर्दली भीतर चला गया और हँसता हुआ बाहर आया। उसने कहा, 'चलिए, साहेब ने सलाम बोला है।'

मोतीबाई के साथ अलीबहादुर ने कमरे में प्रवेश किया। किसी अंग्रेज़ के सामने जाने का मोतीबाई का यह पहला ही अवसर था। वह चुपचाप एक कोने में खड़ी हो गई।

साहेब भी मोतीबाई के रूप के जादू से ठगे-से रह गए। परन्तु उन्होंने उन्हें बैठने का इशारा किया।

नवाब साहेब ने बैठते हुए कहा, 'हुज़ूर, ये मोतीबाई हैं संगीत की पारंगत। स्वर्गीय महाराज इन्हें बहुत मानते थे। अब आपकी खिदमत में आई हैं। इनकी अर्जी पर गौर फरमाया जाए।

'क्या ये कम्पनी बहादुर की सरकार की फर्माबर्दार हैं?'

'जी हाँ हुजूर, इसका मैं ज़ामिन हूँ।'

'लेकिन ये खुद कहें।'

'मोतीबाई ने आहिस्ता से कहा, 'हुजूर हर तरह इत्मीनान कर लें।

'तुम बता सकता है कि झाँसी में आजकल इतनी हलचल क्यों है! नये-नये आदमी कौन आ रहे हैं? क्या रानी उनसे मिलती है?'

'जी हुजूर, रानी जी राजकुमार का जनेऊ कर रही हैं। सो उनके नाते-रिश्ते के आदमी झाँसी में आ रहे हैं।'

'रानी साहेबा ने हमको इसकी इत्तला नहीं की?'

'इस बात का मैं जवाब नहीं दे सकती हुजूर।'

'क्या तुम तांत्या टोपे को जानती हो?'

'नाम सुना है सरकार।'

'कभी देखा नहीं?'

'नहीं।'

'उसकी बाबत तुमने क्या सुना?'

'सरकार सुना है-वे रानी जी के गुरु हैं।'

'कैसा गुरु?'

'ब्राह्मण हुजूर।'

'क्या वह रानी से मिलता है?'

'मैं नहीं जानती।'

'वह यहाँ क्यों आया है?'

'जनेऊ के सिलसिले में आए होंगे। हुजूर, हिन्दुओं में ब्राह्मण गुरु ही जनेऊ देते हैं। ऐसा सुना है।'

'क्या तुम रानी से मिलती हो?'

'कभी कदाच दिवाली-दशहरा सलाम करने चली जाती हूँ।'

'हमने सुना तुम बहुत अच्छा गाती हो?'

'थोड़ा-कुछ गुनगुना लेती हूँ।'

'तुम रानी को गाना सुनाकर खुश क्यों नहीं करतीं?'

'हुजूर, हम जात की नर्तकी हैं। पेट के लिए गाती हैं। श्रीमन्त सरकार महाराज गंगाधरराव थे-तब पेट के लिए देते थे। हम भी अपनी कला दिखाती थीं। महाराज दिल खोलकर ईनाम देते थे। अब रानी जी के पास क्या धरा है! इसी से नहीं जाती।'

'हम चाहता है तुम जाओ। रानी से मेल बढ़ाओ। हम तुम्हें इनाम देगा।'

'बहुत अच्छा सरकार।'

'लेकिन तुम्हें रानी की सब खबर लाकर देनी होगी।'

'दूंगी साहेब, लेकिन मेरी अर्जी?'

'अर्जी भेजना, हम उस पर हुक्म देगा।'

'हुजूर का बोलबाला।'

इतना कहकर मोतीबाई उठ खड़ी हुई। नवाब साहेब भी सलाम करके चलते बने।

19

मुहम्मद जमाखाँ कभी रानी की सेना में कर्नल था। अंग्रेज़ों ने उसे और उसकी , सेना को बर्खास्त कर दिया था-पर वह अब भी अपने को कर्नल कहता था।

जब-तब रानी के पास कर्नल की वर्दी पहनकर ही जाकर सलाम-मुजरा कर आता था। रात के आठ बजे थे। चौथ की रात थी-क्षीण चन्द्र का क्षीण प्रकाश अन्धेरे को कुछ कम कर रहा था। मुहम्मद जमाखाँ ने ड्योढ़ियों पर आकर ड्योढ़ीदार से कहा, 'जाकर श्रीमन्त सरकार से इसी समय अर्ज़ करो कि कर्नल मुहम्मद जमाखाँ सलाम अर्ज़ करने हाज़िर हुआ है।'

'अभी इत्तला नहीं कर सकता, श्रीमन्त सरकार पूजा में हैं। एक घण्टे बाद आना।'

'कमजर्फ, तेरी यह हिम्मत कि तू कर्नल मुहम्मद जमाखाँ की बात काटता है! क्या तू मुझे जानता नहीं!'

'जानता हूँ हुजूर, पर मुझे हुक्म नहीं है।'

'लेकिन मेरा काम ज़रूरी है, तू अभी अर्ज कर।'

'अभी तो मैं श्रीमन्त सरकार के हुजूर में जा ही नहीं सकता। आप हुक्म करें तो मैं मुन्दर कुँवर को यहाँ बुला लाऊँ।

'ऐसा ही कर।'

सिपाही जाकर मुन्दर कुँवर को बुला लाया। मुहम्मद जमाखाँ ने एकान्त में मुन्दर के कान में कुछ शब्द कहे। मुन्दर कुँवर चौंकी। उसने आँख उठाकर देखा-सामने कुछ फ़ासले पर एक बड़े बरगद के पेड़ के नीचे एक छायामूर्ति खड़ी थी। उसने संकेत से कहा-'ले आओ।'

मुहम्मद जमाखाँ उस मनुष्य मूर्ति को बुला लाया। इस समय वस्त्र से उसका मुख ढका हुआ था। दोनों मुन्दर कुँवर के पीछे महल की पिछली पौर में धंस गए।

अनेक कमरे और दालान पार करती हुई मुन्दर उन्हें एक सुविस्तृत कक्ष में ले आई। कक्ष में चाँदनी बिछी थी। एक ओर कालीन पर मसनद लगी थी। उन्हें आदरपूर्वक बैठाती हुई मुन्दर कुँवर ने कहा, 'अभी पूजा से फारिग होते ही श्रीमन्त से मैं अर्ज करूँगी। आप तब तक बैठिए।'

दोनों पुरुष चाँदनी पर बैठ गए। मुन्दर चली गई।

मुहम्मद जमाखाँ के साथ जो पुरुष आया था, वह वास्तव में तांत्या टोपे था। इस समय टोपे अत्यन्त व्यग्र हो रहा था।

थोड़ी ही देर में रानी वहाँ आ गई। उसके साथ उसकी तीनों सहेलियाँ थीं। रानी को देखकर तांत्या खड़े हो गए। उन्होंने आँखों में आँसू भरकर कहा-'अन्त में हम कगार पर आकर खड़े हो गए बाई साहेबा।

'इसी से आप इतने विचलित हैं!'

'विचलित नहीं हूँ। पर आपकी यह हालत तो मैं नहीं देख सकता।'

'आप मुझे जिस हालत में देखना चाहते हैं, वही काम कीजिए।'

'वही कर रहा हूँ।'

'आप कहाँ से आ रहे हैं?'

'दिल्ली से।'

'दिल्ली की हालत कैसी है?'

'कुछ कह नहीं सकता। बादशाह में कुछ दम नहीं है। जीनतमहल बेगम हर राजनीति में दखल देती हैं। पर उन्हें न युद्ध का कौशल ज्ञान है, न प्रबन्ध कर सकती हैं, इसके अतिरिक्त लालकिला गन्दी दलबन्दी और षड्यन्त्रों का केन्द्र बना है।

'लेकिन मैंने तो सुना, बादशाह ने दिल्ली से अंग्रेज़ों को निकाल बाहर कर दिया है। दिल्ली में अंग्रेज़ मारे गए हैं।'

'यह सच है। पर मैं जो कुछ देख आया हूँ, वह अधिक आशाजनक नहीं है।'

'आपने क्या देखा है?'

'अराजकता, अव्यवस्था और अशान्ति...'

'वहाँ कोई मज़बूत नेता इस समय नहीं है। वे बादशाहत की स्थापना चाहते हैं। परन्तु हम मराठे जानते हैं कि बादशाहत तो हमने प्रथम ही खत्म कर दी थी। अब यदि भारत को अच्छे दिन देखने हैं तो भगवा झण्डा फहराना होगा।'

'क्या दिल्ली में भी?'

'बेशक! वहाँ इस समय हरा झण्डा फहरा रहा है।'

'क्या आपने बादशाह से मुलाकात की?'

'की।'

'तो आप किस परिणाम पर पहुँचे।'

'बाई! हमने कानपुर और झाँसी में सफलता प्राप्त नहीं की तो दिल्ली देर तक नहीं खड़ी रहेगी। बालू की दीवार की भाँति ढह जाएगी।'

'क्या आप पंजाब तक भी गए?'

'गया।'

'पंजाब से हम क्या कुछ भी आशा नहीं कर सकते?'

'न।'

'क्यों?'

'अब वह रणजीतसिंह का पंजाब थोड़े ही है। वह तो अंग्रेज़ी इलाके और पाँच रियासतों में बँट चुका है। इन रियासतों के राज्य अपने हाथ में आई सत्ता को खतरे में नहीं डालेंगे। वे पंजाब के अंग्रेज़ी इलाके के साथ बँधे है, जिसके सिर पर धूर्त शिरोमणि सर लारेन्स का जाग्रत पहरा है।'

'क्या वहाँ अंग्रेज़ सावधान हैं?'

'अभी उनकी एक गुप्त सभा हुई थी; मैंने वह देखी थी। वे पूरे सावधान हैं। आने वाले खतरे को वे जानते हैं। यदि बादशाहत सफल भी हुई तो पंजाब के लिए उसे कड़ा युद्ध करना होगा।'

'तो हमें बादशाह से कुछ भी आशा नहीं करनी चाहिए।'

'न. लेकिन बादशाहत के नाम का तो हमें सहारा लेना पड़ेगा।'

'क्यों?'

'उस नाम में जादू है। उसी जादू से हिन्दू-मुसलमान एक सूत्र में बँधे रह सकते हैं। एक बार सर्वग्रासी अंग्रेज़ काला हो जाए तो पीछे हम आपस में सुलझ लेंगे।

'आप राजस्थान भी गए?'

'गया।'

'वहाँ से कुछ आशा है?'

'रत्ती-भर भी नहीं। जयपुर, जोधपुर, बीकानेर, सभी मराठों से नाराज़ हैं और अब तो अंग्रेज़ों की छत्रछाया में उन्हें सुख की नींद सोने का अवसर मिला है, उसके मोह में फँसे हैं। असल में राजस्थान में इस समय एक भी ऐसा तेजस्वी पुरुष नहीं है जो इस समय भारत की एकता के लिए तलवार उठाए।'

'किन्तु एक हद तक उनकी बात भी तो सच है। हम भी तो अपने-अपने स्वार्थ के लिए लड़ना चाहते हैं। समूचे देश की एकता की आवाज़ उठाकर तो हम उन्हें व्यक्तिगत स्वार्थों का सहायक ही बनाना चाहते हैं।'

'यही बात है बाई साहब।'

'मराठा सरदारों का क्या रुख है?'

'महाराष्ट्र में जनता सजग है। सिपाहियों में स्वाभिमान है। महाराष्ट्र आवश्यकता पड़ने पर अब भी हमारे झण्डे के नीचे प्राणों की आहुति दे सकता है।'

'तो टोपे, अब आप मुझे क्या करने को कहते हो?'

'बस, कानपुर की ओर आँखें लगाए रहो। जो कानपुर में होता दिखे वही करो। कदाचित् मैं आपसे जल्द न मिल सकूँ।'

'मुझे क्या आप लोगों की सहायता मिलेगी?'

'प्राण रहते ज़रूर मिलेगी। हम लोग मिलजुलकर ही तो अपने इस संयुक्त शतु का विनाश करेंगे।'

रानी कुछ देर चुप बैठी रही। फिर उसने सहसा भावावेश में आकर कहा-'ये पर्वतमालाएँ और मैदान, घाटियाँ और उपत्यकाएँ कब तोपों से काँप उठेगी। मैं तो उस दिन को देखने को अपने प्राण हथेली पर लिये बैठी हूँ।'

'परन्तु जल्दी मत करना बाई साहब, कानपुर पर आँख रखना, अभी हम लोग प्रतीक्षा कर रहे हैं।'

'किसकी?'

'एक समाचार की।'

'कैसा समाचार?'

'हैदराबाद, मैसूर और तंजौर का। हम चाहते हैं-ज्यों ही कानपुर में पहला धड़ाका हो, दक्षिण में एक सिरे से आग लग जाए।'

'लेकिन टोपे यह तो कठिन दीख पड़ता है। निज़ाम की गर्दन अंग्रेजों के हाथों में फँसी हुई है।'

'पर उनकी सेना हमारे साथ है। यों मैसूर और तंजौर के हालात भी कुछ आश्चर्यजनक नहीं हैं। असल में लोग अवसर की ताक में हैं। वे खरबूज़ों को देखकर रंग बदलना चाहते हैं।'

'तो पहल कर दो टोपे, अब देर मत करो।'

'हाँ, अब देर नहीं है। परन्तु हमें युद्ध की दृष्टि से सब महत्त्वपूर्ण स्थलों का बारीकी से अध्ययन कर लेना चाहिए। कहाँ कैसे सेना ले जानी होगी। कहाँ तोपों का जमाव होगा। कहाँ प्रधान और अप्रधान मोर्चा लगेगा। इसके अतिरिक्त राशन बारबरदारी, घोड़े, गाड़ी, ऊँट, बैल और भारवाहक अच्छी तादाद में रहने आवश्यक हैं।'

'मैंने सब बातों पर विचार कर लिया है। अपनी ओर से मैं तैयार हूँ।'

'झाँसी में लुहार कितने हैं?'

'डेढ़ सौ से कम तो न होंगे।'

'इनके इष्ट-मित्र, रिश्तेदार अवश्य ही पास-पड़ोस के गाँव में रहते होंगे-उनको मिलाकर कुल संख्या तीन-चार सौ हो सकती है।

'असम्भव तो नहीं है।'

'क्या झाँसी में कोई ऐसा लुहार भी है जो तोपें ढाल सकता हो और बन्दूकें बना सकता हो?'

'तीन चार हैं। हमारी सब तोपें इन्होंने ढाली हैं।'

'तुम्हारे पास गोला-गोली का जखीरा कितना है?'

'हम छः मास तक बराबर सामना कर सकते हैं।'

'और सेना?'

'पच्चीस हज़ार सेना पलक मारते मैं जुटा सकती हूँ।'

'तोपची?'

'बीस तोपची मेरे पास ऐसे हैं जिनका निशाना नहीं चूकता। आपने गौसखाँ को तो देखा है।'

'हाँ-हाँ। खैर, सेनापति कितने हैं?'

'इसकी कमी मेरे यहाँ है।'

'यह तो बड़ी भारी कमी है। बिना अच्छे सेनापति के बड़ी-से-बड़ी सेना भी हार जाती है।'

'क्या तुम्हारे पास सेनापति यथेष्ट हैं टोपे?'

'सन्दिग्ध हूँ मैं। हमने एक खतरनाक साहस किया है।'

'क्या ?'

‘महाराज धोंडूपन्त के कुछ फ्रांसीसी सेनापतियों को रखा है। वे प्रथम श्रेणी के सेनापति अवश्य हैं, पर विदेशी हैं-यही बात खटकती है।’

‘खटकने की बात क्या है?’

‘कुछ काल पूर्व तक फ्रांस और ब्रिटेन परस्पर शत्रु थे। पर अब नहीं हैं। इसके अतिरिक्त हिन्दुस्तान पर अब भी उनकी ललचाई नज़र है।’

‘सो तो है। मैं तो जो हो सो हो, विदेशी सेनानायक नहीं रखूँगी।’

‘तो बाई साहब, आप अपने सेनापतियों को तैयार करें और झाँसी के सब लुहारों को एकत्रकर हथियारों और गोला-बारूद का एक बड़ा कारखाना स्थापित करें। शीघ्र ही हमें उसकी आवश्यकता पड़ेगी।

‘बिठूर में भी ऐसा कारखाना खोला गया है, मैंने सुना है।’

‘हाँ, परन्तु अभी वह अत्यन्त गोपनीय है। खुलकर हम काम नहीं कर सके हैं!’

‘यह तो ठीक है। अब मैं समझती हूँ, आपने सारे भारतवर्ष का भ्रमण कर लिया। आप बड़ी-से-बड़ी सेना को एक स्थान से दूसरे स्थान पर निरापद स्थानान्तरित कर सकते हैं।’

‘निस्सन्देह। मैं महीनों पैदल भारत के पर्वतों, दरों और खोहों में फिरा हूँ। मैं जानता हूँ कहाँ कैसे जमकर लड़ा जाएगा। इसके अतिरिक्त मैंने पंजाब की लड़ाइयों का भी अध्ययन किया है। सिखों की हार-जीत का सूत्र भी पकड़ा है।

‘मैं भी पंजाब की लड़ाइयों का अध्ययन करना चाहती हूँ।’

‘मैं यही चाहता था। कुछ नक्शे तैयार किए थे। उन्हें मैं आपके पास भेज दूँगा।’

‘अवश्य भेजना।’

‘एक बात और है।’

‘क्या ?’

‘हमें एक सुदृढ़ जासूसी विभाग स्थापित करना चाहिए।’

‘मैंने किया है।’

‘सुनकर प्रसन्न हुआ।’

‘एक बात है टोपे!’

‘क्या?’

‘किसी तरह ग्वालियर को अनुकूल करो।’

'चेष्टा कर रहा हूँ। पर सफलता नहीं मिली। महाराज बहुत ही असावधान और अहम्मन्य हैं।'

'मैं समझती हूँ एक दिन ग्वालियर ही हमारा प्रधान समरांगण होगा तथा वहीं हमारे भाग्यों का फ़ैसला होगा।'

'यदि बिठूर का पतन हुआ तो?'

'हमें सभी अच्छे-बुरे के लिए तैयार रहना चाहिए। एक बार फिर ग्वालियर जाओ टोपे।'

'अवश्य जाऊँगा। अच्छा, अब विदा!'

'भगवान त्रिलोचन आपको सिद्धि दें टोपे! भले ही नवाब और राजा लोग हमारे साथ न हों, पर भारत की जनता अंग्रेज़ों को नहीं चाहती। यह शुभ लक्षण है। हमें निरुत्साहित न होना चाहिए।'

'मैं निरुत्साहित नहीं हूँ।'

'तो क्या तुम अब सीधे यहाँ से ग्वालियर नहीं जा सकते?'

'न, मुझे तुरन्त जगदीशपुर पहुँचना है। वहाँ के महाराज कुँवरसिंह मेरी प्रतीक्षा कर रहे हैं।'

'क्या वे कुछ समर्थ पुरुष हैं?'

'वे अकेले ही हम सबके समान वृद्ध व्याघ्र हैं।'

'तो टोपे, मेरा उन्हें प्रणाम कहना और मेरी ओर से असावधान न रहना। लाख साहस करूँ पर औरत हूँ। यह ध्यान रखना।'

'बाई साहब, टोपे को आप सदा अपने पसीने के स्थान पर रक्त बहाता पाएँगी।'

'तो एक बार नाना साहब से भी परामर्श हो जाए। मैं दामोदरराव का जनेऊ कर रही हूँ। निमन्त्रण पहुँच जाएगा। एक बार नाना साहब के साथ आना, तब अन्तिम रूपरेखा पर विचार किया जाएगा।'

'यह अच्छा आयोजन है। मैं श्रीमन्त से कहूँगा।' इतना कहकर तांत्या टोपे उठ खड़े हुए। लक्ष्मीबाई ने उन्हें सम्मान देकर सत्कृत किया और विदाई दी।

20

इसी समय रानी ने अपने दत्तक पुत्र दामोदरराव के जनेऊ का समारोह ठान लिया। रानी बड़ी पैनी दृष्टि की औरत थी। खूब सोच-समझकर उसने इस अवसर पर यह समारोह ठाना। रानी के गुप्तचर निरन्तर काम कर रहे थे। नानाराव साहब और तांत्या सरदार बादशाह और अवध के साथ सम्पर्क बना रहे थे। महाराष्ट्र, बंगाल, बिहार, मध्य प्रदेश सर्वत्र तैयारी हो रही थी। बुन्देलखण्ड भी तैयार था। अब आवश्यकता थी कि आदमियों को झाँसी में एकत्र किया जाए और अवसर पाते ही विस्फोट का आरम्भ हो जाए। दिल्ली, अलीगढ़, मैनपुरी, इटावा,

लखनऊ, बरेली, मुरादाबाद के समाचार विस्तृत रूप से रानी को मिल गए थे। अब विस्फोट में देर नहीं है, रानी ने यह समझ लिया। परन्तु वह कानपुर की प्रतीक्षा कर रही थी। तांत्या ने उसे यही आदेश दिया था। परन्तु उसे कानपुर और बिठूर के भी राई-रत्ती समाचार मिल रहे थे। इसी से उसने झाँसी में सब सहायकों को अब एकत्र करने का यह उपाय निकाला। उसने अंग्रेज़ों से एक लाख रुपया इस समारोह में खर्च करने के लिए माँगा। बहुत हील-हुज्जत के बाद अंग्रेज़ों ने रुपया दिया। यद्यपि वह रुपया रानी ही का था।

समारोह का आरम्भ होते ही झाँसी में बहुत भीड़-भाड़ एकत्र होने लगी। गण्यमान्य निमन्त्रित जन झाँसी में आए। बहुत तमाशाई बिना बुलाए ही आ गए। अनेक गुणी-गायक, नर्तकी, कलाकार अपनी कला का प्रदर्शन करके इनाम-इकराम पाने के लिए आए। रानी ने सबका स्वागत-सत्कार किया। बड़ी धूमधाम से दामोदरराव का यज्ञोपवीत संस्कार शुभ मुहूर्त में सम्पन्न हुआ। दावत-पंगत हुई। गायन-वादन की महफिल बैठी। बाहर गायन हो रहा था। भीतर गुप्त मीटिंग हो रही थी। रानी के साथ यहाँ नानाराव धोंडूपन्त, तांत्या टोपे, राव साहब, जवाहरसिंह, रघुनाथसिंह आदि सरदार और रानी की सहेलियाँ थीं, रानी ने कहा, 'आज यह छोटा यज्ञ सम्पूर्ण हुआ, अब बड़े यज्ञ का अनुष्ठान कब होगा?'

'बहुत शीघ्र। क्या आप तैयार हैं?'

'मैं तैयार हूँ।'

'तो मैं पहल उनकी ओर से होने की प्रतीक्षा में हूँ।' नाना ने कहा।

'उसमें कितनी देर की सम्भावना है। देर तो अब न होनी चाहिए।'

'सेना ज्वालामुखी बनी हुई है। छूते ही विस्फोट होगा।'

'क्या विद्रोही सेना पर विश्वास किया जा सकता है।'

'उस पर निर्भर मत रहना बाई साहेब, अपनी सैन्य चाक-चौबन्द रखना।'

'सो तो मैं करूँगी ही, पर एक अफ़सोस है।'

'वह क्या?'

'ओरछा, आजमगढ़, छत्रपुर के राजा बालक हैं। वहाँ की सारी सत्ता अंग्रेज़ों के हाथ में है।'

'चिन्ता न करो बाई, तांत्या टोपे जब तक है, तुम्हें चिन्ता की आवश्यकता नहीं।' तांत्या ने कहा।

इसके बाद प्रबन्ध-व्यवस्था के सम्बन्ध में तथा युद्ध-सम्बन्धी गोपनीय विचारों के बाद यह गुप्त सभा बर्खास्त हुई। इस समारोह के मूल उद्देश्य से अंग्रेज़ सर्वथा अज्ञान रहे।

21

सोरों के घाट पर गंगा-स्नान करके एक तरुण संन्यासी ध्यानस्थ हो सन्ध्या-वन्दन कर रहे थे। उस दिन कोई पर्व था। तट पर बहुत स्नानार्थियों की भीड़ जुटी थी। संन्यासी की दृष्टि यद्यपि मुद्रित थी, पर मालूम होता है वे स्नानार्थियों को भी ध्यान से देख रहे थे।

स्नानार्थियों में एक बलिष्ठ प्रौढ़ पुरुष था। पुरुष का डील-डौल बड़ा था। चेहरा उसका असाधारण रुआबदार था। उसके साथ चार-पाँच आदमी और थे। बातचीत और व्यवहार में वह उनका अफ़सर प्रतीत होता था। यद्यपि उसके कपड़े-लत्ते साधारण थे, परन्तु संन्यासी की मर्मभेदिनी दृष्टि उसी पर जमी थी। स्नान-पूजन से निवृत्त होकर वह पुरुष वहाँ से जाने लगा, तो संन्यासी ने उसे पुकारा। उस व्यक्ति ने निकट आकर संन्यासी को प्रणाम किया और उनका संकेत पाकर सम्मुख बैठ गया। संन्यासी ने सहज मुद्रा से पूछा, 'कहाँ जाओगे?'

'कानपुर।'

'पंजाब कब छोड़ा?'

'संन्यासी के प्रश्न पर वह व्यक्ति चौकन्ना होकर संन्यासी के मुँह की तरफ़ देखने लगा।'

संन्यासी ने मुस्कुराकर कहा-'क्या मेरा प्रश्न अद्भुत लगा?'

'आप सर्वदर्शी अन्तर्यामी हैं। जब आप यह जानते हैं कि मैं पंजाब से आ रहा हूँ, तब यह भी जानते होंगे कि मेरा उद्देश्य क्या है?'

'जानता हूँ।'

वह व्यक्ति अब अवाक् होकर संन्यासी का मुँह देखने लगा। संन्यासी ने कहा, 'तुम गोविन्दसिंह हो न?'

'जी हाँ।' आगन्तुक ने हाथ जोड़कर मस्तक नवाया।

संन्यासी कुछ देर अविचलित भाव से मौन बैठे रहे। फिर उन्होंने कहा, 'बड़े ही कुत्सित उद्देश्य से तुम कानपुर जा रहे हो गोविन्दसिंह।'

'कुत्सित उद्देश्य क्या है?'

'अपने देशभाइयों के विरुद्ध विदेशी फिरंगियों की सहायता।'

'महाराज, मैं एक व्यापारी हूँ। अपने काम से कानपुर आया हूँ।'

'तुम पंजाब के प्रसिद्ध गोविन्दसिंह जासूस हो। तुमने सिख-सैन्य से विश्वासघात करके उनके गुप्त भेद अंग्रेज़ों को बताकर अपना सिख साम्राज्य नष्ट किया था और अब तुम अंग्रेज़ों के भेदिये बनकर देशद्रोह करने जा रहे हो।'

आनेवाले व्यक्ति का मुँह ठीकरे के समान काला पड़ गया। उसके नेत्र पृथ्वी पर टिक गए।

संन्यासी ने फिर कहा- 'उस विश्वासघात के बदले तुम्हें थोड़ी-सी ज़मीन मिल गई। अब इस बुढ़ापे में देशवासियों को फाँसी चढ़वाकर और थोड़ी-सी ज़मीन लेने की तुम्हारी अभिलाषा है।'

कुछ देर मौन रहकर उस पुरुष ने कहा-'आज्ञा हो तो मैं एक बात पूछूँ?'

'पूछो।'

'क्या आप प्रकृत संन्यासी हैं?'

'नहीं।'

'तब कौन हैं?'

'तुमने एक प्रश्न पूछने की आज्ञा ली थी। अब दूसरे प्रश्न का उत्तर नहीं मिलेगा। जाओ तुम।'

'क्या आप मुझे कुछ आज्ञा देंगे?'

'मेरी आज्ञा का तम क्या पालन करोगे?'

'यदि मेरे कर्तव्य में बाधा न पड़ेगी तो करूँगा।'

'तुम्हारा कर्तव्य तो विदेशियों की चाकरी करना है।'

'जब आप सब कुछ जानते ही हैं, तो छिपाना व्यर्थ है। गवर्नर-जनरल ने मुझे खुफिया विभाग का कमिश्नर नियुक्त किया है। दिल्ली और मेरठ में जो उपद्रव हुए हैं, उनकी आग कानपुर को भी न छू ले, इसीलिए मैं बुलाया गया हूँ।'

'इस आग से कानपुर की रक्षा करने की क्या तुम्हारी सामर्थ्य ?'

'मैं अल्प सामर्थ्यवाला पुरुष हूँ। अंग्रेजों के साथ वचनबद्ध हूँ। यह जानकर आप जो आज्ञा देंगे मैं उसका पालन करूँगा।'

'कर सकोगे?'

'यथाशक्ति चेष्टा करूँगा।'

'अच्छी बात है। कानपुर में ही तुम्हें आज्ञा दूंगा। मैं भी कानपुर चल रहा हूँ।'

वह पुरुष संन्यासी को प्रणाम करके चला गया। संन्यासी ने एक व्यक्ति को संकेत किया। वह उठकर उस पुरुष के पीछे चल खड़ा हुआ। संन्यासी फिर ध्यान-मुद्रा में बैठ गए।

22

गोविन्दसिंह को कानपुर आए आज तीसरा दिन था। वे यहाँ अंग्रेज़ों के जासूसी विभाग के कमिश्नर होकर आए थे, एवं उनकी नियुक्ति स्वयं गवर्नर जनरल लार्ड कैनिंग ने की थी। अत:

यहाँ अंग्रेज़ अफ़सरों पर उनका अच्छा प्रभाव था। जनरल ह्वीलर से मिलकर उन्होंने यहाँ की परिस्थिति का अध्ययन कर लिया था। अभी तक शहर में किसी प्रकार की उत्तेजना न थी। वह नियमित रूप से भेष बदलकर सन्ध्याकाल में नगर-भ्रमण को निकलते थे। बहुधा वे साहबी पोशाक में ही रहते थे। जनरल ह्वीलर के अनुरोध से आज उन्होंने नाना साहब से मुलाकात की थी। जनरल ह्वीलर आपातकाल में नानाराव पर निर्भर रहना चाहते थे। यह बात वह जनरल हीलर से सुन चुके थे। यदि आवश्यकता हुई तो कानपुर का खज़ाना नाना साहब के संरक्षण में दे दिया जाएगा और सब स्त्री-बच्चों को उनके संरक्षण में बिठूर भेज दिया जाएगा। इसी विषय पर विचार-विमर्श करने आज नाना साहब बिठूर से कानपुर आए थे। दोपहर में उन्होंने जनरल ह्वीलर से परामर्श किया था। अब सरदार गोविन्दसिंह-सब योजना आवश्यकता होने पर किस प्रकार क्रियान्वित की जा सकेगी-इसी विषय पर विचार-विनिमय करने के लिए नाना साहब के डेरे पर गए थे। नाना साहब आवश्यकता आ पड़ने पर कानपुर छावनी ही में आ रहेंगे तथा सरकारी खज़ाने और अंग्रेज़ों का रक्षण करेंगे? इसी योजना पर देर तक नाना साहेब से उनकी बातचीत होती रही थी।

अभी सूर्यास्त में विलम्ब था। नानाराव के डेरे से निकलकर वे जनरल ह्वीलर से मिलने किले की ओर धीरे-धीरे पैदल ही टहलते हुए जा रहे थे। इस समय बढ़िया अंग्रेज़ी सूट उनके शरीर पर था। ज्यों ही वे किले से कोई सौ गज़ के अन्तर पर पहुँचे-अचानक उनकी दृष्टि संन्यासी पर पड़ी। सोरों के घाट पर जिस संन्यासी से उन्होंने बात की थी-वही संन्यासी एक वृक्ष की ओट में खड़े किले की ओर कोई गुप्त संकेत-सा कर रहे थे। यह देखकर सरदार गोविन्दसिंह को बड़ा आश्चर्य हुआ और वह भी एक वृक्ष की आड़ में छिपकर संन्यासी की गतिविधि देखने लगे। जहाँ संन्यासी खड़े थे वहाँ से किले की गोरा बारकें दीख पड़ती थीं। परन्तु गोविन्दसिंह ठीक-ठीक नहीं देख सके कि संन्यासी किससे सांकेतिक बात कर रहे हैं। थोड़ी-सी देर में उन्होंने देखा-किले से एक अंग्रेज़ सैनिक निकला। मैदान में आकर एक बार ठिठककर उसने संन्यासी को एक संकेत किया। और फिर वह नगर की दिशा के विपरीत गंगा के घाट की ओर चल दिया। थोड़ी ही देर में संन्यासी भी वृक्ष की ओट से निकलकर दूर-दूर रहते उसके पीछे-पीछे चला। यह देख सरदार गोविन्दसिंह भी उनकी दृष्टि से अपने को बचाते हुए उनके पीछे चल दिए।

अब अँधेरा बढ़ चला था। सूर्यास्त हो चुका था। सब चीजें अस्पष्ट दिखाई देने लगी थीं। गर्मी अभी भी बहुत थी। हवा गर्म चल रही थी। गंगा घाट यद्यपि पास था पर इधर मैदान में बहुत कम आदमी आते दीख पड़ते थे। ये तीनों व्यक्ति चुपचाप चलते ही गए। अन्त में एक जीर्ण मन्दिर के निकट आकर वह साहब एक वृक्ष की सघन छाया में खड़ा हो गया। संन्यासी भी उसके निकट जा पहुँचा। इस समय मन्दिर में एक ब्राह्मण पूजा-आरती कर रहा था, पर मन्दिर जनशून्य था। सरदार गोविन्दसिंह ज़रा आगे बढ़कर मन्दिर की ओट लेकर और उनका चक्कर काटकर इन दोनों व्यक्तियों के निकट ही जा पहुँचे। और मन्दिर के परकोटे की आड़ में खड़े होकर इनकी बातें सुनने लगे। साहब ने कहा-'इस समय आपने मुझे क्यों बुलाया? आप जानते हैं, इस समय किले से बाहर आना सैनिक नियमों के विरुद्ध है। मुझसे जवाब तलब हो सकता है।'

'जानता हूँ। परन्तु आवश्यकता होने पर ही मैंने तुम्हें तकलीफ़ दी है। तुम्हें अभी एक जगह मेरे साथ जाना होगा।'

'कहाँ?'

'महाराज नाना साहब के पास। वे आज कानपुर में ही हैं। और एक पहर रात गए बिठूर को कूच करेंगे।'

'वे कानपुर में आए हैं और जनरल ह्वीलर से उन्होंने मुलाकात की है, यह मुझे मालूम है।

'क्या तुम यह भी जानते हो कि इस बातचीत का विषय क्या है?'

'नहीं।'

'तो तुम्हें यह शीघ्र ही विदित हो जाएगा। तुम अभी मेरे साथ चलो।'

'यह तो बड़ी कठिनाई है, मैं सूर्यास्त के बाद छावनी से बाहर नहीं हो सकता'

'मजबूरी है। महाराज से एक बार मिलना आवश्यक है।'

'मेरी नौकरी जा सकती है। कोर्ट मार्शल भी हो सकता है। आपको ज्ञात है, ह्वीलर पक्का शक्की और सख्त आदमी है। फिर आजकल तो वह अपने ही पद-शब्द से चौंकता है।'

'जो भी हो, और जितनी भी जोखिम उठानी पड़े-तुम्हें मेरे साथ अभी चलना ही पड़ेगा।'

'केवल यही नहीं कि नौकरी छूटने का भय है। यदि मुझे कोर्ट मार्शल हुआ या कैद किया गया तो फिर हमारी सारी योजनायें गड़बड़ा जाएँगी।'

'परन्तु मैं क्या कर सकता हूँ-महाराज की आज्ञा है। तुम अभी मेरे साथ चलो।'

'तब चलिए।'

दोनों व्यक्ति तनिक एक-दूसरे से दूर-दूर तेज़ी से एक ओर को चल दिए। सरदार गोविन्दसिंह भी उनके पीछे-पीछे चले।

23

गोविन्दसिंह जान गए कि ये लोग नाना साहब के निवास-स्थान पर जायेंगे। वे दूसरे मार्ग से तेज़ी से चलकर उनसे पहले ही वहाँ जा पहुंचे। पहुँचकर उन्होंने सीटी बजाई। एक व्यक्ति तत्काल वहाँ आ पहुँचा। वह वेश-भूषा से एक देहाती मालूम देता था। उसके पास आने पर गोविन्दसिंह ने कहा-

'विश्वनाथ, क्या कोई नई खबर है?'

'जी नहीं।'

'क्या कोई नया आदमी महाराज नानाराव से मुलाकात को आया है?'

'नहीं।'

'कह सकते हो इस समय नानाराव क्या कर रहे हैं?'

'जी हाँ, वे कुछ आवश्यक चिट्ठियाँ लिख रहे हैं।'

'देखो विश्वनाथ, अभी दो आदमी उनसे मिलने आ रहे हैं। मैं उनकी बातचीत सुनना चाहता हूँ। तुम इसका क्या बन्दोबस्त कर सकते हो?'

'जी, मेरा एक विश्वस्त आदमी आज ही उनकी सेवा में नौकर हुआ है। वास्तव में उनका साईस बीमारी का बहाना करके छुट्टी पर चला गया है और मेरे आदमी को अपना भाई कहकर एवज़ी में रख गया है। वह उस साईस की कोठरी में बैठा है।'

'ठीक है। क्या वहाँ से हम नानाराव और उन आदमियों की बातचीत सुन सकते हैं?'

'वहाँ से तो नहीं, पर कोठरी के ऊपर ही एक बहुत बड़ा नीम का पेड़ है। उसकी एक शाख ठीक उस खिड़की पर है-जहाँ इस समय महाराज नाना साहब आराम कर रहे हैं। वहाँ उसी डाल पर बैठकर आप बखूबी बातचीत सुन सकते हैं-बशर्ते कि मुलाकात उसी कमरे में हो।'

'क्या नानाराव उसी कमरे में लोगों से मुलाकात करते हैं?'

'आज, जबसे मैं यहाँ आया हूँ कोई मुलाकाती आया ही नहीं है।'

'खैर, तुम्हारा वह आदमी भरोसे का है?'

'वह पाण्डे है, रामदीन पाण्डे।'

'तब ठीक है। चलो वहाँ।'

'लेकिन आपका इन कपड़ों में भीतर कोठी के कम्पाउण्ड में आना ठीक नहीं है। खामखाह आपकी ओर नज़र उठ सकती है।'

'ठीक कहते हो।' उन्होंने झटपट अपना सूट उतारकर उसकी गठरी बना विश्वनाथ के हवाले की और कोठी में आकर नीम के पेड़ पर चढ़ गए। उन्होंने देखा-नाना एक पलंग पर बैठे हैं और उपर्युक्त दोनों आदमी सामने कुर्सी पर। कमरे में एक कन्दील धीमी रोशनी का जल रहा था। बातचीत सब सुनाई दे रही थी। नानाराव ने कहा-

'कैप्टन अलबर्ट, तुम्हें शपथ खानी होगी।'

'महाराज, मैं पवित्र बाइबिल की शपथ लेता हूँ कि विश्वासघात न करूँगा।'

'तुम्हारी ज़मानत पर मैंने अपने तोपखाने पर सब अफ़सर फ्रान्सीसी रख दिए हैं। इसके अतिरिक्त आठ उत्तम अफ़सर सेना में भी नियुक्ति किए हैं। इसका अर्थ यह है कि मेरी तकदीर अब फ्रेन्चों के हाथ में है। वे विश्वासघात करें तो मेरा सर्वनाश होगा।'

'महाराज, फ्रेन्च विश्वासघाती नहीं होते। इसके अतिरिक्त वे अंग्रेजों के कट्टर शत्रु हैं।'

'कहाँ? अब तो अंग्रेज़-फ्रेन्च पूरे मित्र हैं। कहीं भी उनकी लड़ाई नहीं रही और अभी-अभी उन्होंने अंग्रेज़ों को रूस के विरुद्ध क्रीमिया की लड़ाई में सहायता दी है। उनके कन्धे-से-कन्धा भिड़ाकर युद्ध किया है।'

'वे तो महाराज राजनीति के दाँव-पेंच हैं। हमारे सम्राट नेपोलियन तृतीय जैसे अंग्रेज़ों के पूर्वी साम्राज्य के विरोधी हैं, वैसे ही रूस को भी पूर्व की ओर पाँव पसारने देना पसन्द नहीं करते।'

'फिर भी मैं चाहता हूँ कि मुझे चन्द्रनगर के फ्रेन्च गवर्नर का आश्वासन मिल जाए कि वे अंग्रेज़ों के भारत से निकाल दिए जाने के बाद भारत में पैर नहीं फलाएँगे।'

'महाराज फ्रेन्च सरकार से आपकी जो गुप्त सन्धि हो चुकी है, उसके अनुसार ही काम होगा। चन्द्रनगर के गवर्नर का आश्वासन-पत्र शीघ्र आपको मिल जाएगा। मुझे इसकी सूचना मिल चुकी है।'

'सुनकर आश्वस्त हुआ। मैं भी कहता हूँ कि यदि फ्रेन्चों की मदद से हम अंग्रेजों को भारत से निकाल सके तो मैं भी फ्रेन्च सरकार से किए गए वादे से नहीं फिरूँगा।'

'बस, हम इतना ही चाहते हैं महाराज।'

'तो चन्द्रनगर के गवर्नर का आश्वासन-पत्र मुझे कब मिल जाएगा?'

'बस, कल या परसों।'

'ठीक है, तो मैं तीन दिन तक उसकी प्रतीक्षा करूँगा। इस बीच यदि पत्र मुझे न मिला तो मैं सब फ्रेन्चों को विश्वासघाती होने के अपराध में कैद कर लूँगा। और यदि सचमुच मेरे साथ विश्वासघात सिद्ध हुआ तो मैं उन सबको गोली से उड़वा दूंगा।'

'आप शक्की न हों महाराज, अब मुझे आपकी सेवा में मुद्दे की बात कहनी पड़ी। आप मेरे वास्तविक परिचय को नहीं जानते हैं। केवल इतना ही जानते हैं कि मैं एक फ्रेन्च हूँ और छद्म वेश और छद्म नाम से अंग्रेज़ी सेना में भरती हूँ परन्तु मेरा वास्तविक परिचय असाधारण है। मेरा इस क्रान्ति में आपका सहायक होने का कारण भी असाधारण है। बस, इससे अधिक मैं कुछ नहीं कहना चाहता।'

'क्या जनरल ह्वीलर तुम पर विश्वास करते हैं? शक तो नहीं करते?'

'तनिक भी नहीं। सेना में मेरा चरित्र आदर्श है।'

'तो फ्रेन्च गवर्नर का आश्वासन कैसे मिलेगा? मेरी तो तुमसे अब मुलाकात नहीं हो सकेगी।'

'महाराज, यहाँ कानपुर में मेरा एक मित्र है। वह सम्भ्रान्त अंग्रेज़ व्यापारी है। वह पत्र उसी के पास आएगा और सरदार टोपे वहीं से पत्र प्राप्त कर लेंगे। अब हर बार मेरा भी आप लोगों से मिलना खतरे से खाली नहीं है। मेरे उसी मित्र के द्वारा आप मुझे आवश्यक आदेश दे सकते हैं।'

'वह व्यक्ति अंग्रेज़ होकर भी कैसे अंग्रेज़-विरोधी कार्रवाई में तुम्हारी मदद कर रहा है?'

'महाराज, वह मेरा पुराना मित्र है। पेरिस में मैंने उसके प्राण और प्रतिष्ठा की रक्षा की थी। इसी से वह मेरा उपकृत है।'

'उपकृत होने ही से वह अपनी जाति से द्रोह करेगा?'

'और भी एक बात है महाराज, परन्तु कहने योग्य नहीं है।'

'परन्तु मैं सुनना चाहता हूँ।'

'आज भी उसके प्राण और प्रतिष्ठा मेरी कृपा पर निर्भर हैं। उसने एक ऐसा अपराध किया है कि फ्रेन्च सरकार उसका व्यावसायिक परिचय पाते ही उसे फाँसी पर लटका देगी। वह यहाँ छद्म नाम से ही रह रहा है?'

'क्या वह कोई नया आदमी है?'

'जी नहीं, कानपुर का सबसे प्रसिद्ध और धनी व्यापारी है। वह यहाँ बीस बरस से इसी छद्म नाम से रह रहा है। उसका गुप्त भेद पृथ्वी-भर में केवल मैं जानता हूँ।'

'अच्छी बात है। तुम टोपे को उससे मिला दो। पर ये संन्यासी के वेश में उससे मिलने जाएँगे तो लोगों को सन्देह न होगा।'

'नहीं, ये संन्यासी के वेश में नहीं, शिष्ट नागरिक के वेश में उससे मिलेंगे।'

'बस, तो अब यहाँ अधिक नहीं ठहर सकता। इस समय किले से मेरा अनुपस्थित रहना बहुत झंझट खड़ा करेगा। यह सर्वथा सैनिक नियमों के विपरीत है।'

'तो टोपे, तुम इनके साथ जाकर उस अंग्रेज़ से मिलो तथा उससे मैत्री-सम्बन्ध भी पैदा कर लो। जब वह हमसे दबता है तो हम कभी-न-कभी उससे लाभ उठा सकते हैं। अब तुम अपना वेश बदल डालो।'

टोपे तुरन्त उठकर चला गया।

गोविन्दसिंह ने वृक्ष से उतरकर कहा, 'विश्वनाथ, बड़ी भयानक बात है। शीघ्रता करो।'

वह तेज़ी से कोठी के कम्पाउण्ड से बाहर निकले और जल्दी-जल्दी अपनी पोशाक पहनते हुए कहा, 'विश्वनाथ, तुम भी मेरे साथ चलो। यहाँ अपने आदमी को सावधान कर दो और हाँ, दो भरे हुए पिस्तौल जेब में डाल लो।'

24

एडवर्ड ग्रीनवे कानपुर का एक प्रतिष्ठित अंग्रेज़ व्यापारी था। वह मैसर्ज बाथगेट पोर्टर्स एण्ड कम्पनी का मैनेजिंग डायरेक्टर था। इस कम्पनी को अनाज की सप्लाई का सरकारी ठेका मिला हुआ था जिससे इसे लाखों रुपये वार्षिक की आय थी। एडवर्ड ग्रीनवे की आयु कोई साठ बरस

की थी। पर वह बिलकुल हट्टा-कट्टा और मज़बूत हड्डियों का आदमी था। वह गम्भीर प्रकृति का आदमी था और कानपुर के धनी-मानी समाज में उसका पूरा आदर था। वह बात का धनी, अमीर और मिलनसार मशहूर था। बाज़ार में उसकी साख थी।

ग्रीनवे का मकान कानपुर शहर में एक अच्छे ठिकाने पर था। मकान बहुत शानदार और सुसज्जित था। मकान के सामने नज़रबाग था जिसमें फव्वारा लगा हुआ था। संगमरमर की मूर्तियाँ ठौर-ठौर लगी थीं। फाटक पर दरबान पहरा देता था। इस समय आठ बज चुके थे और रात्रि का अन्धकार चारों ओर व्याप्त हो गया था। तांत्या टोपे, कप्तान अलबर्ट और सरदार गोविन्दसिंह एक के बाद एक वहाँ पहुँचे। कप्तान अलबर्ट टोपे को लेकर भीतर घुस गया। टोपे इस समय एक मराठा सरदार के वेश में थे। गोविन्दसिंह फाटक के बाहर अटक गए। उन्होंने अपने साथी विश्वनाथ से कहा, 'तुम निकट के थाने से चार-पाँच कांस्टेबल और एक थानेदार को ले आकर यहीं मेरी प्रतीक्षा करना। शायद आवश्यकता पड़े।

उसके बाद उन्होंने फाटक पर जाकर अपना कार्ड दरबान को देकर कहा, 'इसे साहब को दो, हमें ज़रूरी मुलाकात करनी है।' दरबान ने साहबी वेश में उन्हें अंग्रेज़ ही समझा। वह सलाम करके चला गया। थोड़ी देर में उन्हें भीतर ले जाकर बैठा दिया और कहा, 'साहब अभी आपसे मुलाकात करेंगे। अभी कुछ लोग आए हैं। साहब उनसे बातें कर रहे हैं। उनसे फुर्सत पाने पर आपसे मुलाकात होगी।'

सरदार गोविन्दसिंह इत्मीनान से बैठ गए। उन्होंने कमरे को ध्यान से देखा। खूब सुसज्जित कमरा था। धीरे से उठकर उन्होंने टहलना शुरू किया। टहलते-टहलते उन्हें बातचीत की कुछ भनक सुनाई दी। ज़रा-सा किवाड़ खोलकर उसकी फाँक में से उन्होंने देखा। ग्रीनवे कैप्टन अलबर्ट से बातें कर रहा था। उन्हें देखकर आश्चर्य हुआ कि टोपे वहाँ उपस्थित नहीं था।

ग्रीनवे कह रहा था, 'मोशिए फौश, बहुत हुआ। पर अब इस पार या उस पार। तुम मुझे बहुत सता चुके हो। पचास हज़ार रुपये मैं तुम्हें दे चुका हूँ। तुमने कहा था कि अब तुम कभी मुझे न सताओगे। पर तुम फिर आ धमके। और इस बार तुम रुपया ही माँगकर सन्तुष्ट नहीं हो, मुझसे अपनी जाति के प्रति विश्वासघात भी कराना चाहते हो। नहीं, नहीं, यह कदापि नहीं हो सकता।'

'ग्रीनवे, मुझे वह स्थान मालूम है जहाँ वह लाश कब्र में दबी हुई है। फ्रेन्च सरकार तुम्हारी तलाश में है। पेरिस में फाँसी का फन्दा तुम्हारी प्रतीक्षा कर रहा है। अब तुम यदि इस बुढ़ापे में इस आरामदेह ठाठ के मकान और बाल-बच्चों को छोड़कर, इतनी इज़्ज़त-प्रतिष्ठा प्राप्त करके भी फाँसी चढ़ना पसन्द करो तो तुम्हारे बराबर मूर्ख कौन होगा?'

'खैर, ऐसा ही है, तो तुम भी अछूते न बच पाओगे। ज्यों ही तुमने मेरा भण्डाफोड़ किया कि अंग्रेज़ सरकार को यह भी पता लग जाएगा कि फ्रांस का प्रसिद्ध षड्यन्त्रकारी-विप्लववादी मोशिए फौश जो दूनो जेल तोड़कर भाग आया है, यहाँ कानपुर में कैप्टन अलबर्ट बनकर अंग्रेज़ों से विश्वासघात कर रहा है।'

‘लड़ाई-झगड़े से क्या लाभ है ग्रीनवे, मेरी बात मान लो। बस यह आखिरी बात है। फिर मैं तुम्हें कष्ट नहीं दूंगा। बाइबिल की सौगन्ध खाकर कह सकता हूँ।’

‘खैर, रुपया मैं तुम्हें और दे सकता हूँ। पर फ्रेन्च सरकार के साथ गुप्त पत्र-व्यवहार का माध्यम नहीं बन सकता।’

‘तुम्हें मेरी आज्ञा का पालन करना ही होगा ग्रीनवे, नहीं तो तुम तो फाँसी पाओगे ही, मैं तुम्हारे खानदान में एक भी आदमी को जीता नहीं छोड़ूँगा, तुम यह मत समझना कि मुझे पकड़ाना आसान है। मैं अभी तुम्हारी खोपड़ी गोली से उड़ाए देता हूँ और तुम्हारे घर में आग लगाता हूँ।’

‘तो मोशिए, जितनी जल्दी तुम यह कर सको, कर दो। अब मैं इस परिस्थिति में ज़िन्दा नहीं रह सकता।’

लेकिन ग्रीनवे, तुम इस बात पर विचार नहीं करोगे कि कभी हम प्रगाढ़ मित्र थे! और जब तुमने जवानी के जोश में खून किया था मैंने तुम्हारी इज़्ज़त और जान बचाई थी!’

‘बस, बस, ज़्यादा बकवाद न करो। मैंने तय किया है अंग्रेज़ सरकार से विश्वासघात न करूँगा।’

‘मैं तुमसे और कुछ नहीं चाहता। केवल एक आदमी से परिचय कराना चाहता हूँ। मेरे नाम जो पत्र आए आज वह उसे दे दो बस।’

‘उस पत्र में क्या लिखा होगा-यह मैं पढ़कर देखूँगा।’

‘नहीं, वह पत्र तुम पढ़ नहीं सकते, यह तो घोर अशिष्टता होगी।’

‘और वह आदमी कौन है?’

‘अंग्रेज़ों के परम मित्र नाना साहब का अन्तरंग विश्वासी आदमी है।’

‘नाना साहब को मैं जानता हूँ। वे अंग्रेज़ों के मित्र हैं। यदि नाना साहब उस आदमी को अपना विश्वस्त पुरुष कहें तो तुम्हारा प्रस्ताव स्वीकार कर लूँगा। लेकिन उस आदमी का नाम क्या है?’

नाम से तुम्हें कोई सरोकार नहीं। बस महाराज नानाराव का प्रमाण-पत्र तुम्हें मिल जाए, यही यथेष्ट है।

‘अच्छा, मुझे स्वीकार है।’

इस पर अलबर्ट बाहर जाकर टोपे को ले आया। टोपे ने एक पत्र ग्रीनवे को दिया। पत्र में लिखा था-‘जिसके पास यह पत्र है, वे मेरा परम विश्वासभाजन है।’

ग्रीनवे ने सिर से पैर तक टोपे को देखा। फिर कहा, ‘मुझे याद आता है कि मैंने कहीं आपको देखा है।’

‘बिठूर में ही हमारी मुलाकात हुई थी, जब आप वहाँ महाराज के अतिथि बने थे।’

‘ठीक है, मैं आपको पहचान गया। कैप्टन अलबर्ट, फ्रेन्च गवर्नर का जो पत्र तुम्हारे नाम आएगा, वह मैं इस सरदार को दे दूँगा। तम खातिरजमा रखो।’

इतना कहकर उसने दोनों को विदा किया। फिर उसने अपने कर्मचारी मुन्शी कालिकाप्रसाद को बुलाकर कहा, ‘एक साहब मेरी मुलाकात के लिए देर से आ कमरे में बैठे हैं। उन्हें यहाँ भेज दो।’

पर कालिकाप्रसाद ने आकर देखा-उस कमरे में कोई न था। वास्तव में बात यह थी कि ग्रीनवे और अलबर्ट की बातचीत खत्म होते ही सरदार गोविन्दसिंह भी तेज़ी से वहाँ से खिसक गए थे।

मुन्शी कालिकाप्रसाद ने जाकर जब ग्रीनवे से कहा, ‘वहाँ तो कोई नहीं है।’ तब ग्रीनवे ने अचकचाकर कहा, ‘शायद देर होती देख वे चले गए। इस समय उनका मन पिछली बातों की स्मृति से खिन्न हो रहा था। इससे वे जल्द ही उस मुलाकाती की बात भूल गए।

25

बाहर आते ही सरदार गोविन्दसिंह ने विश्वनाथ से जल्दी-जल्दी बात की। उसने कहा, ‘तुम्हारे पास कै आदमी हैं?’

‘हम कुल चार हैं।’

‘ठीक है। तुम स्वयं उस मराठा सरदार का पीछा करना। ज्यों ही वह इस साहब से अलग होगा। मैं तुम्हारे तीनों आदमियों को लेकर इस साहब को गिरफ्तार करूँगा। तुम यह बात अपने आदमियों को समझा दो।’

विश्वनाथ ने क्षण-भर में सरदार का अभिप्राय अपने आदमियों को समझा दिया और वे अत्यन्त सावधानी से उनके पीछे-पीछे चले।

रास्ते में और बातचीत नहीं हुई, नगर के पूर्वी पार्श्व में आकर मराठा सरदार ने कहा, ‘बस, अब तुम किले में लौट जाओ। मैं दूसरे काम से जाता हूँ।’

साहब ने स्वीकार किया। वे तेज़ी से किले की ओर चला। सरदार गोविन्दसिंह अपने तीन साथियों सहित उसके पीछे चले। विश्वनाथ ने टोपे का अनुसरण किया।

किले का मैदान आ गया। मैदान में सन्नाटा था। रात एकदम अँधेरी थी। आकाश में तारे टिमटिमा रहे थे, पर धुन्ध छाई रहने के कारण साफ़ नहीं दीख रहे थे। सरदार गोविन्दसिंह ने इधर-उधर देखा, दूर तक आदमी का नामोनिशान न था। सामने गंगा हिलोरें ले रही थी। दूर मछुओं की झोपड़ी में एक-दो दीये टिमटिमा रहे थे।

सरदार के संकेत पर उनके साथी ज़रा छिटककर चलने लगे। सरदार गोविन्दसिंह एकदम अलबर्ट के पीछे आ गए। अपने पीछे आहट पाकर अलबर्ट ने उलटकर देखा-पर कुछ दीख न

पड़ा। वह फिर आगे बढ़ा। इस समय उसकी चाल कुछ धीमी थी। इसी समय सरदार गोविन्दसिंह ने चीते की भाँति छलाँग मारकर उसे दबोच लिया। अकस्मात्, अप्रत्याशित आक्रमण और गोविन्दसिंह के शरीर का भार सहन न करके, अलबर्ट धरती पर गिर पड़ा। दूसरे ही क्षण सरदार के आदमियों ने आकर उसके हाथों में हथकड़ियाँ जकड़ दीं। एकदम अपने को बेबस पाकर अलबर्ट ने घने-अन्धकार में आँखें फाड़-फाड़कर आक्रान्ताओं को देखकर कहा, 'तुम कौन हो-और सरकारी सेना के अफ़सर पर इस तरह आक्रमण करने का क्या कारण है?' सरदार गोविन्दसिंह ने कहा, 'तुम्हारे प्रश्नों का उत्तर देने को हम बाध्य नहीं हैं। चुपचाप हमारे साथ चले चलो।'

'लेकिन उसका नतीजा अच्छा नहीं होगा।'

सरदार ने उसकी बातों का जवाब नहीं दिया। उसकी जेब से पिस्तौल निकाल ली। तलाशी में कुछ कागज़ात भी उनके हाथ लगे। उन सबको सरदार ने जेब में डालकर अपने साथियों से कहा, 'सावधान रहो। यह बड़ा खतरनाक आदमी है। भाग जाएगा तो तुम्हें नौकरी से हाथ धोना पड़ेगा। अभी इसे लेकर तुम सदर थाने की हवालात में बन्द कर दो। मैं थोड़ी देर में थाने में आता हूँ।'

इतना कहकर सरदार गोविन्दसिंह तेज़ी से किले की ओर लौट चले। सिपाही बन्दी को लेकर थाने की ओर चले।

26

किले में पहुँचकर सरदार गोविन्दसिंह ने संकेत बताकर फाटक खुलवाया और सेना के सदर में जाकर तुरन्त ही जनरल ह्वीलर से मुलाकात की।

ह्वीलर ने कहा, 'इस असमय में मुलाकात का क्या कारण है?'

'कारण अत्यन्त गम्भीर है। आपकी सेना में कैप्टन अलबर्ट एक व्यक्ति है, मैं उससे इसी क्षण मिलना चाहता हूँ।'

'उससे आपको क्या आवश्यक काम है?'

'वह मैं आपको बताऊँगा। बात बहुत गम्भीर है। आप उसे अभी बुलाइए।'

'वह तो आज सन्ध्या ही से गायब है। मैंने उसकी तलाश में अभी एक घण्टा पूर्व दस सवार शहर की ओर रवाना किए हैं। मुझे भय है कि वह बेचारा किसी विपत्ति में न फँस गया हो। आजकल शहर की फिज़ा खराब हो रही है यह आपने देखा होगा।'

'खैर, तो आप सेना का एलबम ही ज़रा मँगाइए।'

एलबम में सेना के सभी सिपाहियों और अफ़सरों की तस्वीरें थीं। डेविस मेकेयर के फ़ोटो को देखते ही उन्होंने कहा, 'यह कैप्टन अलबर्ट है न?'

'यही है। क्या आप इसे जानते हैं?'

'इसके सम्बन्ध में मैं जो कुछ जानता हूँ, वह अभी आपको बताऊँगा। पहले आप यह बताइए कि यह कैसा आदमी है?'

'वह हमारी सेना का अत्यन्त साहसी और कर्मठ व्यक्ति है। उसकी कोई शिकायत नहीं सुनी गई। सभी अफ़सर उससे प्रसन्न हैं। इसके अतिरिक्त कानपुर के प्रसिद्ध अंग्रेज़ व्यापारी एडवर्ड ग्रीनवे उनके घनिष्ठ मित्र हैं। यह बात स्वयं ग्रीनवे ने मुझसे एक बार कही थी।'

'वह फ्रांस का एक प्रसिद्ध विप्लवपन्थी है। वह जेल तोड़कर वहाँ से भागा हुआ आसामी है।'

'यह आप क्या कह रहे हैं! यह तो अत्यन्त आश्चर्य की बात है!'

'मुझे अभी और भी कुछ आपसे कहना है। यह दुर्दान्त व्यक्ति अकेला नहीं है। फ्रांसीसियों का दल इसके साथ है और चन्द्रनगर के फ्रांसीसी गवर्नर से वे सम्बन्धित हैं। वे नाना साहब के साथ होकर भारत से ब्रिटिश सत्ता उखाड़ने का षड्यन्त्र कर रहे हैं।'

जनरल ह्वीलर ज़ोर से हँस पड़े। उन्होंने हँसते-हँसते कहा, 'यह आपने खूब कहा, नाना साहब हमारे विश्वासी मित्र हैं। और आज ही हमने यह तय किया है कि यदि कुछ खतरा यहाँ हुआ तो अपने बाल-बच्चे हम उनकी सुरक्षा में छोड़ेंगे। बिठूर वास्तव में हमारी पनाह का सबसे सुरक्षित स्थान है।'

'जनरल ह्वीलर, मैं आपको सावधान किए देता हूँ कि आप गलती पर हैं। नाना साहब निश्चित रूप से विद्रोही व्यक्ति हैं।'

'परन्तु उनके आचरण से हमें उनके विद्रोही होने का आभास नहीं मिलता। बिना प्रमाण के हम इतने बड़े प्रतिष्ठित व्यक्ति की मित्रता पर कैसे सन्देह कर सकते हैं! फिर भी आप इस सम्बन्ध में "मजिस्ट्रेट हिलर्सडन और कमिश्नर टकर से बातचीत कर लें तो अच्छा होगा। लेकिन आप जानते हैं यह कैप्टन अलबर्ट इस समय कहाँ है?'

'वह पुलिस के कब्जे में है। मैंने उसे गिरफ्तार किया है।'

'ऐसी हालत में तो आपको अवश्य ही हिलर्सडन से सम्पर्क स्थापित करना चाहिए।'

'मैं सुबह उनसे मिलूँगा। अभी आप एक काम कीजिए। एक पत्र मुझे लिख दीजिए।'

'किसलिए?'

'मैं अभी गवर्नर-जनरल को एक ज़रूरी टेलीग्राम देना चाहता हूँ। वहाँ का अफ़सर मुझे जानता नहीं है। सम्भव है तार भेजने में आनाकानी करे।'

जनरल ह्वीलर ने प्रमाण-पत्र लिखकर उन्हें देते हुए कहा, 'आपकी मैं और भी कुछ सहायता कर सकता हूँ-सरदार गोविन्दसिंह?'

'बस, धन्यवाद। वे ह्वीलर से विदा होकर सीधे गवर्नमेन्ट टेलीग्राफ़ ऑफ़िस आए। उन दिनों तक केवल सरकारी तार ही आ-जा सकते थे। सर्वसाधारण को तार भेजने की अनुमति न थी। सरदार गोविन्दसिंह ने टेलीग्राफ़ ऑफ़िस के प्रधान को जगाया और कहा, 'मैं अभी एक आवश्यक तार गवर्नर-जनरल को भेजना चाहता हूँ। उन्होंने जनरल ह्वीलर का प्रमाण-पत्र उसे दिखा दिया।'

अफ़सर तार भेजने पर राज़ी हो गया। सरदार ने गवर्नर-जनरल लार्ड कैनिंग को तार दिया, 'फ्रांस का प्रसिद्ध विप्लवी मोशिए फौश यहाँ छद्म वेश में कैप्टन अलबर्ट के नाम से अंग्रेज़ी सेना में रहकर नाना साहब के साथ मिलकर अंग्रेज़ सरकार के विरुद्ध षड्यन्त्र कर रहा है, उनके साथ और भी आदमी हैं। मैंने उसे गिरफ्तार किया है। आप इस सम्बन्ध में अधिक जानकारी प्राप्त कीजिए।'

तार भेजकर गोविन्दसिंह तेज़ी से थाने की ओर चल दिए।

27

जिस समय सरदार गोविन्दसिंह सदर थाने में पहुँचे, उस समय तक आधी रात बीत चुकी थी। परन्तु कोतवाल हुलाससिंह वर्दी डाटे खुफिया पुलिस के कमिश्नर की अगवानी को मुस्तैद खड़ा था।

सरदार ने जाते ही पूछा, 'क्या कैदी अच्छी तरह सुरक्षित है?'

'बिलकुल साहब, आप निश्चिन्त रहें।'

'खैर, क्या तुम एडवर्ड ग्रीनवे को जानते हो?'

'नाम सुना है। वे कानपुर के प्रसिद्ध अंग्रेज़ व्यापारी हैं। सरकार को रसद करवाने का ठेका उन्हीं का है।'

'कभी मुलाकात नहीं हुई उनसे?'

'जी नहीं, परन्तु उनका कारिन्दा मुन्शी कालिकाप्रसाद है। उसे मैं बखूबी जानता हूँ। बड़ा चलता-पुर्जा आदमी है।'

'कालिकाप्रसाद कौन है?'

'यहीं कानपुर के पास एक देहात का रहनेवाला कायस्थ है। जाति-बिरादरी में उसकी अच्छी इज़्ज़त है।'

'क्या तुम बिठूर के नानाराव के सम्बन्ध में भी कुछ जानते हो?'

'वे तो बिठूर के महाराज हैं। बड़े-बड़े हाकिम-हुक्काम से उनके ताल्लुकात हैं। बड़े दरियादिल रईस हैं।'

'कभी देखा नहीं उनको!'

'जी नहीं। कभी मौका नहीं मिला।'

'तांत्या टोपे का नाम सुना है?'

'न।'

'क्या तुम किसी ऐसे आदमी को जानते हो, जो इन लोगों को अच्छी तरह जानता हो और मुझे सही रिपोर्ट दे सके।'

'जानता हूँ। नानकचन्द ऐसा आदमी है। वह चलता-फिरता अखबार है। वह बड़े लोगों से मिलने-मिलाने की खटपट में रहता है। उससे आपको बहुत-सी बातों का पता लग सकता है।'

'यह नानकचन्द कौन आदमी है?'

'वह एक वकील है। जनरलगंज में रहता है। वहाँ उसका अपना एक मकान है। वह मैसर्ज़ बाथगेट पोर्टर्स एण्ड कम्पनी का कमीशन एजेण्ट भी है-जिसके ग्रीनवे साहब डायरेक्टर हैं। पहले वह कानपुर के रईस लाला ईश्वरी प्रसाद के यहाँ गुमाश्ता था। उनकी कचहरी-दरबार का काम वही करता था। वह बहुत अच्छी अर्जी दर्ख्वास्त अंग्रेज़ी में लिख सकता है। चिमनजी के मुकदमे की पैरवी उसी ने की थी।'

'चिमन जी कौन हैं?'

'चिमन जी अप्पा बिठूर के महाराजा के कोई सगे नातेदार थे। उन्होंने महाराज नानाराव के खिलाफ़ कानपुर में एक मुकदमा चलाया था।'

'उसी मुकदमे में उसने चिमनजी की पैरवी की थी?'

'जी हाँ।'

'तुम कानपुर में किसी ऐसे आदमी को बता सकते हो जिसका सम्बन्ध बिठूर के महाराज से हो?'

'लाला ईश्वरी प्रसाद ऐसे आदमी हैं।'

'वे कौन हैं?'

'कानपुर के बड़े भारी महाजन हैं। उनकी बड़ी भारी ज़मींदारी है।'

'और भी किसी काम के आदमी का नाम बता सकते हो?'

'एक आदमी झैनसिंह है।'

'वह कौन है?'

'नानकचन्द का नौकर है। पर है बड़ा चलता-पुर्जा। वह बहुत-सी बातें जानता है। नानकचन्द का वही हाथ-पैर है। लालची भी वह पूरा है।'

गोविन्दसिंह ने सब बातें नोट करके कहा, 'तुमने मुझे बहुत-सी बातें बताईं, कोतवाल साहब! बहुत-बहुत धन्यवाद। कैदी की खूब होशियारी से खबरदारी रखना और सुबह उसे पूरी हिफाज़त में जेल भेज देना। इस सम्बन्ध में मजिस्ट्रेट हिलर्सडन का हुक्म तुम्हें मिल जाएगा।'

'बहुत अच्छा हुजूर', कोतवाल ने अपने अफ़सर को एक लम्बा सलाम झुकाया। सरदार गोविन्दसिंह वहाँ से चल दिए।

28

लार्ड कैनिंग का कलकत्ते से तार आ गया। तार में लिखा था कि 'मोशिए फौश फ्रांस का विख्यात क्रान्तिकारी है। उसे सम्राट नेपोलियन तृतीय की सरकार के विरुद्ध षड्यन्त्र करने के अपराध में फाँसी की आज्ञा मिली थी। परन्तु वह दूनो जेल से भाग निकला था। फ्रेन्च सरकार का उसके नाम वारण्ट है तथा उसे पकड़ने वाले को दस हज़ार फ्रैंक का इनाम घोषित है।'

तार पाते ही सरदार गोविन्दसिंह तुरन्त कानपुर के मजिस्ट्रेट और कलक्टर हिलर्सडन के पास पहुंचे।

तार देखकर और गोविन्दसिंह की सारी बातें सुनकर हिलर्सडन ने कहा, 'आप के आदेश के अनुसार मैंने अलबर्ट को जेल भेज देने की आज्ञा कोतवाल को भेज दी थी। कैदी अब जेल में सुरक्षित है। उसके सम्बन्ध में अब और भी भली-भाँति छानबीन करके विचार कर लिया जाएगा। परन्तु नाना साहब के सम्बन्ध में आपकी धारणा बिलकुल ही अद्भुत है। महाराज नाना साहब एक बहुत प्रतिष्ठित व्यक्ति हैं। वे अंग्रेज़ों के परम मित्र हैं। उनका चरित्र असन्दिग्ध है। उनके खिलाफ कोई कदम एकाएक उठाना भारी गलती हो सकती है। हमें यह न भूलना चाहिए कि यदि हम किसी विपत्ति में पड़े तो बिठूर का यह मराठा सरदार ही हमारी रक्षा कर सकता है।

'आपकी बात मानता हूँ। पर मैं जो कुछ कहता हूँ-असत्य या अनुमान पर आधारित नहीं है। यदि समय पर आवश्यक कार्रवाई न की गई तो परिणाम बुरे से बुरा हो सकता है।'

'परन्तु मेरठ और दिल्ली के समाचार यहाँ पहुँचते ही नाना साहब ने अंग्रेज़ महिलाओं के आतिथ्य और सुरक्षा के लिए अपनी सेवाएँ अर्पित की हैं। आज ही मुझे उनका आग्रहपूर्ण खत मिला कि मिसेज़ हिलर्सडन और अंग्रेज़ महिलाओं को बिठूर भेज दिया जाए।'

'परन्तु क्या उन्होंने सशस्त्र सहायता देने का प्रस्ताव भी अपनी इच्छा से रखा है?'

'निस्सन्देह, उन्होंने अपनी इच्छा से ही सैनिक सहायता देना स्वीकार किया है। उन्होंने अपने को सरकार का बहुत वफादार मित्र बताते हुए अपने सिपाहियों के साथ खज़ाने की रक्षा करने का प्रस्ताव रखा है। मुझे उन पर अविश्वास का कोई कारण नज़र नहीं आता। और इसी से हमने नवाबगंज के खज़ाने के संरक्षण का दायित्व उन्हें सौंपने का निश्चय किया है। और उन्हें अनुमति दे दी है कि वे अपने अधीन पाँच सौ घुड़सवारों और पैदलों की एक टुकड़ी अपने नियन्त्रण में रख सकते हैं।'

'क्या आप मुझे बता सकते हैं कि इस समय नवाबगंज के खज़ाने में कितना रुपया है?'

'होगा सोलह-सत्रह लाख रुपया। मुझे उसकी रक्षा की बड़ी ही चिन्ता थी। इसी से मैंने जनरल हीलर की सम्मति से खज़ाने की रक्षा का दायित्व उन्हें सौंपने का निश्चय किया है।'

'क्या आप अपनी स्वीकृति उन्हें दे चुके हैं?'

'जी हाँ, और वे अपने 500 सशस्त्र सैनिकों की टुकड़ी तथा दो तोपों सहित कल आ रहे हैं। खज़ाने के पास ही एक बंगले में उनके रहने की व्यवस्था की गई है।'

'सुरक्षा-स्थान से खज़ाना कितनी दूर है?'

'कोई पाँच मील दूर।'

'जो सैनिक नाना के अधीन हैं, उनमें सब उन्हीं के आदमी हैं?'

'नहीं, लगभग तीन सौ सैनिकों की एक कम्पनी 53वीं पैदल सेना की है।'

'क्या मैं इस सम्बन्ध में कुछ और बातें पूछ सकता हूँ?'

'अवश्य, आप हमारे एकान्त हितैषी हैं। और हम आसन्न संकट के मुख पर खड़े हैं। हमें खूब फूँक-फूँककर कदम रखना होगा, ऐसा न हो कि हम ऐसी बेवकूफ़ी कर दें कि मित्र को शतु बना लें।'

'आप यह तो जानते हैं कि अपने पिता की पेन्शन रुक जाने से नाना साहब बहुत असन्तुष्ट हैं।'

'हो सकता है शुरू में असन्तुष्ट रहे हों। परन्तु उनके पास उनके पिता का छोड़ा हुआ अपार धन है। हम लोग बहुत कुछ उनका आतिथ्य ग्रहण कर चुके हैं-हमने उनके असन्तोष की कोई गन्ध नहीं पाई।'

'यह तो आप जानते हैं कि गत वर्ष दिसम्बर में ही वे तीर्थयात्रा पर निकले थे!'

'हाँ-हाँ, उन्हें मैंने ही इस यात्रा की अनुमति दी थी और उन्हें सब सम्भव सुविधाएँ भी दी थीं।'

'वे लखनऊ भी गए थे?'

'जी हाँ।'

'लखनऊ तो कोई तीर्थस्थान नहीं है, यह आप जानते हैं।'

'जानता हूँ। पर यात्रा में शहर देखने की इच्छा स्वाभाविक ही है।'

'कालपी भी हिन्दुओं का तीर्थस्थान नहीं है। वे वहाँ भी गए थे?'

'शायद, मैंने इधर ध्यान नहीं दिया।'

'तो आपने इस बात पर भी विचार नहीं किया कि वे इस यात्रा के बहाने ग्राण्ड ट्रंक रोड पर सभी सैनिक केन्द्रों में गए! वे शिमला भी जाना चाहते थे!'

'निस्सन्देह मैंने इस बात पर कोई ध्यान नहीं दिया।'

'उनके साथ पूरी यात्रा में अज़ीमुल्ला नाम का एक मुसलमान भी था। एक हिन्दू तीर्थयात्री के साथ मुसलमान का रहना क्या अजीब बात नहीं है?'

'परन्तु वह उनका नौकर था। मालिक की सेवा में नौकर का रहना स्वाभाविक ही है।'

'क्या सरकारी कागज़ात में नाना साहब की इस यात्रा का विवरण दर्ज किया गया?'

'नहीं'

'आपको ज्ञात है कि नाना साहब अम्बाला तक पहुँच गए थे?'

'मुझे मार्टिन्यू ने एक खत लिखा था कि अम्बाला में उसकी मुलाकात बिठूर के महाराज के सेक्रेटरी अज़ीमुल्ला से हुई थी। उसने उस आदमी की बहुत तारीफ़ भी की थी।

'क्या आप जानते हैं कि लखनऊ में नाना साहब सैनिक अधिकारियों से खूब ही मिलते रहे हैं। रेज़ीमेण्टों की घुड़दौड़ में भी शरीक हुए। घुड़दौड़ और खेलकूद तीन दिन तक जारी रहे। नाना साहब तीनों दिन सैनिक अफ़सरों के साथ उनमें हाज़िर रहे।'

'मेरा खयाल है कि हेनरी मेटकाफ ने मुझे इस सम्बन्ध में लिखा था।'

'क्या आपको यह भी मालूम है कि उनकी गतिविधियों पर हेनरी लारेन्स को सन्देह हो गया था। इससे वे अचानक ही लखनऊ से चल पड़े थे।'

'यह बात मैं नहीं जानता हूँ।'

'खैर, तो मेरा आपको अत्यन्त आग्रहपूर्वक एक परामर्श है कि अंग्रेज़ स्त्री-बच्चों को बिठूर न भेजा जाए और ऐसी व्यवस्था की जाए कि यदि नानाराव विश्वासघात करें तो उन्हें तुरन्त काबू कर लिया जाए या मार डाला जाए।'

'मैं यथासाध्य आपके परामर्श से लाभ उठाऊँगा। आपका कुछ और भी आदेश है?'

'हाँ, आप एडवर्ड ग्रीनवे को जानते हैं?'

'वह हमारे घनिष्ठ मित्रों में हैं। बड़े सम्पन्न और सज्जन हैं।'

'तो मित्रता को व्यक्तिगत ही रखिए। और उनकी गतिविधि पर कड़ी नज़र रखिए।'

'क्या उनके विरुद्ध भी आपको कुछ कहना है? आप तो हमारे सभी मित्रों और शुभचिन्तकों को सन्देह की नज़र से देखते हैं। यह तो बड़ी विचित्र बात है।'

‘अभी मुझे और कुछ नहीं कहना है, मिस्टर हिलर्सडन। पर जो कुछ मैंने कहा उसे भूलिएगा नहीं, नमस्कार।’

सरदार गोविन्दसिंह मजिस्ट्रेट से हाथ मिलाकर चलते हुए।

29

दूसरे दिन भोर में ही सरदार गोविन्दसिंह ने नानकचन्द से उसके घर जनरलगंज जाकर मुलाकात की। इस समय वे एक पंजाबी व्यापारी के वेश में थे।

साहेब सलामती के बाद दोनों में बातें हुईं। नानकचन्द ने कहा, ‘तुम कौन हो और मेरे पास किसलिए आए हो?’

‘मेरा नाम रामलाल है। मैं पटियाले का निवासी हूँ। पटियाले की प्रसिद्ध फ़र्म गोपीचन्द हरनामदास का गुमाश्ता हूँ। हमारी वहाँ गल्ले की आढ़त है। मैं यहाँ कुछ काम-काज के लिए आया हूँ। परदेसी हूँ, किसी को जानता-पहचानता नहीं हूँ। आपकी बहुत बड़ाई शहर-बाज़ार में सुन आपके पास आया हूँ। आप हमारी कुछ मदद कीजिए।’

‘मुझसे तुम क्या मदद चाहते हो?’

‘मैं चाहता हूँ कि हमारी फ़र्म को इस साल गल्ला सप्लाई करने का सरकारी ठेका मिल जाए।’

‘सरकारी ठेका तो बाथगेट कम्पनी को मिला है। तुम्हारा कोई चान्स नहीं है।’

‘आप तो उस कम्पनी के एजेण्ट हैं, सर्वेसर्वा हैं, साहेब के हाथ-पैर हैं। आप चाहें तो सब कुछ करवा सकते हैं।’

‘मैं क्या करवा सकता हूँ?’

‘साहेब से कहकर हमारी पत्ती ही डलवा दें।’

‘इसके लिए तो ज़मानत चाहिए।’

‘ज़मानत हम दे सकते हैं।’

‘कितनी?’

‘लाख-दो लाख जितनी आप चाहें।’

‘किसकी?’

‘कानपुर बैंक की।’

नानकचन्द यह सुनकर कुछ देर सोचता रहा। फिर उसने कहा, ‘नहीं, यह काम तुम्हारा पार नहीं पड़ेगा। ग्रीनवे साहब बड़े काइयाँ हैं, तुम्हारी बात नहीं मानेंगे।’

'जाने दीजिए, फिर बिठूर के महाराज से ही डौल लगा दीजिए। सुना है वे भी फ़ौज इकट्ठी कर रहे हैं!'

'मेरा बिठूर के महाराज से मेलजोल नहीं है। दुश्मनी है।'

'दुश्मनी कैसी है?'

'चिमनजी अप्पा के मामले से। उसमें मैंने महाराज नानाराव के विरुद्ध मुकदमा लड़ाया था।'

'वह कैसा मुकदमा था बाबू साहेब?'

'बड़े आदमियों की बड़ी बात। बिठूर के महाराज बाजीराव के एक भाई चिमनजी थे। वे सन् 1832 में मर गए थे। उनके पीछे उनकी विधवा कावेरीबाई और एक कंवारी पुत्री द्वारिकाबाई रह गई थी। द्वारिकाबाई की उम्र उस समय 11 वर्ष की थी। बाद में द्वारिकाबाई को लड़का पैदा हुआ। उसका नाम चिमनजी अप्पा था। बाजीराव द्वितीय के जीवनकाल में यह लड़का बालक था और महाराज बाजीराव का आश्रित था। मृत्यु से पूर्व महाराज बाजीराव वसीयत कर गए थे कि जवान होने पर उसे 50 हज़ार रुपया मिले। इसके अतिरिक्त महाराज बाजीराव उसे गोद भी लेना चाहते थे। पर मृत्यु होने के कारण गोद न ले सके, बस इसी बात का मुकदमा था।'

'तो उस मुकदमे में नानाराव जीत गए?'

'जीत ही गए। जज ने फैसला किया कि हिन्दू कानून या किसी कानन के मुताबिक वह बाजीराव की सम्पत्ति पर दावा नहीं कर सकता है। पर हकीकत यह थी कि महाराज नानाराव ने जज की मुट्ठी गर्म कर दी थी।'

'आपने उन्हें अपने पहले स्वामी लाला ईश्वरीप्रसाद से भी तो रुपये-पैसे की मदद दिलाई थी।'

'हाँ, मैं चिमन अप्पा को उनके पास ले गया था। उन्होंने स्वीकार भी कर लिया था-पर पीछे मुकर गए।'

'तो बाद में आपने उन्हें ग्रीनवे साहब से कर्जा दिलवाया?'

'हाँ।'

'तब तो बिठूर के महाराज नाना साहब ग्रीनवे से सख्त नाराज़ होंगे?'

'नाराज़ वे मुझसे भी तो हैं। पर मैं उनकी क्या परवाह करता हूँ! इधर मुझे कुछ अजीब खबरें मिली हैं।'

'क्या?'

'भाई, शहर की फिज़ा बिगड़ी हुई है। नाना साहब ऊपर से तो अंग्रेज़ों से मिले हुए हैं, पर भीतर-ही-भीतर वे उनकी जड़ें काट रहे हैं। खैर, अब तुम अपनी बात कहो।'

'ठीक है। आप ग्रीनवे साहब से मामला पटवा दीजिए। रुपया जितना वे चाहें हम लगाएँगे। मुनाफे में उनकी पत्ती रहेगी। बस गल्ला-सप्लाई का ठेका हमें मिलना चाहिए।'

'खैर, मैं कोशिश करूँगा। पर पाँच रुपये सैकड़ा मेरा कमीशन रहेगा।'

'मुझे मंजूर है। पर नाना साहब का भी तो कोई डौल बैठाइए बाबू साहेब।'

'यदि तुम नाना साहेब से रसूख हासिल करना चाहते हो तो तुम्हें जगन्नाथ शंकर सेठ से मिलना चाहिए। वह आजकल नाना की नाक का बाल बना हुआ है और नाना का खज़ानची भी है!'।

'अच्छी बात है। मैं ज़रूर मिलूँगा। तो ग्रीनवे साहेब से मुलाकात कब कराओगे?'

'परसों।'

'अच्छी बात है।'

नमस्कार करके गोविन्दसिंह वहाँ से चल दिए। इस समय अनेक उलझनें उनके दिमाग को परेशान कर रही थीं। उन्होंने सोचा-यह नानकचन्द पूरा चण्ट और स्वार्थी आदमी है। पर इससे काम निकाला जा सकता है।

30

विश्वनाथ तांत्या टोपे के पीछे गया था। आज उसे गए चौथा दिन था। सरदार गोविन्दसिंह को उसकी बड़ी चिन्ता हो रही थी। परन्तु वह यह भी जानता था कि वह अनावश्यक विलम्ब नहीं करेगा। अवश्य ही वह किसी अगत्य के काम में फँसा होगा। परन्तु इतना भय उन्हें अवश्य था कि वह एक जोखिम के काम में गया है, उस पर संकट भी आ सकता है। सरदार गोविन्दसिंह की चिन्ता का विषय यही था। उन्होंने निश्चय किया था कि वे कल सुबह उसकी खोज-जाँच अवश्य करेंगे। परन्तु आज सूर्यास्त के समय वे जब घर से बाहर जा ही रहे थे कि सामने से उन्हें विश्वनाथ आता दिखाई दिया। सरदार ने प्रसन्न होकर उसका स्वागत किया। उन्होंने कहा, 'विश्वनाथ, इधर तो बड़ी-बड़ी घटनाओं के घटाटोप छा रहे हैं। परन्तु न जनरल ह्वीलर मेरी बात सुनते हैं न मजिस्ट्रेट हिलर्सडन। नाना साहेब पर अंग्रेज़ों की अटूट श्रद्धा है। ज्ञात होता है, उन पर संकट अवश्य आएगा।'

'मैं भी कुछ ऐसी ही खबरें लाया हूँ। इस बीच मुझे बिठूर तक दौड़ना पड़ा। मुझे अफ़सोस है कि मुझे आपको सूचना देने का अवसर नहीं मिला।'

'कोई बात नहीं। पर इधर मैं तुम्हारे लिए चिन्तित अवश्य हो रहा था। अब कहो-क्या समाचार है?'

'बस, बारूद में चिनगारी पड़ने की देर है।'

'क्या यहाँ तक ?'

'आज ही रात को विद्रोह भड़केगा, आप जनरल ह्वीलर को सावधान कर दें। वह स्त्री-बच्चों को तुरन्त सुरक्षित स्थान पर पहुँचा दें।'

'आज तो चार जून है न ?'

'जी हाँ।'

'खैर, ज़रा खुलासा कहो।'

'वह संन्यासी मराठा राज का सेनापति तांत्या टोपे है। इस समय कानपुर की सारी देशी सेना विद्रोह करने को सन्नद्ध है। आज रात को सबसे पहले खज़ाना लूटा जाएगा और उसके बाद नाना साहेब खुले तौर पर विद्रोह के झण्डे का नेतृत्व करेंगे।'

'ठीक है। यह मैं जानता था। परन्तु आज ही वह क्षण आ गया है, यह मैं नहीं जानता था।'

'एक बात और है!'

'क्या ?'

'आज ही रात को आठ बजे तांत्या टोपे चन्दरनगर का पत्र लेने एडवर्ड ग्रीनवे के पास आएँगे।'

'वह पत्र और टोपे, दोनों का हमारे हाथ में आना अत्यावश्यक है।'

'परन्तु जनरल ह्वीलर को सूचना भी तो अभी मिलनी चाहिए। एक-एक क्षण बहुमूल्य है।

'तुम ठीक कहते हो विश्वनाथ। लेकिन क्या तुम थक तो नहीं गए हो ?'

'जी नहीं, बिलकुल नहीं।'

'तो तुम अभी किले दौड़ जाओ और जनरल ह्वीलर को सावधान कर दो तथा उनकी सहायता वहीं रहकर करो। मैं ग्रीनवे के घर की ओर जाता हूँ।'

सरदार गोविन्दसिंह तुरन्त वहाँ से चल दिए। विश्वनाथ ने भी किले की राह ली।

31

गोविन्दसिंह पहले थाने गए। जहाँ से उन्होंने कोतवाल हुलाससिंह और चार हथियारबन्द कांस्टेबलों को साथ लिया। उन्हें ग्रीनवे साहब की कोठी के बाहर तैनात करके खूब सावधान कर दिया कि जो कोई भी अजनबी कोठी में आए या बाहर जाए, उसे तुरन्त गिरफ्तार कर लिया जाए तथा संकट का संकेत पाते ही भीतर आकर उनकी मदद करें। उन्हें उन्होंने अत्यन्त सावधानी से छिपकर चारों ओर नज़र रखने का भी आदेश दिया।

सारा प्रबन्ध करके वे कोठी में गए और अपने असली नाम से ग्रीनवे को परिचय दिया।

खुफिया विभाग के कमिश्नर की ग्रीनवे ने बाहर आकर अभ्यर्थना की और उन्हें आदरपूर्वक बैठक में ला बैठाया और कहा, 'मैं आपकी क्या सेवा कर सकता हूँ।'

सरदार गोविन्दसिंह ने कहा, 'बड़ी ही संकटपूर्ण स्थिति है मिस्टर ग्रीनवे, मेरे पास अधिक समय नहीं है।'

ग्रीनवे ने कुछ शंकित-सा होकर कहा, 'आप चाहते क्या हैं, वह कृपा कर कहिए।'

'आपके पास एक अत्यन्त महत्त्वपूर्ण पत्र कहीं से आज आया है, वह पत्र आप मुझे दे दीजिए।'

'कैसा पत्र?'

'चन्द्रनगर के फ्रेन्च गवर्नर का।'

ग्रीनवे का कलेजा धड़कने लगा। उसने कहा, 'महाशय, मैं समझा नहीं। आपका अभिप्राय क्या है?'

'अधिक बातचीत और शिष्टाचार का समय नहीं है मिस्टर ग्रीनवे! मुझे तुरन्त ही वह पत्र चाहिए।'

'मेरे पास ऐसा कोई पत्र नहीं है महाशय!'

'आप फ्रांस के प्रसिद्ध क्रान्तिकारी मोशिए फौश को तो भली-भाँति जानते हैं न?'

ग्रीनवे उद्वेग के मारे उछलकर उठ खड़े हुए। उन्होंने कहा, 'महाशय! मैं नहीं जानता आप किसके विषय में बात कर रहे हैं।'

'मिस्टर ग्रीनवे! मैं आपके मित्र फ्रांस के मशहर क्रान्तिकारी मोशिए फौश की बात कर रहा हूँ-जो दूनो जेल से भागा हुआ फरार असामी है।'

'परन्तु मैं तो इस नाम के किसी आदमी को नहीं जानता। अवश्य ही आपको भ्रम हुआ है।'

'तो आप अंग्रेज़ सेना के कैप्टन अलबर्ट को तो अवश्य ही जानते होंगे?'

'जी नहीं, मैं उन्हें भी नहीं जानता।'

'आज चौथा दिन है। इसी समय आपने उससे मुलाकात की थी। उस समय एक अत्यन्त महत्त्वपूर्ण पत्र के सम्बन्ध में उसकी बात आपसे हुई थी।'

'निश्चय ही आपको भ्रम हुआ है। मैंने ऐसे आदमी से मुलाकात नहीं की।'

'उस आदमी को मैंने स्वयं यहाँ देखा है और उसकी बात अपने कानों से सुनी है मिस्टर ग्रीनवे!'

ग्रीनवे को उस पंजाबी व्यक्ति का स्मरण हो आया, जो मुलाकात को आकर बिना ही मिले भाग गया था। वे सरदार गोविन्दसिंह का मुँह ताकने लगे। उनके मुँह से बात न निकली। केवल ये शब्द उनके होंठों से फूटे-

‘तो क्या...’

‘जी हाँ, वह मैं ही था। लाइए, वह पत्र मुझे दे दीजिए।’

‘कौन-सा पत्र?’

‘जिसकी उस दिन चर्चा हुई थी और जो निश्चित रूप से आपको मिल गया है।’

‘मैंने तो कहा-मेरे पास ऐसा कोई पत्र नहीं है, इसके अतिरिक्त इस समय मेरे पास अधिक समय भी नहीं है। कुछ मुलाकाती आनेवाले हैं, आप फिर कभी तशरीफ़ ला सकते हैं।’

‘उसी पत्र को लेने के लिए ही न? बस वही पत्र मुझे दे दीजिए। मुझे भी बहुत जल्दी है।’

‘अफ़सोस कि मेरे पास कोई पत्र नहीं है, आप नाहक मुझे परेशान कर रहे हैं।’

‘मैं जानता हूँ मिस्टर ग्रीनवे कि मोशिए फौश का आप पर असाधारण अधिकार है और आप उसके दबाव से अनिच्छापूर्वक ऐसा काम करने को बाध्य हो रहे हैं जो स्वयं आपको पसन्द नहीं है।’

एडवर्ड ग्रीनवे का मुँह सूख गया। वह निर्णय न कर सका कि क्या जवाब दे। वह आश्चर्य और हैरानी से गोविन्दसिंह का मुँह ताकता रहा।

गोविन्दसिंह ने कहा, ‘लाइए, वह पत्र दीजिए।’

‘मैंने कहा तो कि मेरे पास कोई पत्र नहीं है, अब आप जा सकते हैं।’ इस समय ग्रीनवे अत्यन्त चंचल हो उठा था।

गोविन्दसिंह ने कहा, ‘तो आप चाहते हैं कि मैं आपको गिरफ़्तार करूँ?’

‘किस जुर्म में?’

‘फ्रांस में आपने जो खून किया है उसी जुर्म में।’

ग्रीनवे थरथर काँपने लगा। वह लड़खड़ाकर एक कुर्सी पर गिर गया। उसने दोनों हाथों से अपना मुँह ढाँप लिया और अत्यन्त कातर वाणी से कहा, ‘रक्षा कीजिए महाशय! मैं एक प्रतिष्ठित वृद्ध आदमी हूँ। मेरी इज़्ज़त बचाइए।’ उन्होंने घुटनों के बल बैठकर गोविन्दसिंह के कदमों में सिर झुका दिया।

‘मेरा इरादा आपको कोई नुकसान पहुँचाने का नहीं है, परन्तु वह पत्र मुझे दे दीजिए।’

‘यह नहीं हो सकता महाशय! भले ही मेरे प्राण चले जाएँ।’

‘उस आदमी से डरने की आपको आवश्यकता नहीं है, उसे मैंने गिरफ्तार कर लिया है, वह सेण्ट्रल जेल में बन्द है।’

ग्रीनवे ने लपककर दोनों हाथों से गोविन्दसिंह के हाथ पकड़कर कहा, ‘यह क्या आप सच कह रहे हैं?’

‘झूठ बोलने से क्या फ़ायदा। फिर आप यह मत भूलिए कि आप एक ज़िम्मेदार सरकारी अफ़सर से बात कर रहे हैं। लाइए, वह खत मुझे दीजिए।’

‘अफ़सोस कि मैं आपकी आज्ञा का पालन नहीं कर सकता। आप जो ठीक समझें वही कीजिए।’

‘मिस्टर ग्रीनवे! आप विलम्ब करके कानपुर के सब अंग्रेज़ों पर खतरा ला रहे हैं। आपको डर किस बात का है?’

‘मैं शैतान के हाथ बिका हुआ हूँ महाशय!’ ग्रीनवे कातर होकर बालक की भाँति रो उठे।

‘आपको मैं वचन देता हूँ मिस्टर ग्रीनवे! आपका यह डाकू कुछ नहीं बिगाड़ सकता। लाइए, वह मुझे दे दीजिए।’

‘नहीं दे सकता महाशय!’

‘क्यों नहीं दे सकते!’

‘इसलिए कि मेरी इज़्ज़त, धन-दौलत, घर-बार, बाल-बच्चे सब गारत कर दिए जाएँगे, मैं बर्बाद हो जाऊँगा।’

‘अब भी आप उस आदमी से इतना डरते हैं?’

‘उस आदमी से नहीं।’

‘तब किससे?’

‘बिठूर के महाराज नानाराव से।’

‘उनसे डरने का क्या कारण है?’

‘मेरा सारा कुटुम्ब इस समय उनके यहाँ बन्धक है। वह पत्र देकर ही उनका वहाँ से छुटकारा हो सकता है और मेरे प्राण बच सकते हैं।’

‘मैं आपको वचन देता हूँ कि आपका और आपके बाल-बच्चों का बाल बाँका न होगा। प्रबल शक्तिशाली अंग्रेज़ सरकार आपके साथ है। फिर आप स्वयं अंग्रेज़ हैं। आपको कदाचित् ज्ञात नहीं है कि उस पत्र में क्या लिखा है?’

‘यह नहीं जानता।’

‘नानाराव फ्रेन्च सरकार से मिलकर अंग्रेजों के राज्य का तख्ता उलटना चाहते हैं। वह अत्यन्त महत्त्वपूर्ण पत्र इसी सम्बन्ध में है। प्रथम तो मैं आपके परिवार की सुरक्षा की ज़िम्मेदारी लेता हूँ। दूसरे, आप अपने लाभ के लिए सारी ब्रिटिश जाति को खतरे में मत डालिए। लाइए, वह पत्र मुझे दीजिए।’

'लीजिए महाशय! यह वह पत्र है। मेरे भाग्य में जो होना है वह हो।'

ग्रीनवे ने जेब में हाथ डालकर एक पत्र निकाला और सरदार गोविन्दसिंह के आगे बढ़ाया। इसी समय एक गोली आकर ग्रीनवे की छाती को पार कर गई। वे तत्क्षण मरकर वहीं गिर गए। इसी क्षण बाहर सैकड़ों बन्दूकों के फायर की आवाजें गूंज उठीं। उन्होंने अपना पिस्तौल निकालने को जेब में हाथ डाला। परन्तु किसी ने एक काला वस्त्र उनके ऊपर फेंक दिया और उसी में लपेटकर कुछ लोग उन्हें ले भागे। कपड़े में कुछ ऐसी गन्ध थी कि सरदार गोविन्दसिंह थोड़ी ही देर में बेहोश हो गए।

32

सरदार गोविन्दसिंह को जब होश आया तब उन्होंने देखा, भोर हो गयी है।। चारों ओर गंगा कलकल करती बह रही है। वे एक नाव में पड़े हैं गोली लगने से उनके हाथ की हड्डी टूट गई थी। उस पर पट्टी बँधी है। आगे उनके सामने वही संन्यासी बैठा बड़े ध्यान से उनकी ओर देख रहा है। निकट ही पाँच-छ: संन्यासी और भी बैठे आपस में बातचीत कर रहे हैं। बातचीत मराठी भाषा में हो रही है। इससे प्रतीत होता है, सब संन्यासी मराठी हैं। वे सब तरुण और शरीर से हृष्ट-पुष्ट हैं।

गोविन्दसिंह के निकट जो संन्यासी बैठा था, उसे उन्होंने तुरन्त पहचान लिया परन्तु प्रणाम नहीं किया। वे उठकर बैठ गए। दूसरे संन्यासी भी चौकन्ने होकर इधर ही को देखने लगे। नाव पर जो छप्पर बना था, उसके द्वार को रोककर वे सब बैठ गए।

कुछ देर तक तीखी दृष्टि से संन्यासी ने गोविन्दसिंह की ओर देखकर कहा, 'पहचानते हो गोविन्दसिंह?'

'पहचानता भी हूँ, जानता भी हूँ।'

'जानते क्या हो?'

'आप बिठूर के महाराज नानाराव पेशवा के सेनापति तांत्या टोपे हैं।'

'मैं भी यही समझता था। इसी से मुझे तुम्हें गिरफ्तार करना पड़ा। क्या तुमने मेरा वास्तविक परिचय किसी और व्यक्ति को दिया है?'

'मैं इस प्रश्न का उत्तर देने को बाध्य नहीं हूँ।'

'गोविन्दसिंह! क्या कारण है कि तुम देशवासियों के विरुद्ध इन परदेशियों की सेवा कर रहे हो?'

'मैं वचनबद्ध हूँ।'

'केवल चाँदी के कुछ टुकड़ों के बदले में?'

'जैसा आप समझें।'

‘क्या तुमने महाराज नानाराव के साथ जासूसी की थी?’

‘खेद है कि मैं जवाब नहीं दे सकता।’

‘तुमने मेरे पीछे जासूस लगाया था?’

‘शायद।’

‘मैं तुम्हें छोड़ दूं तो क्या करोगे?’

‘आपको गिरफ़्तार करूँगा। आपकी योजनाएँ विफल करने की चेष्टा करूँगा।’

‘यदि हम तुम्हें उतना ही धन दें, जितना अंग्रेज़ देते हैं?’

‘व्यर्थ है। मैं अपने वचन से नहीं फिर सकता।’

‘तुम सिख हो?’

‘जी हाँ।’

‘तुम जानते हो, तुम्हारे गुरु गोविन्दसिंह ने विधर्मियों से कैसा लोहा लिया था?’

‘जानता हूँ।’

‘तुम जानते हो कि हम भारत-भूमि पर से अंग्रेज़ों को हटाना चाहते हैं, यह हम सबके हित की बात है, धर्म की बात है!’

‘जानता हूँ।’

‘तो तुम भी हमारे आत्मयज्ञ में सम्मिलित हो हमारी सहायता करो।’

‘आप मुझसे क्या चाहते हैं?’

‘यही कि कानपुर में जो सिख सेना है, वह अंग्रेज़ों के विरुद्ध विद्रोह का झण्डा खड़ा करे और सब सिख अंग्रेज़ों को भारत से निकाल बाहर करने में हमारा साथ दें।’

‘मैं यदि स्वीकार करूँ और स्वतन्त्र होने पर विश्वासघात करूँ, तब आप क्या करेंगे?’

‘तुम्हें गोली मार दी जाएगी गोविन्दसिंह! हमारे हाथ से तुम बच नहीं सकोगे। विश्वासघात की बात मन से निकाल दो। मन की सच्ची बात कहो।’

‘मैं अंग्रेज़ों के साथ वचनबद्ध हूँ। आपकी आज्ञा का पालन नहीं कर सकता।’

‘तुम्हारा अपराध ऐसा है कि तुम्हें तुरन्त गोली से उड़ा दिया जाए। तुमने हमारे विरुद्ध जासूसी की है। हमारे कार्यों में बाधा खड़ी की है। परन्तु तुम अंग्रेज़ नहीं हो, भारतीय हो। इसलिए मैं तुम्हें गोली से उड़ा देने की आज्ञा नहीं देता। कैद करता हूँ। तुम्हारे आदमी को भी मैंने गोली से नहीं उड़ाया। अब तुम एक प्रतिज्ञा करो।’

'क्या?'

'कि भागने की चेष्टा नहीं करोगे। हमारा उद्देश्य सफल होने पर तुम्हें छोड़ दिया जाएगा।'

'मैं कोई प्रतिज्ञा नहीं कर सकता।'

'तुम्हारा यह उत्तर भी ऐसा है कि तुम्हें अभी गोली से उड़ा दिया जाए। हमारे लिए यही निरापद भी है। परन्तु अभी मैं तुम्हारे प्राण नहीं लूंगा।' उन्होंने घूमकर तरुण संन्यासियों की ओर देखकर कहा-'नाव को नियुक्त स्थान पर ले जाओ और इस व्यक्ति के खाने-पीने की सुविधा कर दो। परन्तु भागने की चेष्टा करे या कोई सन्दिग्ध कार्य करे तो तुरन्त गोली मार देना।'

इतना कहकर संन्यासी तुरन्त नाव छोड़ एक ओर को चल दिए। नाव भी गंगा में आगे बढ़ी।

33

तीन जून की रात को हिन्दी पल्टन के गोरे अफ़सर क्लब में खाना खाने बैठे। बाजा बजने लगा। बाजे के सुरताल पर अंग्रेज़ों की छुरी-चम्मच चलाने की पुरानी आदत है। बच्चे खेल में मग्न थे। सहसा एक भयंकर शोर उनके कानों में पड़ा। बाजे के सुरताल तत्काल रुक गए। कर्नलों और कैप्टनों के हाथों से छुरी-चम्मच छूट गए। स्त्रियों के चेहरे भय से पीले पड़ गए। सब एक-दूसरे का मुँह टुकुर-टुकुर ताकने लगे। इसका मतलब था कि वह घड़ी आ पहुँची जिसकी क्षण-क्षण पर प्रतीक्षा थी। कुछ देर क्लब में सन्नाटा रहा, फिर कुछ लोग कानाफूसी करने लगे।

इसी समय बहुत-से ढोल और तुरही एक साथ बज उठे। भय से प्रत्येक गोरे का रक्त जम गया। इसी समय कुछ सिपाही क्लब में धँस आए, उन्होंने ललकार कर कहा-'दो को छोड़कर सबकी जान बख्श दी जाएगी। लेफ़्टिनेण्ट हचिन्सन और क्वार्टर सार्जेण्ट लुई हमारे सामने आएँ, उन्हें गोली से उड़ा दिया जाएगा। बाकी सब कोई यहाँ से जान लेकर भाग जाएँ। औरतों के लिए गाड़ियाँ खड़ी हैं।'

अंग्रेज़ों ने यह मौका गनीमत समझा और झटपट औरत-बच्चों को बैलगाड़ियों में लादकर आज़मगढ़ से बनारस को कुच बोल दिया। सिपाहियों ने अपने दोनों शिकारों को गोली से उड़ा दिया और सात लाख का खज़ाना, बेशुमार गोला-बारूद और हथियार लेकर वे रणसंगीत गाते, धौंसा बजाते फैज़ाबाद की ओर चल खड़े हुए। जाने से पहले उन्होंने जेलों से सब बन्दियों को मुक्त कर दिया।

तीन जून की सुबह ही जनरल नील मद्रास फ्युज़िलियर्स की पल्टन लेकर बनारस पहुँच चुका था। इस सेना में अधिकांश गोरे, कुछ सिख और कुछ मद्रासी सैनिक थे। उसी दिन शाम को दानापुर से गोरी सेना बनारस आ पहुंची थी। इससे बनारस के अंग्रेज़ अफ़सरों को थोड़ी तसल्ली हुई। नील जैसा करारा जनरल, गोरी पल्टन, सिखों की गारद और तोपखाना लैस देखकर वे कुछ आश्वस्त हुए। अभी बनारस में शान्ति थी। वे सोच ही रहे थे कि क्या करना

चाहिए कि आज़मगढ़ के भगोड़ों ने वहाँ पहुँचकर एक आतंक और उत्तेजना का वातावरण उत्पन्न कर दिया।

34

बनारस हिन्दुओं का उत्तर भारत में सबसे बड़ा तीर्थस्थान है, पर उस समय वह राजनीतिक क्रान्ति का भी केन्द्र बना हुआ था। लार्ड डलहौज़ी ने अनेक राजवंशों को राज्यच्युत करके यहीं रखा था। ब्रिटिश सत्ता के विरुद्ध सबसे अधिक रोष इन्हीं के मन में था। हिन्दू, मुसलमान, मराठे आदि अनेक राजवंश अपने सरदारों सहित इसी नगर में अपने जीवन के शेष दिन काट रहे थे। इन दिनों मन्दिरों और मस्जिदों में बहुधा अंग्रेजों के विनाश की प्रार्थना की जाती थी। नित नये पर्चे क्रान्ति का सन्देश लिखकर बाज़ारों और गली-कूचों में चिपकाए जाते थे, जिन्हें पढ़कर जनता खूब उत्तेजित होती थी। हज़ारों की भीड़ उन्हें पढ़ती और अंग्रेजों के विरुद्ध ज़हर उगलती थी। इस समय बनारस में जिन्सों के भाव अत्यन्त महँगे हो गए थे, इसके लिए भी लोग खुलेआम अंग्रेज़ों को कोसते थे। बनारस से तीन मील दूर सिरकौल में अंग्रेज़ों की छावनी थी। इस समय बनारस में एक यूरोपियन तोपखाना था जिसमें कुल 30 आदमी थे। इसके अतिरिक्त लुधियाना की एक सिख रेजीमेण्ट तथा 37वीं देशी पैदल सेना और इस प्रान्त से भरती की गई हिन्दुओं की एक टुकड़ी सेना तैनात थी। चुनार के पास गंगा तट पर सुल्तानपुर की छावनी में 13वीं अनियमित घुड़सवार सेना थी, जिसके सब सैनिक मुसलमान थे। बनारस की कमान के अफ़सर ब्रिगेडियर जार्ज परनसबी थे। मुख्य सरकारी अधिकारियों में कमिश्नर एच.सी. टकर, न्यायाधीश एफ. गविंस, जिलाधीश एफ.एम. लिन्ड और उनके सहयोगी ए.आर. पोलक तथा ई.जी. जेंकिन्सन थे। दिल्ली के शहज़ादे, जो कुछ वर्ष पूर्व काशी भाग आए थे और शिवालय घाटवाले राजमहल में रह रहे थे, इस समय सबसे अधिक उकस-पुकस कर रहे थे। इस समय सुल्तानपुर से 13वीं अनियमित सेना खासतौर पर नगर का वातावरण उत्तेजित देखकर बुला ली गई थी। ये सेनाएँ और अफ़सर बहुधा नगर में गश्त लगाते रहते थे। इससे भी जनता भड़कती थी।

मेरठ और दिल्ली के समाचार पाकर 23 मई को कलकत्ता से कम्पनी की 84वीं टुकड़ी और मँगाई गई थी। परन्तु उसे सीधा कानपुर भेज दिया गया था।

मई का महीना कुशलता से बीत गया था परन्तु पहली जून को दिन निकलते ही कुछ विप्लवियों ने उन बारकों में आग लगा दी, जिन्हें 67 नम्बर सेना खाली कर गई थी। बहुत छानबीन करने पर भी अपराधियों का पता न लगा। अब 4 जून को आज़मगढ़ के समाचार सुनकर सब अंग्रेज़ थर्रा गए। अब उन्हें यह भास हो गया कि संकट की घड़ी आ लगी है।

35

3 जून को जनरल नील जिस समय बनारस पहुँचा, उस समय तक कानपुर में सब तरह अमनो-अमान था, परन्तु लखनऊ में विद्रोह उठ खड़ा हुआ था।

बनारस आने के दूसरे ही दिन उसने ब्रिगेडियर परनसबी से मुलाकात की। परनसबी बड़ा हिम्मतवर सिपाही था। उसने पन्द्रह बरस पहले अफगानिस्तान की लड़ाई में बड़ा नाम पैदा किया था। इस समय बनारस में जो फ़ौजी टुकड़ी थी वह उसी की कमान में थी।

जनरल नील ने बनारस को पहली ही बार देखा था। वह वहाँ के हिन्दुओं की आस्था और प्रणाली को देखकर चमत्कृत हुआ। उसने कहा-'बनारस तो बड़ा दिलचस्प शहर है।'

'जी हाँ, वह हिन्दुओं का एक प्रसिद्ध और प्राचीन तीर्थ और कर्मक्षेत्र तो है ही-परन्तु इस समय वह भारत सरकार का सबसे बड़ा सिरदर्द बना हुआ है।'

'यह क्यों? क्या इसीलिए कि वहाँ हिन्दुओं का बड़ा तीर्थ है?'

'एक हद तक यह बात भी है। वह हिन्दुओं का तीर्थ है, इसलिए बहुत-से अनपेक्षित जन विविध रूप से यहाँ आते-जाते रहते हैं, जिनकी ठीक-ठीक निगरानी रखना एकदम असम्भव है। इसके अतिरिक्त एक और बात भी है।'

'वह क्या?'

'इधर कुछ वर्षों से वह विविध धर्मावलम्बियों के राजबन्दियों का निवास स्थान बन गया है। कई वर्षों से दिल्ली के शाही खानदान के कुछ वंशज यहाँ रह रहे हैं। और भी ऐसे निर्वासित राजपुरुष यहाँ रह रहे हैं। यह डर हमेशा बना ही रहता है कि कहीं हमारी सरकार की राजनीतिक कठिनाइयों से लाभ न उठाया जाए।'

'यह तो असम्भव नहीं है।'

'इसके अतिरिक्त और भी बातें हैं।'

'वे बातें क्या हैं?'

'प्रथम तो यह कि यह स्थान पटना और इलाहाबाद को जोड़ता है। इसलिए सामाजिक दृष्टि से उसका महत्त्व बहुत है।'

'यह बात सही है, लेकिन क्या बनारस सुरक्षित नहीं है?'

'मैं समझता हूँ। वह मज़बूत हाथों में है। जिले के मजिस्ट्रेट और न्यायाधीश गिब्सन काफ़ी साहसी, चतुर और दृढ़ निश्चय के पुरुष हैं। कलक्टर लिंडसे भी आसानी से घबराने वाले आदमी नहीं हैं। कमिश्नर श्री टकर अवश्य धार्मिक आदमी हैं और पक्के भाग्यवादी हैं; परन्तु बड़े कर्तव्यपरायण और निर्भीक व्यक्ति हैं। वह सिर्फ़ घोड़े का चाबुक लेकर बिना हरबे-हथियार के शहर में चले जाते हैं।'

'मैं उन्हें जानता हूँ। उन्होंने गवर्नर-जनरल को एक खत लिखा था-मैं लोगों के चित्त ठीक रखने की विद्या जानता हूँ।'

'जी हाँ, वे सफलतापूर्वक अपनी चाल चलते हैं।'

'खैर, तो यहाँ की फ़ौज के रंग-ढंग कैसे हैं?'

'कुछ कहा नहीं जा सकता। खुदा खैर करे, आज अभी गोरखपुर और आज़मगढ़ से बुरी खबरें आई हैं। यह देखिए,' परसनबी ने एक कागज़ जनरल के हाथों में दे दिया। उसे पढ़कर माथे में बल डालकर नील ने कहा-'तो आज़मगढ़ की फ़ौज विद्रोही हो गई! उन्होंने खज़ाने पर भी कब्जा कर लिया।'

'जी हाँ, और मुझे खबर मिली है कि वे बिगड़ैल सिपाही बनारस आ चुके हैं और यहाँ के सिपाहियों को भड़का रहे हैं।'

'खैर, तो अब तुमने क्या सोचा है?'

'मैंने सुझाव दिया था कि हमें बनारस छोड़कर चुनार के मज़बूत किले में आश्रय लेना चाहिए-पर कमिश्नर टकर ने मेरी बात हँसी में उड़ा दी। असैनिक अधिकारी भी सहमत नहीं हुए।'

'लेकिन अब तुम्हारा क्या विचार है?'

'मैंने तय किया है कि कल सुबह 37वीं देशी पल्टन की परेड करूँ और उनके हथियार छीन लूँ।'

'कल सुबह क्यों? आज इसी क्षण क्यों नहीं!'

'उसी कम्पनी के कमाण्डर मेजर बैटर अभी भी ढुलमुल हैं। वे बराबर यही कह रहे हैं कि उनकी वफादारी पर शक करना बेजा है।'

'सिख रेजीमेण्ट और अनियमित सेना के घुड़सवारों पर तुम्हें भरोसा है ब्रिगेडियर?'

'येस जनरल, उन पर पूरा विश्वास किया जा सकता है।'

'आल राइट, तो उन्हीं की मदद से सन्दिग्ध सिपाहियों के हथियार रखा लो।'

'कल सुबह मैं यह काम करूंगा।'

'खैर, कल सुबह देखा जाएगा।'

36

लू लगने के कारण ब्रिगेडियर परसनबी उसी रात बीमार पड़ गया। परन्तु सैनिकों 30 के हथियार छीनने की कार्रवाई मुल्तवी नहीं की गई। नील ने स्वयं कमान सँभाली। पर एकाएक वह साहस न कर सका। तमाम दिन वह चिट्ठियाँ लिखने और एकान्त में सोच-विचार करने में लगा रहा। वह उस अगले कदम के नतीजे पर भली-भाँति विचार कर रहा था जिस पर वह चलना चाहता था।

शाम पाँच बजे उसने 37 नम्बर देसी पल्टन के दो हज़ार सैनिकों को परेड का हुक्म दिया। सिपाही भी इस क्षण की प्रतीक्षा कर रहे थे। परेड के समय 37वीं पैदल सेना को बन्दूक रख देने का हुक्म दिया गया। सैनिकों ने बन्दूकें रख दी और वे पीछे हट ही रहे थे कि इसी समय एक ओर से कारतूस और ग्रेपशार्ट लिये हुए गोरे सैनिक मार्च करते हुए उनकी ओर बढ़े। दूसरी ओर से सिख और अनियमित टुकड़ियाँ भी वहाँ आ पहुँची और उन्हें घेरकर खड़ी हो गईं। सिपाही सहसा आतंकित हो उठे। उन्होंने अपनी बन्दूकें उठा लीं और तुरन्त अपने अफ़सरों और गोरी सेना पर गोलियाँ बरसानी शुरू कर दी। मेजर वारेट ने उन्हें समझाने की कोशिश की। इस समय गोरी सेना की टुकड़ी उनके मोर्चे से करीब सौ गज की दूरी पर आ गई थी, और उसके आठ-सात सैनिक मरकर गिर चुके थे। इससे कुद्ध होकर गोरे सैनिकों ने भी उन पर गोलियाँ बरसाना आरम्भ कर दिया। इसी समय आल्फड्र्स बड़ी फुर्ती से तोपों से गोले दागने लगा। तोपों की मार के आगे सैनिकों के पाँव उखड़ गए। उनका मोर्चा टूट गया और वे अपने हथियार, वर्दी-पेटी आदि फेंक भाग खड़े हुए। इसी समय तेरहवीं अनियमित सेना और सिख सैनिक भी परेड के मैदान में बढ़ आए। अनियमित सेना ने कुद्ध होकर कमाण्डर पर हमला बोल दिया। इसके बाद वे सिख सैनिकों पर गोलियों की बौछार करने लगे। सिख सैनिक दम भर असमंजस में रहे। उन्होंने 37वीं सेना के सैनिकों को काम आते देखा था, वे यह न जान सके थे कि अनियमित सेना भी हुकम-उदूली कर रही है। इसी संकट की घड़ी में एक सैनिक ने कर्नल गार्डन पर एक गोली दाग दी। अब तो सारी सेना ने विद्रोह का नारा लगाया। पैदल गोरी सेना इस समय तक 37वीं सेना का पीछा करती हुई दूर निकल गई थी। अब लुधियाना के सिख सैनिक भी पागलों की भाँति चारों ओर गोली-वर्षा करने लगे। आलफड्र्स ने उन पर अपनी तोपों का मुँह फेर दिया। उन्होंने दो बार तोपखाना हथियाने की चेष्टा की पर सफलता न मिली। यदि सिख और हिन्दुस्तानी पल्टनें तोपों पर अधिकार कर लेती तो नक्शा ही बदल जाता। तोपों ने उनकी धज्जियाँ उड़ा दीं। अन्तत: विद्रोहियों की शक्ति बिखर गई, उन्हें खत्म कर डाला गया और उनके साथ अनियमित घुड़सवार सैनिकों का भी सफ़ाया कर डाला गया, ये आज्ञा माननेवाले सिपाही थे-आज्ञा देना और सोचना-विचारना वे जानते न थे। वे तोपखाने पर अधिकार कर लेते तो बनारस में भी क्रान्ति का झण्डा लहरा उठता। इस प्रकार यह तीन घण्टे का विद्रोह समाप्त हुआ, फिर बनारस पर अंग्रेज़ों का अधिकार कायम रहा।

37

आग की तरह यह खबर शहर में फैल गई। जनता भी विद्रोही सिपाहियों में आ मिली। परन्तु सिख, बनारस के अनेक रईस और महाराज बनारस, जो राजा चेतसिंह के वंशज थे, अंग्रेज़ों के मित्र और सहायक थे वे, पूरी तौर पर अंग्रेज़ों की सहायता कर रहे थे। सिपाही गाँवों में फैलकर जा छिपे। यद्यपि बनारस शहर अंग्रेज़ों के हाथ में था परन्तु आज़मगढ़, जौनपुर, फैजाबाद पर आज़ादी का झण्डा लहरा रहा था तथा आस-पास का सारा इलाका विद्रोहियों के हाथ में था।

अंग्रेज़ों ने जो पुराने ज़मींदारों की ज़मींदारियाँ नीलाम करके नये ज़मींदार बनाए थे वे प्राय: शहरों के रहनेवाले थे। अब पुराने ज़मींदारों ने अपनी-अपनी ज़मींदारियों पर कब्जा कर लिया था। अंग्रेज़ी अदालतों, जेलों और अंग्रेज़ी दफ़्तरों को जला डाला गया था। तार काट डाले गए थे। गाँव-गाँव में हरा झण्डा लिये क्रान्तिकारी स्वयंसेवक पहरा देते थे। बनारस की कचहरी का खज़ाना अलबत्ता लुटने से बच गया था जिसमें पंजाब के महाराज रणजीतसिंह की रानी ज़िन्दाकुँवर के बहुमूल्य रत्नाभरण भी रखे हुए थे। इस खज़ाने की रक्षा की अंग्रेज़ों को बहुत चिन्ता थी।

नील ने अब अपना काम शुरू किया। जो सिपाही बैरकों में छिप गए थे-उन्हें बाहर निकाल-निकालकर पागल कुत्ते की भाँति गोली मार दी गई। जिन सिपाहियों ने झोपड़ियों में शरण ली थी वे झोंपड़ियों समेत जलाकर खाक कर डाले गए। इस समय नील एक सैनिक अफ़सर नहीं, अंग्रेज़ी प्रतिहिंसा की विकराल मूर्ति बना हुआ था। उसने गोरों के जत्थों को गाँवों में बिखेर दिया। ये गोरे–शिकारी कुत्तों की भाँति गाँव के सभी पुरुष-बाल-वृद्ध-रोगी-जो भी इनके सामने आता उसी का शिकार करते। वे ऐसी कूरता और निर्दयता से लोगों को मारते या फाँसी देते थे जैसे पागल कुत्ते या शिकार को मार रहे हों। बनारस शहर में फाँसी के खम्भों की भारी कतार लगी थी। सिपाही चारों ओर से निरीह जनों को पकड़कर ले आते और बिना किसी प्रकार का विचार या जाँच-पड़ताल किए उन्हें फाँसी पर लटका डालते। इस काम के लिए एक कर्नल नियुक्त किया गया था। कुछ लड़के खेल ही खेल में कहीं से विद्रोहियों का झण्डा उठा लाए थे और हुल्लड़ मचा रहे थे। उन सबको पकड़कर फाँसी पर लटका दिया गया। गाँवों को चारों ओर से घेरकर उनमें आग लगा दी जाती। जो लोग भागने की चेष्टा करते उन्हें गोली से भून डाला जाता था। इतने अधिक लोगों को फाँसी दी गई कि फाँसी का कठघरा खड़ा करना असम्भव हो गया। तब लोगों को पेड़ों पर लटकाकर फाँसी दे दी गई। बहुधा लोगों को पकड़कर हाथी पर बैठाया जाता और फाँसी का फन्दा उनके गले में डालकर रस्सी का दूसरा सिरा पेड़ से बाँध दिया जाता था। मारने में भी विनोद का पुट रहता था-प्राय: वध्य पुरुष को अंग्रेज़ी की आठ संख्या की आकृति में पहले बाँध दिया जाता था, फिर फाँसी दी जाती थी।

सबसे आश्चर्य की बात यह थी कि जिन लोगों पर पहले अंग्रेज़ों ने अत्याचार किए थे वही अब उनकी सहायता भी कर रहे थे। पंजाब के सरदार सूरतसिंह को कैद करके अंग्रेज़ों ने बनारस में रखा था, अब वही सूरतसिंह अंग्रेज़ों की रक्षा कर रहा था। उसने सिखों का एक दल बनाकर अंग्रेज़ी खज़ाने की रक्षा की। इसी खज़ाने में रानी ज़िन्दाकुँवर के जवाहरात रखे थे। वारेन हेस्टिंग्स के ज़माने में जिस राजा चेतसिंह पर अकथ अत्याचार किए गए थे-उसी के वंशधर अब अंग्रेज़ों को अभयदान दे रहे थे।

जजी के नाजिर गोकलचन्द ब्राह्मण ने जान की बाज़ी लगाकर अंग्रेज़ों को टकसाल पहुँचाया। रात में मुसलमानों ने बलवा करके विश्वनाथ के मन्दिर पर हरा झण्डा फहरा दिया। इस बलवे को

लिंडसे ने राजपूतों की मदद से शान्त किया। राव देवनारायणसिंह और राजा ईश्वरीनारायणसिंह ने अंग्रेज़ों की बड़ी भारी मदद की। सारे अंग्रेज़ टकसाल में एकत्रित हो गए थे। उनके मन में घबराहट भी थी। गबिन्स बड़े यत्न से शहर में शान्ति स्थापित कर रहा था।

चार-पाँच दिन बनारस रहकर नील चला गया। 9 जून को नगर के सरकारी अधिकारियों ने नगर का चार्ज लेकर सारी बनारस कमिश्नरी में मार्शल-ला लागू कर दिया। मजिस्ट्रेटों को व्यापक अधिकार दे दिए गए। इस समय कलकत्ते से निरन्तर गोरे सैनिकों की टुकड़ियाँ आ रही थीं, और नगर की स्थिति दिन-पर-दिन सुरक्षित होती जा रही थी। मगर देहाती इलाकों की हालत खराब थी। भागे हुए सिपाही वहीं फैले हुए थे और वे विद्रोह की आग सुलगा रहे थे। राहजनी और डकैतियों का बोलबाला था। जान फिन्सन और लेफ़्टिनेण्ट फालिशर कुछ घुड़सवारों के साथ निरन्तर उपद्रवग्रस्त गांवों में गश्त लगा रहे थे। और जिसे पकड़ पाते, फाँसी पर लटका देते थे। बनारस जेल सुरक्षित था। परन्तु अपराधियों की संख्या इतनी बढ़ गई थी कि उन्हें जेल में रखना असम्भव था। छोटे-मोटे अपराधियों को कोड़े लगाकर छोड़ दिया जाता था, पर संगीन मुजरिमों को तो प्राय: फाँसी के तख्ते पर ही चढ़ाया जाता था। कैदियों के द्वारा राजघाट के पुराने किले के पास अनियमित किलेबन्दी की गई थी। देहाती विद्रोहियों के छुट-पुट हमले हुए, पर वे दबा दिए गए। घुड़सवार सैनिक गाँव-गाँव घूमते और जहाँ विद्रोहियों की गन्ध पाते उसी गाँव को जला डालते, स्त्री, पुरुषों को मौत के घाट उतारते थे। इन दलों के साथ मजिस्ट्रेट भी रहता था। लोगों पर तुरन्त ही मुकदमा चलाया जाता और तुरन्त ही फैसला सुना दिया जाता। फिर तुरन्त ही उन्हें फाँसी दे दी जाती थी। वे लाशें हफ़्तों पेड़ की डालों पर लटकी सड़ती रहतीं और उनका वीभत्स रूप देखकर लोग आतंक से थर्रा जाते थे। बहुधा बूढ़े, रोगी, बच्चे और नवप्रसूता जो असहायावस्था में थे, वे गाँवों में आग लगाने पर न भाग सकने के कारण गाँवों में जल मरे। बहुत-से भगोड़े सिपाहियों को घसीटकर बाहर लाया जाता, फिर उनके चेहरों और शरीरों में संगीने भोंकी जातीं, इसके बाद जीवितावस्था में ही उन्हें आग में डाल दिया जाता था। औरतों और बच्चों का भी उसी तरह वध किया जाता था, जैसे बड़े आदमियों का।

38

बनारस के विद्रोह और दमन की व्यापक प्रतिक्रिया हुई। इलाहाबाद, फतेहपुर, फैजाबाद और जौनपुर में सिपाहियों को ज्यों ही पता लगा कि बनारस में निर्दोष सिपाहियों का कत्ले-आम किया गया है, तो उन्होंने समझा कि अंग्रेज़ अब वफादारों का कोई लिहाज़ नहीं करेंगे। बनारस की खबर अगले दिन ही इलाहाबाद पहुँच गई थी। यह सुनकर सिपाहियों का खून खौलने लगा कि देशी पल्टन के हथियार छीनकर उन्हें गोली से उड़ा दिया गया। इस पर इस अफ़वाह ने और रंग चढ़ाया कि अंग्रेज़ परी बंगाल रेजीमेण्ट का सफाया करना चाहते हैं। सिपाहियों के अतिरिक्त गाँव देहातों के कत्ले-आम और आग लगाने के समाचार से आम जनता भी भड़क गई। रंग-ढंग देखकर अंग्रेज़ भयभीत हो गए। सब यूरोपियन सैनिक-असैनिक स्त्री-पुरुषों को किले में बुला

लिया गया। इलाहाबाद में अधिक यूरोपियन न थे। साठ पेन्शनयाफ्ता तोपची चुनार से आए थे। कुछ सार्जेंट थे और इनके साथ अस्सी स्वयंसेवक थे। कैप्टन ब्रेसियर की कमान में रक्षक सेना के चार सौ सिख और छठी देशी पैदल पल्टन के अस्सी आदमी थे। रेजीमेण्ट के और आदमी दो मील दूर ठिकानों पर तैनात थे। जिन्होंने दिल्ली के विरुद्ध लड़ने को अपनी सेवाएँ समर्पित की थीं, इन्हें सपरिषद् गवर्नर-जनरल ने धन्यवाद दिया था। अंग्रेज़ इस बात से चौकन्ने थे कि कहीं बनारस के सिपाही इलाहाबाद में न घुस आएँ। उन्होंने गंगा के पुल पर तोपें चढ़ा दी और किले के द्वार बन्द कर लिये। छ: नम्बर पल्टन की बारकें बाहर छावनी में थीं।

6 तारीख की शाम को हुक्म हुआ कि तोपें किले में ले आई जाएँ। लेकिन सैनिकों ने यह हुक्म नहीं माना। वे तोपों को छावनी में ले गए। इस पर लेफ्टिनेण्ट अलेग्जेण्डर और लेफ्टिनेण्ट हरवर्ड अवध के रिसाले की एक टुकड़ी लेकर इन सैनिकों को दण्ड देने चले। परन्तु विद्रोही सैनिकों के सामने पहुँचते ही रिसाला उनमें मिल गया। उन्होंने दोनों अफ़सरों को गोली से उड़ा दिया और वे किले की ओर चल दिए। रात को जब किले में अंग्रेज़ अफ़सर खाना खा रहे थे कि सिपाहियों के बिगुल की आवाज़ सुनते ही अफ़सरों के हाथ का खाना हाथ में रह गया। बहुत-से अफ़सर बात क्या है देखने को किले से बाहर निकल आए। सिपाही उन पर टूट पड़े और उन्हें गोली से उड़ा दिया। बचे हुए अंग्रेज़ किले में भाग आए। जिस समय विप्लवकारी सिपाही अपना काम कर रहे थे, उस समय किले के अन्दर सिख पल्टन थी। पर वह विप्लवकारियों का साथ नहीं दे रही थी। यदि उसने उस समय उनका साथ दिया होता तो आधे ही घण्टे में इलाहाबाद का प्रसिद्ध किला विप्लवकारियों के अधिकार में चला जाता!

परन्तु जनता ने उनका पूरा साथ दिया। अंग्रेज़ों के तमाम बंगले जला डाले गए। जेलखाना तोड़कर तमाम कैदियों को छोड़ दिया गया। रेल की पटरियाँ और तार उखाड़ डाले गए। तार के खम्भे तोड़ दिए गए। खज़ाना लूट लिया गया। 7 जून की सन्ध्या को शहर और छावनी में हरे झण्डे का जुलूस निकाला गया। नगर-निवासियों और सिपाहियों ने झण्डे को सलामी दी। बाद में शहर की कोतवाली पर वह झण्डा फहरा दिया गया।

इलाहाबाद के आस-पास सैकड़ों गाँवों में हिन्दू और मुसलमान रैयत और ज़मींदार सभी ने अंग्रेज़ी राज का अन्त करने की घोषणा कर दी और हर गाँव में स्वाधीनता का झण्डा फहराने लगा। न केवल गंगा के पार के इलाकों में ही, बल्कि गंगा और यमुना के बीच के इलाके में भी देशी जनता बिगड़ खड़ी हुई। आरम्भ में नगर में थोड़ी-बहुत अराजकता रही। उसके बाद शहर के लोगों और आस-पास के ज़मींदारों को मिलाकर मौ. लियाकतअली को बादशाह के सूबेदार की हैसियत से इलाहाबाद के इलाके का सूबेदार नियुक्त किया। उसने खुसरोबाग को अपना केन्द्र बनाया और शहर में अमनो-अमान कायम किया तथा सब घटनाओं की सूचना निरन्तर बादशाह की सेवा में भेजना आरम्भ कर दिया। इस प्रकार इलाहाबाद में स्वाधीनता की हवा बह चली। इलाहाबाद प्रान्त के सभी ताल्लुकेदार प्राय: मुसलमान थे। पर इस समय हिन्दू-मुसलमान

में भेद ही न था। निष्पाप बालकों की हत्या से सबका खून खौल गया। किसान, ताल्लुकेदार, बूढ़े-जवान, स्त्री-पुरुष, गंगा-यमुना के दोआब के सभी जन अंग्रेज़ी दासता से मुक्त हो हर्ष मनाने लगे। इलाहाबाद में 30 लाख रुपये का खज़ाना विप्लवियों के हाथ लगा। पहले यह निश्चय हुआ कि इसे बादशाह की नज़र किया जाए, परन्तु बाद में लूट लिया गया।

39

इस समय मौलवी लियाकतअली ने इलाहाबाद का नेतृत्व किया। मौलवी लियाकतअली जात का जुलाहा था। किन्तु उसने एक मकतब खोल रखा था। वह रोज़े-नमाज़ का पाबन्द, कट्टर मुसलमान और शक्की मिज़ाज का आदमी था। इलाहाबाद में उसकी बहुत धाक थी। लोग उसकी इज़्ज़त करते थे। उसने धर्म और परम्परा के नाम पर लोगों को ललकारा। उसने दिल्ली के बादशाह का झण्डा खड़ा किया और अपने को बादशाह का प्रतिनिधि घोषित कर दिया। मौलवी की आवाज़ करारी और आँखें पैनी थीं। उसका कहने का ढंग प्रभावशाली था। वह बहुधा मस्जिद में अजान देता रहता था। अब जब इलाहाबाद के अंग्रेज़ भाग गए, उसने शहर की व्यवस्था और प्रबन्ध अपने हाथ में ले लिया। परन्तु वह न बुद्धिमान था, न दूरदर्शी। राजनीतिक सूझ-बूझ तो उसमें थी ही नहीं। सैन्य-संचालन वह कतई नहीं जानता था। उसका व्यक्तित्व इतना महान न था कि जनता उसकी आज्ञा-पालन के लिए तैयार हो जाती। डर के मारे बहुत-से देशी ईसाई मुसलमान हो गए। उनके प्राण बच गए। उसने खुसरूबाग के सुरक्षित अहाते में अपना डेरा डाला और यहीं से समूचे प्रान्त की क्रान्ति का संचालन करने लगा।

परन्तु मौलवी लियाकतअली का इलाहाबाद में शासन केवल छः दिन चला। सात जन को सैनिकों ने विद्रोह किया और ग्यारह को नील बनारस से चलकर इलाहाबाद आ पहुंचा।

सड़कें सुनसान थीं। आदमी का नामो-निशान न था। उसकी गाड़ी के लिए घोड़े नहीं मिले। उसने किसानों को पकड़ मँगाया और उन्हें गाड़ी में जोत दिया। सूरज इस समय आग बरसा रहा था। वह ताबड़तोड़ बनारस से आया था। शहर पूरी तरह विद्रोहियों के हाथ में था, पर किले पर अंग्रेज़ों का अधिकार था। जब नील किले में पहुंचा तो लगभग बेहोशी की हालत में था। परन्तु शीघ्र ही स्वस्थ हो गया।

किले में सिख और अंग्रेज़ डटकर शराब पीते थे। उसने देखा-शीघ्र ही अनुशासन की कार्यवाही यदि न की गई तो किला भी हाथ से जाएगा। उसने दारागंज और कीटगंज में मोर्चा बाँधकर गोलियाँ बरसानी आरम्भ कर दी। विद्रोही दल भाग खड़ा हुआ। शहर पर नील ने अधिकार कर लिया। सत्रह तारीख को मौलवी लियाकतअली अपना बोरिया-बिस्तर बाँधकर इलाहाबाद से भाग खड़े हुए।

इलाहाबाद के किले में अंग्रेज़ और सिख अवरुद्ध थे। वहाँ हैजा फूट निकला था। बीस-बीस आदमी एक साथ दफ़न किए गए। उन्हें सवारी के लिए न गाड़ी-बैल मिलते थे, न बीमारों की

डोली उठाने वाले कहार। घायल और बीमार अंग्रेज़, जिनके घाव उस भयानक गर्मी से सड़ गए थे-भयंकर आर्तनाद कर रहे थे। बहुत-से अंग्रेज़ अपना सिर पानी में डुबाए पड़े थे। अनेक पागल हो गए थे। अनाज-रोटी या कोई भी चीज़ उन्हें कहीं नहीं मिलती थी। एक पावरोटी बेचने के अपराध में नागरिकों ने रोटीवाले के नाक-कान काट लिये थे। सोल्ज़र और कुछ न पाकर शराब पी-पीकर बेहोश पड़े थे। और अब वे नील का अनुशासन भी नहीं मान रहे थे। कानपुर को सहायता की अत्यन्त आवश्यकता थी। वहाँ से सहायता के लिए बराबर आवश्यक सन्देश आ रहे थे, पर नील निरुपाय इलाहाबाद में सड़ रहा था। परन्तु यहाँ भी उसने बनारस की भाँति गाँवों में आग लगाने और वहाँ के स्त्री-बच्चों को मौत के घाट उतारने गोरों और सिखों की टोलियाँ भेजी हुई थीं। ये टोली नाव पर बैठकर आस-पास दोनों ओर और कभी-कभी नाव से उतरकर गोलियाँ बरसातीं और गाँववालों का निर्दय शिकार कर रही थीं। स्त्रियाँ और दूध पीते बच्चे तक मार डाले जाते थे। इलाहाबाद में लगभग छ: हज़ार नर-नारियों का कत्ले-आम हुआ। इलाहाबाद चौक में उन दिनों नीम के पेड़ थे। इन पर 800 से अधिक लाशें लटक रही थीं-जो गर्मी में सड़कर वीभत्स हो रही थीं। बाद में तीन महीने तक मुर्दे ढोने वाली गाड़ियाँ इन लाशों को ढोती रहीं।

नील के ये निर्दय, क्रूर कारनामे आगे रंग लाए। यह भूल गया था कि सारी भारत की जनसंख्या का सफ़ाया नहीं किया जा सकता। उसने यह भी विचार किया कि इन्हीं गाँववालों की सहायता से उसे सामान ढोने को पशु और गाड़ियां मिल सकती हैं। उस समय तक भी गाँव-देहात शान्त थे। परन्तु नील के इस निर्मम हत्याकाण्ड ने उन सबको उत्तेजित तथा सरकार का शत्रु बना दिया और गाँव के लोग अंग्रेज़ों के खून के प्यासे हो उठे। अपना-अपना संगठन करने लगे।

40

झाँसी के पुराने किले से एक मील के अन्तर पर अंग्रेजों ने एक छोटा-सा किला बनाया था, जिसका नाम स्टार फोर्ट था। यहाँ अंग्रेज़ों का बारूदखाना था तथा हथियारों का भी ज़खीरा था। इसके अतिरिक्त खज़ाना भी यहीं था। चार जून को जिस समय कानपुर में क्रान्ति फूटी, ठीक उसी समय हवलदार गुरुबख्शसिंह कुछ सैनिकों को लेकर बलात् स्टार फोर्ट में घुस गया। उसने किला और वहाँ का सारा शस्त्रास्त्र-भण्डार तथा खज़ाना हस्तगत कर लिया। खज़ाने में कोई सवा चार लाख रुपया था। किले में जो तोपखाना था उसके सिपाही भी उनके साथ हो गए। उन्होंने मोर्चे पर तोपें चढ़ा दीं। कुछ सिपाहियों ने भागकर झाँसी के डिप्टी सुपरिटेण्डेण्ट कैप्टन गार्डन को सूचना दी कि डकैतों ने बारूदखाने पर हमला बोल दिया है। कैप्टन डनलप कुछ सेना लेकर वहाँ गया। परन्तु जब तक किला खाली हो चुका था। विद्रोही सैनिक सब सामान उठा-उठाकर चले गए थे।

सूचना पाते ही कमिश्नर गार्डन ने छावनी से सब अंग्रेज़ स्त्री-बच्चों को किले में बुला लिया। सुरक्षा के सब उपलब्ध सामान जुटाए। उसे आशा थी कि अनेक बुन्देल ठाकुर अंग्रेज़ों का पक्ष लेंगे।

कानपुर और ग्वालियर से सहायता लेने को एक्सप्रेस गाड़ियाँ भेजी गईं। समथर और ओरछा से भी सहायता मांगी गई। परन्तु उन्हें सहायता नहीं मिली।

कैप्टन डगलस को अब भी कुछ सिपाहियों पर विश्वास था। रात को वह अपनी-लाइन में सोया। सुबह उसने पलटन की परेड की। उसने भाषण के लिए मुँह खोला ही था कि रिसालदार कालेखाँ ने गोली दाग दी। डगलस तुरन्त मरकर गिर गया। लेफ़्टिनेण्ट टर्नबुल, इनसाहन, टेलर और उनके सहायक कुछ हवलदारों को भी मौत के घाट उतार दिया गया। अंग्रेज़ों में भगदड़ मच गई। 14वीं सेना के कैप्टन कैम्पबेल घायल अवस्था में किले में पहुंचे।

कमिश्नर रानी के हुजूर में हाज़िर हुआ। उसने कहा, 'हम आपकी शरण हैं। आप हमारी रक्षा कीजिए।'

'हमारे पास न सेना है, न शस्त्र। देश-भर में उपद्रव फैला है, हम असमर्थ हैं। इसके अतिरिक्त आप जानते हैं कि हमारी-आपकी लड़ाई है।'

'हम पुरुषों को अपनी चिन्ता नहीं। आप हमारे स्त्री-बच्चों की रक्षा कीजिए।'

'स्त्री-बच्चों से हमारी कोई लड़ाई नहीं है। आप जिन्हें हमारे महल में भेज देंगे, उनकी हम रक्षा करेंगे।'

गार्डन चला गया। परन्तु फिर स्क्रीन और गार्डन ने सलाह की तथा सब स्त्री-बच्चों को किले में भेज दिया गया।

अब सिपाही छावनी को लूट-पाटकर उसमें आग लगा रहे थे। इस काम से निवृत्त होकर किले पर आक्रमण करने भी बढ़े। किले में न काफ़ी युद्ध सामग्री थी, न भोजन की व्यवस्था थी। पर गाडेन ने किले के सब फाटक बन्द करा दिए। सिपाही दिन-भर किले पर आक्रमण करते रहे। और किले से गोलियों की बौछारें आती रहीं। रात-भर और दूसरे दिन दोपहर तक यही हाल रहा। अब वहाँ खाने को एक दाना भी न था। किले में बन्द अंग्रेज़ स्त्री-पुरुष भूख से तिलमिला उठे। कुछ आदमी भेष बदलकर किले से निकले, पर वे तुरन्त मार डाले गए। और दो दिन बीते 8 जून को गार्डन ने गोली मारकर आत्महत्या कर ली। लेफ़्टिनेण्ट बोनिस को एक देशी नौकर ने किले में मार डाला। इससे अंग्रेज़ एकदम हताश हो गए रिसालदार कालेखाँ किले के उत्तर-पश्चिमी कोण में स्थित संकर दुर्ग में मोर्चा बाँध दनादन गोले बरसा रहा था। वह एक टुकड़ी लेकर किले में घुस गया। अंग्रेज़ों ने विवश होकर सुरक्षा की शर्त पर आत्मसमर्पण कर दिया। सिपाहियों ने सबको कैद कर लिया। रिसालदार सब कैदियों को झोकनबाग में कैद करने का हुक्म देकर छावनी में चला गया।

41

सिपाही अभी कैदियों को लेकर झोकनबाग में पहुँचे ही थे कि जेल दरोगा बख्शीशअली वहाँ आ पहुँचा। वह घोड़े पर चढ़कर ताबड़तोड़ आया था। उसकी आँखें लाल अंगारा हो रही थीं और

उसके हाथ में नंगी तलवार थी। ऐसा प्रतीत होता था कि खन उस पर सवार है। बख्शीशअली जात का सैयद था। महाराज गंगाधर के अमल में वह झाँसी में आठों फाटकों का कोतवाल था। स्क्रीन ने एक बार उसे ठोकर मारी थी, वह अपमान वह भूला नहीं था। उसने सिपाहियों से कहा- 'दोस्तों, मुझे रिसालदार साहब ने भेजा है। कैदियो, होशियार हो जाओ।' उसने कमिश्नर स्क्रीन की ओर घृणापूर्वक देखकर कहा, 'भाइयो, इस आदमी ने मुझे जूतों की ठोकर से इतना मारा था कि मैं गिर गया था। मारने से पहले इसने मुझे सूअर की गाली भी दी थी।'

स्क्रीन भय से काँपता खड़ा रहा। उसने कहा, 'न बाबा लोग, हमने गाली नहीं दी।'

इसी समय एक सवार वहाँ आया। बख्शीशअली ने उसके कान में कुछ कहा। उसने कड़कती आवाज़ में कहा-'रिसालदार साहब ने इन सबके कत्ल का फर्मान किया है।'

सिपाही एक-दूसरे का मुँह ताकने लगे। बख्शीशअली ने कहा, 'देखते क्या हो-तलवारें सूत लो और एक-एक करके साफ़ कर दो।' इतना कहकर उसने तलवार के एक ही वार से स्क्रीन का सिर भुट्टे-सा उड़ा दिया। फिर तो सब सिपाही टूट पड़े। और सबको काट-काटकर खत्म कर दिया। स्त्री-बच्चों तक को ज़िन्दा न छोड़ा।

इसी समय रिसालदार कालेखाँ आया। अभी भी कोई-कोई लाश फड़क रही थी। कालेखाँ ने कहा, 'यह क्या किया?'

'और क्या करते?'

'किसके हुक्म से यह काम किया?'

'आपके नाम पर मेरे हुक्म से,' बख्शीशअली ने जवाब दिया।

'बुरा हुआ। हमारे मुखियों की यह मन्शा नहीं है। मैं उन्हें क्या जवाब दूँगा?'

'आप उन्हें जो ठीक समझें जवाब देना। खुदा को जवाब मैं दे लूँगा।'

इतना कहकर बख्शीशअली घोड़े पर सवार हो तेज़ी से वहाँ से चल दिया।

42

झोकनबाग के हत्याकाण्ड के बाद विद्रोही सिपाही उन्मत्त हर्ष में पागल बने चीखते-चिल्लाते रानी के महल को घेरकर खड़े हो गए। वे सब ज़ोर-ज़ोर से चिल्ला रहे थे। रानी के पास सुरक्षा का इन्तज़ाम भी न था। न उसके पास तोपें थीं न हथियार। केवल 100-50 सिपाही उसके महल की रक्षा पर तैनात थे। रानी सर्वथा असहायावस्था में थी। सिपाही चिल्ला रहे थे कि यदि रानी हमारा साथ नहीं देगी तो हम उसका महल तोप से उड़ायेंगे। अब उसका जीवन और सम्मान खतरे में था। कवायद-परेड सीखे हुए ये सिपाही अच्छे नेता की कमी के कारण इस समय दंगाई-हुल्लड़बाज़ बने हुए थे।

पहरेदारों ने महल के फाटक बन्द कर दिए थे। लक्ष्मीबाई ने अन्ततः उनके सम्मुख आने का इरादा किया। सिर से पैर तक श्वेत परिधान में रानी आकर छज्जे पर खड़ी हो गई। पीछे सशस्त्र सहेलियाँ। उसने हाथ जोड़कर सेना को नमस्कार किया। सेना में सन्नाटा छा गया।

कालेखाँ चिल्लाया, 'खलक खुदा का, मुल्क बादशाह का, राज महारानी लक्ष्मीबाई का।

सब सिपाहियों ने यही नारा बुलन्द किया।

रानी ने हाथ उठाकर सबको खामोश होने का इशारा किया।

सन्नाटा छा गया।

रानी ने पूछा, 'तुम लोग हमसे क्या चाहते हो?'

सूबेदार कालेखाँ आगे बढ़ा। उसने झुककर रानी को प्रणाम किया। रानी ने पूछा-'तुम कौन हो?'

'मैं श्रीमन्त सरकार का ताबेदार कालेखाँ रिसालदार हूँ।'

'तुम्हारी ही तलवार में बेगुनाहों का खून लगा हुआ है?'

'श्रीमन्त सरकार, मैं बेगुनाह हूँ।'

'क्या इसी तरह तुम बादशाही कायम करोगे? तुम सब तो सेना का अनुशासन जानते हो! फिर यह सब क्या है?'

'श्रीमन्त सरकार हमें हुक्म दें, हमें अपने ताबे रखें। अब जो कोई श्रीमन्त सरकार की हुक्म-उदूली करे उसे तोप से उड़ा दिया जाए।

'तुम लोग छावनी चले जाओ, और हमारे हुक्म की प्रतीक्षा करो।'

'सरकार, सिपाही भूखे हैं।'

'मेरे पास रुपया नहीं है। तुम जानते हो कि राज्य अंग्रेज़ों के अधीन रहा है।'

'हम मजबूर हैं। आप मालिक हैं, परन्तु हमें श्रीमन्त के हुजूर से कुछ नहीं मिलेगा तो शहर से उगाहेंगे।

'क्या तुम लोग मेरी झाँसी को लूटना चाहते हो?'

'श्रीमन्त सरकार, शहर के साहूकार हमें यहाँ तक कर गुज़रने की नौबत नहीं आने देंगे?'

रानी ने अपने होंठ काटे। उसने कहा, 'तुम्हें यदि रुपया मिल जाए तो तुम क्या करोगे?'

'सरकार हम दिल्ली चले जायेंगे।'

'तो यह लो, और अदब-कायदे से दिल्ली चले जाओ। हिन्दुओं को गंगा और मुसलमानों को कुरान की सौगन्ध है, मेरी झाँसी पर आँच न आने पाए।' उसने कण्ठ से बहूमूल्य हीरों का कण्ठा उतारकर कालेखाँ के फैले हुए हाथों पर फेंक दिया और झटपट भीतर चली गई।

43

7 जून को जब जनरल दल-बल सहित इलाहाबाद में प्रविष्ट हो रहा था, झाँसी में एक भी जीवित अंग्रेज़ न था। भोर होते ही झाँसी में डंका पीटा जा रहा था और घोषणा हो रही थी-खलक खुदा का, मुल्क बादशाह का, हुक्म रानी लक्ष्मीबाई का, डुगम-डुगम। बिछौने से उठकर आँखें मलते हुए बालक-वृद्ध-स्त्री-पुरुषों की भीड़ की भीड़ डुगडुगी पीटनेवाले के साथ होती जा रही थी।

महलों में रानी लक्ष्मीबाई का दरबार लगा था। सब बड़े-बड़े सरदार, जागीरदार, साहूकार रातोंरात बुलाए गए थे। उनसे सलाह-मशवरे हो रहे थे। उस समय दो बातें प्रमुख थीं-अंग्रेज़ों से युद्ध और शहर का प्रबन्ध। रानी ने बड़ी बुद्धिमानी से विभिन्न विभागों के अधिकारियों को नियत किया। कर-वसूली और न्याय का प्रबन्ध किया। नगर की सुरक्षा की व्यवस्था की। लक्ष्मणराव को प्रधानमन्त्री बनाया और प्रधान सेनापति दीवान जवाहरसिंह बने। दीवान रघुनाथसिंह, मुहम्मद जमालखाँ और खुदाबख्श को कर्नल बनाकर सेना का अधिनायक बना दिया गया। घुड़सवारों का नेतृत्व रानी ने स्वयं ग्रहण किया। सुन्दर, मुन्दर और काशीबाई नाम की रानी की जो सहेलियाँ थीं, उन्हें कर्नल बना दिया गया। तोपखाने के प्रधान गुलाम गौसखाँ बनाए गए। नायब दीवान दुल्हाँजू और न्यायाधीश नाना भोपटकर बनाए गए।

पुलिस, माल विभाग, दान-धर्म-विभाग आदि सब राज्यविभाग व्यवस्था ठीक-ठाक की। झाँसी का शासन सुचारू रूप से चलने लगा। उस दिन बड़ी गर्मी थी। दिन-भर लू चलती रही। पर रानी उस दिन दिन-भर व्यस्त रहीं। बहुत रात गए उन्होंने स्नान कर थोड़ा हविष्यान्न खाकर विश्राम किया।

दूसरे ही दिन रानी ने रिसाले और पैदल पल्टनों की कवायद कराई। चाँदमारी की। सेना के सब पुराने सिपाही आ गए थे। नई भरती भी बहुत हुई थी। सब जाति और वर्गों के आदमी भरती किए गए थे। रानी ने कहा, 'यह सेना झाँसी की जनता की सेना है। इसमें जात-पाँत का भेद नहीं हो सकता।

'अंग्रेज़ सब तोपों में कीलें ठोककर बेकार कर गए थे। गुलाम गौसखां ने दो दिन में ही सब तोपों को दुरुस्त कर लिया। साथ ही नई तोपों के ढालने का कारखाना ज़ोर-शोर से काम करने लगा। गोले-गोलियाँ, ढालें, बन्दूकें, पिस्तौलें, किरचें, तलवारें बनाने में सैकड़ों लुहारों ने रात-दिन एक कर दिया।

अभी यह सब तैयारी हो रही थी और झाँसी में रानी के राज्य का यह पाँचवाँ दिन था कि करेरा दुर्ग पर सदाशिवराव नेवाल ने हमला कर दिया। सदाशिव भी झाँसी की गद्दी का दावेदार था।

करेरा के थानेदार और तहसीलदार को उसने मार भगाया और एक ही दिन में अपना अभिषेक कराके झाँसी के महाराजा सदाशिव नारायण की पदवी धारण कर ली। गाँव-गाँव उसने अपने महाराज होने की घोषणा भेज दी।

सूचना पाते ही रानी ने सेना लेकर अचानक उसे आ दबोचा। इस सेना में उसकी तीनों स्त्री कर्नल अपनी-अपनी टुकड़ियों का नेतृत्व कर रही थीं। महाराज सदाशिव को सामना करने का साहस न हुआ। वह किला छोड़कर भाग खड़ा हुआ। अपनी पहली विजय से उल्लसित रानी की सेना जय-जयकार करती झाँसी लौटी। सदाशिव को पकड़कर रानी ने कैद कर लिया।

44

कानपुर इस समय विस्फोटक ज्वालामुखी हो रहा था। यहाँ जो क्रान्ति समिति बनी थी, उसके प्रमुख नेता थे घुड़सवारों के सूबेदार टीकासिंह और सिपाहियों के नेता शमसुद्दीन। नाना साहब के प्रतिनिधि ज्वालाप्रसाद और मुहम्मदअली इस क्रान्ति-केन्द्र के सदस्य थे। टीकासिंह और शमसुद्दीन के डेरों पर क्रान्ति-सभाएँ हुआ करती थीं। इनका प्रचार इतना व्यापक था कि कानपुर की सेना का एक-एक सिपाही रक्तकमल हाथ में ले-लेकर क्रान्ति की शपथ ले चुका था। परन्तु मेरठ और दिल्ली में जो समय से पहले ही विद्रोह फूट निकला, इससे वहाँ के कार्यक्रम में गड़बड़ी हो गई। अब नई परिस्थितियों पर नये सिरे से विचार करने के लिए क्रान्ति की गुप्त समितियों की रोज़-रोज़ गुप्त बैठकें होने लगी थीं।

जून की पहली तारीख की सन्ध्या थी। एक बड़ी नाव गंगा में धीरे-धीरे लहरों की थपकियों पर तैर रही थी। नाव में राजसी ठाठ की सजावट थी। उसमें 8-7 आदमी बैठे नौका-विहार कर रहे थे। बीच में मसनद पर पेशवा धुन्धुपन्त नाना साहब बैठे थे। उनकी बगल में अज़ीमुल्ला बैठे थे। दूसरी ओर बाला साहब और ज्वालाप्रसाद थे। सामने टीकासिंह और शमसुद्दीन सादे वेश में थे। देखने में प्रतीत होता था कि यह राजसी पार्टी अपना सन्ध्या-मनोरंजन जल-विहार द्वारा कर रही है। परन्तु नौका के सैलानी अत्यन्त सतर्क भाव से गम्भीर वार्तालाप कर रहे थे। टीकासिंह ने कहा, 'पहल समय से प्रथम हो चुकी, बुरा हुआ। अब हम भी परिस्थिति के अनुकूल चलकर अपना प्रोग्राम बदल लें, यही ठीक है।'

'आप ठीक कहते हैं सूबेदार साहब, लेकिन क्या आपको अपने साथियों पर विश्वास है?'

'मैं कभी कच्चा काम नहीं करता। कानपुर के एक-एक सिपाही ने रक्तकमल हाथ में लेकर कसम खाई है। अब तो करेंगे-या मरेंगे।'

'क्या उन्हें मालूम है कि हम तुम्हारे साथ हैं?' नानाराव ने प्रश्न किया।

'नहीं महाराज, जनाब अज़ीमुल्लाखाँ साहब ने जो योजना बनाई है, हम उसी पर रहे हैं।'

'वह योजना क्या है?'

'वह मैं पीछे अर्ज करूँगा महाराज!' अज़ीमुल्लाखाँ ने भेद-भरी नज़र से कहा।

'लेकिन एक बात है श्रीमन्त!' टीकासिंह ने हाथ बाँधकर कहा।

'क्या?'

'हमारा प्रत्येक सिपाही चाहता है कि चाहे राज़ी से या ज़बर्दस्ती से, महाराज को हमारा मार्ग-दर्शन करना पड़ेगा,' टीकासिंह ने मुस्कुराते हुए हाथ बाँधकर कहा।

'इसका क्या मतलब?'

'वह मैं पीछे अर्ज करूँगा महाराज!' अज़ीमुल्ला ने आहिस्ता से कहा।

'मैं चाहता हूँ कि बात यहीं कह दी जाए।'

'तो श्रीमन्त, दुनिया यह न जान पाएगी कि महाराज ने जान-बूझकर अंग्रेज़ों के विरुद्ध विद्रोह का झण्डा खड़ा किया है। उसे तो यही समझना चाहिए कि सिपाहियों ने श्रीमन्त को आपकी मर्जी के खिलाफ़ अपना नेता बनाया है।'

'इसका क्या मतलब है?'

'महाराज, अभी तक अंग्रेज़ आपको अपना मित्र मानते हैं। उन्होंने अपना खज़ाना और बाल-बच्चे आपके आश्रय में दिए। यह प्रश्न केवल आपकी प्रतिष्ठा का ही नहीं है, दूरदर्शिता का भी है।'

'क्या आप समझते हैं कि अंग्रेज़ असावधान हैं?'

'वे सावधान हैं, परन्तु बहुत डरे हुए हैं।'

'ये आप कैसे कह सकते हैं?'

'महाराज, परसों राजराजेश्वरी विक्टोरिया की सालगिरह थी। हर साल इस मौके पर तोपों की सलामी दी जाती थी। पर इस साल वह नहीं दी गई।'

'क्यों नहीं दी गई?'

'इसलिए कि कहीं सिपाही भड़क न जाएँ।'

'आप क्या समझते हैं अज़ीमुल्ला साहब कि हम इस मुहिम में कामयाब होंगे?'

'यकीनन, अंग्रेज़ों को हिन्दुस्तान में पैर रखने को जगह नहीं मिलेगी।'

'खैर, तो मैं तैयार हूँ। मगर मैं विद्रोही की भाँति नहीं, एक राजा की भाँति अंग्रेज़ों से युद्ध करूँगा। मैं नहीं चाहता कि लोग कहें कि नाना ने अंग्रेज़ी सरकार के खिलाफ़ बगावत की। मैं चाहता हूँ कि मैं अपने उस दुश्मन से बराबरी की हैसियत से जिसने मेरा राज्य हड़प लिया है।'

'महाराज की यही शान है।'

'बगावत का झण्डा ऊँचा करके हम महाराज को अपना राजा घोषित करेंगे।'

नाना राव ने इस बात का कुछ जवाब नहीं दिया। इसके बाद आवश्यक गुप्त परामर्श होता रहा। अँधेरा होने पर नाव किनारे लगाई गई और सब लोग अपने-अपने डेरे पर गए।

45

लखनऊ में विद्रोह फूट उठने के बाद सर लारेन्स हेनरी अपना प्रधान कार्यालय फ़ौजी छावनी से हटाकर रेजीडेन्सी में ले आया था। उन दिनों वह स्वस्थ न था और उसे आराम की अत्यन्त आवश्यकता थी। फिर भी वह हर तरह की विपत्ति का सामना करने को तैयार था।

चार जून को उसने गवर्नर-जनरल को तार दिया कि यदि वर्तमान संकट-काल में मुझ पर कोई विपत्ति आ जाए तो सिफारिश करूँगा कि मेरे बाद मेजर बैंक्स को चीफ़ कमिश्नर बनाया जाए और जब तक अच्छे दिन न लौट आएँ, कर्नल इंग्लिश को सेना का कमाण्डर बनाया जाए।

डॉक्टरों ने उसे आराम की सलाह दी। इसलिए पाँच सदस्यों की एक समिति बनाई गई, जिसके सदस्य थे-वित्त कमिश्नर मार्टिन गबिन्स, न्याय कमिश्नर अमन्ने, मेजर बैंक्स, कर्नल इंग्लिश तथा चीफ़ इंजीनियर मेजर एण्डरसन। अध्यक्ष गबिन्स था। अध्यक्ष बनते ही उसने बचे हुए राजभक्त सैनिकों के हथियार छीनने का पुराना प्रस्ताव फिर रखा। परन्तु उनके हथियार तो नहीं छीने गए-उन्हें छुट्टी देकर उनके घर भेज दिया गया। इससे क्रुद्ध होकर लारेन्स फिर अपने पद पर आ गया और उसने परिषद् भंग कर दी। जिन सिपाहियों को घर भेज दिया गया था उन्हें वापस बुला लिया गया। उनमें से बहुतेरे लौट आए और अन्त तक संकट में अंग्रेजों के सहायक बने रहे।

30 और 31 मई को दमन हुआ। 31 को पुलिस ने शहर में असन्तोष का दमन किया। दस दिन बाद फिर विद्रोह हो गया। सर हेनरी तत्परता से सब परिस्थितियों का मुकाबला कर रहा था। उसने फ़ौजी छावनी और मच्छी भवन खाली करने का निश्चय कर लिया और सारी फ़ौज रेजीडेन्सी में जमा करने की सोच ली। रेजीडेन्सी के उत्तर-दक्षिण में तोपों को चलाने के लिए जगह बनाई गई। घने वृक्षों को काट डाला गया। खाइयाँ खोदी गईं। और दीवारें ऊँची की गईं। ज़मीन ढालू बनाई गई। पुरानी दीवारों की मरम्मत की गई। नये बुर्ज बनाए गए। शस्त्रागार की मरम्मत की गई। सेना के सब हथियारों तथा गोलाबारूद को अत्यन्त गुप्त रीति से रेजीडेन्सी में ले आया गया। इस रुग्णावस्था में भी वह अथक परिश्रम कर रहा था। वह बहुधा भेष बदलकर शहर के घने भागों में चला जाता और लोगों के विचारों की टोह लेता। वह बहुधा बेलीगारद के फाटक पर जहाँ तोपखाना रखा हुआ था, सैनिकों के बीच भूमि पर लोट जाता और चुपचाप योजनाएँ बनाता रहता। अंग्रेज़ों के सौभाग्य से लखनऊ में उन्हें जून का पूरा महीना अपनी तैयारी के लिए मिल गया। अवध के सैनिक और असैनिक केन्द्र एक के बाद एक विद्रोहियों के कब्जे में आते जा रहे थे और चारों ओर से विपत्ति के बादल मँडराते चले आ रहे थे, पर लखनऊ अभी तक आग की लपटों से बचा हुआ था।

46

अवध का सूबा प्रशासन की दृष्टि से चार डिवीज़नों और बारह ज़िलों में बाँटा गया था। खैराबाद डिवीज़न के सीतापुर में 3 जून को विद्रोह फूटा। वहाँ का कमिश्नर जे.जी. क्रिश्चियन दृढ़ चित्त का आदमी था। वित्तीय कमिश्नर मार्टिन गबिन्स से वह सहमत न था। इस समय 41वीं पैदल सेना तथा अवध अनियमित सेना की दो रेजीमेण्ट्स थीं। 30 मई तक क्रिश्चियन को अनियमित सेना पर भरोसा रहा और वह अपने डिवीज़न के लिए निश्चिन्त रहा। वहाँ से लखनऊ के विद्राहियों को दमन करने के लिए 41वीं देशी पैदल सेना रवाना हो चुकी थी। इस समय विद्रोही दिल्ली की राह में थे। रेजीमेण्ट ने सामने से उन पर गोली चलाई। क्रिश्चियन ने सीतापुर के सब स्त्री-बच्चों को अपने बंगले पर बुला लिया था। वह बचाव का स्थान था, पर वहाँ से भागने की राह न थी। सीतापुर के कमिश्नर के बंगले पर सब गोरों को देखकर अनियमित सेना को सन्देह हुआ कि अंग्रेज़ देशी फ़ौजों पर हमला करना चाहते हैं। 2 जून को एकाएक यह अफ़वाह फैली कि कोतवाल ने सेना के लिए अशुद्ध आटा भेजा है। सिपाहियों ने कुद्ध होकर वह आटा नदी में फेंक दिया। और दूसरे दिन उन्होंने खुला विद्रोह कर दिया तथा 41वीं देशी पैदल सेना के कर्नल बर्च को गोली से उड़ा दिया। अवध अनियमित सेना ने 41वीं पैदल सेना का साथ दिया। क्रिश्चियन ने अपने परिवार तथा बंगले पर ठहरे हुए अन्य लोगों के साथ भागने की कोशिश की, परन्तु उन्हें गोली से उड़ा दिया गया। कुछ लोग भागकर जान बचा सके। इस समय तक मौलवी अहमदुल्ला की तकरीरों से उत्तेजित होकर फैज़ाबाद की सेना ने खज़ाने पर कब्ज़ा कर लिया, पर यूरोपियन अफ़सरों को चले जाने दिया गया। परन्तु आज़मगढ़ की 17वीं पल्टन ने बैरमघाट पर दो किश्तियों को रोककर कमिश्नर कर्नल गोल्डन तथा अनेक यात्रियों को मौत के घाट उतार दिया।

परन्तु स्थानीय ताल्लुकेदार आदमी अभी भी अंग्रेज़ों की मित्रता निभा रहे थे। शाहगंज के राजा भानसिंह ने अपने किले में बहुत-से अंग्रेज़ स्त्री-बच्चों को पनाह दी। यद्यपि विद्रोह उठ खड़े होने के समय उसे लगान अदा न करने के कारण कैद कर लिया गया था। गोरखपुर के नाज़िम मीर मुहम्मद हसन ने कर्नल लोनोक्स और उसके परिवार की रक्षा की। निरहर के बाबू माधोप्रसाद और गोपालपुर के राजा ने बहुतों को शरण दी। बाद में बाबू माधोप्रसाद और मुहम्मद हसन ने सिपाहियों का साथ दिया। देहरा के रुस्तमशाह ने सुल्तानपुर के शरणार्थियों को शरण दी। रुस्तमशाह के बहुत-से मारूसा में अंग्रेज़ों ने कुर्क कर लिये थे, फिर भी उसने शरणागतों की रक्षा की। धारूपुर के लाल हनुमन्तसिंह को भी अंग्रेज़ों ने बहुत तंग किया था, पर जब सलोन के डिप्टी कमिश्नर बैरो ने उससे शरण माँगी तो उसने उसे शरण दी। और भी अनेक हिन्दू और मुसलमान ताल्लुकेदारों तथा हनुमानगढ़ी के महन्तों ने बहुत-से अंग्रेज़ परिवारों की रक्षा की।

बहराइच में जब विद्रोह की आग भड़की तो वहाँ का कमिश्नर चार्ल्स बिगफील्ड भाग गया। उसे और उसके साथियों को बलरामपुर के राजा ने शरण दी। इस प्रकार आधा जून बीतते-बीतते पूरे अवध में ब्रिटिश सत्ता का लोप हो गया।

47

53वीं और 56वीं सवारों की दोनों रेजीमेण्ट्स को तत्काल परेड में आने का हुक्म दिया गया। उस समय अनेक सिपाही बैरकों में अपना खाना पकाने में लगे हुए थे। अभी तक यह रेजीमेण्ट शान्त थी, उन्होंने विद्रोही सेना का साथ नहीं दिया था।

रेज़ीमेण्ट को रात-भर परेड में खड़ा रखा गया। जब इस पर भी सिपाही शान्त रहे तो अंग्रेज़ों को उनकी राजभक्ति पर विश्वास हो गया और पौ फटने से पूर्व ही उन्हें बैरकों में जाने की आज्ञा देकर अंग्रेज़ अफ़सर चले गए। उनका पीठ मोड़ना था कि एक सिपाही ने नंगी तलवार हवा में घुमाते हुए करारी आवाज़ में कहा-'सत्य की जय। भाइयो, चलो, अब समय आ गया।'

तुरन्त सैकड़ों तलवारें झनझना उठीं। जय-जयकार के नारों से आकाश गूंज उठा और सारी रेज़ीमेण्ट ने तुरंत नवाबगंज की ओर कच बोल दिया। जनरल ह्यू इस समय अपने मस्तिष्क का सन्तुलन खो बैठे। उन्होंने तुरन्त देशी तोपों से नौ पौंड के गोले बरसाने आरम्भ कर दिए। परन्तु रेजीमेण्ट फुर्ती से भागकर तोपों की मार से बाहर निकल गई।

इसी रेज़ीमेण्ट की एक टुकड़ी नाना साहब की सेना के साथ रकाबगंज के खज़ाने की रक्षा कर रही थी। उन्होंने अपने साथियों का स्वागत किया। अब सबने मिलकर खज़ाना और हथियारखाना अपने कब्जे में कर लिया और नाना साहब के डेरे के पास ही तीन हजार विद्रोहियों ने उस रात पड़ाव डाला।

इस समय प्रकट में नाना साहब निष्क्रिय बैठे रहे। उनके पास दो तोपें थीं जो निकम्मी थीं। लड़ाई के काम की न थीं। ब्रिटिश सरकार ने वे तो बाजीराव को उत्सव के मौकों पर सलामियाँ दागने के लिए भेंट की थीं। स्पष्ट था कि नाना चाहने पर भी इन तोपों और 300 सिपाहियों के द्वारा तीन पैदल रेज़ीमेण्ट्स के तीन हज़ार सिपाहियों और एक घुड़सवार रेजीमेण्ट का मुकाबला नहीं कर सकते थे। इसके अतिरिक्त वे उनसे घिरे हुए थे और बज़ाहिर नाना साहब एक प्रकार से उनके बन्दी थे। अंग्रेज़ों ने मेगज़ीन को उड़ाना चाहा, परन्तु इसमें उन्हें सफलता न मिली। विद्रोहियों ने मेगज़ीन का सारा गोला-बारूद और खज़ाने का पन्द्रह लाख ग्यारह हज़ार रुपया कब्जे में कर और जेल को तोड़कर दिल्ली की ओर प्रस्थान किया और पूर्वनिश्चित योजना के अनुसार कल्याणपुर को प्रस्थान कर दिया। कूटनीतिक दूरदर्शिता की दृष्टि से वे नाना साहब, तांत्या टोपे, अज़ीमुल्लाखाँ और नाना के सब संगी-साथियों को भी बन्दियों की भाँति अपने साथ ले गए।

48

चार जून का रात को जनरल ह्वीलर ने लार्ड कैनिबर को अमनो-अमान का डिस्पैच भेजकर स्लीपिंग ड्रेस पहनी और अपने हिन्दुस्तानी खिदमतगार से कहा, 'गारत हो यह हिन्दुस्तान, किस कदर शिद्दत की गर्मी इस मुल्क में पड़ती है!'

इतना कहकर उन्होंने आरामदेह बिस्तर पर कदम रखा। खिदमतगार मुँह फेरकर हँसने लगा।

जनरल ह्वीलर इस बेअदबी से एकदम खफ़ा हो गए। वह कुछ कहना ही चाहते थे कि तीन फायर हुए। जनरल ह्वीलर उछलकर उठ खड़े हुए। उन्होंने खिदमतगार की ओर देखकर कहा-'क्या हुआ?'

खिदमतगार ही-ही करके हँसने लगा।

हँसते-हँसते उसने कहा-'टीकासिंह की राम-राम' इतना कहकर वह हँसता हुआ तेज़ी से एक ओर को चला गया। जनरल ह्वीलर मुँह बाए खड़े देखते ही रह गए।

इसी समय बन्दूकों की एक बाढ़ दागी गई और बहुत-सा शोर उठ खड़ा हुआ। जनरल ह्वीलर के माथे पर पसीना चूने लगा। इसी समय कर्नल राबर्ट ने आकर जनरल को सलाम किया।

'क्या बात है कर्नल, खैरियत तो है?'

'खैरियत अब कहाँ सर!'

'मैं समझता हूँ कि कुछ सिरफिरे सिपाही बिगड़ खड़े हुए हैं।'

'जी नहीं, दो नम्बर की घुड़सवार पलटन और एक नम्बर पैदल पलटन समूची विद्रोही हो उठी है।'

'अएँ ? समूची? तुम्हारा मतलब है कि...'

'जी हाँ, तीन हज़ार सिपाहियों की समूची पलटन।'

'तुम समझते हो कि वे सब खूँखार हो गए? बेकाबू हो गए हैं?'

'सर, मैंने उन्हें समझाने की कोशिश की, मगर बेकार।'

'तुम कुछ खुलासा हाल बता सकते हो? कौन इन विद्रोहियों का सरगना है?'

'सूबेदार टीकासिंह।'

'वह कौन है?'

'दो नम्बर घुड़सवार पलटन का अफ़सर।'

'लेकिन हुआ क्या?'

'अभी मैं खाना खाकर फारिग हुआ था कि मुझे सूचना मिली कि बैरकों में कुछ गड़बड़ हो रही है। मैं फौरन वहाँ पहुँचा। मैंने देखा कि सूबेदार टीकासिंह घोड़ा दौड़ाता हुआ निकला और उसने हवा में तीन फायर किए। इसी क्षण समूचा एक नम्बर घुड़सवार रिसाला हथियारों से लैस हो दौड़ पड़ा। मैंने उन्हें समझाना चाहा, पर उन्होंने मेरी बात पर ध्यान नहीं दिया। इतने में सूबेदार टीकासिंह ने दो घुड़सवारों को कुछ इशारा किया। वे घोड़ा दौड़ाते हुए एक नम्बर पैदल

पलटन की बैरकों के सामने जाकर बोले- 'सूबेदार टीकासिंह का राम-राम, जब घुड़सवार सेना फिरंगियों के विरुद्ध उठ खड़ी हुई है तो फिर पैदल सेना क्यों देर कर रही है!' इतना सुनना था कि वे सब शोर मचाते और फायर करते हुए निकल पड़े। अब वे सब नवाबगंज की ओर जा रहे हैं। निश्चय ही उनका इरादा खज़ाना लूट लेने का है।

'लेकिन अभी तो 53 और 56 रेजीमेण्ट छावनियों में हैं। वे इन विद्रोहियों के साथ नहीं हुईं। उनसे इस समय सहायता ली जा सकती है।'

'लेकिन तुम्हें विश्वास है कि वे वफादार रहेंगी कर्नल?'

'मैं नहीं कह सकता। लेकिन यदि वे विद्रोह करतीं। तो अब तक विद्रोहियों में मिल जातीं। चुप हो बैरकों में क्यों बैठी हैं?'

तो उन्हें तुरन्त परेड पर हाज़िर होने का हुक्म दो और एहतियातन तोपखाना भी पास ही लैस रखो।'

'बेहतर।'

'क्या मैं तुम्हारे साथ चलूँ कर्नल ?'

'जी नहीं, आप आराम फर्माइए। आवश्यकता होगी तो मैं आपको खबर दूंगा।'

'खूब होशियारी और इत्मीनान से काम लेना कर्नल!'

'आप इत्मीनान रखिए।'

'कर्नल ने सैल्यूट किया और तेज़ी से चल दिया।

49

कल्याणपुर में सिपाहियों ने लूटा हुआ सारा खज़ाना और गोला-बारूद नाना राव को भेंट देकर कहा-'अब महाराज हमारा नेतृत्व करें।'

इस समय प्रमुख क्रान्तिकारियों की कट क्रान्ति सभा हई। सभा में पेशवा नाना साहेब के अतिरिक्त उनके भाई बाला साहब, बाबा साहब, राव साहब, तांत्या टोपे और अज़ीमुल्ला उपस्थित थे। ज्वालाप्रसाद और मुहम्मदअली भी उपस्थित थे। सैनिकों में सूबेदार टीकासिंह, शम्सुद्दीन और हवलदार गंगासिंह उपस्थित थे।

सर्वसम्मति से नानाराव ने क्रान्ति का नेतृत्व करना स्वीकार किया। इस पर सैनिकों ने हर्ष से जय-जयकार किया।

सिपाही दिल्ली चलने को उतावले हो रहे थे। असल बात यह थी कि उन्हें पीछे से आक्रमण का भय था। नानाराव ने कहा-

'तो क्या आप सबकी राय है कि हम सब दिल्ली चलकर दिल्ली की फ़ौज में मिल जाएँ?'

'जी नहीं, मेरी यह राय हर्गिज़ नहीं है।' अज़ीमुल्ला ने तेज़ी से कहा। 'हमें दिल्ली जाने की कोई आवश्यकता नहीं है। दिल्ली जाने से हमें कोई लाभ न होगा। प्रथम तो दिल्ली की हालत का अभी हमें ठीक-ठीक पता नहीं है। परन्तु यह हम जानते हैं कि वहाँ बादशाह बिलकुल बेबस है और शहजादे और बेगमात मनमानी कर रहे हैं। हमें वहाँ जाकर उनकी उँगली के इशारे पर नाचना होगा। मुझे यह पसन्द नहीं है, वहाँ हमारा महल भी नहीं है। यहाँ हम सब कुछ अपनी शक्ति और योजना के अनुसार कर डालने को स्वतन्त्र हैं। इसके अतिरिक्त कानपुर एक महत्त्वपूर्ण राजनीतिक स्थान है। यहाँ से हम दिल्ली और कलकत्ता दोनों ओर सावधानी से देख सकते हैं। इसलिए हमें तो यहीं अपना झण्डा फहराना उचित है।'

'और वह हरा झण्डा नहीं भगवा होगा। हम यहाँ अपनी बहुत पुरानी साध पूरी करेंगे। उत्तर भारत में पेशवा की आन कायम करेंगे।' तांत्या ने कहा।

अज़ीमुल्ला ने कहा, 'यह शायद ठीक न होगा। अभी हमको अपना संगठन न बिगाड़ना चाहिए। दिल्ली से जब हरा झण्डा बादशाह के नाम पर उठाया गया है तो हमें उसी का साथ देना चाहिए। सभी हिन्दू-मुसलमान तभी एक सूत्र में बँध सकते हैं। यहाँ कानपुर, इलाहाबाद, बनारस, कालपी में हमारे मुसलमान भाई ही बहुत काम कर रहे हैं। हमें उन सबको नाराज़ नहीं करना है।'

'आपकी बात ठीक है अज़ीमुल्ला साहब', नाना ने सोच-विचारकर कहा, 'और दिल्ली जाने के हक में मेरी राय भी नहीं है। लेकिन क्या आप लोग राय देते हैं कि अब वह क्षण आ पहुंचा।'

'महाराज, हम इसी क्षण की प्रतीक्षा कर रहे थे, अब तो "करो या मरो।" का अवसर है।

'अच्छी बात है। तो मैं क्रान्ति का श्रीगणेश करता हूँ। परन्तु अब हमें सब बातों पर पूर्वापर सम्बन्ध देखकर विचार करना चाहिए।'

'अवश्य, ऐसा ही होना चाहिए।'

'यह तो निश्चय है कि हमें कानपुर में ही मोर्चा जमाना है।'

'यह ठीक होगा महाराज!' अज़ीमुल्ला ने कहा।

'तो हम उस नाउम्मीदी के किले की एक-एक ईंट बजा देंगे।' सूबेदार टीकासिंह ने जोश से कहा।

'खैर, तो मैं सारी क्रान्तिकारी सेना की कमान सँभालता हूँ।'

सब सरदारों और सैनिकों ने उच्च स्वर से महाराज नानाराव का जयजयकार किया। महाराज नानाराव का अभिषेक किया गया और वे भारत के महाराज मान लिये गए।

राजतिलक की रस्म अदा होने पर नानाराव ने कहा-

'मैं सूबेदार टीकासिंह को सारी क्रान्तिकारी सेना का जनरल बनाता हूँ। वे सारी सेना का पुनः संगठन शीघ्र-से-शीघ्र करें।'

टीकासिंह ने उठकर महाराज का अभिवादन किया और कहा, 'मैं अपनी शक्ति भर सेवा में चूक न होने दूंगा।'

महाराज नाना राव ने दलगंजनसिंह को कर्नल बनाकर उसे 53 नम्बर सेना का तथा सूबेदार गंगासिंह को कर्नल बनाकर 56 नम्बर सेना का अधिकारी नियुक्त किया। दोनों अधिकारियों ने निष्ठा और राजभक्ति की शपथ ली।

रात-भर यह समर-सभा होती रही। अनेक महत्त्वपूर्ण विषयों पर वाद-विवाद एवं निर्णय इस सभा में हुए।

6 जून को दिन निकलते ही नाना साहब की आज्ञा से जनरल टीकासिंह ने जनरल ह्विलर को एक अल्टीमेटम भेजा। उसमें लिखा था-

'जनरल ह्वीलर को विदित हो कि यदि वे आज शाम तक बिना शर्त हमें आत्मसमर्पण न करेंगे तो शाम को हम आक्रमण कर देंगे।'

कासिद खरीता लेकर चल दिया और नाना साहब ने धूमधाम से हाथी पर चढ़कर कानपुर में प्रवेश किया।

50

सुरक्षित स्थान जो सैनिक अफ़सरों ने अपनी पनाह के लिए चुना था और जिससे सिपाही कुद्ध हो गए थे-कोई मज़बूत इमारत न थी। एक मंज़िल ईंट की सिर्फ दो बैरकें थीं। उनमें से भी एक बैरक की छत फूस से छाई हुई थी। उसके चारों तरफ़ खाई खुदी हुई थी, जो ज़्यादा गहरी न थी। सुरक्षा के लिए जो दीवार बनी थी, वह न मज़बूत थी, न ऊँची। इसी से अज़ीमुल्ला ने उसका मज़ाक उड़ाते हुए उसका नाम 'नाउम्मीदी का किला' रखा था। वह एक अस्थायी आश्रय के रूप में बनाया गया था, क्योंकि सर ह्यूम ह्वीलर को उसके गुप्तचरों ने बताया था कि यदि देशी सिपाही विद्रोह करेंगे तो एकदम दिल्ली की ओर कूच करेंगे। अंग्रेज़ों तथा कानपुर में रहने वाले ईसाइयों को तंग करने का इरादा नहीं है। हमला होने पर उस स्थान पर कोई बचाव नहीं हो सकता था। असैनिक लोग तो शस्त्रागार को ही अधिक सुरक्षित समझते थे। परन्तु सर ह्यूम सिपाहियों के रहने के स्थान से ज़्यादा दूर नहीं जाना चाहते थे। इसीलिए उन्होंने अपने अधीन अफ़सरों को वहीं सोने का हुक्म दिया। वे अपना यह विश्वास दिखाकर सिपाहियों की शंका दूर करना चाहते थे और संकट उपस्थित होने पर यूरोपियनों को सुरक्षित निकाल ले जाने की व्यवस्था रखना चाहते थे।

हर बार खतरे की खबर सुनकर अंग्रेज़ औरत-बच्चे वहाँ चले आते और जब खतरा झूठा निकलता तो फिर वापस घर लौट जाते। इन सब बातों को देखकर सिपाही भी भाँति-भाँति के

तर्क-वितर्क करने लगे थे। यदि जनरल ह्यूम सैनिक और असैनिक अंग्रेज़ों को लेकर शस्त्रगार में जा बैठते तथा राशन का ठीक प्रबन्ध कर लिया गया होता तो खतरा टल सकता था।

तीस मई को सर ह्यूम ने 32वीं रेजीमेण्ट को लखनऊ भेज दिया था। परन्तु इसी दिन लखनऊ में विद्रोह की आग भड़क उठी। तब 3 जून को दो अफ़सर और पचास सैनिक लखनऊ भेज दिए गए। उसी दिन उसने लार्ड कैनिंग को तार दिया कि इससे मैं कमज़ोर हो गया हूँ। पर जब तक और गोरी सेना न आएगी मैं मोर्चा सँभाले रहूँगा। परन्तु उसी शाम उसे सूचना मिली कि सिपाही अब बेकाबू हो गए हैं। उसने तुरन्त असैनिक यूरोपियनों को सुरक्षित स्थान में जाने की आज्ञा दी और अगले दिन बहुत-सा राशन तथा एक लाख रुपया खज़ाने से मँगाकर वहाँ रख दिया।

5 जून को जब विद्रोह फूटा तो ह्विलर बहुत विचलित हो गया। पर जब उसने यह सुना कि विद्रोही सब खज़ाना और गोला-बारूद तथा शस्त्रागार लेकर तथा नानाराव और उनके साथियों को कैद करके दिल्ली चले गए हैं तब उसे ढाढस बँधा था। उसे यह जानकर भी सन्तोष हुआ कि विद्रोहियों ने न तो किसी अंग्रेज़ को कत्ल किया, न कोई बंगला जलाया। उसने सन्तोष की साँस ली। परन्तु 6 जून को अलल्सुबह जब उसे वह अल्टीमेटम मिला तो उसकी पिंडली काँप गई। उसे ऐसा प्रतीत हुआ कि उसके पैरों के नीचे से ज़मीन खिसक रही है। उसके सब अफ़सर भी किंकर्तव्यविमूढ़ खड़े रह गए। जनरल ने झटपट कानपुर के सब स्त्री-बच्चों और पुरुषों को गढ़ी में बुला लिया। सब मिलकर कोई एक हज़ार अंग्रेज़ स्त्री-पुरुष वहाँ एकत्र हो गए। उपयुक्त स्थानों पर तोपें लगा दी गईं तथा यथासम्भव बहुत-सा राशन और अन्य सामग्री जो जुटाना सम्भव था, जुटा ली गई। और अब वे सब तरह तैयार होकर विद्रोहियों से मोर्चा लेने को तैयार हो बैठे।

51

अंग्रेज़ों को अल्टीमेटम देकर जनरल टीकाराम तत्क्षण आक्रमण की तैयारी में जुट गए। उन्होंने शस्त्रागार में जाकर गोला-बारूद और अस्त्र-शस्त्रों का ठीक प्रबन्ध किया और उन्हें मोर्चे के स्थान में पहुँचाने की व्यवस्था की। वह आज्ञा पर आज्ञा देता जा रहा था और सिपाही तत्क्षण आज्ञा का पालन करते जा रहे थे। उसने गंगा की ओर से तथा भूमि की ओर से भी तोपों के मोर्चे बाँधे। यह काम उन्होंने बड़ी सूझ-बूझ से किया। अब दोपहर हो चली। ज्यों ही एक बजा, जनरल टीकासिंह ने अंग्रेज़ों की गढ़ी पर धावा बोल दिया। दिन ढलते-ढलते दोनों ओर से तोपें गर्जने लगीं। परन्तु एक तरफ़ भय और चिन्ता थी, दूसरी ओर मर-मिटने के हौसले थे। मगर अफ़सोस कि इस समय क्रान्तिकारियों की इस सेना में कोई बख्तखाँ जैसा सेनापति न था।

सारे नगर में इस समय हलचल मची हुई थी। कोरी, जुलाहे, लुहार, क़साई, बाज़ार के दुकानदार, हिन्दू और मुसलमान व्यापारी सब हथियार ले-लेकर दल बाँध-बाँधकर निकल पड़े। गढ़ी से बाहर जो अंग्रेज़ रह गया उसे मार डाला गया। कचहरी, अंग्रेज़ी फर्म, बंगले-सबमें आग लगा दी गई। इस विद्रोही दल का नेतृत्व कर रही थी-अज़ीज़न वेश्या। वह घोड़े पर सवार नंगी

तलवार बाँधे गली-गली, कूचे-कूचे के लोगों को उत्तेजित कर रही थी। गढ़ी पर बराबर गोले बरस रहे थे। क्रान्तिकारियों के पास गोला-बारूद और बढ़िया तोप थीं। जनरल टीकासिंह का प्रबन्ध में जबर्दस्त हाथ था। देखते-ही-देखते उनकी तोपों ने गढ़ी की इमारतों को चकनाचूर करना आरम्भ कर दिया। गढ़ी में घिरे हुए अंग्रेज़ स्त्री-पुरुषों में आतंक छा गया। रात भर दोनों ओर से तो गरजती रहीं। बन्दूकों की बौछार भी बरसती रही। दिन निकला और शाम हुई, पर तोपों की सरगर्मी कम न हुई। वह दिन भी बीता और दूसरा, फिर तीसरा दिन आया।

गढ़ी के प्रत्येक पुरुष से आशा की जाती थी कि वह लड़ाई में हिस्सा ले चाहे उसका कुछ भी व्यवसाय रहा हो। घेरे में पड़े उन लोगों को हर समय सजग रहना पड़ता था। जनरल ह्यूम बहुत जल्द थक गया। वास्तव में वह बहुत बूढ़ा था और अब उसमें लड़ाई का भार सहने की सामर्थ्य नहीं रही थी। उसने प्रतिरक्षा की ज़िम्मेदारी कप्तान मूर के सुपुर्द कर दी। मर काफ़ी होशियार और फर्तीला आदमी था। यद्यपि वहाँ हथियारों की कोई कमी न थी और एक-एक आदमी को सात-सात, आठ-आठ तक बन्दूकें दे दी गई थीं, परन्तु रसद काफ़ी न थी। उसका वितरण भी ठीक तौर पर नहीं हो रहा था। रसद बाँटने में शुरू में बहुत लापरवाही काम में लाई गई। कहीं कोई असैनिक अंग्रेज़ शैम्पेन की बोतल या हैरिंग मछली का डब्बा और मुरब्बा लिये मुख्य रक्षा पंक्ति से एक तरफ़ जाते दिखाई पड़ता। कहीं कोई आदमी मछली, रम, मिठाइयाँ उड़ाता नज़र पड़ता। इस समय चावल और आटा स्त्रियों और बच्चों ही के लिए था। परन्तु खाने-पीने के ये सब मौज-मज़े थोड़े ही दिनों में खत्म हो गए और अब सबको राशन के लिए दिन में एक दफ़ा एक मुट्ठी मटर और इतना ही आटा मिलने लगा। इस रसद में इजाफा तब होता, जबकि विद्रोहियों का एकाध घोड़ा मार लिया जाता। एक बार एक ब्राह्मणी का सांड़ चरता हुआ उधर आ निकला। उसे तत्काल मारकर चट कर लिया गया। लेकिन भूख की ज्वाला तो रात-दिन बढ़ती ही जा रही थी और राशन खत्म हो गया था। स्त्रियाँ घोड़े का माँस खाने में नाक-भौं सिकोड़ती थीं। अन्त में हालात नाजुक होते चले गए। लेफ़्टिनेण्ट मोब्रे थामसन को बुखार हो आया था। उन्हें शोरबे की सख्त ज़रूरत थी। बड़ी कठिनाई से एक बाज़ारू गन्दा कुत्ता हर तरह का लालच दिखाकर बुलाया गया और उसका अधभुना माँस और शोरबा मोब्रे थामसन को दिया गया, परन्तु उसने खाने से इनकार कर दिया।

जून की भयानक गर्मी बैरकों की पतली-पतली दीवारों को उत्तप्त कर रही थी। उस गर्मी में भयानक लूओं की मार से बहुत आदमी मरने लगे। स्त्रियों और बच्चों का बुरा हाल था। तोप की नली अपने आप ही इतनी गर्म हो जाती थी कि उसे छूना भी दूभर हो जाता था। बहुधा धूप की गर्मी से नली इस कदर गर्म हो जाती थी कि दोपहर में गोले अपने-आप ही छूट जाते थे। मरे हुए जानवरों की लाशों के बचे हुए हिस्से गर्मी में सड़कर भयानक दुर्गन्ध से हवा को विषाक्त बना रहे थे। गिद्ध और चीलें हर समय गढ़ी पर मँडराती रहती थीं-जैसे वह एक कसाई-घर हो।

पानी का एकदम अकाल था। वहाँ एक ही कुआँ था जिसकी कोई मेड़ नहीं थी। वह खुले मैदान में था, वहाँ पानी भरने आना जान देना था। जो कुएँ पर पानी भरने जाता उसे सिपाही गोली से उड़ा देते थे। जीवित आदमी का पानी लेकर लौटना कठिन था। रात के अंधेरे में पानी भरते समय चरखी की चरमराहट या कुएँ में डोल की आवाज़ सुनते ही सिपाही गोलियों की बाढ़ दाग देते थे। एक बाल्टी पानी की कीमत आठ-दस शिलिंग थी। स्त्रियाँ और बच्चे प्यास से तड़प रहे थे। बड़े-बड़े अफ़सर जो काले मनुष्यों को बिना गाली दिए बोलते न थे-पानी भरने के चमड़े के थैले, कैनवस की मशकों तथा चमड़े की पट्टियों को मुँह से चूस रहे थे-इस आशा में कि शायद होंठों को तर करने के लिए कहीं नमी की एक बूंद मिल जाए।

अब घेरे को एक सप्ताह बीत रहा था कि नई विपत्ति सिर पर आ टूटी। फूस के छप्पर वाली बैरक पर एक गोला आ फटा, जिससे छप्पर में आग लग गई। इस बैरक में बीमार और जख्मियों को रखा गया था। भाग-दौड़, अव्यवस्था और चीख-पुकार के हृदयविदारक दृश्यों के बीच बड़ी कठिनाई से घायलों और बीमारों को वहाँ से हटाया गया, फिर भी दो तोपची जलकर स्वाहा हो गए। सारी चिकित्सा सामग्री भी उसी बैरक में भस्म हो गई। घायलों की मरहम-पट्टी की भी कोई व्यवस्था न रही। प्यास से सूखे गले से घायल चीत्कार कर रहे थे, जिनकी मरहम पट्टी का कोई प्रबन्ध न था।

अब ऊपर छत न रहने से कुछ स्त्रियों को खाई में शरण लेनी पड़ी, जहाँ खाली ज़मीन ही उनका बिस्तर था। मौत हर तरह छापा मार रही थी। मेजर लिंडसे एक गोली की छितरन से अन्धा हो गया। वह कुछ दिन चीखता-चिल्लाता इधर-उधर फिरता रहा और फिर मर गया। एक ही दिन बाद उसकी पत्नी भी चल बसी। एक असैनिक अंग्रेज़ ने स्वेच्छा से पानी-कैप्टन का पद ग्रहण किया। वह जान पर खेलकर कुएँ से पानी लाता और घायल स्त्रियों तथा बच्चों को पिलाता था। अन्त में वह भी गोली का शिकार होकर ढेर हो गया। हैवर्डन जब एक स्त्री को पानी पिला रहा था, एक गोली से ज़ख्मी हो गया और कुछ दिन कष्ट भोगकर मर गया। लेफ़्टिनेण्ट इकफोर्ट बरामदे में बैठा चाय पी रहा था कि एक गोली ने उसका काम तमाम कर दिया। मिसेज़ व्हाइट अपने दोनों जुड़वाँ बच्चों को लिये अपने पति के साथ एक दीवार की आड़ से गुज़र रही थीं कि एक गोली से व्हाइट वहीं ढेर हो गए तथा मिसेज़ व्हाइट के दोनों बाजू टूट गए। मजिस्ट्रेट हिलर्सडन बरामदे से होकर अपनी पत्नी के निकट जा रहे थे कि एक गोली ने उन्हें ठण्डा कर दिया। जनरल ह्वीलर का पुत्र लेफ़्टिनेण्ट ह्वीलर खाइयों में ज़ख्मी हो गया था। वह अपने कमरे में माता-पिता और बहिनों के सामने ही सोफे पर बैठा था कि एक गोली लगी और वह वहीं ढेर हो गया। कुछ भारतीय नौकर खिदमतगार भी इस अवसर पर अपने गोरे अफ़सरों की स्त्रियों का विपत्ति में साथ दे रहे थे, ये बहुत थे। उनमें से अनेक गोली का शिकार होकर खत्म हुए।

मृतकों को ठीक तौर पर दफ़नाया नहीं जा सकता था। इसलिए लाशें रात के अँधेरे में एक कुएँ में फेंक दी जाती थीं। एक ही कफ़न था। पहली मौत मर्फी की हुई और वह उसके दफ़नाने के काम आ गया। बाद में किसी भी लाश को ठीक तौर पर दफ़नाना सम्भव न रहा।

कुदरत यहाँ भी अपने खेल खेल रही थी-एक तरफ़ मौत का बाज़ार गर्म था-भूख से, गर्मी से, बीमारी से, गोलों और गोलियों से जहाँ लोग पटापट मरते जा रहे थे, वहाँ माताएँ प्रसव भी कर रही थीं। इस संकट काल में प्रसव के कष्ट को भुलाने वाली प्रसन्नता कहीं भी न थी। बच्चे भी एक परेशानी का कारण थे। वे बाहर खुले में खेलना और दौड़-धूप करना चाहते थे। विपत्ति से वे अवगत न थे। बाहर मौत अपना नृत्य कर रही है-यह बात वे नहीं जानते थे। बहुधा वे आँख बचाकर बाहर निकल जाते और फिर लौटकर नहीं आ पाते थे। गोलियाँ बच्चों और बड़ों का भेद नहीं जानती थीं।

यह एक निर्दय युद्ध था, जिसका निर्दय और अमानवीय व्यवहार बन्दी के प्रति था। कोई भी पक्ष बन्दी को ज़िन्दा नहीं छोड़ता था। शरणागत लोग अपनी दुर्दशा का हाल विद्रोही नेताओं तक पहुँचने देना नहीं चाहते थे। इससे बिना ही सदर मुकाम की अनुमति लिये प्रत्येक बन्दी जो उनके हाथ लग जाता तुरन्त गोली से उड़ा दिया जाता था। विद्रोही सिपाही भी इस काम में पीछे न थे।

साधन कम होते जा रहे थे तथा रक्षा-स्थान का वातावरण भी वीभत्स हो रहा था : अधिक दिनों तक रक्षा-गृह की रक्षा सम्भव न थी। कलकत्ते से सहायता आना अनिश्चित था। जनरल ह्वीलर ने पहले हफ्ते के घेरे के बाद एक सन्देश लखनऊ भेजा। 6 तारीख से नाना ने देशी सिपाहियों की मदद से हमें घेर रखा है। दुश्मन के पास चौबीस पौंड के गोले वाली दो तोपें तथा और भी कई तोपें हैं। हमारे पास नौ पौंड के गोले वाली सिर्फ़ दो तोपें हैं। सब ईसाई एक अस्थायी खाई में हमारे साथ हैं। हम रक्षा कर रहे हैं, पर हमारी हानि बहुत हुई है। हमें मदद की ज़रूरत है। यदि हमारे पास दो सौ आदमी भी होते तो हम दुश्मनों के दाँत खट्टे कर सकते थे और आपकी भी मदद कर सकते थे।

लेकिन लखनऊ पर भी विपत्ति के बादल मँडरा रहे थे। सर हेनरी लारेन्स ने जवाब दिया-हम सुरक्षित हैं। पर आपको मदद नहीं भेज सकते। नदी के राह टुकड़ी भेजना खतरे से खाली नहीं। अब दो ही तरीके हैं-कलकत्ते से सहायता की प्रतीक्षा या दुश्मन से समझौता।

52

इस समय पटना का कमिश्नर विलियम टेलर था। वह बड़ा सख्त आदमी था। वह न अव्यवस्था सहन कर सकता था, न किसी ज़िम्मेदारी से बचना ही चाहता था। वह उन विरले लोगों में था, जो कभी गलती नहीं करते और अपनी ही सहज बुद्धि पर सब बातों का निर्णय करते हैं। वह पाँच वर्ष तक शाहबाद का डिस्ट्रिक्ट जज रह चुका था। उन दिनों बिहार में यूरोपियनों के बड़े-बड़े बागान थे। जिन्हें टेलर ही की शक्ति का भरोसा था।

पटना वहाबी मुसलमानों का केन्द्र था। वहाबी अच्छे-खासे बागी थे। टेलर हर मुसलमान को बागी समझता था। कलकत्ता और बनारस के जल और थल मार्गों का नियन्त्रण पटना द्वारा ही होता था। इस प्रकार पटना उत्तर-पश्चिमी प्रान्तों की कुंजी थी। इसी से दानापुर में पटना के

पास ही सातवीं, आठवीं और चालीसवीं पैदल सेना की रेज़ीमेण्ट रखी गई थीं। इसके अतिरिक्त देशी तोपखाने की एक टुकड़ी, शाही दसवीं पैदल सेना और अंग्रेज़ी तोपखाने की एक टुकड़ी भी थी। कानपुर की सेना का कमाण्डर मेजर-जनरल लायड था, जिसे सैनिक सेवा करते 53 साल बीत चुके थे। डलहौज़ी के ज़माने में सन्थाल विद्रोह का उसी ने दमन किया था। मेरठ के विद्रोह के बाद अंग्रेज़ प्रत्येक भारतीय सिपाही पर सन्देह करने लगे थे। दानापुर के अधिकतर सैनिक शाहाबाद जिले के थे। पास ही सिगवाली में मेजर होम्स के आधिपत्य में बारहवाँ देशी रिसाला था।

टेलर की वहाबी नेताओं पर खास नज़र थी। सन् 1852 में ही पटना में एक गुप्त क्रान्तिकारी संस्था का उन्होंने संगठन किया था, जिसमें अनेक नागर, सेठ-साहूकार और ज़मींदार भी शामिल थे। यह संस्था बहुत व्यापक थी और पटना में इस समय अंग्रेज़ों के विरोधियों का भारी जमाव था। पुलिस और सेना के लोग भी इनमें मिले थे। रातो-रात इस संस्था की गुप्त सभाएँ होती रहती थीं। अब मेरठ और दिल्ली में विद्रोह फूट निकलने पर विद्रोहियों से इस गुप्त सभा के नेताओं ने सम्पर्क स्थापित कर लिया था। सैकड़ों गुप्तचर भी इस संस्था में काम कर रहे थे। टेलर ने पटना में दो सौ सिखों को बुला लिया था। लोग इन्हें नमकहराम देशद्रोही कहते थे। वहाँ के गुरुद्वारे में भी उन्हें प्रवेश नहीं मिला।

7 जून को वहाँ बनारस के समाचार पहुँचे और सेना का रुख बिगड़ने लगा। जनरल लायड ने उन्हें नि:शस्त्र करने का एक बार विचार भी किया और मद्रास फ्यूसीलियर्स के आदमी इसी उद्देश्य से बुला भी लिये। पर उसे सेना के शस्त्र छीनने का साहस न हुआ। उसे भय था कि वे हथियारों सहित भाग जायेंगे। इसके अतिरिक्त उसे अंग्रेज़ी सेना उत्तर-पश्चिम क्षेत्र में निरन्तर भेजनी पड़ रही थी। भारत सरकार, बंगाल सरकार, पटना के कमिश्नर और छत्रपुर डिवीज़न के कमांडिंग जनरल इस बात पर सहमत थे कि कलकत्ता-कानपुर का यातायात सुरक्षित रहे। लार्ड कैनिंग बहुत सोचकर काम करना चाहता था। जनरल लायड इतना बूढ़ा था कि वह किसी बात के निर्णय का साहस ही नहीं कर सकता था। केवल टेलर मुस्तैदी दिखा रहा था।

जब दिल्ली, मेरठ और बनारस की खबरें पटना पहुँची तो आस-पास के सब अंग्रेज़ अपना-अपना काम छोड़कर पटना में ही इकट्ठे हो गये। टेलर ने अपने आवास में सबको शरण दी। उसे देशी सिपाहियों पर भरोसा नहीं था। इसीलिए रात्रि में सिखों को बुलाकर उन्हें पहरे पर रखा। उन सिखों को गुरुद्वारे में नहीं प्रविष्ट होने दिया और देहात में लोगों ने घृणापूर्वक ईसाई कहा।

यों तो सात तारीख के बाद ही दानापुर में विद्रोह का खतरा पैदा हो गया था। पर पूरा जून बीत जाने तक भी बिहार में शान्ति रही। पर यह शान्ति ऊपरी थी। टेलर सेना को नि:शस्त्र करने पर जोर दे रहा था, पर जनरल लायड पर उसके तर्कों का कोई असर न पड़ता था। उसके गुप्तचर उसे भय बढ़ाने वाले सन्देश दे रहे थे, जिनसे उसकी चिन्ता बढ़ गई थी। उसे खबरें मिल रही थीं कि ज़मींदार विरोधी होते जा रहे हैं। वहाबियों के समाचार भी ऐसे ही थे। परन्तु वह कुछ भी नहीं

कर सकता था। इन वहाबियों के नेता शाह मुहम्मदहसन, अहमद उल्लाह, वैजुलहक थे, परन्तु इन्हें गिरफ्तार करने का साहस टेलर नहीं कर सका। उसे भय था कि ऐसा किया गया तो जनता में विद्रोह भड़क उठेगा और उसे काबू में रखना कठिन हो जायेगा। खूब सोच-समझकर उसने नगर के कुछ लोगों को सलाह-मशविरा करने के लिए बुलाया। जब बातचीत हो चुकी तो और सबको तो जाने दिया, पर उन तीनों को रोक लिया और उन्हें गिरफ्तार कर लिया।

53

कानपुर लौटकर नाना साहब ने 7 जून को एक घोषणा की कि सब हिन्दू- मुसलमानों को धर्म की रक्षा करनी चाहिए। उन्होंने नगर की व्यवस्था की। हुलाससिंह को नगर का कोतवाल बनाकर उसे अमनो-अमान कायम करने की आज्ञा दी। नानकचन्द जो अंग्रेज़ों का भेदिया था, नगर छोड़कर भाग गया। उसके सिर पर एक हज़ार रुपये के इनाम की घोषणा की। दस जून को हुलाससिंह कोतवाल बनाया गया और ग्यारह को अंग्रेज़ी छावनी में आग लगा दी गई। ग्रीनवे परिवार को कैद कर लिया गया और उसे नजफ़गढ़ भेज दिया गया और उसकी सब धन-सम्पत्ति ज़ब्त कर ली गई। ग्रीनवे के कर्मचारी मुन्शी कालिकाप्रसाद को कैद कर लिया गया। उससे ग्रीनवे के गुप्त खज़ाने का पता प्राप्त किया और ग्रीनवे के मकान का अहाता खोदकर गुप्त खज़ाना प्राप्त कर लिया। जान फिचेट जो इलाहाबाद की सेना में ढोलची था, विद्रोहियों के साथ में फँस गया, तब मुलसमान होकर उसने अपनी जान बचाई। उसके साथ और भी ईसाइयों ने इस्लाम स्वीकार किया। बहुत से ईसाई कैदी इस समय सवाडा हाउस में एकत्रित थे। जो धर्म-परिवर्तन कर लेते थे, उन्हें घूमने-फिरने की आज़ादी मिल जाती थी।

अब नाना साहब ने सबसे अधिक ध्यान नगर की न्याय-व्यवस्था पर दिया। जनता की रक्षा और नगर की शान्ति अत्यन्त आवश्यक थी। उसने नगर के प्रमुख व्यक्तियों की एक सभा बुलाई। ज्वालाप्रसाद और अज़ीमुल्ला जज नियुक्त किए गए। बाबा साहब पेशवा को न्याय विभाग का अध्यक्ष बनाया गया। कोतवाल हुलाससिंह को हुक्म दिया गया कि वह न केवल गुण्डों को बल्कि उपद्रवी सिपाहियों को भी दण्ड दे। एक प्रकार से हुलाससिंह कोतवाल और मजिस्ट्रेट दोनों ही था।

23 जून को प्लासी के युद्ध की सालगिरह धूमधाम से मनाई गई। सिपाहियों ने इस दिन सौ वर्ष पुराने अपमान का बदला लेने का निश्चय किया। घुड़सवार, पैदल तोपखाना आदि पूरी सेना ने भीषण वेग से गढ़ी पर आक्रमण किया। नागरिकों ने भी पूरी तरह उनका साथ दिया। अज़ीज़न का स्त्री-दल घोड़ों पर सवार युद्ध के मोर्चो पर घूम रहा था और लड़ने वाले सिपाहियों को दूध-बताशे बाँट रहा था। सिपाही बारम्बार बदले का नारा लगा रहे थे। उधर अंग्रेज़ आत्मरक्षा के लिए लड़ रहे थे। पर उनकी संख्या बहुत कम रह गई थी। तोपें निकम्मी हो गई थीं और भुखमरी विकराल राक्षस की भाँति सामने थी।

इलाहाबाद से उसे सहायता की बड़ी उम्मीद थी, पर नील की मूर्खता से उसकी आशा मृगतृष्णा बन गई।

प्रतिहिंसा ने नील को अन्धा बना दिया था। उसने रेनार्ड को चार सौ गोरे, तीन सौ सिख और एक सौ घुड़सवार देकर कानपुर की ओर रवाना कर दिया था। परन्तु प्रथम तो सवारी और बेगार के मिलने में कठिनाई के कारण वह देर से रवाना हुआ। दूसरे नील ने उसे आशा दी थी कि रास्ते में जहाँ कहीं विद्रोही नज़र पड़ें, या जिस गाँव में उन्होंने आश्रय लिया हो, उस गाँव पर आक्रमण करो। गाँव को जला दो और लोगों को फाँसी पर लटका दो। फतेहपुर ने भी विद्रोह किया है, उसे मटियामेट कर दो। वहाँ जिस भाग में पड़ाव रहते हैं, उसे खेत बना दो। अगर हिकमतउल्लाह हाथ लग जाए, तो उसका सिर काटकर मस्ज़िद पर लटका दो।

उसने स्पर्जिग की अधीनता से एक सेना स्टीमर द्वारा गंगा की राह भी कानपुर रवाना की थी। पर स्पर्जिग को भी ऐसी ही आज्ञा दी गई थी। नतीजा यह हुआ कि यह सहायता समय पर कानपुर न पहुँच सकी और ये लोग राह में ही क्रूर हत्याकाण्ड में लगे रहे।

54

जनरल ह्विलर अब अन्तिम दाँव खेल रहा था। शेफर्ड और थामसन से वह गम्भीर परामर्श कर रहा था।

जनरल ने कहा, 'ल्वेनमैन दो बार नाना के शिविर में जाकर सकुशल लौट आया है। वह यूरेशियन है और उसका रंग भारतीयों से मिलता-जुलता है, उस पर किसी को शक नहीं हुआ। क्या वह इलाहाबाद जा सकता है?'

'वह बहुत डर गया है। दो बार वह मौत के मुँह से बाल-बाल बचा है। लेकिन इस बार पकड़ा गया तो ज़रूर गोली से उड़ा दिया जाएगा। नाना की छावनी में बहुत लोग उसे पहचान गए हैं, शेफर्ड ने कहा।

'क्या हममें से कोई शहर तक जाकर आवश्यक जानकारी नहीं ला सकता?

'क्या उसका काम केवल खबरें लाने का होगा?'

'नहीं, हम चाहते हैं कि वह नगर के प्रभावशाली लोगों द्वारा विद्रोहियों में फूट डलवा दे। अभी शहर में हमारे पक्षपाती भारतीय बहुत हैं।'

'क्या आपका मतलब नवाब नन्हेखाँ से है?'

'बेशक, वह हमारा वफादार है और मैं उस पर भरोसा कर सकता हूँ। उससे कहा जाए कि वह विद्रोहियों में फूट डालने की कोशिश करे। मैं उसके लिए बहुत कुछ करूँगा।'

'यदि मैं यह काम अंजाम दूँ?'

'तो मैं तुम्हें धन्यवाद दूंगा शेफर्ड! तुम हममें से बहुतों की जान ही न बचाओगे, कम्पनी सरकार की प्रतिष्ठा की भी रक्षा करोगे।'

'लेकिन इस समय तो नन्हे नवाब के हाथों में विद्रोहियों का तोपखाना है और वह दनादन हम पर गोले बरसा रहा है।'

'मैं जानता हूँ पर सम्भवत: उसे दबा-धमकाकर या लालच देकर विद्रोहियों ने अपने हाथ लिया है। उसे राह पर लाया जा सकता है। इस तरह के अनिच्छुक लोग ढिलमिल होते हैं, वे मौका मिलते ही बदल जाते हैं।'

'आप मुझे कितना अधिकार देते हैं जनरल ?'

'नवाब नन्हे अथवा कोई दूसरा प्रभावशाली व्यक्ति जो हमारा वांछित कार्य करे, उसे तुम एक लाख रुपये तक के इनाम का वचन दे सकते हो या जीवनभर पेन्शन!'

'खैर, मैं चला।'

शेफर्ड ने अपना भेष एक साधारण भारतीय जैसा बनाया। एक पिस्तौल और एक तलवार वस्त्रों में छिपाई। चेहरे और हाथ-पैरों में कालिख मली। उसने एक हिन्दुस्तानी खानसामा का वेश धारण किया और छावनी से निकला। जनरल ह्वीलर ने काँपते हाथों उसे विदा दी और धड़कते कलेजे से उसकी प्रतीक्षा करने बैठे।

55

शेफर्ड गया तो लौटकर नहीं आया। वह दिन बीता, रात बीती, दिन बीता-और दिन बीते। दो सप्ताह बीत गए। घेरे का यह इक्कीसवाँ दिन था। जनरल ह्वीलर ने लखनऊ सन्देश भेजा-केवल ब्रिटिश आत्मा जीवित है, लेकिन वह ज़्यादा नहीं जी सकती। परन्तु हम पिंजरे में बन्द चूहों की भाँति नहीं मरेंगे।

अब सैनिकों को आधा राशन भी नहीं मिल रहा है। इसके अतिरिक्त रसद अब चार दिन से अधिक नहीं चल सकती थी। गोला-बारूद भी समाप्तप्राय था। बारिश के आसार थे-यदि बारिश आई तो हालत और भी खराब हो जाने का भय था। सबके चेहरे पर निराशा छाई थी।

इस समय केवल मोब्रे थामसन की टुकड़ी रह-रहकर गोलाबारी करती रहती थी। किन्तु गोला-बारूद अब खत्म हो रहा था। थामसन ने हाथ हिलाकर गोलाबारी बन्द करने का हुक्म दिया और वह निराश भाव से एक खम्भे के सहारे बैठ गया। इसी समय ऊपर से पहरा देनेवाले ने चिल्लाकर कहा- 'एक औरत आ रही है।'

सन्तरियों ने बन्दूकें सीधी कीं। पर थामसन ने खड़े होकर सन्तरियों को रोक दिया। ऊँची आवाज़ में कहा-'उसे आने दो।'

औरत के तन पर चिथड़े थे, जो मिट्टी के रंग के हो रहे थे। उसके पैर में जूता न था तथा गोदी में एक बच्चा था। रक्षागृह के सामने आकर वह बेहोश होकर गिर गई। थामसन ने निकट जाकर देखा-वह मिसेज़ ग्रीनवे थीं। थामसन सिपाहियों की सहायता से उसे भीतर ले गया और उपचार किया। होश में आने पर उसने एक कागज़ थामसन को दिया। कागज़ पर अंग्रेज़ी में कुछ वाक्य लिखे थे। पर उस पर किसी के हस्ताक्षर न थे। उसमें लिखा था-'महारानी विक्टोरिया के प्रियजनों, जिन लोगों का डलहौज़ी के कारनामों से कोई सम्बन्ध नहीं है और जो हथियार डालने को तैयार हैं, वे सुरक्षित रूप में इलाहाबाद जा सकते हैं।'

अफ़सरों में कुछ हुज्जत होने लगी। जनरल ह्वीलर अभी भी कलकत्ते से सहायता की आशा रख रहे थे। परन्तु कैप्टन मूर ने कहा, 'सर, औरतों और बच्चों का ध्यान रखना आवश्यक है। अब हमारी रसद भी खत्म हो चुकी है, अत: आत्मसमर्पण के सिवाय कोई चारा नहीं है।'

अफ़सर का तर्क और परिस्थिति देखकर ह्वीलर सहमत हो गए। आत्म-समर्पण की स्वीकृति भेज दी गई।

56

अज़ीमुल्ला और ज्वालाप्रसाद सन्धि दूत बनकर आए। अंग्रेज़ों की ओर से मूर व्हिटलिंग और रोशे थे। उन्होंने प्रस्ताव किया-

'हम स्थान खाली करने को राजी हैं। हमारे हर आदमी को अपने हथियार और साठ गोलियाँ साथ ले जाने दी जाएँ। घायलों और बच्चों को सवारी दी जाए तथा घाट पर खाने-पीने के सामान सहित नावें तैयार रहें। शेष धन और हथियार हम आपको सौंप देंगे।'

अज़ीमुल्ला ने कहा, 'महाराज, आपकी यह शर्त स्वीकार कर लेंगे, परन्तु, रवानगी आज ही रात को होनी चाहिए। मूर ने कहा, 'यदि रक्षक-सेना तैयार हो तो हमें उज्र नहीं है।' परन्तु रक्षक-सेना ने सुबह से प्रथम जाने से इनकार कर दिया। टाड सन्धि का कागज़ लेकर नाना के पास आया और आत्मसमर्पण की उस सन्धि पर नाना के हस्ताक्षर कराकर आधे घण्टे में ही लौट गया। अंग्रेज़ सन्धिदूतों ने एक प्रस्ताव यह भी रखा कि ज़मानत के तौर पर दो आदमी हमारे पास बन्धक रहें। ज्वालाप्रसाद दो आदमियों को ले आया।

सूर्यास्त से प्रथम ही अंग्रेज़ी तोपें नाना साहब को सौंप दी गईं। कैप्टन टर्नर और लेफ्टिनेण्ट डेलाफास तथा गोड हाथी पर सवार होकर कुछ घुड़सवारों के साथ नदी की तरफ़ यह देखने के लिए भेजे गए कि वहाँ नावें तैयार हैं या नहीं।

नदी पर चालीस देशी नावें लँगर डाले जाने के लिए तैयार थीं। कुछ पर फूस की छतें थीं और कुछ बिना छत की थीं। उन पर छत लगाई जा रही थीं। सैकड़ों आदमी काम कर रहे थे।

27 तारीख के सूर्योदय के साथ ही सोलह हाथी और लगभग अस्सी पालकियाँ निष्क्रान्तों को नावों तक ले जाने के लिए आईं। कप्तान मूर इस यात्रा का निरीक्षण कर रहा था। सब लोग एक फेरे में न जा सके-औरतों और बच्चों को हाथियों और बैलगाड़ियों पर बैठाया गया। छोटे-बड़े सशक्त जन पैदल चले।

मोब्रे थामसन सबसे पीछे रह गया। वह जा ही रहा था कि उसकी कम्पनी के कुछ सिपाही आए। उन्होंने अपने भूतपूर्व अफ़सर को सलाम करके कहा, 'हमें खुशी है कि आप जीते-जागते और सही-सलामत हैं।'

'लेकिन तुम्हारे बहुत-से अफ़सर, जिनकी कमान में तुमने अच्छी लड़ाइयाँ जीती थीं, मर चुके।'

'हमें अफ़सोस है।'

'अब क्या हम बिना छेड़छाड़ इलाहाबाद पहुँच जाएँगे?'

'हमारी समझ में तो कोई बाधा नहीं होगी।'

इसी समय बूढ़ा जनरल ह्यूम वहाँ आ पहुँचा। उसके साथ उसकी पत्नी और पुत्री थी। वृद्ध जनरल की कमर झुकी हुई थी। वह अपनी तलवार का सहारा लिये धीरे-धीरे चल रहा था। सब सिपाही उसे देख एक पंक्ति में खड़े हो गए। जनरल ने एक दृष्टि उन पर डाली, क्षण-भर वहाँ रुका और बिना एक शब्द बोले आगे बढ़ गया।

जनरल के पीछे मेजर विवार्ट था, जो नंगी तलवार लिये सैनिक ढंग पर चल रहा था। उसके पीछे उसकी पत्नी और बच्चे थे। कुछ सिपाही उनके पास तक आगे बढ़ गए और उनके साथ-साथ नदी के घाट तक चलते चले गए। सब कुछ एक सन्नाटे में हो रहा था और सत्ताईस जन का वह प्रात:काल एक विचित्र गम्भीरता प्रकट कर रहा था।

57

धीरे-धीरे सब अंग्रेज़ स्त्री-पुरुष जो संख्या में एक हज़ार के लगभग थे, घाट पर पहुंच गए। उस समय कानपुर में हज़ारों नागरिक अंग्रेज़ों की कानपुर से विदाई देखने को उपस्थित थे। कुछ सिपाही भी अपने पुराने अफ़सरों को जाते देखने आए थे। उनमें से बहुतों की आँखों में विछोह का विषाद था। वास्तव में लड़ाई-झगड़े का वहाँ इस समय कोई वातावरण ही न था।

प्रभात का सूर्य गंगा में चमक रहा था। चारों ओर धूप फली थी। चालीस नावें लँगर डाले सब अंग्रेज़ स्त्री-बच्चों को ले जाने को तैयार थीं। नदी में पानी बहुत कम था, और सब नावें घाट से कोई तीस गज़ के अन्तर पर थीं। सब अंग्रेज़ स्त्री-पुरुषों को पानी में होकर जाना पड़ा।

एक-एक करके सब कोई नावों पर सवार हो गए। प्रत्येक नाव पर आठ मल्लाह और एक उनका मेट था। इस समय प्रत्येक अंग्रेज़ के हाथ में भरी हुई बन्दूक थी। उनकी आँखों से खून

बरस रहा था। वे भयानक दृष्टि से किनारे पर खड़ी भीड़ को देख रहे थे। उनकी अन्तरात्मा में कबीलाई अन्त:प्रेरणा जाग्रत हो रही थी। वे इस समय वर्ण द्वेष से पीड़ित थे। जो अंग्रेज़ कभी हिन्दुस्तानियों को मच्छर से अधिक नहीं समझते थे, उन्हीं के हाथों उन्होंने अकल्पित यातनाएँ सही थीं। इस समय उन्हें एक बार स्वच्छन्दता से श्वास लेने का अवसर मिला था। अत्यन्त दारुण स्मृतियाँ उनके हृदयों को विदीर्ण कर रही थीं।

मेजर विवार्ट अपने भारी बूटों से बड़े-बड़े कदम उठाता हुआ अपनी नाव पर चढ़ गया। एक बार उसने आँख उठाकर देखा कि सब स्त्री-बच्चे नावों पर चढ़ गए हैं। उसने जलती हुई आँखों से बूढ़े नाविक को देखा और तलवार म्यान से बाहर निकाल ली। उसने बूट की एक ठोकर नाविक के पेट पर मारकर कहा, 'सूअर, चलाओ।'

बूढ़ा नाविक ठोकर खाकर औंधे मुँह पानी में छपाक से आ गिरा। यह देखकर भयभीत हो शेष नाविक नाव से कूदकर यह चिल्लाते हुए भाग खड़े हुए कि साहब लोग हमको मार डालेगा। भागो-भागो। विवार्ट ने तत्काल पिस्तौल निकालकर निरीह भयभीत भागते नाविकों पर गोलियाँ दागनी आरम्भ कर दीं। यह देखकर सभी नावों के नाविक नावों से कूदकर भाग खड़े हुए, और इन भागते हुओं पर नावों से अंग्रेज़ों ने दनादन गोलियाँ दागनी शुरू कर दीं। नाविक हाय-हाय करते चीखते-चिल्लाते पानी में गिरकर छटपटाने लगे। कुछ गोलियाँ किनारे पर खड़े तमाशाइयों को भी आ लगीं।

वास्तव में बात क्या है, यह कुछ भी न समझ पाकर किनारे पर खड़े सिपाहियों ने क्रोध में आकर जवाब में गोलियाँ बरसाना आरम्भ कर दिया। गोलियों से नावों की फूस की छतों में आग लग गई और अनेक अंग्रेज़ स्त्री-बच्चे मरने लगे। आग और बाढ़ से बचने को बहुत-से स्त्री-पुरुष पानी में कूदकर नावों की आड़ में खड़े हो गए। अब बचे हुए अंग्रेज़ों ने व्यवस्थित रूप से मोर्चाबन्दी करके पानी में उतरकर किनारे पर गोलियाँ बरसाना आरम्भ कर दिया।

इस समय कुछ सिपाही कहीं से दो तोपें ले आए। वे तोपों से गोले दागने लगे। घुड़सवारों ने आगे बढ़कर हमला बोल दिया। एक सिपाही ने बूढ़े जनरल ह्वीलर का सिर काट लिया। कुछ लोग पानी में उतरकर नावों को ढकेलने की कोशिश कर रहे थे। लेकिन नावें नहीं हिल रही थीं। नावों के पीछे छिपी हुई औरतें बच्चों को छाती से छिपाए गोलियों की मार से बचने के लिए ठोड़ी तक पानी में डूबी खड़ी थीं।

गर्मी की ऋतु होने के कारण नदी में पानी कम था, परन्तु विवार्ट की नाव गहरे पानी में बह चली। मोब्रे थामसन तैरकर उसकी नाव पर चढ़ गया। इसी समय एक नाव घाट के बहाव में आकर गोली की मार से अपने यात्रियों सहित डूब गई। इस समय घाट पर और नावों में शोर मचा हुआ था।

अन्तत: विवार्ट की नाव किसी तरह गोलियों की मार से बाहर चली गई। इस नाव पर सौ स्त्री-पुरुष थे। अब वह पानी के बहाव में आगे चली गई। नाव पर खेने के लिए न डांड थे, न बल्ली।

दोपहर होते-होते ये लोग काफ़ी दूर निकल गए। वे तमाम दिन और रात-भर भी चलते गए। सुबह नदी में नहाते कुछ लोगों से उन्हें पता लगा कि आगे बक्सर का ज़मींदार राव रामबख्शसिंह उनकी राह रोके खड़ा है। दो बजे के लगभग ये लोग वहाँ पहुँचे। दुर्भाग्य से वहाँ उनकी नाव रेत में धंस गई। किनारे से उन पर गोलियाँ बरसने लगीं। कुछ लोग एक तोप भी घसीट लाए। पर इसी समय बारिश हो जाने से वह बेकार हो गई और इन्हें एक दैवी सहायता यह मिल गई कि एक बड़ा भारी आँधी का बवण्डर आया और नाव फिर बह चली। वे चलते चले गए। और रात हुई और फिर दिन निकला। वे चलते ही गए। दो दिन और दो रात से वे बराबर चल रहे थे। उस भारी नाव को उन्हें खेना भी पड़ता था। नदी के पानी के अतिरिक्त उन्हें खाने को कुछ भी नसीब नहीं हुआ था। अब वे बुरी तरह थककर चकनाचूर हो गये थे। वे अपने जीवन के लिए लड़ रहे थे और आत्म-रक्षा की भावना ने ही उन्हें जीवित रखा था। आगे बढ़ने पर एक भीड़ ने नाव पर फिर आक्रमण किया। विवार्ट ने थामसन और डेल्फास से परामर्श किया और बारह आदमी नाव से उतरकर गोलियाँ दागते भीड़ पर टूट पड़े। अनाड़ी देहातियों की भीड़ में भगदड़ मच गई। परन्तु जब ये लोग वापस घाट पर आए, तब नाव का कहीं पता न था। भीड़ फिर उनका पीछा कर रही थी। अब उन्होंने एक मन्दिर में आश्रय लिया। भीड़ ने जब मन्दिर में आग लगाने का उपक्रम किया तो वे वहाँ से भागे। तीन आदमी मार डाले गए। भूख-प्यास और थकान से वे अधमरे हो रहे थे। वे नदी में कूदकर तैरने लगे। दो आदमी तैरते हुए गोली के शिकार बने। एक के सिर पर गहरा जख्म लगा। अन्त में पीछा करनेवालों ने पीछा करना छोड़ दिया। तीन घण्टे तैरने के बाद वे थककर किनारे पर उथले पानी में पड़ रहे। इसी समय किसी ने आत्मीयता से पुकारा। अपने सौभाग्य पर उन्हें विश्वास नहीं हुआ। स्वागतकर्ता मुरार मऊ का ज़मींदार दिग्विजयसिंह था। वह उन्हें अपने घर ले गया। इस समय थामसन के शरीर पर केवल एक कमीज़ थी, डेल्फास की कमर में एक कपड़ा लिपटा था, सल्लीवन और मर्फी के शरीर पर कुछ भी नहीं था। दिग्विजयसिंह ने अपने घर ले जाकर उन्हें आश्रय दिया। भोजन और वस्त्र दिया और उन्हें अंग्रेज़ों के पास भेज दिया।

नाना साहब ने अपने डेरे से जब तोपों की आवाज़ सुनी तो उन्होंने उनका कारण जानना चाहा। इसी समय एक सवार ने आकर सूचना दी कि अंग्रेज़ों ने दगा की। वे नावों से किनारे पर मल्लाहों तथा नागरिकों पर गोलियों बरसाने लगे तो सैनिकों ने भी उन पर आक्रमण कर दिया। इस पर गुस्से में आकर नाना साहब ने हुक्म दिया कि जो हथियार से सामना कर रहे हैं, उन्हें मार डाला जाए, पर औरतों और बच्चों को आँच न आने पाए।

नाना साहब के हुक्म की तामील की गई और सवा सौ अंग्रेज़ स्त्री-बच्चों को पानी से निकालकर सौदा कोठी में पहुंचा दिया गया। शेष पुरुषों को एक पंक्ति में खड़ा करके मृत्यु-दण्ड सुना दिया। उन्होंने बाइबिल पढ़ने की आज्ञा माँगी। आज्ञा दे दी गई। प्रार्थना के बाद उन्हें गोली मार दी गई।

जिस नाव से थामसन आदि उतरे थे-वह नाव विद्रोहियों ने पकड़ी थी। इस समय इसमें अस्सी अंग्रेज़ स्त्री-बच्चे थे। वे फिर कानपुर लाए गए। 30 जून को पुरुषों को फाँसी दे दी गई। स्त्री-बच्चों को सौदा कोठी भेज दिया गया।

सौदा कोठी में जो स्त्रियाँ थीं उन्हें दो बार रोटी और गोश्त दिया जाता था। बच्चों को दूध मिलने की व्यवस्था थी। एक बेगम उनकी निरीक्षक थीं। परन्तु ये स्त्रियाँ गढ़ी से ही हैजे और पेचिश के कीटाणु ले आई थीं और यहाँ भी इस रोग का ज़ोर था। उन्हें तीन बार खुली हवा में घूमने दिया जाता था। उन्हें अपने कपड़े स्वयं धोने पड़ते थे। कुछ स्त्रियाँ आटा पीसतीं और कुछ रोटियाँ पका लेती थीं। इस तरह इन अभागी स्त्रियों के असहाय दिन कट रहे थे।

58

कानपुर से अंग्रेज़ी सत्ता नि:शेष हो चुकी थी और अब नाना साहब का दरबार महोत्सव हो रहा था। आसन्न विपत्ति से असावधान और सत्ता हथियाने को उतावले नाना साहब और उनके साथी विजय की खुशियाँ मना रहे थे। इलाहाबाद में नील के भीषण अत्याचार हो रहे थे। अंग्रेज़ों की फ़ौजें बढ़ी आ रही थीं। जनरल हैवलाक ताबड़-तोड़ आगे बढ़ा चला आ रहा था। उधर दिल्ली पर भी अंग्रेज़ छाते जा रहे थे, पर सारे भारतवर्ष पर इन लोगों की नज़र न थी। कानपुर से अंग्रेज़ों को निकालकर वे कृत-कृत्य हो रहे थे। अज़ीमुल्ला जैसे दूरदर्शी भी इस समय उसी रंग में थे।

28 जून का सायँकाल था। दिन भर लू चली थी और कल ही सतीचौरा का वीभत्स काण्ड हुआ था। परन्तु नाना साहब का दरबार हो रहा था। इस राजसभा में नगर के सभी प्रतिष्ठित नागरिक आए थे। छ: पैदल बटालियन रिसाले की दो कम्पनियाँ, विद्रोहियों के बाहर से आए झुण्ड-के-झुण्ड, स्वयंसैनिक दल-सब उपस्थित थे। जिस तोपखाने के बल पर कानपुर जीता गया था, वह भी अजब शान से उपस्थित था।

ज्यों ही सेना के सर्वोच्च पदाधिकारी बाला साहब ने दरबार में कदम रखा, सैनिकों ने जय-जयकार से आकाश गुंजायमान कर दिया। सबसे प्रथम दिल्ली के बादशाह का जय-जयकार हुआ और उनके सम्मान में एक सौ एक तोपों की सलामी दागी गई। जब नाना साहब हीरे मोती से जगमग करते आए तो उनके सम्मान में इक्कीस तोपों की सलामी दागी गई। नाना साहब ने एक संक्षिप्त भाषण से सबको धन्यवाद दिया, आभार माना। फिर एक लाख रुपया सेना को इनाम बाँटा। जिस समय परेड मैदान में नाना साहब निकले, फिर इक्कीस तोपों की सलामी दागी गई। इसके बाद नाना साहब के भतीजे राव साहब और उनके भाई बाला साहब को सत्रह तोपों की तथा ब्रिगेडियर ज्वालाप्रसाद और सेनापति तांत्या टोपे को ग्यारह तोपों की सलामी दी गई। इस तरह तोपों की गड़गड़ाहट में उस दिन का सूर्य अस्त हुआ।

परेड से सलामी लेकर नाना साहब कानपुर से चलकर बिठूर आए, जहाँ राजमहल दुलहिन की भाँति सज़ा था। पहली जुलाई को नाना साहब का पेशवा पद पर अभिषेक हुआ। पेशवा

का पुराना ऐतिहासिक सिंहासन सभाभवन में रखा गया। उस पर नाना साहब पेशवा की पगड़ी और कलगी पहनकर बैठे। मंगलगान हुआ, सप्त-तीर्थोदक से अभिषेक हुआ। तोपों ने सलामी दागी। प्रजाजनों ने जय-जयकार किया। कानपुर और बिठूर के रईसों, सरदारों ने नज़रें गुज़ारी इनाम-इकराम बँटे और नाना साहब ने हँस-हँसकर सबकी मुबारकबादी ग्रहण की। राज्याभिषेक हो रहा था, पर भाग्य हँस रहा था।

59

जनरल ह्वीलर के आत्मसमर्पण की खबर 28 तारीख को लखनऊ पहुँची। इस समय विद्रोही लखनऊ से बीस मील दूर नवाबगंज में थे। अब क्या किया जाए। रेजीडेन्सी में बैठकर शत्रुओं के आक्रमण की प्रतीक्षा की जाए या बाहर निकलकर उन पर आक्रमण किया जाए। सर हेनरी ने हमला करने का ही फ़ैसला किया; पर उसे वास्तव में अपनी तथा शत्रु की शक्ति का ठीक सन्तुलन ज्ञात न था। मुठभेड़ होते ही अवध के तोपची सेना छोड़ खड़े हुए। उसके पीछे देशी घुड़सवार भी भाग चले। जून की तपती धूप में हार खाकर जब लारेन्स की सेना दबादब पीछे भाग रही थी, तब 38वीं सेना के सैनिकों की लाशें धमाधम गिर रही थीं और उनके हथियार और साज-सामान बिखर रहे थे। बहुत-से लोग तो बिना ही गोली लगे उस भयानक तपती धूप से बेसुध होकर मर गए। केवल एक दिन की लड़ाई में अंग्रेज़ों की वीरता का बखान करने को 23वीं सेना के 3 अफ़सर और 166 सैनिक जीवित लौटे।

इस हार से अंग्रेज़ों में आतंक छा गया। उनके चेहरे भय से सफ़ेद पड़ गए। रेजीडेन्सी में अव्यवस्था फैल गई। स्त्री-बच्चे रोते-चीखते, बिलखते रेजीडेंट के मकान की ओर भागे जा रहे थे। सबको अपनी जान की चिन्ता थी। पुरुष हथियार लिये खाइयों में छिप रहे थे। लेकिन विद्रोही अपनी जीत का लाभ लेना चूक गए। वे इसी क्षण खाइयों पर आसानी से कब्ज़ा कर सकते थे। अब रेजीडेन्सी को घेर लिया गया। चारों ओर से उस पर गोले-गोलियाँ बरसने लगे। तोपखानों का काम अधूरा था। मज़दूर मनमानी मज़दूरी लेकर दिन-रात काम कर रहे थे। जून के प्रथम सप्ताह में ही सरकारी प्रोमिसरी नोटों पर चालीस प्रतिशत का बट्टा लग गया था। जून खत्म होते न होते और पैंतीस प्रतिशत उनका मूल्य घट गया। ईस्ट-इण्डिया कम्पनी की साख उठ गई। उन दिनों मज़दूरों की मजूरी यद्यपि दो आना रोज़ थी पर मार्टिन-गबिन्स को दो रुपया प्रतिदिन देना पड़ रहा था। जब रेजीडेंसी घेर ली गई और वहाँ गोले बरसने लगे तो सब कारीगर मज़दूर भाग खड़े हुए। मकानों की बेहद तंगी थी। गोरों को रहने को मकान ही न थे। उनके नौकरों को मकान कहाँ मिलते। पर फिर भी कुछ नौकर उनके साथ बने थे। बहुत-से अपने घरों में भाग गए थे। नौकर-चाकरों के अभाव से पशुओं की व्यवस्था नहीं हो रही थी। पशु चारे की तलाश में चारों ओर घूमते रहते। उनमें अनेक कुओं में गिर गए, जिससे पानी जहरीला हो गया। कुछ गोली की मार से मर गए। उनकी लाशें जहाँ-तहाँ सड़ रही थीं। लोग दल बाँधकर उनकी लाशों को हटा रहे थे। कुछ घोड़ों को खदेड़ दिया गया। सर हेनरी जिस अहाते में बैठते थे, उसमें चारा जमा

किया गया था। लोग तोप ढोनेवाले बैलों को मारकर उनका माँस खाते। किन्तु बच्चों के लिए दूध की बहुत कमी थी। बहुत कम गाय और बकरियाँ रेजीडेन्सी में थीं। दूध के अभाव में तथा गर्मी से अनेक बच्चे दम तोड़ रहे थे।

खाने-पीने की चीज़ों पर कड़ा राशनिंग था। प्रत्येक परिवार के लिए पृथक रहने की व्यवस्था असम्भव थी। पुरुष खाइयों में बैठकर लड़ते थे। और स्त्रियाँ भेड़-बकरियों के झुण्ड की भाँति एकत्र रहती थीं। कभी-कभी पुरुष अपने स्त्री-बच्चों के पास आ पाते थे। गोला-बारूद की रक्षा करने के विचार से स्त्रियों और बच्चों को तहखानों में रखा गया था। भीड़-भाड़, गर्मी और खान-पान की अव्यवस्था से हैजा और चेचक फैल गए। तब रोगियों को पृथक रखने का स्थान नहीं था। बड़ी कठिनाई थी। खाद्यान्न की बड़ी कमी थी। मेजर गबिन्स ने घेरा पड़ने से प्रथम निजी तौर पर पहले ही से पाँच सौ मन गेहूँ, सौ मन चना, तीस मन दाल, पाँच मन चीनी, एक मन तम्बाकू और काफ़ी मात्रा में घी और चावल जमा कर लिया था। पत्थर और लकड़ी का कोयला भी उसने जमा किया था। उसके पास काफ़ी बियर की बोतलें थीं। अब सबको केवल दो बार भोजन मिलता था। शराब बहुत कम और बीयर केवल परिचारिकाओं को मिलती थी। साधारणतया घेरे के बाद जब कमसेरियट की व्यवस्था चालू की गई तो प्रति व्यक्ति आटा या चावल निश्चित अनुपात में, तथा नमक के साथ बैल या भेड़ का माँस दिया जाता था। मसाले, दाल, चीनी भी कभी कदाच मिलती थी। सूखी मछलियाँ और गाजर भी मिल जाती थीं। सैनिकों को एक प्लेट चपाती और एक-एक गिलास मार्टन (फ्रेन्च शराब) मिलते थे। रात को भोजन के समय केवल पुरुषों को एक गिलास शेरी-शेम्पन या क्लेरेण्ट शराब भी आरम्भ में दी जाती रही। घेरे के भीतर पावरोटी बनानेवाला नहीं था। इससे पावरोटी दुर्लभ थी। गबिन्स के पास कुछ मुर्गियाँ और दो गायें थीं, इनसे उसके अतिथियों को चाय के लिए दूध और चीनी मिल जाती थी। स्त्रियों को घरेलू काम स्वयं करना पड़ता था। आगे यह राशन आधा कर दिया गया। घेरे में सभी तरह के लोग थे। असैनिक अधिकारी भी थे, क्लर्क और व्यापारी भी। सब पुरुषों को हथियार उठाने पड़ते थे। अंग्रेज़ तो वहाँ थे ही उनके अतिरिक्त कुछ फ्रेन्च और जर्मन भी आ फँसे थे। जो अनुशासन भंग करता था, उसे कोड़े लगाए जाते थे।

घेरे में कुछ उच्चपदस्थ भारतीय भी थे, जिन्हें सुरक्षा की दृष्टि से नज़रबन्द रखा गया था। इनमें एक था वाज़िदअली शाह का बड़ा भाई मुस्तफा अली खाँ, जिसे उसके पिता ने अयोग्य समझकर गद्दी नहीं दी थी। ब्रिटिश सरकार ने भी उसे नज़रबन्द रखा था। दिल्ली के शाही खानदान के दो शहज़ादे भी थे-मिर्ज़ा मोहम्मद हुमायूँ और मिर्जा मोहम्मद शिकोह, जो लखनऊ में नज़रबन्द थे। इनके अतिरिक्त अवध की गद्दी का दावेदार नवाब रुकनुद्दौला भी था, जो नवाब सादतअली का पुत्र था। इन मुसलमान नज़रबन्दों के अतिरिक्त शक्तिशाली ताल्लुकेदार तुलसीपुर का नवयुवक राजा भी कैद था। ये राजनीतिक बन्दी मच्छी भवन में रखे गए थे।

घेरा पड़ने के बाद शहर से सम्बन्ध बिलकुल कट गया। इसलिए गुप्तचर-विभाग का फिर से संगठन करना पड़ा। मेजर गाल वेश बदलकर इलाहाबाद तक गया। लेकिन पहचान लिया गया

और मार डाला गया। गुप्तचर-विभाग का अध्यक्ष गालिन्स था-उसके दूत बहुत विश्वसनीय थे। पर सिपाहियों के घेरे को तोड़कर निकलना कठिन था। जो दूत बाहर जाते थे, उनमें बहुत-से वापस लौटकर नहीं आते थे। अनियमित सेना का सिपाही बोधनसिंह, अंगद तिवारी और कनौजीलाल मिसिर अंग्रेज़ी के जीवट के भेदिये थे। इन लोगों ने असीम साहस प्रदर्शित करके आगे घेरे में पड़ी सेना और उनकी रक्षा के लिए ग्राम सेना में सम्पर्क स्थापित किए।

रेजीडेन्सी के उत्तर में गोमती नदी थी। उधर घेरा डालनेवालों को सेना एकत्र करने और धावा बोलने की बहुत सुविधा थी। सुविधाजनक दूरी से इसी ओर से रेजीडेन्सी पर गोलाबारी की जा सकती थी। दक्षिण में कानपुर का मोर्चा फैला हुआ था। पश्चिम में शहर था। वेल रक्षक-दल रेजीडेन्सी के पूर्वी भाग की रक्षा कर रहा था। बीच के मकानों के खण्डहर आक्रान्ताओं को आगे बढ़ने में बाधक थे। उत्तरी मोर्चे के बीच में रीडन का तोपखाना लगा हुआ था। इसके पश्चिमी भाग की रक्षा इसका दल कर रहा था और पूर्वी छोर पर अस्पताल था। इसके आगे वेल रक्षक-दल दक्षिण-पूर्व दिशा में और आगे कानपुर तोपखाना और एण्डरसन का दल था। पश्चिमी रक्षा पंक्ति जो शहर के सामने थी, उसके दक्षिणी छोर पर मार्टिन गबिन्स का मकान था-जिसे हर प्रकार सुरक्षित बनाया गया था।

दक्षिण रक्षा पंक्ति अधिक सुरक्षित थीं। मार्टिनियर और इ्रप्रा के मकान इधर ही थे। इस मकान का नाम मार्टिनियर इसलिए रखा गया कि वहाँ मार्टिनियर के मालिक और लड़के रखे गए थे। यही डेविड मेस और सिख स्क्वेयर था। पश्चिम में शहर की ओर गबिन्स और उसकी चौकियों के बीच कसाईखाना, भेड़-घर, रेजीडेन्सी के नौकरों के घर, कब्रिस्तान और इवान्स का तोपखाना था। इस प्रकार रेजीडेन्सी चारों ओर से सुरक्षित थी। चार चौकियों पर केवल राजभक्त सिपाही थे। 71वीं और 48वीं देशी पल्टनें अस्पताल की रक्षा कर रही थीं। वेल रक्षक-दल 13वीं देशी पल्टन के अधीन था। यहाँ सिख घुड़सवार भी थे। जर्मन चौकी पर सिख पैदल सेना थी। तीन स्थानों की रक्षा यूरोपियन सेना कर रही थी और भीतर तथा बाहर की मिली-जुली शेष जगहों पर यूरोपियन और देशी सेनाएँ बराबर-बराबर थीं।

घेरे के भीतर 3 हज़ार स्त्री-पुरुष थे। इनमें 1720 लड़ने योग्य थे। इसमें आधी संख्या भारतीयों की थी जिनमें 720 लड़नेवाले थे।

घेरा डालने वाली आक्रामक सेना में नियमित देशी पैदल पल्टन, आठ स्थानीय अवध रेज़ीमेण्ट, 15वीं अनियमित सेना तथा अन्य घुड़सवार सेना की टुकड़ियाँ पूरे दो तोपखानों सहित थीं। इनके साथ अवध के तीन ताल्लुकेदारों की सेनाएँ भी थीं, जिनका नेता शाहगंज का राजा मानसिंह था, जिसने अंग्रेज़ों को शरण दी थी, इनके अतिरिक्त रामनगर का राजा गुरुबख्शसिंह तथा महमूदाबाद का राजा नवाबअली था। इनके पास पासी तीरन्दाज़ थे जो अचूक निशाना लगाते थे। वे सुरंग लगाने में बड़े चण्ट थे। वे लोग यद्यपि खुली लड़ाई में बन्दूकों का मुकाबला नहीं कर सकते थे पर घेरे के लिए खतरनाक थे। 15वीं घुड़सवार सेना का अफ़सर बरकत

अहमद सिपाहियों का और महमूदा के राजा का लेफ्टिनेण्ट खान अली खाँ ताल्लुकेदारों की सेना का संचालन कर रहा था।

60

इस समय तक भी मच्छी भवन में एक सेना कर्नल पामर के अधीन थी। लारेन्स ने अब उसे रेजीडेन्सी बुलाने का निश्चय किया। परन्तु सन्देश भेजना असम्भव था। इसलिए भीषण गोला-बारूद की वर्षा के बीच कैप्टन फुलटन अपने दो अफ़सरों के साथ लगातार तीन घण्टे संघर्ष के बाद सन्देश संकेत भेज सके। सन्देश था 'अच्छी तरह बन्दूक भर लो, किले को उड़ा दो और आधी रात को चले आओ।'

बड़ा खतरनाक काम था। इस आदेश के पालन में बहुत गोला-बारूद और सैन्य सामान खर्च करना पड़ा। परन्तु तीन पहर बीतते-बीतते तक मच्छी भवन से सब सैनिक रेजीडेन्सी आ पहुंचे।

सर हेनरी लारेन्स ने प्रत्येक से हाथ मिलाया और वे रक्षास्थलों का निरीक्षण करने निकले। सहकारी ने कहा-

'अब आप विश्राम कीजिए।'

'बस, एक नज़र रक्षास्थलों को देख लूँ।'

दिन की सफ़ेदी पूर्व में फूट चली थी। लारेन्स अपने ऑफ़िस में लौट आए। अपनी कुर्सी पर तनिक झुककर वे राशन वितरण व्यवस्था पर एक आदेश लिख रहे थे कि धड़ाम से एक गोला वहाँ आकर फटा। कैप्टन विलसन ज़मीन पर औंधे मुँह गिर गए। सर हेनरी का भतीजा सकुशल भाग गया। कमरे में धुआँ और धूल के मारे कुछ दिख नहीं पड़ता था। विलसन ने उठते हुए पूछा-

'सर हेनरी, क्या आपको चोट लगी?'

सर हेनरी ने आहिस्ता से कहा, 'मैं मार डाला गया।'

तत्काल डॉक्टर फेरर आ उपस्थित हुए। उसने उनका निरीक्षण किया।

सर हेनरी ने कहा- 'मैं कितनी देर और जी सकता हूँ?'

'लगभग दो घण्टे', डॉक्टर ने अत्यन्त शोकपूर्ण मुद्रा में कहा।

'ठीक है। परन्तु मेजर बैंक्स कहाँ हैं?'

मेजर आकर घुटनों के बल बैठ गए।

'मेजर बैंक्स, ठीक है। तुम्हीं हो न? तुम्हें मैं अपने स्थान पर नियुक्त करता हूँ। ध्यान से मेरी बात सुनो-गोलाबारी को रोकना, उस पर नियन्त्रण रखना, गोरों को लड़ाई में न जाने देना, उनकी रक्षा करना, रात के समय काम की व्यवस्था करना। खाइयाँ खोदकर रक्षा का प्रबन्ध

करना, दुश्मनों के गोलों का मुकाबला करना, न लड़ने वाले देशी लोगों को काम में लगा, उन्हें उदारतापूर्वक धन देना, सभी हथियारों और सामान की सूची बनाना। दैनिक व्यय पर कड़ी नज़र रखना। अनावश्यक घोड़ों को निकाल भगाना, दूसरे ब्रिटिश अधिकारियों से सम्पर्क रखना, मेरी मौत को गुप्त रखना।'

इतना कहकर लारेन्स खामोश हो गए। वे देर तक खामोश पड़े रहे।

डॉक्टर फेरर ने कहा, 'सर लारेन्स, मैं आपको अपने घर ले जा रहा हूँ।'

'आवश्यकता नहीं है दोस्त। पादरी को आने दो।'

पादरी ने आकर धार्मिक संस्कार किए। बहुत लोग आ-आकर वहाँ एकत्र होने लगे। बाहर गोले बरस रहे थे और इस शेर मर्द के ऊपर आँसू बरस रहे थे।

उसने आँखें खोलीं, एक मुस्कान उनके चेहरे पर आई, उसने मन्द स्वर से कहा, 'कल एक छोटा गोला यहीं फटा था। पर उससे कुछ नुकसान नहीं हुआ। मेरे कर्मचारियों ने कहा था कि मैं यह कमरा बदल दूँ। परन्तु जीवित रहता तो आज बदलता। मैंने सोचा भी न था कि कोई इतना सच्चा निशानेबाज़ भी हो सकता है, जो दूसरी बार भी ठीक वहीं निशाना बैठा सके।

एक बार उन्होंने आँख खोलकर चारों ओर देखा और आँखें बन्द कर लीं। प्राण-पखेरू अपनी राह उड़ चले।

ग्यारहवाँ खण्ड

1

27 जुलाई को लन्दन में तहलका मचा हुआ था। उस दिन पार्लियामेण्ट में भारतीय विद्रोह की विभीषिका पर खूब चर्चा हुई थी। सर हेनरी की मृत्यु ने सारे इंग्लैण्ड में आतंक उत्पन्न कर दिया था। ब्रिटिश प्राइम मिनिस्टर वाइकाउण्ट लार्ड पामर्स्टन को महारानी विक्टोरिया ने बकिंघम महल में तलब किया था। लार्ड पामर्स्टन अत्यन्त वीर, और साहसिक राजपुरुष थे। परन्तु इस समय वे अत्यन्त गम्भीर हो रहे थे। ऐसा प्रतीत होता था कि उनका मन बहुत चंचल हो रहा है, जिसे वे कृत्रिम गम्भीरता से छिपा रहे थे। रानी ने कहा-

'वाइकाउण्ट पामर्स्टन पूर्वी समस्या के सर्वश्रेष्ठ ज्ञाता हैं। हमारा दृढ़ विश्वास है कि उन्होंने पूर्व में अपनी सामर्थ्य का परिचय दिया होगा। खासकर भारत से जो भी विद्रोह के समाचार इंग्लैण्ड में पहुंचे हैं, उनके अधिकांश में मिथ्या होने की घोषणा उन्होंने कर दी होगी।

'योर मेजेस्टी...'

'हमारा यह भी अटूट विश्वास है कि वाइकाउण्ट पामर्टेन किसी भी हालत में यह नहीं भूलेंगे कि वे आज ब्रिटेन के प्राइम मिनिस्टर हैं और वे अब पूर्वी समस्याओं खासकर भारत के मामलों में सिर्फ़ आलोचनात्मक नज़र ही न रखेंगे। उन्हें यह भी जानना चाहिए कि हमारी नज़र भारत पर है और हम नहीं चाहते कि प्राइम मिनिस्टर की अयोग्यता से हमारे पूर्वी साम्राज्य का दो सौ वर्षों में स्थापित हुआ केन्द्र भारत खतरे में पड़े।

'योर मेजेस्टी को वाइकाउण्ट पामर्स्टन सादर अभिनन्दन अर्पित करके निवेदन करता है कि मिस्टर डिज़रेली ने आज दोपहर में तीन घण्टे तक स्पीच दी।'

'अपनी स्पीच में डिज़रेली ने क्या कहा?'

'उन्होंने भारत की अवस्था की ओर संकेत किया था।'

'कैसा संकेत?'

'दो कागज़ों के सम्बन्ध में।'

'वे दोनों महत्त्वपूर्ण कागज़ कौन-से हैं?'

'योर मेजेस्टी, उनमें से एक का तो कोई अस्तित्व ही नहीं है। कम-से-कम सरकार के पास तो है ही नहीं।'

'और दूसरा कागज़ ?'

'दूसरा कागज़ जनता के सम्मुख प्रकट नहीं होना चाहिए था।'

'क्यों नहीं होना चाहिए था?'

'योर मेजेस्टी, वह कागज़ बाहरी आक्रमणों से भारत की रक्षा के उपायों से सम्बन्धित है।'

'लेकिन डिज़रेली का अभिप्राय क्या है?'

'इसने भारत के उपद्रव को राष्ट्रीय विद्रोह कहा, जबकि वह केवल सैनिक विद्रोह है।'

'क्या उन्होंने अपने भाषण में ऐसे विभिन्न कारणों का भी उल्लेख किया जिनसे उनके कथन का औचित्य प्रमाणित होता हो।'

'जी हाँ, योर मेजेस्टी, इन कारणों में से कुछ तो वे आदेश थे जो पार्लियामेण्ट ने भारत सरकार को समय-समय पर पिछले दस वर्षों में वहाँ की सभ्यता को उन्नत करने की ओर कदम उठाने के सम्बन्ध में भेजे थे।'

'क्या इन प्रश्नों को लेकर हाउस में वाद-विवाद भी हुआ?'

'बहुत हुआ, योर मेजेस्टी। वर्नन स्मिथ ने डिज़रेली के कथन की धज्जियाँ उड़ा डालीं। लेकिन सर एर्सकाइन पैरी ने, जो कुछ दिन पूर्व बम्बई के चीफ़ जस्टिस रह चुके हैं, डिज़रेली का दृढ़ता से समर्थन किया। मि. कैम्पबैल ने डिज़रेली के तर्कों को भ्रान्तिपूर्ण बताया और उनके वक्तव्य को आधारहीन कहा।'

'कैम्पबैल तो बहुत दिन तक भारत में रह चुके हैं न?'

'यस, योर मेजेस्टी।'

'हाउस में सर एर्सकाइन के अतिरिक्त और भी कोई डिज़रेली का समर्थक था?'

'जी हाँ, ह्वाइट साइड ने उनकी पुष्टि की। परन्तु लार्ड जॉन रसेल ने डिज़रेली के वक्तव्य को स्वीकार नहीं किया। उन्होंने डिज़रेली के भाषण के बाद सरकार से परामर्श करके एक संशोधन योर मेजेस्टी की सेवा में भेजा है। उसमें विश्वास दिलाया गया है कि योर मेजेस्टी को भारत के सम्बन्ध में चिन्ता करने की कोई आवश्यकता नहीं है। हाउस भारत के इस विद्रोह को दबाने का पूर्ण समर्थन करता है तथा भारत में पूर्ण शान्ति की स्थापना करने और अमन लाने के लिए योर मेजेस्टी द्वारा उठाए गए प्रत्येक कदम में वे सब हमारी सरकार के साथ हैं।'

'हमने सुना है कि लार्ड जॉन का डिज़रेली ने मज़ाक उड़ाया था।'

'डिज़रेली ने कहा था कि सर जॉन रसेल इन अनर्थक बातों से आकाश में उड़ते कबूतर को मारना चाहते हैं। लेकिन बोर्ड ऑफ़ डायरेक्टर्स के चेयरमैन मिस्टर मैंगिल्स ने विशद रूप से डिज़रेली के भाषण की व्याख्या की। इस पर मि. लिडेल ने स्पीकर से पूछा कि वह किसे वोट दे। वास्तव में मिस्टर लिडेल सर जॉन रसेल से पूरी तौर पर प्रभावित थे।'

'क्या हाउस में और भी कुछ लोग हमारी सरकार के विरोधी हैं?'

'मिस्टर अरटन हैं जिन्होंने 'काम रोको' प्रस्ताव रखा, परन्तु वह बहुमत से गिर गया। मिस्टर हेडफील्ड ने साफ़ कहा कि भारत पर हथियारों के बल पर हमारी सत्ता नहीं टिक सकती। अन्त में मिस्टर डिज़रेली ने ज़ोरदार शब्दों में अपने विरोधियों को उत्तर दिया। थामस बीअरिंग उनके दाहिने हाथ बैठे थे। अन्त में डिज़रेली का प्रस्ताव बिना मत लिये ही अस्वीकृत कर दिया गया।'

'इन सूचनाओं के लिए धन्यवाद, वाइकाउण्ट पामर्स्टन, हम सोचती हैं कि हमें एक देश-रक्षक सेना संगठित करना इस समय अत्यन्त आवश्यक है। इससे हमारे साम्राज्य की रक्षा तो होगी ही, साथ ही यूरोप को यह भी बोध होगा कि हम अरक्षित अवस्था में नहीं हैं। इसके अतिरिक्त इसी सैन्य में से हमें अपनी सेना के लिए अतिरिक्त सिपाही भी मिल जाएँगे। हम आशा करती हैं कि इस रक्षक-दल की उचित और यथेष्ट भरती की जाएगी। सच तो यह है कि भारत से प्राप्त सूचनाएँ इतनी भयंकर हैं कि होम गवर्नमेण्ट द्वारा की गई सम्पूर्ण फ़ौजी कार्रवाई ऐसी तात्कालिक आवश्यकता के लिए पर्याप्त नहीं थी।

'योर मेजेस्टी, मैं आपको विश्वास दिलाना चाहता हूँ कि हमने क्रीमिया युद्ध के लिए जो-जो प्रयत्न किये थे, वे प्रयत्न यथासम्भव हम भारत में भी कर रहे हैं और उनमें हमें सफलता प्राप्ति की आशा भी है। परन्तु हमारे पास यथेष्ट सेना नहीं है। न हमने रिज़र्व सेना ही रखी है जिससे हम देर तक युद्ध जारी रख सकें अथवा अचानक आनेवाली विपत्ति से टक्कर ले सकें। इस मामले में हम अदूरदर्शी हैं और हमें अन्त में अपनी शक्ति और प्रतिष्ठा को खो देना पड़ेगा। अथवा बहुत थोड़े-से अन्तिम लाभ के लिए बेशुमार धन और प्राणों की हानि सहनी पड़ेगी।'

'हम आशा करती हैं कि मन्त्रिमण्डल इस अगत्य के प्रश्न पर साहस से काम लेगा। यही सबसे अच्छा रास्ता है कि कॉमन्स में प्रस्ताव किया जाए और सरकार को कठिन कदम उठाने का आश्वासन दिलाया जाए। हम समझती हैं कि हाउस ऑफ़ कॉमन्स ही नहीं, बल्कि सरकार ही बाधा पहुँचाती है। हमारी इच्छा है कि लार्ड पामर्टन हमारे इस भाषण को अपने सहयोगियों तक पहुँचा दें।'

'योर मेजेस्टी की आज्ञा का पालन यह सेवक पूर्णरूपेण करेगा।'

'लार्ड पामर्स्टन को यह कभी नहीं भूलना चाहिए कि अपने समुद्री तट की अरक्षित अवस्था तथा अपनी सेना को घटाकर केवल अट्ठारह बटालियन कर देना एवं फ्रांस और रूस का हमारी ओर दृष्टि रखना और पूर्वी समस्या पर हमें ताड़ना देना ऐसी समस्यायें हैं जिनसे हमारा ध्यान

स्वाभाविक रूप से अपनी सेना और समुद्री बेड़े की ओर खिंच गया है। वाइकाउण्ट पामर्स्टन को कदाचित् याद होगा कि हाल ही में फ्रांस के सम्राट और साम्राज्ञी आस्बर्न आए तो सम्राट को सलामी देने के लिए पुराने जहाज़ 'सेण्ट विन्सैण्ट' को हार्बर से बाहर लाया गया। किन्तु उसमें 'एक्सिलेण्ट' के आदमियों को भर दिया गया और समुद्री सेना ने हमसे कह दिया कि हम 'एक्सिलेण्ट' को देखने न आयें। क्या यह दयनीय दशा नहीं है?'

'मैं अत्यन्त लज्जित हूँ, योर मेजेस्टी।'

'इससे भी अधिक दयनीय दशा हमारे उस नये जहाज़ी बेड़े की है जो रशियन युद्ध की समाप्ति पर ही बनकर तैयार हुआ है। वह केवल स्टीम बोट ही प्रमाणित हुआ और युद्ध के समाप्त होते ही उसे भंग कर दिया गया। उसके सब कर्मचारियों को बर्खास्त कर दिया गया। क्या यह उचित और आवश्यक न था कि उसकी अविलम्ब मरम्मत करके एवं महत्त्वपूर्ण युद्धास्त्रों से उसे सज्जित करके समुद्र तट पर सन्नद्ध किया जाता?'

'योर मेजेस्टी, मुझे...'

'वाइकाउण्ट पामर्स्टन, हम चाहती हैं कि डॉक पर तैयार होने वाले सब जहाज़ों की रिपोर्ट तुरन्त हमारे पास भेज दी जाए और हमें अविलम्ब सूचित किया जाए कि वे कब तक समुद्र में जाने को तैयार हो सकते हैं। हम डॉक के प्रत्येक विभाग के हरेक अफ़सर की अलग-अलग ब्यौरेवार रिपोर्ट चाहती हैं। यह रिपोर्ट अविलम्ब हमारे पास आनी चाहिए। लार्ड पामर्टन को हम फिर चेतावनी देती हैं कि भारत में सरकार द्वारा उठाया कदम उस महासंकट के मुकाबिले में नगण्य है।'

'योर मेजेस्टी, हमारे पास जो सेना थी वह सब हमने दे दी। अब यदि हम बम्बई और मद्रास की सेनाओं को मिलाकर नये प्रयत्न करें तो भी रिज़र्व सेना को संगठित करने में हमें महीनों लग जायेंगे।'

'परन्तु उनकी आवश्यकता तो तुरन्त ही है। देश-रक्षक सेना दस बटालियन भी अपर्याप्त है। कम-से-कम चालीस बटालियन तो होनी चाहिए। घुड़सवार सेना और गार्ड सेना की वृद्धि की आज्ञायें भी अभी नहीं दी गई हैं।'

'योर मेजेस्टी, भारत को हमने चौदह हज़ार आदमी भेज़े हैं। सन्तोष की बात है कि उनके खर्चे का सब दायित्व भारत सरकार ने ले लिया है और हम आर्थिक समस्या से मुक्त हो गए हैं।'

'परन्तु वाइकाउण्ट पामर्टन को जानना चाहिए कि यह समय सेना पर खर्च की किफायत का दृष्टिकोण रखने का नहीं है।'

'योर मेजेस्टी, भारत में भेजी गई सेना की अब रिक्ति-पूर्ति की जा रही है और इस सम्बन्ध में उचित कदम उठाए जा रहे हैं। भारत में खाली हुए आदमियों की भरती की जा रही है। वर्तमान समय को देखते हुए सेना को बढ़ाने की गति वास्तव में अधिक है। एक पखवाड़े ही में इस गति में

और भी तेज़ी कर दी जाएगी। ऐसी आशा है कि दस हज़ार रिज़र्व सेना तुरन्त एक हो जाएगी। मैं यह विश्वास दिलाता हूँ कि सेना पर जो खर्च की राशि स्वीकार की गई है उसमें बचत की भावना कतई नहीं है। नितान्त आवश्यक हुए बिना उस मद में राशि बढ़ाना असुविधाजनक होगा।'

'वाइकाउण्ट पामर्स्टन यद्यपि खर्च की कमी को अस्वीकार करते हैं परन्तु भारत के इस विद्रोह की संकटपूर्ण स्थिति को देखते हुए फ़ौज के बजट पर बचत का विचार करने से समस्या खड़ी हो सकती है।'

'सरकार ने चौदह बटालियन सेना ईस्ट इण्डिया कम्पनी को हस्तान्तरित कर दी है।'

'हाउस ऑफ़ लार्डस, हाउस ऑफ़ कॉमन्स और प्रेस, सभी को लार्ड पामर्स्टन हमारी यह इच्छा प्रकट कर दें कि हम नहीं चाहती कि कम-से-कम खर्च किया जाए और आनेवाले समाचारों की प्रतीक्षा की जाए। हम धीमी गति का समर्थन नहीं करना चाहतीं। लार्ड पामर्स्टन को यह न भूलना चाहिए कि जनता अपने राजनीतिक नेताओं और राजपुरुषों का सरगर्मियों से प्रोत्साहन प्राप्त करती है, अफ़सरों की धीमी गति जनता को भी सुस्त बना देती है।'

'योर मेजेस्टी की सेवा में वाइकाउण्ट पामर्स्टन नम्रतापूर्वक निवेदन करता है कि समय की आवश्यकता को वह समझता है। परन्तु दिक्कतें हैं, भरती के योग्य व्यक्ति नहीं मिलते। फिर, सेना की भरती में शीघ्रता नहीं की जानी चाहिए, इसके अतिरिक्त भरती किए गए रंगरूटों को जब तक छः-सात मास तक ट्रेनिंग न मिले वे सेना में नहीं भेजे जा सकते। योर मेजेस्टी को ज्ञात हो कि भरती करने वाली पार्टियाँ यूनाइटेडकिंगडम में फैला दी गई हैं और प्रत्येक भरती करने वाले अफ़सर को पूरी सुविधा उनके काम के लिए दे दी गई तथा भरती सफलतापूर्वक हो रही है।'

'हम लार्ड पामर्टन को धन्यवाद देती हैं। हम केवल यही चाहती हैं कि मतभेद के कारण देश को भयप्रद स्थिति में न डाला जाए।'

लार्ड पामर्स्टन रानी को अभिवादन करके बकिंघम महल से निकले। इस समय उनके माथे पर चिन्ता की गहरी रेखाएँ खिंची हुई थीं।

2

बादशाह और उनके खानदान की नाराज़ी जो अंग्रेज़ों के ऊपर थी, उसका प्रभाव सम्पूर्ण दिल्ली पर था। दिल्ली का बच्चा-बच्चा इससे प्रभावित था। जिस वक्त बादशाह अपनी तकलीफ़ को किसी शे'र के ज़रिये ज़ाहिर करते तो शहर की गली-गली में इसकी चर्चा होती थी। जब वलीअहदी के झगड़े में बादशाह ने यह शे'र पढ़ा-

ऐ ज़फर अब है बस तुझी तक इन्तज़ामे सल्तनत।

बाद तेरे न वलीअहदी न नामे सल्तनत॥

तो दिल्ली के घर-घर और गली-गली में इस शे'र की दर्द-भरी आवाज़ गूंज गई। औरतें तक इस शे'र को पढ़कर रोती थीं। बच्चे गलियों में मर्सियों के अन्दाज़ में गाते थे।

शाही नाराज़ी का आरम्भ बादशाह शाहआलम ही के ज़माने से हुआ था और अब वह दिन-दिन गहरा होता था। सन 1804 में लार्ड लेक और वेल्जली ने मरहठों की सत्ता को समाप्त किया और बादशाह शाहआलम अंग्रेज़ों की हिमायत में एक अहदनामे के द्वारा आ गए। कहने को तो शाहआलम ने क्लाइव को बंगाल की दीवानी या नज़ारत का ओहदा दिया था, पर हकीकत यह थी कि उन्होंने हिन्दुस्तान की सल्तनत ही उसके हवाले कर दी थी।

इस समय तक भी ईस्ट इण्डिया कम्पनी के संचालकों का यह विचार न था कि वे भारत में स्वतन्त्र शासक की भाँति राज्य करें। वे तो बादशाह की आज्ञा लेकर अपना शिकार खेलना चाहते थे। इसीलिए गवर्नर-जनरल ने कम्पनी सरकार को 13 जुलाई, 1804 ई. को एक खरीता भेजा था जिसका अभिप्राय यह था-'फ्रांसीसियों को हिन्दुस्तान के उत्तर-पश्चिमी जिलों में सत्ता प्राप्त हो गई। शहंशाह आलम को हमने फ्रांस के असर से छुड़ा लिया है और फ्रांसीसी गवर्नमेन्ट उस साधन से वंचित हो गई है जिसकी आड़ में ब्रिटिश सरकार के विरुद्ध भारत पर अधिकार करना अभिप्रेत था। अब हम बादशाह व उसके खानदान के लिए शान्ति और सुरक्षा के ज़िम्मेदार हैं। इसी का यह प्रभाव हुआ है कि हिन्दुस्तानी रियासतें हम पर विश्वास करने लगी हैं। हमने बादशाह को मरहठों और फ्रांसीसियों के चुंगल से बचाया है और आवश्यक है कि हम सबकी नज़रों में बादशाह के तरफ़दार नज़र आएँ।'

इस खरीते से प्रकट है कि अंग्रेज़ों को मरहठों और फ्रांसीसियों को दबाने के लिए बादशाह के खिलौने की अत्यन्त आवश्यकता थी। इसलिए यह निर्णय किया गया कि मुल्की हुकूमत से जो इज़्ज़त हासिल होती है, वह एक विशेष हद तक बादशाह के व्यक्तित्व के लिए रहनी चाहिए और एक सीमा के भीतर बादशाह को अदालत करने के अधिकार दिए जाएँ जिनमें उनको ज़िन्दगी या मौत का फ़ैसला करने का अधिकार हो। बादशाह और उनके कुनबे को इसी समय बारह लाख रुपया वार्षिक पेन्शन नियत कर दी गई।

यह महत्त्वपूर्ण बात थी कि वह बादशाह जो दुनिया में सबसे बड़ा था, विदेशी व्यापारियों का नितान्त पेन्शनभोगी बन गया। परन्तु ब्रिटिश गवर्नमेंट को इससे बहुत फ़ायदे हुए।

लार्ड वेल्ज़ली की आँखें दूर तक देखती थीं। उसने सोचा कि यदि यह पैतृक मुगल राज्य इसी तरह निरन्तर चलता रहा और बादशाह अपने दादा शाहजहाँ के लालकिले में आबाद रहेगा और उसके वे मुसाहिब, जिन्होंने उसके पुराने अधिकार और शान-शौकत देखे हैं, उसके साथ रहेंगे तो जाँनिसार और जाँबाज़ मुसलमानों का यह किला एक केन्द्र बना रहेगा और कभी-न-कभी ऐसा समय आ जाएगा कि इस नष्टप्राय सल्तनत को शाहआलम का कोई उदग्र उत्तराधिकारी दुबारा प्राप्त कर लेगा और हमारे सब प्रयत्न विफल हो जाएँगे। इसलिए उसने सोचा कि बादशाह और उसका खानदान लाल किला छोड़कर मुंगेर में रहने लगे। जब शाहआलम के सम्मुख यह

प्रस्ताव पहुँचा तो वे गुस्से से लाल हो गए और उन्होंने तलवार के कब्जे पर हाथ रखकर कहा-ऐसा कभी नहीं हो सकता। मैं अभी जिन्दा हूँ और ज़िन्दा आदमी को कोई आदमी अपनी मर्जी से कब्र में दफ़न नहीं कर सकता।

लार्ड वेल्ज़ली मौका देखकर तरह दे गए। अभी फ्रांसीसियों, मरहठों और अफगानों के झगड़े खत्म नहीं हुए थे और अंग्रेज़ सरकार उनसे भयभीत थी। यद्यपि यह इरादा तो फिलहाल टाल दिया गया था, पर अंग्रेज़ों के खिलाफ़ दिल्ली और लालकिले में एक बदगुमानी फैल गई। यह दिल्ली और लालकिले वालों की नाराज़ी का प्रथम कारण था। इसी का विकट रूप 11 मई, सन् 57 को प्रकट हुआ।

सन् 1806 में शाहआलम के मरने पर अकबरशाह तख्त पर बैठे। इस समय तक भी पुराने अंग्रेज़ हिन्दुस्तानी दरबारों के अदब-कायदों, ताज़ीमों की पूरी पाबन्दी करते थे। स्टीन साहब, दिल्ली के रेजीडेण्ट, बादशाह के आगे अदना अमीरों की तरह तसलीम व कोर्निश बजाते थे और शाही खानदान के बच्चे का शाहाना अदब करते थे। परन्तु उनके नायब चार्ल्स मेटकाफ, जो एक उद्धत नवयुवक थे, बादशाह की इस दरबारी प्रतिष्ठा से जले-भुने रहते थे। उनका खयाल था कि बादशाह की इस प्रतिष्ठा को कायम रखना अंग्रेज़ों के लिए काँटे बोना है। उन्होंने इस बारे में गवर्नमेंट को एक खरीता लिखा। उसमें लिखा था-'मैं उस नीति का विरोधी नहीं हूँ, जो स्टीन साहब खानदाने-शाही के साथ अमल में लाते हैं। परन्तु जो व्यक्ति ब्रिटिश सरकार की तरफ़ से दिल्ली में शासन के लिए नियत हो वह बादशाह की ताज़ीम इस तरह करे जिससे बादशाही शक्ति के जाग्रत हो जाने का अन्देशा हो-जिसे हम सदा के लिए सुला देना चाहते हैं तो यह चिन्तनीय है। हमारा यह उद्देश्य नहीं है कि बादशाह को फिर से बादशाह के अधिकार प्राप्त हों। इसलिए हमको ऐसी हरकतें नहीं करनी चाहिए जिससे उसके किले में फिर से बादशाही रुतबा हासिल करने की इच्छा जाग्रत हो। उसका अदब एक मर्यादा में अवश्य करना चाहिए तथा उसे प्रसन्न और सन्तुष्ट रखना चाहिए। यदि हम यह नहीं चाहते कि उसकी हुकूमत को दुबारा कायम करें तो हमें उचित है कि बादशाही का विचार उसे स्वप्न में भी न आने दें।'

कुछ साल बाद जब मेटकाफ दिल्ली के रेजीडेण्ट नियुक्त हुए और जब उनके हाथ में पूरे अधिकार आ गए तो उन्होंने एकदम अदूरदर्शिता से बादशाह की प्रतिष्ठा और मर्यादा के विरुद्ध असभ्य और बेहूदा हरकतें करनी आरम्भ की। उसका नतीजा यह हुआ कि बादशाह और उनके खानदान के आदमी, अमीरो-उमरा तथा मज़हबी पेशवा तथा नगर-निवासी मन-ही-मन अंग्रेज़ी सरकार के विरुद्ध दाँव-पेच खाने लगे। प्रत्येक के मन में यह विचार पैदा होने लगा कि हमें यह परदेशी का बोझ सिर से उतार फेंकना चाहिए।

28 सितम्बर, सन् 1837 को अकबरशाह 82 वर्ष की उम्र में मर गए। और अबूज़फर सिराजुद्दीन मुहम्मद बहादुरशाह गाज़ी तख्त पर बैठे। बहादुरशाह सन् 1788 में पैदा हुए थे। इनकी उम्र 50 वर्ष की थी। वे सूफी-मिज़ाज, भावुक, विनयशील, प्रसन्नवदन और मधुरभाषी

कवि-बादशाह थे। बाप से उसकी नहीं बनती थी। न वह उन्हें बादशाह बनाना चाहता था। वह दूसरे शाहजादे मिर्जा जहाँगीर को बादशाह बनाना चाहता था। पर वे अंग्रेज़ों से अत्यन्त घृणा करते थे। उन्होंने रेजीडेण्ट स्टीन साहब पर गोली चलाकर कातिलाना हमला किया था तथा लूलू कहकर उनका मज़ाक उड़ाया था। इसलिए अंग्रेज़ों ने उनकी वलीअहदी स्वीकार नहीं की और उन्हें निष्कासित करके इलाहाबाद भेज दिया। फिर अकबरशाह ने अपने दूसरे बेटे के लिए कोशिश की पर सफलता नहीं मिली। आखिर बहादुरशाह को ही बादशाह बनाया गया।

जब बादशाह ज़फर गद्दी पर बैठे, तब लार्ड आकलैण्ड भारत के गवर्नर-जनरल थे और सर चार्ल्स मेटकाफ लेफ़्टिनेण्ट-गवर्नर थे। बहादुरशाह ने तख्तनशीन होकर सबसे पहले अपना वजीफा बढ़वाने की माँग की। ब्रिटिश गवर्नमेण्ट अकबरशाह से इसका वादा कर चुकी थी, पर मेटकाफ साहब ने इस माँग का सख्ती से विरोध किया। उनके विरोध के कारण गवर्नर-जनरल ने भी सरकारी वादे को पूरा नहीं किया। जवाब यह दिया गया कि यदि बादशाह उन सब दावों से बाज़ाब्ता दस्तबरदार हो जाएँ, जो वे ब्रिटिश गवर्नमेण्ट पर रखते हैं, तो उनकी पेन्शन बढ़ाई जा सकती है।

बहादुरशाह ने जवाब दिया, 'यदि मैं बाप का बेटा हूँ, तो वही करूँगा, जो मेरे बाप ने किया और ब्रिटिश गवर्नमेण्ट की किसी शर्त को कबूल न करूँगा।'

यह एक तीसरी गाँठ थी, जिसने किला और दिल्ली को नाराज़ कर दिया।

अकबरशाह ने राजा राममोहनराय को अपना दूत बनाकर लन्दन भेजा था। वहाँ राजा साहब की खातिरदारी तो खूब हुई, पर उनकी बात बिलकुल ही न सुनी गई। वे वहीं मर गए। इससे शाही खानदान के मन में अपने लिए तरह-तरह के खतरे पैदा होने लगे।

सन् 1837 में जब बहादुरशाह तख्त पर बैठे तो दस्तूर के मुताबिक अंग्रेज़ कमाण्डर ने इनके सामने नज़र पेश की थी, जैसे-ईद, नौरोज़ और बादशाह की सालगिरह के दिन बादशाह के रूबरू रेजीडेन्ट की मार्फत नज़रें पेश की जाती थीं। पर लार्ड एलेनबरा ने इन नज़रों को बन्द कर दिया, जिसे बादशाह की तौहीन समझा गया और अंग्रेज़ों के प्रति घृणा के भाव उत्पन्न हो गए।

इसके बाद तो बात-बात में रोज़ाना ही अंग्रेज़ अफ़सर बादशाह की तौहीन करने लगे। सर चार्ल्स मेटकाफ को बादशाह अपने खत में फर्ज़न्दे अर्जमन्द (विनयशील-पुत्र) लिखा करते थे। चार्ल्स मर गए, और हारवे साहब एजेण्ट होकर दिल्ली आए, तो उन्होंने बादशाह को लिख दिया कि तुम्हारा फर्ज़न्दे बनना मुझे मंजूर नहीं है। मुझे यह फर्जन्दे अर्जमन्द न लिखें। इन दिनों जार्ज टामस नाम के एक अंग्रेज़ को बहादुरशाह ने अपनी सेवा में नौकर रखा। वह उनकी तरफ़ से ब्रिटिश गवर्नमेण्ट से पत्र-व्यवहार तथा बातचीत करता था। उसने भी समझाया, पर किसी ने न सुनी और शाही खानदान ने यह अनुभव करना आरम्भ कर दिया कि अब धीरे-धीरे हमारी नाड़ी ठंडी पड़ती जा रही है।

बादशाह को एक लाख रुपया सालाना तनख्वाह दी जाती थी और डेढ़ लाख रुपया सालाना कोट कासिम के इलाके का आता था। शहर के मकानात के किराये की भी कुछ आमदनी थी। इस एक लाख रुपये माहवार में से वह एक हज़ार रुपया माहवार लखनऊ भेजता था, जहाँ बादशाह के खानदान के कुछ सदस्य रहते थे। बाकी किले में जो विस्तृत शाही खानदान था, उसमें वह बँट जाता था। इस तरह वह बादशाह जो तमाम हिन्दुस्तान के खज़ानों का मालिक था, बड़ी तंगदस्ती से दिन काटता था।

वलीअहदी के झगड़े का भी एक पेचीदा मामला उलझा हुआ था, जो किलेवालों तथा शहरवालों की नाराज़गी का कारण था। इस प्रकार ये सब ऐसे कारण इकट्ठे हो गए थे कि सारा लालकिला अंग्रेज़ों को गुस्से-भरी लाल-लाल आँखों से देख रहा था।

3

बल्लीमारान में हकीम अजमलखाँ मसीह-उल-मुल्क का मकान प्रसिद्ध था। उन दिनों उनके पिता हकीम महमूदखाँ साहब ज़िन्दा थे और दिल्ली में उनके नाम की तूती बोल रही थी। अदना-ओ-आला में उनका नाम प्रसिद्ध था। वे अपने ज़माने के लुकमान समझे जाते थे। तब तक न फ़ीसपन्थी डॉक्टरों का दिल्ली पर दखल था, न उनकी सूई का। हकीम साहब का नुस्खा चलता था, जिसकी कीमत मुश्किल से पैसा-दो-पैसा होती थी। लेकिन उसी से सबका भला हो जाता था।

हकीम हाँ साहब के सामने से कासिमजान की गली कटी है। बाईं तरफ़ पहला ही मकान, जो मस्ज़िद के पीछे था, नौशे मियाँ का था। इस मकान के दो दरवाजे थे-एक मर्दाना, दूसरा ज़नाना। महलसरा का एक रास्ता मर्दाने मकान से भी है। बाहर के दरवाज़े की कोठरियाँ ज़रा धंसी हुई थीं। दरवाज़े के ऊपर एक कमरा था, कमरे के पहलू में दो दहलीज़ थीं। गर्मी में मिर्जा साहब दोपहर के वक्त इसी कोठरी में रहते थे। दरवाज़े से गुज़रकर मुख्तसिर-सा सहन था और सामने दालान-दर-दालान।

मिर्जा साहब गावतकिये से लगे बैठे कुछ लिख रहे थे। सिर पर लम्बी स्याह पोस्तीन की टोपी, जो कुलाह पाक से मिलती-जुलती थी। एकबरका सफ़ेद पायजामा, सफ़ेद मलमल का अंगरखा। उस पर हल्की ज़र्द ज़मीन की जामावार का चोगा। आहट पाकर लिखते-लिखते आँख ऊँची की। मौलवी करीममुद्दीनखाँ ने आदाब किया।

मिर्जा ने सलाम का जवाब दिया और आँखों से बैठने का इशारा किया।

मौलवी साहब अदब से बैठ गए। अभी ये बैठे ही थे कि नवाब ज़ियाऊद्दीन अहमदखाँ आ गए। ये अमीनुद्दीनखाँ साहब नवाब लुहारू के भाई थे। रेख्ते में रख्शाँ और फारसी में नैयर तखल्लुस करते थे। उम्र चालीस साल। साहित्य के मर्मज्ञ; इतिहास, भूगोल, व्याकरण के ज्ञाता। बहुज्ञ बहुमुखी प्रतिभा।

मिर्जा नौशा के खलीफा थे। छोटा कद, बहुत गोरा रंग, नाजुक नक्शा, भारी पपोटों की आँखें, चुग्गी दाढ़ी, छरहरा बदन, गरज़ अत्यन्त सुन्दर व्यक्ति थे। एकबरका सफ़ेद पायजामा और सफ़ेद

अँगरखा पहने थे। कालिब चढ़ी हुई चौगोशिया टोपी सिर पर थी। एक बड़ा रूमाल तिकोना बनाकर कन्धों पर डाले थे।

मौलवी करीमुद्दीन साहब ने उठकर सलाम किया। उन्होंने बढ़कर मुसाफह किया और खामोश एक तरफ़ दुज़ानू बैठ गए।

थोड़ी देर में मिर्जा गालिब भी लिखने से फारिग हुए। पिछले नवाब साहब की ओर मुड़े और कहने लगे, 'मियाँ नैयर, तुम किस वक्त आ बैठे। भई, इस मिर्जा लुत्फा ने मेरी नाक में दम कर रखा है। ज़ालिम की तबीयत की रवानी किसी तरह कम नहीं होती। हर खत में आठ-दस गज़लें इस्लाह के लिए भेज देता है। इस्लाह देते-देते थक जाता हूँ।' फिर उधर देखकर कहा, 'आप शायद मौलवी करीमुद्दीन साहब हैं?'

'जी हाँ।'

'आपके तशरीफ़ लाने का मसरफ मुझे पहले ही मालूम हो गया है। कल ही मियाँ आरिफ आकर मुझसे मुशायरे में चलने का वायदा ले गए। कहो मियाँ नैयर, तुम भी चलोगे?'

'जहाँ आप, वहीं मैं। आप तशरीफ़ ले जायेंगे, तो इंशाअल्ला मैं भी हमराह होऊँगा।'

'लेकिन अलाई नहीं आए। कल से मुझे उनका इन्तज़ार है। ये लो, वे आ ही गए। भई, बड़ी उम्र है, अभी मैं तुम्हीं को पूछ रहा था। नवाब अलाउद्दीनखाँ अलाई नवाब लुहारू के वलीअहद हैं उम्र कोई तेईस-चौबीस साल। दरमियाना कद, गेहुँआ रंग, मोटा नक्शा, गोल चेहरा, शर्बती आँखें, कनी चढ़ी हुई दाढ़ी है। लिबास में तंग मोहरी का पायजामा, सफ़ेद जामदानी का अंगरखा, इस पर सीना खुली हुई स्याह मखमल की नीमास्तीन और सिर पर स्याह मलमल की चौगोशिया टोपी।

आदाब करके एक तरफ़ बैठ गए। कहा, 'वाकई, आज देर हो गई। मुझे खुद खयाल था कि आप इन्तज़ार कर रहे होंगे।' मौलवी साहब की तरफ़ देखकर कहा, 'आपकी तारीफ?'

मिर्जा ने परिचय दिया। फिर सब बात कहकर कहा, 'अलाई तुमको भी चलना होगा। अभी तो शायद लुहारू नहीं जा रहे हो।'

'बहुत खूब, आप तशरीफ़ ले जायेंगे तो मैं भी हाज़िर होऊँगा।'

4

हौज़ काज़ी पर मुशायरे की तैयारी बड़ी धूमधाम की थी। सड़क के दोनों किनारों पर टट्टियाँ लगाकर उनमें रोशनी के गिलास जमाकर रात को दिन कर दिया था।

सड़क पर खूब छिड़काव किया गया था। कटोरा बज रहा था। मुबारिकुलनिशाँ बेगम की हवेली के बड़े फाटक को गिलासों, कुमकुमों और कन्दीलों से सजाकर गुलज़ार आतशीन कर

दिया गया था। सदर दरवाज़े से दहलीज़ तक रोशनी का यह आलम कि आँखों में चकाचौंध आती थी। मकान के अन्दर कदम रखिए तो यह शाही महल की सजावट को मात कर रहा था। चूने में अभ्रक मिलाकर दीवारों पर सफ़ेदी की गई थी, जिससे वे रोशनी में जगमग-जगमग कर रहे थे। सहन को भरवाकर तख़्तों के चौके इस तरह बिछाए गए थे कि सहन व चबूतरा एक हो गए थे। तख़्तों पर दरी और चाँदनी का फ़र्श और उस पर कालीनों का हाशिया। पीछे गावतकियों की कतार। झाड़-फानूस और हाँडियों तथा दीवारगीरियों, कुमुकुमों, चीनी कन्दीलों और गिलासों की वह बहुतायत थी, तमाम मकान बकितानूर बन गया था। सब कुछ करीने से था। सामने बीचो-बीच छोटा-सा सब्ज़ मखमल का कारचोबी शामियाना, गंगा-जमनी चोबों पर सब्ज़ रेशमी तनाइयों से ताना हुआ था। इसके नीचे सब्ज़ मखमल की कारचोबी मसनद, पीछे सब्ज कारचोबी तकिया, चारों चोबों पर आठ चाँदी के फानूस कसे हुए। फानूसों के कंवल भी सब्ज़ चोबों से सुनहरी कलशों से लगाकर नीचे तक मोतियों के गजरे सेहरे की तरह लटके हुए। बीच की लड़ियों को समेटकर कलाबत्तूनी डोरियों से, जिनके सिरों पर मुकेश के गुच्छे थे, इस तरह चोबों से कस दिया गया था कि शामियाने के चारों तरफ़ फूलों के दरवाजे बन गए थे। दीवारों पर जहाँ खूँटियाँ थीं, वहाँ खूँटियों पर और जहाँ खूँटियाँ नहीं थीं, वहाँ कीलों पर फूलों के हार लटका दिए गए थे। छतगिरी के बीचो-बीच मोतियों का हार लटकाकर लड़ियों को चारों ओर इस तरह खींच दिया गया था कि फूलों की छतरी बन गई थी, एक सींखची में पानी का इन्तज़ाम था। कोरे-कोरे घड़े रखे थे-आबखोरे और जस्त की सुराहियाँ लगी हुई थीं। दूसरी सींखची में पान बन रहे थे। बावर्चीखानों में हुक्कों का तमाम सामान सलीके से सज़ा हुआ था। जाबजा नौकर दस्तबस्ता साफ़-सुथरे लिबास में अदब से खड़े हुए थे। तमाम मकान मुश्क अम्बर और अगर की खुशबू से महक रहा था। कालीनों के सामने थोड़े-थोड़े फ़ासलों पर हुक्कों की कतारें थीं। हुक्के ऐसे साफ़-सुथरे थे कि ऐसा मालूम होता था कि अभी दुकान पर से उठाकर लाए गए हैं। हुक्कों के बीच में जो ज़रा-सी जगह बच गई, उसमें तिपाइयाँ जमाकर उन पर खासदान रख दिए गए थे। उन खासदानों में लालकन्द की साफ़ियों में लपेटी हुई पान की गिलौरियों को साकी ने इस तरह जमाया था कि बीच में एक तह फलों की आ गई थी। खासदानों के बराबर छोटी-छोटी किश्तियाँ, उनमें इलायचियाँ, चिकनी डालियाँ, बुनधनिया। मसनद के सामने चाँदी के दो शमादान, काफूरी बत्तियाँ, ऊपर हल्के सब्ज़ रंग के छोटे-छोटे कँवल और शमादानों के नीचे चाँदी के घोटे लगन। लगनों में केवड़ा। गरज़, एक अजीब समाँ था।

5

लोगों का आना शुरू हुआ। सबसे पहले मिर्ज़ा करीमुद्दीन 'रसा' आए। वे सलातीनज़ादे थे। उम्र सत्तर के लगभग। इल्मी लियाकत तो कम थी, मगर शायरी में अपने बराबर किसी को नहीं समझते थे। यों बहुत रहमदिल, खुशखुल्क और सादा मिज़ाज आदमी थे। नवाब ज़ैनुल आब्दीनखाँ साहब ने बढ़कर लबेफर्श ही उनको लिया और पूछा, 'हैं साहिबे आलम, मियाँ हया

आपके साथ नहीं आए?' मिर्जा रहीमुद्दीन हया इनके बेटे थे। लेकिन बाप-बेटों में बनती नहीं थी। नवाब साहब का इतना कहना था कि साहिब आलम नासूर की तरह फूट बहे। कहने लगे, 'नवाब, वो भला मेरे साथ क्यों आते? जब से बनारस होकर आए हैं, उनका तो रंग ही बदल गया। मैं बेचारा तो किस गिनती में हूँ, वो अब किसी को खातिर में नहीं लाते। पाला-पोसा, बड़ा किया, शायर बनाया, बटेरें लड़ाना सिखाया, और तख्त की कसम, वो-वो नुस्खे बटेरों के बताए कि किला तो किला हिन्दुस्तान भर में किसी फरिश्तेखाँ को भी मालूम न होंगे और अब यही साहबज़ादे साहब हैं कि उस्ताद तो मानना दरकिनार, मुझको बाप भी कहते शर्माते हैं। खैर, नवाब साहब ने मियाँ रसा को एक जगह बैठा दिया। इतने ही में शाहज़ादों का एक गिरोह हाफिज़ अब्दुल रहमान अहसान को झुरमुट में लिए आ पहुँचा। भला दिल्ली शहर में कौन है, जो हाफिज़ियों को न जानता हो। जगत्-उस्ताद हैं। पहले तो किले का किला इनका शागिर्द था। मगर उस्ताद ज़ौक के किले में कदम रखते ही इनका ज़ोर टूटा। ये भी ज़माने की आँखें देख चुके थे और शाह नसीर से टक्कर ले चुके थे। इस बुढ़ापे में भी खम ठोककर सामने आ गए। उम्र 90 वर्ष। कमर दोहरी होने से कद कमान बन गया था। लेकिन गज़ल तड़ाके से पढ़ते थे कि मुशायरे पर छा जाते थे। शाहआलम बादशाह गाज़ी नूर अल्ला मरकदा इन्हें 'हाफिज़ जिओ' कहते थे। तब से किले और दिल्ली में इनका यही नाम मशहूर हो गया था। मिसरा पर मिसरा लगाने में कमाल हासिल था। सनद ऐसी नज़ाकत से देते थे कि मोतदिल मुँह देखते रह जाते थे। दुबले-पतले आदमी थे। रंग स्याह था।

नवाब साहब ने सबको हाथो-हाथ लेकर अपनी-अपनी जगह पर बैठा दिया।

इतने ही में मुन्शी मुहम्मदअली तिश्ना नंगे मादरज़ात नशे में चूर झूमते-झामते अन्दर आए। नौजवान थे, मगर अजीब आदमी थे। कभी नंगे फिरते थे, कभी कपड़े पहन लेते थे। किसी के शागिर्द न थे, मगर सबके शागिर्द। कभी उस्ताद ज़ौक के पास आकर इस्लाह ली, कभी आगाज़ान ऐश के पास पहुंच गए। ज़हन बला का था। हज़ारों शे'र ज़बान की नोक पर थे।

नवाब साहब ने आगे बढ़कर कहा, 'मुन्शीजी, यह क्या रंग है?' कहने लगे, 'असली रंग। मुशायरा कब शुरू होता है?'

'अभी शुरू होता है। आप बैठिए तो सही।' मियाँ आरिफ ने उन पर एक दुशाला-लाकर डाल दिया। उन्होंने उठाकर फेंक दिया। जिस तरह आए थे उसी तरह बैठे रहे।

इसके बाद आनेवालों का ताँता बँध गया। हकीम मोमिनखाँ आए, उनके साथ आरजू, शेफ्ता, सहबाई और मौलवी ममलूकुल अली भी आए। मौलवी साहब मदर्सा दिल्ली मुदर्रिस अव्वल थे। अजीब बाकमाल आदमी भी। पाबन्दे सरा थे-इसलिए खुद शे'र नहीं कहते थे-मगर समझते ऐसा थे कि उनका किसी शे'र की तारीफ कर देना उसे दवाम की सनद दे देना था। उम्र साठ साल। महत से दिल्ली में रहते थे।

इसी समय मिर्जा नौशा पालकी से उतरे। उनके साथ नैयर, अलाई, सालिक और हज़ीन थे। मिर्जा गालिब आते ही मोमिनखाँ की ओर बढ़े, हाथ मिलाया और कहा, 'भई, हकीम साहब, आज मुहम्मद नासिर जान महजूम का अज़ीमाबाद से खत आया था, तुमको बहुत-बहुत सलाम लिखा है, मालूम नहीं क्यों एकाएक परना चले गए। ख्वाज़ा मीरदर्द के पोते होकर उनका दिल्ली छोड़ना हमको तो पसन्द नहीं आया। लेकिन रात तो काफ़ी चली गई, अभी तक मियाँ इब्राहीम नहीं आए। आखिर यह मुशायरा कब शुरू होगा?' हकीम साहब कुछ जवाब देने ही वाले थे कि-'अस्सलामालेकुम' की आवाज़ दरवाज़े के पास से आई। मौलाना सहबाई, ने कहा, 'ये लीजिए, मिर्जा साहब के उस्ताद के निशान के साथी हाफिज़ वीरान साहब आ गए। और वे आपके दोस्त हुदहुद भी साथ हैं। देखिए, आज किस-किसको चोंच मारते हैं। ये पूरब के रहनेवाले थे, नाम था अब्दुल रहमान, हकीम आगाजान रोश के यहाँ बच्चों को पढ़ाते थे। हकीम साहब ने ही उन्हें हुदहुद तखल्लुस रखने की सलाह दी थी। बादशाह ने मज़ाक में तायर-उल-अराकीन शहीर-उल-मुल्क हुदहुद उश्शोरा मिन्कारजंग बहादुर का खिताब दिया था।

इतने में ही उस्ताद ज़ौक भी आ गए। तमाम किलेवाले उनके साथ आए। उनसे साहेब-सलामत करके सब अपनी-अपनी जगह बैठ गए। इन लोगों के सलाम करने का कुछ अजीब तरीका था। सीधे खड़े होकर दाहिना हाथ इस तरह कान तक ले जाते थे, जैसे कोई नमाज की नीयत बाँधता हो और फिर छोड़ देते थे। बस सलाम हो गया। उनकी सूरत भी कुछ ऐसी थी कि एक ही नज़र में पहचान लिये जाते थे। शाहज़ादे हों या सलातीनज़ादे, सबकी वज़हकता एक ही थी। वही लम्बी गर्दन, पतली ऊँची नाक, लम्बा किताबी चेहरा, बड़ी-बड़ी लम्बोतरी आँखें। बड़ा दहाना, ऊँचा चौका, आँखों के नीचे की उभरी हुई हड्डियाँ, गहरा साँवला रंग, दाढ़ी कल्लों पर हल्की, ठोड़ी पर ज़्यादा। अमीर तैमूर से लगाकर इस वक्त तक कोई फर्क नहीं आया था।

पहले तो किले-भर का एक ही लिबास था। पर अब कुछ दुरंगा हो गया था। जब से सुलेमान शिकोह का दरबार अवध में रसूख हुआ, खानदान के कुछ लोग तो वहीं जा रहे। कुछ ऐसे थे जो बनारस आते-जाते रहते थे। जो वहाँ जाकर आता था, वह लिबास में कुछ नई तराश-खराश करता था।

जो शाहज़ादे लखनऊ जाकर आए थे, उनके सिर पर लखनऊ की दुपल्ली टोपी, ऊँची चोली का अंगरखा, नीचे बारीक शर्बती मलमल का कुर्ता और तंग पायजामा। जिन्होंने किला नहीं छोड़ा, उनका वही पुराना लिबास था। सिर पर चौगोशिया टोपी, जिस्म पर नीची चोली का अंगरखा। इसके ऊपर मखमल या जामावार की खफतान। पाँव में गुलबदनी या गल्ते का एक बटन का पायज़ामा। जो लोग लखनऊ हो आए थे, उन्होंने दिल्ली के लिबास के साथ दाढ़ी को भी खैरबाद कह दिया था। चेहरे की साख्त से उन्हें दिल्ली का शाहज़ादा कह दो तो कह दो, मगर लिबास और बज़हकता से ठेठ लखनऊ वाले मालूम होते थे।

उस्ताद ज़ौक सबसे मिल-मिलाकर शामियाने के दाहिनी तरफ़ बैठ गए। मुशायरे में शोअरा को सिलसिले से बैठाना भी एक फ़न है। नवाब जैनुल आब्दीनखाँ की तारीफ कीजिए कि जिसको जहाँ जी चाहा बैठा दिया। फिर इस तरह कि न शिकवा न शिकायत। शाहज़ादों को सिलसिले से बैठाना टेढ़ी खीर थी। ज़रा-ज़रा-सी बात पर बिगड़कर उठ जाते कि वाह, हम और यहाँ बैठे? फिर लाख मनाइए, वे कब मानते थे। इस बात को उस्ताद ज़ौक खूब समझते थे। अपने साथवालों का इन्तज़ाम उन्होंने खुद ही कर लिया। किसी से कहते साहबे-आलम इधर आइए। किसी से कहते, बैठो भई बैठो। गरज़ थोड़ी देर में पूरी महफ़िल जम गई।

निशस्त का यह इन्तज़ाम था कि मीर मुशायरा के दाईं जानिब वे लोग थे, जिनका ताल्लुक किले से था और बाईं तरफ़ शहर के दूसरे उस्ताद और उनके शागिर्द। किलेवाले जितने आए थे, सबके हाथों में बटेरें दबी हुई थीं। बटेरबाज़ी और मुर्गबाज़ी की बीमारी किले में बहुत थी। रोज़ाना तीतरों, बटेरों और मुर्गों की पालियाँ होती थीं।

उस्ताद ज़ौक को आए हुए अभी चन्द ही मिनट हुए होंगे कि मिर्ज़ा फखरू फतह-उल-मुल्क हवादार में सवार आ पहुँचे। इसके साथ नवाब मिर्ज़ा दाग थे। मिर्जा दाग की कोई सोलह-सत्रह बरस की उम्र होगी। रंगत तो काली थी। मगर चेहरे पर गज़ब की नर्माहट। बड़ी मोटी पलक की आँखें, सुतवाँ नाक, कुशादा पेशानी, सिर पर स्याह मखमल की लैस लगी हुई चौगोशिया टोपी। जिस्म पर साँकलेट का अंगरखा। सब्ज़ गुलबदन का पायजामा। हाथ में रेशमी रूमाल। अभी नौउम्र ही थी। पर शे'र ऐसा कहते थे कि सुभान अल्लाह। शहर-भर में उनकी गज़लें गाई जाती हैं। गरज़ हवादार तख्त से मिलाकर लगा दिया गया। पहले मिर्जा दाग उतरे और तख्त पर एक ओर खड़े हो गए। फिर मिर्जा फखरू फतह-उल-मुल्क उतरे। उनका नीचे कदम रखना था कि सब सीधे तनकर खड़े हो गए। चार चोबदार सब्ज़ खिड़कीदार पगड़ियाँ बाँधे नीची-नीची सब्ज बानात की चिकतीन पहने, सुर्ख शाली रूमाल कमर से लपेटे, हाथों में गंगा-जमनी असा और मोर्छल लिये हुए हवादार के पीछे थे। उधर मिर्जा फखरू ने फ़र्श पर कदम रखा, इधर असाबर्दार तो इनके सामने आ गए और मोईलबार उनके पीछे हो लिये। इस सिलसिले में यह जुलूस आहिस्ता-आहिस्ता शामियाने तक आया। मिर्जा फखरू ने शामियाने के करीब खड़े होकर सबका सलाम लिया। फिर चारों तरफ़ नज़र डालकर कहा, 'इजाज़त है!'

सबने कहा, 'बिस्मिल्ला! बिस्मिल्ला!'

इजाज़त पाकर ये शामियाने में गए और सबको सलाम करके बैठ गए। दूसरे सब लोग बैठने की इजाज़त के इन्तज़ार में खड़े थे। उनकी तरफ़ नज़र डालकर कहा, 'तशरीफ़ रखिए। तशरीफ़ रखिए।'

6

सब लोग सलाम करके अपनी-अपनी जगह बैठ गए। उस्ताद ज़ौक ने दाग को अपने करीब एक जगह बैठने का इशारा किया। वे वहाँ जा बैठे। मोर्छलबार शामियाने के पीछे और असाबर्दार

सामने की सफ की पुश्त पर जा खड़े हुए। जब यह इन्तज़ाम हो गया तो नवाब जैनुल आब्दीनखाँ आगे बढ़े। शामियाने के पास जाकर तसलीमात बजा लाए और दुज़ानू होकर वहीं बैठ गए।

उनके उठकर चले जाने के बाद नवाब फतह-उल-मुल्क ने दोनों हाथ फातहा को उठाए। साथ ही अदले मजलिस ने हाथ उठाए। फातहा खैर के बाद साहबे आलम ने फरमाया, 'ए खुशनवायाने चमन दिल्ली, मेरी क्या बिसात है जो आप जैसे उस्तादाने मन के होते हुए मीर मुशायरा बनने का खयाल भी दिल में ला सकूँ। सिर्फ़ हज़रत पीरोमुर्शिद के हुक्म की तामील में हाज़िर खिदमत हो गया हूँ। वर्ना कहाँ मैं और कहाँ ऐसे बड़े मुशायरों की मीर मजलिसी। मुहिब्बू, इस मुशायरे की एक खुसूसियत तो आपको मालूम है कि इसके लिए कोई तरह नहीं दी गई। इसकी खुसूसियत यह पाएँगे कि बजाय एक शमा के दो शमाएँ गर्दिश करेंगी। जिस तरह के निकल जाने में एक-दूसरे के मुकाबले में फख्रो मुबाहात (स्पर्धा) का दरवाज़ा बन्द कर दिया, उसी तरह दो शमाओं की वजह से पढ़ने में तकदीम (क्रमशः) और ताखीर (देर) जो खयाल तबीयतों को मुकद्दर (धुंधला) करते थे, वे भी रफा हो जाएँगे! मुशायरे की इब्तदा करने और खत्म करने का खयाल भी अक्सर दिलों में फर्क डालता है। लेकिन इस मुशायरे में मैंने इन्तहा (अन्त) को इब्तदा (आरम्भ) कर दिया है। चुनांचे हज़रत जिल्ले सुभानी के कलाम मौअज़्ज़िज़ निज़ाम से मुशायरे की इब्तदा होगी और इसके बाद ही मैं अपनी गज़ल अर्ज़ करके इब्तदा और इन्तहा के फर्क को गिरा दूंगा।'

7

उन्होंने हाथ का इशारा किया-दोनों चोबदार जो सामने खड़े थे, दोनों शमाएँ उठाकर उनके सामने लाए। उन्होंने बिस्मिल्ला कहकर फानूस उतारे और शमा जलाकर फानूस चढ़ा दिए। चोबदारों ने शमा ले जाकर लगनों में रख दी और सीधे खड़े होकर मिर्जा फखरू की तरफ़ देखा। उन्होंने गर्दन से इशारा किया। इशारा पाते ही दोनों चोबदारों ने वाह-वाह आवाज़ बुलन्द की, 'हज़रात, मुशायरा शुरू होता है।'

इस आवाज़ के सुनते ही एक सन्नाटा छा गया। किलेवालों ने बटेरें थैलों में बन्द कर तकियों के पीछे रख दीं। नौकरों ने झटपट हुक्के सामने से हटा दिए और उनकी जगह सबके सामने उगालदान, खासदान और बुनधुनिये की तश्तरियाँ रखकर अपनी-अपनी जगहों पर जा खड़े हुए।

इतने में बारगाह जहाँपनाही की खवासी बादशाह सलामत की गज़ल लिये किले से आया। इसके साथ कई नकीब थे। वह खुद शमा के करीब आकर तसलीमात बजा लाया और गज़ल पढ़ने की इजाज़त चाही।

मिर्जा फखरू ने गर्दन के इशारे से इजाज़त दी और वह वहीं बैठ गया। नकीबों ने आवाज़ लगाई, 'हाज़रीन हज़रत ज़िल्ले सुभानी, साहिबे फिरआनेसानी खुल्द अल्लाह, मुलूक-ओ-

सल्तनत का कलाम मुअज्ज़िज़ मिज़ाज पढ़ा जाता है निहायत अदब के साथ गोशेदिल से समाअत फरमाया जाए।'

नकीब की आवाज़ के साथ ही सब अहले महफ़िल दुज़ानू हो सँभलकर बैठ गए और अदब के लिहाज़ से सबने गर्दनें झुका लीं। खवास ने बादशाह सलामत की गज़ल खरीते से निकाली। बोसा दिया। आँखों से लगाया और बुलंद आवाज़ से सोरठ के सुरों में पढ़ना शुरू किया। शब्दों में योजना, भाषा का सौन्दर्य, अन्त:सौन्दर्य और सबसे ज़्यादा पढ़नेवाले के गले ने एक समाँ बाँध दिया। एक कैफियत थी कि ज़मीन-आसमान से छाई हुई थी। उस्तादाने फ़न हर शे'र पर झूमते थे। कभी-कभी किसी के मुँह से सुभान अल्लाह-सुभान अल्लाह के अल्फाज़ नीची आवाज़ से निकल गए। वर्ना सारी मजलिस पर एक आलमे बेखुदी तारी था। मक्ता पर तो यह हाल हुआ जैसे किसी ने सब पर जादू कर दिया। हर कोई वज़्द में झूम रहा था। वह सरार तमाम कई-कई बार फेक्ता पढ़वाया।

नहीं इश्क में इसका तो रेज़ हमें कि करारो शकेव ज़रा न रहा।
गमे इश्क तो अपना रफीक रहा कोई और बला से रहा न रहा।
न थी हाल हमें जब अपनी खबर रहे देखते औरों के ऐबो-हुनर।
पड़ी अपनी बुराइयों पर जो नज़र तो निगाह में कोई बुरा न रहा।
हमें सागिरो वादा के देने में करे देर जो साकी तो हाय गज़ब।
कि ये अहदेनिशाक ये दोरे तरब न रहेगा जहां में सदा न रहा।
लगे यूँ तो हज़ारों ही तीरे सितम कि तड़पते रहे पड़े खाक पै हम।
बले नाज़ो करिश्मा की तेगे दुदम लगी ऐसी कि तस्मा लगा न रहा।
ज़फर आदमी उसको न जानिएगा हो वो कैसा ही साहबे फह मोज़का।
जिसे ऐश में यादे खुदा न रही जिसे तैश में खौफे खुदा न रहा ॥

गज़ल पढ़ चुकने के बाद खवास ने कागज़ मिर्जा फखरू के हाथ में दिया। ज़र अफशाँ कागज़ पर खुद हज़रत ज़िल्ले आला के कलम की लिखी हुई गज़ल थी। खत ऐसा पाकीज़ा था कि आँखों में खुभा जाता था। मिर्जा फखरू ने कागज़ लेकर इधर-उधर देखा-ममलूकुल अली ने सीने पर हाथ रखकर कहा, 'साहिबे आलम हमारा क्या मुँह है जो हम हज़रते ज़िल्ले सुभानी की गज़ल की जैसी चहिए वैसी तारीफ कर सकें। अलबत्ता उन नवाज़िशान शाही का शुक्रिया अदा करते हैं जो हज़रत पीरो मुर्शिद ने गज़ल भेजकर शुरकाए मुशायरात पर मबज़ल फर्माई है। बारगाह जहाँपनाही में हमारा नाचीज़ शुक्रिया पेश करके हमारी इज़्ज़त अफजाई फर्माई जाए।'

मिर्जा फखरू ने खवास की तरफ़ देखा। उसने अर्ज़ की, 'किबला आलम, मैं यह पयाम जाते ही पेशगाह आली में पहुँचा दूंगा।'

ख्वास आदाब करके जानेवाला ही था कि मिर्जा फखरू ने रोका और कहा, 'जाने से पहले साहबे आलम व आलमियान हज़रत वलीअहद बहादुर की गज़ल भी पढ़ते जाओ। चलते-चलते मुझे इनायत की थी और फरमाया था कि किसी खुशगुलू शख्स से पढ़वाना। भला तुमसे ज़्यादा मौजूँ और कौन शख्स मिल सकता है। यह कहकर जेब में हाथ डाला-और एक कागज़ निकालकर खवास को दिया। उसने आदाब करके कागज़ लिया और वहीं बैठकर गज़ल पढ़ी।

गज़ल तो बहुत फुसफुसी थी, मगर वलीअहद बहादुर की गज़ल थी। भला किसका जिगरा था कि तारीफ न करता। अलबत्ता गालिब व मोमिन बिलकुल चुपचाप बैठे रहे। बाज़ किलेवालों को बुरा भी लगा। मगर वे इन दोनों को खूब समझते थे। वलीअहद तो वलीअहद, अगर बादशाह सलामत की भी कमज़ोर गज़ल हो, तो गर्दन तक न हिलाएँ।

खवास तो गज़ल पढ़कर चलता बना। अब हाज़रीने जलसा की गज़ल पढ़ने की नौबत आई।

मिर्जा फखरू ने चोबदार को इशारा किया। उसने दोनों शमाएँ ला शामियाने के सामने रख दीं। साहबे आलम ने अपनी गज़ल निकाली और इधर-उधर देखकर तथा गर्दन को झुकाकर कहा, 'भला मेरी क्या मजाल है कि आप जैसे कामलीन फ़न के मुकाबिले में कुछ पढ़ने का दावा करूँ। अलबत्ता जो कुछ बुरा-भला कहा है बनज़र इस्लाह अर्ज़ करता हूँ।

मिर्ज़ा फखरू की आवाज़ तो ऊँची न थी मगर पढ़ने में दर्द था। सारा मुशायरा वाहवाह और सुभान अल्लाह के शोर से गूंज रहा था। गज़ल खत्म हुई तो मिर्जा नौशा ने कहा, 'सुभान अल्लाह साहबे आलम, सुभान अल्लाह।' उस्ताद ज़ौक भी मुस्कुराए कि इसी बहाने मेरी तारीफ हो रही है।

मिर्जा फखरू ने उठकर सलाम किया और कहा, 'यह आप असहाब की बुजुर्गाना शफकत है कि इस तरह इरशाद होता है। वर्ना मन आनमूकि मन दानम्। वे जिधर ताकते उधर से ही तारीफ होती है। वे झुक-झुककर सलाम करते।'

मिर्जा ने इशारा किया और चोबदार ने शमा उठाकर मियायल के सामने रख दी। नाम तो उनका अब्दुल कादिर था, पर शहर का बच्चा-बच्चा उन्हें मियायल कहता था। उनको अपनी ताकत पर इतना गरूर था कि किसी पहलवान को खातिर में न लाते थे। मज़मून रिन्दाना बाँधते थे। कोई तारीफ करे या न करे उन्हें अपनी गज़ल पढ़ने से मतलब था। गज़ल खत्म होते ही चोबदार ने शमा उठाई और मियाँ मिर्जा अलीबेग के सामने रख दी। गोरे चिट्टे नाजुक बदन, नाज़नीन तखल्लुस रखते थे। दिल्ली में बस यों ही एक रेखतागो थे। इधर शमा रखी गई, उधर नवाब जैनुल आब्दीन ने आवाज़ दी, 'ओढ़नी लाओ।' एक नौकर फौरन गहरे सुर्ख रंग की तारों-भरी ओढ़नी लेकर हाज़िर हुआ। नाज़नीन ने नखरे से उसे ओढ़ा, और गज़ल ऐसी लड़-लड़कर और अड़-अड़कर पढ़ी कि सारा मुशायरा अश-अश करने लगा। नाच ऐसा प्यारा करते थे कि कोई वेश्या भी क्या करेगी।

अब दोनों शमा इस तरह गर्दिश करने लगी कि पहले सफरू सीधी जानिब की एक गज़ल पढ़ता, फिर उल्टी तरफ़ का। नाज़नीन के पढ़ने के बाद छोटी जानिम के मियाँ आशिक के सामने आई। ये बेचारे एक मज़दूरपेशा आदमी। लिखना-पढ़ना कुछ नहीं जानते। न किसी के शागिर्द न उस्ताद। शे'र खासा-अच्छा कह लेते हैं।

अब बाईं तरफ़ की शमा अब्दुल्लाखाँ ओज के सामने रखी गई। पुराने खुर्राट थे। मज़मून की तलाश में हर वक्त सर गर्दान रहते थे। ढूंढ-ढाँढकर ऐसे बुलन्द मज़ामीन और नाजुक खयालात लाते हैं कि एक शे'र तो क्या एक किले में भी उनकी समाई मुश्किल है। पर कोशिश करते हैं कि एक ही शे'र में मज़मून को खपा दें। इसका मतलब कुछ-न-कुछ हो जाता है। खुद ही पढ़ते हैं और खुद ही अपनी तारीफ कर लेते हैं। गज़ल इतने ज़ोर-ज़ोर से पढ़ते हैं कि गज़ों अपनी जगह से सरक जाते हैं। उस्ताद भी उन्हें उस्ताद मानते हैं। कौन लड़ाई मोल ले। दाद देने में देर हुई कि उनके तेवर बदले। लाचार दाद देनी पड़ती है। मिर्जा गालिब ने कहा, 'वाह मियाँ ओज, भई वल्लाह, अल्फाज़ रख के क्या खूब फँसाए हैं। ये काफिर हैं जो तुम्हें उस्ताद कहते हैं-मियाँ, तुम तो शे'र के खुदा हो, खुदा।'

अब सीधी तरह की शमा खसककर मुहम्मद यूसुफ नमकीन के सामने आई। उम्र पन्द्रह-सोलह साल। अभी पढ़ते ही थे। ज़रीफ तबीयत पाई है। बात करने में मुँह से फूल झड़ते हैं।

गज़ल के खात्मे पर सबने उनका दिल बढ़ाने को तारीफ़ की। उस्ताद अहसान ने कहा, 'मियाँ यूसुफ खूब कहते हो। मगर मियाँ, किसी के शागिर्द हो जाओ।' तमबीन ने मुस्कराकर कहा, 'उस्ताद, मैं कहीं आपके हुक्म से बाहर हो सकता हूँ। कल ही उस्ताद ओज की खिदमत में हाज़िर हो जाता हैं। ज़ौक ने कहा, 'हाँ भाई, हाँ, खूब इन्तज़ाम किया। बस यह समझो कि चन्द रोज़ में बेड़ा पार है।'

अब दूसरी शमा गुलाब अहमद तस्वीद के सामने पहुंच गई। बब्बन के नाम से मशहूर हैं। पढ़े-लिखे कुछ नहीं। लेकिन तबीयत गज़ब की है। भारी बदन, मुड़ी हुई दाढ़ी, छोटी-छोटी मूँछें, गहरा साँवला रंग, सूसी का तंग मोहरी का पायजामा, ऊपर सूसी का ही कुरता। कन्धे पर लटे का रूमाल, सिर पर सोजनी के काम की टोपी। नेचाबन्दी का काम करते हैं। कलाम ऐसा पाकीज़ा है कि बड़े-बड़े उस्तादों के सिर हिल जाते हैं।

गज़ल तमाम हुई तो उस्ताद ज़ौक ने हकीम मोमिनखाँ की तरफ़ देखकर कहा 'खाँ साहब ये मियाँ बब्बन भी गज़ल की तबीयत लेकर आए हैं। कहने को मेरे शागिर्द हैं पर अब तक किसी शे'र पर इस्लाह देने की ज़रूरत नहीं पड़ी।'

अब मुहम्मद जाफर ताविश के सामने शमा आई। ताविश के बाद उल्टी ओर के मियाँ अब्दल अली के सामने आई। मद्रास के रहनेवाले हैं। गंडा-तावीज़ देते और साहब बने फिरते हैं। शे'र खासा कह लेते हैं। इनसे लोग घबराते हैं। इनके बाद मुन्शी महमूद जान ओज की बारी आई।

फिर मिर्जा कामिल बेग के सामने शमा आई। सिपाही पेशा हैं। मुशायरे में गज़ल ऐसी पढ़ी। अब सैयद मुहम्मद तास्सुफ का नम्बर आया। मशहूर हकीम हैं। पैंसठ-छियासठ की उम्र है। बड़े कमाल के आदमी हैं। अच्छा शे'र सुनते हैं तो बेताब हो जाते हैं। शे'र बुरा नहीं कहते, लेकिन इतना अच्छा नहीं कि मुशायरा चमक उठे। शमा अब तीर हुसैन तजल्ली के सामने आई। ये मीर तक़ी के पोते हैं। बड़े पुरमज़ाक और बारीक बात कहने वाले हैं। कलाम में मीर का रंग झलकता था। भाषा के सौन्दर्य पर मरे जाते हैं। जो कुछ कहते हैं, अच्छा कहते हैं।

अब हकीम सुखानन्द रकम की बारी आई। पढ़ते खूब थे। जहाँ किसी ने तारीफ की तो सलाम का तार बाँध दिया। कलाम मामूली था।

शमा का शेख नियाज़ अहमद जोश के सामने जाना था कि शागिर्दाने ज़ौक ज़रा सँभलकर बैठ गए। जोश को उस्ताद ज़ौक बहुत प्रेम करते थे। उम्र तो अट्ठारह-उन्नीस साल की ही थी पर बला की तबीयत थी, ज़हीन भी बहुत थे। किले भर में उनकी धूम थी। उनका पढ़ना था कि किलेवालों ने वाहवाही से आसमान सिर पर उठा लिया। उनका एक शे'र था-

पहले दावाए खुदाई उस बुते काफिर का था।

कुछ दुरुस्ती पर जो आज आया तो इन्साँ हो गया ॥

इस शे'र पर मिर्जा गालिब ने मस्त होकर रानों पर हाथ मारकर कहा, 'वाह मियाँ शोहरत! शे'र क्या है कमाल कर दिया। शे'र क्या है, जादू है।'

अब शमा नवाज़िशखाँ तनवीर के सामने गई। ये नौजवान बत्तीस-तैंतीस साल के होंगे। बादशाह इन्हें बहुत मानते थे। पर इनकी गज़ल किसी ने गौर से न सुनी। इसके बाद शमा मीर बहादुर अली हकीम के सामने रखी गई। बड़े संजीदा और वज़हदार आदमी थे। आरिफ के शागिर्द थे। अब शमा ऐसे शायर के सामने आई जो खुद शायर, जिसका भाई शायर, मियाँ ज़ाकिर अली जाफरी फखरुश्शोरा निज़ामुद्दीन ममनून के छोटे भाई, मविनुश्शोअरा उनका कमरुद्दीन मिन्नत के छोटे बेटे। गज़ल ज़ोरदार पढ़ी। मगर तारीफ न हुई। अब शमा मुन्शी मुहम्मद अली तिश्ना के सामने आई। ये नंगधडंग मज़े में दुज़ान बैठे झूम रहे थे। चोबदार ज़रा शमा रखते झिझका, पर उसने मिर्जा फखरू की तरफ़ देखा-उन्होंने आँख से इशारा किया कि रख दे। उसने शमा रख दी। जब शमा की रोशनी आँख में पड़ी तो फूंक मारकर शमा गुल कर दी। और कहा, 'मैं भी कुछ अर्ज करूँ।'

सबने कहा ज़रूर फर्माइए। उन्होंने कुछ गाकर गज़ल सुनाई। गज़ल पढ़ी तो सन्नाटा छा गया। आधी रात का समाँ।

आँख पड़ती है कहीं, पाँव कहीं पड़ता है।

सबकी है तुमको खबर अपनी खबर कुछ भी नहीं।

शमा है गुल भी है बुलबुल है परवाना भी।
रात की रात यह सब कुछ है सहर कुछ भी नहीं।
हश्र की धूम है, सब कहते हैं यूँ है यूँ है।
फितना है एक तेरी ठोकर का मगर कुछ भी नहीं।
नेस्ती की है मुझे कूचए हस्ती में तलाश।
सैर करता हूँ उधर की जिधर कुछ भी नहीं।
एक आँसू भी असर जब न करे ए तिश्ना।
पायदारों में से दीदाए तर कुछ भी नहीं।

मियाँ तिश्ना हाथ झटकते हुए कुछ भी नहीं कहते हुए उठे और फाटक से निकल गए। देर तक उनके मुँह से निकले ये शब्द हवा में गूंजते रहे : 'कुछ भी नहीं, कुछ भी नहीं।' और तब प्रत्येक के मुँह से निकला-'वाकई कुछ भी नहीं। कुछ भी नहीं।'

मिर्ज़ा फखरू ने शमा मँगाकर रोशन की और मुहम्मद हुसैन बिस्मिल के सामने रखी गई। भला तिश्ना के साथ क्या रंग जमता। अब शमा मीर हसैन तस्कीन के पास पहुँच गई। उम्र चालीस वर्ष। सहबाई के शागिर्द थे। खानदानी आदमी भी। गज़ल अच्छी थी। उसने रंग मुशायरा दुरुस्त किया। अब उस्ताद अहसान के शागिर्द ख्वाज़ा गुलाम हसैन बेदिल की बारी आई और उनके बाद मियाँ तायके की बारी आई। शाह मौलाना अब्दुल अज़ीज़ मोहद्दिस देहलवी के भतीजे थे तथा फखरुश्शोरा। निज़ामुद्दीन ममनून के शागिर्द थे। खूब पढ़ते थे। गज़ल भी चुस्त थी। खूब तारीफें हुईं। मियाँ सलाम करते-करते थक गए।

अब शमा गुलाम उस्ताद ज़ौक के उस्ताद गुलाम रसूल शौक के सामने आई। बेचारे बूढ़े आदमी, शाहनसीर के शागिर्द थे। मस्ज़िद अज़ीज़ाबादी में इमामत करते थे। शुरू-शुरू में उस्ताद ज़ौक ने इन्हें अपना कलाम दिखाया था, इसी बिरते पर ये अपने को उनका उस्ताद कहा करते थे। सठियाए हुए-से आदमी थे।

गज़ल पढ़ने पर उस्ताद ज़ौक को छेड़ने को गालिब, मोमन, आजुर्दा, सहबाई, गरज़ जितने उस्तादाने फ़न थे सबने मियाँ ज़ौक की वाहवाही करके उन्हें खूब बनाया। तारीफ सुनकर वे ज़ौक की तरफ़ देखते, और कहते, 'देखा, शे'र यों कहते हैं' वे बेचारे हँसकर चुप हो जाते।

अब शमा आज़ाद के सामने आई। इनका नाम ऐलेग्जेण्डर हैडले है। फ्रांसीसी हैं। दिल्ली में पैदा हुए, यहीं पढ़े-लिखे। फिर तोपखाने के कप्तान होकर अलवर गए। उम्र इक्कीस साल थी, कुछ डॉक्टरी भी जानते थे। शे'रोसखुन का शौक था, आशिक के शागिर्द थे। कहीं भी हों, मुशायरे की खबर सुनी तो वह दिल्ली में हाज़िर। लिबास फ़ौजी, मगर बातचीत उर्दू में करते थे। खूब साफ़ देहलवी उर्दू बोलते थे। शे'र भी बुरा नहीं कहते। अब शमा दूसरी तरफ़ मीर शुजात

अली तजल्ली के पास आई। बहुत दिनों से गरीबी के दिन बिता रहे थे। बूढ़े आदमी कदम शरीफ में रहते थे। कहने का अन्दाज़ निराला था, जैसे बातें करते हैं।

अब रात बहुत बीत गई थी। लोगों की आँखों में नींद छाती जाती थी और मुशायरा फीका पड़ रहा था। दो-चार शायरों ने और गज़लें पढ़ीं। बाद में मीर के सामने शमा आई। सब चाकचौबन्द हो गए। मिर्ज़ा फखरू भी सँभलकर बैठ गए। मीर साहब ज़रा आगे बढ़े। मिर्ज़ा फखरू ने कहा कि मीर साहब आप तो बीच में आकर पढ़िए। चोबदार ने दोनों शमाएँ बीच में रख दीं। सत्तर साल की उम्र, सूखे-से आदमी, गिलाकी आँखें, तोते की चोंच जैसी नाक, बड़ा दहाना, लम्बी दाढ़ी, बटिया-सा सिर, खसखसी बाल, गोरी रंगत, ऊँचा कद, हुलिया टकसाली। साफ़-सुथरा लिबास-सफ़ेद पायजामा, सफ़ेद कुर्ता, उस पर सफ़ेद अंगरखा, सिर पर अर्कची टोपी। चेहरे पर नम्रता, किन्तु जब गुस्सा आता था तो किसी के सँभाले न सँभलते थे। बड़े हाज़िर जवाब। मुशायरे में बादशाह सलामत तक उन्हें छेड़ते थे। जवाब दो-टूक देते थे। गज़ल ज़बानी ही पढ़ते थे। लिखकर लाने की तकलीफ़ कभी गवारा नहीं की। गज़ल में मिसरा के तवाज़ुम की परवाह न करते थे। सिर्फ काफिया और रदीफ से काम था। जो कहते, निहायत इत्मीनान से। नसर में कहना शुरू किया।

शे'र पढ़ना शुरू किया और ऐतराज़ों की बौछार पड़ने लगी। ये भी उलझ गए और जोश में आकर उठ खड़े हुए। शमा के सामने बैठते ही मुशायरे पर नज़र डाली। मैं मियाँ हुदहुद की शान में एक कसीदा अर्ज करता हूँ-

सबने कहा-मीर साहेब हैं, ज़रूर सुनाइए। मियाँ हुदहुद हकीम आगाजान ऐश के पिट्ठू थे और उन्हीं के बल पर हुदहुद फुदकते थे। अब जो अमीर साहब ने यह देखा तो डरे कि कहीं हमें भी न लपेट लें। दूसरा कोई हिजो करे तो जवाब भी दिया जाए। पर मीर साहब के मुँह कौन लगे। उन्होंने मियाँ हुदहुद को गावतकिये के पीछे छिपा दिया। मीर साहब ने इधर-उधर देखा-मगर हुदहुद नज़र ही न आए तो कहने लगे-मियाँ हुदहुद तो दीख ही नहीं पड़ते। होते तो उनके सामने कहते-अब पीछे-पीछे क्या कहें।

मीर साहब ने गज़ल पढ़ी। खूब छींटाकशी हुई, सवाल-जवाब हुए। मुशायरे में नया जोश आया।

अब शमा मिर्जा जकैयत शाह माहिर के सामने रखी गई। ये शाह आलम बादशाह गाज़ी अनारुल्ला बुरहाना के पोते और साबिर के शागिर्द थे। कलाम साफ़ और ज़बान मीठी थी। और भी कुछ शायर भुगताए गए। इनमें कई शाहज़ादे थे। मजमून फुसफुसे, मगर शाहज़ादे थे। तारीफ होना लाज़िम ही था। एक दो चोंचें भी चलीं।

आखिर मिर्जा दाग की बारी आई। अभी उम्र कम थी मगर गज़ल कमाल की थी। ज़बान की शोखी, मज़ाक की रंगीनी और तबीयत की खानगी। मिर्जा फखरू तो उन्हें उस्ताद ही कहते थे। गज़ल सुनकर उस्ताद भी कायल हो गए।

जो रहे इश्क में कदम रक्खें, वो नशेबो फराज़ क्या जानें।

पूछिए मयकशों से लुत्फेशराब, ये मज़ा पाकबाज़ क्या जानें।

जिनको अपनी खबर नहीं अब तक, दूसरों के दिल का राज़ क्या जानें।

हज़रते खिज्र जब शहीद न हों, लुत्फ उम्र दराज़ क्या जानें।

जो गुज़रते हैं दाग पर सदमे, आप बन्दानवाज़ क्या जानें।

सुहाना वक्त, बन्दिश की खूबी, छोटी-सी आवाज़, दिलकश सुर, अल्फाज़ की निशस्त। सबसे ज़्यादा दाग की भोली-भाली शक्ल। एक समाँ बँध गया। सारी महफ़िल महवे हैरत हो गई।

सारी महफ़िल में सुभाने अल्ला-सल्लेअल्ला के शब्द निकल रहे थे। मिर्जा फखरू घड़ी-घड़ी पहलू बदल रहे थे।

ग़ज़ल खत्म हुई। शमा हकीम मोमिनखाँ मोमिन के पास पहुंची और लोग अपने वक्त के रेखने के कलाम सुनने को एकाग्र हो गए। शमा के पास ज़रा सँभलकर बैठे, बालों में उँगलियाँ डालीं, आस्तीन की चुन्नट साफ़ की और दर्द-अंगेज़ आवाज़ में गज़ल पढ़ी-

उल्टे वो शिकवा करते हैं और किस अदा के साथ।

बेसाख्ती के ताने हैं उजे ज़फा के साथ।

बहरे अयादत आए लेकिन कज़ा के साथ।

दम ही निकल गया मेरा आवाज़ या के साथ।

माँगा करेंगे अब से दुआ हिज्रे न्याज़ की।

आखिर तो दुश्मनी है असर को दुआ के साथ।

है किसका इन्तज़ार कि ख्वाबे अदम से भी।

हर बार चौंक पड़ते हैं आवाज़ या के साथ।

सौ ज़िन्दगी निसार करूँ ऐसी मौत पर।

यूँ रोएँ ज़ार-ज़ार तो अहले अज़ा के साथ।

बेपर्दा गैर पास उसे बैठा न देखते।

उठ जाते काश हम भी जहाँ से हया के साथ।

उसकी गली कहाँ यह तो कुछ बागे खुल्द है।

किस जाए मुझको छोड़ गई मौत लाके साथ।

अल्ला रे गुम रही बुतो बुतखाना छोड़ कर।

मोमिन चला है काबे को एक यारसा के साथ ॥

खूब पढ़ा। खूब तारीफें हुईं। गज़ल खत्म हुई तो तारीफ सुनकर मुस्कुराकर कहा-

हम दाद के ख्वाहाँ हैं नहीं तालिबे ज़र कुछ।

तहसील सखुन फहम है मोमिन सिला अपना॥

अब अहसान की बारी आई। उन्होंने बुलन्द आवाज़ में पढ़ी। कभी मोमिन की तरफ़ देखते, कभी मिर्जा नौशा को। गज़ल खूब थी। एक-एक शे'र पर तारीफ होती थी। अब सुबह हो चली थी। शमा मिर्जा गालिब के सामने आई, तो मिर्जा ने कहा कि साहेब मैं भी अपनी भैरवी अलापता हूँ। ऐसे दिलकश लहजे में गज़ल पढ़ी कि सारी महफ़िल खुश हो गई। आवाज़ बहुत ऊँची और पुरद थी। मालूम होता था कि मजलिस में किसी को अपना कदरदान नहीं पाते। गज़ल यों थी-

दिले नादाँ तुझे हुआ क्या है।

आखिर इस दर्द की दवा क्या है।

हम हैं मुश्ताक और वह बेज़ार।

या इलाही ये माजरा क्या है।

मैं भी मुँह में ज़बान रखता हूँ।

काश पूछो कि मुद्दआ क्या है।

जबकि तुझ बिन कोई नहीं मौजूद।

तो ये हँगामा-ए खुदा क्या है।

ये परी चेहरा लोग कहते हैं।

गमज़ओ, अश्वाओ, अदा क्या है।

सब्जा और गुल कहाँ से आए हैं।

अब्र क्या चीज़ है हवा क्या है।

हमको उनसे वफा की है उम्मीद।

जो नहीं जानते वफा क्या है।

हाँ भला कर तेरा भला होगा।

और दरवेश की सदा क्या है।

जान तुम पर निसार करता हूँ

मैं नहीं जानता दुआ क्या है।

मैंने माना कि कुछ नहीं गालिब।

मुफ्त हाथ आए तो बुरा क्या है।

पढ़कर मुस्कुराए और हकीम साहब की ओर देखकर कहा-

अब इस पर भी न समझें वो तो फिर उनसे खुदा समझे।

हकीम आगाजान समझ गए और मुस्कुरा गए।

शमा उस्ताद ज़ौक के पास पहुँच गई। उन्होंने मिर्जा फखरू की ओर देखकर कहा-'हज़रत गज़ल पढ़ूँ या कल जो किस्सा हो गया है वह कहूँ।'

मिर्जा फखरू ने कहा-उस्ताद आज का मुशायरा सब बन्दों से आजाद है। जो जी चाहे पढ़िए।' ज़ौक ने बुलन्द आवाज़ में पढ़ा-

कहूँ क्या ज़ौक अहवाले शबेहिज्र।

कि थी एक-एक पाड़ी सौ-सौ महीने।

न थी शब ढाल रक्खा था एक अँधेरा।

मेरे...

एवज़ किस वादा नोशी के आज।

पड़े ये जहर के से घूँट पीने।

हवासो होश जो मुझसे करीं थे।

करीने से हुए सब बेकरीने।

मेरी सीनाज़री का शे'र सुनकर।

फटे जाते थे हमसायों के सीने।

मगर दिन उम्र के थोड़े-से बाकी।

लगा रक्खे थे मेरी ज़िन्दगी ने।

कि किस्मत से करीने खाना मेरे।

अज़ाँ मस्ज़िद दी वाटे किसी ने।

बिसारत मुझको सुबहे वस्ल की दी।

अज़ाँ के साथ ने मन फर्रुखी ने।

हुई ऐसी खुशी अल्लाह अकबर।

कि खुद होकर कहा खुद यह खुशी ने।

मुअज़्ज़न मरहबा बरवक्त बोला।

तेरी आवाज़ मक्के और मदीने।

आखिरी शे'र पर पहुँचे थे कि बराबर की मस्जिद से आवाज़ आई-अल्लाहू अकबर-अल्लाहू अकबर। सबके मुँह से निकला-

तेरी आवाज़ मक्के और मदीने।

अज़ाँ खत्म हुई तो सबने उठकर हाथ उठाए। फखरू ने कहा, 'साहबो, अजीब इत्तफाक है कि फातह खाँ लबे अम्बरी को मुशायरा शुरू हुआ था और अब फसाहा खैर ही पर खत्म होता है।'

शमा जो चक्कर ख़ाकर उनके सामने आ गई थी उसे बुझा दिया। शमा के गुल होते ही नकीबों ने आवाज़ दी-

'हज़रात, मशायरा खत्म हुआ!' यह सुनना था कि सब चलने को खड़े हो गए। सबसे पहले मिर्जा फखरू सवार हुए। फिर सब एक-एक करके रुखसत हुए।

8

इस समय की दिल्ली दस मील के अन्दर फैली हुई थी तथा चारों ओर फ़सीलों से घिरी थी, जिसमें सात दरवाज़े थे। दरवाज़ों में शहर की गारद रहती थी। कश्मीरी दरवाज़ा नया बनाया गया था, जिसे ऐडवर्ड स्मिथ इंजीनियर ने बनाया था। शहर में मुसलमानों की आबादी अधिक थी। शाहआलम और अकबर शाह को महरौली में दफ़नाया गया था। शहर के चारों ओर जमना के कछार में बहुत बड़े-बड़े गड्ढे थे। शहर के बाहर बेअन्दाज़ बागात थे, जिनमें रईसों और अमीरों के मकान बने हुए थे। शहर से डेढ़ मील के अन्तर पर राजा जयसिंह का रसदखाना था। यही जन्तर-मन्तर के नाम से प्रसिद्ध था। शहर के उत्तरी भाग में शालामार बाग था। जहाँ से शहर का दृश्य दीख पड़ता था। यहाँ बहुत-सी मस्जिदें और मकबरे बने थे।

खास शहर में बहुत सुन्दर इमारतें थीं जो पत्थर की बनी थीं तथा अनेक हमाम और तहखाने थे, जो संगमरमर के बनाए गए थे, जहाँ मालिक लोग गर्मियों की दोपहरी बिताते थे। जामा मस्ज़िद उस समय शहर के मध्य में थी, जो एक पहाड़ी पर बनाई गई थी। इसके चारों ओर बहुत घनी बस्ती थी, जो उन मुसलमानों की थी जो मुस्लिम धर्म-कार्य करते तथा कुरानशरीफ़ का पाठ करते थे। ये सब बादशाह के आश्रित थे तथा नगर-निवासी भी इनको समय-समय पर बहुत-सी खैरातें देते रहते थे।

शहर में हिंदुओं के मन्दिर तो यथेष्ट थे ही। चालीस बड़ी-बड़ी और मस्जिदें भी थीं, जिनमें एक काली मस्ज़िद थी। यह काफ़ी पुरानी थी। यहाँ हर जुमे की नमाज़ अदा नहीं की जाती थी। यह मस्ज़िद पवित्र नहीं मानी जाती थी। कश्मीरी दरवाज़े के पास कर्नल स्कीनर का बनवाया हुआ

एक भद्दा-सा गिरजा था। गदर में उसका सुनहरी सलीब लूट लिया गया था। मक़बरा हुमायूँ का महत्त्व गदर के बाद बहुत बढ़ गया था; क्योंकि यहाँ किले से आकर बादशाह ने पनाह ली थी। मकबरा बहुत ऊँची जगह पर होने से दिल्ली के हर हिस्से से दिखता था। शहनशाह आलमगीर सानी को भी यहीं दफ़न किया गया था, जिसे उसके वज़ीर ने कत्ल किया था। एक सुन्दर मस्ज़िद जमना किनारे थी, जो नवाब कुदसिया बेगम ने बनवाई थी।

मेटकाफ हाउस अंग्रेज़ों की एक शानदार कोठी थी। सर मेटकाफ जब दिल्ली में रेजीडेण्ट थे, तब बनवाई थी, उन्होंने दिल्ली को अपना घर बना लिया था। इंग्लैण्ड से अपना सब सामान और कीमती किताबें ले आए थे, जो यहाँ पर थीं। गदर में वे चन्द्रावली के जाटों के हाथों तबाह कर दिए गए थे। उनका मकान एक हज़ार एकड़ के लम्बे-चौड़े बाग में बना था। जिसमें सैकड़ों नारंगी के वृक्ष लगे थे। जब गदर की धमाचौकड़ी मची तो सब पेड़ काट डाले गए और तोपों की मार से कोठी बर्बाद हो गई।

9

पाठक नोवल साहब को भूले न होंगे। जिन्हें इब्राहीम और करीमबख्श अधमरी , अवस्था में उठा लाए थे। इब्राहीम और करीमबख्श की सेवा और यत्न से नोवल साहब की जान बच गई। धीरे-धीरे उनके घाव भरने लगे। इब्राहीम का एक मित्र जर्राह था, उसने साहब की चिकित्सा बड़ी लगन से की तथा उनका भेद भी गुप्त रखा। नोवल साहब अब चुपचाप उस कोठरी में पड़े भूत-भविष्य की चिन्ता करने लगे। यद्यपि अब उसके जीवन को खतरा न था। पर वह अभी बहुत कमज़ोर थे। उनका बहुत-सा खून निकल गया था। उनका चेहरा एकदम सफ़ेद हो गया था। इसके अतिरिक्त एक हल्का-हल्का सिर-दर्द सदैव रहता था। साहब के पास कुछ पढ़ने-लिखने की भी सामग्री न थी। अत: जब वे अकेले रहते तो बहुधा घबरा उठते। करीमबख्श उनकी सेवा तन-मन से करता तथा शहर के हाल-चाल आकर उन्हें सुनाता। अंग्रेज़ों पर जो विपदा आई थी, उसका विचार करके कभी-कभी साहब बहुत अधीर हो जाते। अब उनका क्या होगा, यह वे नहीं जानते थे। इब्राहीम उनकी बहुत खातिर करता था, यथासम्भव अच्छे-से-अच्छा खाना उन्हें खिलाता। परन्तु कठिनाई यह थी कि साग-सब्जी, गोश्त बाज़ार में मिलता नहीं था। बाज़ार बन्द थे, बागी सिपाही बाज़ार में चक्कर काटते, लूटमार करते और जहाँ जो चीज़ मिलती, उठा ले जाते थे। उनकी कोई दाद-फरियाद न थी। बहुत-से शहर वाले शहर छोड़कर भाग गए थे। जो रह गए थे, वे घर से बाहर बहुत कम निकलते थे। भीतर से घर-द्वार बन्द कर घर में पड़े रहते थे। शहर का सभी काम-काज ठप्प हो रहा था। फिर भी इब्राहीम जहाँ से जैसे बनता, साहब के लिए मुर्गी-अण्डा का जुगाड़ करता। कभी-कभी तो उसे किले से साहब के लिए राशन चुराना पड़ता था। इस प्रकार रोहतक के ज्वाइण्ट मजिस्ट्रेट नोवल साहब का बन्दी जीवन व्यतीत हो रहा था। परन्तु साहब की अधीरता दिन-पर-दिन बढ़ती जा रही थी। ज्यों-ज्यों वे स्वस्थ और सबल होते जाते थे, उन्हें वहाँ बन्दी बनकर पड़ा रहना असह्य-सा होता जाता था। अन्त में यह

राय तय हुई कि साहब एक चिट्ठी अंग्रेज़ी फ़ौज को लिखें और करीमबख्श वह चिट्ठी ले जाए। चिट्ठी लेकर करीमबख्श गुड़गाँव, रोहतक, करनाल का चक्कर लगाता हुआ पंजाब पहुँचा और अंग्रेज़ कमाण्डर को चिट्ठी दी।

उसे गए अब उन्नीस दिन बीत गए थे। किन्तु उसका कोई पता न था। कभी सोचते-क्या उसने धोखा दिया? या वह किसी खतरे में पड़ गया। परन्तु अब तक तो उसने बड़ी वफ़ादारी का सुबूत दिया था। इब्राहीम साहब को दिलासा देता-वह ज़रूर पहुँचेगा और जवाब लाएगा। आप इत्मीनान रखिए। वह शकुन निकालता और साहब कौतूहल से उसके शकुनों का फल पूछते। 'कैसा शकुन निकला? क्या तुम यहाँ किसी रम्माल ज्योतिषी को नहीं जानते? उससे जाकर पूछो।'

बीसवें दिन करीमबख्श आया। वह बहुत थक गया था। उसे रात-दिन खतरों में से चलना पड़ा था। वह बीमार भी हो गया था।

इब्राहीम ने कहा, 'अलहम्दुलिल्लाह, लीजिए साहब, करीमबख्श आ पहुँचा।'

साहब उत्तेजना के मारे उठ खड़े हुए। उससे बगलगीर होकर मिले। कहा, 'कहो, क्या खबर लाए हो, अच्छी या बुरी?'

'अच्छी खबर है साहब,' उसने जूते के तले से चिट्ठी निकालकर साहब के हाथों में पकड़ा दी।

चिट्ठी में लिखा था-'हम इन्तज़ार कर रहे हैं। किला-शिकन तोपें मँगाई गई हैं। वे आ जाएँ तो हमला आरम्भ हो। तब तक चुपचाप बैठे रहो। जिस वक्त हमारे गोले जामा मस्जिद के पार जाने लगें और किले में पड़ें तो समझना कि तोपें आ गईं और दिल्ली सर होने में देर नहीं है। तुम्हारा आदमी सोलह दिन में पहुँचा है। उसे बहुत दिक्कतों का सामना करना पड़ा। अब दुबारा मत भेजना। शहर में अंग्रेज़ी सरकार के बहुत दोस्त और खैरख्वाह हैं। शहर की खबरें उनसे बराबर मिलती रहती हैं। जब मौका होगा, किसी खैरख्वाह के ज़रिये इन्तज़ाम कर दिया जाएगा। तुम निकल आने के लिए हर वक्त तैयार रहना। जिसके घर में पनाह ली है, उसके तफसीली हालात तुम्हारे नौकर से हमने जान लिये हैं। उन पर सरकार तथा फ़ौजी ओहदेदारान की कृतज्ञता प्रकट कर देना। उनकी वफादारी की कद्र की जाएगी।'

खत पढ़कर उसे मोड़ते हुए साहब ने एक ठंडी साँस भरी। इब्राहीम ने कहा, 'खत में क्या लिखा है?'

'कोई सन्तोषजनक जवाब नहीं।' उन्होंने साँसें भरी, खत का कामिल बता दिया, कृतज्ञता भी प्रकट कर दी। किन्तु साहब ने ठंडी साँसें भरते हुए कहा-

'लेकिन तब तक मैं शायद मर ही जाऊँगा।'

'आप ऐसा क्यों सोचते हैं? असल बात तो यह है कि आप बेकार पड़े-पड़े ऊब गये हैं।'

'तो अब काम क्या करूँ?'

'डायरी लिखिए, रोज़-रोज़ के हालात लिखिए। कुछ मैं लिखता रहा हूँ-उन्हें देखिए। कुछ मैं बताता रहूँगा।'

'अच्छा खयाल है।'

'मैं गदर पर अपनी राय भी लिखना चाहता हूँ।'

'इस सम्बन्ध में आप की क्या राय है?'

'मेरी समझ में यह एक मूर्खतापूर्ण और संगठित बवण्डर है-जो कामयाब नहीं होगा।'

'आप ऐसा क्यों समझते हैं?'

'इसलिए कि हिन्दुस्तानी फ़ौजों ने अंग्रेज़ों की शक्ति का अन्दाज़ा लगाने में गलती की है। उन्होंने समझा है कि अंग्रेज़ों ने यह मुल्क हमारी मदद से लिया है। और हमारी मदद से अधिकार रख सकते हैं। सरकार ने भी तलवार के बल पर हुकूमत की। लोगों का दिल नहीं जीता। कम्पनी हिन्दुस्तान की वैसी ही बादशाह है जैसे जंगल में शे'र दहशत से सब पर आतंक रखता है। मैं समझता हूँ कि गवर्नर-जनरल एक संगठनकर्ता आदमी हैं। वे तमाम बातों पर विचार करके नम्रता और दया का व्यवहार करेंगे, तभी यह आग बुझेगी।'

'लेकिन अगर बदला लिया गया तो?'

'बदला लेना रुआब के लिए ज़रूरी है। जिन्होंने खुली बगावत की है, उन्हें सज़ा मिलेगी।'

नोवल साहब इतना कहकर गम्भीर हो गए और दोनों भारतीय दोस्त चुपचाप उनका मुँह ताकते खड़े रहे।

10

विद्रोही सिपाहियों के दिल्ली में आने के बाद शहर में बदअमनी और अराजकता फैल गई। सिरफिरे और अनियमित सिपाही और शहर के लुच्चे-गुण्डे खुलेआम लूट-खसोट करने लगे। बात-बात की खबर बादशाह को लग रही थी पर वे निरुपाय थे। उनसे कुछ भी इन्तज़ाम करते नहीं बन पड़ता था। न उनके पास कोई ऐसा समर्थ और योग्य व्यक्ति ही था जो शहर में अमन कायम रख सकता। वे शाहज़ादों को यह काम सौंप सकते थे। परन्तु हकीकत यह थी कि शहर में उन्हीं की शह पाकर यह लूट-खसोट हो रही थी। लूट के माल में उनका भी हिस्सा था। हकीकत यह थी कि बहुत दिन से शाही खज़ाना खाली था और अब लूट-मार ही रुपये की भूख मिटा सकती थी। सिपाही जिनके घर में चाहते घुस जाते, जो चाहते उठाकर चलते बनते। रोकने से लड़ जाते, या तलवार खींचकर जान से मार डालते, या घर-बार को आग लगा देते। कोई दाद-फरियाद किसी की न थी। न प्रबन्ध ही था। प्रतिदिन शहर का कोतवाल बदलता था। जामा मस्ज़िद को लोगों ने सराय बना रखा था और फतेहपुरी की मस्ज़िद तबेला बनी हुई थी। जगह-जगह सिपाहियों ने चूल्हे जला रखे थे। बाज़ार बन्द थे। लोगों के घर-द्वार बन्द थे। गलियों

में, कूचों में, बाज़ारों में सन्नाटा था। बस सिपाहियों, शोहदों, गुण्डों और उठाईगीरों का राज्य था।

विद्रोही सेनाओं ने दिल्ली पहुँचकर बादशाह बहादुरशाह को सिंहासनारूढ़ तो कर दिया था पर वास्तव में यह मुगल साम्राज्य का पुनरुत्थान न था। मुगल साम्राज्य तो कब का खत्म हो चुका था। अकबर ने जो पन्द्रहवीं-सोलहवीं शताब्दी में हिन्दुओं-मुसलमानों को एक करने की चेष्टा की थी और तब से साधु-फ़कीर, सन्त और सूफ़ी जो एकता की सदा अलापते रहते थे उसका असर अब भारत के हिन्दू-मुसलमानों के खून में प्रविष्ट हो गया था। यद्यपि साम्प्रदायिकता समय-समय पर राष्ट्रीय भावनाओं से टकराती रही, पर उसकी पराजय न हुई। अब इस विद्रोह में विचित्र रूप से यह साम्प्रदायिकता राष्ट्रीय भावना में मिल गई थी और कहना चाहिए, यही भावना इस विद्रोह की मूलाधार थी।

अब बादशाह को बादशाह घोषित तो कर दिया गया-परन्तु अस्सी वर्ष के इस भावुक सहृदय बूढ़े आदमी में न विद्रोह के नेतृत्व की शक्ति थी, न सल्तनत के बोझ को उठाने की सामर्थ्य। बहादुरशाह समझदार आदमी था, जीवन के बड़े-बड़े उतार-चढ़ाव उसने देखे थे। वह भी समझता था कि जो ज़िम्मेदारी उसे सौंपी गई है वह उसकी शक्ति से बहुत अधिक है।

परन्तु शाहज़ादे, दरबारी और बेगमात इतने बुद्धिमान न थे। वे सब समझ रहे थे कि घर बैठे-बिठाए राज्य आ गया। वे न दूरन्देश थे न विचारक। न साहसी थे, न दुनिया की राजनीति के जानकार। मुर्गी-बटेर लड़ाना, शराब पीना और ऐयाशी करना यही उनका नित्य कर्म था। वे अब आगे आनेवाले खतरे से बिलकुल बेखबर थे और अपने को बादशाह ही समझ रहे थे। परन्तु बादशाह के सामने जहाँ एक ओर अंग्रेज़ों से युद्ध की कठिनाइयाँ थीं, वहीं दूसरी ओर नये शासन में शान्ति स्थापना का भी कठिन कार्य करना था। इस काम में उनका न कोई साथी था न मददगार। बहुत लोगों का यह विश्वास था कि अंग्रेज़ी राज्य अजेय और अटल है और शीघ्र ही उसकी पुन: स्थापना हो जाएगी। किले और शहर में बहुत लोग अंग्रेज़ों के दोस्त और मददगार थे। वे अंग्रेज़ों के भेदिये बने उन्हें सूचनाएँ देते रहते थे तथा किले और शहर में तरह-तरह की अफ़वाहें उड़ाते रहते थे।

परन्तु बादशाह के मन पर एक बात बैठ गई थी कि यह नया राज्य मुगलों के प्राचीन केन्द्रीय और प्रान्तीय शासन से भिन्न दूसरे ही ढंग का है। यह राज्य जनता ने स्थापित किया है तथा जनता ही इसका भार वहन करेगी।

इसी उद्देश्य को दृष्टि में रखकर बादशाह ने एक कोर्ट ऑफ़ एडमिनिस्ट्रेशन अर्थात् 'जल्सए-इन्तज़ामे फ़ौज़ी व मुल्की' की स्थापना की।

वास्तव में यह मजलिस एक प्रकार की छोटी-सी अस्थायी विधानसभा थी। इसमें दस व्यक्ति सदस्य थे, जिनमें छः फ़ौजी और चार मुल्की थे। फ़ौजियों में दो व्यक्ति पैदलों की पलटन के,

दो सवारों के रिसाले के और दो तोपखाने के सरिश्ते के थे। बहुमत से इन्हीं दस में से एक को मजलिस का प्रधान चुना गया और एक उपप्रधान। प्रधान की दो राय मान ली गईं। प्रत्येक सरश्तें के अलग-अलग सेक्रेटरी नियत किए गए। प्रतिदिन पाँच घण्टे इस मजलिस की बैठक होने लगी। जहाँ हर खासोआम को अर्जी देने और फ़रियाद करने की खुली छूट थी। प्रत्येक सदस्य की नियुक्ति के समय उनसे यह हलफ़ लिया गया कि वे सच्चाई और ईमानदारी से बिना पक्षपात किए न्याय-नीति से काम करेंगे और रियासत का प्रबन्ध करेंगे। अयोग्य व्यक्ति बहुमत से निकाल दिया जाएगा और योग्य नया व्यक्ति ले लिया जाएगा। मजलिस का निर्णय जनरल बख्तखाँ के समक्ष जाएगा। और उनसे स्वीकृत होने पर बादशाह के सम्मुख। यदि बादशाह और जनरल में मतैक्य न हुआ तो वह मामला फिर मजलिस के पास विचारार्थ उपस्थित किया जाएगा और अन्तिम निर्णय बादशाह का मान्य होगा। मजलिस में आवश्यकता पड़ने पर केवल बादशाह या जनरल बख्तखाँ सम्मिलित हो सकते थे, अन्य कोई व्यक्ति नहीं।

इस प्रकार अन्य प्रजातन्त्री रीति पर यह मजलिस बनी और प्रबन्ध सम्बन्धी अपना काम करने लगी।

11

हेनरी हैवलाक ने कलकत्ता से आकर इलाहाबाद की कमान सँभाली। हैवलाक मँजा हुआ सिपाही था। उसने बयालीस साल सैनिक सेवा की थी और अफगानिस्तान, पंजाब और ईरान में यश कमाया था। वह सेना-विज्ञान का अच्छा ज्ञाता था। उसने नैपोलियन की युद्ध-नीति का अच्छा अध्ययन किया था। वह बहुधा मैकाले की हिस्ट्री ऑफ़ इंग्लैण्ड पढ़ा करता था। रहन-सहन उसका बहुत सादा था। वह पक्का ईसाई था और श्रीरामपुर मिशन से उसका घनिष्ठ सम्बन्ध था। वह पुराने विचारों का आदमी था। उसे सनकी कहा जा सकता था। परिश्रम में वह लोहे का बना था। ऐसा ही आदमी नील को नियन्त्रण में रख सकता था। उसने आते ही रेनार्ड को रुक जाने की आज्ञा दी। उसने कहा, 'ठहरो, और आगे-पीछे इधर-उधर देखो। तब तक मैं तुम्हें एक और मज़बूत दस्ता दूंगा।' उसने यह भी आदेश किया कि गाँव तब तक न जलाए जाएँ जब तक उनमें विद्रोही न हों। उसने मार-काट और कत्ले-आम को रोक दिया तथा रेनार्ड के रवाना होने की चार तारीख नियत कर दी।

इस बीच वह सुव्यवस्था करना चाहता था। उसने नील की मलामत करते हुए कहा, 'तुमने अन्धाधुन्ध गाँवों को नष्ट कर दिया-यह तो ऐसा है कि जिन कुओं से पानी लेना था उन्हीं को सुखा डाला, जिन फ़सलों से भोजन लेना था, उन्हें ही नष्ट कर डाला।

नील को हैवलाक की यह नीति पसन्द नहीं आई। उसने सैनिक अनुशासन तथा प्रथा के खिलाफ़ हैवलाक को अमान्य करके प्रधान सेनापति सर पैट्रिक ग्राण्ट को लिखा-'हमें रुकना नहीं चाहिए और आगे बढ़ते जाना चाहिए। आप हमें आदेश दीजिए।'

परन्तु हैवलाक अपनी बात पर दृढ़ रहा। उसने सब प्रकार की तैयारियाँ करके रेनार्ड को कानपुर की ओर नाना के सम्मुख रवाना किया।

12

सात जुलाई को इलाहाबाद से चलकर हैवलाक बारह जुलाई को नाना की सेना से मुठभेड़ होने से प्रथम ही रेनार्ड से जा मिला। रेनार्ड और नाना दोनों ही अवाक् रह गए। रेनार्ड को मुट्ठी-भर सिपाहियों की धुंधली आशा थी और नाना ने तो यह कल्पना भी न की थी कि इतनी शीघ्र पूरे दलबल के साथ हैवलाक आ धमकेगा। रेनार्ड की दशा बहुत नाजुक थी। इसमें सन्देह नहीं कि यदि हैवलाक वहाँ उस समय न पहुँच पाता तो रेनार्ड की छोटी-सी टुकड़ी का खात्मा ही हो जाता।

पन्द्रह जुलाई को आग की लड़ाई हुई। हैवलाक ने उसी दिन पाण्डु नदी पार कर पुल पर कब्जा कर लिया। उसे भय था कि पुल चाहे जब उड़ाया जा सकता है। नदी पार करने पर भी कानपुर की लड़ाई खत्म नहीं हुई। हैवलाक कानपुर के उन बन्दी स्त्री-बच्चों को बचाने के लिए व्यग्र था जो बीबीघर में कैद थे। पर बिना लड़े अपने प्रधान कार्यालय को वह छोड़ने को तैयार न था। अन्त में सत्रह जुलाई को नाना के भाग्य का फ़ैसला हो गया। पहली ही मुठभेड़ में नानाराव भाग खड़े हुए और हैवलाक कानपुर में दाखिल हुआ। उसने तुरन्त शे'र को बीबीघर भेजा।

परन्तु अफ़सोस, जब वह बीबीघर पहुंचा, जहाँ अंग्रेज़ स्त्री-बच्चे कैद थे, तो उसने देखा कि सब स्त्रियों और बच्चों को मारकर लाशें कुएँ में डाल दी गई हैं। बीबीघर का फ़र्श उस समय तक भी खून से तर और गीला था।

यह अति दु:खदायी घटना थी। हैवलाक बहुत देर तक शोक में डूबा बैठा रहा। फिर उसने शे'रर को आज्ञा दी कि कुएँ को पाट दिया जाए।

बीस जुलाई को नील कानपुर आ गया। हैवलाक अब लखनऊ जाने की तैयारी कर रहा था। उसने कानपुर का नियन्त्रण नील के हाथ में देते हुए चेतावनी दी कि जब तक मैं यहाँ कानपुर में उपस्थित हूँ तब तक कानपुर में नील का कोई अधिकार नहीं है, न वह कोई आदेश जारी करे। हैवलाक पच्चीस जुलाई को वहाँ से लखनऊ की ओर चल दिया। अब नील ने अपने आदेश जारी किए। उसने प्रत्येक आदमी को-जो उनके हाथ पड़े-पकड़ लाने का आदेश अपने सैनिकों को दे दिया। चारों ओर से बूढ़े, जवान, बालक, किशोर पकड़कर वहाँ लाए जा रहे थे। उन सबके लिए फाँसी की सज़ा नियत थी। परन्तु फाँसी देने से प्रथम प्रत्येक आदमी को बीबीघर ले जाया जाता था, जहाँ उसे जीभ से चाटकर ज़मीन का खून साफ़ करना पड़ता था। इसके बाद उसे फाँसी पर लटका दिया जाता था-जहाँ खुलेआम वे लाशें कई-कई दिनों तक लटकी रहती थी। वे सड़कर फूल जाती थीं और घिनौनी हो जाती थीं। सारे नगर में मौत का सन्नाटा छाया हुआ था। बहुत लोग घर-बार छोड़कर भाग गए थे। बहुत घर-द्वार बन्द किए तहखानों में छिपे पड़े थे। जो लोग मौत के मुँह में ढकेले गए उनमें हिन्दू भी थे मुसलमान भी। मुसलमान घृणा की भावना

मन में लेकर मरे और हिन्दू निर्मोह भावना से। कुछ हिन्दू तो फाँसी पर चढ़ने इस प्रकार जा रहे थे जैसे तीर्थयात्रा को जा रहे हों।

13

चार जून को जब कानपुर में विद्रोह फूटा तो उसकी तत्काल प्रतिक्रिया फतेहपुर में हुई। 6 जून को वहाँ के सिपाही भी विद्रोही हो उठे। 7 जून को इलाहाबाद के सिपाहियों ने विद्रोह किया। 8 जून को राजा दरियावसिंह की सेना अंग्रेज़ों के सामने आ डटी। फतेहपुर में राबर्ट टक्कर सेशन जज थे। वहाँ के जिला मजिस्ट्रेट आठ अंग्रेज़ अफ़सरों के साथ बाँदा होकर इलाहाबाद किले में पहुंच गए। राबर्ट टक्कर वहाँ रह गए और उन्होंने साहसपूर्वक अकेले ही शासन-चक्र चलाने की सोची। पर अकेले जब चारों ओर से विद्रोहियों से घिर गए तो रातो-रात भागकर कुगईगरा और बाबा गयादीन दुबे से शरण माँगी।

बाबा गयादीन दुबे बड़े ज़ोरों के आदमी थे, उनका गाँव कीराई वर्तमान फतेहपुर स्टेशन से दो मील पश्चिम कुरुस्ती कलाँ स्टेशन के पार्श्व में था। बाबा गयादीन की आयु पचास वर्ष की थी। वे चौदह गाँवों के अधिपति थे। वे बड़े शानदार आदमी थे। उनके पास घोड़े, रथ, बहलियाँ और दो सौ बहेलियों की सेना थी। ये बहेलिये बड़े ज़बरदस्त निशानेबाज़ होते थे। बैलों की उनकी जोड़ी आस-पास प्रसिद्ध थी। वे अपनी बहली में इलाहाबाद, जो चालीस मील था, दोपहर तक पहुँच जाते तथा कचहरी का काम देख-भालकर रात को घर आ जाते थे। अंग्रेज़ जज टक्कर से उनके मैत्री सम्बन्ध थे। उसी आशा में टक्कर उनके यहाँ आश्रित हुए थे। परन्तु बाबा गयादीन महाराज दरियावसिंह के साथ विद्रोही सेना का साथ दे रहे थे। फिर भी उन्होंने शरणागत की रक्षा करना अपना धर्म समझा। टक्कर साहब चाहते थे कि उन्हें आगरा भेज दिया जाए, जहाँ उनकी पत्नी है, परन्तु बाबा बड़े धर्म-संकट में पड़े। उन्होंने कहा, 'आप अपने बंगले लौट जाएँ। प्रात:काल मैं अपने आदमी लगाकर आपको निकाल ले चलूँगा।' पर प्रात:काल जब वे अपनी सेना लेकर पहुंचे तो विद्रोही सेना ने उन्हें घेर लिया और टक्कर की सहायता नहीं करने दी। टक्कर ने निरुपाय आत्मघात कर लिया-पर पेन्सिल से बंगले की छत पर लिख गया कि बाबा गयादीन ने उससे विश्वासघात किया।

टक्कर की मृत्यु के बाद औभरी मियाँ उनकी टमटम घसीटकर कोराई ले गए और बाबा से कहा, 'तुम्हारे नातियों के खेलने के लिए खिलौना लाया हूँ।'

यह 10 जून की बात है। 12 जुलाई को हैवलाक और मेजर रेनार्ड चौदह सौ गोरे और छ: सौ हिन्दुस्तानी सिपाही और आठ तोपें लेकर फतेहपुर पहुँचे और टक्कर की मृत्यु की जाँच की तथा उनकी अन्तिम पंक्तियों को पढ़ा। उसने रातो-रात कोराई पर धावा बोल दिया। युद्ध करना व्यर्थ समझकर बाबा अपने परिवार के पाँच सौ आदमियों को लेकर अज्ञात स्थान की ओर कूच कर गए। पहले वे तारापुर और फिर गंगा पार करके रामपुर पहुंचे। रातो-रात लट्ठों के बेड़े से

नदी पार की। रामपुर में उन्होंने संयोग से उसी पासी के दरवाज़े पर पड़ाव डाला, जिसे दो वर्ष पूर्व चोरी के अभियोग में बाबा ने सज़ा कराई थी। अपने दुश्मन को आया देख गाँव-भर के पासियों ने बाबा पर हमला बोल दिया। बड़ी कठिनाई से वहाँ के ठाकुरों ने बाबा की रक्षा की। इसके बाद बाबा ने खजूर गाँव के राणा के यहाँ शरण ली।

हैवलाक ने बाबा की बावन जोड़ी वाली विशाल हवेली तोपों से ढहा दी, उसका सब सामान लूट लिया और सत्रह दिन तक वहाँ की सामग्री ढोकर गाड़ियों पर फतेहपुर लाई गई। उनके तमाम गाँव ज़ब्त कर लिये गए।

बहुत दिन तक बाबा गयादीन छिपे रहे। अन्त में एक धोबी ने मुखबिरी की और वे गिरफ़्तार करके फतेहपुर लाए गए। वहाँ उन्हें फाँसी की आज्ञा हुई-परन्तु उन्होंने रात ही को हीरे की कनी खाकर आत्मघात कर लिया।

14

17 जुलाई को उन्नीस दिन स्वतन्त्र रहकर कानपुर का पतन हुआ। नाना बिठूर भाग गए। उनके भतीजे राव साहब तांत्या टोपे के साथ एक बड़ी सेना लेकर कालपी पहुँचे और उसे ही अपना अड्डा बनाया। उधर नाना साहब अपनी सेना बटोरकर लखनऊ की नवाब बेगम की सहायता को जा पहुंचे।

परन्तु नाना ने न शौर्य का, न दूरदर्शिता का, न सैनिक सूझ-बूझ का परिचय दिया। जून के अन्तिम दिनों में जब नाना साहब कानपुर में अपनी ताजपोशी का धूमधाम से दरबार कर रहे थे, अंग्रेज़ी सेना उनसे केवल एक सौ बीस मील की दूरी पर इलाहाबाद में पड़ी हुई थी। इस आसन्न विपत्ति पर उन्होंने ध्यान नहीं दिया। क्षणिक सफलता से वे विमूढ़ हो गए। बिठूर में दरबार और नाच रंग में उन्होंने अत्यन्त बहुमूल्य दिन नष्ट कर दिए। उचित तो यह था कि तांत्या टोपे आगे बढ़कर शतु से मोर्चा लेता, धावा मारकर वहाँ से उसे आगे न बढ़ने देता। पर तांत्या में भी सैनिक सूझ-बूझ तथा दूरदर्शिता की कमी थी। वह भूल पर भूल करता चला गया। नानाराव ने भी कानपुर की पराजय के बाद किसी अद्भुत प्रतिभा का परिचय नहीं दिया। दो बार तांत्या टोपे ने लगभग कानपुर ले लिया; पर इन दोनों मराठे सरदारों का कहीं पैर टिकता ही न था। वे साहस अवश्य करते रहे, पर इनका साहस केवल विपत्ति झेलने तक ही सीमित था।

15

धोन्धुपन्त नाना, अज़ीमुल्लाखाँ, ज्वालाप्रसाद, बाबा भट्ट तथा तांत्या टोपे व्यस्त भाव से विमूढ़ खड़े थे। उन्हें चारों ओर से विद्रोही सैनिकों ने घेर रखा था।

वे एकदम अनियन्त्रित थे और नाना के भी जान के ग्राहक बने हुए थे। विद्रोही सैनिकों के घेरे में घिरे अहाते में नानाराव के परिवार की स्त्रियाँ और बच्चे भी चीख-चिल्ला रहे थे। सभी को

प्राणों की पड़ी थी। तांत्या टोपे ने कहा, 'अभी भी दो हज़ार सिपाही मेरे ताबे में हैं। आप हुक्म दें तो मैं इन बदमाश विद्रोहियों से निपट लूँ।'

'परन्तु इसका नतीजा क्या होगा टोपे, सोचो तो! हमने इनका नेतृत्व किया, इन्हें साथ लेकर अंग्रेज़ों से लड़े, परन्तु इन दुष्टों की नीयत और दृष्टि तो मार-काट और लूटमार ही तक है। यदि हम इनसे ही लड़ पड़े तो हमारी ही शक्ति कमज़ोर होगी और फिर हमें सर्वथा ही अंग्रेज़ों की दया पर निर्भर रहना होगा जिसमें नील जैसे खूँखार भेड़िये हैं। उन्होंने अज़ीमुल्ला की ओर रुख किया और कहा, 'अब तुम क्या कहते हो? तुमने जैसा कहा वही मैंने किया। अपने शान्त और सब्र के जीवन पर तूफ़ान लाया। तुम्हीं ने आग्रह करके मुझे इन बदमाश और बे कहे उजड्ड सिपाहियों के फन्दे में फँसाया, जो हमें अपनी हिंसा और व्यक्तिगत स्वार्थों का साधन बना रहे हैं। घाटवाला हत्याकाण्ड ही मेरे मुँह को काला करने के लिए यथेष्ट है। अब चाहे हमारी जान जाए या रहे, जब तक बीबीघर के कैदियों को सलामती से मैं हैवलाक को सुपुर्द नहीं कर देता, यहाँ से नहीं टलूँगा। आप लोगों में से जिसका जी चाहे मेरे साथ रहे, जिसका जी चाहे अपनी जान बचाकर चला जाए।'

अज़ीमुल्ला चुपचाप सिर नीचा किए खड़े रहे। उन्होंने आहिस्ता से कहा, 'महाराज आप अपने इस शुभचिन्तक सेवक पर शकी न हों। हार-जीत किस्मत के खेल हैं, हमारी गलती या कमी जो कहिए वह यही हुई कि हम पूरी तैयारी करने से प्रथम ही आग में कूद पड़े। इन कम्बख्त सिपाहियों से, जो बड़ी-बड़ी लड़ाइयाँ जीत चुके हैं, मैं कैसे यह आशा कर सकता था कि वे ऐसे बेकहे हो जाएँगे।'

'तो टोपे, मेरी आज्ञा है कि तुम अपने पाँच सौ सिपाहियों के साथ जाओ और बीबीघर के सब कैदियों को अपनी सुरक्षा में लेकर हैवलाक को सौंप आओ। इसके लिए तुम्हें विद्रोही सैनिकों से लोहा लेना हो तो लो और इस बात की परवाह न करो कि तुम कट मरोगे। हैवलाक तुम्हें पकड़कर फाँसी पर भी चढ़ा दे तो मत डरो। टोपे, मेरे लिए, पेशवाओं की प्रतिष्ठा के लिए, बलिदान दो-आत्मबलि दो। खतरा उठाओ। उन मासूम असहाय स्त्री-बच्चों को सुरक्षित हैवलाक को सौंप आओ।'

नाना का स्वर काँप रहा था और उनकी आँखों से आँसू की धार बह रही थी। इसी समय नाना की बहन कुसुमबाई बदहवासी की हालत में वहाँ आई। वह दस बरस की एक दुबली-पतली लड़की थी। उसकी आँखें भय से फटी हुई थीं। उसने चीखकर नाना का पल्ला खींचते हुए कहा, 'भाई, भाई उन्होंने सबको मार डाला। वे सब बन्दूकें दागते तलवारें चमकाते इधर ही आ रहे हैं।'

शोर बढ़ता जा रहा था। उसने बालिका से कहा, 'किसने किन्हें मार डाला?'

'उन सब औरतों और बच्चों को जो बीबीघर में बन्द थे। उनमें मेरी सहेली भी थी। उसे भी उन्होंने मार डाला।'

'तुझसे किसने कहा?'

'अधाराजवाड़े अभी वहीं से आए हैं। वे कह रहे हैं कि वे सब अब हमें मारेंगे।'

नाना ने कहा, 'देखो तो टोपे मामला क्या है।'

तांत्या टोपे बाहर चला गया। लेकिन दूसरे क्षण आकर उसने कहा, 'महाराज, सावधान हो जाइए, विद्रोहियों की नज़र ठीक नहीं है। उन्होंने बीबीघर के सब बन्दियों को मार डाला है। मैं अपने सैनिकों को ठीक करता हूँ।' यह कहकर टोपे तेज़ी से बाहर चले गए।

इसी समय ज़बर्दस्ती दरवाज़ा ठेलकर बहुत-से आदमी भीतर घुस आए। उनमें से बहुतों के हाथ में खून-भरी तलवारें थीं। वे इस समय भेड़ियों की भाँति खूँखार हो रहे थे।

नाना के सामने पहुँचकर वे क्षण-भर को ठिठके, फिर उनमें से एक ने कहा, 'महाराज हमने बदला ले लिया। जालिम नील ने हमारी गैरहाज़िरी में हमारे गाँवों को जलाया, हमारे स्त्री-बच्चों को कत्ल किया, हमारे खेत जला दिए। हमने बीबीघर के सब कैदी बच्चों को मौत के घाट उतारकर कुएँ को उनकी लाशों से पाट दिया।'

नाना के मुँह से बात न निकली। उनका हाथ तलवार की मूंठ पर गया। इसी समय अज़ीमुल्ला ने आगे बढ़कर कहा, 'महाराज, कृपा कर शान्त रहिए। इस समय हमारी हालत नाजुक है। महाराज का परिवार इन आततायियों के घेरे में है। इनके सिर पर खून सवार है। ये जो न कर गुज़रें वही थोड़ा।'

नाना ने भर्राए गले से उसी सिपाही से कहा-

'तुमने यह खराब काम किसकी आज्ञा से किया?'

'मौलवी लियाकतअली की आज्ञा से।'

'तो अब तुम मेरे अधीन नहीं हो। तुम मेरे पास आए थे, तब क्या प्रतिज्ञा की थी?'

'तब हमने समझा था महाराज कि आप इन फिरंगियों को देश से बाहर करके हिन्दू राज्य की स्थापना करेंगे। आप प्रतापी पेशवाओं के उत्तराधिकारी हैं। परन्तु आप तो प्रत्येक लड़ाई में हारते गए। हम आपकी इस हार का कारण भी जानते हैं।'

'क्या कारण है?'

'कारण यह है कि आप भीतर से अंग्रेज़ों से मिले हैं। केवल ऊपरी तौर पर हमारे साथ हैं। आपने हमारे साथ विश्वासघात किया है।'

'तो भाइयों आपको उचित है कि मुझे भी अपनी तलवार के घाट उतार दो और मेरे परिवार की स्त्रियों के साथ भी वही सलूक करो जो तुमने मासूम असहाय अंग्रेज़ स्त्रियों के साथ किया है।' इतना कहकर नाना साहब ने अपनी बहुमूल्य रत्नजटित तलवार कमर से खोलकर भूमि

पर डाल दी और हीरे की नग लगी अपनी पगड़ी भी सिर से उतारकर फेंक दी। वह पागल की भाँति अपने अंग पर धारण किए रत्नाभरणों को नोच-नोचकर फेंकने लगे।

टोपे ने आगे बढ़कर वह पगड़ी और तलवार उठा ली। उसने कहा, 'यह क्या महाराज, यह पगड़ी और तलवार तो आपकी नहीं है। महान् पेशवाओं की है। मैं इसका अपमान न होने दूंगा। यह मेरी तलवार हाज़िर है। जो कोई पेशवा का अपमान करेगा उसी का मैं इसी तलवार से सिर धड़ से जुदा कर दूंगा।'

सब विद्रोही सिपाही चुपचाप सिर झुकाए खड़े हो गए।

नाना ने एक बार अपने चारों ओर देखा। फिर उसने बाबा भट्ट की ओर देखकर कहा, 'हमारी एक सूचना लिखो।'

उन्होंने लिखाया-'कानपुर के सैनिकों ने मेरा आदेश नहीं माना और अंग्रेज रैयत और औरतों को मारा। जो कुछ भी बचाना मेरे बस में था, मैंने बचाने की चेष्टा की। जब वे सुरसा स्थल को छोड़ने के बाद नावों पर आए, मैंने उन्हें इलाहाबाद भेजने का प्रबन्ध किया था-तो आपके आदमियों ने नाविकों पर गोलियों की बौछार छोड़ी, जिसके जवाब में इधर से भी गोलियाँ छोड़ी गईं। बड़ी कठिनाई से मैंने दो सौ औरतों और बच्चों की जान बचाई। अब मैं सुनता हूँ कि मेरे सैनिक जब कानपुर से भागे तो इन विद्रोहियों और बदमाशों ने बीबीघर में बन्द औरतों और बच्चों को मार डाला। आपकी विज्ञप्ति पढ़कर मैं लड़ने पर आमादा हुआ था, जिसके लिए ज़िम्मेदार आप ही हैं।'

विज्ञप्ति उन्होंने सुनी। उस पर हस्ताक्षर किए और मुहर लगवाकर अज़ीमुल्ला को देते हुए कहा, 'मेरे दोस्त, तुमने मेरे लिए बहुत कुछ किया, अब विदा। मेरी यह विज्ञप्ति तुम मेजर रिचर्डसन के पास पहुँचा देना।' वह तांत्या टोपे की ओर मुड़ा और कहा, 'तांत्या, मेरा परिवार तुम्हारी सुरक्षा में है। जब तक सब सुरक्षित न हो जाएँ, तुम कोई खतरनाक कदम मत उठाना। मैं ब्राह्मण हूँ, पेशवा का उत्तराधिकारी हूँ अपने पाप का प्रायश्चित करना मेरा धर्म है।

कुछ क्षण वे चुप रहे। फिर उन्होंने कहा, 'मेरा घोड़ा लाओ।'

एक सेवक दौड़कर घोड़ा ले आया। घोड़े पर सवार होकर उन्होंने फिर अपनी कमर से तलवार खोलकर तांत्या को देकर कहा, 'तांत्या, यह पेशवा की तलवार है जब तक जीवित रहना इसकी आन की रक्षा करना।

इसके बाद उन्होंने गंगा की ओर घोड़ा बढ़ाया। अपने शरीर के रत्नाभरण तोड़कर राह में बिखेरने आरम्भ कर दिए।

महल में कुहराम मच गया। स्त्री-बच्चे 'हाय महाराज', 'हाय महाराज' कहते-कहते रोते-पीटते उनके पीछे दौड़े। तांत्या उनकी तलवार को छाती से लगाए धार-धार आँसू बहा रहा था। सब सेवक-सम्बन्धी घर-बाहर के लोग रो रहे थे। सिर पीट रहे थे। रानियाँ धरती से धूल उठाकर सिर पर डाल रही थीं। कोई धरती में लोट-लोटकर बिसूर-बिसूरकर रो रही थीं।

हज़ारों आदमी नाना के घोड़े के पीछे थे। नाना ने पीछे फिरकर नहीं देखा। घोड़ा गंगा की धार में छोड़ दिया।

वर्षा हो चुकी थी। गंगा उमड़ रही थी। धीरे-धीरे नाना का घोड़ा गंगा की उस धार में धँसता चला गया और फिर उसी में समा गया। जल की लहरों पर धोन्धुपन्त नानाराव की रत्नजटित पगड़ी अठखेलियाँ करती बही चली जा रही थी।

16

फतेहपुर में विद्रोह फूट निकला।

बैरकों में भगदड़ मच गई। सारे गोरे भाग गए। परन्तु सार्जेण्ट मेजर डफ अपनी बैरक से नहीं निकला। वह गम्भीरतापूर्वक अपने कमरे में टहल रहा था। उसके हाथ में बन्दूक थी।

मेजर जनरल ने जब गणना की तो कहा-

'सार्जेण्ट मेजर डफ कहाँ हैं?'

'मेरा खयाल है कि वे बैरक में हैं।'

'ज़रूर वह सो रहा है। बैरकों को बागियों ने घेर रखा है। उसकी जान खतरे में है। कौन उसे वहाँ से ला सकता है?'

एडजुटेण्ट टक्कर ने कहा, 'यदि हुक्म हो तो मैं जाऊँगा।'

'जान का खतरा है।'

'लेकिन एक अंग्रेज़ की जान बचाना ज़रूरी है।'

'तुम बहादुर हो, जाओ, उसे लेकर आओ।'

एडजुटेण्ट टक्कर ने जाकर देखा-मेजर डफ गम्भीर चिन्तामग्न टहल रहा है। उसके हाथ में बन्दूक है।

'मेजर डफ, किस खयाल में हो। बागियों ने बैरक को घेर रखा है। सब अंग्रेज़ भाग रहे हैं, भागो, भागो।'

लेकिन सार्जेण्ट मेजर डफ ने उधर कान न दिया। वह उसी तरह टहलता रहा।

टक्कर ने फिर कहा, 'मेजर डफ, तुम सुनते नहीं। भागो!'

'मैं नहीं भागूँगा, तुम आओ।'

'क्या मतलब? क्या तुम्हारा सिर फिर गया है?'

'मैंने बागियों का साथ देने की ठान ली है। यह बदला है उन जुल्मों का जो हम योरोपियनों ने भारतीयों पर किया है।'

‘यह तुम क्या कह रहे हो मेजर डफ?’

‘बेहतर है तुम जान लेकर भाग जाओ।’

‘लेकिन तुम्हारा सिर फिर गया है मेजर डफ, मैं तुम्हें यहाँ नहीं छोड़ सकता। तुम्हें लेकर जाऊँगा।’

‘मैं नहीं जाऊँगा। मैं बागियों के साथ हूँ।’

‘यदि तुम पागल नहीं हो गए तो तुम बागी हो, अपने देश और जाति के दुश्मन। मैं तुम्हें गोली मार दूंगा। बेहतर है तुम मेरे साथ चलो, तुम्हारा कोर्ट मार्शल होगा।’

‘मैंने कह दिया-मैं बागी हूँ।’

‘तब मैं तुम्हें गोली मारता हूँ अपनी बन्दूक उठाकर।’ पर इससे प्रथम ही मेजर डफ ने फ़ायर कर दिया। एडजुटेण्ट टक्कर तत्काल मरकर गिर गया।

विद्रोहियों का खयाल था, बैरक खाली है। सब गोरे भाग गए हैं। अब बन्दूक की आवाज़ सुनकर दौड़े तो देखा मेजर एक लाश को देख रहा है। एक सिपाही ने पूछा-

‘इसे किसने मारा?’

‘मैंने।’

‘क्यों?’

‘यह मुझे बागी कहता था।’

‘क्या तुम भी बागी हो?’

‘बेशक!’

‘लेकिन तुम तो गोरे हो!’

‘तो इससे क्या? अंग्रेज़ों ने जो जुल्म हिन्दुस्तानी लोगों पर किए हैं, उनसे बदला लेने में मैंने तुम्हारा साथ देने का इरादा किया है।’

‘तुम्हारी सच्चाई का सुबूत?’

‘यह अंग्रेज़ मुर्दार जो मेरी गोली का शिकार हुआ है।’ सिपाही हर्ष से चिल्ला उठे और उस सार्जेण्ट को कन्धों पर उठा लिया।

फिर सब लोगों ने दिल्ली का रुख किया।

17

बाबू कुँवरसिंह शाहाबाद के बहुत बड़े ज़मींदार थे। उनकी वार्षिक आय तीन लाख से भी ऊपर थी। लगभग डेढ़ लाख रुपये वे सरकार को मालगुज़ारी देते थे। वे पढ़े-लिखे बहुत कम

थे, पर बड़े मिलनसार और उदार थे। उनकी उदारता फ़जूलखर्ची तक पहुंच गई थी। इस समय उन पर कोई तेरह लाख रुपया कर्जा था। ज़मींदारी के प्रबन्ध में लापरवाह थे। टेलर ने सुझाव दिया था कि वे अपनी ज़ायदाद की देख-भाल शाहाबाद के डिप्टी कलक्टर सैयद अज़ीमुद्दीन हुसैन खाँ को सौंप दें और दस लाख रुपये कर्जा लेकर छोटे-छोटे कर्जे चुकता कर दें। अभी ये सब बातें चल ही रही थीं कि विद्रोह की चिनगारी सुलग उठी। कुँवरसिंह जगदीशपुर में रहते थे। वहाँ इनकी हवेली किले के रूप की थी। अशिक्षित होने के कारण कुछ हठी और रूढ़िवादी भी थे। उन्हें अपनी जायदाद के जाने का भय हो रहा था। ये बातें उन दिनों असम्भव भी नहीं थीं। यों अंग्रेज़ों से उनके सम्बन्ध अच्छे थे। अंग्रेज़ उनकी इज़्ज़त करते थे; कुँवरसिंह इस समय उनसे भी शंकित हो गए थे।

जब बिहार में क्रान्ति की हवा चली, तो वहाँ के राजपूती खून में भी जोश उठा। गाँव-गाँव में गुप्त सभाएँ होकर क्रान्ति की चर्चा होने लगी। चर्चा का मुख्य विषय यही होता था कि अंग्रेज़ अब हिन्दुस्तान से चले जाएँ तो अच्छा हो।

टेलर की नज़र से यह छिपा न था। वह जैसी तीखी नज़र वहाबियों पर रखता था, वैसी ही इन राजपूत ज़मींदारों पर भी उसकी नज़र थी। जिस मीटिंग में उसने वहाबी नेताओं और शाहाबाद के अन्य प्रमुख जनों को बुलाया था उसमें कुँवरसिंह को भी बुलाया था। परन्तु कुँवरसिंह टेलर की बुरी नीयत को भाँप गए थे। वह बुढ़ापा और बीमारी का बहाना करके उस मीटिंग में नहीं गए।

इसके बाद जब तीनों मौलवियों को गिरफ्तार करने की खबर उन्हें लगी तो वे चौकन्ने हो गए। अब उन्हें हर समय यही भय लगा रहता था कि कमिश्नर न जाने उन्हें कब पकड़कर कैद कर ले। एक तरफ़ उनकी नज़र अंग्रेज़ों पर थी, दूसरी ओर क्रान्तिकारियों की ओर। इसके बाद 3 जुलाई को एक घटना घटी। फिर तैंतालीस आदमियों पर मुकदमा चलाने का ढोंग रचकर लोगों को फाँसी पर लटका दिया गया।

इन तमाम बातों से कुँवरसिंह का खून खौल उठा। उसने अपने भाई-बिरादरी की एक गुप्त-सभा जगदीशपुर में आयोजित की। सभा में कुँवरसिंह के अतिरिक्त उनका भाई अमरसिंह, भतीजा रितभंजनसिंह, उसका तहसीलदार हरिकिशनसिंह और साठ वर्षीय मित्र निशानसिंह मौजूद थे। इनके अतिरिक्त दिलावरखाँ और सरनाम सिंह दो व्यक्ति और भी थे।

कुँवरसिंह ने कहा, 'लो भई, अब तो फ़ैसला हो गया। मुझे भी अब वे लोग फाँसी पर लटकाना चाहते हैं। हमें अब यह देखना है कि हमारी मौत अब डोम के हाथों कब आती है।'

'बाबू साहब, हम क्षत्रिय हैं। शाहाबाद इलाके के सब क्षत्रियों के आप राजा हैं। आप पर वे हाथ डालेंगे तो हम भी यह सिद्ध कर देंगे कि हमारी राजपूती वीरता गुज़रे ज़माने की चीज़ नहीं है।' तहसीलदार हरकिशन ने मूँछों पर ताव देकर कहा।

इस पर निशानसिंह ने हँसकर कहा, 'क्या बात कही है हरकिशनसिंह, शाबाश! अब राजपूती खून की परीक्षा का भी समय आ गया। हमीं ने इन फिरंगियों को इतना सिर चढ़ाया है और हमीं अब इनका मुँह काला करेंगे।'

रितभंजनसिंह बाईस बरस का तरुण था। उसने कुँवरसिंह के चरण पकड़कर कहा, 'दद्दा, बस, अब तो म्यान से तलवार खींचने का हुक्म दे दें। मुझे पक्की खबर लगी है कि दानापुर के सिपाही अब आरा पहुँचना ही चाहते हैं। वे सब हमारे शाहाबाद जिले के हमारे ही भाई-बन्धु हैं। उन्होंने अरदास की है कि आप उनकी कमान सँभालें।'

'पर मैं तो भाई, बहुत बूढ़ा हो चुका हूँ और मेरी सेहत भी अब इस योग्य नहीं कि कुछ कर सकूँ पर तुम्हें मैं नहीं रोकूँगा।' इस पर निशानसिंह ने कहा, 'दिलावरखाँ! यह बात बाबू साहब से भी तो कह दो।'

दिलावरसिंह ने कहा, 'हुजूर मेरी ज़बान कट जाए, वे कह रहे थे कि बाबू साहब हमारे राजा और मालिक हैं। पर अंग्रेज़ों का बहुत लिहाज़ करते हैं। अब उन्होंने हमारा साथ नहीं दिया तो हम आरा के बाद जगदीशपुर को लूटेंगे।'

बाबू कुँवरसिंह की आँखें लाल हो गईं। उन्होंने कहा, 'उनकी इतनी मजाल?'

पर निशानसिंह ने हँसकर कहा, 'बाबू साहब को सिर पर बैठाने के ये सब चोंचले हैं।'

'वे आरा कब पहुँच रहे हैं?'

'आज ही रात को।'

'तो चलो, आरा ही में दो-दो बातें उनसे होंगी।'

कुँवरसिंह ने अपने सभी भाई-बन्दों का संगठन किया। अपनी निजी सेना को व्यवस्थित किया और आरा की ओर रवाना हो गए।

18

विद्रोही सैनिक जिस दिन आरा पहुँचे उसी दिन कुँवरसिंह भी सदल-बल आरा जा धमके। सबने मिलकर जगदीशपुर के राजा को अपना नेता बनाया।

कप्तान डनवर से उनकी पहली मुठभेड़ हुई। कुँवरसिंह को न कोई सैनिक शिक्षा मिली थी, न वे लड़ाई के कायदे जानते थे। परन्तु उनके भाई अमरसिंह बड़े समझदार सिपाही और तेजस्वी पुरुष थे, जो इस समय कुँवरसिंह की रकाब के साथ थे। घनघोर युद्ध हुआ। भारतीय वीर भी ऐसा युद्ध कर सकते हैं, यह अंग्रेज़ों को कल्पना तक न थी। कप्तान डनवर पहली ही झपट में मारे गए। शीघ्र ही सारा ही अंग्रेज़ी दस्ता छिन्न-भिन्न हो गया। गोलियाँ उनके दायें-बायें, आगे-पीछे अँधेरे को चीरती हुईं अंग्रेज़ों पर मौत बरसा रही थीं। एक दिन पूर्व जो साढ़े चार सौ स्वस्थ

आदमी आशाओं से भरे निकले थे, उनमें से आधे से अधिक अब गिद्धों और सियारों का भोजन बन रहे थे। जो पीछे दानापुर छावनी में लौटकर पहुंचे, उनमें केवल पचास आदमी ऐसे थे जो घायल न हुए थे।

सिपाहियों ने खज़ाना लूट लिया। जेलों से कैदी मुक्त कर दिए गए। कुँवरसिंह के पास दो पुरानी तोपें थीं-पर यथेष्ट गोला-बारूद नहीं था। इसलिए पिटे हुए लोहे के गोले और दरवाजों के पीतल के हत्थों को गलाकर गोले बनाए गए। सब अंग्रेज़ों को घेर लिया गया। इस समय सिख अंग्रेज़ों के घेरे की रक्षा कर रहे थे। वे बड़ी वीरता और धैर्य का परिचय दे रहे थे। जब पानी खत्म हो गया तो सिखों ने अठारह फुट गहरा कुआँ खोद डाला। भोजन की कमी होने पर वे इधर-उधर से भेड़ें पकड़ लाए। परन्तु विद्रोही सिपाहियों का घेरा और भी मज़बूत होता चला गया। अंग्रेज़ चूहेदानी में बन्द चूहे की भाँति तड़पने लगे।

19

मौत भीषण और कूर है। पर कभी-कभी जब वह मौज में होती है, मनोरंजक खेल खेलती है। लखनऊ की रेजीडेन्सी में भी अब उसके खेल आरम्भ हुए।

डूप्रे एक फ्रेन्च साहसिक था। पहले वह एक अफ़सर था, भाग्य आज़माने भारत आया था। अज़ीमुल्ला और नाना ने लखनऊ के दौर के समय उससे अपनी सेना के संचालन का अनुरोध किया था, पर डूप्रे ने स्वीकार नहीं किया। वह लखनऊ में शराब का धंधा करता था। विद्रोही सैनिकों ने उसका शराब का भण्डार लूट लिया। अब वह यहाँ गबिन्स के तोपखाने का अधिकारी था। वह बड़ा मौजी और मसखरा था। वह ईश्वर को नहीं मानता था। वह गोली खाकर मरा। रोमन कैथोलिक पादरी ने उसका संस्कार करने से इनकार कर दिया। वह यूँ ही दफ़ना दिया गया। एक और फ्रेन्च मोशिए जेफराय और एक इटैलियन सिगनर वारसोटोली भी विद्रोह की चपेट में आ गए। दोनों बड़े खुशमिज़ाज थे। दोनों हँसते हुए गोली से ढेर हो गए। घेरे में अब चारों ओर लोग मर रहे थे। सीतापुर की शरणार्थी मिसेज़ डोरिन को गबिन्स की खिड़की से गोली लगी. वह मर गई। इसके बाद खिड़कियों को किताबों से टोप दिया गया। किताबों में गोली-गोले घुसकर उनकी धज्जियाँ उड़ा देते थे। प्रतिदिन 15-20 व्यक्ति अवश्य मरते थे। एक विद्रोही अफ्रीकी जुहानील के मकान से गोली चलाया करता था। उसका निशाना कभी खाली न जाता था। डायरी भरनेवाले को प्रतिदिन एक दोस्त की मौत दर्ज करनी पड़ती थी। मेजर फ्रांसिस चुपचाप ब्रिगेड मेस में बैठा था। वहीं एक गोले ने उसके टुकड़े-टुकड़ेकर दिए। ब्राइसन हँसी में कहता था-अभी ऐसी गोली नहीं बनी है जो उसका काम तमाम करे। एक दिन एक गोली ने उसका सिर चकनाचूर कर दिया।

विद्रोही सैनिकों का गोला-बारूद अब खत्म हो रहा था और उनकी गोलियाँ अब लकड़ी, लोहे के टुकड़ों, ताँबे के पैसों और बैलों के सींगों की होती थीं।

जुलाई का आरम्भ हो गया। घनघोर वर्षा हुई। इससे बहुत-सी गन्दगी बह गई। सड़े हुए जानवरों के अवशेष बह गए, उनकी दुर्गन्ध जाती रही। अस्पताल के सामने मैदान में बहुत-सा भूसा जमा था। विद्रोहियों ने उसमें आग लगा दी थी। यह भीषण आग घेरेवाले नहीं बुझा सकते थे; पर वर्षा से वह आग बुझ गई। पुरुषों की अपेक्षा स्त्रियों की दशा अत्यन्त दयनीय थी। बहुधा छोटे-छोटे कमरों में ज़मीन पर कई-कई स्त्री-बच्चे सोते थे। दिन-रात गोलियाँ चलती थीं। स्त्रियाँ उनसे अत्यन्त भयभीत थीं। प्रतिक्षण विद्रोहियों के टूट पड़ने की आशंका थी। चेचक और हैजा-कै बच्चों का काल बने हुए थे। इलाज का कोई प्रबन्ध ही न था। बहुधा चूहे सोती हुई स्त्रियों और बच्चों पर दौड़ते रहते थे। तहखानों में रात को इस कदर दुर्गन्ध भर जाती थी कि कागज़ और कपूर जलाना पड़ता था। प्रार्थना-उपासना में किसी का मन नहीं लगता था। हर समय गोली-गोलों के धड़ाकों से मौत की याद ताज़ा होती थी। अब खाने-पीने का सामान भी चुकने लगा। चुरुट के छोटे-छोटे टुकड़े भी अब विलास की वस्तु समझे जाने लगे। इंधन भी कम पड़ता जा रहा था। अब मेज़-कुर्सियाँ जलाने की नौबत आ रही थी। अनेक स्त्रियाँ ईंधन चुनते हुए गोलियों की शिकार हो गईं। कई स्त्रियाँ आत्महत्या की तैयारियाँ करने लगीं। कुछ स्त्रियों के पास अफीम और पूसिक एसिड था। कुछ स्त्रियाँ उन्हें धीरज रखने की सलाह दे रही थीं। जल्दी सहायता की कोई आशा न थी। चारों ओर से बुरी खबरें आ रही थीं। कानपुर विद्रोहियों के हाथ में था। वहाँ के समाचार दिल हिला देनेवाले थे। मौत अपना खेल अनेक तरह खेल रही थी। दैनिक विवरण बहुत निराशापूर्ण था। गोली लगने से जिसका अंग काटा जाता था, दूसरे दिन उसकी मौत निश्चय हो जाती थी।

कभी-कभी भीषण आक्रमण करके रेजीडेन्सी पर कब्जा करने के प्रयत्न होते थे। तोपखाने व्यवस्थित गोले बरसा रहे थे। कभी-कभी लड़ाई सुबह से शाम तक बराबर चलती और निरन्तर आक्रमण किए जा रहे थे।

20

जिस समय विद्रोह का आरम्भ हुआ, प्रधान अंग्रेज़ सेनापति जनरल एन्सन कुछ अस्वस्थ थे और शिमला में आराम कर रहे थे। अंग्रेज़ी सेनाएँ डगशाई, कसौली और सपाटू की ग्रीष्मकालीन छावनियों में मौज-मज़ा कर रही थीं। पंजाब के कमिश्नर जान लारेन्स रावलपिण्डी में थे और वहाँ से मरी जाने की तैयारी कर रहे थे। विद्रोह की सूचना पाते ही वे लाहौर लौटे और लाहौर-पेशावर के सम्पर्क को दृढ़ किया। एन्सन ने डगशाई में तैनात फ़ौजों को कूच के लिए तैयार रहने का आदेश दिया। एक गोरखा रेज़ीमेण्ट को, जो देहरादून में थी, मेरठ पहुँचने का आदेश दिया। अम्बाला के सिपाहियों में गड़बड़ी थी, इसलिए सर एन्सन वहाँ स्वयं जा पहुँचा। वे सोच रहे थे कि बिना समय गँवाए यदि दिल्ली पर फिर अधिकार हो जाए तो समूचे भारत को हाथ से जाने से बचाया जा सकता है। लारेन्स ने भी एन्सन को पत्र पर पत्र लिखकर जल्दी करने की सलाह दी। लेकिन सर एन्सन के सामने कुछ कठिनाइयाँ थीं। इस समय सात मील के घेरे में आबाद शहर दिल्ली की रक्षा अच्छे-से-अच्छे अंग्रेज़ अफ़सरों के सिखाए हुए सैनिक कर रहे थे। वे जानते

थे कि इस शहर में घुसने के लिए उन्हें मोटरगाड़ियाँ, गोला-बारूद, खेमे, रसद और तोपखाने का पूरा इन्तज़ाम करना पड़ेगा। दिल्ली की दीवारें केवल हल्ला बोलकर नहीं तोड़ी जा सकती थीं। वास्तव में सर एन्सन के सामने इस समय यह समस्या थी कि भारत का समूचा साम्राज्य इस समय दाँव पर लगा है और इन्हीं की चाल पर हार-जीत निर्भर है। वह जल्दबाज़ी में कोई घातक कदम नहीं उठाना चाहते थे। उनके सामने दिन-दिन भारत के सब भागों से अंग्रेज़ों के मारे जाने की भयानक खबरें आ रही थीं। वे खूब समझते थे कि एक सैनिक के रूप में उन्हें क्या करना चाहिए। इसी से उन्होंने ऐसे जल्दबाज़ असैनिकों की एक न मानी जो सैनिक कठिनाइयों का ठीक अन्दाज़ा नहीं लगा सकते और हार के राजनीतिक परिणामों का कुछ भी पता न था।

शिमला के पास जनोग में गोरखों की नासिरी रेज़ीमेण्ट तैनात थी। उसे अन्य पहाड़ों पर तैनात सैनिक दस्तों की भाँति फौरन अम्बाला जाने का हुक्म हुआ, जिसने बाद में सहारनपुर में बड़ा नाम कमाया।

अब पूर्व की ओर रुख करने से पहले जनरल एन्सन ने हैविट से सम्पर्क स्थापित किया और मेरठ के साथ संचार-व्यवस्था पुन: स्थापित करने का प्रयत्न किया। उन्होंने योजना बनाई कि मेरठ के सैनिक उन्हें बागपत में मिल जाएँ और तब वे दिल्ली की ओर बढ़े।'

जनरल एन्सन 24 मई को अम्बाला से चलकर 25 मई को करनाल पहुँचा। किन्तु अगले ही दिन उसे हैज़ा हुआ और 26 मई को वह मर गया।

अब मेजर-जनरल सर हेनरी बर्नार्ड उसका उत्तराधिकारी बना। वह तोपों की प्रतीक्षा किए बिना ही आगे बढ़ा। उसके साथ पहली अम्बाला ब्रिगेड, दूसरी बंगाल ब्रिगेड थी। वह विलसन की मेरठ ब्रिगेड से जल्द-से-जल्द मिल जाना चाहता था। रास्ते-भर वह गाँवों को जलाता, आदमियों को कत्ल करता 4 जून को दिल्ली से दस मील दूर अलीपुर आकर मुकीम हुआ।

उधर 27 मई की रात्रि को ब्रिगेडियर आर्कलैण्ड विलसन की अध्यक्षता में मेरठ की सेना ने प्रस्थान किया। 30 को वह हिण्डन के पुल पर पहुंची, जहाँ उसे कड़े विरोध का सामना करना पड़ा। एक दिन उसे यहाँ विद्रोहियों से कठिन मोर्चा लेना पड़ा। नदी के इस पार विद्रोही सेना थी और उस पार अंग्रेज़ी सेना। दोनों ओर से गोले बरस रहे थे। गोरे सैनिक तेज़ धूप से घबरा उठे। वे पानी में उतरकर घुटनों तक पानी में खड़े गोलियाँ चला रहे थे। 4 जून को उन्हें गोरखों की सहायता मिल गई, परन्तु इसी समय जनरल बर्नार्ड ने उन्हें हुक्म भेजा कि वे पीछे हटें और बागपत के पास यमुना को पारकर अलीपुर में उससे आ मिलें। इस प्रकार यह खेमा 7 जून को अलीपुर जा पहुंचा।

21

फील्ड मार्शल जनरल एन्सन और पंजाब के चीफ़ कमिश्नर सर जान लारेन्स में दिल्ली अभियान के समय इस प्रकार बातचीत हुई-

'यह सच है कि दिल्ली अभी तक हिन्दुस्तान की राजधानी है और यहाँ बादशाह रहता है जिसके प्रति भारतवर्ष के एक बहुत बड़े भाग की श्रद्धा है। लेकिन यह सच है कि दिल्ली इस विद्रोह का केन्द्र बनने योग्य नहीं।'

'क्यों नहीं।'

'इसलिए कि पिछले डेढ़ सौ वर्षों से बादशाह के दरबार से सम्बन्धित अधिकारी ऐशो-आराम के आदी बन चुके हैं। वे अपने आराम को एक क्षण के लिए भी छोड़ना पसन्द नहीं करते। इसके अलावा एक और बात है।'

'वह क्या?'

'यह कि बादशाह जो बूढ़ा और कमज़ोर है, और घरेलू झंझटों में उलझा हुआ है, दूसरों से काम कराने का आदी है। पर अब उस पर काम का बेहद बोझ आ पड़ा है, जिसे वह बर्दाश्त नहीं कर सकता।'

'तो इससे क्या?'

'कोई लायक आदमी भी ऐसा दिल्ली में नहीं है, जो सारी विद्रोही सेना पर नियन्त्रण कर सके। इसके अतिरिक्त मुझे पुख्ता खबर लगी है कि शहरवाले सिपाहियों की लूट-खसोट से तंग हैं। सिपाही न अपने अफ़सरों की परवाह करते हैं, न बादशाह की, और मैं समझता हूँ, जल्द ही उनमें फूट पड़ जाएगी।'

'यह आप कैसे कह सकते हैं?'

'मुझे बराबर खबर लगती रही है कि मेरठ के सिपाही भूखों मर रहे हैं। उन्हें न तनख्वाह मिलती है, न खाना। न उनके रहने का ठिकाना है। पर दिल्ली की फ़ौज ने दिल्ली को लूट-मार कर खूब गहरी गाँठ बनाई है। इससे दोनों फ़ौजों में मनमुटाव हो रहा है। यह मनमुटाव दिन-दिन बढ़ता जा रहा है।'

'तब तो अब हमारा सारा ध्यान इस बात की ओर जाना चाहिए कि विद्रोही सेना से बादशाह का और बादशाह से उस सेना का विश्वास उठ जाए और उनके मनों में सन्देह का वातावरण उत्पन्न हो जाए।'

'बेशक यह महत्त्वपूर्ण चाल होगी। दिल्ली शहर में और दरबार में हमारे सैकड़ों दोस्त और हज़ारों जासूस हैं, जो आसानी से यह कार्य कर सकते हैं।'

'बेशक। और भी एक बात है।'

'वह क्या?'

'यह कि शहर के व्यापारी अब ज़्यादा देर तक अपना कारोबार बन्द रख नहीं सकते। जब से हमने शहर पर घेरा डाला है, उनमें घबराहट बढ़ती ही जाती है। हमें अपने गुप्तचरों द्वारा इस स्थिति से लाभ उठाना चाहिए और नैराश्यपूर्ण वातावरण उत्पन्न करा देना चाहिए।'

'इतना ही नहीं, जो लोग अब तक बहादुरी और हिम्मत से मोर्चा ले रहे हैं उनमें नैराश्य का वातावरण उत्पन्न करा देना चाहिए।'

'आप ठीक कहते हैं जनरल! और मैं समझता हूँ इससे शीघ्र ही बादशाह हमसे सुलह करने पर आमादा हो जाएगा।'

'लेकिन हमें बादशाह की शारीरिक, मानसिक और घरेलू हालत पर गौर करने की ज़रूरत है।'

'जहाँ तक हम उसकी शारीरिक हालत जानते हैं वह सुबह का चिराग है।'

'जी हाँ, परन्तु वह मन से बादशाह की अपेक्षा भावुक कवि अधिक है। बादशाह होने और हुकूमत की ज़िम्मेदारी सँभालने की, खासकर लड़ाई के मौके पर, उसमें कतई योग्यता नहीं है। वह स्वभाव का भला आदमी है। वह दुनिया के दु:ख दूर कर देना चाहता है। अपनी प्रजा के कष्ट वह देख नहीं सकता। परन्तु वह वास्तव में कुछ भी कर सकने में असमर्थ है।'

'वह कुछ कैसे कर सकता है, जब अंग्रेज़ सरकार की नज़र में उसका अस्तित्व ही अनिश्चित है। उसके अधिकार सीमित हैं और उन्हें भी हम ज़्यादा देर तक बर्दाश्त नहीं कर सकते।'

'लार्ड डलहौज़ी का इरादा तो यह था कि बादशाहत का नामो-निशान ही मिटा दिया जाए। सन् 1848 में जब शाहज़ादा दाराबख मर गया तो अब मिर्ज़ा फखरुद्दीन फतहुल मुल्क की बारी थी कि वह बादशाह का उत्तराधिकारी बने। वह अंग्रेज़ों का दोस्त भी था। लेकिन बादशाह ज़ीनतमहल के लड़के जवांबख्त को अपना उत्तराधिकारी बनाना चाहता था। अंग्रेज़ी सरकार ने इसकी परवाह न की। फखरुद्दीन फतहुल मुल्क से मनमाना सौदा पटाकर उसे उत्तराधिकारी घोषित कर दिया। इस पर किले में बहुत नाराज़गी फैली। इसके बाद वह हैज़े से मर गया। अब बादशाह ने फिर जवांबख्त के लिए ज़ोर मारा। अन्य शाहज़ादों की ओर से एक संयुक्त राजीनामा भी पेश किया। परन्तु इसके दूसरे ही दिन शाहज़ादा मिर्जा कुरेश को हमने गाँठा और उससे अंग्रेज़ों को लिखाया कि मुझसे और सब शाहज़ादों से जबरन दस्तखत करा लिये गए हैं। बेगम ज़ीनतमहल के षड्यन्त्र से बादशाह मेरी हकतलफी कर रहे हैं। इसलिए मैं आपकी शरण में हूँ। मैं सब शाहज़ादों में ज्येष्ठ हूँ। हाजी हूँ। कुरान शरीफ़ का हाफिज़ हूँ। यह खत लार्ड कनिङ्ग के पास भेज दिया गया। उन्होंने उसके अधिकारों को स्वीकार कर लिया और बादशाह को इत्तला दे दी गई कि अंग्रेज़ सरकार जवांबख्त को उत्तराधिकारी नहीं स्वीकार करती। शाहज़ादा कुरेश से यह तय हुआ कि बादशाह के मरने पर उसे शाही खानदान का मुखिया मान लिया जाएगा। लेकिन उसकी उपाधि शाहज़ादा ही रहेगी। उसके साथ कोई सन्धि या इकरारनामा नहीं लिखा जाएगा।'

'लेकिन हमारी सरकार के इस निर्णय का बेगम ज़ीनतमहल पर क्या असर पड़ा?'

'स्वाभाविक था कि वह अंग्रेज़ सरकार की कट्टर दुश्मन बन गई। वह जवान और समझदार औरत है। वह जानती है कि बादशाह ज़्यादा दिन तक ज़िन्दा न रहेंगे। ऐसी हालत में उसका बेटा

बादशाह न हुआ तो उसकी सब शान और अधिकार ही खत्म हो जाएँगे। इस वक्त तो बादशाह के नाम पर वह सब स्याह-सफ़ेद करती है।'

'तब तो विद्रोहियों से वह मिली होगी और उनकी तहेदिल से मदद कर रही होगी।'

'क्यों नहीं। लेकिन हमारे सार्जेण्ट मिर्ज़ा इलाहीबख्श और हकीम अहसानुल्ला उसे हमेशा यही समझाते हैं कि फतह अन्त में अंग्रेज़ों की ही होगी।'

'क्या आप इस बात का कोई खास कारण बता सकते हैं कि मिर्जा इलाहीबख्श क्यों उससे नफ़रत करते हैं?'

'इसलिए कि वह जानते हैं कि बेगम ने ही उसके दामाद मिर्जा फखरुद्दीन को मरवा डाला है। वह बेशक बादशाह और बेगम से बदला लेने ही को अंग्रेज़ों से मिले हैं।'

'तब तो यह आदमी बादशाह का पक्का दुश्मन और हमारा पुख्ता दोस्त है।'

'कतई ऐसा ही है। बेगम अपने बेटे जवांबख्त खाँ के लिए सब कुछ कर डालने पर आमादा है। बस इसी कमज़ोरी पर बादशाह और बेगम को इलाहीबख्श ने अपने जाल में फाँस रखा है।'

'लेकिन विद्रोही सेना ने शाहज़ादों को क्यों अपना अफ़सर बनाने का आग्रह किया?'

'इसलिए कि उन्हें आशा थी कि उनकी आज्ञा का सब पालन करेंगे तथा बादशाह भी इस बात से खुश थे।'

'लेकिन हम देख रहे हैं कि शाहज़ादे सेना का संचालन करने के अयोग्य हैं।'

'केवल सेना के संचालन की ही बात नहीं है साहब! शासन-प्रबन्ध और जनता का सहयोग तक उन्हें प्राप्त नहीं है। इसके अतिरिक्त इस असाधारण संकट काल में धन एकत्र करना तथा उसका ठीक-ठीक वितरण करना भी उनके बूते का काम नहीं है, यह प्रकट हो गया है। लूट-मार, अत्याचार, कुशासन और व्यभिचार इनमें ऐसा कौन-सा दोष है जो उन पर नहीं लगाया जा सकता। बादशाह की चेतावनी का भी इन पर असर नहीं है। वास्तव में उनमें से एक की भी बादशाह पर सच्ची श्रद्धा नहीं है। बादशाह ने भी 5 जुलाई को एक फ़रमान निकाल दिया है कि वे अन्य साधारण लोगों के समान समझे जाएँ और शाहज़ादा समझकर कोई खास रिआयत या प्रतिष्ठा उनकी न की जाए।'

'क्या यहाँ तक बादशाह उनसे बदजन है?'

'क्यों न हो, जबकि वे साधारण जनों की अपेक्षा भी अयोग्य हैं। न उन्हें युद्ध-क्षेत्र का अनुभव है, न वे तलवार-भाला चलाना जानते हैं। बाज़ारू लफंगे और कमीने लोग उनके मुँहलगे हैं। वे अनुभवशून्य हैं तथा भोग-विलास, अपव्यय और दुराचार में फँसे हैं। विद्रोह से पहले वे दरिद्र बन चुके थे, पर अब लूट-मार कर धनी बन गए हैं। वे शराब तथा ऐयाशी में दिन-रात बिताते हैं, जबकि दिल्ली पर संकट के बादल मँडरा रहे हैं।'

'वे लोगों से बादशाह के हुक्म की आड़ में सिपाहियों के प्रबन्ध के नाम पर धन ऐंठते हैं और उसमें से एक कौड़ी भी किसी सैनिक काम पर खर्च नहीं करते। जो लोग कुछ वसूल करते हैं, स्वयं हथिया ले जाते हैं और वेश्याओं और बाज़ारी लोगों में उसका अपव्यय करते हैं। वे रात सोकर और दिन मस्त होकर गुज़ारते हैं।'

'ओह जनरल, तब तो हमें आशा-ही-आशा है। तैयारी करो। सब मोर्चों पर नई कुमक पहुँचा दो। हम दिल्ली को फतह करेंगे और कोई ताकत पीछे नहीं धकेल सकती।'

'यही मैं भी कहना चाहता हूँ। विश्वास कीजिए कि हमारी सेना के प्रत्येक सिपाही का यही इरादा है।'

22

ज्यों ही अलीपुर में अंग्रेज़ों की सेना के आ पहुँचने की सूचना विद्रोही सेना को मिली, बादशाह ने एक दरबार करके सेना की व्यवस्था की और सेनापतियों को हुक्म दिया। पहाड़ी धीरज और सलीमपुर पर मोर्चे जमाने का निश्चय हुआ। 7 जून को एक ने अलीपुर की छावनी पर आक्रमण किया। अब उन्होंने बादली की सराय में एक दल सुदृढ़ मोर्चाबन्दी की। सराय सड़क के बाईं ओर थी। उसका दरवाज़ा बहुत मज़बूत था। सराय के दोनों ओर 150 गज की दूरी पर एक ऊँची जगह पर दो घर थे। वहाँ विद्रोहियों ने अपनी बैटरियाँ जमा दीं और कुछ हल्की तोपें भी चढ़ा दीं। थोड़ी-थोड़ी दूर पर इन्होंने बड़े-बड़े गमले सफ़ेद रंग से रंगकर रख दिए, जिससे उन्हें तो ऊँची-नीची करने में तथा दूर तक निशाना लेने में बहुत सुविधा हुई। सराय के दाहिनी ओर एक छोटा-सा गाँव था, जहाँ पैदल पल्टन ने सुरक्षा ली। सड़क के दोनों ओर जगह-जगह पानी भरा था। भूमि दलदली थी और सड़क के समानान्तर एक नहर पड़ती थी जिस पर कई पुल थे।

विद्रोहियों पर आक्रमण करने की अंग्रेज़ों ने एक योजना बनाई। 8 जून को एक बजे रात के समय ब्रिगेडियर होमग्रांट दस घोड़ों के तोपखाने और आठवीं लैन्सर के तीन स्क्वाड्रन तथा जीन्द के पचास सवारों को लेकर आगे बढ़ा। उसका इरादा विद्रोहियों के पृष्ठ भाग पर हमला करने का था। उधर सर हेनरी बर्नार्ड मुख्य सेना लेकर सड़क की ओर आक्रमण करने को बढ़ा। दिन निकलते ही दोनों ओर से तोपें गरज़ उठीं। बड़ा घमासान युद्ध हुआ। अन्त में दोनों सेनाएँ भिड़ गईं और संगीनों से लड़ाई होने लगी। अन्त में बड़े भारी संघर्ष के बाद सराय के द्वार पर अंग्रेज़ों का अधिकार हो गया।

क्रान्तिकारी पीछे हट गए और अंग्रेज़ी सेना आजादपुर की ओर बढ़ी। यहाँ से दो मार्ग जाते थे। जनरल बर्नार्ड एक मार्ग से छावनी की ओर चला और दूसरे मार्ग से चलकर ब्रिगेडियर विलसन सब्जीमण्डी की ओर बढ़ा। विद्रोहियों ने बावरा पर तीन तोपें चढ़ा रखी थीं, जिनसे सर बर्नार्ड पर गोले बरसाए। उधर ब्रिगेडियर विलसन गोलियों की वर्षा में सब्जीमण्डी की ओर बढ़ रहा था। अन्त में अंग्रेज़ों ने बड़े संघर्ष के बाद छावनी पर अधिकार कर लिया। विद्रोही सेना पीछे हट गई।

बर्नार्ड ने क्रीमिया की लड़ाई में बहुत नाम कमाया था। पर भारत का उसे कोई अनुभव न था। आक्रमण में 26 तोपें अंग्रेज़ों के हाथ लगीं। यद्यपि विद्रोही सेना बहुत थी और उनकी स्थिति भी उत्तम थी; पर नेतृत्व ठीक न होने से उसके पैर उखड़ गए। इस लड़ाई में अंग्रेज़ों के चार अफ़सर मारे गए और अनेक घायल हुए। एडजुटेण्ट-जनरल कर्नल चेस्टर भी इस लड़ाई में मारे गए। अंग्रेज़ों ने आगे बढ़कर निचले इलाके की उस पहाड़ी पर अधिकार कर लिया जो दिल्ली की बाहरी प्राचीर कहाती है। 11 मई को अंग्रेज़ यहाँ से भागे थे और अब एक महीने से भी कम समय में वे दिल्ली के अंचल में घुस बैठे। 8 जून को वे फिर अपनी छावनियों में थे।

23

पहाड़ी शहर के उत्तर में थी। यह वह स्थान है जहाँ इस समय फतेहगढ़ बना हुआ है। यहाँ से दिल्ली शहर के तीन दरवाज़ों पर नियन्त्रण रखा जा सकता था। जनरल बर्नार्ड के पास इतनी सेना न थी कि वह अब आगे बढ़े। न विद्रोहियों के शिविर पर, न पहाड़ी पर घेरा डाला जा सकता था। मथुरा रोड बराबर खुली थी और अवध तथा रुहेलखण्ड, झाँसी, कानपुर, नसीराबाद, नीमच से विद्रोही सिपाही बिना किसी रोक-टोक के आ सकते थे तथा उन्हें हर तरह की कुमुक भी पहुँचती रहती थी। उधर अंग्रेज़ों का भी अम्बाला से सम्पर्क बना हुआ था, उस पर कब्जा करने की किसी ने चेष्टा नहीं की थी। न रसद-पानी की रुकावट डाली जा रही थी।

बर्नार्ड ने तुरंत पहाड़ी के महत्त्वपूर्ण स्थानों पर अपना कब्जा कर लिया। ठीक दाहिनी ओर जहाँ इस पहाड़ी का ढलान सब्ज़ीमण्डी की ओर चला है, पत्थर की एक इमारत थी, जिसे बाड़ा हिन्दूराव कहा जाता था। इस इमारत के स्वामी दौलतराव सिंधिया के निकट सम्बन्धी थे। वे मर चुके थे। इस समय वह इमारत खाली पड़ी थी। इसी इमारत में सिरमौर गोरखों के साथ मेजर रीड को नियुक्त किया गया। एक ज़माना था कि इस इमारत में बड़े-बड़े नाच-रंग, दावतें और समारोह हुआ करते थे। इसका स्वामी बड़ा धनी और आशावादी था। परन्तु आज इस इमारत का बहुत-सा भाग गोलों से ढह चुका था। शेष दीवारें गोलियों से छलनी हो चुकी थीं।

इस इमारत के बाईं ओर एक गोल इमारत थी, जो फ्लैग स्टाफ टॉवर कहाती थी। यह इमारत बहुत ऊँची थी और वहाँ से दूर-दूर तक देखा जा सकता था। यहाँ भी एक सैनिक टुकड़ी तैनात की गई थी। इसी फ्लैग स्टाफ टॉवर से थोड़ी दूर एक पुरानी मस्ज़िद थी, जो पठानों की बनाई हुई थी। बाड़ा हिन्दूराव के पास एक वेधशाला थी। दोनों इमारतों में भी सैनिक चौकियाँ बैठा दी गईं। इस फ्लैग स्टाफ टॉवर से परे नदी के किनारे सर थियोफिलस मेटकाफ का ग्राम्य निवास था। इसके अहाते में से विद्रोही सिपाही अंग्रेज़ों के बायें पार्श्व को परेशान कर सकते थे। लुडलो कैसल भी एक ऐसी इमारत थी, जिसे अंग्रेज़ी सेना के मोर्चे के विरुद्ध बड़ी आसानी से प्रयोग में लाया जा सकता था, परन्तु विद्रोही सिपाहियों के आक्रमण का लक्ष्य बाड़ा हिन्दूराव ही था।

24

बादली की लड़ाई के दूसरे ही दिन विद्रोही सेना ने बाड़ा हिन्दूराव पर आक्रमण कर दिया। लेकिन अंग्रेज़ों के भाग्य से उसी दिन पेशावर के पास मर्दान से डेलीज़ गाइड्स की कुमुक आ पहुँची। यह सेना यद्यपि 580 मील का सफ़र तय करके उसी दिन पहुंची थी, परन्तु तत्काल ही उसका उपयोग कर लिया गया और उसकी सहायता से तीसरे पहर ही विद्रोहियों का आक्रमण निष्फल कर दिया गया। किन्तु अगले दिन उन्होंने अंग्रेज़ी सेना के पिछले भाग पर हमला बोल दिया। इसके जवाब में अंग्रेज़ों ने मेटकाफ हाउस पर अधिकार कर लिया और वहाँ एक सैनिक दस्ता तैनात कर दिया। इस प्रकार अंग्रेज़ी सेना के क्षेत्र के बायें पक्ष का विस्तार धुर यमुना किनारे तक हो गया। इसके बाद प्रतिदिन घमासान संग्राम होना आरम्भ हो गया। रोज़ ही तोपें गरजने लगीं। विद्रोही सेना खूब जमकर लड़ रही थी और उसके तोपची अच्छे निशानेबाज़ थे। मेटकाफ हाउस पर अधिकार करने के अनेक प्रयत्न विद्रोहियों के विफल गए। अंग्रेज़ी सेना डगमगा रही थी, परन्तु उसकी स्थिति से लाभ उठाने वाला एक भी अच्छा नेता विद्रोहियों के पास न था। उन्होंने ईदगाह पर तोपें लगाकर बाड़ा हिन्दूराव पर गोले बरसाने की भी चेष्टा की।

10 जून को अंग्रेज़ी सेना के शिविर के पिछले भाग को खतरा हो गया। ब्रिगेडियर होमग्रांट जख्मी हो गए। माज़र पर लगा तोपखाना 'अब गया, अब गया' लगने लगा। परन्तु विद्रोही सिपाही स्थिति को नहीं भाँप पाए। वे तनिक भी सूझ-बूझ से काम लेते तो अंग्रेज़ पहाड़ी पर घिर जाते और पंजाब से उनका सम्पर्क छूट जाता, परन्तु दूसरे दिन सुबह जब अंग्रेज़ी सेनाएँ लड़ने को आईं तो उन्होंने देखा सब विद्रोही सिपाही रात में खिसक गए हैं।

किन्तु दो दिन बाद प्लासी की शताब्दी थी। इस दिन विद्रोहियों ने फिर बाड़ा हिन्दूराव पर हमला किया। वे बड़ी ही वीरता से लड़े। उनके पास भारी तोपें और राइफ़लें थीं। एक बार तो प्रतीत हुआ कि अंग्रेज़ भाग जाएँगे। परन्तु अन्त में विद्रोही भाग खड़े हुए। केवल सैनिक सूझ-बूझ की कमी थी। इस समय अंग्रेज़ फ़ौज पर विपत्ति का पहाड़ टूट पड़ा था। वे लोग गोले-गोली के साथ-साथ हैज़ा और पेचिश से पटापट मर रहे थे।

24 जून को नेविल चेम्बरलेन शिविर में आए। कर्नल चेस्टर की मृत्यु के बाद उन्हें एडजुटेण्ट-जनरल का पद देकर दिल्ली भेजा गया था। चेम्बरलेन के साथ लेफ्टिनेण्ट अलेग्जेण्डर टेलर नामक युवक इंजीनियर भी आया था, जिसे कर्नल बेयर्ड स्मिथ के सहयोग से सितम्बर में दिल्ली पर अन्तिम आक्रमण की योजना बनानी थी। बेयर्ड स्मिथ को भी रुड़की बुलाया गया था। पंजाब से बराबर कुमुक पहुँच रही थी। अब आक्रामक सेना की संख्या सात हज़ार तक पहुंच चुकी थी। योजनाएँ तैयार हो रही थीं। साहसी व्यक्ति अधीर हो रहे थे। हडसन को गुप्तचर विभाग सौंपा गया था। काना रजबअली जासूसी भी करता था और विद्रोही सेना में फूट का बीज भी बोता था। तीन जुलाई को उन्होंने आक्रमण की तिथि निश्चित की थी, परन्तु यही तिथि विद्रोहियों ने भी आक्रमण के लिए नियत की थी। जब बर्नार्ड को यह पता लगा तो उसने सोचा कि ऐसी

हालत में अचानक शत्रु को दबोचना सम्भव नहीं है। वह सोच में पड़ गया। इसी बीच 5 जुलाई को हैज़े से उसकी मृत्यु हो गई। उसके बाद जनरल रीड सेनापति बने।

25

मजलिस यद्यपि सैद्धान्तिक दृष्टि से एक लोकतन्त्री संस्था थी, परन्तु सेना पर, असैनिक अधिकारियों पर यहाँ तक कि अल्पकालीन सरकार पर भी इसके अधिकारों का कोई प्रभाव न था। परिणाम यह हुआ कि अराजकता दिन-दिन बढ़ती जा रही थी। दिन बीतते जा रहे थे और नई-नई मुसीबतें आती जा रही थीं। दिन-दहाड़े सिपाही लूट-मार कर रहे थे। चाहे जिसका सामान उठा ले जाते थे। उन्हें सन्देह था कि बेगम ज़ीनतमहल अंग्रेज़ों से मिली हैं। बादशाह ने आस-पास के ज़मींदारों से सेना को रसद देने को कहा था, पर प्रशासन-मण्डल के पास पर्याप्त धन न था। शहर के बैंकों के मालिकों को बुलाया गया और उनसे खज़ाने में कुछ देने को कहा गया। बहुत हुज्जत-हीले के बाद उन्होंने एक लाख रुपया दिया। पर यह एक लाख कितने दिन चल सकता था। फलत: सिपाहियों ने हैदराबाद के एक रईस को लूट लिया। अब शहर में उन लोगों की धर-पकड़ हुई, जिन पर अंग्रेजों के दोस्त होने का शक था। कुछ रुपया उनसे वसूल किया गया। रोहतक से कोई पौने दो लाख रुपया आया। कुछ दिन काम चला; पर सन्देह का वातावरण बढ़ता चला गया। इसी समय यह अफ़वाह फैली कि बादशाह के विश्वासपात्र वज़ीर हकीम अहसानुल्ला का झुकाव अंग्रेज़ों की तरफ़ है। अभी ये झगड़े हो ही रहे थे कि मेरठ और दिल्ली के विद्रोही सिपाहियों में बिगाड़ हो गया। मेरठ के सिपाहियों का कहना था कि दिल्ली के सिपाही खज़ाना लूटकर रईस बन गए और हम भूखों मर रहे हैं।

अंग्रेज़ सरकार की इस विपत्ति का सामना करने की कोई तैयारी नहीं थी। विद्रोहियों को काफ़ी समय मिल गया था। 13 मई से लेकर, जिस दिन दिल्ली पर कब्ज़ा हुआ, 8 जून तक, जिस दिन बादली की सराय की लड़ाई हुई और अंग्रेज़ों का पहाड़ी पर कब्ज़ा हुआ, पूरे 26 दिन का समय उन्हें मिला जबकि वे संगठित हो सकते थे और अवश्यम्भावी आक्रमण की तैयारी कर सकते थे। परन्तु इस समय तक उनमें फूट पड़ चुकी थी। जिस व्यापारी वर्ग ने उन्हें शर्बत पिलाकर दिल्ली में स्वागत किया था, वह उनका कट्टर विरोधी बन चुका था।

जामा मस्जिद में और दीवाने-आम में फ़ौजियों ने डेरे डाले हुए थे। वहीं उनके घोड़े बँधे रहते थे। उनकी लीद के अम्बार लगे थे। चाँदनी चौक की हर दुकान के आगे घोड़े बँधे थे। दुकानदारों का नाकों दम था। वे चाहे जो चीज़ बिना ही पैसे दिए दुकान से उठा ले जाते और बात-बात पर तलवार खींच लेते थे। किसी बहू-बेटी का तो बाहर निकलना सम्भव ही न था। शहरवालों का नाक में दम था। सिपाही लूटपाट भी करते थे। बादशाह की तरफ़ से उन्हें समय पर तनख्वाह नहीं मिलती थी। वे करते भी क्या? वे न बादशाह की आन मानते थे न अफ़सरों की परवाह करते थे। बात-बात पर कहते थे-हम जिसके सर पर जूता रख देंगे-वही बादशाह बन जाएगा। ऐसी ही उन दिनों दिल्ली की फिज़ा हो रही थी।

26

हकीम अहसानुल्ला खाँ बादशाह के विश्वस्त सेवक, दोस्त और शाही हकीम थे। पर शुरू से ही अंग्रेज़ों की ओर उसका रुझान था। वे अब भी यही विश्वास रखते थे कि अन्त में जीत अंग्रेज़ों की होगी। इसी से उसने बादशाह की ओर से एक खत आगरे के लेफ़्टिनेण्ट-गवर्नर को लिखवा दिया था। बादशाह का विश्वस्त कर्मचारी महबूबअली खाँ हकीम अहसानुल्ला खाँ का दाहिना हाथ था।

मई मास में ही इन दोनों की गतिविधि पर विद्रोही सेना को सन्देह हो गया था। उसने उन दोनों पर अंग्रेज़ों से मिल जाने का आरोप भी लगाया था; पर दोनों ने कसम खाकर इनकार कर दिया था। विद्रोहियों ने उनका एक पत्र भी, जो अंग्रेज़ों के नाम भेजा गया था, प्रस्तुत किया, जिसे उन्होंने जाली बताया था।

26 मई को पता चला कि इस्लामगढ़ (सलीमगढ़) के बर्ज पर जो तोप लगी थी उसमें किसी ने कंकड़ भर दिए। विद्रोही सेना का कहना था कि यह इन्हीं दोनों के गुर्गों का काम है। वे उन पर इतने भड़के कि बादशाह के सामने ही दोनों को कत्ल कर डालने पर आमादा हो गए; पर बादशाह के समझाने-बुझाने से मान गए। इसके बाद अनाज के गोदाम में गोलियाँ और बारूद मिले। यह काम भी इन्हीं का समझा गया। फिर 7 अगस्त को चूड़ीवालों के मुहल्ले में समरू बेगम की कोठी में जो बारूदखाना था उसमें आग लगी। यह भी इन्हीं का काम समझा गया। विद्रोही सेना हकीम के घर पहुँची। पर हकीम बादशाह के पास था। बादशाह ने उसे छिपा दिया और मिर्जा मुगल को हुक्म दिया कि हकीम की सम्पत्ति की रक्षा की जाए।

किन्तु रात को विद्रोहियों ने किले में जाकर जबरन उसे गिरफ्तार कर लिया। लेकिन बादशाह हकीम का बड़ा हितैषी था।

भोला बादशाह यद्यपि हकीम पर विश्वास करता था। परन्तु बाद में बादशाह को भी ज्ञात हो गया कि विद्रोही सेना का विचार ठीक था। जब बादशाह पर मुकदमा चला तो वही अंग्रेज़ों का खास गवाह था।

महबूबअली जून में ही मर चुका था अत: उसकी जाँच-पड़ताल नहीं हुई। वास्तव में हकीम अंग्रेज़ों का गहरा मित्र और हितैषी था।

27

मिर्जा इलाहीबख्श अब बादशाह की नाक के बाल बने हुए थे। अपनी लड़की की शाहज़ादा मिर्जा फखरुद्दीन से शादी करने के बाद तो इस जोड़-तोड़ में रहे कि मिर्जा फखरुद्दीन ही बादशाह के मरने पर बादशाह बनें। उन्होंने इस सिलसिले में अंग्रेज़ों के पास बहुत दौड़-धूप की थी। अंग्रेज़ अफ़सरों से उनकी खूब जान-पहचान हो गई थी। बाद में अकस्मात् ही मिर्जा फखरू

की मौत हो गई। इस काम में बेगम ज़ीनतमहल का हाथ है, यह उन्होंने जान लिया। वे बेगम, बादशाह, शाहज़ादा जवांबख्त जो ज़ीनतमहल के लड़के थे, तीनों के कट्टर दुश्मन बन गए। अंग्रेज़ों को ऐसे गद्दारों की बड़ी आवश्यकता थी, अत: वे अंग्रेज़ों के खास जासूस बन गए। एक ओर वे बादशाह के मुँहलगे मुसाहिब और रिश्तेदार-दूसरी ओर अंग्रेज़ों के जासूस, उनकी हर तरह चाँदी थी।

उनकी हवेली लालकिले के नीचे ही खास बाज़ार में थी। अभी-अभी उनके लड़के की हैज़े से मृत्यु हुई थी। जवान लड़के की लाश सहन में पड़ी थी, औरतें रो-पीट रही थीं। मुहल्ले-रिश्ते के बुजुर्ग मैयतदारी को आ रहे थे कि लाला श्यामलाल घबराए हुए वहाँ पहुँचे। लाला श्यामलाल भी नगर के भारी व्यापारी थे और अंग्रेजों के जासूस थे। ज़ाहिरा उन्होंने मैयतदारी निभाई; मगर कान में कहा, 'ज़ालिम गदरवालों ने जीवनलाल को गिरफ़्तार कर लिया है। यही वक्त उसकी मदद का है, वर्ना वे उसके टुकड़े-टुकड़े कर डालेंगे। इसके सिवाय जीवनलाल कच्चे दिल का आदमी है। ऐसा न हो घबराकर हमारा ही भण्डाफोड़ कर दे और हमारा सब किया-कराया मिट्टी में मिल जाए और हम गारत कर दिए जाएँ।'

सब बात सुनकर मिर्जा इलाहीबख्श ने कहा, 'आप अभी किसी तरह मेजर हडसन साहब को यह खबर पहुँचा दीजिए। जीवनलाल को बचाने का मैं बन्दोबस्त करता हूँ।'

'मेरा नौकर अंग्रेज़ों की छावनी में आता-जाता है। मैं अभी उसके हाथ खबर भिजवाता हूँ। आप भी देर न करें।

श्यामलाल कानों में मन्तर फूँककर चल दिए और मिर्जा इलाहीबख्श भी जल्दी-जल्दी बेटे को दफ़न करके मुन्शी रजबअली के पास पहुंचे और सब हकीकत कह सुनाई। मुन्शी रजबअली बड़ी चलती रकम थी। सब सुनकर उसने कहा, 'हमें बादशाह के पास चलकर रुक्का लेना होगा।'

सलाह करके दोनों किले में पहुँचे। बादशाह से बहुत रोना-धोना करके उसकी रिहाई का हुक्म लिया और जीवनलाल को बादशाह की जमानत पर छुड़ा लिया।

मुन्शी रजबअली का अंग्रेज़ों पर और बादशाह पर भी भारी प्रभाव था। वह एक खुशखत मुन्शी आदमी था, फ़ारसी और उर्दू का प्रकाण्ड पण्डित था। बादशाह की ओर से जो खरीते और रुक्के बड़े-बड़े अंग्रेज़ अफ़सरों को लिखे जाते थे, वही लिखता था। एक प्रकार से बादशाह उसकी मुट्ठी में था। वह अंग्रेज़ी भी जानता था और विद्रोह से पूर्व वही बादशाह के सन्देश अंग्रेज़ों तक पहुँचाता था।

28

जहाँ किले में हकीम अहसानुल्ला खाँ, रजबअली, इलाहीबख्श जो बादशाह से सीधा सम्पर्क रखते थे, अंग्रेजों के जासूस थे, वहाँ किले के बहुत से खिदमतगार, बावर्ची, गुलाम, यहाँ तक

कि बेगमात भी बादशाह की जड़ काट रही थीं और जासूसी करके किले का राई-रत्ती हाल अंग्रेज़ों को पहुँचा रही थीं।

किले के अतिरिक्त शहर में भी बहुत जासूस थे। मुईनुद्दीन, हसनखाँ, जीवनलाल, चुन्नी, श्यामलाल प्रकट में क्रान्तिकारियों के हितैषी बने हुए थे, परन्तु अंग्रेज़ों को राई-रत्ती खबर भेजते तथा उनका उद्देश्य हर तरह पूरा करते थे। कैप्टन हडसन जासूसी विभाग का अध्यक्ष था। वह एक धूर्त, अवसरवादी और बदमाश प्रकृति का आदमी था। वह बहुधा लोगों से कहता कि तुम अंग्रेज़ों के नमकख्वार हो और इसी नमक के नाम पर वह उन्हें कर्म और ईमान के सौदे करने को विवश करता था।

ये लोग यही नहीं कि यहाँ की खबरें अंग्रेज़ों को भेजते थे तथा उनके अनुकूल वातावरण शहर और किले में उत्पन्न करते रहते थे बल्कि वे अंग्रेज़ों को शहर से बहुत-सा सामान और रसद भी भेजते रहते थे। जून में 13 नानबाइयों को विद्रोही सेना ने इस अपराध में गोली से उड़ा दिया कि वे अंग्रेजों को रोटी पहुँचाते थे।

दो आदमी अंग्रेज़ी सेना में शराब ले जाते पकड़े गए और मौत के घाट उतार दिए गए। नगर के अधिकतर व्यापारी और महाजन अंग्रेजों से मिले हुए थे। रोज़ अनेक आदमी जासूसी के अपराध में गिरफ़्तार किए जाते और उन्हें प्राणदण्ड दिया जाता था, फिर भी नगर में जासूसों का जाल टूटता न था।

29

दरबारी षड्यन्त्र और नेतृत्व का अभाव ऐसा न था जिसका असर सेना पर न पड़े। तिस पर सेना में पारस्परिक द्वेष की मात्रा भी बहुत बढ़ गई थी।

अब उनमें त्याग और बलिदान के वे भाव न थे, जिनसे प्रेरित हो उन्होंने अंग्रेज़ों के खिलाफ़ बगावत का झण्डा बुलन्द किया था। मेरठ के सिपाही दिल्ली के सम्बन्ध में अधिक नहीं जानते थे और दिल्लीवाले जो लूटपाट करते उसमें से मेरठवालों को कुछ भी नहीं देते थे। इससे दोनों पल्टनों में द्वेष-भाव बढ़ता ही गया। शाहज़ादे तो कर्नल बने घूमते थे। परन्तु सच बात यह थी कि उन्हें घुड़सवारी तक का शऊर न था। युद्धकला का तो वे नाम भी न जानते थे। ज्यों-ज्यों दिन बीतते जाते थे, उनकी कलई खुलती जाती थी और उन पर से सेना का विश्वास और श्रद्धा उठती जाती थी। तनख्वाह बाँटने का प्रबन्ध हकीम अहसानुल्ला तथा महबूबअली खाँ के सुपुर्द था। इसलिए वे इस बात में खुश थे कि सेना का पारस्परिक द्वेष रहे और विद्रोह असफल हो। वे ऐसी चालें चलते कि वेतन के प्रश्न को ही लेकर सैनिकों में झगड़े उठ खड़े होते थे।

बाहर से जो सेनाएँ आती थीं वे दो-चार दिन तो बड़े जोश में रहती थीं पर बाद में दूषित वातावरण का उन पर प्रभाव हो जाता था। आमतौर पर सेना में यह कहावत प्रचलित हो गई थी कि दिल्ली का पानी पीकर तथा चाँदनी चौक का एक चक्कर लगाकर कोई भी फिर लड़ने

के योग्य नहीं रह जाता। बरेली तथा नीमच की सेनाओं ने शुरू में बड़ा शौर्य प्रकट किया, पर पीछे उनमें फूट पड़ गई। मिर्ज़ा मुगल बख्तखाँ की राह में रोड़ा अटकाने में कोई बात उठा नहीं रखते थे। बहुधा बरेली और नीमच की सेनाओं के अधिकारी अभियानों के संचालन के विषय में मतभेद रखते थे। दोनों सेनाएँ परस्पर एक-दूसरे पर झगड़े का दोष लगाती थीं। इस प्रकार ये विद्रोही सैनिक आरम्भ में जिस उच्च उद्देश्य को लेकर उठे थे उसे भूल गए और पारस्परिक द्वेष तथा शत्रुता के कारण उन्होंने अन्त में पराजय ही अपने मत्थे बाँधी।

30

अबुलज़फर सिराजुद्दीन बहादुरशाह शहंशाहे दिल्ली दरबारे खास में तशरीफ़ लाए। नकीब ने पुकार लगाई। दरख्वास्त मौलवी मुहम्मद ज़हूरअली पुलिस आफ़िसर थानेदार नज़फगढ़ पेश हुई। दरख्वास्त में लिखा था, 'फ़रमानेशाही ठाकुरों, चौधरियों, कानूनगोओं और पटवारियों को जो नज़फगढ़ में रहते हैं, समझा दिया है और खुदावन्द के हुक्म के बमुजिब सवारों और पैदलों को इकट्ठा करना शुरू कर दिया गया है और समझा दिया है कि इस हिस्से की वसूलशुदा आमदनी से इन्हें तनख्वाह दे दी जाए। गुलामे खुदावन्द को इस वक्त तक एतबार नहीं। तावकीका कुछ नये भर्तीशुदा गाज़ी न पहुँच जाएँ। नांगल व कंकरोली व चाहककल्लन व दीगर करीबो जवार के मौजों की बावत गुलाम अर्ज करता है कि खतरनाक ज़माने को देखकर यहाँ के मुसाफ़िरों को लूटना शुरू कर दिया है। ज़रायमपेशा लुटेरों की बावत दो दरख्वास्तें मय राजीनामों के पेश की जा चुकी हैं। उम्मीद है कि शाहज़ादा को मय काफ़ी फ़ौज और तोपखाना के यहाँ के लिए मुकर्रर किया जाएगा कि बन्दोबस्त कर। रुपयों की ज़रूरत है। अगर हुजूर के यहाँ से कुछ रुपया इनामत कर दिया जाए तो बाँट दिया जाएगा। आइन्दा बादशाह सलामत मालिक व मुख्तार हैं। यह खत उस शख्स के हाथ भेजा जाता है जो ज़रायमपेशाओं से छूटकर आया है। आला हज़रत का फ़रमान इसी के नाम भेजा जाए।'

बादशाह ने गौर से दरख्वास्त सुनी और मिर्ज़ा मुगल को हुक्म दिया, 'फौरन एक दस्ता फ़ौज मय अफ़सरान नज़फगढ़ भेज दी जाए।'

रज़बअली ज़मादार मेगजीन ने हाज़िर दरबार आकर अर्ज़ किया, 'शहर में बदअमनी फैली है। एक फ़रमान अफ़सर पुलिस के नाम जारी हो कि मुलाज़मीन मेगज़ीन के मकानों की हिफ़ाज़त रखें, और जो लोग खलासी लेन में रहते हैं, जहाँ निगम बोध पुलिस तैनात है, तंग आकर अर्ज़ करते हैं कि पुलिस अफ़सर तब्दील कर दिया जाए।'

हुक्म हुआ, 'मिर्ज़ा मुगल, उन तमाम आदमियों को जो खज़ाना लाए थे, मेगज़ीन पर भेज दो और एक हुक्म सैयद अब्दुलहसन के नाम जारी करो कि जब से तुम रोहतक गए कोई मरासरा नहीं भेजा। लिखा जाता है कि फ़रमाने खास पहुँचते ही फौरन इस जिले के मुफस्सिल हालात लिखो।'

'हुक्म लिखो-बनाम निशाने इज़्ज़त जंगबाज़ खाँ पुलिस अफ़सर अलीपुर-जानो कि तुम गुलाम व ओहदए पुलिस आफ़ीसर अलीपुर मुकर्रर किए गए हो... बस बहुत होशियारी, फ़िक्र और ईमानदारी से अपने फरायज़ अदा करते रहो और ऐसा बन्दोबस्त करो कि लूटमार व कत्ल न हो।'

'हुक्म लिखो-बनाम गुलाम निशाने अलल अज़मी मुहम्मदअली बेग। मौरदे अल्ताफ समझो। खुद को हमारी मेहरबानी का पात्र समझो और जानो कि हमारे हुक्मेशाही से तुम्हें हिदायत दी जाती है कि बादशाह की खुफ़िया आमदनी और हसूल आमदनी का एक दफ़्तर जेम्स की कोठी में कायम करेंगे। हमारी मेहरबानी का यकीन रखो।'

'हेतराम ज़मींदार मौज़ा गौरमरा को हुक्म हो कि वह कमसरेटी की ज़रूरत के लिए जल्द इन्तज़ाम करे। उसे माबदौलत के हुजूर से काफ़ी इनाम दिया जाएगा।'

'हुक्म लिखो-बनाम निशाने अलउलअज़मी व ऐज़ाज़े सुलतानी मुहम्मद तकी-जानो कि तुम बन्दए खास को तुम्हारी ईमानदारी व इल्मी जौहर व काबिलीयत को देखकर तुम्हें सदरे अमीन शाहजहानाबाद मुकर्रर किया जाता है। फरायज़ मन्सबी निहायत काबिलीयत से मानिन्द मौलवी सदरुद्दीन बहादुर अजाम दो।'

'हुक्म फर्ज़न्दे दिलावर शोरए आफ़ाक, मिर्ज़ा ज़हूरुद्दीन उर्फ मिर्ज़ा मुगल बाहदुर जानो कि कल बाशिन्दगाने पुराना किला की दरख्वास्त पर हमारे दस्तखते खास से एक हुक्म जारी हुआ था जिसमें फ़ौजों को शहबाज़ रहने की ताकीद की गई थी। ताज्जुब है कि अब तक कुछ इन्तज़ाम नहीं हुआ। तुमने कोई दस्ता भेजकर लूटमार करनेवालों को नहीं रोका। इन ज़रायमपेशा सिपाहियों को पुराने किले से निकालकर 5-6 मील दूर रखो। ताकि रिआया को जुल्म से निजात मिले। नीज़ दुश्मन के आने से पहले फ़सीलें तैयार हो जाएँ।

'चाँद खाँ, गुलाब खाँ, पहाड़गंज, शाहगंज की अर्ज़दाश्त हुई कि इल्तमास है कि इन मुबारिक दिनों में हम पनाह ढूँढ़ते हैं ताकि जुल्मों से बचें। शाही फ़ौज अजमेरी दरवाज़े से निकलकर यहाँ घुस जाती है और बिना कीमत दिए ज़बर्दस्ती सामान ले जाती है। मकानों में घुसकर बिस्तर व बर्तन छीन ले जाती है। रोकने पर मार-पीट करती है। इन्तज़ाम हो।'

मिर्ज़ा मुगल बन्दोबस्त करें-हुक्म हुआ।

हुक्म बनाम निशाने अज़मत जमालुद्दीन खान-'मालूम हो कि तुम्हें इजाज़त है कि अखबार को वसीगए राज़ जारी करो। हिदायत है कि गलत खबरें या ऐसे वाकयात जिनमें मुअज्ज़िज़ लोगों और शाही खानदान के चाल-चलन पर धब्बा लगे, दर्ज न हों।'

अर्जी पेश हई मुहम्मद खैर सल्तान की-162 भेड़ें और बकरियाँ जो अंग्रेज़ों के लिए जा रही थीं, गिरफ़्तार कर ली गई हैं। शिवदास पाठक और नारायणसिंह सिपाही रेज़ीमेण्ट नम्बर 46 देशी प्यादा जो तोपखाने में काम करते हैं, दरियाँ लाए हैं। चार-पाँच अंग्रेज़ सिपाही मारे गए हैं। इत्तिलाअन अर्ज़ है।

अर्जियां, दरख्वास्तें आ रही थीं। शाही हुक्म मिर्ज़ा मुगल के नाम जारी हो रहे थे। परन्तु हुक्मों की पाबन्दी होती थी या नहीं, यह जानने का कोई उपाय न था। प्रत्येक विषय की छोटी से बड़ी बात बादशाह तक पहुँचती थी और बादशाह सलामत जो अपना काम भी दूसरों से कराने के आदी थे-अब इस प्रबल विद्रोह के लिए अथक परिश्रम कर रहे थे। पर काम का न ओर-छोर था न आदि-अन्त था। न उसका कोई तौर-तरीका था। यह इन्तज़ाम न था, भभ्भड़ था।

31

शाहज़ादी फरखन्दा ज़मानी बहरामखाँ के तिराहे पर रहती थीं। बादशाह सलामत से उनका मिज़ाज नहीं मिलता था। इसी से वे कई साल हुए अपनी वालिदा के साथ जो किसी ज़माने में लालकिले में महरी थीं, किन्हीं शाहज़ादा की नज़र पर चढ़ गईं। उन्हीं से शाहज़ादी साहिबा का जन्म हुआ। पिछले साल उनकी वालिदा का इन्तकाल हो चुका था और अब वे खुल-खेल रही थीं। अपनी वालिदा की सुयोग्य सन्तान प्रमाणित हो रही थीं। रुपया उनके पास खूब था। और वे बड़े ठाठ से अपनी हवेली में रहती थीं। यों वे कोई खास खूबसूरत न थीं। कद में कुछ ठिगनी तथा साँवले रंग की थीं। पर बेहद शोख, हाज़िरजवाब और चुलबुली थीं। कमसिन भी थीं। शाहज़ादा मिर्जा अबूबकर उन पर फरेफ्ता थे और अक्सर उनके यहाँ उनकी बैठकें होती थीं। उन दिनों शाहज़ादों का यह दस्तूर ही था। ये बातें न शाहजादी के लिए, न शाहज़ादों के लिए बदनामी का कारण होती थीं। यह तो उनके ऐश-इशरत की बातें थीं। और अब जब दिल्ली तथा मुगल तख्त की तकदीरों के फ़ैसले हो रहे थे-ये नामवर शाहज़ादे अपनी रंगीनमिज़ाजी को सिर्फ़ ज़रूरी ही नहीं समझते थे बल्कि उनकी स्याहकारियाँ उनकी शान और इज़्ज़त का एक हिस्सा थीं।

आषाढ़ आ लगा था। आसमान में बादल छाए रहते थे, पर वर्षा नहीं हो रही थी। दिल्ली को अंग्रेज़ घेरे पड़े थे और दिल्ली पर आक्रमण करने की योजनाएँ बना रहे थे। चारों ओर से तोपें और सेनाएँ आ-आकर जमा होतीं। मोर्चेबन्दी की तैयारियाँ रात-दिन होती रहती थीं। दिल्ली के प्राण संकट में थे। यह वास्तव में एक संकटकालीन स्थिति थी; पर शाहज़ादी को इन बातों से क्या सरोकार।

हस्बमामूल मिर्जा अबूबकर सुबह पहर दिन चढ़े घोड़े पर सवार होकर तशरीफ़ लाए। उनके साथ दस-बारह खोजे नौकर और खिदमतदार थे। दरवाजे पर दीवान इमामबख्श ने उनका स्वागत किया और कमरे में ले जाकर तख्त पर ला बैठाया। शाहज़ादी भी हँसती हुई और पायजेब छमछमाती हुई मसनद पर आ बैठी। बैठते ही कहा-

'अए हुए शाहज़ादा, सुना है फिरंगी मुए फिर दिल्ली में घुसने की जोड़-तोड़ कर रहे हैं। रहीमबख्त कहता था, करनाल की सड़क पर फिरंगी-ही-फिरंगी हैं।'

'चिउंटी के जब पर निकलते हैं तो उसकी मौत आती है। बहुत फिरंगी मारे गए। जो बच रहे हैं वे भी मारे जाएँगे। हमारा इकबाल है।'

‘हुजूर शाहज़ादे का इकबाल बुलन्द। मेरी वालिदा मरहूमा, खुदा उन्हें जन्नत बख्शे, कहा करती थीं कि ये फिरंगी होते बहुत सख्त जान हैं।’

‘मेरे लिए तो एक फिरंगी का शिकार चिड़िया के शिकार जैसा है।’

‘क्या तुमने कभी किसी फिरंगी का शिकार किया है शाहज़ादा?’

‘मैं क्या सिड़ी हुआ! जब मैं उनका गोश्त नहीं खा सकता तो शिकार करने से क्या फ़ायदा?’

‘अच्छा शाहज़ादा, यह तो कहो, उनकी चमड़ी जैसी सफ़ेद है क्या उनका खून भी सफ़ेद है?’

‘नहीं, खून तो सुर्ख ही है। लेकिन शायद इसकी वजह यह है कि उसमें विलायती शराब मिली रहती है।

‘यह तो मानोगे शाहज़ादा कि विलायती शराब उम्दा होती है।’

‘बिला शक, मुझे वह बहुत पसन्द है। उस दिन चन्द पीपे विलायती शराब के लूट में हाथ लगे थे। जो अगरचे मज़हबे इस्लाम ममनूअ थे और इसी वजह से मुहर्रिराने कौम कायस्थ को जो कदीम नमकख्वाहने शाही हैं, अता कर दिए गए-लेकिन मैंने उस्तादी से दो पीपे तुम्हारे यहाँ भेज दिए थे।’

‘बिना शक वह उम्दा शराब है।’

‘तो जानेमन, लाओ, हो, गला सूख रहा है।’

‘मुझे तो यह जालिम इस कदर मुँह लगी है कि खुदारा जब तक तीन-चार जाम हलक से न उतर जाएँ तस्कीन ही नहीं होती।’

इतना कहकर शाहज़ादी ने दस्तक दी। लौंडी ने शराब और दूसरे लवाज़मात पेश कर दिए। शाहज़ादा और शाहज़ादी दोनों मयनोशी पर उतर आए। जाम पर जाम चलने लगे। नाच-मुजरों का सिलसिला जो शुरू हुआ तो तमाम दिन किस तरह बीत गया-पता ही न लगा।

शाम को जब शाहज़ादा की सवारी किले को रवाना होने लगी तो वह चौकीदार जिसके पास सदर फाटक की चाबी थी, कहीं चला गया था। हमेशा जब शाहज़ादा हवेली में तशरीफ़ लाते थे तब सदर फाटक में ताला बन्द कर लिया जाता था और उसकी ताली चौकीदार को दे दी जाती थी। मिर्जा अबूबकर शराब के नशे में थे, अब शाम हो रही थी और किले का फाटक बन्द हो जाने का डर था। इसलिए गुस्से से बेताब हो गए। ज्यों-ज्यों देर होती जा रही थी, वे आपे से बाहर होते जा रहे थे। ड्योढ़ी में जो गुलाम तैनात था वह हाथ बाँधे खड़ा था। वह कह रहा था-खुदावन्द, पनाहे आलम, मैं नहीं जानता कि वह मर्दूद, नामुराद, नाशाद चौकीदार कहाँ चला गया।

‘तू उसे अभी हाज़िर कर।’

‘लेकिन कहाँ से? वह यहाँ तो कहीं नज़र ही नहीं आ रहा।’

'तो ले,' उन्होंने पिस्तौल गुलाम पर दाग दी।

लेकिन शाहज़ादा नशे में थे-पिस्तौल का निशाना चूक गया। शाहज़ादा गन्दी-गन्दी गालियाँ बकने लगे। पड़ोस में एक भलेमानुस का घर था, उसका नाम अहसानुलहक था। वह चन्द दोस्तों के साथ अपनी ड्योढ़ी में बैठा बात कर रहा था। मिर्जा का निशाना खता होता देख वह हँस दिया।

मिर्जा ने क्रोधान्ध होकर उसका घर लूटने का हुक्म दे दिया। सिपाही अहसानुलहक के मकान पर टूट पड़े। यह देख अहसानुलहक दौड़कर घर में घुस गया और भीतर से दरवाज़े की कुण्डी बन्द कर ली।

इस पर शाहज़ादे ने तलवार खींच ली और दरवाज़े पर अन्धाधुन्ध वार करने लगे। नौकरों से कहा-चारों ओर से पत्थर बरसाओ। बाद में हुक्म दिया कि तोपखाना और पैदल सवार मकान को मिस्मार कर दें और इस मर्दूद का सिर काट लें।

उसी वक्त चौकीदार आ पहुँचा और उसने झटपट फाटक खोल दिया। शाहज़ादा उस पर टूट पड़ा, और उसे नीचे गिराकर उस पर मुक्के और लात बरसाने लगा। उधर सिपाही बन्दूक और तलवारों से पड़ोसी के दरवाज़े पर हंगामा मचा रहे थे। दरवाज़ा टूट गया था और उसका माल-मताब सड़क पर लाकर बिखेरा जा रहा था। इसी बीच किसी ने पुलिस में खबर कर दी। एक पुलिस थानेदार दौड़ आया तो शाहज़ादे ने उस पर भी पिस्तौल दाग दी। वह जख्मी होकर गिर गया। शाहज़ादा को किसी तरह पीनस में डालकर लोग किले में ले गए।

32

बादली की सराय में हार खाकर विद्रोही सेना बौखला उठी। अब वे ज़ोर-शोर से नये आक्रमणों के तूमार बाँधने लगे। पर उनमें न कोई युद्धनीति-विशारद था, न कोई साहसी और विचारशील आदमी था। सेना में अपनी-अपनी ढपली और अपना-अपना राग चल रहा था। अधिकतर विद्रोही सिपाही की अपेक्षा गुण्डे अधिक थे। वे शहर में उत्पात मचाने में जितने फरहर थे उतने लड़ाई के मैदान में लड़ने योग्य न थे। इसके विपरीत अंग्रेज़ सेना का नेतृत्व अंग्रेज़ अफ़सर ही करते थे और उनकी सेना में पूरा अनुशासन था। विद्रोही सेना के कर्नल जनरल शाहज़ादे थे, जिन्हें सेना संचालन तो क्या घोड़े की सवारी भी नहीं आती थी; परन्तु विद्रोही सैनिक रण-रंग में रंगे थे। वे बराबर गुरिल्ला ढंग पर छेड़छाड़ जारी रख रहे थे और अंग्रेज़ अब यह समझ गए थे कि दिल्ली विजय साधारण काम नहीं है।

9 जून की शाम को विद्रोही सेना ने हिन्दुराव की कोठी पर बड़े जोर का आक्रमण किया। 10 जून को वे दो हल्की तोपें और कुछ सवार लेकर अजमेरी दरवाज़े पर जा डटे। मेजर रीड दो तोपें, सिरमौर कम्पनियाँ, 150 गाइड्स तथा 60वीं राइफ़ल की दो कम्पनियाँ लेकर आगे बढ़े। सन्ध्या होते-होते संग्राम छिड़ गया। विद्रोहियों को आशा थी कि गोरखे उनसे मिल जाएँगे, पर उनकी आशा फलवती नहीं हुई। उन्हें लौटना पड़ा।

11 जून को फिर हिन्दूराव कोठी पर आक्रमण हुआ। उस अवसर पर गोरखों ने छातियों की दीवार खड़ी करके विद्रोहियों को पीछे हटाया। फिर भी विद्रोहियों ने कोठी की छत को क्षतिग्रस्त कर डाला।

उधर दो हज़ार सैनिकों ने कश्मीरी दरवाज़े पर हल्ला बोल दिया, पर उन्हें भगा दिया गया। उसी रात अंग्रेज़ों ने इंजीनियरों से सलाह करके रात में दिल्ली पर आक्रमण करने की योजना बनाई और तय किया कि अर्धरात्रि में लाहौरी तथा काबुली दरवाज़े पर एक साथ आक्रमण करके विद्रोहियों को किले में समेट दिया जाए। फिर किले पर धावा किया जाए। परन्तु क्रान्तिकारी दल को इस योजना का पता चल गया और 21 हज़ार सैनिक रात-भर उनका सामना करने को तैयार खड़े रहे। यह जानकर अंग्रेज़ों ने यह इरादा त्याग दिया।

18 जून को नसीराबाद की दो रेज़ीमेण्ट 6 तोपें लेकर पहुँच गईं। इससे उत्साहित हो क्रान्तिकारी दल सब्जीमण्डी होते हुए नज़फगढ़ सड़क पर जा पहुंचे। यहाँ करारी मुठभेड़ हुई। इस समय विद्रोहियों के हाथ एबट की बैटरी का तोपखाना था। इसकी तोपों से अंग्रेज़ी तोपखाना छिन जानेवाला ही था कि गाइड्स के सवारों का एक दस्ता वहाँ आ पहुँचा। उसकी सहायता से बड़ी कठिनाई से अंग्रेज़ी तोपखाने की रक्षा हुई, अंग्रेज़ लौट गए। इस समय विद्रोही यदि रात में ही इस मोर्चे पर अधिकार कर लेते तो अंग्रेज़ों का पंजाब का मार्ग ही रुक जाता।

परन्तु विद्रोही कुछ दिन चुप्पी लगा गए। अंग्रेज़ों को तैयारी का समय मिल गया। 23 जून को प्लासी के युद्ध को 100 वर्ष पूरे होने थे। विद्रोही बड़े उत्तेजित थे। वे चाहते थे कि इसी दिन ब्रिटिश सत्ता का नाश हो जाए। उन्होंने भारी तैयारियाँ कीं। पर अंग्रेज़ भी बेखबर न थे। मेजर उल्फर्टस नई सेना लेकर दिल्ली आ पहुँचे थे। इस सेना को चढ़ी रकाब मोर्चा लेने का हुक्म हुआ। दोपहर होते-होते घनघोर युद्ध आरम्भ हो गया। दोनों ओर से तोपें मौत बरसा रही थीं। विद्रोही घरों से, छत से, वृक्षों की ओट से गोलियाँ बरसा रहे थे। वे अंग्रेज़ सेना की दाहिनी ओर सब्जीमण्डी के बागों में फैलकर बारम्बार हिन्दूराव की कोठी के मोर्चे पर हमला कर रहे थे। दिन-भर लड़ाई होती रही। अन्त में दोनों सेनाएँ अनिश्चित वापस लौटीं।

अब अंग्रेज़ प्राणपण से अपनी शक्ति का संचय कर रहे थे। उन्हें काफ़ी नई सहायता मिल चुकी थी और अब वे तीन जुलाई को दिल्ली पर आक्रमण की योजना बना रहे थे।

33

इसी समय जनरल बख्तखाँ ने तीस हज़ार सेना लेकर दिल्ली की सीमा पर चरण रखा और बादशाह को अपने आ पहुँचने की सूचना दी।

कमाण्डर बख्तखाँ तोपखाने का एक सूबेदार था। उसने चालीस साल सेना में काटे थे। प्रथम अफगान-युद्ध में वह भाग ले चुका था। इस समय उसकी उम्र साठ साल के पार हो चुकी थी और उसे घुड़सवारी में भी कष्ट होता था। वह एक ऊँचे खानदान का पठान था। अवध के नवाबी खानदान

से भी उसके कुछ सम्बन्ध थे। वह पाँच फुट दस इंच का लम्बा-तगड़ा आदमी था और उसका सीना चवालीस इंच चौड़ा था। पेट उसका मोटा और जाँघे भारी थीं, इस कारण वह अच्छी तरह घुड़सवारी न कर सकता था। परन्तु वह बड़ा चुस्त और चालाक था। यूरोपीय समाज की रीति-नीति वह जानता था।

पहली जुलाई को बरेली की सेनाएँ लेकर वह दिल्ली पहुंचा। बादशाह ने सूचना पाकर मिर्ज़ा मुगल को हुक्म दिया-

'बरेली की फ़ौज आई है। इन्तज़ाम करो, यमुना बहुत चढ़ आई है, ऐसा न हो कि पुल को नुकसान पहुँचे। मीर बहरी को हुक्म दे दो कि वह जितनी नावें इकट्ठी कर सके इकट्ठी कर ले और इस सेना को पार उतार दे।'

'हुजूर का हुक्म बजा लिया जाएगा।'

'और, समसामुद्दौला नवाब अहमद कुलीखाँ बहादुर को हमारा यह हुक्म पहुँचा दो कि वह कल जनरल मुहम्मद बख्तखाँ को हमारे दरबार में हाज़िर करें।'

अगले दिन बादशाह के ससुर समसामुद्दौला नवाब अहमद कुलीखाँ बहादुर ने बख्तखाँ को बादशाह के हुजूर में पेश किया। बख्तखाँ ने कोर्निश करके कहा-

'तरक्कीए सल्तनत और हशमत की दुआएँ। गुलाम हुजूर के कदमों में हाज़िर है। अब हुक्म हो कि मैं सबसे पहले पहाड़ी पर से अंग्रेजों को मार भगाऊँ। तीस हज़ार तलवारें गुलाम की रकाब के साथ हैं।'

'तुम्हें हम अपना फ़र्ज़न्दे हकीकी समझते हैं और लार्ड गवर्नर का खिताब अता फ़र्माते हैं। अब से तुम फ़र्ज़न्द खास और हमारी तमाम फ़ौज के सबसे बड़े जनरल हो। हमारा हुक्म है कि सब अफ़सर तुम्हारा हुक्म मानें।

'लेकिन हजूरेआली यदि किसी शाहज़ादे ने भी लूट-मार या गारतगिरी की तो बन्दा उसे भी नहीं बख्शेगा और उनके नाम-कान कटवा लेगा।'

'तुम्हें अख्तियार है जो चाहो करो। लेकिन पाँच बातों का ध्यान रखो-

1. दुश्मन के सब मोर्चो को तोड़ दो।
2. सिपाहियों को काबू करो, वे लूट-मार और गारतगिरी न करें।
3. सब पुराने-नये सेवकों को तनख्वाह दे दी जाए।
4. लगान की वसूली और थानों का इन्तज़ाम फ़ौज करे।
5. गुण्डों और बदमाशों को-जो रिआया को लूट रहे हैं, सज़ा दो और उनकी छानबीन करो।'

इतना कहकर बादशाह ने उसे ढाल-तलवार तथा चार हज़ार रुपये नकद, मिठाई खाने को, देकर विदा किया।

उसने दूसरे ही दिन नाकाबन्दी करके दुश्मन के पास रसद न पहुंचने पाए, इस काम के लिए पल्टनें लगा दीं। मोर्चे पर जो फ़ौजें लड़ रही थीं, उन पर नज़र और अनुशासन कायम किया तथा जो-जो अफ़सर जिस-जिस काम के योग्य थे उन्हें उसी-उसी काम पर नियुक्त कर दिया। जो अधिकारी कौन्सिल में सम्मिलित किए जाने के योग्य थे-उन्हें कौन्सिल में सम्मिलित कर लिया। उसने अफ़सरों, सैनिकों तथा सर्वसाधारण से सौजन्यपूर्ण व्यवहार किया। इसका परिणाम यह हुआ कि बख्तखाँ की कमान का पहला ही हफ़्ता अत्यन्त सफलता का हफ़्ता प्रमाणित हुआ। अंग्रेज़ी सेना पर भी उनकी धाक जम गई।

ख्वाज़ा नज़रुद्दीन थानेदार बहादुर ने अर्ज़ की-

'तरक्कीए सल्तनत और हश्मत की दुआएँ। अर्ज़ है कि नसीराबाद से 20 हजार सवार बागी होकर आए हैं, गढ़ी हरसरू पर मकाम किया है। उसके साथ तोपखाना रिसाला और दो प्यादा रेज़ीमेण्ट्स हैं।'

'तो बेहतर है कि इस फ़ौज से शहर के तीन तरफ़ मोर्चे बनाकर परसों दुश्मन पर फौरन हमला कर दिया जाए। फ़ौज का राशन भी मोर्चे पर भेजा जाए।'

'मोर्चे के लिए मज़दूर चाहिए। बारूद खत्म है। इस वक्त मिर्जा खैर सुलतान के पास 350 पीपे, प्यादा रेजीमेण्ट नम्बर 76 के पास 132 पीपे, प्यादा रेज़ीमेण्ट दिल्ली दरवाज़ा के पास 80 पीपे और कश्मीरी दरवाज़ा के पास 70 पीपे हैं।'

'छ: गाड़ी शोरा बारूद के लिए लाया जा रहा है, उसके लिए 25 पैदल मुकर्रर किए जाएँ कि हिफ़ाज़त से मेगज़ीन तक पहुँच जाएँ। बारूद जल्द तैयार कराया जाए। मिर्जा मुगल इन्तज़ाम करें।'

'हुक्म की तामील होगी। खबर है कि दरिया बहुत चढ़ गया है, कल बरेली की फ़ौजें भी आ जाएँगी। दारोगाए पुल को ताकीद हो कि जितनी किश्तियाँ मिलें, खड़ी करें। नीज़ फ़ौज को दरिया के किनारे डेरा डालने का हुक्म दिया जाए।

'बन्दोबस्त किया जाए। पुल मरम्मत हो। बरेली की फ़ौज रात को पुल पार करे और तुर्कमान दरवाज़े के बाहर छावनी डाले।'

बख्तखाँ ने फ़रमान जारी किया-

'विदित हो कि बहुत-से पेन्शनयाफ्ता और माफ़ीदार जो इस शहर के आस-पास रहते हैं, उन्हें अगर यह अन्देशा हो कि अंग्रेजी राज खत्म हो जाने के बाद इनकी जीविका के साधन खत्म हो जाएँगे और महज़ इसीलिए जो अंग्रेज़ से अपनी साँठ-गाँठ बनाए रख रहे हैं, और उन्हें रसद-पानी की मदद कर रहे हैं, उनके सन्तोष के लिए यह आम हुक्म जारी किया जाता है कि मुल्क फतह हो जाने के बाद दस्तावेज़ात देखकर जो जिसका हक होगा वह उसे दिया जाएगा। लड़ाई के दिनों में जितने दिनों का बन्द रहेगा-वह भी दिया जाएगा। इस हुक्म को जान लेने के

बाद भी जो अंग्रेज़ों को रसद-पानी या दूसरे तरीके से मदद करेगा-वह सज़ा पाएगा। चुनांचे शहर कोतवाल को हुक्म दिया जाता है कि वह अपने इलाके के जागीरदारों, माफ़ीदारों तथा पेन्शनदारों को इत्तिला दे दें। और इत्तिला पाई है-ऐसे दस्तखत कराकर वापस भेज दें।

34

जनरल रीड ने कार्य-भार सँभालते ही सब पुलों को नष्ट करा डाला। 8 जुलाई को उसने नजफगढ़ का पुल भी नष्ट करा दिया। इससे अंग्रेज़ी शिविर का पृष्ठ-भाग सुरक्षित हो गया।

9 जुलाई को विद्रोही सेना नगर से बाहर निकली। वे निरन्तर गोले बरसाते हुए अंग्रेज़ी सेना के तोपखाने तक पहुँच गए, जो भारतीयों के अधीन था। इस समय सब्जीमण्डी में भी विद्रोही घरों और बागों से गोले बरसा रहे थे। अंग्रेज़ी सेना संकट में थी, तीसरे पहर लड़ाई और घनघोर हो उठी और मकान की छतों तथा सीढ़ियों पर संगीनों से युद्ध होने लगा। सूर्यास्त होने पर विद्रोही सेना लौट गई।

इसके बाद चार दिन तक विद्रोही सेना ने आक्रमण नहीं किया और अंग्रेज़ों को साँस लेने की फुर्सत मिल गई। परन्तु 14 जुलाई को प्रात:काल विद्रोही सेना ने नगर से निकलकर हिन्दूराव कोठी तथा सब्जीमण्डी के मोर्चों पर गोले बरसाने आरम्भ कर दिए। अंग्रेज़ी सेना ने पहाड़ी पर गोले चलाए। तीसरे पहर तक डटकर युद्ध होता रहा। इसके उपरान्त अंग्रेज़ों ने मिलकर हमला किया। रात होने पर दोनों सेनाएँ फिरीं।

17 जुलाई को जनरल रीड ने इस्तीफा दे दिया। वह चिररोगी था। 12 दिन के युद्ध ने ही उसके अंजर-पंजर ढीले कर दिए। वह ब्रिगेडियर विल्सन को अपने पद का कार्य-भार सौंपकर शिमला चला गया।

दो सेनापतियों की मृत्यु हो चुकी थी। तीसरे की यह दुर्दशा तथा स्टाफ के चीफ़ एडजुटेण्ट-जनरल, क्वार्टर मास्टर-जनरल तथा अन्य अधिकारियों का घायल होना ऐसी स्थिति थी कि जिसने एक बार अंग्रेज़ों को गहरी चिन्ता में डाल दिया। इधर पाँच सप्ताह में विद्रोहियों ने निरन्तर आक्रमण करके अंग्रेजों के छक्के छुड़ा दिए थे और अब अंग्रेज़ों की यह आशा कि नगर को अचानक विजय कर लिया जाएगा, धूमिल पड़ गई थी। इस समय उत्तर भारत में विद्रोहाग्नि की ज्वालाएँ धधक रही थीं। अब अंग्रेज़ विचलित होकर पहाड़ी मोर्चे को छोड़कर पीछे हटने का विचार करने लगे; परन्तु चीफ़ इंजीनियर बेयर्ड स्मिथ ने दहाड़कर कहा-ऐसा करना हमारे लिए आत्मघात के समान होगा। हमारे हित में अभी पंजाब का मार्ग खुला है। पंजाब में शान्ति है। वहाँ से हमें सहायता मिलेगी। यदि हमने दिल्ली छोड़ दी तो पंजाब की सहायता की भी कोई आशा न रह जाएगी।

नये सेनापति ब्रिगेडियर विल्सन पर कठिन दायित्व आ पड़ा। अंग्रेज़ी सेना इधर डगमगा रही थी, उधर 18 जुलाई को फिर एक भीषण आक्रमण विद्रोही सेना ने किया। अत: साहसपूर्वक

अंग्रेज़ इंजीनियरों ने सब्जीमण्डी के मोर्चे को दृढ़ किया और आस-पास के मोर्चों को भी यथासाध्य सज्जित किया। 23 जुलाई को विद्रोही सेना ने कश्मीरी दरवाज़े से बाहर निकलकर लुडलो कैसल पर अधिकार कर लिया। उन्होंने आस-पास के स्थानों पर मोर्चे लगाकर अंग्रेज़ों पर गोली बरसाना आरम्भ कर दिया। 27 जुलाई तक उनके आक्रमण चलते रहे। अन्तत: 28 जुलाई को वे रोहतक रोड पर इस अभिप्राय से आगे बढ़े कि नज़फगढ़ की झील पर एक अस्थायी पुल बनाएँ। पुल बनाने की सामग्री उनके साथ थी। उन्होंने दोपहर तक उसी से पुल तैयार कर लिया। पर वह बह गया। तब उन्होंने उलटकर किशनगंज के पास एक अंग्रेज़ी सेना से जमकर मोर्चा लिया। इस समय एक पैदल पल्टन भी उनसे आ मिली। रात-भर तोपें और बन्दूकें चलती रहीं। वह युद्ध 2 अगस्त की दोपहर तक जारी रहा।

सब सूचनाएँ प्राप्त करके अंग्रेज़ प्रधान सेनापति ने अपनी पूरी सैन्यशक्ति दिल्ली में झोंक दी।

एक ओर हज़ारों की संख्या में गोरे दिल्ली में खिंचे चले आ रहे थे-परन्तु न उनकी वीरता काम आ रही थी और न सौभाग्य?

इस समय सात अगस्त को विद्रोही सेना के बारूदखाने में आग लग गई। वह बारूदखाना चूड़ीवालान में समरू बेगम की हवेली में था। 494 मनुष्यों में से केवल तेरह जीवित बचे। नगर में तहलका मच गया। उस दिन बहुत घरों में चूल्हा न जला। प्रयत्न करने पर भी दो दिन तक आग न बुझी।

इस घटना ने विद्रोही सेना की प्रगति में भारी धक्का लगाया। आम तौर से यह अफ़वाह थी कि इस कार्य में हकीम अहसानुल्ला खाँ का हाथ है। वे चाहते थे कि हकीम साहब की बोटियाँ काट डालें पर बादशाह उनके बड़े पक्षपाती थे।

इस समय दिल्ली में अंग्रेज़ी गुप्तचरों का अन्त न था। उन्होंने इस अवसर पर सैनिकों में फूट डालने और उनमें भेद डालने की बड़ी-बड़ी चाले कीं। उनमें उन्हें सफलता मिली और विद्रोही सेना का उत्साह व संगठन भंग हो गया।

35

रेजीडेन्सी पर घेरा पड़ने के बाद ही शहर से उसका सम्बन्ध कट गया था।

इसीलिए गुप्तचर विभाग का फिर से संगठन करना पड़ा। गुप्तचर विभाग गबिन्स के अधीन था। उसकी सेना में अनेक विश्वसनीय गुप्तचर थे। इनमें कई तो खोज-खबर लेने गए और वापस लौटकर नहीं आए। वास्तव में सिपाहियों के घेरे से निकलना बहुत ही कठिन था। इस समय अंग्रेज़ों के पास उनका सबसे बड़ा गुप्तचर अंगद तिवारी और मिसिर कनौजीलाल थे। अंगद पेन्शन प्राप्त सिपाही था और कनौजीलाल छोटी कचहरी का एक छोटा कर्मचारी था; परन्तु दोनों असाधारण साहस और जीवट के आदमी थे। केवल यही दो व्यक्ति थे, जिन्होंने घेरे में पड़े अंग्रेज़ों और बाहर से आनेवाली सेना के बीच सम्पर्क स्थापित रखा था। 29 जून को

अंगद किसी तरह अपनी बन्दूक में एक गुप्त पत्र छिपाकर और 'बागी हो गया है' कहता हुआ रेजीडेन्सी से निकला और बड़ी चालाकी से घेरे के सिपाहियों की आँखों में धूल डालकर हेवलाक से मिल गया। वह लौट भी आया और यह अच्छी खबर लाया कि हेवलाक ने नाना को परास्त कर दिया है और सहायता शीघ्र आ रही है। इसके बाद वह फिर बाहर गया और इस बार वह जनरल हेवलाक की सेना के क्वार्टर-मास्टर जनरल कर्नल फ्रेजर टाइटलर का एक पत्र लेकर लौटा। पत्र में सूचना थी-कि हम आठ तोपों के साथ जल्द आ रहे हैं, विरोधियों को नष्ट करने योग्य प्रचुर सेना हमारे पास है। अपनी स्थिति का मानचित्र भेजो और पीछे से हमला करने को तैयार रहो। पत्र में यह भी लिखा-हमने नाना को परास्त कर दिया है। बिठूर का उसका महल ढहा दिया गया है, उसकी सेना तितर-बितर होकर न जाने कहाँ गायब हो गई है। नाना भी कहीं छिप गया है। पत्र पढ़कर लोगों में उत्साह और आशा का उदय हुआ।

परन्तु अभी यह आशा उगी ही थी कि चारों ओर अफ़वाह फैल गई कि उन्नाव और वशीरत गंज में बुरी तरह हार खाकर हेवलाक पीछे हट गया है। यह अफ़वाह उन किसानों और सिपाहियों ने उड़ाई थी जो उन्नाव से यह सुसमाचार लेकर आए थे। ये लोग हुड़हा, अचलगंज, बेथर, पड़री, सतान, सिकन्दरपुर, कोल्हुआगाड़, खरौली, वैदरा, वरमी, मढ़ेवा, दरियाबाद, अलीपुर और डौंडियाखेरा आदि गाँवों के रहने वाले थे। लखनऊ में उनका धूमधाम से स्वागत हो रहा था। इन खबरों से उत्साहित होकर 6 अगस्त को विद्रोहियों ने घोषणा की कि हमने अवध के बादशाह की ताजपोशी कर दी है और फिरंगियों का राज अब खत्म हो गया है। वास्तव में उन्होंने बादशाह वाजिदअलीशाह के शाहज़ादे नाबालिग विरजिस कादर को अपना बादशाह घोषित कर दिया। परन्तु वह सच्चे अर्थों में बादशाह घोषित हुआ या नहीं यह सन्दिग्ध है। स्वयं विरजिस कादर ने अपने को वली घोषित किया। बादशाह वाजिदअलीशाह स्वतन्त्र बादशाह था। दिल्ली के बादशाह के वह अधीन न था। परन्तु अवध का यह नया बालक शासक दिल्ली की सब आज्ञाओं को बिना कोई प्रश्न उठाए पालन करने को बाध्य था। विद्रोही नेता दिल्ली और अवध के एकीकरण के महत्त्व को समझते थे। इस नये बादशाह के राज्य में राज्याधिकार हिन्दू और मुसलमानों को समान रूप में दिए गए। कुछ पुराने मन्त्रियों की सेवाएँ भी स्वीकार की गईं। शराफदौला को प्रधानमन्त्री और महाराज बालकिशन को वित्तमन्त्री बनाया गया। शम्भू खरे को चीफ़ जस्टिस और राजा जयलालसिंह को युद्धमन्त्री बना दिया गया। बेगम हज़रत महल, जो बालक वली की माँ थी, उसके नाम पर शासन करने लगी। फैज़ाबाद का मौलवी अहमदुल्लाशाह इस समय लखनऊ में था। विद्रोही सेना में उसके नाम का डंका बजता था-वह अपने को खलीफात-उल्ला कहता था। उसमें लौकिक और अलौकिक शक्तियों की सम्भावना की जाती थी। आध्यात्मिक प्रतिष्ठा भी उसकी थी। बरकत अहमद और घुड़सवार सेना शाहज़ादे सुलेमानकादर के दावों के पक्ष में थी।

अब तक अवध के कुछ ताल्लुकेदार ढिलमिल थे। पर अब उन्होंने प्रकट रूप से समझ लिया कि अवध से अंग्रेज़ी सत्ता उठ गई। उन्होंने लखनऊ दरबार को यथाविधि अपनी रचनात्मक

सरकार स्वीकार कर लिया। अवध का सबसे अधिक शक्तिशाली शाहगंज का राजा मानसिंह और रामनगर का राजा गुरुबख्शसिंह तथा महमूदाबाद का मुसलमान राजा नवाबअली जो अब तक टालमटोल कर रहे थे विद्रोहियों में मिल गए। उनकी सेना में अचूक तीरन्दाज़ पासी लोग थे, जो सुरंग लगाने में येकता थे। वे यद्यपि खुली लड़ाई में राइफ़लों और बन्दूकों का मुकाबला नहीं कर सकते थे; पर उनका उपयोग सुरंग लगाने में किया गया। इस काम ने घेरे में पड़े लोगों पर एक मुसीबत ला दी। इस समय 15वीं घुड़सवार सेना का अफ़सर बरकत अहमद सिपाहियों की सेना का और महमूदाबाद के राजा का लेफ्टिनेण्ट अलीखाँ ताल्लुकेदारों की सेना का संचालन कर रहे थे।

36

सर हेनरी लारेन्स की मृत्यु के बाद मेजर बँक्स नया चीफ़ कमिश्नर बना, पर वह अधिक दिन जीवित न रह सका। सिर में गोली लगकर उसकी मृत्यु हो गई। इस प्रकार लखनऊ के कमिश्नर का पद तीन सप्ताह में दो बार खाली हुआ। वरिष्ठता की दृष्टि से मार्टिन गबिन्स को चीफ़ कमिश्नर बनाना चाहिए था-परन्तु सर हेनरी उसके समर्थक न थे-अत: ब्रिगेडियर इंग्लिश को यह पद दिया गया। इस रेजीडेन्सी में असैनिक सत्ता समाप्त हो गई।

इस समय घेरे के भीतर पटापट स्त्री-पुरुष मर रहे थे-कुछ गोली खाकर और कुछ संक्रामक रोगों से। गोलियाँ वर्षा की भाँति बरस रही थीं। उनकी मार से बचने के लिए खिड़कियों में पुस्तकालय की बहुमूल्य पुस्तकें भर दी गई थी, जिनकी अब धज्जियाँ उड़ रही थीं। फिर भी गोलों की मार से लोगों का मरना नहीं रुका। डायरी भरनेवाले को रोज़ एक दोस्त की मौत दर्ज करनी पड़ती थी। बहुधा विद्रोहियों का गोला-बारूद कम हो जाता था तो वे लकड़ी, लोहे के टुकड़े, ताँबे के पैसे और जानवरों के सींग तोपों और बन्दूकों में भरकर निरन्तर दागते रहते थे। ये विचित्र गोलियाँ भी लोगों को घायल कर देती थीं। अस्पताल रोगियों से खचाखच भरा था। वहाँ का दृश्य अत्यन्त हृदयद्रावक था। अफ़सर और जवान, स्त्री और पुरुष, खाटों पर पड़े थे। खून से लथपथ और कृमियों से भरे हुए। डॉक्टर और नर्स बहुत कम थे। औषधियों का भी अकाल था। न रोगियों को, न स्वस्थ पुरुषों को कपड़े बदलने की नौबत आ रही थी। जो दो-एक धोबी थे वे बिना साबुन के जब-तब बहुत अधिक मज़दूरी लेकर कपड़े धोते थे। इसके अतिरिक्त कपड़ों की भी कमी थी। चारपाइयाँ रोगियों के और घायलों के लिए भी काफ़ी न थीं। इस समय रेजीडेन्सी पर सब ओर से आक्रमण हो रहा था, उनकी गोलीबारी सुचालित और अनवरत थी। अंग्रेज़ सोच रहे थे कि उनके तोपखाने का संचालन कोई यूरोपियन कर रहा है। प्रतिरक्षा भी वैसी ही दृढ़ता से की जा रही थी। आगे बढ़ते हुए सिपाहियों की टोलियाँ एक के बाद एक मार गिराई जा रही थीं।

अगस्त का महीना बीतता जा रहा था और अंग्रेज़ों में निराशा फैलती जा रही थी। घेरे में पड़े लोगों के लिए वह एक परीक्षा का काल था। हैवलाक की विजयों की खबरें यहाँ तक पहुँच गई थीं; पर उन पर विश्वास नहीं किया जा रहा था।

जनरल हैवलाक ने बहुत चाहा कि वह जल्द लखनऊ पहुँचकर वहाँ के अंग्रेज़ों की सहायता करे। कानपुर से लखनऊ पहुंचना कोई कठिन काम न था। दोनों शहरों का फासला केवल 45 मील का था। शुरू में जनरल हैवलाक समझता था कि वह दो-चार ही दिनों में लखनऊ पहुंच जाएगा। वह पूरे जोशोखरोश के साथ 22 जुलाई को डेढ़ हज़ार फ़ौज और 13 तोपों के साथ कानपुर से निकला। परन्तु गंगा पार करते ही उसे पता लगा गया कि अवध की भूमि तप्ता तवा हो रही थी और उस पर कदम रखकर आगे बढ़ना आसान न था।

37

जिन दिनों रेजीडेन्सी में अंग्रेज़ बन्दी घेरे में पड़े मौत और ज़िन्दगी के दिन पूरे कर रहे थे, उन दिनों समूचे अवध में चिनगारियाँ सुलग रही थीं। रायबरेली, सुलतानपुर, प्रतापगढ़, फैज़ाबाद, कानपुर, सीतापुर और उन्नाव विद्रोहियों के बड़े-बड़े केन्द्र थे। रेजीडेन्सी में घिरे हुए अंग्रेज़ों के पूर्वी और पश्चिमी द्वार बन्द थे। एक ओर मौलवी अहमदशाह और दूसरी ओर नाना साहब की नाकाबन्दी थी। केवल दक्षिणी-पूर्वी भाग ही ऐसा था जिसमें अंग्रेज़ी सेना को सहायता मिल सकती थी; पर इसी भूभाग में अमेठी, कालाकांकर और शंकरपुर की रियासतें थीं, जो पूरे तौर पर अंग्रेज़ों की शतु थीं। इन सबका मुखिया शंकरपुर का राजा बेनीमाधव था, जो इस समय सैन्य संगठन में लगा था। कई हज़ार नवाबी सेना बटुरकर शंकरपुर आती जा रही थी। डोंडियाखेरा के राव रामबख्शसिंह भी विप्लव में पूरा भाग ले रहे थे। उधर कालाकांकर के राजा हनुमन्तसिंह भी ज़बर्दस्त टक्कर लेने को सन्नद्ध बैठे थे। अवध की दक्षिणी सीमा पर गंगा की नैसर्गिक खाई थी।

अंग्रेज़ों को जब कोई राह न मिली तो उन्होंने सुलतानपुर के रास्ते लखनऊ को गमन किया। उनसे लोहा लेने को अमेठी के राजा लालमाधवसिंह और कालाकांकर के राजा हनुमन्तसिंह आगे बढ़े। कालाकांकर के सेनाध्यक्ष राजा साहब के ज्येष्ठ पुत्र प्रतापसिंह थे जिनकी आयु अभी केवल छब्बीस वर्ष ही की थी। युवक प्रतापसिंह बड़े साहसी तरुण थे। वे अपने आठ वर्ष के पुत्र को छोड़कर सुलतानपुर की ओर चल दिए। उन्हें अकेला जाते देख उनके चाचा माधवसिंह भी उनके साथ हो लिए। पचास मील का धावा करने पर उन्होंने सुलतानसिंह के मार्ग में चाँदा नामक ग्राम में अपने मोर्चे जमाए। एक ओर कालाकांकर और दूसरी ओर अमेठी की सेना, पहल अमेठी ने की। उसके आक्रमण की भीषणता से अंग्रेज़ विचलित हो उठे; परन्तु सैन्य कम होने से अमेठी के राजा लालमाधव पीछे हट गए। इसी समय प्रताप अपनी सेना लेकर अंग्रेज़ों पर टूट पड़ा। उसने बड़ा संघर्ष किया। वह शतु-दल से घिर गया। तब उसके चाचा माधवसिंह ने उसे पीछे धकेलते हुए कहा-तुम लौट जाओ बेटे, मैं इन अंग्रेज़ों को देखता हूँ। परन्तु तरुण न माना। वह सबसे आगे बढ़कर मोर्चे पर था। एक गोली ने उसे समाप्त कर दिया। इस घटना ने अवध का रक्त खौला दिया। अभी कुछ दिन पूर्व राजा हनुमन्तसिंह अंग्रेज़ भगोड़ों को शरण दे चुके थे। अब पुत्र को गंगा की लहरों के सुपुर्द कर वे लखनऊ की ओर अग्रसर हुए।

ज्यों ही अवध के ज़मींदारों को पता लगा कि कानपुर का जनरल हैवलाक बड़े दलबल के साथ लखनऊ की ओर बढ़ रहा है, वैसे ही ज़मींदार और किसान हल-बैल छोड़ सौ-सौ, दो-दो सौ के दल बनाकर मार्ग में मोर्चों में जम बैठे। इस समय कानपुर से लखनऊ तक प्रत्येक गाँव में बादशाह का हरा झण्डा लहरा रहा था। पहले उसकी सेना में एक टुकड़ी ने गंगा पार की-पीछे पच्चीस को जनरल स्वयं अपनी सेना में आ मिला। अब उसने ससैन्य आगे बढ़कर पाँच मील दूर मगरवारा गाँव में पड़ाव डाला। यहाँ से वह बड़ी सावधानी से चौकन्ना हो धीरे-धीरे आगे बढ़ा। चारों ओर गंगा के खादर की चरोखर ज़मीन थी जो बबूल के पेड़ों से भरी थी। छोटे-छोटे खेड़े भी बसे थे। इस भूभाग को बैसवाड़ा भी कहते हैं। अवध के इस भाग में बैस ठाकुरों की बस्ती है। यहाँ के ठाकुर और कान्यकुब्ज ब्राह्मण सभी लड़ाके हैं। मार्ग में उसके दल पर छुट-पुट हमले हुए; पर उन्नाव में उसे प्रबल मोर्चे का सामना करना पड़ा। कानपुर से उन्नाव कोई बारह मील है। ज़िला उन्नाव की तहसील खास और तहसील पुरवा के सारे ही विप्लवकारी उन्नाव में एकत्रित हो गए थे। तहसील हसनगंज और सफीपुर के भी बहुत-से विद्रोही बिठूर घाट से लखनऊ जानेवाली सड़क के कई भागों में जमा होकर हैवलाक की प्रतीक्षा कर रहे थे। मोर्चा बड़ा करारा जमा और तीन दिन डटकर संग्राम हुआ। लखनऊ पहुंचने के हैवलाक के हौसले हवा हो गए और अब प्राणों की रक्षा की चिन्ता पड़ गई।

वह पीछे हटा और विद्रोही भी पीछे हट गए। अपनी बिखरी हुई सेना का संगठन कर वह फिर आगे बढ़ा। इस समय उसकी तीन तोपें बेकार हो चुकी थीं और बहुत-से सिपाही घायल हो गए थे। कुछ मर गए थे, कुछ भीषण गर्मी के असह्य ताप से बेहोश हो गए थे। विद्रोही सेना ने पीछे हटकर एक कौशल किया-ज्यों ही हैवलाक आगे बढ़कर बशीरतगंज पहुँचा, उन्होंने उसे बशीरतगंज की सफीलों में धकेलकर घेर लिया। इस समय उसके पास केवल दस तोपें और कोई चौदह सौ आदमी लड़ने योग्य थे। बशीरतगंज में हैवलाक को बहुत हानि उठाकर पीछे लौटना पड़ा और इस टक्कर से उसके हौसले टूट गए। वह आगे बढ़ने का खतरा न उठा सका। दूसरे उसके पास सई नदी को पार करने के साधन न थे। उसने उचित समझा कि वह पीछे हटकर कानपुर की दूरी को कम कर दे और सहायता की प्रतीक्षा करे। उसे आशा थी कि जल्द उसे एक हज़ार सैनिक और मेजर औलफट्र्स का पूरा तोपखाना मिल जाएगा और तब वह लखनऊ की ओर बढ़ेगा। इसी समय कानपुर से उसकी कमान के द्वितीय अधिकारी-जनरल नील ने एक पत्र लिखकर उसका कड़ा विरोध किया। उसने लिखा-

'मुझे अत्यन्त खेद है कि आप पीछे हटे। इससे हमारी प्रतिष्ठा में बट्टा लगा। अफ़वाह फैल रही है कि आप अपनी तोपें खो चुके हैं। और पराजित हो चुके हैं। आपको ज़बर्दस्ती पीछे हटना पड़ा है। शत्रुओं से छीनी हुई तोपें भी आप नहीं ला सके यह भी दुर्भाग्यपूर्ण है। लोग यह भी विश्वास नहीं करेंगे कि कभी आपने तोपें छीनी भी थीं या नहीं। आपकी इस चाल का हम सब पर बुरा प्रभाव पड़ा है।

हैवलाक पहले ही नील के उद्दण्ड व्यवहार से खीझ रहा था। वह अपने अधीन अफ़सर की कटु आलोचना पढ़कर आपे से बाहर हो गया। उसने जवाब लिखा- 'तुम्हें ज्ञात हो कि मैं यह खयाल करके कि इस क्षण कम्पनी सरकार की सेवा के मार्ग में बाधा उपस्थित होगी-तुम्हें गिरफ्तार करने की ओर दृढ़तर कदम नहीं उठा रहा हूँ।'

वह अगस्त के आरम्भ तक वहीं पड़ा रहा। तीन अगस्त को उसे कुछ सहायता मिली और वह आगे बढ़ा; परन्तु उसका मन भय और आशंका से भरा हुआ था। वह नहीं समझ पा रहा था कि वर्तमान स्थिति में वह विद्रोही दल से टक्कर ले सकेगा या लखनऊ का उद्धार कर सकेगा। उसके सामने एक समस्या थी कि क्या वह अपनी सेना के विध्वंस का खतरा उठाए या कर्नल इंग्लिश को उसके भाग्य पर अकेला छोड़ दे। वह यह भी सोच रहा था कि उसकी सेना का विनाश लखनऊ के पतन को निश्चित कर देगा। इसी ढिल-मिल स्थिति में वह आगे बढ़ा।

बुढ़िया की चौकी पर पहुँचते ही उसे कठिन प्रतिरोध का सामना करना पड़ा। तुरन्त पता चल गया कि अवध के तोपची कितना सच्चा निशाना लगाने वाले हैं। वे कठिन संघर्ष के बाद लड़ते हुए अपनी तोपों के पास ही धराशायी होते जा रहे थे। जब तोपें शान्त हो गईं, तो बागों से बन्दूकें चलती रहीं। बड़ी कठिनाई से हैवलाक उन्हें हटाकर गाँवों की ओर धकेलने में समर्थ हुआ। गाँव में डटकर उन्होंने फिर अंग्रेज़ों का मुकाबला किया। लड़नेवाले अधिकतर गाँवों के ज़मींदार किसान थे। उनके पास केवल देसी बन्दूकें थीं। असल में अंग्रेज़ी तोपों का मुकाबला देसी बन्दूकें कर रही थीं। अन्तत: किसान एक मिट्टी की गढ़ी में घुस गए और अंग्रेज़ों की तोपों, हाथियों और सामान ढोनेवालों को दनादन गोलियाँ चलाकर ढेर करने लगे।

अभी वह बुढ़िया की चौकी पर इस तरह विद्रोहियों से कठिन मोर्चा ले रहा था कि नील ने उसे सूचना दी कि नानाराव बिठूर और कानपर में दो शक्तिशाली विद्रोही सेनाओं का संगठन कर रहा है और यहाँ से इलाहाबाद से भी परे तक का सारा प्रदेश विद्रोही ज्वाला से धधक रहा है। हमें तुरत-फुरत सहायता न मिली तो भय है कि हमारा गोला-बारूद और अस्त्र-शस्त्र विद्रोही छीन लेंगे।

इस समय अंग्रेज़ों का भीषण गर्मी के मारे बुरा हाल हो रहा था। सिपाही और अफ़सर हैज़ा और पेचिश से पटापट मर रहे थे। न उनके इलाज का ठिकाना था, न आराम का। छूत की यह बीमारी बढ़ती ही जा रही थी। इस समय उसकी सेना में डेढ़ हज़ार सिपाहियों में से केवल आठ सौ नब्बे बचे थे। अत: नील की सूचना ने हैवलाक को गहरी चिन्ता में डाल दिया। परन्तु वह बड़ा ही धैर्यवान और दूरदर्शी सेनानायक था। उसने निश्चय किया कि मुझे तुरन्त गंगा पार करके ग्राण्ड ट्रंक रोड पर अधिकार कर लेना चाहिए।

38

बेगम हज़रतमहल के सामने शपथ ले-लेकर जिन ताल्लुकेदारों ने मरने-मारने के वचन दिए थे वे अब इस लड़ाई से ऊब चुके थे। उनमें से अनेक गद्दारी पर आमादा हो गए थे। उन दिनों इस

प्रकार के ज़मींदारों और ताल्लुकेदारों की कमी न थी जो अंग्रेज़ी सरकार की अधीनता को पसन्द नहीं करते थे। उन्हें जो सुविधा और स्वतन्त्रता शाही या नवाबी शासन में थी वह अंग्रेज़ी शासन में न थी। एक ओर अंग्रेज़ उन्हें सन्देह की दृष्टि से देखते थे और दूसरी ओर वे अंग्रेज़ों को। इसके अतिरिक्त अंग्रेज़ सरकार की अधीनता एक ऐसी भावनामूलक थी कि जिसके कारण उन्हें सदैव यही ध्यान रहता था कि हम पराई दासता में बँधे हैं। फिर भी उन्हें यह विश्वास न था कि अंग्रेज़ी सत्ता को उखाड़ फेंका जा सकता है। मुरारमऊ के राजा दिग्विजयसिंह बड़े अंग्रेज़ भक्त थे। वह कठिन-से-कठिन क्षणों में भी अंग्रेजों के मित्र बने रहे और कानपुर के बचे हुए अंग्रेज़ों की उन्होंने रक्षा की। इसके बाद तिलोई के राजा जगपालसिंह थे। इन्होंने आरम्भ में तो विद्रोहियों के साथ हथियार उठाए, बाद में आत्मसमर्पण कर दिया था। खजूर गाँव के राजा ने भी बाद में आत्मसमर्पण कर दिया था। परन्तु अभी भी कुछ ताल्लुकेदार ऐसे थे जो जी-जान से अवध की बेगम के साथ थे। राजा बेनीमाधव उनमें एक थे, जो इस समय नायन के कनपुरिया राजपूत भगवानबख्श के साथ पन्द्रह हज़ार सैनिक लिये अवध के दक्षिणी मोर्चे पर लोहा ले रहे थे। उत्तर-पूर्वी मोर्चे पर अमेठी के राजा लालमाधव तथा अटरा चन्दापुर के राजा सुदर्शनसिंह जमे हुए थे। इस समय बैसवाड़े के ताल्लुकेदारों में सबसे शक्ति सम्पन्न शंकरपुर के राजा बेनीमाधव ही थे। ज्यों ही उन्होंने सुना कि तिलोई ने विश्वासघात किया है। उन्होंने तिलोई के किले पर आक्रमण कर उसे उजाड़ दिया। तिलोई के राजा भाग खड़े हुए। इस समय अवध तीन भागों में बँटा हुआ था और तीनों भागों का नेतृत्व तीन नेता कर रहे थे। एक मौलवी अहमदशाह फैज़ाबादी, दूसरे नाना साहब और बेगम हज़रतमहल तथा तीसरे राजा बेनीमाधव।

39

इधर तो बशीरतगंज में हैवलाक ने मुँह की खाकर वापस कानपुर की ओर रुख किया, उधर मेजर रेनार्ड जल्दी-जल्दी इलाहाबाद की ओर से मार-काट करता हुआ कानपुर की ओर बढ़ा। इस समय फतेहपुर, कानपुर और बैसवाड़े में विद्रोही सेना का भारी जमाव था। रेजीडेन्सी में घिरे हुए अंग्रेज़ अब भूखों मर रहे थे।

मेजर रेनार्ड को कानपुर आने की हिम्मत न हई। उसने कसियावना में अपना पड़ाव डाल दिया और चारों ओर की गतिविधि पर उसने नज़र डाली। इस समय खागा में राजा दरियावसिंह का शासन चल रहा था जिससे अंग्रेज़ों की गतिविधि अवरुद्ध हो गई थी। खागा फतेहपुर के उत्तर-पश्चिम कोण पर था। ज्यों ही राजा दरियावसिंह को मेजर रेनार्ड के इरादों का पता चला, उन्होंने सम्पूर्ण किला खाली कर दिया। खज़ाना, स्त्री, बच्चे और सब सामग्री सुरक्षित स्थानों पर भेज दी। रेनार्ड को पूरा खागा कस्बा ही खाली मिला। उसने कस्बे में आग लगा दी और किला सुरंग से उड़ा दिया। जो मिला उसे कत्ल किया, माल-मत्ता सब लूट लिया।

अब तक अंग्रेज़ी सेना विजय का हर्ष मना रही थी-ज्वालाप्रसाद और राजा दरियावसिंह ने उन पर भरपूर वेग से आक्रमण कर दिया। एक बार कठिन संग्राम हुआ। पर तोप की मार के

सामने बन्दूकें चल न सकीं। खागा का पतन हुआ और दरियावसिंह शंकरपुर चले गए। उनके अधिकांश साथी पकड़कर फाँसी पर लटका दिए गए।

इस समय शंकरपुर के राजा बेनीमाधव पूर्वी अवध में नादिर खाँ और मुहम्मद हुसेन के साथ कन्धा मिलाकर गोरखा सेना से टक्कर ले रहे थे। इस समय एक ओर लखनऊ, कानपुर, उन्नाव, सुल्तानपुर, इलाहाबाद और फतेहपुर में विद्रोह की ज्वाला भड़क रही थी। जहाँ अंग्रेज़ मिलता काट डाला जाता था। जहाँ अंग्रेज़ों को भारतीय मिलता फाँसी पर लटका दिया जाता था। दूसरी ओर तीन हज़ार गोरखा सेना अवध के पूर्वी भाग में उतर आई थी, जिसका नेतृत्व स्वयं नेपाल के तेगबहादुर राना कर रहे थे। इस समय गोरखपुर में विद्रोही सेना में मुहम्मद हुसेन की तूती बोल रही थी। बेनीमाधव और मुहम्मद हुसेन तथा नादिर खाँ ने गोरखपुर से बनारस तक एक दुर्भेद्य पंक्ति गोरखा सैन्य के सम्मुख खड़ी कर दी थी। बनारस, आज़मगढ़ और जौनपुर में करारी हार खाकर गोरखा पीछे हटे थे और विद्रोही सेना ने राजा बेनीमाधव के नेतृत्व में अयोध्या के पूर्व का टापूपुरी, पूरी तरह हथिया लिया था। अंग्रेज़ इस समय दोआब में संकटकालीन युद्ध कर रहे थे। वे इधर ध्यान ही न दे सकते थे।

राजा बेनीमाधव ने गोरखा सैन्य को पूर्व अवध से खदेड़ दिया और शंकरपुर लौट आए।

यहाँ आकर उन्होंने सुना कि उटरम और हैवलाक लखनऊ की ओर बढ़ रहे हैं। हैवलाक की जहाँ-जहाँ पराजय हुई थी वहाँ अभी तक उत्सव मनाए जा रहे थे। अब उटरम खासतौर पर उन स्थानों पर भीषण दमन का कहर बरपाता हुआ चल रहा था।

राजा बेनीमाधव और राजा दरियावसिंह अभी आगे की योजना बना ही रहे थे कि सुना कि दुर्दान्त खूनी नील अवध की किसी गोली का निशाना बन गया और हैवलाक अपने सिपाहियों सहित घेर में घिर गया तथा उसे छुड़ाने को महासेनापति कैम्पबेल एक विशाल सेना और तोपों सहित लखनऊ आ रहा है। इसके अतिरिक्त चारों ओर से लखनऊ पर अंग्रेज़ी सेनाओं का अभियान हो रहा है। लखनऊ इस समय रक्त का समुद्र बन रहा था और अवध की सेना प्राणपण से अंग्रेज़ों को निकाल बाहर करने में तुली हुई थी।

40

स्क्वेयर के भीतर ब्रिगेड मेस के पास एक छोटा-सा कमरा था। इस कमरे में दो सोफ़े थे, जिनमें से एक पर एक अधेड़ स्त्री सो रही थी। वह मिसेज़ केस थी, जिसका पति अभी पन्द्रह दिन हुए मारा गया था। वह भी रुग्णा थी। फ़र्श पर मिसेज़ इंग्लिश अपने तीन बच्चों और कैरी के साथ सो रही थी। इसी समय मिसेज़ जर्मन हाँफती हुई आई। उसने रोते हुए सुर में कहा, 'ईसूमसी की कसम, इतना बड़ा चूहा था कि जितना सूअर का बच्चा होता है। वह एकदम मेरे बिस्तर में घुस गया। आपने हमें तहखाने में डाल रखा है, जहाँ इस कदर बदबू है कि कागज़ और कपूर जलाने पर भी नहीं जाती।'

'तो मिसेज़ जर्मन, बर्दाश्त करना होगा। अब और किया ही क्या जा सकता है!'

'लेकिन मैडम आपके पास तो निहायत आरामदेह कमरा है। ऐसा कमरा तो रेजीडेन्सी भर में नहीं है। आपके नौकर भी आपके साथ हैं। सचमुच आप बड़े ही आराम में हैं।'

'लेकिन मिसेज़ जर्मन, हम इस ज़रा-से कमरे में सात आदमी रह रहे हैं। और बीमार बच्चे के लिए भी चारपाई नहीं है।'

'तो खुदा के लिए उसे अस्पताल भेज दो और मुझे यहीं आ जाने की इजाज़त दो।'

'वहाँ तुम ज़्यादा सेफ हो, मिसेज़ जर्मन। वहाँ गोलियाँ बहुत कम पहुँचती हैं। तुम्हारे आदमी ने मेरा कहना नहीं माना और जान खोई। अब तुम ज़िद करती हो। यहाँ भला जगह कहाँ है?'

मिसेज़ जर्मन सिसकियाँ भरती हई चली गई। मिसेज़ इंग्लिश ने कहा, 'मैडम, देखा तुमने, लोगों को हमारे यहाँ रहने पर भी डाह हो रही है; लेकिन मैं तो यह सोचती हूँ कि दुश्मन भीतर आकर टूट पड़े तो हमारा क्या होगा?'

मिसेज़ इंग्लिश अभी चेचक की खतरनाक बीमारी से उठी थीं। अभी तक उन्हें ज्वर था तथा बहुत कमज़ोर थीं। उन्होंने कहा, 'हमें निश्चय ही आत्मघात करना होगा। इस काम के लिए मेरे पास मार्फिया और प्रूसिक एसिड इतना है कि मेरे और मेरे तीन बच्चों के लिए काफ़ी होगा।'

'नहीं-नहीं, मिसेज़ इंग्लिश, तुम गलती पर हो। हमें अपना कर्तव्य-पालन करना चाहिए और शेष सब ईश्वर के भरोसे पर छोड़ देना चाहिए।' सम्भवत: कर्नल इंग्लिश ने स्त्रियों की यह बात सुन ली। उन्होंने भीतर घुसते हुए कहा, 'नहीं, नहीं, अन्तिम समय आने पर सब स्त्रियों को गोली से उड़ा दिया जाएगा।'

मिसेज़ इंग्लिश के शरीर में थरथरी दौड़ गई। उन्होंने अपने बच्चे को छाती से लगाकर क्रास का निशाना बनाया। उसने कहा, 'तुम यदि पिस्तौल से मेरी हत्या करोगे तो मुझे सन्तोष होगा।'

उसी समय उनका बावर्ची घबराया हुआ आया। उसने कहा, 'गज़ब हो गया मेम साहब, मिस्टर नीड मर गए।'

'अरे, क्या हुआ उनको? अभी तो वे यहाँ से कॉफ़ी पीकर गए हैं!'

'ईंधन बिलकुल चुक गया था मेमसाहब, मैंने उनसे कहा तो वे बाहर जाकर ईंधन चुनने लगे-बस एक गोली उनके फेफड़ों में पार हो गई।'

कर्नल इंग्लिश ने हाथ मलते हुए, मन-ही-मन भुनभुनाते हुए कहा, 'न जाने मदद हमें कब मिलेगी, मिलेगी या नहीं!'

'सुना है फ़ौज आ रही है, उनकी पत्नी ने कहा।

'कहाँ आ रही है? कानपुर दुश्मनों के हाथ में है। सारे हिन्दुस्तान में आग लगी है। फ़ौज आएगी कहाँ से? हो सकता है कि तिब्बत का लामा कश्मीरी बकरों की सेना लेकर आए।'

मिसेज़ इंग्लिश ने पूछा, 'डॉ. ब्राउन का क्या हाल है?'

'उसकी टाँग काट दी गई है, अब वह मर जाएगा।'

'क्या बचने की कोई सूरत नहीं?'

'अजी, किसी अंग के कट जाने के बाद मृत्यु उतनी ही सुनिश्चित है जितनी दिन के बाद रात।'

इसी समय खानसामा खाना ले आया। वह एक गन्दा घृणित काला आदमी था। मोटे, बिना छने गेहूँ की रोटियाँ, उर्द की दाल, खारी नमक और उसके साथ नीले शोरबे में तैरता हुआ एक गोश्त का टुकड़ा।

श्रीमती इंग्लिश ने नाक-भौं सिकोड़कर कहा, 'स्पार्टा का तो एक कुत्ता भी इसकी ओर नाक न करे।'

'तुम यह कहती हो, उधर मेरी आधी सिगरेटें ही गायब हैं। न जाने किसने चुरा लीं। मैंने भी नोटिस लगा दिया कि अब सिगरेट पीना विलास में समझा जाएगा।'

'लेकिन कहीं ऐसा तो नहीं कि हमें भूखों मरने की ही नौबत आ जाए!'

'असम्भव क्या है? अब हमारे पास सिर्फ़ बीस दिन का राशन ही बचा है। सुबह कमसरियेट का कसाई मेरी तीन बकरियों को माँगने आया था। कहता था-गोश्त आज-भर काम चला सकता है। कल उसकी ज़रूरत पड़ेगी।'

'तो यों कहो-जो कभी-कदाच गोश्त की बोटी हाथ लग जाती है अब उसकी भी उम्मीद नहीं है।'

क्या कहूँ। कीमतें कमबख्त इन चीज़ों की इस कदर बढ़ गईं कि तौबा-तौबा। कल सर लारेन्स की चीज़ों का नीलाम हुआ तो सूअर की जाँघ का एक टुकड़ा सात पौंड में बिका। केवल एक दिन के भोजन के लिए पर्याप्त सूप का एक टिन पच्चीस शिलिंग में। एक दर्जन ब्राण्डी की बोतलों के बीस पौण्ड देने पड़े। और सिवइयों के एक छोटे-से डब्बे के पाँच पौण्ड। चॉकलेट की चार छोटी चक्कियों की कीमत 2 पौण्ड 4 शिलिंग। सोचो तो!'

'खुदा की मार इन गद्दार हींदनों पर। ये आखिर क्या खाते हैं? और ताज्जुब तो यह है कि ये लोग कल तक जो हमारे हुक्म से साँस लेते थे, हमारे ऊपर हाथ उठाने की जुर्रत कैसे कर बैठे!' मिसेज़ इंग्लिश यह कह ही रही थीं कि एक इज़्ज़तदार-सी दिखाई देने वाली औरत ने आकर पूछा :

‘ओह, मैं कर्नल इंग्लिश से तुरन्त मिलना चाहती हूँ।’ बिलकुल पीली पड़ गई थी। और इतने ही परिश्रम से हाँफ रही थी। कर्नल ने उसे हाथ का सहारा देकर कोच पर बैठाया और कहा, ‘मैडम, मैं आपकी क्या सेवा कर सकता हूँ?’

‘आप ही कर्नल इंग्लिश हैं न, कैम्प के कमाण्डर?’

‘जी हाँ। आप अपना मतलब बयान कीजिए।’

‘मेरा पति निर्माण विभाग का ओवरसियर था। कल ही उसके फेफड़े में गोली लगी और वह मर गया। मेरा पिता कैण्ट में पादरी था और श्वसुर सेना में पदाधिकारी था। अफ़सोस कि इसी हफ़्ते में वे भी मारे जा चुके। परन्तु मेरे पास इनके लिए मातम मनाने का समय नहीं है। कर्नल, मैं आपके पास एक आरजू लेकर आई हूँ। आज पाँचवाँ दिन है कि मेरे बच्चा पैदा हुआ है, पर अफ़सोस कि रंजोगम ने मेरा दूध बिलकुल सुखा दिया। यकीन कीजिए कर्नल, कि एक बूंद भी दूध मेरी छाती में नहीं। बच्चा भूख से छटपटा रहा है, मेरे तीन बच्चे इसी महीने में मर चुके हैं। एक चेचक से, दो हैजे और पेचिश से, अब हो सके तो आप इस बच्चे को बचा लीजिए, कर्नल।’

कर्नल इंग्लिश की आँखों में आँसू ढुलक आए। उसने कहा, ‘आप चाहती क्या हैं, मैडम?’ और कुछ नहीं, आपके पास दो बकरियाँ दूध दे रही हैं। यदि हो सके तो उसमें से थोड़ा दूध मेरे बच्चे के लिए आप दिलवा दीजिए।’

‘ओह मैडम, हमारे भी बच्चे बीमार पड़े हैं और दूध उनके लिए भी काफ़ी नहीं है,’ मिसेज़ इंग्लिश ने बेसब्री से कहा।

परन्तु कर्नल ने कहा, ‘कोई बात नहीं मैंडम, थोड़े-में थोड़ा दूध आप भी ले जाया कीजिए।’

‘ईसू मसीह आपका भला करे,’ कहती हुई एक प्याला दूध लेकर वह चली गई। कर्नल इंग्लिश कहने लगे, ‘एक मुसीबत हो तो कहूँ, अफीम की बेहद कमी है।’

‘अफीम की? क्या वह भी राशन की तरह ज़रूरी है?’

‘यहाँ लखनऊ में तो अफीम राशन से भी ज़रूरी है। छोटे-बड़े सभी अफीम खाने के आदी हैं। बुरा हो इस काली नागन का। हमारे साथ घेरे के पड़े सिखों को इसकी लत है। और वे चोरबाज़ार से मँगाते रहते हैं। आज जॉन भाग गया।’

‘जॉन कौन?’

‘एक सार्जेण्ट था। उसे भी अफीम की लत थी। सब सिपाहियों को एक ड्राम शराब मिलती है। पर उसके लिए यह भी नाकाफ़ी थी। वह अपने दो अफीमची सिख साथियों के साथ भाग खड़ा हुआ और दीवार पर लिखता गया कि हमारे पास अफीम नहीं है। पर बाहर जाते ही वे तीनों मार डाले गए।’

कर्नल इंग्लिश ये बातें कर ही रहे थे कि बाहर बड़े ज़ोर का धमाका हुआ। ‘क्या हुआ?’ कहते हुए कर्नल हाथ में पिस्तौल लेकर भागे। बच्चे जागकर चीखने लगे। दोनों स्त्रियों के मुँह पर मुर्दनी

छा गई। वे बेसब्री से कर्नल की वापसी की प्रतीक्षा करने लगीं। आपस में बातचीत करने तक की उन्हें हिम्मत नहीं हुई। बहुत देर बाद कर्नल लौटे तो उनके सब कपड़े धूल-गर्द से भरे थे और वे बहुत परेशान थे। अपनी टोपी एक ओर फेंककर वे दोनों हाथों से सिर पकड़कर बैठ गए।

मिसेज़ इंग्लिश ने कहा, 'खैरियत तो है?'

'रेजीडेन्सी का एक भाग गिर गया और 32वीं रेजीमेण्ट के बहुत-से आदमी उसमें दब गए हैं। उन्हें खोदकर निकाला जा रहा है। पर खोदनेवालों पर गोलियाँ बरस रही हैं, जब से घेरा हुआ है-यह सबसे भयंकर घटना हुई है। अब चूँकि आदमी की जान की सबसे अधिक कीमत है। इसलिए इस हानि का जितना शोक करें थोड़ा है।'

इतना कहकर वे चुप हो गए। किसी को उनसे कुछ प्रश्न करने की हिम्मत नहीं हुई।

41

57-58 के बीच सबसे अधिक भयंकर युद्ध अवध की भूमि पर हुए। अवध का राज्य अंग्रेज़ी साम्राज्य में मिलाने और अवध निवासियों के दु:ख की शिकायतों के कारण अवध के ज़मींदारों, सेना, पुलिस और लगभग समूची जनता ने दिल खोलकर इस लड़ाई में भाग लिया। सच पूछा जाए तो अवध में जैसी तैयारी थी वैसी कहीं देश-भर में न थी। हज़ारों मौलवी और पण्डित एक-एक बारक और एक-एक गाँव में युद्ध की आग लगाते फिर रहे थे। न केवल बाज़ाब्ता फ़ौज अपितु पदच्युत नवाब की फ़ौज के साठ हज़ार आदमी, ज़मींदार, उनके सिपाही, ढाई सौ किले जिनमें भारी-भारी तोपें लगी थीं, लड़ाई के रंग में रंगे हुए थे। यही कारण था कि दिल्ली के पतन के छ: मास बाद तक भी अवध और लखनऊ में विद्रोह का झण्डा फहराता रहा।

लगभग एक लाख आदमी रेजीडेन्सी का घेरा डाले हुए थे, जिनमें आधे किसान थे। दिन ज्यों-ज्यों बीतते जाते थे यह भीड़ बढ़ती जाती थी। गाँव-देहातों से और-और आदमी आते-जाते थे। किसान अपने लहलहाते हुए पके खेतों को छोड़कर इस युद्ध में सम्मिलित हुए थे, जिसमें ब्राह्मण, शूद्र, मुसलमान और हिन्दू एक होकर अंग्रेज़ों की जानें लेने पर उतारू हो रहे थे। अंग्रेजी राज ने जो अपनी अन्यायपूर्ण व्यवस्था से प्रजा को झकझोरा था उसी की प्रतिक्रिया-स्वरूप यह विराट मोर्चा बना था। निस्सन्देह इस मोर्चे में कुछ दरारें थीं जिनके कारण वह भंग हुआ। वे दरारें सामन्तशाही भावनाएँ थीं। परन्तु अवध की बेगम जैसी सामन्त, अहमदउल्लाह जैसे साम्राज्य विरोधी धर्मान्ध मौलवी, सूबेदार दिलीपसिंह चौहान, सूबेदार उमरावसिंह, सूबेदार घमण्डीसिंह और सेनापति बरकत अहमद जैसे सेनानायक, गाँवों के किसान, उच्च वर्ण ब्राह्मण, पासी, इन सब भिन्न-भिन्न स्तर के लोगों को इस राजनीतिक सशस्त्र संघर्ष में खींच लानेवाली परिस्थिति विश्व के इतिहास में असाधारण थी।

जनता के पास उत्तम शस्त्रास्त्रों की बहुत कमी थी। वे बुद्धि और कल्पना से नये-नये तरीके ढूँढ़ रहे थे। अंग्रेज़ों के शस्त्रास्त्र चुराने के कोई अवसर नहीं चूके जाते थे। अंग्रेज़ों के पास

एन्फ़ील्ड बन्दूकें थीं। वे ही एन्फ़ील्ड, जिनकी कारतूसों में चर्बी का सन्देह कर विद्रोह खड़ा किया गया था। इसी से एक बार हैवलॉक ने कहा था, 'एन्फ़ील्ड ने विद्रोह को जन्म दिया तो एन्फ़ील्ड ने ही विद्रोहियों को उखाड़ फेंकने में सहायता दी। खासकर किसान और जनता के आदमी तो शत्रुओं के शस्त्रास्त्रों पर ही निर्भर थे। अंग्रेजों के साथ घेरे में 765 भारतीय भी थे। इन्हें राजनैतिक रूप में शत्रु पक्ष से तोड़कर अपनी ओर मिलाया गया था। 230 भारतीय सिपाही उनका साथ छोड़ विद्रोहियों में आ मिले। फिर भी अभी भारतीय सैनिक अंग्रेज़ों की आत्मरक्षा में महत्त्वपूर्ण भाग ले रहे थे।

अब पासी लोग बड़ी तत्परता से सुरंगें खोदकर रेजीडेन्सी तक पहुँचने को सम्भव बना रहे थे। सच पूछा जाए तो अगस्त सुरंग लगाने का महीना था। पासी लोग इस काम में उस्ताद थे और भूमि उनके काम के लिए उपयुक्त थी। अंग्रेज़ भी प्रतिकारी सुरंगें बना रहे थे। सुरंगों के लिए कैप्टन फुल्टन को खास अफ़सर बनाया गया था जो घण्टों तक सन्देहास्पद स्थान पर धैर्यपूर्वक इस तरह खड़ा रहता था जैसे चूहे के बिल के पास कुत्ता।

जब दस अगस्त को पहली सुरंग फटी तो ऐसा धमाका हुआ कि धरती हिल उठी और विद्रोहियों ने आगे बढ़कर कानपुर बैटरी के पास इमारतों पर कब्जा कर लिया। बड़ी ही कठिनाइयों से उन्हें सीढ़ी लगाकर रेजीडेन्सी में कूद पड़ने से तोपों की सहायता से रोका गया। तोपें घेरा डालनेवालों के पास भी काफ़ी थीं, पर गोला-बारूद की कमी थी। फिर भी उनकी बड़ी तोपें निरन्तर चल रही थीं। पर बहुधा इनमें गोले के स्थान पर लकड़ी के टुकड़े, ताँबे के सिक्के और पशुओं के सींग भरे रहते थे। यही कारण था कि इतनी अधिक संख्या में रहने पर भी वे रेजीडेन्सी पर अधिकार न कर सके।

42

वल्लभगढ़ को अंग्रेज़ दिल्ली का पूर्वी लौह द्वार मानते थे। वल्लभगढ़ के राजा नाहरसिंह एक विक्रमशील पुरुष थे। उनका किसी पेन्शन या और किसी विवाद पर अंग्रेज़ों से झगड़ा न था, न झाँसी की रानी या नानासाहब की भाँति कोई व्यक्तिगत स्वार्थ ही था। वे स्वेच्छा से ही रोटी और कमल का संकेत पाते ही विद्रोह की आग में कूद पड़े। वल्लभगढ़ उन रजवाड़ों में सबसे छोटा था जिन्होंने सन सत्तावन के विद्रोह में खुलकर भाग लिया।

राजा नाहरसिंह जाट थे और अत्यन्त कुशल सैनिक और राजनीतिक सूझबूझ के पुरुष थे। वल्लभगढ़ दिल्ली से बीस मील दूर मुगल सिंहासन की जड़ में एक छोटा-सा हिन्दू राज्य था। स्वयं मुगल शक्ति अपनी नाक के नीचे एक सशक्त हिन्दू राज्य को सहन नहीं कर सकती थी। अत: उसने बहुत बार वल्लभगढ़ पर आक्रमण किए, पर वल्लभगढ़ का अजेय सुदृढ़ दुर्ग सदैव अजेय ही रहा और अन्ततः मुगल दरबार और वल्लभगढ़ में मैत्री-सन्धि हो गई। नवयुवक राजा नाहरसिंह ने दिन-दूने बढ़ते हुए अंग्रेज़ी खतरे का सामना करने ही की दृष्टि से मुगल बादशाह

से अपनी घनिष्ठता बढ़ाई थी। परंतु मैत्री-सम्बन्ध स्थापित होते ही लड़खड़ाते मुगल साम्राज्य का बहुत-सा उत्तरदायित्व उनके कन्धों पर आ गया। बादशाह बहादुरशाह के दरबार में उन्हें सोने की कुर्सी दी जाती थी और वह बादशाह के बिलकुल निकट रखी थी।

राजा नाहरसिंह बड़े ही जागरूक पुरुष थे। ज्यों-ज्यों दिल्ली का तख्त अंग्रेज़ों के चंगुल में फँसता जाता था, राजा नाहरसिंह सशंक होते थे। उठते हुए विद्रोह के बवण्डर की सम्भावना पर भी उन्होंने दूरदर्शिता से विचार कर लिया था और रात-दिन दौड़-धूप करके अपनी सेना का उत्तम संगठन यूरोपीय कप्तानों की कमान में कर लिया था, जो. आगे उनके बहुत काम आया।

पियरसन दिल्ली के शाही दरबार में वल्लभगढ़ राज्य का रेजीडेण्ट था।

16 मई को जब दिल्ली आज़ाद हो गई तो राजा नाहरसिंह को पूर्वी सीमा की रक्षा का भार सौंपा गया। जब लॉर्ड जनरल बख्तखाँ अपने पन्द्रह हज़ार रुहेलों को लेकर दिल्ली आ पहुंचे और उन्हें पूरी सेना का सर्वोच्च अधिपति बना दिया गया तो बादशाह ने राजा नाहरसिंह को अपना दाहिना हाथ कहकर उनका परिचय दिया। जनरल बख्तखाँ ने भी उन्हें पूर्वी कमान का अधिपति बना दिया।

43

पहली अगस्त।

लालकिले की आखिरी ईद थी। पर रंग उसका फीका था। बादशाह मुसाहिबों से घिरा हिलाले-ईद की इन्तज़ारी में था।

राजा नाहरसिंह रईस वल्लभगढ़। कद्दावर शरीर, बड़ी-बड़ी मूँछें, गेहुँआ रंग। बादशाह के आगे आकर कोर्निश की और कहा, 'हुजूर मैं हवा खाने दिलकुशा बाग गया था। मुझे हिलाले-ईद नज़र आया। सबने देखा-मैंने भी देखा। लिहाज़ा मुबारकबाद देता हूँ और तहेदिल से चाहता हूँ कि खुशखबरी और वायदों से भरा हुआ दिन रोज़े-ईद, जो खुशियाँ मनाने का दिन है, हुजूर की खुश इकबाली की कासिद हो।'

बादशाह ने कुछ याद करके कहा-

'सुना है, तुमने एक थानेदार भद्रापुर में लगा दिया है। लेकिन हमारे हुजूर से मुसम्मी नसीरुद्दीन खाँ मुकर्रिर किया गया है जो अरबसराय में मौजूद है। चूँकि तुम माबदौलत के ताबेदार हो-अपने आदमी को बरतरफ़ कर दो।'

'शाहराह दिल्ली और पुलिस स्टेशन थाना भद्रापुर का इन्तज़ाम मैं कर रहा हूँ। आपने किसी और को थानेदार बनाया है तो मैं सब अफ़सरों को हटा दूंगा। और आपके लगाए हुए आदमी को ही तनख्वाह दूंगा।'

'दिल्ली की सड़क पर अमन नहीं है। तुमने उसका क्या बन्दोबस्त किया है?'

'हुजूरेआली के हुक्म के बमूजिब शहर दिल्ली की पुलिस का इन्तज़ाम मैं कर रहा हूँ। ताबेदार ने फ़रमान के मुताबिक बन्दोबस्त किया है। फिर भी पाली के ज़रायमपेशा जो सरहद वल्लभगढ़ के नज़दीक है, कत्लोगारत करते हैं और कानून तोड़ रहे हैं। पाली पलवल में भी कत्लोगारत हो रहा है। डकैती, चोरी, राहज़नी हो रही है। बन्दोबस्त कर रहा हूँ। वल्लभगढ़ से दिल्ली तक की सड़क जल्द पुर-अमन हो जाएगी।'

'कल ईद है, हम चाहते हैं कि यह ईद हिन्दू-मुसलमान सब मिलकर मनाएँ और साबित करें कि दोनों एक हैं। हमने गोवध न करने की सख्त हिदायत कर दी है। हम चाहते हैं कि मुसलमानों के पास जितनी पालतू गौएँ हैं, सब थाने में लाकर बाँध दी जाएँ।'

'हुजूर, यह मुमकिन नहीं है, क्योंकि थानों में इतनी जगह नहीं है। बेहतर यह होगा कि जिन मुसलमानों के पास गौएँ हों उनकी एक फेहरिस्त बना ली जाए और उनके मुचलके ले लिये जाएँ।

'तो ऐसा ही करो, और हम चाहते हैं कि मुसलमान मस्जिदों में और हिन्दू मन्दिरों में इबादत करें और दुआ माँगें कि दिल्ली इस मुसीबत से पार पाए।'

'हुजूरेआली का हुक्म बजा लाया जाएगा। लेकिन हुजूर ने जिन अफसरों को अख्तियारात दे रखे थे, वे एक लाख की मालियत हज़्म कर गए। भेद खुला तो दिल्ली से चले गए। अब चैन करते हैं। मुझ पर अंग्रेज़ों से मिलने की तोहमत लगाते हैं। आप भी नाराज़ हैं। अब अहमद अली हुजूर के दरबार में हाज़िर हुआ तो हुजूर सर्द मोहरी से पेश आए। तब वापस चले गए।'

'तुम हमारे गुलामे-खास हो और हम तुमसे खुश हैं।'

'तो हुजूर, हुक्म दिया जाए कि मुहम्मद बख्तखाँ, कमाण्डर-इन-चीफ़ ने जिन देहातियों को रिहा करने का हुक्म दिया है, उनमें से जिनका ताल्लुक रियासत वल्लभगढ़ से है, उन्हें मेरे सुपुर्द कर दिया जाए। वे लोग रियासत के हरामखोर हैं।'

'तुम्हारी मन्शा किन कैदियों से हैं?'

'हकीम अब्दुलहक और ज्वालाप्रसाद वगैरा पर मेरा ग्यारह लाख पच्चीस हज़ार रुपया बकाया है। इन्हें मेरे सुपुर्द कर दिया जाए कि वसूल कर सकूँ।'

'मिर्जा मुगल बन्दोबस्त करें।'

'पलवल के मालगुज़ारी दफ़्तर में ईस्ट इण्डिया कम्पनी के पचास हज़ार रुपये मौजूद हैं। जिन्हें लेने को मेरे आदमी गए थे-पर ज़मींदारों ने नहीं लेने दिए। हुक्म हो कि एक सौ सवार और पचास प्यादे साथ जाकर खज़ाना ले आकर खज़ानेशाही में जमा करें।'

'मिर्जा मुगल फिल्लौर खज़ाना लाने की तदबीर करें।'

'तोहफाए ईदुल फितर कुबूल फ़रमाया जाए। हुजूर के लिए पाँच, बेगम-साहिबा के लिए दो और शाहज़ादा के लिए एक अशर्फी पेश करता हूँ।'

इतना कहकर राजा ने आठ अशर्फियाँ बादशाह की सेवा में पेश की।

बादशाह ने मुस्कुराकर नज़रे-इनायत से राजा की तरफ़ देखा। राजा ने कहा, 'हुजूर का गुलाम हूँ-अब हुजूर मुझे नक्कारे और अलम अता किए जाएँ ताकि हुजूर की शान चारों खूट में फैल जाए। जांनिसार रहा हूँ।'

बादशाह ने मुस्कुराकर राजा की अर्जी मंजूर की।

44

किले पर जब तोपें चढ़ीं तो बहुत-सी बेगमात और मुर्शिदज़ाद हुजूरवाला में फ़रियाद लेकर आए कि 'हमको डर लगता है। ऐसा न हो कि हुजूर इन तोपों को दागने का हुक्म दे दें और घर के आदमी दहलकर मर जाएँ।' इस पर जहाँपनाह ने हुक्म दिया कि किले की तोपों के गोलन्दाज़ शहर की फ़सीलों के मोर्चे पर रहें। विद्रोह को आरम्भ हुए अब दो महीने बीस दिन बीत चुके थे। नौ तारीख को दस बजे पहला गोला किले के दीवानेआम में आकर गिरकर फटा। सारे शहर में तहलका मच गया। धमाका सुनकर बेगम माशूकमहल के दिल की धड़कन रुक गई। वे तत्काल मर गईं। किले में भगदड़ मच गई। सब लोग बौखलाकर इधर-उधर भागने लगे। भाँति-भाँति की अफ़वाहें शहर में उड़ने लगीं। लोगों के मुँह पर हवाइयाँ उड़ने लगीं। 'या इलाही-खुदा खैर करे, अब क्या होगा।' जितने मुँह उतनी बातें।

धमाका सुनकर इब्राहीम चौंक पड़ा। उसने साहब से कहा, 'लीजिए, अंग्रेज़ दिल्ली में दाखिल हो गए, उनका दाखिल होना मुबारिक।'

'शायद किले से तोप चली हो?' साहब ने सन्देह से कहा-

'मैं जाकर देखता हूँ,' कहकर इब्राहीम तेज़ी से किले की ओर दौड़ा। किले में कुहराम मचा हुआ था। उसकी आका बेगम माशूकमहल मर गई थी। बादशाह गमगीन और बेचैन इधर से उधर और उधर से इधर घूम रहे थे। वे कभी ज़बानी हुक्म देते, कभी पेन्सिल से रुक्के लिख-लिखकर। कभी शाहज़ादा जवांबख्त को और कभी बख्तखाँ को भेज रहे थे। जो मुसाहिब थे वे भी कुछ कहने या करने की हिम्मत नहीं रखते थे। इसके बाद तो किले पर दनादन गोले बरसने आरम्भ हो गए। किला ही क्या शहर पर भी वे कहर ढाने लगे। विद्रोही सेना और शहरवाले अपना मालमत्ता-असबाब लेकर जिधर जिसका सींग समाया, भाग निकला। कलकत्ता से लेकर लाहौरी दरवाज़े तक शहर के उत्तरी भाग में जितने मकान थे, ढह-ढहकर मलबे का ढेर हो गए। एक भी मकान साबित न बचा। रात-दिन घूघरररर-घूचरररर की आवाज़ आती थी और किलेवालों के दिलों की धड़कनों में बाढ़ लाती थी।

45

बेगम के क्रिया-कर्म में इब्राहीम किले से दो-चार दिन बाहर नहीं निकला।

पाँचवें दिन बेगम का फातहा करके जब पहुँचा तो साहब ने बेसब्री से पूछा-

'पाँच दिन लगा दिए, किले में खैरियत तो है?'

'अब खैरियत कहाँ, हमारी बेगम मर गईं। किले में गोला फटते ही उसके धमाके से उनका कलेजा फट गया।'

'बेगम के मरने का अफ़सोस है। तमसे उनकी तारीफ़ सुन चुका हूँ। बड़ी शरीफ थीं। खुदा उन्हें बहिश्त दे। हकीकत तो यह है कि उनका मरना ही अच्छा है। क्योंकि जहाँपनाह ने नस्ले तैमूर, खानदाने शाही, बल्कि शहर की तबाही करने में कोई कसर उठा नहीं रखी है। उन्होंने मुल्कगीरी की हवस की, जबकि उनको और उनके ओहदेदारान व दरबारियों में राज्य-शासन तो क्या-अपने परिवार को सँभालने की भी योग्यता नहीं है। उन्होंने गवर्नमेण्ट अंग्रेज़ों के प्रति वफ़ादारी को तर्क कर एहसानफ़रोशी की, और हज़ारों खून जो इस गदर में हो चुके और अब होंगे-अपनी गर्दन पर लिये।'

इब्राहीम ने दबे स्वर में कहा-

'मैं भी समझता हूँ उनका मरना अच्छा ही हुआ, पर मुझ पर उनके एहसानात बहुत हैं।'

'ज़रूर अपने मालिक का वफ़ादार होना अच्छा है, पर हमारी गवर्नमेण्ट भी कृतज्ञता में पीछे नहीं है।'

'यह मैं जानता हूँ। लेकिन अब हमारे मुहल्ले में भी गोले गिरने लगे हैं। सब लोग भाग गए हैं। हमें भी भागकर जान बचानी चाहिए।'

'कोई ज़रूरत नहीं है। गोले बागियों के लिए हैं, हमारे लिए नहीं। हम महफूज़ हैं। उन्हें मालूम है कि हम कहाँ हैं। लेकिन यदि मैं चला गया तो तुम इतनी एहतियात ज़रूर रखना कि पन्द्रह-बीस दिन का सामान भरकर मज़बूती से घर में बैठना। क्योंकि विपक्षी का दुश्मन के शहर में घुसना एक विपत्ति टूटना है। प्रलय के बादल दीख पड़ेंगे, जो सामने आएगा ज़िन्दा न बचेगा।'

'क्या हमें आपके जाने के बाद खतरा है?'

'मैं बन्दोबस्त करूँगा कि शहर फतह होने से पेश्तर ही तुम्हारी सुरक्षा हो जाए।'

46

दिल्लीवालों की नज़र में यह गोलाबारी भी एक मनोरंजक दृश्य था। अजीब मस्ती थी दिल्लीवालों की तबीयत में। मकानों की छतों पर लोग चढ़ जाते और गोलों को जाते हुए देखते तो शोर मचाते, वो आया, वो आया। उधर चला, उधर चला। अहा-हाहा, वह गया, वह फटा। जहाँ गोला गिरता वहाँ

सैकड़ों आदमियों की भीड़ लग जाती। मकान खुलासा थे। बाग थे। सड़कें चौड़ी थीं। हज़ारों गोले आए पर नुकसान बहुत कम हुआ। बहुत कम आदमी मरे। जब पहाड़ी पर गोलाबारी हुई तो लोग छत पर चढ़ जाते और देखते कि एक अंगारा साँय-साँय करता हुआ निकल जाता। उसके बाद में तोप की आवाज़ होती।

मकबरा हुमायूँ पहाड़ी से छ: मील के अन्तर पर था। दिल्लीवाले थे एक ही बेफिकरे। जब रोज़ाना फाँसियाँ हो रही थीं और अन्धाधुन्ध कत्लेआम शहर में जारी था, तब भी दिल्लीवालों की खुशबाशी (मज़ा लेने की आदत) में कमी नहीं होती थी। बड़े-बड़े उमरा का यह हाल था कि शाम को गिरफ्तार किए गए और हवालात में बन्द किए गए। सुबह फाँसी ज़रूर होती थी, पर रात काटने के लिए शतरंज, गंजफा और चौसर हो रही है।

14 सितम्बर को अंग्रेज़ शहर में आए और शहरवालों को बाहर निकल जाने का हुक्म दिया। अंग्रेज़ पहले कश्मीरी गेट, काबली गेट और मोरी गेट से दाखिल हुए थे। इसलिए वहाँ की आबादी हटकर फराशखाना, तुर्कमान दरवाज़ा और अजमेरी दरवाज़े तक आ गई। पर जब ये इलाके भी दखल कर लिये गए तो लोग भागकर जंगलों और देहातों में चले गए और वहाँ गूजरों और मेवातियों ने उन्हें लूटना शुरू कर दिया। इस भगदड़ के बाद भी शहर में हज़ारों घर आबाद थे। नील का कटड़ा बिलकुल आबाद था। इसका एक भी आदमी बाहर नहीं गया था। क्योंकि लाला महेसरी प्रसाद कमसरियट के गुमाश्ते इसी मुहल्ले में रहते थे। उन्होंने अपनी खैरख्वाही और खिदमत के सिलसिले में अपने मुहल्ले की रक्षा का वचन अंग्रेज़ों से ले लिया था। बल्लीमारान के मुहल्ले में हकीम महमूदखाँ साहब का मकान महफूज़ था, क्योंकि पटियाला के महाराज ने उनकी सुरक्षा का प्रबंध अंग्रेज़ों से करा लिया था तथा पटियाले के फ़ौजी सिपाही हकीम साहब के मकान पर हर वक्त पहरे पर हाज़िर रहते थे। पटियाले के वज़ीर दीवान निहालचन्द का मकान भी पटियाले के ताल्लुकात की वजह से सुरक्षित था।

और भी कुछ हिन्दू-मुसलमानों के मकान सरकारी खैरख्वाही के सिलसिले में सुरक्षित थे। शेख तुराबअली का मकान मीर आशिक के कूचे में व राय सदासुखलाल का मकान तुर्कमान दरवाज़े में था। इन्हें शहर में रहने के सर्टिफिकेट मिल गए थे। पर ये सर्टिफिकेट सिर्फ़ शहर में रहने-भर के लिए थे। लूट-मार का भय इन्हें भी था। सरकारी सिपाही लूट-मार करते हुए किसी को न बख्शते थे। मिर्जा गालिब और मीर बदरुद्दीन मुहरवुन भी गिरफ़्तार होकर कर्नल बर्न-हाकिम शहर के सामने पेश हुए। मगर जब उन्होंने सरकारी सनदें दिखाईं और गदर से अपना कोई सम्बन्ध न था, यह प्रमाणित किया तो उन्हें भी शहर में रहने की अनुमति मिल गई। प्रो. रामचन्द्र देहली मातोज़ को भी रहने की इजाज़त दे दी गई।

47

जनरल अब्दुल समदखान नवाब झज्जर के श्वसुर थे। शानदार पुराने रईस थे। पुराने रईसों की सब लनतरानियाँ उनमें मौजूद थीं। कभी जंग का नाम भी न सुना था। मगर घुड़सवारी और चिड़ियों के

शिकार के शौकीन थे। तबीयत के खुशमिज़ाज और आरामतलब आदमी थे। अब बादशाह ने उन्हें भी अपनी विद्रोही सेना का एक जनरल बना दिया था, जो उनकी तबीयतदारी के बिलकुल ही खिलाफ़ था।

एक दिन अलस्सुबह शाहज़ादा मिर्जा खैरसुलतान उनके पास पहुँचे। जनरल साहब ने उनकी बड़े तपाक से खातिर-तवाज़ा की। शाहज़ादा ने कहा, 'जनाब सरफराज़ खाँ दफेदार और महमूद खाँ सिपाही तोपखाना गनीम के मोर्चे से अभी आए हैं। कहते हैं गनीम ने सब्जीमण्डी के मोर्चे पर कब्जा कर लिया है। दो तोप भी उनके हाथ जा पड़ी हैं।'

'बड़ी खराब खबर है।'

'लार्ड गवर्नर जनरल का हुक्म है कि दिन-रात हमले हो रहे हैं। हम और आप एक टुकड़ी पैदल रेज़ीमेण्ट लेकर अलीपुर की ओर जाएँ और मोर्चेबन्दी करें।'

सुनकर खाँ साहब कुछ देर मुश्की तम्बाकू का कश खींचते रहे। फिर आहिस्ता से बोले-

'ये लार्ड गवर्नर साहब बहादुर कौन ज़ात शरीफ़ हैं? कहाँ के रईस हैं?'

'जनरल बख्तखाँ ही तो लार्ड गवर्नर है।'

'लेकिन साहब आलम, वे किस रईस खानदान से ताल्लुक रखते हैं और किस बिरते पर हम रईसों को हुक्म देते हैं?'

'आली हज़रत जिल्लेसुभानी ने इन्हें लार्ड गवर्नर बनाया है?'

'तो इसी से उन्हें हम पुराने रईसों पर हुक्म करने का हक हासिल हो गया?'

'यह वक्त इन बातों पर गौर करने का नहीं। मुसीबतें सामने हैं। चारों ओर से हमले हो रहे हैं। आखिर हमारा भी तो कुछ फ़र्ज़ है।'

'तो यों कहिए। लेकिन मेरे खयाल में तो पैदलों पर भरोसा नहीं किया जा सकता। सिर्फ़ रिसाले पर भरोसा किया जा सकता है।'

'लेकिन रिसाला है कहाँ? रामबख्श सूबेदार नम्बर 74 रेज़ीमेण्ट व कुलीदार खाँ सूबेदार को हुक्म हुआ था। उन्होंने जवाब दिया कि हम खानज़ादों को मोर्चों और खन्दकों में जाने में कोई उज्र नहीं है, लेकिन आज शनीचर का दिन है और आज के दिन पूरब में जाना मना है। हम किसी अच्छे मुहूर्त में मोर्चे पर रवाना हो सकते हैं।'

'माकूल जवाब है। मेरा खयाल है, न मैं जाऊँ न आप जाएँ। हमें रईस झज्जर की फ़ौजों का इन्तज़ार करना चाहिए।'

'उधर देसी पैदल 18वीं रेजीमेण्ट का एक दस्ता कल से ईदगाह के मोर्चे पर मौजूद है। और अब जबकि तमाम रेज़ीमेण्ट मय लार्ड गवर्नर साहब बहादुर के अलीपुर चली गई है, हमें वहाँ जाने का हुक्म हुआ है।'

'आपने फिर हुक्म नामुराद का नाम लिया।'

'खैर गलती हुई। यूँ मैं भी बहुत थक गया हूँ। कल अठारह दुश्मन मेरे हाथ से मारे गए। अभी मैंने सुना कि कुछ गोरे हिण्डन का पुल तोड़ने को बेगमाबाद में जमा हो रहे हैं। उन्होंने पिलखुवा की रसद लूट ली है।'

'लूट ली। इससे क्या होता है? अभी हमारे चालीस हज़ार सिपाही मैदान में हैं। फ़िक्र न करो शाहज़ादा!'

48

दरबारे खिलवत में बादशाह और शाहज़ादा मिर्जा मुगल परेशान हालत में थे।

बादशाह के हुक्म से उस वक्त तमाम खादिम हटा दिए गए थे। बादशाह अपनी परेशानियों को तथा पिता-पुत्र के बीच जो उलझनें पड़ गई थीं, उनको दुनिया पर प्रकट करना नहीं चाहते थे। बादशाह ने कहा-

'तुम जानते हो कि खज़ाने में रुपया कम है। जल्द खत्म हो जाएगा। आज सब अफ़सराने रेज़ीमेण्ट को इकट्ठा करो और सोचो कि ज़रूरत कैसे पूरी की जाए। पोशीदा खज़ाना भी नहीं है और सल्तनत का कर्जा भी अदा नहीं हो सका है। हमारे निजी खर्च के लिए एक लाख बीस हज़ार रुपया कर्जा व्यापारियों से माँगा गया था। वह भी पूरा नहीं मिला।

'मैंने मेम्बराने कोर्ट से बात की थी। तय हुआ है कि किसी साहूकार से सूदी कर्जा लिया जाए। नीज़ यह भी तय हुआ था कि पन्द्रह सौ पैदल सिपाही की एक रेज़ीमेण्ट और पाँच हज़ार सवारों का एक रिसाला व दो तोपें हर हिस्सए-मुल्क और देहात में रवाना की जाएँ, जो जगह-जगह थाने व डाकखाने कायम करें, जिससे हुजूर के फ़रमानों पर सल्तनत का पूरा यकीन आ जाए। फ़ौज को अख्तियारात दें कि जहाँ से रकम मिले कब्जे में ले ले। उसे वसूली के पूरे अख्तियारात दिए जाएँ।'

'लेकिन शर्त यह है कि वे जुल्म न करें। फ़ौजी ज़रूरतें सबको समझा दी जाएँ। फ़ौज के साथ कुछ मुत्सद्दी हों जो रिआया को समझाएँ।'

'ऐसा ही किया जा रह है।'

'लेकिन सुना है तुमने कुछ ताजिरों को किले में कैद कर लिया है!'

'फ़ौजों को तनख्वाह बाँटना निहायत ज़रूरी था। इसलिए एक रुपया सैकड़ा सूद पर शहर से कर्जा माँगा गया था। कुछ ने दिया, कुछ ने नहीं दिया। जिन्होंने नहीं दिया उन्हें सिपाहियों ने किले में शाही पहरे में हवालात कर दिया है।'

'हमने सुना है उन्हें छुड़ा लेने की तदवीर की जा रही है!'

'जी हाँ, प्यादों का एक खुफ़िया शख्स जो लाहौरी दरवाज़ा का मुहाफ़िज भी था, उसने यह हरकत की थी। वह कल तीसरे पहर दस-पन्द्रह बदमाशों को लेकर आया और ज़बर्दस्ती कैदियों को पहरे से भगाने की कोशिश की। उसे भगा दिया गया और कैदियों की हिफ़ाज़त कर दी गई है।'

'लेकिन तनख्वाह और बारूद के लिए कहीं से बिना सूद कर्जा लो। पंजाबी सौदागरों और अंग्रेज़ों के मालदार नौकरों से भी रुपया लेकर खज़ाने में जमा करो। हुंडियाँ भुनाकर हमारे पास भेजो। हमारी यह मुहर लगे कि मालगुज़ारी अदा होने पर सबको यह रुपया अदा कर दिया जाएगा। इनाम भी मिलेगा। वर्ना सख्त सज़ा मिलेगी। बस तीन दिन में खज़ाना रुपयों से भर दो। मगर जिनके पास अदायगी की दस्तावेजें हों उन्हें न सताया जाए।

'ऐसा ही किया जाएगा।'

'बिन्द्राबन माल खजाँची तोपखाना की चार हजार एक सौ छियानवे रुपये आठ आने की दस्तावेज़ है, हमारी मुहर करके वह रुपया खज़ाने में दाखिल कर दो और उससे तोपखाने की छः माह की तनख्वाह दे दो।'

'इस मामले में राय मुकुन्दलाल को लगा दिया जाएगा।'

'एक अर्जी हमारे हुजूर में मथुरादास-सालिगराम सौदागरान की इस बाबत आई है कि हमने पहली बार सत्तावन हज़ार रुपया दिया, दुबारा मिर्जा खैर सुल्तान की मार्फत रुपया दे चुके। अब मेम्बराने कोर्ट हमारी तबाही पर तीसरी बार रुपया तलब करते हैं। मकान लूट लिया गया। हमारा सब कारोबार चौपट हो गया। दुबारा हमने जेवर बेचकर रुपया दिया। अब रहम हो, तहकीकात करो। यह क्या बात है। रामजीलाल गुड़वाला दो बार रुपये दे चुका है-अब उसे और तंग न किया जाए।

'हकीकत यह है कि ये बनिये बड़े मनहूस होते हैं। इस कदर रुपया ज़मींदोज़ करके रखते हैं कि तौबा। इस वक्त जब शाही इज़्ज़त खतरे में है, ये लोग हीला-बहाना करते हैं।'

'ताहम, तुम यह देखो कि नर्मी से काम लिया जाए। एक अर्जी हमारे हुजूर में मथुरादास की इस अम्र की आई है कि वह एक इज़्ज़तदार आदमी है। वह चाहता है कि उसे एक फ़रमानेशाही इस तरह का मिल जाए कि वह दिल्ली से मथुरा और वहाँ से आगरे तक का इन्तज़ाम कर सके। चूँकि वह अपने को मथुरा का बाशिन्दा बताता है और जिले में सबसे वाकिफ है। वह चाहता है कि हमारे इकबाल और खुदा के हुक्म से वह निहायत उम्दगी से इन्तज़ाम कर सकेगा। नीज़ वह ज़िले के ऐसे दो हज़ार आदमियों को जानता है जो फ़ने सिपहगिरी में ताक हैं। उसकी ख्वाहिश है कि उसे हमारे हुजूर से एक फ़रमान मिल जाए, जिसके मिलते ही वह कमसरियट और डाकखाने गाँव-गाँव और शहर-शहर में मथुरा से देहली तक कायम कर देगा और ग्यारह-बारह दिन में मथुरा पहुँचते ही खज़ानए शाही में दस लाख रुपया पेश करेगा। वह चाहता है उसे कुछ फ़ौज,

गोला-बारूद और तोपखाना इनायत किया जाए, ताकि वह इस काम को अंजाम दे सके। बस, तुम तहकीकात करो और जानो कि वह दस लाख रुपया कहाँ से देगा। क्या कोई दफीना उसके हाथ लगा है, या किसी को लूटना चाहता है।'

'तहकीकात होगी। कल शाहज़ादा मुहम्मद खैर सुलतान ने अर्ज़ की कि ताबेदार दो सौ सवारों और एक ब्रिगेडियर के साथ जो लार्ड साहब के हुक्म से आया था, सुबह से अब तक रुपया इकट्ठा करता फिरता रहा। सब नाज़िरों ने यह हीला पेश किया कि गौरीशंकर ने यह हुक्म दिया है कि शाहज़ादे को रुपया न दिया जाए। बल्कि कोर्ट में दाखिल किया जाए। यह हीलेबाज़ी काबिले नफ़रत है। ऐसे बदज़ातों को सख्त सज़ाएँ देनी चाहिए कि इन्तज़ाम में खलल न पड़े।'

'किसी को नाराज़ न किया जाए। मुलायमियत से समझाकर वसूल करो। इनकी दिलजोई की ज़रूरत है-ये बदज़न हो गए तो दुश्मन को तकबियत होगी। ज़ाहिर है कि मिर्ज़ा खैर सुलतान का रुख मुहम्मद बख्तखाँ लार्ड गवर्नर की ओर है, और तुम्हारा रसूल नागवार है। बस, यह न होना चाहिए। मासिबाम इसके एक फ़रमान हम नवाब नजीबाबाद को भेजना चाहते हैं।'

उन्होंने मीर मुन्शी की ओर देखा। और मुन्शी ने कलम-दवात उठाई और बादशाह की बगल में ज़रा हटकर दुजानू हो बैठा। बादशाह ने फ़रमाने-शाही लिखाया-फ़रमाने बनाम नवाब नजीबाबाद।

अमीरुद्दौला ज़ियाउल मलिक मुहम्मद खाँ बहादुर-मुजफ़्फ़र जंग हमारे मुलाज़िमखास मुरदे अलताफो निगाहदाश्त हमारी मेहरबानियों के मकसूद, जानो कि तुम खास मुलाज़िम अर्जी मुस्तमिल बहालाते मुस्सिला मय तफसील ज़िला के तमाम परगनों की खराब हालत के जो लुटेरों और बदमाशों ने कर रखी है और इन्सदाद के लिए जो तरीका अख्तियार किया गया है कि जितने पैदल सवार मिल सकें भरती करके हालत बदल दी जाए और खानदाने शाही के आबाई नमकबार होने पर माबदौलत की तवज्जाह मबजूल कराना और यह बदस्तरे साबिक ईजानिब की तवज्जे शाही फिर इस ज़िले पर हो जाए, मुलाहजा से गुज़री। हकीकतन गुलामे खास के अज़दाद गुज़श्ता सलातीन (सुलतानी) के वक्त से मुरीद इनायत रहे हैं। और तुम गुलामे खास को हम खासुलाखास की नज़र से देखते रहे हैं। तुम सदा ही नूरचश्मी मिर्जा शाहरुख की खिदमत बजा लाते रहे हो।

पर तुम हमारी इनायतों के सज़ावार हो। अगर तुम हमारी गुजश्ता ख़िदमत के साथ-ही-साथ अब और भी बढ़कर खिदमतें अंजाम दोगे तो लुत्फेशाही बहुत ज़्यादा कर दिया जाएगा और तमाम ज़िले का इन्तज़ाम तुम्हारे सुपुर्द कर दिया जाएगा और अर्जी मंजूर होगी। ता-वक्ते का एक पुख्ता सनद ज़ारी न की जाए। तुम ज़िले की आमदनी अपने पास जमा रखो और फ़ौजों के अफ़सरान और महकमा आमदनी की तनख्वाहें देकर जो बचे हमें भेजो तथा खज़ाना, घोड़े, सामान जो अंग्रेज़ी फ़ौज के भागने पर हमारे हाथ आए हैं; मय तफसील बदस्त मथुरादास रवाना कर दो और दो सकराने शाही हमराही कर दो, ताकि तुम्हारी कारगुज़ारी जाँची जाए और तरक्की की जाए।

49

जहूरुद्दीन कमाण्डर-इन-चीफ़ ने हाज़िर आकर बादशाह के हुजूर में अर्ज की, 'यसफ बेगम की मार्फत भेजा हुआ आला हज़रत का पैगाम मिला। खादिम हाज़िर आया।'

'क्या वजह है कि सवार अभी तक चाँदनी चौक में बसे हैं और दुकानों के सामने घोड़े बाँधते हैं? किरायेदारों ने दुकानें खाली कर दी हैं, जो रह गए हैं, खाली करके भाग रहे हैं?'

'हुजूर, न फ़ौज को राशन मिलता है, न तनख्वाह है। वह महीनों से भूखे-प्यासे पड़े हैं और अब बेकाबू होते जा रहे हैं।'

'क्या फ़ौज को रुपया अभी तकसीम नहीं हुआ?'

'जी नहीं।'

'तो वह एक लाख रुपया जो हमने बन्दनी सर्राफ़ के मार्फत भेजा था-क्या हुआ?'

'इस बाबत तो बन्दनी सर्राफ़ को बुलाकर उसका कस्मिया बयान लिया जाए। गुलाम तो बहुत कम अपना हिस्सा लेता है और कभी गबन नहीं करता।'

'सैयद हुसेन अलीखान पुलिस अफ़सर पहाड़गंज ने अर्ज की है कि एक जमादार व चन्द सिपाहियों को अलीगंज, असममढ़ और अलीपुर के गूजरों ने खौफ़नाक चोटें पहुँचाई हैं। आज महरौली के पुलिस अफ़सर की अर्जी आई है कि वही लोग वहाँ भी ऐसी ही हरकतें कर रहे हैं।'

'हुजूर, ये दूधिया लोग बड़े ही शोरेपुश्त हैं और तमाम देहातों में गारतगिरी करते फिरते हैं।'

'तो हमारा अमल ही क्या रहा है! सब जगह अराजकता फैली है। क्या वजह है कि रेज़ीमेण्ट नम्बर छत्तीस ने हमारे बिना हुक्म और जानकारी के शाही हकीम अहसानुल्ला खाँ को गिरफ़्तार कर लिया और उनका घर लूट लिया?'

'हुज़ूर, मैं अर्ज नहीं कर सकता, लेकिन...।'

'खामोश, मैंने सबसे बेजार होने के बावजूद जहाँ तक बना सिपाहियों की दिलजोई की। उन्हें बच्चों की तरह समझा। तमाम ज़िदों और ख्वाहिशों को पूरा किया। लेकिन इन्होंने कद्र नहीं की। मेरे बुढ़ापे का भी खयाल नहीं किया। मेरी सेहत गिरती जा रही है। हकीम अहसानुल्ला खाँ देख-भाल करते और जो उनसे बन पड़ता है करते हैं। लेकिन अब खुदा ही खबरगीर है। ऐसे वक्त में जब मेरी सेहत की ऐसी हालत है, सिपाहियों को लाज़िम है कि हकीम साहब पर से पहरा उठा लिया जाए और उन्हें हवालात से छोड़ दिया जाए, ताकि वे मेरे पास आ सकें। और वे जब ज़रूरत हो मुझे देखें।'

'लेकिन हुजूर, वे अंग्रेज़ों के भेदिये हैं। दुश्मनों से खुफ़िया ताल्लुक रख रहे हैं।'

'अगर दुश्मन उन्हें बहकाते हैं तो उन्हें समझाओ कि वे उनके फरेब में न आयें।'

'वे बच्चे नहीं हैं हुजूर, सब समझते हैं।'

'तो उनके खिलाफ़ जो शहादत तहरीर हो वह हमारे हुजूर में पेश की जाए।'

'जिल्लेसुभानी कैसी शहादत चाहते हैं?'

'माबदौलत की मनशा है कि बाकायदा तहकीकात हो। सुबूत मिलेगा तो सज़ा दी जाएगी।'

'बेहतर।'

'तो जो माल उनके घर से लूटा गया है, वह हमारे जनाब में हाज़िर करो। हम लुटेरों को सख्त सज़ा देंगे।'

'हुजूर, यह मुमकिन नहीं है।'

'तो तुम मुझे यहाँ से दस्तबरदार होने दो। मैं तुम्हारा बादशाह होने की बनिस्बत ख्वाज़ा कुतुब साहेब की दरगाह पर मुजावर बनकर रहना ज़्यादा पसन्द करूँगा।'

'हुजूर...'

'यह भी न होने दोगे तो कहीं चला जाऊँगा। जो रोककर रखना चाहते हैं, देखूँगा कि क्यों कर रखते हैं। अंग्रेज़ों के हाथ न मारा गया तो तुम्हारे ही हाथ मारा जाऊँगा।'

'लेकिन हम तो हुजूर ही के लिए जान दे रहे हैं।'

'लेकिन रियाया पर जो जुल्म हो रहे हैं, वे मुझी पर हो रहे हैं। तुम्हें चाहिए था कि बन्दोबस्त करते।'

'हम मजबूर हैं, जहाँपनाह।'

'तो मैं हीरा की कनी खाकर जान देने पर आमादा हूँ।'

'हुजूरेवाला का क्या हुक्म है?'

'हकीम साहेब के घर से वह बन्दूक भी चोरी गई है जिसमें हमारी मुहरेशाही हैं। सात अगस्त से बिना मुहर हमें अहकाम जारी करने पड़ रहे हैं।'

'जो हालत फ़ौज की है वह हुजूर से कुछ भी पेचीदा नहीं। गुलामे खुदाबन्दी अर्ज़ परदाज है कि जब तक सिपाहियों को वक्त पर तनख्वाह नहीं मिलती, बदअमनी दूर न होगी। फ़ौज भूखों मरती है, आजिज़ है। अर्ज़ किया था कि कोई तदबीर की जाए, या साहूकारों से कर्ज लेने का हुक्म दिया जाए। सौदागरों से भी रुपया तलब किया जाए।'

'हमने हुक्म दिया था। बाज़ ने वायदा किया कि देंगे, पर पीछे मुकर गए।'

'सुना है कि खुदावन्द ने लार्ड गवर्नर मुहम्मद बख्तखाँ बहादुर को भी रुपया अदा करने का हुक्म दिया। इससे फ़ौज में बदअमनी फैलने का डर है। वह हुक्म वापस लिया जाए।'

'लेकिन, ऐयामे जंगो जदल में अहकामात की तब्दीली इज़्ज़त और इन्तज़ाम को बर्बाद कर देती है।'

लेकिन हुजूर बेअदबी माफ़ हो, शाहज़ादा मिर्जा मुगल अन्धेर कर रहे हैं; जिससे सब रोज़गार, जो कलकत्ता, दिल्ली, अम्बाला में था, तबाह हो गया। माल लुट गया। मेरे पास व्यापारियों की अर्जियाँ आईं कि मिर्जा मुगल उनसे पचास हज़ार रुपया और तलब कर रहे हैं जबकि वे पाँच हज़ार भी नहीं दे सकते। वे अपने खाते दिखा चुके हैं। शाहज़ादा के हुक्म से तीन दिन से उन्हें कप्तान और हुसेन ने जेल में बन्द कर रखा है-यहाँ तक कि उन्हें ईदुलजुहा की नमाज़ भी नहीं पढ़ने दी। वे बारह सौ मुजाहबीन का बन्दोबस्त बीस दिन में कर सकते हैं। उनकी रिहाई का हुक्म हो।'

'ये लोग कौन हैं?'

'नबीबख्श, हाजी मुल्लाबख्श, करीमबख्श, जवानखाँ, पीरबख्श, फतहमुहम्मद, मुहम्मद हुसेन, मुहम्मद बख्श, अहमद करीम हैं-जो शहर के इज़्ज़तदार व्यापारी हैं।'

'तो इन्हें छोड़ दो।'

'दो दिन से शाहदरा में फ़ौज लूट-मार कर रही है। तनख्वाह न मिलने के सबब। अब पन्द्रह हज़ार रुपया अदा कर दिया जाए तो चार दिन की तनख्वाह दे दी जाए।'

'बसन्त खज़ाने से पन्द्रह हज़ार रुपया दे दिया जाए। लेकिन वे तनख्वाह रोज़ाना क्यों चाहते हैं?'

'चूंकि उन्हें मालूम हो गया है कि खज़ाना खाली है। इसलिए रोज़ाना चाहते हैं।'

'खज़ाना खाली है, डाकाजनी हो रही है, फ़ौजें यहाँ ज़्यादा जमा हैं। खर्च पूरे नहीं होते। इसका क्या इलाज है?'

'हुजूर, गुलाम ने अलीगढ़ व बाबूगढ़ की बाबत अर्जी दी थी। बाबूगढ़ में चौबीस सिपाहियों की हिफ़ाज़त में बीस हज़ार रुपया जमा है। चुनार में मर्दान खाँ के पास बीस लाख रुपया अमानत में है, जिसकी हिफ़ाज़त छः सौ सैनिक कर रहे हैं। अलीगढ़ का खज़ाना तीन रेजीमेण्टों की हिफ़ाज़त में है। बाबूगढ़ में मय रसद बारह सौ घोड़े यह कुल सामान हुक्म हो तो मँगा लिया जाए। देर करने से जाता रहेगा। इस वक्त सहारनपुर से आगरा तक एक भी अंग्रेज़ सिपाही नहीं है। सिर्फ एक आदमी है जो बुलन्दशहर के ज्वाइण्ट जिला मजिस्ट्रेट से मिलकर साजिश कर रहा है। फ़ौजें भरती भी कर रहा है। लेकिन वहाँ साठ गाँवों के क्षत्रिय वाशिन्दे जान देने पर आमादा हैं, पर गंगा पार वाले इन पर भरोसा नहीं करते। अगर ये ज़मींदार मेरी मातहती में फ़ौज व फ़रमान को देख लेंगे तो तैयार हो जाएँगे। हुक्म दिया जाए, भर्ती की जाए। चौरासी गाँव के केदारसिंह ज़मींदार मुकीमपुर ज़िला मेरठ के असर में है या सिवा इसके सिवाई ज़िला मेरठ के ज़मींदार, जवाहरसिंह, रोशनसिंह व चेदीराम भी तैयार हैं। ये सब बड़े दबंग ज़मींदार हैं। सब जान देने की ठाने बैठे हैं। फ़रमानशाही देखते ही उठ खड़े होंगे।'

'तो फौरन अमल हो। एक प्यादा रेज़ीमेण्ट और तोपखाना साथ लेकर तुम खुद जाओ और ऐलान कर दो कि कोई किसी पर हाथ न उठाए, जुल्म न करे, असल ज़मींदारों की रिआया बनकर रहें, क्योंकि वे सल्तनत के खैरख्वाह समझे जाते हैं।'

'जो हुक्म।'

'और बदरुद्दीन आलीखान मेहरकुन को हुक्म दो कि एक मुहर बेहतरीन तैयार करके हमारे हुजूर में पेश करे, जिसमें मशीरे सल्तनत विकारुल मुल्क माबदौलत के खादिम मुहम्मद बख्तखाँ लार्ड गवर्नर बहादुर नाज़िम जुमला मुआमलात मुल्की व फ़ौजी का नाम मय अल्काब के अदा किया जाए और मुहर में साल जुलूस भी हो।'

'जो हुक्म।'

'हमारे जनाब में एक अर्जी पेश हुई है कि आगरे से 90 अरबी घोड़े और खज़ाना चालीस हज़ार रुपया लेकर शेख बन्नू और 44वीं रेज़ीमेण्ट के 60 सिपाही आ रहे थे। वे जब अलीगढ़ से आगे चले और बुलन्दशहर पहुँचे तो देहातियों ने लूटना चाहा, मगर लड़-झगड़कर आगे बढ़े तो हिण्डन के पुल पर देहातियों ने लूट लिया। तुम फौरन इन लुटेरों को गिरफ्तार करने का बन्दोबस्त करो।'

'जो हुक्म। ख्वाज़ा खैरातअली दफ़्तर गर्वनर ने इत्तला दी है कि बीस हज़ार फ़ौज रसद न होने के कारण कल से भूखी है, मुनासिब हुक्म हो।

'कोतवाल शहर को हुक्म हो कि फिलहाल सौ मन भुने चने वज्मी पुल की दूसरी तरफ़ छावनी में रवाना कर दें।

'जो हुक्म।'

'बस तुम गुलाम खास हो। हमारी मेहरबानियों पर यकीन रखो। होशियारी और फ़िक्र से अपने फरायज़ अदा करते रहो। खुदा हाफ़िज़।'

50

7 अगस्त को ब्रिगेडियर निकलसन अंग्रेज़ी सेना के शिविर में पहुँचा और 14 अगस्त को उसकी सेना भी पहुँच गई। उसके पीछे पंजाब से तोपखाना भी रवाना हो चुका था।

24 अगस्त को विद्रोहियों की एक सेना अठारह तोपें लेकर इस तोपखाने पर अधिकार जमाने के इरादे से दिल्ली से निकली। यह सुनते ही ब्रिगेडियर निकलसन उनसे मोर्चा लेने को आगे बढ़ा। विद्रोही सेना नजफगढ़ झील से नजफगढ़ तक प्राय: दो मील क्षेत्र में फैली हुई थी। निकलसन ने सामना होते ही उन पर आक्रमण कर दिया। पर उसे पीछे हटना पड़ा। इसके बाद बराबर विफल आक्रमण करता और लौटता रहा। 26 अगस्त को विद्रोही सेना ने निकलसन पर भीष्म वेग से आक्रमण किया, पर उसे भी पीछे हटना पड़ा।

6 सितम्बर को अंग्रेज़ों को नई सहायता मिली। उसमें उत्कृष्ट तोपखाने के अतिरिक्त बारूद का भारी भण्डार भी था।

इसी समय अपने जासूसी विभाग से सूचना पाकर पंजाब के चीफ़ कमिश्नर के आफिशिएटिंग सेक्रेटरी ने गवर्नमेण्ट ऑफ़ इण्डिया के सेक्रेटरी को 2 सितम्बर को सूचना दी कि इस समय विद्रोही सेना नेतृत्वहीन है, उसमें फूट फैली है और वह छोटे-छोटे दलों में विभक्त है। उसके पास युद्ध की कोई संगठित योजना नहीं है। न धन ही है। गोला-बारूद भी यथेष्ट नहीं है। इसलिए आक्रमण का यह समय उपयुक्त है।

51

निस्सन्देह बादशाह अधिकारहीन और असहाय था। वह बेगम ज़ीनतमहल और उसके विश्वासघातियों के हाथ की कठपुतली था। फिर भी वही दिल्ली के विविध मनोवृत्तिवाले विद्रोही सिपाहियों को एक सूत्र में बाँधे हुए था। राज्य त्यागकर फ़कीर बन जाने की उसकी धमकी का बड़ा प्रभाव हुआ। इतना प्रभाव कदाचित उसके कठोरतम आदेशों का भी न होता। उसके निराशापूर्ण दयनीय करुण वाक्यों ने उनमें एक बार स्फूर्ति उत्पन्न कर दी और वे एक बार फिर जूझ मरने के लिए तैयार हो गए।

परन्तु 25 अगस्त को सेना की दशा अत्यन्त बिगड़ गई। सैनिक तीन दिन से भूखे थे। उनके पास न एक धेला था और न उन्हें खाने-पीने का कोई ठिकाना था। जो सिपाही लूटमार करके अपनी गाँठ बना चुके थे, वे दिल्ली से भाग गए थे। शाहज़ादों ने जो रकम हथिया ली थी, उसे वे किसी तरह कबूल नहीं करते थे और बादशाह के सामने अपने को दूधधोए बयान करते। लाचार सेना के नेताओं ने बादशाह की शरण ली और कहा, 'हम तीन दिन से भूखे हैं। हमें एक-एक मुट्ठी कुछ चना ही दिलवा दीजिए।' सुनकर बादशाह की आँखें गीली हो गईं। वह कुछ देर मौन बैठा रहा। फिर उसने बेगम ज़ीनतमहल से कहा, 'अपने सब गहने उतार दो।' बेगम ने अपने शरीर पर धारण किए हुए सब गहने उतारकर बादशाह के सामने ढेर कर दिए। बादशाह ने सिपाहियों से कहा, 'इन्हें ले जाओ और अपनी भूख मिटाओ।' सिपाही द्रवित हो गए। उन्होंने कहा-

'हम शाही गहने नहीं स्वीकार कर सकते। हमें इसी से सन्तोष है कि आप तन-मन-धन सब कुछ हम पर न्यौछावर करने को उद्यत हैं। शहरवालों के पास काफ़ी दौलत है। हुक्म दीजिए हम शहर को लूट लें।'

'नहीं, मैं तुम्हें अपनी रिआया पर जुल्म और लूटमार नहीं करने दूंगा। शहरवाले पहले ही लुट-पिट चुके हैं।'

'लेकिन दूसरा कोई चारा नहीं है।'

'तो तुम पहले मुझे कत्ल कर दो और फिर जो जी में आए सो करो।'

'जिल्ले सुभानी, हम सब आप पर मर-मिटने पर तुले हुए हैं। पर यह मौका ऐसा ही है। फ़ौज को भूखा नहीं रखा जा सकता।'

'तो मेरे घोड़े-हाथियों को बेच दो, सब गहनों को बेच दो और अपना काम चलाओ। वे सब अब मेरे किस काम के हैं! यही मौका है कि यहाँ तक कर गुज़रा जाए।'

'हुजूर अकदस, हम ऐसा नहीं कर सकते।'

'तो तुम दिल्ली छोड़कर चले जाओ। मैंने तुम्हें नहीं बुलाया था और पहले ही कह दिया था कि तुम्हारे पास तुम्हें तनख्वाह देने को रुपया खज़ाने में नहीं है।'

'ऐसी हालत में हुजूर का क्या होगा?'

'मेरा जो होगा, वह मुझे दिख रहा है। मुझे तो अब मरना है। तुम मार दो या अंग्रेज़ मारें। अब यह काम जितना जल्द हो जाए अच्छा है।'

सिपाहियों की आँखों में आँसुओं की धार बह चली। उन्होंने देखा-बादशाह अशक्त और असहाय अपनी प्रजा के सामने मोम की चट्टान बना खड़ा है, जो हर तरह बर्बाद होने पर आमादा है, पर प्रजा को हानि पहुँचाने के पक्ष में नहीं है। उन्होंने घुटनों के बल बादशाह के कदमों में बैठकर कहा, 'हुजूर, एक बार फिर हमारे सिर पर हाथ रखें। हम भूखे ही जब तक दम है लड़ेंगे।'

बादशाह ने आगे बढ़कर उनके सिरों पर हाथ रखकर कहा, 'मैं भी तुम्हारे साथ भूखा रहूँगा।'

और मुँह फेरकर अपने आँसू छिपा लिये।

52

बादशाह गुस्लखाने में तस्बीह हाथ में लिये बेचैनी से इधर-उधर टहल रहे थे।

सब शाहज़ादे और जनरल बख्तखाँ चुपचाप हाथ बाँधे खड़े थे। हकीम अहसानुल्ला खाँ और मिर्जा इलाहीबख्श भी बादशाह की सेवा में उपस्थित थे। सन्नाटा छाया था। किसी के मुँह से बात नहीं निकल रही थी। बादशाह ने कहा, 'तो अंग्रेज़ी तोपखाना आ पहुँचा और उसने कश्मीरी दरवाज़े पर हमला बोल दिया?'

'जी हाँ जिल्ले सुभानी।'

'तो तुम लोगों ने लड़ने का क्या बन्दोबस्त किया है?'

'मैं, जो कुछ मुझसे बन पड़ेगा करूँगा।'

'लेकिन तुम अगर लड़ न सको, तो शहर का दरवाज़ा खोल दो।'

'हज़रत, मैं मेगज़ीन को शहर के बाहर ले जाना चाहता हूँ और अंग्रेज़ों की तोपों का मुकाबला चालीस तोपों से करूँगा, जिसके लिए मैं बैटरियाँ तैयार कर रहा हूँ।'

‘बस?’

‘मैंने दो हज़ार सवार खासतौर पर अंग्रेज़ी सेना की रसद रोकने पर तैयार किए हैं।’

हकीम अहसानुल्ला ने हाथ बाँधकर कहा, ‘जिल्ले सुभानी, मेगज़ीन को शहर से बाहर ले जाना तो कोई समझदारी की बात नहीं।’

जनरल बख्तखाँ ने कनखियों से हकीम साहब की ओर देखा और कहा, ‘जनाब, मैं चाहता हूँ कि दुश्मनों के मुकाबले के लिए मुझे जो ठीक जँचे करने दिया जाए। मैं नहीं चाहता कि चूड़ीवालान की वारदात फिर दुहराई जाए।’

बादशाह ने पूछा, ‘बारूद कितना है?’

‘हमारी ज़रूरत के लिए काफ़ी है।’

‘ताहम एक ज़रूरी रुक्का नवाब फर्रुखाबाद को लिख दो। वह दो हज़ार मन गन्धक भेज दे।’

महबूबअली ने हाथ बाँधकर कहा, ‘मैं अभी रुक्का तैयार करता हूँ।’

बादशाह ने कहा, ‘शहर में डुग्गी पिटवा दो कि सब हिन्दू-मुसलमान हथियारों से लैस होकर तैयार हो जाएँ। हम खुद आगे बढ़कर कश्मीरी दरवाज़े पर अंग्रेज़ों से मोर्चा लेंगे।’

मिर्ज़ा मुगल ने अदब से कहा, ‘दुश्मनों को भगा देने के लिए तो यह खादिम ही काफ़ी है। हज़रत को तकलीफ़ करने की मुतलक ज़रूरत नहीं। सिर्फ़ लार्ड गवर्नर साहब ज़रा होशियार रहें।’

जनरल बख्तखाँ ने आँखें तरेरकर शाहज़ादे की ओर देखा और कहा, ‘शाहज़ादा साहब, आपका यह गुलाम हमेशा होशियार रहता है।’

और तेज़ी से कमरे से बाहर निकल गए।

53

मैडम इंग्लिश बादामी रंग के एक छोटे-से साबुन के टुकड़े को लेकर आई।

वह बहुत खीझ रही थी। कर्नल को देखकर कहा, ‘चार रुपया देने पड़े। दो सप्ताह से केवल बेसन को काम में ला रही थी। लेकिन चीनी तो मिली ही नहीं। एक सेर चीनी के मैं पच्चीस रुपये दे रही थी। वह काला आदमी तिस पर भी इनकार कर गया। कसम खाकर कह गया कि चीनी है ही नहीं।’

‘उस मोटे की बात कहती हो न?’ कर्नल इंग्लिश ने कहा, ‘देखो, आज मैं पच्चीस रुपयों में उससे एक बोतल ब्राण्डी लाया हूँ। खुदा का शुक्र है, मिलती रहे।’

‘लेकिन तुमने रीज़ की बदज़ाती देखी?’

‘क्या हुआ?’

‘मैं नाश्ता करते-करते ज़रा उठ गई। बच्चों का बुखार तेज़ हो गया था। बस उसने बड़ी सफ़ाई से मेरी चबाई हुई हड्डी चुरा ली। अभी उसमें काफ़ी गोश्त था।’

कर्नल ने ज़रा हँसकर कहा, ‘उसे माफ़ कर दो मैडम, उसे सिर्फ खाली दो चपातियाँ ही तो मिलती हैं और ज़रा-सी दाल। कल से दाल भी बन्द कर दी जाएगी। दाल अब है ही नहीं।’

‘लेकिन मैं भी तो दो ही चपाती खाती हूँ।’

‘तुम्हारी बात जुदा है डीयर, वह जवान आदमी है। उसकी भूख तेज़ है। लेकिन मैं तुम्हें एक खुशखबरी दे रहा हूँ।’

‘कैसी?’

‘सर हेनरी लारेन्स का गुप्त अन्न-भण्डार मुझे मिला है। वह गुसलखाने में बन्द था। उसमें सूखा हुआ गोश्त, चावल और दालें हैं।’

‘चावल मुझे पसन्द हैं, मैं कभी उनसे नहीं ऊबती।’

‘तो डीयर डार्लिंग, कल यकीनन तुम चावल खा सकोगी, लेकिन एक खबर ने मुझे बेहद परेशान कर रखा है।’

‘वह कौन-सी खबर है?’

‘जनरल उटरम का आज ही आलमबाग से सन्देश मिला है कि उन्हें यहाँ राशन मिलना दुश्वार हो रहा है। यदि ऐसा ही रहा तो वे लौट जाएँगे।’

‘तब तो हमारी सारी उम्मीदें ही खाक में मिल जाएँगी।’

‘बेशक! मैं चाहता हूँ कि अब हम लोग सिर्फ एक चपाती पर ही सब्र करें और बकाया राशन उन्हें भेज दें।’

‘उन्होंने एक बदमाश को हज़ार रुपया देकर कुछ चीनी लाने भेजा था, मगर वह लौटकर नहीं आया। भाग गया, चोर कहीं का!’

इसी समय मिसेज़ कूपर चीखती हुई आईं। उन्होंने कहा, ‘अब यह अन्धेर तो सहा नहीं जाता कर्नल, वह हमारा बड़ा बकरा और तुम्हारे दोनों मेमने सिख सिपाही उठा ले गए। अब वे उन्हें काट-कूटकर खा-पका रहे हैं। इन काले लोगों की यह हिम्मत?’

‘मिसेज़ कूपर, सब्र कीजिए। मौका देखिए। वे हमारे लिए अपने वतनवालों से लड़ रहे हैं। आखिर भूख का क्या किया जाए? इस वक्त एक चपाती का दाम एक रुपया है।’

‘हम चार महीने से बीफ पर गुज़ारा कर रहे हैं, सब्जी हमें नाम को नहीं मिलती। अच्छा होता हमीं बकरे का गोश्त खाते।’

'खैर, तो आप यह पालक ले जाइए। आज ही मेरे एक दोस्त ने भेजा था।'

'धन्यवाद कर्नल साहब, बहुत दिन बाद सब्जी की सूरत देख रही हूँ। लेकिन जनरल उटरम क्या कर रहे हैं आलमबाग में पड़े-पड़े? आखिर कहाँ तक इन्तज़ार किया जाएगा?'

'उनकी भी दिक्कतें हैं, मैडम, वे इन्तज़ार कर रहे हैं।'

'लेकिन सब्र की भी कुछ हद है? इससे तो अच्छा है कि ये हिन्दुस्तानी हमारी ज़िन्दगी का खात्मा ही कर डालें।

'नहीं, ज़िन्दगी उम्मीद के सहारे है। अब मुझे ही देखिए-तम्बाकू की एक पत्ती दो रुपये की आती थी, अब वह भी बन्द। मैंने भी एक नुस्खा निकाल लिया, चाय की पत्ती, नीम की पत्ती और अमरूद की पत्ती मिलाकर उपयोग में ला रहा हूँ। सिपाहियों को मैंने यह सलाह दी है।'

'कल ही कूपर तीन रुपये का एक सिगार लाए हैं। वह भी तीन-चार दिन परेशान रहने के बाद। एक पुरानी फलालेन की कमीज़ 55 रुपये में उन्होंने खरीदी है।'

इसी समय एक सिपाही ने कहा, 'कर्नल, कैप्टन फुल्टन के सिर में गोली लगी है। वह मर रहे हैं।'

'ओफ! गरीब फुल्टन, मेरा बहादुर साथी!' कर्नल इंग्लिश लपकते हुए भाग चले।

54

15 सितम्बर को उटरम लखनऊ आया। उसके साथ चीफ़ ऑफ़ स्टाफ लार्ड नेपियर भी था, जो असाधारण सैनिक अफ़सर था। 18 तारीख को उन्होंने तैरने वाला पुल पार किया और अगले दिन लखनऊ की ओर कूच बोल दिया। इस समय इस सेना के पास सब प्रकार के हथियारों से लैस 2779 यूरोपियन सिपाही तथा 400 भारतीय सैनिक थे, जिनमें अधिकतर सिख थे।

उटरम और हैवलाक पुराने मित्र थे। हैवलाक ने उटरम के अधीन ईरान में सेवा की थी। भारत में जब विद्रोह हुए थे तो उटरम ईरान में था। आदेश पाकर वह ताबड़तोड़ लंका होता हुआ समुद्र के मार्ग से बम्बई पहुँचा था। वह 28 जुलाई को बम्बई पहुँचा, जबकि गवर्नर-जनरल अधीर रूप से चिन्तित थे। इस समय दानापुर में विद्रोह अधिक फूट रहा था। आरा की घटना ने अंग्रेज़ों को थर्रा दिया था। यहाँ आने पर कानपुर और दानापुर के सैनिक डिवीज़न की संयुक्त कमान उसे सौंप दी गई और बरहमपुर से बनारस तक शान्ति कायम करने की आज्ञा दी गई। उस समय कानपुर में हैवलाक परेशान हो रहा था और बड़ी बेचैनी से उटरम की बाट ताक रहा था। इस समय उसके पास केवल 700 सिपाही बचे थे, शेष लड़ाई, हैजे तथा पेचिश ने खत्म कर डाले थे। इस समय यदि प्रजा की शक्ति और झाँसी की रानी नाना का साथ देती और कानपुर पर टूट पड़ती तो उसका निस्तार न था। वह सदा इस बात की आशंका कर रहा था कि यदि ग्वालियर से दबाव पड़ा तो उसे वापस इलाहाबाद लौट जाना होगा। उस समय बनारस के साथ तार का

सम्पर्क भी टूट चूका था। परन्तु वह लखनऊ के घेरे को नज़रअन्दाज़ नहीं कर सकता था। वह जानता था कि लखनऊ अन्तिम चौकी है, जिस पर अवध में अंग्रेज़ों का अधिकार था। उसे बचाया जाना आवश्यक था।

उटरम ने चाहा था कि वह बनारस से जौनपुर होकर सीधा लखनऊ जा पहुँचे और उन नालों से अपने को बचाए जो कानपुर जाने वाली सड़क को काटते थे। परन्तु जब उसे इन खतरों का पता लगा जो हैवलाक के दिमाग में थे, तब उसने अपनी योजना बदल दी और कानपुर की ओर कूच किया।

यद्यपि हैवलाक लखनऊ के घेरे में पड़े लोगों तथा बीबीगढ़ के बन्दियों को बचाने में असफल रहा था, परन्तु उसने कानपुर की स्थिति सुधार ली। उसने तीन युद्ध जीते थे। फिर भी लखनऊ के उद्धार का यश उटरम ही को मिलना था। फिर भी उटरम ने उसका मान रखा। वह कलकत्ता से स्टीमर द्वारा भागलपुर, दानापुर होता हुआ बनारस आया था। उसने बनारस ही से हैवलाक को लिख दिया था कि मैं अपने अतिरिक्त सैन्य दल के साथ केवल कमिश्नर की असैनिक हैसियत से आपके साथ रहूँगा और लखनऊ अभियान में आप मुझे कृपापूर्वक एक स्वयंसेवक के रूप में अपने नीचे स्वीकार करें। उटरम का यह व्यवहार वीरोचित कार्य था। जबकि ब्रिटिश साम्राज्य के भाग्य-निर्णय का प्रश्न उपस्थित था। उसने अधिकार के स्थान पर सदाशयता से काम लिया।

जिस समय उटरम की नियुक्त हुई थी, उस समय सपरिषद् गवर्नर जनरल को यह पता न था कि हैवलाक दूसरी बार भी पीछे हट आया है। जब जनरल कैम्पबेल और लार्ड कैनिंग को सर जेम्स उटरम के इस त्यागपूर्ण सौजन्य का पता लगा तो उन्होंने भी सहमति प्रकट की। इस प्रकार हैवलाक की प्रतिष्ठा की रक्षा हो गई। इसी सूत्र में अंग्रेज़ों की विजय का सारा भेद भी छिपा हुआ है।

कड़ा में उन्हें थोड़े विद्रोह का सामना करना पड़ा, पर उन्नाव, बशीरत-गंज में लड़ाई नहीं हुई और उन्होंने सकुशल सई नदी पार कर ली। अन्त में अंग्रेज़ों ने 23 सितम्बर को लखनऊ पहुँचकर आलमबाग में डेरा डाला।

55

सितम्बर के आरम्भ ही से अंग्रेज़ इंजीनियरों ने दिल्ली पर आक्रमण करने के लिए मोर्चे तैयार करने आरम्भ कर दिए थे। 7 सितम्बर को सायंकाल के अन्धेरे में चुपचाप अंग्रेज़ों की प्रथम बैटरी मोरी दरवाज़े से 700 गज़ की दूरी पर बनाई। विद्रोही सेना ने यह समझा कि कुछ लोग झाड़ी में से लकड़ियाँ काट रहे हैं। उन्होंने बाधा न दी। रात-भर काम करके अंग्रेज़ों ने दिन निकलते-निकलते मोर्चे गई एक तोप चढ़ा दी। ज्यों विद्रोही सेना को इस बात का पता चला उन्होंने मोर्चे पर गोलों की वर्षा आरम्भ कर दी। परन्तु अत्यन्त हानि सहन करके भी अंग्रेज़ी सेना ने बैटरी तैयार करके शहरपनाह को क्षत करना आरम्भ कर दिया। मोरी दरवाज़े का बुर्ज ढहकर भूमि पर आ गिरा।

8 सितम्बर को अंग्रेज़ों ने लुडलो कैसल पर अधिकार कर लिया और एक बैटरी लुडलो कैसल के समक्ष कश्मीरी दरवाज़े से 500 गज़ की दूरी पर स्थापित की। 10 सितम्बर को तीसरी बैटरी कस्टम की कोठी पर और चौथी कुदसिया बाग में एक पुराने खण्डहर के नीचे तैयार की।

अब 11 सितम्बर से अंग्रेज़ों ने दिल्ली पर गोले बरसाने आरम्भ कर दिए। विद्रोही सेना ने कुछ देर तो जवाबी कार्रवाई की, पर वे देर तक टिक न सके। बुर्ज और शहरपनाह में दरारें पड़ गईं। 12 सितम्बर को तीसरी बैटरी भी चालू हो गई और फिर चारों ही बैटरियों से दिल्ली पर गोले बरसाने लगे। अंग्रेज़ रात-दिन गोले बरसा रहे थे। विद्रोही सेना खुले मैदान में अपनी तोपें बैटरियों के सामने ले गई। शहरपनाह में एक शेड करके प्रत्येक तोप के मुकाबले में एक तोप लगा दी गई और प्रत्येक बैटरी पर तीव्र आक्रमण किया गया। अंग्रेज़ पटापट मरने लगे और घबरा गए। परन्तु इसी समय विद्रोहियों को रसद मिलनी बन्द हो गई।

13 सितम्बर को अंग्रेज़ी सेना के अधिकारी दूसरे दिन एक साथ आक्रमण करने की तैयारी करते रहे। 14 को सूर्योदय के साथ ही वे सब लुडलो कैसल में एकत्र हुए। केवल रीड की सेना, जिसके सुपुर्द हिन्दूराव की कोठी से किशनगंज तक की भूमि की शुद्धि थी, उपस्थित नहीं थी। परन्तु इस सेना को आक्रमण की अनुमति नहीं दी गई। इस समय दोनों ओर से तोपें आग उगल रही थीं। दिल्ली पर तोपों के गोले गिर रहे थे जिससे नागरिकों के दिल दहल रहे थे।

अब अंग्रेज़ी दल योजना से अग्रसर हुआ। विद्रोही सेना ने घनघोर वर्षा की, पर उनकी गति न रुकी। वे आगे बढ़कर फ़सीलों पर सीढ़ियाँ लगाकर चढ़ने लगे। उन पर गोलियों तथा पत्थरों की वर्षा हो रही थी। लाशों पर लाशें पट रही थीं। फिर भी कुछ सैनिक दीवार पर चढ़ गए, जिनमें निकलसन सबसे प्रथम था। इसी समय अंग्रेज़ी सेना का एक दल कश्मीरी दरवाज़े की ओर बढ़ा और उस पर कठिन अवरोध के बाद अधिकार कर लिया। अंग्रेज़ बलपूर्वक द्वार के भीतर घुस गए। उधर किशनगंज और पहाड़गंज की ओर से जो अंग्रेज़ी सेना आगे बढ़ रही थी, उस पर क्रान्तिकारियों ने किशनगंज के घरों तथा बागों से गोली बरसाना आरम्भ किया। इस प्रकार इस समय दिल्ली आग से खेल रही थी।

निकलसन ने एक सेना अजमेरी दरवाज़े से, दूसरी काबुली दरवाज़े से रवाना की और उसे जामा मस्जि़द तक धंसते चले जाने का आदेश दिया। इस सेना को एक-एक हाथ भूमि के लिए दस-दस प्राणों की बलि देनी पड़ी। बड़ी ही भीषण मारकाट का समय था वह। निकलसन भी बाद में इस सेना के साथ जा पहुँचा। किन्तु तत्काल ही उसकी छाती पर गोली लगी। उसके गिरते ही सेना काबुली द्वार पर फिर लौट आई।

सर चार्ल्स मेटकाफ मजिस्ट्रेट और कलक्टर रह चुका था। दिल्ली के सब गली-कूचों से वाकिफ था। वह एक फ़ौज की टुकड़ी को लेकर गली-कूचों में विद्रोहियों से बचता जामा मस्जि़द तक जा पहुंचा। वहाँ पुराना शफाखाना था। वहाँ जमकर मोर्चाबन्दी की। उसे आशा थी कि कश्मीरी दरवाज़े और दूसरी ओर से सेनाएँ आएँगी। उनकी उसने कुछ देर प्रतीक्षा की।

इस समय जामा मस्जिद में नमाज़ पढ़नेवालों की भीड़ खचाखच भरी थी। इन सबके पास केवल तलवारें थीं। उनके मुल्ला ने मंच पर खड़े होकर मुसलमानों से पुकारकर कहा, 'तुम्हारे इम्तहान का वक्त आ गया है। अंग्रेज़ों का मुकाबला बागी फ़ौज से था। मगर अब ये तुम्हारी मस्जिद को ढाने आए हैं। मैं तुम्हें मरने का फतवा देता हूँ। जो जान देना चाहते हैं वे मेरे साथ उत्तरी द्वार पर आएँ। जिसे जान प्यारी हो वह दक्खिनी दरवाज़े की तरफ़ चला जाए, उधर दुश्मन नहीं हैं। यह सुनकर मुसलमान अल्लाहो अकबर का नारा बुलन्द करते हुए उत्तरी द्वार की ओर दौड़ चले। उन्होंने तलवारें म्यानों से खींच ली और म्यानों को काटकर फेंक दिया। ज्यों ही वे बाहर आए, मेटकाफ ने उन पर बाढ़ दागी। तत्काल 200 आदमी शहीद हो गए और सीढ़ियों पर गिरकर तड़पने लगे। मगर जो बचे वे ऐसे बढ़े कि मेटकाफ को फिर बाढ़ दागने की फुर्सत न मिली। तलवारों की खचाखच लड़ाई होने लगी। मुसलमानों ने बड़े वेग से हमला किया जिससे अंग्रेज़ों के पैर उखड़ गए। उन्हें उन्होंने कश्मीरी दरवाज़े तक खदेड़ दिया।

56

दिन छिप रहा था। जनरल विल्सन अपनी सेना को गिरजे से बढ़ावा दे रहे थे। बीमार थे और बहुत थके हुए थे। दिन-भर उनका घोड़े की पीठ पर ही व्यतीत हुआ था। वे बड़ी उत्सुकता से प्रतिक्षण आती हुई खबरों को सुन रहे थे। खबरें खराब आ रही थीं, जिन्हें सुनकर वे घबरा रहे थे। निराशा उनके चेहरे पर छाती जा रही थी।

एक कर्नल ने उनसे आकर कहा, 'रीड साहब शिकस्त खा गए और सख्त ज़ख्मी हुए हैं।' अभी वे कुछ मुँह से कह भी न पाए थे कि एक दूसरे सार्जेण्ट ने आकर सलाम किया और कहा, 'जनरल निकलसन सख्त ज़ख्मी हुए हैं।' जनरल विल्सन ने आकाश की ओर मुँह उठाकर कहा, 'या खुदा!' इसी समय कर्नल घोड़ा दौड़ाते हुए आए। उन्होंने कहा, 'सैड न्यूज़ सर, जनरल टॉमस और होपग्राण्ड मारे गए।'

जनरल यह सुनकर घोड़े पर से उतर पड़े और एक स्टूल पर बैठकर उन्होंने दोनों हाथों से अपना मुँह ढाँप लिया। कुछ देर बाद वे बेचैनी से इधर-उधर टहलने लगे। वे होंठों में बुदबुदा रहे थे। फिर उन्होंने एक अफ़सर को हुक्म दिया कि जो रिपोर्ट आई हैं उनकी हकीकत हाल दरियाफ्त करो और कालम नम्बर 4 की खबर लाओ कि उस पर क्या गुज़री है।

अफ़सर घोड़े पर सवार होकर चला। जब वह दरवाज़े के निकट पहुंचा तो उसने सड़क के एक तरफ़ एक डोली रखी देखी, जिसके कहार भाग गए थे। अफ़सर ने घोड़े से उतरकर डोली में झाँका तो उसमें जनरल निकलसन पड़े हुए थे। उन्होंने अफ़सर को देखते ही कहा, 'कहार डोली छोड़कर लूटने चले गए हैं और इस वक्त मुझे बड़ा कष्ट हो रहा है। देखो, यदि मुमकिन हो तो मुझे अस्पताल पहुंचा दो।' वे करवट के बल लेटे हुए थे। उनका ज़ख्म दिखाई नहीं दे रहा था। चेहरे से भी कुछ नहीं प्रतीत होता था कि उन्हें गहरा घाव लगा है। अफ़सर ने कहा, 'आप

घबराइए नहीं जनरल, आप जल्द चंगे हो जाएँगे। मैं अभी बन्दोबस्त करता हूँ। आपको भारी ज़ख्म नहीं लगा है।'

'नो नो, आई एम डाइंग। आई एम डाइंग, आह!' उन्होंने ऊपर मुँह करके एक ज़ोर की आह ली। फिर आहिस्ता से कहा, 'अफ़सोस है कि मेरे जीने की अब कोई उम्मीद नहीं।'

अफ़सर ने अब बहस व्यर्थ समझकर चार आदमी तलाश किए और उन्हें एक सार्जेण्ट को सुपुर्द करके कहा कि ये जनरल निकलसन हैं। इन्हें फौरन अस्पताल पहुँचा दो।

अफ़सर फिर घोड़े पर सवार होकर होपग्राण्ट और टॉमस की तलाश में आगे बढ़ा। मगर वे दोनों ज़िन्दा थे। यह देखकर वह तेज़ी से दौड़कर गिरजे में लौटा तथा सब हालात जनरल विल्सन से कहे।

जनरल विल्सन दोनों अफ़सरों के ज़िन्दा होने का समाचार सुनकर तो खुश हुआ मगर जनरल कैम्पबेल की असफलता तथा निकलसन के जख्मी होने की तथा बहुत-से सिपाहियों के मरने की खबर सुनकर उसने कहा कि बेहतर है हम पहाड़ी पर लौट चलें।

लेकिन सब अफ़सरों ने उसका विरोध किया। जनरल निकलसन भी डोली में डालकर वहीं पहुँचा दिए गए। उन्होंने जनरल विल्सन की बात सुनकर जोश में आकर कहा, "अभी मैं ज़िन्दा हूँ। मेरी पिस्तौल दो, मैं विल्सन को गोली से उड़ा दूंगा।"

यह सुनकर विल्सन साहब ने शहर से वापस जाने का अपना इरादा छोड़ दिया और थोड़ी ही देर में उन्हें सूचना मिली कि उनकी फ़ौजें दिल्ली में घुस गई हैं।

57

15 सितम्बर के दिन सलीमगढ़ किले तथा नगर पर निरन्तर गोले बरसते रहे। 19 सितम्बर को किशनगंज के आस-पास स्थानों पर, जहाँ से विद्रोहियों ने आक्रमण करके अंग्रेज़ों को हरा दिया था, अधिकार हो गया। 17-18 सितम्बर को अंग्रेज़ी सेना किले और चाँदनी चौक के निकट पहुँच गई। 18 को ग्रेट हैड ने लाहौरी दरवाज़े पर आक्रमण किया; पर उसका डटकर मुकाबला किया गया। गली-कूचों की लड़ाई में गोरे अपनी ही सेना के मृत सिपाहियों की लोथों को रौंदकर आगे बढ़ रहे थे। 19 को अंग्रेज़ी सेना ने लाहौरी दरवाज़ा अधिकृत किया और वे आगे बढ़े। काबुली दरवाज़ा भी उन्होंने अधिकृत कर लिया।

इस समय तक विद्रोही सेना का अधिकांश भाग दिल्ली छोड़कर भाग गया था। फिर भी अंग्रेज़ों को इंच-इंच भूमि के लिए युद्ध करना पड़ता था।

20 तारीख को ब्रिगेडियर जीन्स एक दस्ता लेकर लाहौरी दरवाजे से चाँदनी चौक होता हुआ जामा मस्ज़िद दखल करने को आगे बढ़ा। उसने फतेहपुरी मस्जिद तथा जामा मस्ज़िद अधिकृत कर ली। अब उसने जनरल से किले पर आक्रमण करने की प्रार्थना की और स्वयं अजमेरी द्वार

पर धावा किया। एक सेना ईदगाह की ओर गई और उसे ज्ञात हुआ कि दिल्ली दरवाज़े के बाहर विद्रोही सेना का कैम्प खाली पड़ा है। लेफ्टिनेण्ट हडसन ने लपककर उस पर अधिकार कर लिया। वहाँ जितने घायल और रोगी थे उन सबको मौत के घाट उतार दिया गया। इस दिन 66 अफ़सर और ग्यारह सौ छह सिपाही मारे गए। मगर शहर अभी पूरी तरह कब्जे में नहीं आया था। हथियारबन्द विद्रोही शहर में थे। इसलिए पन्द्रह, सोलह, सत्रह और अठारह सितम्बर तक लगातार लड़ाई होती ही रही। प्रतिदिन विद्रोही आहिस्ता-आहिस्ता मोर्चे छोड़-छोड़कर भाग रहे थे। अन्ततः उन्नीस सितम्बर तक तमाम शहर कब्जे में आ गया और जनरल विल्सन को साँस लेने की फुर्सत मिली।

58

हज़रत नवाब अमानी बेगम की दो लड़कियाँ थीं, जिनमें से एक का नाम मुबारिकुन्निसा बेगम था। उसकी शादी मिर्जा हुसेन अली सफवी से हुई थी। दूसरी साहबज़ादी का नाम साहबुन्निसा बेगम था। उनकी शादी मिर्जा शाहअरब से हुई थी और उन्हें नवाब महल का खिताब मिला था। मिर्जा शाहअरब को शिकार में एक शेर ने फाड़ डाला था। नवाब महल साहबुन्निसा बेवा थीं और अब किले में नवाब मुमताज महल के साथ रहती थीं। नवाब मुमताज महल का असल नाम नियाजी बेगम था। ये शाहज़ादा मिर्जा फखरू की बेगम थीं। बादशाह सलामत को साहबुन्निसा की दिलजोई का बहुत खयाल रहता था।

बेवा होने के बाद बादशाह ने उन्हीं के लिए यह सावन कहा था-

अब मोरे सैयाँ गए हैं विदेश, मेरी चुनरी कौन रंगावे।

बैरी सावन आया री। जौ सैयाँ होते तो कहती-

लाल कुम्भ कड़ा दे। बैरी सावन आया री।

हज़रत नवाब अमानी बेगम ने एक हिन्दू लड़की सौ रुपयों में खरीदी थी। उसका नाम लक्ष्मी था। मथुरा के करीब कोई गाँव था, वहाँ की रहने वाली थी। कुएँ पर पानी भरने आई तो बंजारों ने पकड़ लिया। हाथ-पैर बाँध और बोरे में डाल डेरे-डण्डे उठा दिल्ली ले आए। बेचारी बदनसीब लड़की बहुत रोई-चिल्लाई-चीखी, पर सुनता कौन था। दिल्ली आकर किले में सौ रुपयों में बेच दी गई। हज़रत नवाब अमानी बेगम की सोहबत में मुसलमान हो गई, नमाज़ अपने शौक से सीखी। निन्यानवे नाम अल्लाह के याद किए, जिनका विर्द मरते दम तक करती रही। जब मुबारिकुन्निसा बेगम की शादी हुई तो लक्ष्मी और मुगल ये दो लौंडियाँ दहेज में दी गईं। सोमा बुआ जो मुबारिकुन्निसा की मामी होती थीं अपनी खुशी से उनके साथ चली आईं और अब उन्हीं के यहाँ रह रही थीं।

साहबुन्निसा बेगम की बहन मुबारिकुन्निसा बेगम छत्ते में रहती थीं। अँधेरी रात थी। दिल्ली पर गज़ब ढाया जा रहा था। किले पर और शहर पर गोले बरस रहे थे। अंग्रेज़ आधी दिल्ली

पर अधिकार कर चुके थे। उस दिन न दिल्ली में किसी का चूल्हा जला, न उस रात चिराग। कोई कहता था-किला और दिल्ली शहर मिस्मार कर दिया जाएगा। बादशाह और सब शाही खानदान को मौत के घाट उतार दिया जाएगा। गोरे घरों को लूट और बहू-बेटियों की इज़्ज़त बिगाड़ रहे थे।

मिर्जा हुसेन अली सफवी चुपचाप दरवाज़ा बन्द किए कई दिन से घर में पड़े थे। किले पर क्या बीत रही है उन्हें खबर न थी। आधी रात बीती थी कि किसी ने दरवाज़ा खटखटाया।

यह वहशत कौन है। किसी ने आवाज़ भी दी। सुना-पीरबख्श के साथ कोई सवाल-जवाब कर रहा है। मियाँ पीरबख्श इस घर के नमकख्वार थे। लेकिन साफ़-साफ़ समझ में नहीं आया कि माजरा क्या है।

पीरबख्श बाहर दरवाज़े में ही सो रहे थे। घर में जो लोग थे परेशान हो गए। भादो खत्म हो रहा था। आसमान में काली घटाएँ छा रही थीं। घुप अँधेरी रात थी। बाहर के दालान और कमाञ्चों में पट्टेदार परदे बँधे हुए थे। एक कमाञ्चे में बच्चों को सीने से लगाए बुआ सोमा बैठी थी। अभी बच्चे सोए नहीं थे। बुआ कह रही थी-सो रहो, आँखें बन्द करो। मुई नींद कौन ले गया! पहले जो सोए वही बादशाह। बेगम का कलेजा धड़क रहा था। सदर दालान में जाकर वे वज़ीफा पढ़ने लगीं। दूसरे कमाञ्चे में सफवी साहब सो रहे थे। दालान के बीचो-बीच एक मिदंग रोशन था।

किसी ने अब अन्दर की जोड़ी की कुण्डी खटखटाई। बच्चों ने बुआ के कहने से आँखें बन्द ही की थीं कि वे हड़बड़ाकर उठ बैठे। लड़की सयानी थी। उसने कहा, 'बुआ कौन है?' बुआ ने फौरन बच्ची को सीने से लगाकर कहा, 'मेरे सदके तेरे कुर्बान, कोई ड्योढ़ी पर है। पर डरने की कोई बात नहीं है।' बेगम ने कहा, 'ऐहै, कोई देव है कि जिन?' सफवी साहब भी उठकर बैठ गए। हुक्का भरा और भर्राई आवाज़ से कहा, 'बेगम, तुम तो बस पूरी सिड़िन हो गई हो।' इतने में बुआ ने ललकारा, 'इन कम्बख्तों मुगल और हुरमत को देखो। क्या मुरदों से शर्त बाँध कर सो रही हैं।' दरे में से लक्ष्मी बोली-हूँ हूँ। वह बेचारी वज़ीफा पढ़ रही थी। दिल दहशत से धड़क रहा था।'

इतने ही में पीरबख्श ने आवाज़ दी, 'जहूरन, छोटी सरकार तशरीफ़ लाई हैं।' यह सुनकर बेगम मुबारिकुन्निसा हड़बड़ाकर उठी तो पायचे सँभालना भूल गईं। मिर्डग के पास से जो तेज़ी से गुज़री तो मिर्डंग गिर पड़ा, शमा ठंडी हो गई और अन्दर अँधेरा घुप हो गया। बुआ ने बच्ची को सीने से लगा लिया और दूसरा हाथ बच्चे पर रखा और चिल्लाई-'अरी रहमत, जल्दी से रोशनी ला, शमा मामूर हो गई है। मेरे बच्चे डर रहे हैं।'

रहमत चिरागदान में से चिराग उठाए दरीबे में से जो उधर को लपकी तब हवा के झोंके से चिराग भी बुझ गया। इतने में सफवी साहब ने उठकर मिदंग सीधा किया। बच्चों ने भी उठकर बाहर निकलना चाहा तो बुआ ने रोककर कहा 'एहै, ठंडी हवा चल रही है, पसीने में लग जाएगी तो दुश्मनों को

नज़ला, जुकाम हो जाएगा। लेकिन बच्चों ने ज़िद की और चादर में से निकल पड़े। बुआ ने एक हाथ से लड़की पर दुलाई डाली, दूसरे से लड़के को पकड़ा और जल्दी से नीमास्तीन पहनाकर उज़बकी कनटोप उढ़ा दिया। बच्चे जल्दी से बाहर चले, पीछे बुआ भी। इतने में ज़हूरन ने कुण्डी खोली।

दरवाज़े के बीचो-बीच बेगम साहबुन्निसा नंगे सर, दुपट्टा कन्धे पर पड़ा, पल्लू ज़मीन पर झाड़ देता हुआ, लौंडी के कन्धों पर सहारा लिये लड़खड़ाती गिरती-पड़ती चली आ रही थी। मुबारिकुन्निसा बेगम बहन का यह हाल देखकर बेकरार हो गई। 'ऐहै, मेरी अप्पा,' कहके जो झपटी तो घबराहट में सीढ़ियों का खयाल न रहा। सहन में चबूतरे से खड़े कद औंधे मुँह गिर पड़ीं। ज़हूरन और रहमत उठाने को लपकीं। साहबुन्निसा के तो पहले ही औसान खता हो चुके थे, उन्हें गश आ गया, उन्हें शैदू ने सँभाला। मुगल, रहमत, जहूरन, सब इकट्ठी हो गईं और बहन की आग में बेगम मुबारक भी लड़खड़ाती उठ खड़ी हुईं और बहन से लिपट गईं। परन्तु उन्हें ऐसा गश आया कि होश ही न आया। मुबारिक बेगम ने छाती पीटकर कहा, 'अरी, मेरी माँ जाई अच्छी साहब महल, कुछ मुँह से तो बोलो, लिल्लाह आँखें तो खोलो, मैं तुम्हारे कुर्बान, अरे तुम खड़ी-खड़ी क्या मुँह तक रही हो! अच्छी साहब, तुम्हीं बताओ इन्हें क्या हो गया?'

बच्चे दोनों धाड़ मारकर रोने लगे। सफवी साहेब ने हिम्मत करके कहा, 'कोई बात नहीं है, कमज़ोरी से इन्हें गश आ गया है। बेगम, तुम घबराओ मत, बच्चे दिलगीर होते हैं।

बुआ ने चीखकर कहा- 'बाहर हवा में खुनकी है, अन्दर दालान में सब क्यों नहीं चलते?' सब हाथों-हाथ साहबुन्निसा बेगम को उठाकर अन्दर ले गए। कमरखट पर सुलाया। अब रोशनी के लिए गुलगपाड़ा मचने लगा। उन दिनों आजकल की दियासलाइयाँ न थीं, पतली-पतली तीलियाँ होती थीं, जिनके सिरों पर गन्धक लगा रहता था। इन्हें हलालखोर पैसे की एक गड्डी बेचते थे। वह आग से सुलगाई जाती थीं, तब उससे चिराग रोशन होते थे।

बावर्चीखाने में खुद अँधेरा था। चूल्हा ठण्डा पड़ा था। अब ज़हूरन ड्योढ़ियों में बाहर को दौड़ी। पीरबख्श हुक्के के लिए आग दबाए रखता था। वहाँ से आग लाई, जलाईं और शमा रोशन की। अब छोटी बेगम को लखलखा सुँघाया जा रहा है, मुँह पर गुलाबजल के छींटे डाले जा रहे हैं। बड़ी देर में उन्होंने ज़रा आँखें खोली तो सबकी जान में जान आई।

मुबारिकुन्नसा बेगम ने पूछा, 'अच्छी बेगम, यह आधी रात को किले से कैसे निकलीं?'

गुलाब की खुशबू से उन्हें एक-दो झोंके आए और गजरों की तारीफ़ शुरू हो गई। उनके मुँह से जवाब न निकला। आँखों से आँसू झर-झर झरने लगे, उन्होंने केवल आसमान की ओर हाथ उठा दिया।

बड़ी बेगम झट बहन से लिपट गई, माथे पर गालों की चट-चट बलैया ली और कहा-

'बेगम, आखिर हुआ क्या? तुम बोलती क्यों नहीं?' पर बेगम के मुँह से अब भी बोल न फूटा। उनकी आँखों से आँसुओं की धार बहकर तकियों को भिगोती रही। बड़ी बेगम बेकरार होकर

ज़ार-ज़ार रोने लगी। सफवी साहब ने कहा, 'बेगम, तुम पागल तो नहीं हो गई हो? क्यों बहन की जान के पीछे पड़ी हो? वे सख्त कमज़ोर हो गई हैं। इस वक्त उनसे सवाल मत करो। शैदू, तू बता क्या बात है, किले में खैर तो है?'

शैदू ने कहा, 'सरकार, खैर कैसी? और कैसा किला? अब किला-विला न रहा। अल्लाह उसका निगहबान। उसे मीरों की अमान, उसका बरसरे मदान इलाही जहान हों, अली की पनाह में। जहाँपनाह तो लाल हवेली में जम्मीजम हैं। भगदड़ मची है, कोई किसी को नहीं पूछता। जिधर जिसका मुँह उठता है, भागा चला जा रहा है। फिरंगियों के गोले कहर बरसा रहे हैं। महल-बाग, सब चकनाचूर हो गए हैं। किला अब वीरान हो गया है, मैं सरकार का हाथ पकड़कर भागी। इनमें भला चलने की ताब कहाँ! सकता खानम के बाज़ार में मेरी एक जूती हाथ से गिर गई। मैं जो उठाने झकी तो निगोड़ी दूसरी भी निकल गई। उसे छोड़ मैं सँभली कि ऐसा न हो मैं रौंद में आ जाऊँ। खास बाज़ार में जब आई तो क्या देखती हूँ कि हज़रत हरे-भरे साहब के आस्ताने से ज़रा इधर कोई पड़ा है। मैं और सरकार काँप गईं। कोई औरत थी, औंधी पड़ी थी। ढीले पायचों का पायजामा, पायचे सड़क पर छूटे हुए, एक हाथ सीने के नीचे, दूसरा दरगाह की तरफ़ फैला हुआ। चम्पा की गुंथी हुई चुटिया नीचे दबी हुई, दुपट्टा कोई दस कदम पीछे पड़ा हुआ, महरम कुछ-कुछ फटी हुई। मैं डर के पीछे हटी, सरकार भी काँप गईं। लेकिन खुद तो हट गईं और मुझसे कहा-दीदवर कम्बख्त, देख तो सही कौन है? मैंने डरते-डरते सीधा किया और गौर से जो देखा तो नज़र गई। नीचे दबे हाथ में कटारी थी। मैंने सरकार को आवाज़ दी। पहचाना तो शाहज़ादा अलमियाँ मिर्जा फखरू महल नवाब नियाजी बेगम मुमताजमहल थीं। किसी नामुराद, नाशाद, नासगरा, निगोड़े ने कानों से गोशवारे नोच लिये थे। कान लोहू-लुहान हो रहे थे। कुछ शहीदों और मर्दो की लाशें भी पड़ी थीं। सरकार ने हिम्मत की और उन्होंने उठाकर उन्हें जामा मस्ज़िद की सीढ़ियों पर डाल दिया और पास बैठकर रोने लगीं। इतने में देखा-निगोड़े फ़ौजी भागते चले आ रहे हैं। वे जालिम तो अपनी माँ-बहनों को भी आबरूरेज़ी करने में दरोग न करें। सरकार से कहा। वे आए और हम भागे। ये जो बेतहाशा भागीं तो थोड़ी दूर जाकर नाली में जा गिरी। बस तभी से बेऔसान हो रही हैं। बड़ी मुश्किलों से लाई हूँ।' सफवी साहब ने सुनकर सिर पकड़ लिया।

बेगम ने कहा, 'अच्छा देखना, शहर पर तो ये-ये गुज़र गई और तुमने घर में आकर न कहा। मैं गोलों की आवाजें सुनती और पूछती थी कि वह क्यों हो रहा है तो ये यूँ ही वाजिबी जवाब दे देते थे। बात असल में यह थी।'

सफवी साहब ने कहा, 'हौले न कहने पर तो तुम्हारे हौलों का यह हाल था कि नींद तुम पर हराम थी, अब जो कहता तो तुम जिंदा रहतीं?'

इतना कहकर उन्होंने एक ठंडी साँस ली। आसमान की ओर देखा, घुप अँधेरा था, बादल छाए थे, उन्होंने पैरों में जूतियाँ डालीं और शेख मंगलू के छत्ते की तरफ़ तेज़ी से चल दिए।

बेगम उन्हें रोकने के लिए हाय-हाय करती उठीं। पर कुछ सोचकर रह गईं। थोड़ी देर में वे लौट आए। बदहवासी से उनके चेहरे पर हवाइयाँ उड़ रही थीं। उन्होंने कहा, 'चलो, अभी चलो, घर को खाली करो।'

'कुछ पता चला?'

'नहीं!'

'तो अब रात को कहाँ चलें? बच्चों का साथ। न रथवान, न नाश्ते का इन्तज़ाम, आपका यह हाल। भला यह भी निकलने का वक्त है?'

'गोरे शहर में घुस आए हैं और वे हर घर में घुस-घुसकर सबको कत्ल कर रहे हैं। औरत, बच्चों, बूढ़ों को भी नहीं छोड़ते। अभी हमारे मुहल्लों से दूर हैं। उठो, जान बचानी है तो हिम्मत करो।'

और लाचार औरतें जहाँ जैसी थीं, उठ खड़ी हुईं। बुआ ने बच्चों की उँगली पकड़ी, बेगम और शैदू ने छोटी बेगम को सहारा दिया और वे इस तरह घर से निकल पड़े। घर से बेघर होकर।

59

बादशाह की किले से भागने की तैयारी हो रही थी। सब साज-सज्जा और सामान तितर-बितर हो रहा था। सारे किले में भगदड़ मची थी। कोई किसी का पर्साहाल न था। इब्राहीम ने किले में जाकर यह सब हाल देखा। वह चुपचाप पीछे लौटा। किसी ने उसके कन्धे पर हाथ रखा। पीछे फिरकर उसने देखा-बादशाह का खास खोजा याकूब है।

'मामला क्या है मियाँ याकूब?'

'मामला क्या होता, खानदाने तैमूरिया की तबाही आ गई। बादशाह मक्का शरीफ़ भाग रहे हैं।'

'तो अब हमारा कौन होगा?'

'अंग्रेज़ बहादुर होंगे। यह बात तो तुम मुझसे ज़्यादा जानते हो दोस्त।'

'मैं भला क्या जानूँ?'

'क्यों? वह जो अंग्रेज़ तुम्हारे घर में छिपा हुआ है उसने तुम्हें कुछ भी तसल्ली नहीं दी?'

'आज तुम कैसी बहकी-बहकी बातें कर रहे हो? कहीं मुझे फँसाने का तो इरादा नहीं है?'

'खुदा न करे कि हम दोस्तों से दगा करें। यह लो यह खत है।'

'किसके नाम का?'

'उसी तुम्हारे अंग्रेज़ मेहमान के नाम का।'

इब्राहीम ने भेद-भरी नज़र से याकूब को देखा। यह जानकर उसके दिल पर चोट लगी कि बादशाह का खिदमतगार खास ही अंग्रेज़ों का भेदिया है।

'वह खत तुम्हें किसने दिया है?'

'तुम्हें इस बात से क्या मतलब, खत तुम उसे देना, मैं तुम्हें ढाई घण्टे से ढूँढ़ रहा था। तुम मिल न जाते तो तुम्हारे घर आता। यह लो।' इतना कहकर खत उसकी मुट्ठी में थमाकर याकूब लम्बे-लम्बे डग भरता हुआ चला गया। इब्राहीम के चेहरे पर एक विषाद की मुस्कान आई। उसने कहा, 'क्या खूब मर्दानगी है कि किले से बाहर कदम नहीं रखते और इनके खास खिदमतगार भी अंग्रेज़ों के भेदिए हैं। तब यह उछल-कूद किसलिए थी?'

घर आकर उसने साहब को खत दिया। उसमें लिखा था, 'कल का दिन बीच है, परसों दो बजे रात को शहर पर हमला होगा। आज रात के आठ बजे से आधी रात तक एक लेफ़्टिनेण्ट कुछ गोरे सार्जेण्टों को लेकर काबुली दरवाज़े के बाहर अलीशाह के तकिए में तुम्हारी राह देखेगा। मौका हाथ से जाने न पाए।

60

मिर्जा इलाहीबख्श सफवी खुदाबन्दा मिर्ज़ा सफवी के पोते थे। खुदाबन्दा मिर्जा तहम्मल सफवी सानी के बेटे थे और बादशाह हज़रत मुहम्मदशाह के ज़माने में हिन्दुस्तान चले आए थे। बादशाह मिर्जा इलाहीबख्श को बहुत मानते थे। विद्रोह से अठारह-बीस बरस पहले बहुत बड़ी उम्र में उनकी मृत्यु हुई। उनकी हज़रत नवाब अमानी बेगम साहिबा थीं जो दरगाह की मीहतिया थीं और बादशाह सलामत को तस्बीह दिया करती थीं।

हस्बमामूल हज़रत नवाब अमानी बेगम सुबह नूर जहूर फज़ल के लड़के बादशाह के ख्वाबगाह में पहुँची और आवाज़ लगाई, 'जहाँपनाह सलामत जिल्लेसुभानी बेदार हूजिए।' इसके बाद कल्मा और दरूद शरीफ़ पढ़ते हुए तस्बीह बादशाह को पेश की। हुजूर बादशाह का मामूल था कि सुबह उठते ही उनका मुँह देखते थे। बस, इतनी उनकी नौकरी थी, जिसका शाही हुजूर से बारह सौ रुपया सालाना वज़ीफा मिलता था। बादशाह ने मुस्कुराकर उनकी ओर देखा और उठते हुए तस्बीह के लिए हाथ फैलाया। यह उन्हें मालूम न था, न हज़रत नवाब अमानी बेगम ही जानती थीं कि आज आखिरी सुबह है और आज उनकी सूरत देखना बादशाह के लिए मनहूस प्रमाणित होगा।

बहुत से ख्वाजासरा और ख़ादिम दौड़ आए। बादशाह का अदब भंग हो गया। उन्होंने चिल्ला-चिल्लाकर कहा, 'फिरंगी शहर में घुस आए हैं। वे किले की ओर धंसे चले आ रहे हैं।'

बादशाह ने बाहर निकलकर देखा कि किले में भगदड़ मची है। हर कोई गट्ठर-मुट्ठर कन्धे पर रखकर भाग रहा है। इस समय किले की सारी मर्यादा भंग हो गई थी। बादशाह बदहवासी की हालत में कभी कुछ, कभी कुछ हुक्म दे रहे थे। पर कोई भी उनके हुक्म की तामील नहीं कर रहा था। वे कुछ भी नहीं समझ पा रहे थे कि क्या करें और क्या न करें।

इसी समय मुहम्मद बख्तखाँ, मिर्जा इलाहीबख्श और मुन्शी रज़बअली ने आकर सलाम किया।

मुहम्मद बख्तखाँ ने पास आकर अर्ज़ की-

'जिल्ले सुभानी, अगर्चे अंग्रेज़ों ने दिल्ली शहर को ले लिया, पर इससे हमारा कोई बहुत नुकसान नहीं हुआ। तमाम हिन्दुस्तान हमारे साथ है और हर एक की नज़र आपकी जीत और आपके हुक्म पर लगी हुई है। हुजूर कुछ तरदुद न फ़र्माएँ। मेरे साथ तशरीफ़ ले चलें। मैं पहाड़ों में बैठकर ऐसी मोर्चेबन्दी करूँगा कि अंग्रेज़ों का फरिश्ता भी न जा सकेगा। दिल्ली पायन है, फ़ौजी किला नहीं। लड़ाइयों के लिए भी उपयुक्त नहीं। इतने दिन जो हमने शहर को बनाए रखा-यह भी साधारण बात नहीं है। हमारा शहर निचाई में था और अंग्रेज़ पहाड़ी पर थे। ऐसे मोर्चे पर तो अनाड़ी फ़ौज भी सफलता प्राप्त कर सकती थी। सबसे खराबी की बात यह थी कि शाहज़ादा बक्तखाँ फ़ौज के कमाण्डर-इन-चीफ़ बना दिए गए। वे लड़ाई के फ़न से वाकिफ न थे, न इन्हें यह मालूम था कि बिगड़ी हुई शरारती फ़ौजों को कैसे काबू में लाया जा सकता है तथा उनमें अनुशासन कैसे कायम किया जाता है। मैंने तमाम ज़िन्दगी सेना की सेवा की है। यदि मिर्जा मुगल मेरे काम में हाज़िर न होते तो बेशक मैं इसी विद्रोही सेना से अंग्रेज़ों को हरा देता। हमें न रसद मिलती थी, न हथियारों का ही ठीक प्रयत्न था। मुल्क में अबतरी फैली थी। यदि हम एकदिली से अंग्रेज़ों का मुकाबला करते तो उन्हें पहाड़ी से भगा देना असम्भव न था। पर आपसी बिगाड़ ने हमारी शक्ति नष्ट कर दी, परन्तु अब भी कुछ नहीं बिगड़ा है। मैं फिर अर्ज करता हूँ-तमाम हिन्दुस्तानी रियासतें चुपचाप बैठी देख रही हैं कि ऊँट किस करवट बैठता है। ज्यों ही हमारा पलड़ा भारी होगा वे हमारी मदद को उठ खड़ी होंगी क्योंकि हर रियासत का दिल अंग्रेज़ों से फिर गया है। वे समझने लगे हैं कि अंग्रेज़ सभी रियासतों को निगल जाएँगे।

'झाँसी, नागपुर और पूने की रियासतों का हाल मैंने अपनी आँखों से देखा है कि अंग्रेज़ों ने किन हीलों-बहानों से इन रियासतों को हड़प लिया। मुसलमान अपने मज़हब के कट्टर आदमी और अंग्रेज़ मज़हब के दुश्मन हैं। यह भी सब जानते हैं। इसलिए आप उस मुकाम में बैठकर इन्तज़ाम करें तो कुल मुल्क हमारा साथ देगा। आदमी, रसद, रुपया और हथियार लड़ाई में इन्हीं चार चीज़ों की ज़रूरत होती है। ये चारों हमें इतनी बहुतायत से मिल सकती हैं कि अंग्रेज़ यदि अपने मुल्क के बच्चे-बच्चे को चढ़ा लाएँ तो भी हम सदियों तक उनका मुकाबला कर सकते हैं। इनके मददगार तो हमारे ही भाई हैं, जिन्हें वे इनाम के वादे देकर समेट लाए हैं। कल जब हमारे पाँव मज़बूत हो जाएँगे, हम भी इनसे ऐसे ही बात कर सकेंगे। वे अवश्य हमारे साथ मिल जाएँगे।'

'जहाँपनाह के सामने यह कहने की ज़रूरत नहीं कि हुजूर के बुजुर्गों ने हमसे बढ़कर नाकामयाबियों और मुश्किलों का मुकाबला किया है। शहनशाह बाबर तो दुश्मनों से घिरे थे कि अकेले ही भागना पड़ा था। शहनशाह हुमायूँ को भी बेबसी और बेकसी में हैरान भाग जाना पड़ा था। पर कमान अपने हाथ में लेने पर उन्होंने मुश्किलों पर फतह पाई, जिसका नतीजा यह हुआ

कि उनके खानदान ने इस सरज़मीन पर सैकड़ों साल हुकूमत की। आप भी उसी मलिके आलम अफरोज़ की शान हकीकी हैं और आपके साथ मुल्क का बच्चा-बच्चा हमदर्दी रखता है। तमाम हिन्दुस्तान आपके झण्डे के नीचे मरने को तैयार है।'

बख्तखाँ की सब बातें चुपचाप बादशाह ने सुनी और आँखें बन्द करके सोच में डूब गए।

मुन्शी रज़बअली इस समय अंग्रेज़ी कैम्प में मुखबरी दफ़्तर में हेड थे। वे हडसन के नाक के बाल बने हुए थे। वे बराबर मिर्ज़ा इलाहीबख्श को पैगाम भेज रहे थे कि यदि आपने इस वक्त बादशाह को बागियों के साथ जाने से रोक दिया तो अंग्रेज़ आपको निहाल कर देंगे। आप और आपकी औलाद उनके इनामों से शाहाना ज़िन्दगी बसर करेंगे।

जब बख्तखाँ ने ये बातें कहीं तो बादशाह सोच में पड़ गए कि क्या करना चाहिए। मिर्ज़ा इलाहीबख्श ने उनके कान के पास आकर कहा, 'लार्ड गवर्नर बख्तखाँ बहादुर ने हुजूर आली के सामने गुज़ारिश की है। फ़िदवी को उसकी हर्फ-बहर्फ इत्तलाएँ हैं। मगर मुझे एक ज़रूरी मुआमला गोश-गुज़ार करना है। वह यह कि अभी यह लड़ाई हुजूर से है कि बागी फ़ौज से? बज़ाहिर तो यही मालूम होता है कि अंग्रेज़ों की फ़ौज उनसे बागी हो गई थी और सरकशी करके हुजूर के पास आ गई। आप मजबूर थे। आपके पास ताकत न थी कि उनको रोकते। अंग्रेज़ अच्छे नहीं हैं। वे आपकी मजबूरी को अच्छी तरह जानते हैं। उन्हें मालूम है कि उन्होंने आपके नाम से जो-जो काम किए हैं और हुक्म जारी कराए हैं, उनमें से एक में भी आपका दखल नहीं है। फिर आपको क्या अन्देशा है! अलबत्ता अगर आप बागियों के साथ चले गए तो अंग्रेज़ ज़रूर आपसे जवाब तलब करेंगे और आपको मुजरिम करार देने का एक बहाना उन्हें मिल जाएगा।'

'मुझको ज़रा भी यकीन नहीं है कि बागी कहीं भी जमकर मुकाबला कर सकेंगे। लार्ड गवर्नर बख्तखाँ बहादुर ने जो कुछ कहा वह तो सही है-बेशक हिन्दुस्तानी रियासतें और हिन्दू-मुसलमान दिल से आपके साथ हैं। लेकिन मैं यह नहीं मानता कि बागी लोग आपके या बख्तखाँ के काबू में रहेंगे। जो फ़ौज एक ऐसे आका के कब्जे में रह सकी जिसके पास रुपया, इल्म और हुनर और सबसे बड़ी दौलत अक्ल बख्तखाँ से कहीं ज़्यादा थी तो फिर ये अकेले बख्तखाँ बेचारे क्यों कर ऐसी खुदसर और बेमुहार फ़ौज को काबू में रख सकेंगे। गर्मी का मौसम है, बरसात आ गई है, हुजूर की जईफी और नातवानी का भी ज़माना है। घर से बाहर निकलकर मुसाफरत में अमन भी हो तब भी घर का सब सामान रसद आना मुहाल है। लड़ाई-भिड़ाई के दावों में तो लाज़िमी तौर से बड़ी-बड़ी तकलीफ़ों और मुसीबतों का सामना करना पड़ता है। आप छोटे शाहज़ादों, शाहज़ादियों और परदानशीन बेगम तक को कहाँ-कहाँ लिये फिरेंगे। लिहाज़ा मेरी गुज़ारिश तो यही है कि बागी फ़ौजों के साथ तशरीफ़ न ले जाएँ। मैं अंग्रेज़ों से मिलकर तमाम मामलात की सफ़ाई करा दूंगा। और आप पर या आपकी औलाद पर झरफ न आने दूंगा। सल्तनत का अंजाम जो कुछ हो, आपके पुलाव की रकाबी कहीं न जाएगी।'

मिर्ज़ा इलाहीबख्श की यह तकरीर सुनकर बादशाह ने बख्तखाँ की ओर देखा।

इसी समय एक ख्वाज़ासरा ने अर्ज़ किया, हुजूर ये साहब आलम बहादुर तो अंग्रेज़ों से मिले हुए हैं। आप बख्तखाँ बहादुर की गुज़ारिश पर गौर फरमाइए। इन लोगों के कहने में न आइए। मरना और तकलीफ़ उठाना तो हर ज़िन्दगी के साथ लगा हुआ है।

बादशाह ने कहा, 'मैं दोनों बातों पर गौर करके कल जवाब दूंगा।'

बादशाह ने एक ठंडी साँस ली।

इसी वक्त रजबअली ने हाथ बाँधकर कहा, 'हुजूरे अक्दस, यहाँ से अब निकल ही चलें। किले का क्या भरोसा, न जाने अंग्रेज़ काफिर उसे कब ज़मींदोज कर दें।'

'लेकिन कहाँ जाऊँ?'

'हुमायूँ के मकबरे में चलिए। अभी तक हमारी फ़ौज वहाँ काफ़ी है। वहाँ हुजूर बिलकुल महफूज रहेंगे और वहीं सब आगे-पीछे की बातों पर सोच-समझ लिया जाएगा।

बादशाह ने कुछ देर सोचने के बाद बख्तखाँ को पास बुलाया और कहा, 'तुम कल हमसे हुमायूँ के मकबरे में मिलो।'

बख्तखाँ अफ़सोस करता हुआ चुपचाप किले से बाहर चल दिया।

बादशाह ने एक ठंडी साँस ली और शे'र पढ़ा :

दुश्मन अज़ हर तरफ़ हुजूम आबुर्द,
या अली वे वली बराये खुदा।
फ़ौजे गैवी पये मदद बेफिरस्त,
अज़ तुख्दाहद हमीं ज़फर बेदुआ।।

61

पश्चिमोत्तर प्रदेश के लेफ़्टिनेण्ट-गवर्नर सर लारेन्स के सामने एक खत रखकर मेजर ग्रीड्स ने कहा, 'यह खत बेगम जीनतमहल ने भेजा है। वे चाहती हैं कि यदि सब स्त्री-बच्चों की रक्षा का आश्वासन दिलाया जाए तो वे अपने प्रभाव का प्रयोग करेंगी।

'तो उसे लिख दो कि महल की औरतों से कोई बात नहीं की जा सकती।'

'मैं समझता हूँ कि इससे पेश्तर भी बादशाह ने सन्धि का प्रस्ताव किया था।'

'हाँ, लेकिन वह महज़ जाल था।'

'लेकिन बेगम ज़ीनतमहल एक प्रभावशालिनी औरत है और उसका बादशाह पर पूरा प्रभाव है। इसके अतिरिक्त मिर्जा इलाहीबख्श भी ज़ामिन है।'

'मिर्जा इलाहीबख्श हमारा तनख्वाहदार भेदिया है। ऐसे लोग जो अपने मालिक से नमकहरामी करके दुश्मन को फायदा पहुंचाते हैं, ऐसे अहम मामले में ज़ामिन होने लायक नहीं होते।'

'कैप्टन हडसन की राय है कि बेगम को अपने प्रभाव के उपयोग का अवसर दिया जाए।'

'हडसन इस सिलसिले में क्या दलील पेश करते हैं?' हडसन वहीं हाज़िर था। उसने कहा :

'बादशाह इस वक्त हुमायूँ के मकबरे में हैं। कमांडिंग जनरल क्या उसके पीछे फ़ौज रवाना करने का इरादा रखते हैं?'

कमांडिंग जनरल विल्सन ने पूँछे सिकोड़कर कहा, 'नहीं, मेरा ऐसा कोई इरादा नहीं है।'

'लेकिन इस वक्त भी बादशाह के पास इतनी ज़्यादा फ़ौज है कि मुझे भय है कि हम लोग घेर लिये जाने वालों की स्थिति में न हो जाएँ, जबकि अभी हम अपने को घेरा डालनेवालों में समझ रहे हैं।'

शैतान इस बादशाह और उसके दोज़खी विद्रोहियों को गारत करे। दिल्ली की लड़ाई ने दो अंग्रेज़ सेनापतियों को मौत के घाट उतार दिया, एक सेनापति इस्तीफा देकर चला गया। मैं इस कदर दु:खी और परेशान हूँ कि समझ नहीं पा रहा कि क्या किया जाए। इन पिछले तीन-चार दिनों में हमारे कितने आदमी और अफ़सर मारे गए। क्या इस नुकसान की भी कुछ भरपाई हो सकती है?'

'लेकिन अब दिल्ली और किला हमने जीत लिया है।'

'तमाम उत्तर भारत में आग लगी हुई है। अभी तक सर्वत्र हम संकट में हैं। इस वक्त हम ज़रूर जीत गए हैं लेकिन जैसा कि तुम कहते हो-अजब नहीं कि हम घिर जाएँ।'

'सर, यही वक्त तो है कि कुछ अनहोनी सूझ-बूझ से काम लिया जाए। हमें बादशाह और तमाम शाही खानदान को कैद कर लेना चाहिए।'

'यह इतना आसान नहीं है। अभी तक बड़ी भारी सेना बादशाह के चारों ओर है।'

'लेकिन मैं एक दु:साहस करना चाहता हूँ।'

'किस आधार पर?'

'अपने जासूस इलाहीबख्श और रज़बअली के आश्वासन के आधार पर।'

'क्या उनका आश्वासन इस कदर सही है?'

'जनाब, मैं खुद बेगम ज़ीनतमहल से बात कर चुका हूँ।'

'लेकिन मैं तुम्हें एक भी यूरोपियन नहीं दे सकता।'

'खैर, आप मुझे अनियमित सेना की एक टुकड़ी ही दे दीजिए।'

'क्या जनरल चैम्बरलेन भी यही तजवीज़, पसन्द करेंगे?'

जनरल चैम्बरलेन ने कहा, 'मैं हडसन को एक मौका देना पसन्द करूँगा।'

'लेकिन मैं अनियमित सेना भी उसे नहीं दे सकता।'

'लेकिन मैं कुछ कदम अपनी योजना पर आगे बढ़ा चुका हूँ।'

'किसके हुक्म से?'

'अपनी ही ज़िम्मेदारी पर, सर।'

'तुमने क्या किया है?'

'बादशाह तक यह समाचार पहुंच चुका है कि अंग्रेज़ों की एक ज़बरदस्त फ़ौज बादशाह और खानदान के सब लोगों को गिरफ्तार करने कुतुब की ओर आ रही है।'

'लेकिन यह तो कतई झूठ है।'

'इस अफ़वाह से बादशाह काफ़ी डर गया है और अभी कुछ क्षण पूर्व बेगम ज़ीनतमहल का एक दूत मेरे पास आया था। वह कहता था कि कुछ शर्तों पर बादशाह आत्म-समर्पण करने को तैयार है।'

'किन शर्तों पर?'

'मेरी राय है कि बादशाह को उसके जीवन की रक्षा और उसे व्यक्तिगत रूप में किसी प्रकार अपमानित न होने का आश्वासन दे दिया जाए।'

'क्या तुम यह राय रखते हो कि उसे यह आश्वासन दे दिया जाए।'

'बेशक मैं यही चाहता हूँ।'

'लेकिन क्यों?'

'इसलिए कि इसके अतिरिक्त उसे अपने अधिकार में करने का कोई उपाय नहीं है। आप उनका पीछा करने को सेना भेजना नहीं चाहते।'

'मैं अब किसी भी नये संकट का सामना करने से बचना चाहता हूँ।'

'आप यह भी बखूबी जानते हैं कि लोग-बाग उसके चारों ओर इकट्ठे होते जा रहे हैं, उसका नाम खतरे की घण्टी बनता जा रहा है। अजब नहीं, वह नाम तमाम हिन्दुस्तान को जगा दे। उत्तर प्रदेश में विद्रोहाग्नि पूरे वेग से धधक रही है। यही हाल बुन्देलखण्ड में है। अब यदि दक्षिण के राजपत राजा उसके प्रभाव से विद्रोह को उठ खड़े हों और वह फिर सार्वलौकिक हो जाए तो हमारे लिए यह ऐसा संकट होगा कि हम उससे पार नहीं पा सकते।

'तुम्हारा कहना मैं मान्य करता हूँ।'

'तो जनरल, यह ज़्यादा अच्छा है कि इन सब भावनाओं से उसे मुक्त कर लिया जाए। एक नब्बे वर्ष के बूढ़े आदमी को जीवन-दान देकर इन खतरनाक सम्भावनाओं से अपने-आपको सुरक्षित कर लेना अच्छा है। इसके अतिरिक्त और भी एक बात है।'

'वह क्या?'

'हमारे पास युद्ध-साधन बहुत सीमित हैं। नहीं कहा जा सकता, इंग्लैण्ड से हमें कब तक सहायता मिलेगी। इंग्लिस्तान से जो फ़ौज आई है, उसमें से एक भी सिपाही अभी तक कमाण्डर-इन-चीफ़ ने दिल्ली नहीं भेजा है। इस समय समस्त रुहेलखण्ड, मध्य भारत तथा बिहार विद्रोहियों के कब्जे में है। क्या यह बुद्धिमानी की बात होगी कि बादशाह, जिसके नाम का असर हिन्दुस्तान के सब हिन्दू-मुसलमानों के दिलों पर है, को उनसे मिलकर उन्हें संगठित होने का अवसर दिया जाए? क्या यह हद दर्जे की बेवकूफ़ी न होगी कि उत्तर-पश्चिम के युद्ध-प्रिय लोगों के हाथ में एक पवित्र और स्वर्ग से उतरा हुआ बादशाह दे दिया जाए, जो राज-सिंहासन से वंचित कर दिया गया है। और बिना घर-बार के मारा-मारा फिरता है? किन्तु पूरी विद्रोही सेना उसका साथ दे रही है।'

'हडसन, तुम्हारी बातें प्रभावशाली हैं।'

'जनरल महोदय, जब बूढ़ा बादशाह कैदी बनाकर लालकिले के उसके अपने ही महलों में पहुँचा दिया जाएगा तो विद्रोह की जड़ों पर एक करारा वार होगा।'

'तो मेजर हडसन, यदि वह इसी शर्त पर आत्म-समर्पण करने को तैयार है, तो तुम उसे यह आश्वासन दे सकते हो।'

'धन्यवाद जनरल। इसके अतिरिक्त मैं जो मुनासिब समझूँ वह कर सकता हूँ?'

'कर सकते हो।'

'तो मुझे सिर्फ पचास यूरोपियनों की एक टुकड़ी दे दी जाए।'

'खैर ले लो। लेकिन याद रखो, तुम आग से खेल रहे हो।'

'आप इत्मीनान रखिए जनरल।'

'जाओ और अपनी कारगुज़ारी दिखाओ।'

62

बादशाह सलामत जल्दी-जल्दी नमाज़ पढ़ रहे थे। उनके हाथ काँप रहे थे और आँखों से आँसुओं की धार बह रही थी। शाहज़ादी गुलबानू ने आकर कहा, 'बाबा जान! आप यह क्या कर रहे हैं?'

'बेटा, अब और कर ही क्या सकता हूँ? खुदा से दुआ माँगता हूँ कि ऐ दुनिया के मालिक! मेरी मुश्किल आसान कर; यह तख्त, तैमूर के खून का तख्त तो आज गया ही, मेरे बच्चों की जान और आबरू पर रहम बख्श!'

गुलबानू ने कहा, 'बाबा, दुश्मन किले तक पहुँच चुके हैं। आपके लिए सवारी तैयार है, भागिए।'

बादशाह ने अन्धे की तरह शाहज़ादी का हाथ पकड़कर कहा, 'भागूँ? हाय! वह घड़ी भी आ ही गई!

इसके बाद बादशाह ने अपनी जड़ाऊ सन्दूकची मँगाई और परिवार के सब लोगों को बुलाकर एक-एक मुट्ठी हीरे सबको देकर कहा, 'खुदा हाफिज!' उन्होंने बेगमों और शाहज़ादों को हुमायूँ के मकबरे को रवाना कर दिया और खुद दरगाह हज़रत निजामुद्दीन औलिया में जाकर सलाम किया। उस वक्त उनके मुखमण्डल की आभा उतरी हुई थी। कुछ खास-खास ख्वाज़ासरा कहार और गिने-चुने शुभचिन्तकों के सिवाय और कोई साथ न था। चिन्ता और भय से वह रह-रहकर काँप रहे थे। उनकी सफ़ेद दाढ़ी धूल से भर रही थी। बादशाह चुपचाप जाकर सीढ़ियों पर बैठ गए।

गुलामहुसैन चिश्ती सुनकर दौड़े आए। बादशाह उन्हें देखते ही खिलखिलाकर हँस पड़े। चिश्ती साहब ने पूछा, 'खैर तो है?'

'खैर ही है, मैंने तुमसे पहले ही कह दिया था कि ये बदनसीब गदरवाले मनमानी करने वाले हैं। इन पर यकीन करना बेवकूफ़ी है। ये खुद डूबेंगे, हमें भी डुबाएँगे। वही हुआ। भाग निकले! मुझे तो होनहार दिखाई दे गई थी कि मैं मुगलों का आखिरी चिराग हूँ। मुगलों के तख्त की आखिरी साँस टूट रही है। कोई घड़ी-भर का मेहमान है, फिर खून-खराबी क्यों करूँ? इसलिए किला छोड़कर चला आया, मुल्क खुदा का है। जिसे चाहे दे, जिससे चाहे ले। सैकड़ों साल तक हमारे नाम का सिक्का चला। अब हवा का रुख कुछ और ही है। वे हुकूमत करेंगे, ताज पहनेंगे। इसमें अफ़सोस क्यों? हमने भी तो दूसरों को मिटाकर अपना घर बसाया था! हाँ, आज तीन दिन से खाना नसीब नहीं हुआ। कुछ हो तो ले आओ?'

चिश्ती साहब ने कहा, 'सिर्फ़ बाजरे की रोटी और सिरके की चटनी है। हुक्म हो तो हाज़िर करूँ।'

'वही ले आओ।'

बादशाह ने शान्तिपूर्वक एक रोटी खा और पानी पीकर कहा, 'बस अब हुमायूँ के मकबरे में चला जाऊँगा। वहाँ जो भाग्य में होगा, वही होगा।'

63

हुमायूँ के मकबरे में बादशाह सपरिवार आकर बैठ गया। उसने भोर होते ही मुहम्मद बख्तखाँ को दूत भेजकर बुलाया। मकबरे की पूर्व दिशा में यमुना की रेती पर चालीस हज़ार सेना सन्नद्ध खड़ी थी।

पूर्वी दरवाज़े से बख्तखाँ ने बादशाह के कक्ष में प्रवेश किया। बादशाह हुमायूँ की कब्र का ढासना लगाए आँखें बन्द किए अर्द्धनिद्रित अवस्था में बैठा था। बेगम ज़ीनतमहल कालीन पर मसनद लगाए बैठी थी। शाहज़ादे बादशाह के चारों ओर खड़े अपनी-अपनी हाँक रहे थे।

मिर्जा इलाहीबख्श ने बादशाह के हुमायूँ के मकबरे में आकर शरणापन्न होने की खबर भेज दी थी। यह सूचना भी साथ में दे दी थी कि बादशाह सम्भवत: विद्रोही सेना के साथ निकल भागने का इरादा कर रहे हैं। अंग्रेज़ों ने इलाहीबख्श को हुक्म दिया था कि प्रत्येक मूल्य पर बादशाह को विद्रोही सेना के साथ बाहर जाने से रोका जाए और उसे आत्मसमर्पण करने को राजी किया जाए, जिसका उसे भारी इनाम मिलेगा। इस समय दिल्ली में जितने अंग्रेज़ थे इस बात से भयभीत थे कि कहीं वे यहाँ घेर न लिये जाएँ। यदि वे दिल्ली में घेर लिये जाते तो फिर उनका निस्तार सम्भव न था। बख्तखाँ ने कहा-'हुजूरे अक्सद, हमारा अभी तक कुछ भी नहीं बिगड़ा है। हम जल्द ही दिल्ली को फतह कर लेंगे। अभी हमारा यहाँ से निकल चलना ही मुनासिब है। मैं जानता हूँ कि लड़ाई के लिए मौजूं मुकाम कहाँ-कहाँ हैं। इनमें से किन्हीं पर जमकर लड़ाई जारी रखनी चाहिए। जैसी तमाम मुल्क में जारी है।'

मुहम्मद बख्तखॉ की बात सुनकर बादशाह ने शाहज़ादों की ओर देखा। मिर्जा मुगल ने कहा-'ऐसी हालत में तो हमें बख्तखाँ के अधीन रहना पड़ेगा जिससे हमारा शाही रुतबा चौपट हो जाएगा।'

'लेकिन शाहज़ादा मैं तो शाही खानदान का नौकर हूँ और आप ही के लिए खून बहा रहा हूँ।'

'लेकिन नौकर के रहमो-करम पर हम कैसे रहना मंजूर कर सकते हैं!'

बख्तखाँ ने फिर बादशाह से कहा- हुजूर अब भी वक्त है। दिल्ली से निकल चलिए। मेरी बात मानिए।'

बादशाह ने मिर्जा इलाहीबख्श की ओर देखा। उसने कहा-'हुजूर, अब गदर की कामयाबी की कोई सूरत नज़र नहीं आती। बख्तखाँ साहब की बातों में आकर आप अब अपनी जईफी में मुसीबतें मोल मत लीजिए। आप इत्मीनान रखिए, अंग्रेज़ों से मिलकर मैं सब मामला साफ़ करा दूंगा। हुजूर के दुश्मनों पर ज़रा भी आँच न आएगी।'

'लेकिन अभी तक हमारे पास चालीस हज़ार फ़ौज है और मुहम्मद बख्तखाँ की बात ही ज़्यादा मुनासिब मालूम देती है।'

मिर्जा ने बादशाह के कान के पास आकर फुसफुसाकर कहा-'हुज़ूर, खाँ साहब पठान हैं। वे मुगलों से अपनी कौम का पुराना बदला चुकाने पर तुले बैठे हैं और दगा करके शहनशाह को अपने जाल में फँसाना चाहते हैं। वे बेघरबार हैं। उनका ठिकाना ही क्या?' मुहम्मद बख्तखाँ ने यह सुन लिया और गुस्से से लाल हो गया। उसने अपनी तलवार खींच ली। बादशाह ने उठकर मुहम्मद बख्तखाँ का हाथ पकड़ लिया। उसने कहा-

'ऐ नेक बहादुर, मुझे तेरी हर बात का यकीन है। तेरे रुख को मैं दिल से पसन्द करता हूँ। मगर जिस्म की कुव्वत ने जवाब दे दिया है, इसलिए मैं अपना मामला तकदीर के हवाले करता हूँ। मुझे मेरे हाल पर छोड़ और बिस्मिल्लाह कर। यहाँ से जा और कुछ काम करके दिखा। में नहीं, मेरे खानदान में कोई नहीं। तू ही या और कोई हिन्दुस्तान की लाज रखे। मेरी फ़िक्र न कर। अपने फ़र्ज़ को अंजाम दे।'

बख्तखाँ का मुँह लटक गया। उसने एक ठंडी साँस ली। उसके मुँह से निकला- 'मैंने गलती की, डूबते हुए सूरज का सहारा लिया। खुदा हाफ़िज़।' और वहाँ से तेजी से निकल गया।

64

बादशाह जाते हुए कुछ देर मुहम्मद बख्तखाँ की ओर देखता रहा। फिर उसने मीरमुन्शी को बुलाकर खत लिखाया-

'अबुल ज़फर सिराजुद्दीन मुहम्मद बहादुरशाह बादशाह बनाम खादिमाने खास मूरदे अल्ला को इनायत शेरे बारगाहेशाही निकारुल मालिक मुहम्मद अब्दुर्रहमान खाँ बहादुर सफदर जंग वालिए रियासत झज्जर-निवाज़िशहाए खुद बदौलत वरसद और जानों की मुताद्दन खुशगवार वाकयात-गुज़रने से और ज़्यादा उम्र और कमज़ोरिए जिस्म की वजह से हम कारोबार सल्तनत व मुल्क में अब दखल नहीं दे सकते। हमारी ख्वाहिश बाकी नहीं रही है सिवाय इसके कि ऐसे काम करें जो खुदा और मखलूक की खुशनूदी का बाइस हों। बकिया उम्र यादे इलाही में गुज़ार दें। बस, मौजूदा रंजो मुसायब की वजह से हमारा मुसम्मम इरादा हो गया है कि फ़कीराना लिबास पहनकर मय तमाम खानदाने तैमूरिया के हिज़रत पर जाएँ। पहले ख्वाज़ा कुतुबुद्दीन रहमतुल्ला आला की दरगाह शरीफ़ पर हाज़िर हों और वहाँ तमाम इन्तज़ामे सफ़र करके मकामाते मुतबर्रका मक्का व मदीना जाहो-हमा अल्लाह शरफन व ताज़ीमन रवाना हो जाएँ। क्योंकि इस दुनियाए फानी का कोई एतबार नहीं। तुम गुलाम खास हो इसलिए लिखा जाता है कि मय अपने हमराहियों और रफीकों के जिन पर तुम्हें एतमाद कुल्ली हो, फौरन हमारे हुजूर में हाज़िर हो। जिस तरह मुमकिन हो हम तक पहुँचो। तमाम असबाबेशाही को यहाँ लाओ। और फिर अगर चाहो तो हमारे साथ मुकामात तबर्रका को जा सकते हो। मजीदबराँ ऐसी वज़नी चीजें जो यहाँ तक न ला सको अपनी जाय सकूनत पर ही छोड़ दी जाएँ। और उनकी हिफ़ाज़त के लिए तुम अपने कुछ खिदमतगार मुतऐयिन कर दो और हमारी ज़ात की हिफ़ाज़त के लिए सिपाहियों की काफ़ी तादाद मुकर्रिर की जाए। ता-वक्ते कि हम मैत अल्लाह रवाना हो जाएँ। इन्तज़ामे ज़रूरी के बाद तुम अपनी जागीर पर रवाना हो जाना। ऐसा करने से तुम हमारी खुशनूदी हासिल करोगे और तमाम आलम में तुम्हारी शोहरत हो जाएगी क्योंकि तुम हमारे खास खैरख्वाहों में हो। और ऐसे वक्त में जबकि तमाम मुलाकातियों ने साथ छोड़ दिया है, तुम देरीना तालुकता को पेशे नज़र रखकर यह खिदमत अंजाम दो जो कोई नहीं दे सकता। लिहाज़ा जितनी उजलत इस मामले में हो सके मुनासिब व ज़रूरी है। हमारी मेहरबानियों का यकीन रखो। यहाँ पर सवारी वगैरा का इन्तज़ाम नहीं है। 4-5 सौ गाड़ियाँ और 5-6 सौ ऊँट ज़रूर हमराह लाओ।'

बादशाह का अंग-प्रत्यंग काँप रहा था, ज़बान अटक रही थी और बारम्बार वे अपनी आँखों से आँसू पोंछ रहे थे। वे हुमायूँ बादशाह की कब्र के सामने ज़मीन पर एक चटाई पर बैठे थे। मीर मुन्शी खत लिख रहा था और खोजे, गुलाम, शाहज़ादियाँ बेगमात चुपचाप सन्नाटा खींचे खड़ी थीं। यद्यपि छोटे-बड़े का इस समय कुछ भी भेदभाव न था; परन्तु बादशाह के चेहरे पर एक ऐसा रुआब और गम्भीर भाव था कि उसे देखकर लोग सकते की हालत में आ रहे थे। सबकी आँखें चौधारा आँसू बहा रही थीं।

खत खत्म करके बादशाह उठ खड़े हुए और तस्बीहखाने में तशरीफ़ ले जाने लगे। एक सन्नाटे का आलम चारों ओर काँप गया।

इसी वक्त एक कड़कदार आवाज़ सुनाई दी–'हाल्ट।'

65

जनरल विल्सन जब किले में पहुंचे तो किला खाली था। बादशाह और उनका परिवार वहाँ से भाग चुका था। जनरल ने तोपों से किले का द्वार उड़वा दिया।

किले के रास्ते में तिलंगों का अस्पताल था, उसमें कुछ घायल पड़े थे। अंग्रेज़ों ने उन्हें गोली से उड़ा दिया। शाहज़ादों ने भागने के समय अपने घरों की रक्षा के लिए घर के बुजुर्गों और नौकर-चाकरों को छोड़ रखा था, उन्हें भी मौत के घाट उतार दिया। सलीमगढ़ और किले को मिलानेवाला जो पुल था, उस पर अंग्रेज़ों ने अधिकार कर लिया। यह काम इसलिए किया गया था कि विद्रोही सेना भाग न सके, पर वह दो दिन पूर्व ही भाग खड़ी हुई थी।

जामा मस्ज़िद, सलीमगढ़ और किले में अंग्रेज़ों ने अपने अड्डे जमाये और अब दिल्ली के निवासियों को कायरता की मौत के करिश्मे देखने का क्षण आ गया।

बेचारा असहाय दीन-हीन बादशाह और बिना सिर-पैर की, बिना उद्देश्य और नेतृत्व की वह विद्रोही सेना अन्त में उस नतीजे पर पहुँची जिस पर पहुँचना अनिवार्य था।

66

मिर्जा इलाहीबख्श सारी सूचनाएँ हडसन को भेज रहे थे। उन्होंने उन्हें यह भी सूचना दे दी कि वह कुछ फ़ौज लेकर फौरन मकबरे के पश्चिमी दरवाज़े के पास खण्डहरों में छिप जाए और संकेत पाते ही बादशाह को जाकर गिरफ़्तार कर ले।

हडसन ने जनरल विल्सन को सब बातों की इत्तिला कर दी और इसके साथ ही मुन्शी रजबअली को यह हुक्म देकर इलाहीबख्श के पास भेज दिया कि बादशाह को अभी 24 घण्टे तक जैसे बने रोका जाए। इसके बाद सब इन्तज़ाम हो जाएगा। इसके साथ ही वह 50 चुने हुए गोरे सवार लेकर मकबरे के पश्चिमी द्वार पर आ पहुँचा और उसके खण्डहरों में अपने जवानों को छिपा दिया।

मुहम्मद बख़्तखाँ के जाते ही मिर्जा इलाहीबख्श ने दूसरी ओर मुँह फेर लिया। इशारा समझकर मुन्शी रज़बअली ने एक बुर्ज की ओट में जाकर रूमाल हिलाया।

थोड़ी ही देर में दो अंग्रेज़ अफ़सर खण्डहरों से निकले और टहलते-टहलते मकबरे में आए। मकबरे के सामने आकर एक ने ज़ोर से कहा-'हाल्ट।'

बादशाह ने चौंककर कहा, 'यह क्या हुआ?'

रज़बअली ने कहा, 'मैं देखता हूँ?'

वह बाहर आकर फिर भीतर आया और कहा, 'हुजूर, दो अंग्रेज़ अफ़सर हज़रत बेगम साहिबा को सलाम करके सरफराज़ होना चाहते हैं।'

'लेकिन उनका मकसद क्या है?' उन्होंने बेगम की ओर देखा।

बेगम ने कहा, 'उन्हें हमारे हुजूर में पेश करो।'

दोनों अंग्रेज़ों ने सामने आकर बादशाह सलामत और बेगम को सलाम किया और कहा, 'हुजूर, बेगम साहिब की अर्जी पर जनरल विल्सन साहब बहादुर ने गौर फ़रमाया है और उन्होंने हुजूर की खिदमत में कैप्टेन हडसन को यह आश्वासन देने भेजा है कि हज़रत बादशाह सलामत, बेगम साहिबा और आपके बड़े शाहज़ादा जवांबख्त के प्राणों की गारंटी सरकार अंग्रेज़ देने को राजी है।'

इस पर बड़ी देर तक हुज्जत होती रही। कभी बादशाह की इच्छा होती कि बख़्तखाँ को वापस बुला लिया जाए, कभी वे नवाब झज्जर को जल्द खत भेजने की ताकीद करते, कभी मिर्ज़ा इलाहीबख्श की बातों पर गौर करते थे, जिसकी ताईद बराबर बेगम करती जा रही थी।

दो घण्टों की जद्दोजहद के बाद बादशाह ने कहा, 'हडसन हमारे सामने हाज़िर होकर अपने मुँह से सरकार अंग्रेज़ी का वादा हमें सुनाएँ।

हडसन एक संगदिल आदमी था। मैदाने जंग उसके लिए नाचघर था। जंगीबाज़ों के सिवा वह कोई संगीत-वाद्य पसन्द न करता था। आदमी की जान की उसकी नज़र में कोई कीमत न थी। आदमी को मार डालना वह तिनका तोड़ने के समान मामूली बात समझता था। भागतों को कत्ल करना और लूटना उसका सबसे बड़ा मनोरंजन था। ये दो घण्टे उसने बड़ी बेचैनी से बिताये थे। हडसन आकर सीधा तनकर खड़ा हो गया। उसने बादशाह से कहा, 'मैं आपको गिरफ्तार करने आया हूँ। आप मेरे साथ तशरीफ़ ले चलिए।'

यह सुनकर बादशाह की आँखें फट गईं। उन्होंने मियाँ इलाहीबख्श को घूरकर देखा और गुस्से से कहा, 'यह क्या माजरा है? तुमने मुझे बख़्तखाँ के साथ जाने से रोका-अगर अंग्रेज़ों का मुझसे कोई सरोकार नहीं, जैसा तुमने कहा था, तो यह आदमी मुझे गिरफ़्तार करने क्यों आया है?'

इलाहीबख्श चुपचाप सिर झुकाए खड़ा रहा। बादशाह ने तड़पकर ख्वाज़ासरा को हुक्म दिया कि बख्तखाँ को वापस बुलाओ।

इस पर रज़बअली ने बेगम से एक इशारा किया। बेगम ने बादशाह के पास खिसककर कान में कहा, 'बख्तखाँ को बुलाने का अब कोई मौका नहीं रहा। मालूम नहीं, आए या न आए। आया भी तो खून-खराबी होगी। बेहतर यही है कि इस आदमी से सरकार अंग्रेज़ी का वादा ले लीजिए कि मेरी, अपनी और जवांबख्त की जाँ-बख्शी की सनद दें। मूजी हडसन का मुँह मैंने सोने से भर दिया है। सब बात तय है। आप अपने को अंग्रेज़ों के हवाले कर दीजिए।'

67

जो बादशाह गवर्नर-जनरल से भी बड़ी तमकनत से बातें करता था और जिसे किसी मामूली दर्जे के अंग्रेज़ को बगैर खास मरासन आमान अदा करने को सामने बुलाना गवारा न था, आज वह एक मामूली खुफ़िया पुलिस के अफ़सर से आमने-सामने बात कर रहा था।

बादशाह खड़ा हो गया। उसने घूमकर हडसन की ओर देखा और कहा-

'तुम्हीं हडसन हो?'

'जी हाँ, मेरा नाम हडसन है।'

'अगर तुम हडसन हो तो मैं तुम्हारी ज़बान से उस फिक्रे को सुनना चाहता हूँ जो तुमने कहला भेजा था। यानी अंग्रेज़ी सरकार मेरी जान, मेरी बेगम की जान और जवांबख्त की जान की ज़िम्मेदार है।'

'आप इत्मीनान रखिए।' आपकी, बेगम की तथा शाहज़ादा जवांबख्त की जान को और खतरा नहीं है।'

'तो तुम बाहर ठहरो और हमारा इन्तज़ार करो।'

थोड़ी ही देर में एक हृदयवेधक दृश्य सामने आया। बादशाह चन्द ख्वाज़ासराओं के साथ पैदल और उनके पीछे बेगम और शाहज़ादा पालकी में बाहर निकले। मौलवी ने प्रत्येक के नाम की घोषणा की।

हडसन दो कदम आगे बढ़ा और बादशाह से उसकी तलवार माँगी।

बादशाह ने चुपचाप अपनी तलवार हडसन को दे दी, जिसे उसने अपने अर्दली को दे दिया। पालकी में बादशाह को सवार कराया गया और फौरन गोरी पल्टन ने पालकी को अपनी हिरासत में ले लिया।

वे दिल्ली दरवाज़े की ओर चले। इस वक्त भी हज़ारों सिपाही-सेवक, अमीर, शाहज़ादे ख्वाजासमा मकबरे में हाज़िर थे, पर वे सब जैसे जादू से स्तब्ध बने देखते ही रह गए।

68

इस वक्त भी मिर्ज़ा मुगल, मिर्ज़ा सुलतान, मिर्ज़ा खिज्र अबूबकर शाहज़ादे हुमायूँ के मकबरे में थे और बहुत-से दूसरे आदमी भी हुमायूँ के मकबरे में छिपे थे।

इलाहीबख्श ने शाहज़ादों के छिपे रहने की इत्तिला हडसन को दे दी। न जाने किस मूढ़ता के कारण ये युवा शाहज़ादे न बख्तखाँ के साथ भागे न अन्यत्र गए।

बादशाह की गिरफ़्तारी के दूसरे दिन हडसन अपने असिस्टेण्ट मैकडुवेल तथा 100 चुने हुए सिपाही लेकर फिर हुमायूँ के मकबरे की ओर रवाना हुआ, जहाँ इलाहीबख्श शाहज़ादों की रखवाली कर रहा था और उन्हें भागने से रोक रहा था।

सुबह के आठ बजे थे। अभी सूरज ज़्यादा ऊँचा न उठा था। मकबरे से आधा मील इधर ही ये लोग रुक गए। उन्हें मकबरे तक जाने की हिम्मत न पड़ी। लोग उत्तेजित हो रहे थे। बादशाह की गिरफ़्तारी की अफ़वाह आग की तरह फैल गई थी। बहुत से लोग मरने-मारने पर तुले थे। परन्तु कोई भी उनका नेता न था। इस समय सैकड़ों अंग्रेज़ी जासूस लोगों में भय और आतंक के भाव फैला रहे थे। इस वक्त वहाँ 6 हज़ार हथियारबन्द चौकस फ़ौज और शाही सेवक हाज़िर थे।

हडसन ने काने मौलवी रज़बअली को शाहज़ादों के पास यह सन्देश लेकर भेजा कि मैं उन्हें ज़िन्दा या मुर्दा ले जाऊँगा।

सुनकर शाहज़ादों के दिल दहल गए। वे रोने-कलपने तथा हुज्जतें करने लगे। आधे घण्टे के बाद मौलवी ने आकर हडसन से कहा, 'शाहज़ादे यह जानना चाहते हैं कि उन्हें जीवनदान प्राप्त होगा या नहीं।' हडसन ने कहा, 'उन्हें बिना शर्त आत्मसमर्पण करना होगा।'

जवाब लेकर रज़बअली चला गया। हडसन बड़ी द्विविधा में था। स्पष्ट था कि यदि शाहज़ादे गिरफ्तार होने से इनकार कर देते तो उन्हें ज़बर्दस्ती गिरफ़्तार करना सम्भव न था। यह भी विश्वास था कि यदि इस वक्त हडसन लड़ाई-झगड़ा करता तो वह और उसका एक भी साथी ज़िन्दा लौटकर नहीं जा सकता था। भीड़ में बड़ी उत्तेजना फैली थी और जगह-जगह इकट्ठे होकर लोग शोर मचा रहे थे तथा अंग्रेज़ों को गालियाँ दे रहे थे। वे शाहज़ादों से लड़ने और मैदान में जान देने का आग्रह कर रहे थे। हडसन के साथ केवल सौ आदमी थे। वे दिल्ली से 6 मील दूर थे। दो घण्टे के विवाद के बाद शाहज़ादों ने अपने को हडसन के सुपुर्द कर दिया।

शाहज़ादों ने कहा, 'क्या हमारा जीवन सुरक्षित है?'

'मैं कोई वायदा नहीं कर सकता।'

उसने उन्हें रथ में बैठाकर मैकडुवेल की कमान में गारद के साथ शहर की ओर रवाना कर दिया। इसके बाद साहस करके फिर मकबरे की ओर उसने घोड़ा दौड़ाया। इस समय थोड़े

सिपाही उसके साथ थे। उस समय वहाँ फिर भी सात हज़ार शाही नौकर-चाकर, सिपाही भरे थे। सब हथियारबन्द थे और शोर मचा रहे थे।

हडसन ने कड़ककर कहा, 'हथियार रख दो, याद रखो कि तुम्हारे शाहज़ादों की जान हमारे हाथ में है।'

उसकी आशा के विरुद्ध 500 तलवारें, बन्दूकें, बर्छियाँ, कुछ रथ और बैल एकत्र हो गए। उन सबको गारद की रक्षा में छोड़कर वह फिर शाहज़ादों के पीछे दौड़ा।

शाहज़ादों की सवारी अभी कोटला के पास तक पहुंची थी। उसने देखा कि एक बहुत बड़ी भीड़ गारद की ओर मुड़ रही है। बेशक उस भीड़ का इरादा शाहज़ादों को छुड़ा लेने का था। हडसन निश्शंक घोड़ा दौड़ाता हुआ उनके बीच घुस गया और शाहज़ादों के रथ के पास पहुँचकर कहा-

'उतरो!'

तीनों शाहज़ादे रथ से उतरकर खड़े हो गए। हडसन ने फिर उन्हें कपड़े उतारने का हुक्म दिया। उसकी भी तामील की गई। कोई न समझ सका कि क्या होने वाला है। अकस्मात ही हडसन ने एक सिपाही की कड़ाबीन लेकर तीनों को गोली मार दी। 'हाय, दगा!' कहकर शाहज़ादे गिर गए। तीनों शाहज़ादों की लाशें ज़मीन पर गिरकर तड़पने लगीं। हडसन ने घोड़े से कूदकर तीनों के सिर काट लिये। भीड़ शोर करती भाग खड़ी हुई। हडसन ने हुक्म दिया-इन लाशों को ले जाकर कोतवाली में फेंक दो, और वह उनके सिरों को लेकर किले में जा पहुंचा।

69

बादशाह, बेगम और शाहज़ादा जवांबत आज अपने विश्वविशुत किले में कैदी होकर रात काट रहे थे। न सेना, न सेवक, न गुलाम, न ख्वाज़ासरा। चारों तरफ़ खून के प्यासे गोरे फिरंगी। अब न हकीम अहसानुल्ला मीठी-मीठी बातें करने आते थे, न मिर्जा इलाहीबख्श अपनी नसीहतें देने के लिए।

बहादुरशाह और उनके बाप अकबरशाह और उनके बाप शाहआलम एक प्रकार से ब्रिटिश सरकार के कैदी ही थे और उन्हें कैद में रहने की आदत भी पड़ गई थी। फिर भी आज की रात जब अपने किले में कैद किए गए, उनके दिल की अजब हालत थी। वे बीते हुए दिनों की याद कर रहे थे। बुझने वाले चिराग की भाँति वे निराशा और रंज में भरे हुए थे। दिल में एक गुबार उठता था और उसका धुआँ दिमाग तक जाता था। उन्हें अपने आश्रितों, शाहज़ादों, शाहज़ादियों और परिवार के अनगिनत लोगों का कुछ पता न था कि उन पर क्या बीती। वह अपने ही महल में अपने भाग्य के खेल देख रहा था।

रात बीती, दिन निकला, सूरज आसमान में ऊँचा उठा, लेकिन बादशाह की आँखों में सामने दीवाने खास और रंगमहल की चारों दीवारें स्तब्ध खड़ी थीं।

हडसन ने भारी-भारी कदम उठाकर बादशाह के कमरे में प्रवेश किया। एक अर्दली के हाथ में रूमाल से ढका बड़ा-सा थाल था। उसने व्यंग्यपूर्ण ढंग पर बादशाह की कोर्निश की और बनावटी नमूने से कहा, 'हुजूर बादशाह सलामत, लीजिए आपको बहुत शिकायत थी कि अंग्रेज़ों ने आपको बहुत दिन से खिराज नहीं दिया। यह खिराज हाज़िर है।'

अर्दली ने थाल बादशाह के सामने रख दिया। हडसन ने एक हल्की ठोकर थाल में मारी, रूमाल हट गया। थाल में शाहज़ादों के कटे हुए सिर थे।

बादशाह ने देखा, और आहिस्ता से कहा, 'अलहम्दुलिल्लाह; ये तैमूरी खानदान के बच्चे हैं, जो सुर्खरू होकर बादशाह के सामने आए हैं।'

और उधर से मुँह मोड़ लिया।

सिर ले जाकर खूनी दरवाज़े पर लटका दिए गए। इसी दरवाज़े पर दारा का सिर लटकाया गया था तथा अब्दुररहीम खानखाना के बेटों के सिर भी काटकर यहीं लटकाए गए थे। इसी से इस दरवाज़े को खूनी दरवाज़े का नाम दिया गया।

लाशें तीन दिन तक कोतवाली के सहन में पड़ी रहीं। बाद में उठाकर दफ़न करा दी गईं।

झज्जर की सालाना आमदनी 14 लाख थी। दादरी, फर्रुखनगर, फरीदी, बल्लभगढ़, दुजाना और लुहारू दो-दो लाख के ठिकाने थे। फरीदी और दुजाना अंग्रेज़ों के भक्त रहे। लुहारू का नवाब उन दिनों दिल्ली में कैद था। उसके महल और माल-असबाब को अड़ोस-पड़ोस के ज़मींदारों ने लूट लिया।

झज्जर, फर्रुखनगर और बल्लभगढ़ के रईसों को जब फाँसी दे दी गई तो उन तीनों को दिल्ली की ख्वाज़ावाली दरगाह में एक ही कब्र में एक ही साथ दफ़न कर दिया गया। उनकी रियासतें ज़ब्त कर ली गईं। नारनौल का परगना, जिसकी आमदनी 2 लाख थी, पटियाला को दे दिया गया। परगना करोंदरा को नीलाम कर दिया गया, जिसे पटियाला ने ही खरीद लिया। परगना कोली नाभा को दे दिया गया। दादरी के रईस की रियासत ज़ब्त करके जीन्द में मिला दी गई। दादरी के राजा को लाहौर में नज़रबन्द रखा गया। झज्जर के अफ़सरों को लुधियाना भेज दिया गया। कटोल और लुहारू के विरुद्ध कोई कार्रवाई नहीं की गई।

बादशाह को अपने दो पुत्रों, जवांबख्त तथा अब्बासशाह और दो बेगमों ज़ीनतमहल और ताजमहल सहित यूरोपियन गार्ड की सुरक्षा में रंगून भेज दिया गया। उसके गुज़ारे की एक रकम नियत कर दी गई और इजाज़त दे दी गई कि वह अपने ज़िलेदारों में से किन्हीं चार आदमियों को अपने नौकर की भाँति अपने पास रख सकता है। बेगम ताजमहल कलकत्ते से वापस लौट आई। शेष सब रंगून चले गए, जहाँ 7 नवम्बर, 1862 को 80 बरस की उम्र में बादशाह मर गया और एक साधारण कब्र में दफ़ना दिया गया।

70

जानवरों और आदमियों का खून तो निर्दय जन करते ही रहते हैं, परन्तु एक नगर का खून भयानक घटना है। अंग्रेज़ी फ़ौज ने शहर में घुसते ही कत्ल और लूटमार शुरू कर दी। जो कोई सामने आया-बिना कहे अब उसे गोली मार दी गई। घरों में आग लगा दी गई। दिल्ली के अधिकांश निवासी, जो भाग सकते थे भाग गए। शहर खाली हो गया। बहुत-से शाहज़ादे और शाही खानदान के लोग सेना के साथ भाग रहे थे। पर जो दिल्ली के आस-पास मिले वे चुन-चुनकर मार डाले गए। बूढ़े, लँगड़े, बीमार सभी फाँसी पर लटकाए जा रहे थे। झज्जर के अब्दुर्रहमान खाँ नवाब, बल्लभगढ़ के राजा नाहरसिंह, फर्रुखनगर के अहमद अली खाँ को विभिन्न तिथियों में फाँसी पर लटका दिया गया। जिस दिन इन रईसों को फाँसी दी जाती थी उस दिन शहर के सब दरवाज़े बन्द कर दिए जाते थे। सेना की एक कम्पनी बाजा बजाती हुई कोतवाली के सामने फाँसी के पास आकर खड़ी हो जाती थी। इसके बाद अभागे कैदी को अपमानपूर्वक लाया जाता था और फाँसी पर लटका दिया जाता था।

कोतवाली तथा त्रिपोलिया के बीच एक हौज़ था। वहाँ अब फव्वारा बन गया है। हौज़ के तीन ओर फाँसियाँ खड़ी की गई थीं। उनमें एक बार में 10-12 आदमियों को फाँसी लग सकती थी। जिस दिन फाँसी लगने वाले अधिक होते उस दिन उनमें से एक टोली को फाँसी दे दी जाती थी और दूसरी टोली प्रतीक्षा किया करती थी। कुछ बड़े आदमी अलवर भाग गए थे, किन्तु वहाँ से कैद कर लाए गए। कुछ को गुड़गाँव के मजिस्ट्रेट ने वृक्षों से वहीं लटका दिया-कुछ को दिल्ली लाकर फाँसी दे दी गई।

अंग्रेज़ फाँसी पड़ने वाले व्यक्ति का छटपटाना देखकर खूब हँसते थे। मेटकाफ ने फाँसी देने में बड़ा नाम कमाया। लोग उसके नाम से काँपते थे।

तीन दिन तक नगर में खुली लूटमार होती रही। नगर निवासी शहर की दीवारों के भीतर जहाँ मिले उन्हें वहीं संगीनों से मार डाला गया। एक-एक मकान में 40-50 आदमी घुसे हुए थे, जो नगर-निवासी थे। उनमें से एक को भी ज़िन्दा नहीं छोड़ा गया। दिल्ली निवासियों के कत्लेआम का खुला हुक्म निकला था। बहुत-से निर्दोष नागरिक भी मारे गए। बहुत-से ऐसे लोग भी कत्ल कर दिए गए जो अंग्रेजों के मित्र थे।

लार्ड राबर्ट एक दिन सुबह लाहौरी दरवाज़े से चाँदनी चौक होकर गुजरे। उन्होंने देखा कि सारा नगर मुर्दों का नगर था। अपने घोड़े की टाप की आवाज़ से ही वे डर गए। चारों ओर मुर्दों का बिछौना बिछा था। बहुतेरे अभी ज़िन्दा थे और सिसक रहे थे। वे धीरे-धीरे बातें करते जा रहे थे और डर रहे थे कि कहीं मुर्दे उनकी बातों से चौंक न उठे। एक ओर लाशों को कुत्ते खा रहे थे। दूसरी ओर गिद्ध जमा थे और कूद-कूदकर उनका माँस नोच रहे थे। मुर्दों की बू से वातावरण भरा था। मुर्दों की भयानक आकृति देख-देखकर घोड़े भी बिचकते और हिनहिनाते थे।

कत्लेआम में न स्त्री-पुरुष का विचार किया जाता था, न छोटे-बड़े का। बहुत लोगों को मारने से पहले भाँति-भाँति की यातनाएँ दी जाती थीं।

एक आदमी को प्रथम संगीनों से बींधा गया, फिर उसे ज़िन्दा धीमी आग पर भूना गया। उसका माँस चटका और लपटों में काला हो गया। उसकी जली हुई हड्डियाँ कई दिन बाद तक मैदान में पड़ी रहीं।

कुछ मुसलमानों को नंगा करके, जमीन में गाड़कर, सिर से पाँव तक जलते हुए ताँबे के टुकड़े से दागा जा रहा था।

इन लोगों को मरने से पहले फर्जी मुर्दा किया जाता था। बहुतों से गिरजा में झाड़ से सफ़ाई कराई गई, फिर उन्हें फाँसी दे दी गई। बहुत-से मुसलमानों को सूअर की खालों में सी दिया गया। फिर उन्हें जला दिया जाता था।

सारी दिल्ली उजड़ गई। वीरान हो गई। सिर्फ़ इने-गिने घरानों को छोड़कर जिनसे कम्पनी की सेना को मदद मिली थी। शेष सब नगर-निवासी, जो कत्ल और फाँसी से बचे, ज़बर्दस्ती शहर से बाहर निकाल दिए गए। दसों हज़ार औरतें, मर्द और बच्चे बिना घर-बार के इधर-उधर के इलाके में घूम रहे थे। जिन्होंने कोई अपराध न किया था, उनका सर्वस्व लूट लिया गया था।

तीन दिन तक दिल्ली में लूट, कत्ल और आग लगाने का सिलसिला जारी रहा। पहले दिन गोरों ने, दूसरे दिन सिक्खों और तीसरे दिन गोरखों ने लूट की। इसके बाद 'प्राइज़-एजेन्सी' का सरकारी महकमा खोला गया जिसका काम यह था कि तमाम घरों के हर तरह के माल-असबाब को एक जगह जमा करके उसे या तो नीलाम कर दिया जाता था या गोदामों में रख दिया जाता था। रुपया फ़ौज को बाँट दिया जाता था। इस महकमे ने मकानों के भीतर किताबें, बरतन, चारपाई, चक्की, गड़ा हुआ धन-दौलत यहाँ तक कि मकानों के किवाड़ और उसके अन्दर का लोहा और पीतल तक नहीं छोड़ा।

कर्नल बर्न को शहर का फ़ौजी गवर्नर नियुक्त किया गया। उसने एक दस्ता फ़ौज का इस काम के लिए नियुक्त किया कि जहाँ कहीं आबादी पाओ, मर्द-औरत और बच्चों को घरों के आभरण सहित गिरफ़्तार कर लो और ले आओ। आगे-आगे मर्द असबाब के गट्ठर सिर पर लादे हुए, पीछे-पीछे उनकी औरतें और बच्चे रोते हुए पैदल गिरते-पड़ते आते। सिपाही पीछे से कूरता-पूर्वक उन्हें धक्के देते या संगीन चुभोते।

जब ये बर्न के सामने पेश होते तो असबाब में से कीमती चीजें ले ली जातीं। बाकी उन्हें वापस दे दी जातीं और उन्हें सिपाहियों के साथ लाहौरी दरवाज़े तक ले जाकर शहर के बाहर निकाल दिया जाता।

इस प्रकार दिल्ली शहर के बाहर हज़ारों स्त्री-पुरुष, बच्चे, भूखे-प्यासे, बेघरबार दर-दर मारे-मारे फिर रहे थे। बहुत से वृद्ध आदमी रगड़-रगड़कर मर गए। उनकी लाशों को उठाने की कोई

व्यवस्था न थी। बहुत-से बच्चे भूख-भूख चिल्लाते माताओं की गोद में मर गए। सैकड़ों माताएँ अपने बच्चों का भूख में बिलबिलाना न देख सकने के कारण कुएँ में कूद पड़ीं और उन्होंने कष्ट से मुक्ति पाई। बहुत-सी औरतें नगर में ही कम्पनी के सिपाहियों का आना सुनकर कुओं में कूद पड़ीं। बहुत-से कुएँ ऐसी औरतों की लाशों से पट गए थे और उनमें डूबने का पानी न रहा था। बहुत-सी औरतें जो लाशों के ढेर के कारण डूबी न थीं, ज़िन्दा लाशों पर पड़ी हुई थीं। कुछ सिपाहियों ने दया करके उन्हें निकालना चाहा तो उन्होंने कहा, 'हमें हाथ न लगाओ, हमें गोली मार दो। हम इज़्ज़तदार शरीफ़ बहू-बेटियाँ हैं। हमारी इज़्ज़त न खराब करो।'

बहुत लोगों ने अपने घर की औरतों को अपने हाथों से कत्ल कर दिया था। फिर आत्महत्या कर ली थी।

अंग्रेज़ी सेना के मुसलमान सिपाहियों ने मन्दिरों को और हिन्दुओं ने मस्जिदों को खराब किया। जामा मस्जिद में सिक्ख सिपाहियों की बारक बनाई गई थी। पाखाने और पेशाबखाने भी उसी के अन्दर थे। मीनारों के नीचे हलवे पकाए जा रहे थे। कहीं सूअर काटे जा रहे थे। अंग्रेज़ अपने कुत्तों को लिये आते-जाते थे।

ज़ीनतमहल मस्ज़िद को गोरों ने मिस्कोट-घर बनाया था। नवाब हामिद अली की मशहूर मस्ज़िद में गधे बाँधे जाते थे। किले के नीचे जो शानदार मस्ज़िद अकबराबादी की थी, उसे गिराकर ज़मींदोज़ कर दिया गया था।

दिल्ली का शाही खानदान खत्म कर दिया गया। बादशाह बहादुरशाह के अमल में लालकिले में शाही खानदान की काफ़ी संख्या थी। इनमें से अनेक शाहज़ादों को पकड़कर फाँसी पर लटका दिया गया। शाहज़ादा मिर्जा कैसर को, जो शाहआलम का बेटा था तथा बहुत बूढ़ा था, फाँसी दे दी गई। शाहज़ादा मिर्जा मुहम्मदशाह को भी जो अकबरशाह का पोता था, गठिया का मरीज़ था और खड़ा भी न हो सकता था, फाँसी दे दी गई। कुछ शाहज़ादों को जेलखाने में रखा गया। उनसे चक्कियाँ पिसवाई गईं। काम पूरा न होने पर उन पर कोड़ों की मार पड़ती थी। उनमें बहुतेरे जेल में ही मर गए।

हज़ारों औरतें जो पर्दे के कारण घर से बाहर निकलना नहीं चाहती थीं, कुओं में कूद पड़ीं। बहुधा मुहल्ले में एकाध ही कुआँ था। सारे मुहल्ले की औरतें उसी में कूद पड़ीं-यहाँ तक कि कुएँ लाशों से पट गए। कुछ औरतें, जो ज़िन्दा थीं और डूबने का सुयोग न पाकर रो रही थीं, इन लाशों पर बैठी थीं। एक औरत की लाश कुएँ से निकली जिसकी छाती पर दो बच्चे बँधे थे। माँ डूबते वक्त उन्हें अपने कलेजे से लगाए थी। फराशखाने में एक बुढ़िया और एक जवान औरत थी। बुढ़िया का बेटा जब कत्ल कर दिया गया और औरत पर बलात्कार किया जाने लगा तो दोनों कूदकर कुएँ में गिरी। बहुतों ने अपनी बीवी-बच्चों को कत्ल कर दिया।

मुसलमान चुन-चुनकर मारे जाते थे। खासकर सिख सिपाही बड़े जोश से मुसलमानों को कत्ल करते थे। वे बाप के सामने जवान बेटे को कत्ल करते और बाप को रंज उठाने को छोड़ देते

थे। पहले-पहल जब अंग्रेज़ी फ़ौज दाखिल हुई तो जो सामने आता गोली से उड़ा दिया जाता था।

कूचा चेलान पर सबसे ज़्यादा मुसीबत आई। इस मुहल्ले में बड़े-बड़े शरीफ़ और नामवर आदमी रहते थे। मौलाना शाह वलीउल्ला व शाह अब्दुलअज़ीज़ मुहद्दिश देहलवी का घराना इसी मुहल्ले में आबाद था। सर सैयद अहमद खाँ का घर भी इसी मुहल्ले में था। मौलाना सहबाई भी यहीं रहते थे। इस प्रकार यह मुहल्ला बड़े साहब कमाल लोगों का केन्द्र था। मुन्शी जकाउल्ला शाह का घराना भी यहीं था। गदर के वक्त मुन्शी जी बाहर चले गए थे तथा सर सैयद भी कुनबे सहित दिल्ली में थे। नवाब शमशेर जंग खाँ के बेटे मुहम्मद खाँ और हकीम फतहउल्ला खाँ ने किसी अंग्रेज़ सिपाही को जख्मी कर दिया था क्योंकि वह ज़बरदस्ती उनके जनाने में घुसना चाहता था। जब यह खबर अंग्रेज़ी कमान अफ़सर तक पहुँची तो उसने हुक्म दिया कि इस कूचे के सब मर्दों को कत्ल कर दिया जाए या गिरफ्तार कर लिया जाए। इस हुक्म की तामील ऐसी बेदर्दी से हुई कि मुहल्ले में कोई मर्द ज़िन्दा न बचा। सिपाहियों ने या तो उन्हें गोली मार दी या कैद कर लिया। कैदियों को हुक्म हुआ-सबको दरिया किनारे ले जाकर गोली मार दें। इन लोगों को रस्सी में बाँधकर कतार में खड़ा किया गया और गोली मार दी गई। इसमें सिर्फ दो आदमी ज़िन्दा रह गए जो उठकर भागे। एक मुस्तफ़ा बेग, जो बाद में रिसाले में नौकर हो गए, दूसरे मौलाना सहबाई के दामाद और जीजे वज़ीरुद्दीन।

इन कत्ल किए हुओं में एक मौलाना सहबाई थे जो फ़ारसी के हिन्दुस्तानभर में अद्वितीय विद्वान् थे। मुफ्ती आज़म सदरुद्दीन ने जो सहबाई के कत्ल की खबर सुनी तो यह शे'र पढ़ा-

क्योंकि अजुर्दा निकल जाए न सौदाई हो।

कत्ल इस तरह से बेरहम जो सहबाई हो॥

दूसरे सैयद मुहम्मद अमीर उर्फ मीर पंजाकश थे, जिनकी खुशनवीसी का लोहा तमाम हिन्दुस्तान मानता था। और उनके हाथ के लिखे हरूफ सोने-चाँदी के एवज़ में खरीद लिये जाते थे। वे भिखारी फ़कीरों को एक हरफ़ लिखकर दे देते थे जो एक रुपये के नोट की तरह बिक जाता था। उस दिन यह व्यक्ति भी जमना की रेती में मरा पड़ा था। इस तरह मरनेवालों में केवल मौलाना सहबाई के कुनबे के ही 21 आदमी थे।

दिल्ली की रेजीडेन्सी में सात रियासतें थीं। झज्जर, पटौदी, दुजाना, लुहारू, बल्लभगढ़, फर्रुखनगर, बहादुरगढ़, दादरी। झज्जर के नवाब अब्दुर्रहमान खाँ पर यह जुर्म लगाया गया कि उन्होंने सर थ्योफिलस मेटकाफ को पनाह न दी, जबकि वे उनके पास बागियों से भागकर गए थे और बहादुरशाह को अर्ज़ियाँ भेजी थीं। 20 अक्टूबर को उन्हें गिरफ्तार किया गया। दीवाने आम में कुछ दिन कैद रहे। मुकदमे का नाटक हुआ, फाँसी दे दी गई। रियासत ज़ब्त हुई।

बल्लभगढ़ के राजा नाहरसिंह पर यह जुर्म लगाया गया कि उसने मण्डो वकील रेजीडेन्सी की जान नहीं बचाई और वह उनके इलाके में बागियों के हाथ से मारे गए। इन्हें फाँसी दी गई और रियासत ज़ब्त कर ली गई।

फर्रुखनगर के नवाब अहमद अलीखाँ को फाँसी हुई, रियासत ज़ब्त हुई।

लुहारू के रईस नवाब अमीनुद्दीन खाँ और नवाब ज़ियाउद्दीन खाँ कुछ दिन कैद रहे। मुकदमा हुआ, जहाँ उन्हें घण्टों खड़ा रहना पड़ता। अन्त में सर जान लारेन्स की कृपा से छूट गए। रियासत भी बहाल रही।

पाटौदी और दुजाना पर कोई जुर्म प्रमाणित नहीं हुआ। बहादुरगढ़, दादरी के रईस बहादुर जंग खाँ फाँसी से तो बच गए, पर रियासत ज़ब्त हो गई। लाहौर में रहने का हुक्म मिला। हज़ार या पाँच सौ पेन्शन मिलने का हुक्म हुआ।

जब झज्जर, बल्लभगढ़, फर्रुखनगर के रईसों को फाँसी दी जाती तब शहर के सब दरवाज़े बन्द हो जाते, तीसरा पहर होता। फ़ौज बाजा बजाती आती तथा फाँसीघर के गिर्द खड़ी हो जाती। फिर किले से कैदी को एक कराची में लाया जाता जिसके गिर्द कटहरा न होता था। कैदी के हाथ पीठ की तरफ़ बँधे होते थे। कोतवाली के चारों तरफ़ अंग्रेज़ तमाशाई जमा हो जाते थे। जब फाँसी का तख्ता खींचा जाता तो तमाशाई हँसते। इसके बाद लाश को औंधे मुँह कराची में डाल दिया जाता और शहर के बाहर दफ़न करने किसी जगह भेज दिया जाता। फाँसी पाने वाले भी कई प्रकार के थे :

एक तो वे लोग थे जो बादशाह से सम्बन्धित थे। रिश्तेदार, नौकर, खोजे आदि। उन पर अंग्रेज़ औरतों और बच्चों के कत्ल में हिस्सा लेने का दोष आरोपित था।

दूसरे वे जिन्होंने जेहाद के नाम पर लड़ाई की थी और अब बीमार या ज़ख्मी बने मस्जिदों में पड़े थे।

तीसरे वे जिन्होंने मेगजीन के अंग्रेज़ों पर हमला किया था।

चौथे बागी सिपाही थे जो छिपे-छिपाये कहीं-न-कहीं से आ ही फँसते थे।

पाँचवें जिन्होंने अंग्रेज़ी मोर्चों पर मेटकाफ पर बाँसों से हमला किया था।

छठे वे मेवाती और गूजर थे जिन्होंने चारों तरफ़ लूट-मार मचा रखी थी।

दिल्ली के कुछ शरीफ़ लोग अलवर की रियासत में नौकर थे। जब दिल्ली में गिरफ़्तारियों और फाँसियों का ज़ोर बँधा था-बहुत-से लोग भागकर अलवर जा रहे थे। गुलाम फखरुद्दीन खाँ जासूस ने बीन-बीनकर सबको गिरफ्तार कराया और फाँसी दिलाई।

जब अलवर के कैदियों को फाँसी दी जाने लगी तो उनकी बूढ़ी माँएँ उन्हें देखने आईं। कैदियों में से चार जवानों की बूढ़ी माँएँ उनकी मौत का तमाशा देखने आ गईं। ये जवान ज़र्कबर्क

कपड़े पहने थे। सिर पर रेशमीन और ज़रीन सेले बाँधे हुए थे। पैरों में तारवाफी जूतियाँ। चुस्त अंगरखे, चौड़े-चौड़े सीने, गोर-गोरे चेहरे। जिस वक्त हलालखोर ने उन्हें फाँसी के तख्ते पर खड़ा किया-उनकी माँएँ चीखें मारकर, पछाड़ें खाकर, कलेजा पकड़कर ज़मीन में लोट रही थीं। उनके बेटे चुपचाप अपनी माँओं को बेकरार देख रहे थे। देखते-देखते तख्ता खींच लिया गया और उनकी लटकती लाशें तड़पने लगीं। उस दिन हलालखोर निहाल हो गया, क्योंकि जरीन सेलों और तारवाफी जूतियों का अम्बार अपने साथ ले गया था। दिल्ली में एक रईस नवाब मुहम्मद हुसेन खाँ रहते थे। उन्होंने एक मेम को अपने घर में पनाह दी, पर साथ ही उससे व्यभिचार भी किया। उसे गर्भ रह गया। इस जुर्म में नवाब को फाँसी दे दी गई। पर मेम ने यह शराफ़त की कि उनके माल-असबाब को लूट से बचा लिया और उनकी औरत को कुछ गुज़ारे का बन्दोबस्त करा दिया।

जिस जगह फाँसी दी जाती वहीं पर एक देशी दुकानदार कुर्सियाँ बिछाता था, उन पर अंग्रेज़ आकर बैठते और तमाशा देखते थे तथा किराया देते थे। वे तमाशा देखते, चुरुट पीते और मज़े में गप्पें लड़ाते। यदि इस वक्त मेम गुज़रती तो टोपी से चेहरे पर आड़ करके चली जाती थी।

दिल्ली में 1600 आदमी गोली से उड़ा दिए गए। आधे बेकार निवासी शहर के बाहर तबाही में पड़े थे।

बहादुरशाह के भाई मिर्जा बाबर का लड़का मिर्जा काले मुखबिरों में भरती हो गया था। उसने शाही खानदान पर रोमांचकारी जुल्म कराए। वह अपनी कारगुज़ारी दिखाने को खूब झूठ बोलता था। शाहज़ादों को गिरफ़्तार कराता और उन्हें यह सिखाता-कह देना कि हम बादशाह के करीबी रिश्तेदार हैं तो तुम्हें बादशाह के साथ रखा जाएगा और पेन्शन दी जाएगी। तब अंग्रेजों से कहता मैंने बड़े भारी कातिल शाहज़ादे को गिरफ्तार करा दिया है। हाकिम उसकी बातों से धोखे में आ जाते थे।

मिर्जा कैसर बहादुरशाह के दादा शाहआलम के बेटे थे। वे बहुत बूढ़े थे। उन्हें मिर्जा काले ने अंग्रेज़ों के सामने ऐसी तोहमत लगाकर पेश किया कि उन्हें फाँसी दे दी गई। एक और बीमार शाहज़ादा मिर्जा महमूदशाह था। यह अकबरशाह का पोता था। मुद्दत से गठिया का मरीज़ था। विद्रोह के दिनों में बिना हिले-डुले घर में पड़ा रहता था। उसके हाथ-पाँव ऐसे अकड़ गए थे कि गोल-मटोल हो गया था। मिर्जा काले ने उसे भी विद्रोही प्रमाणित किया और उसे फाँसी दे दी गई। मरने के बाद भी उसकी लाश गीली लाठी बनी लटकती रही। जो देखता था, खून के आँसू बहाता था। मुखबिर लोग अपनी नेकनामी और फ़ायदे के लिए ऐसे-ऐसे नकली किस्से सुनाते थे कि क्या कहा जाए! गामी खाँ मुखबिर की बहुत धूम थी। वह गदर में बागियों का सरगना था, फिर मुखबिर बन गया। सैकड़ों को फाँसी पर लटकवा दिया। सैकड़ों घर उजड़वा दिए। बेशुमार झूठी इत्तिलाएँ अफ़सरों को दी। गामी की दहशत मेटकाफ से भी ज़्यादा थी। लोग उसके नाम से काँपते थे। अन्त में उसकी पोल खुली और उसे भी फाँसी दे दी गई। एक मुखबिर गुलाम

फखरुद्दीन था। इसने भी शहरवालों को फाँसी दिलवाने में कसर न छोड़ी। अन्तत: कुछ समझदार रहमदिल अंग्रेज़ भी थे। मेटकाफ और हडसन के सिवाय कोई अंग्रेज़ जुल्मसितम नहीं चाहता था। सर जान लारेन्स ऐसे ही अंग्रेज़ थे, जिन्होंने दिल्ली बचा ली-यद्यपि उनकी बात नहीं सुनी जाती थी। जेलखानों में बहुत शाहज़ादे मर गए। उन्हें पूरी मशक्कत दी जाती थी। उन्हें चक्की में जोता जाता और चाबुक मार-मारकर आटा पिसवाया जाता था। बहुत-से मर जाते थे। वे ऐसे अकर्मण्य और अहदी बन गए थे कि बिना लौंडी-गुलाम के पानी भी न पी सकते थे। दो-चार ही हाथ चलाने में छाले पड़ जाते थे। जेल के वार्डन इन्हें कोड़ों से मारते थे।

71

वहीं नोबुल साहब थे। मगर आज ठाठ कुछ और थे। एक-से-एक बढ़कर सवारियाँ हाज़िर थीं। शहर के रईस, चार-पाँच जमादार, चपरासी, अर्दली दौड़ रहे थे। सब उमरा बरामदे में कोई कुर्सी पर बैठे थे, कोई खड़े मुलाकात का इन्तज़ार कर रहे थे। सुबह का वक्त था, इसी समय इब्राहीम ने आकर इत्तिला कराई। इत्तिला करके अर्दली ने उन्हें ले जाकर कमरे में कुर्सी पर बैठा दिया। मुलाकाती एक के बाद दूसरे आते थे। दो-दो, चार-चार बातें करके चलते होते थे। इब्राहीम को बेचैनी हो रही थी। क्या कारण है कि इत्तिला होने पर भी मुझे नहीं बुलाया गया। उसने अर्दली से कहा, 'क्या मेरी इत्तिला नहीं हुई?'

'इत्तिला हो गई है।'

'तो क्या हमारी मुलाकात सबसे बाद में होगी?'

'बस दो-दो, चार-चार मिनट में सब टाले जा रहे हैं।'

इब्राहीम और आधा घण्टा बैठा रहा, फिर बेसब्री से टहलने लगा। अर्दली ने कहा, 'टहलिए मत साहब, चुप बैठ जाइए। साहब के कान में आवाज़ होती है। कल लुहारू के नवाब आए। उन्हें खाँसी उठी, तो आवाज़ के डर से मुँह बाहर निकालकर खाँसे। उगालदान लाने को मना कर दिया।'

इसी वक्त अर्दल ने ज़ोर से कहा, 'मुलाकात खत्म।' बरामदे में बैठे मुलाकाती एकदम उठ खड़े हुए। चपरासी सबसे कहने लगे, 'शोर मत करो, सब आहिस्ता से चले जाओ' सब लोग सहमे-से खिसकने लगे।

नोबुल साहब इब्राहीम के कमरे में आए। हाथ मिलाकर कहा, 'शहर में मुखबिरों का बाज़ार इस कदर गर्म है कि क्या कहूँ। बडे-बडे लोग अपने ही आदमियों की मुखबिरी करके फ़ायदा उठाने की कोशिश कर रहे हैं। मालूम होता है यह शहर दिल्ली के शरीफ़ों का पुश्तैनी पेशा है।'

'साहब, सब लोग डरे हुए हैं।'

'खैर, मुझे आपसे बहुत-सी बातें करनी हैं। खाना भी तैयार है। चलो खाते जाएँ और बातें करते जाएँ।'

'खाने के लिए तो माफ़ ही कीजिए।'

'क्यों? हमने तो पहले भी साथ खाना खाया है। अब क्या बात है?'

'मुझे तो कोई एतराज नहीं है। पर लोग एतराज करते हैं।'

'आप भी क्या बुरा समझते हैं?'

'नहीं।'

'हिन्दुस्तान को ऐसी कमज़ोरी ने ही तबाह किया है।'

'खैर, तो चलिए। मैं तो अंग्रेजों से मुहब्बत करता हूँ।' दोनों खाने की टेबल पर जा बैठे। कई साहब वहाँ ठहरे हुए थे, पर वे शिकार को चले गए थे। यह अच्छा ही हुआ, वरना इब्राहीम की अच्छी मिट्टी पलीद होती। उसने न कभी छुरी-चम्मच से खाना खाया था, न वह अंग्रेज़ी एटीकेट से ही पूरे तौर पर वाकिफ था। खिदमतगार कनखियों से देखकर मुस्कुरा रहे थे। उसने दाहिने हाथ में काँटा, बाएँ में छुरी पकड़ी। पर साहब ने हँसकर उसकी गलती सुधार दी। अब जो उसने ताककर काँटे का वार आलू के टुकड़े पर किया तो वह उछलकर टेबुल पर जा गिरा। इब्राहीम बहुत शर्मिन्दा हुआ। लेकिन नोबुल साहब ने छुरी काँटे का सही इस्तेमाल बता दिया। पर काँटे में लुकमा चुभोकर जब वह मुँह में ले जाता तो कभी काँटा नाक में छिद जाता, कभी मुँह ही जख्मी हो जाता।

जब खिदमतगार रकाबी उठाने लगा तो समझा खाना खत्म हो गया। वह हैरान हो गया। खाना क्या था मज़ाक था। अभी तो उसने कुछ खाया ही नहीं। साहब ने उसे समझाया-'दूसरी प्लेट अभी आएगी।' जब खिदमतगार खाना लाया तो सब का सब रख लिया-खिदमतगार ने कहा, 'जितना चाहिए ले लीजिए।' उसने प्लेट में लिया और उसे खत्म करके कहा, 'ज़रा-सी और देना। खिदमतगार मुँह फेरकर हँस रहे थे और हँसी का कारण क्या है, यह वह समझ नहीं पा रहा था। असली बेवकूफ़ी उसने यह की कि फिंगर ग्लास का पानी पी गया। साहब नीची गर्दन किए उसकी ये हरकतें देख रहे थे और मन-ही-मन उसे खाने के साथ बैठाने का अफ़सोस कर रहे थे। नोबुल साहब बड़े अखलाक के आदमी थे। उनकी टेबल पर के कहकहे मशहूर थे। अन्त में उन्होंने खिदमतगार से कहा, 'इन्हें गुसलखाने में ले जाकर इनके हाथ धुलवाएँ।' वहाँ जाकर मुँह देखा तो हुलिया बिगड़ा हुआ था।

आकर ड्राइंग-रूम में बैठ गए। क्षमा-याचना भी न की। नोबुल साहब ने सिगरेट वरजीनिया पेश की। बस लगे फकाफक धुआँ फेंकने। अंग्रेज़ी एटीकेट अभी भारतीयों के लिए नई बात थी। इब्राहीम तो बेचारा अंग्रेजों की सोहबत से कोसों दूर था। लेकिन साहब पर उसका एहसान था। वे उसकी बदतमीज़ी बरदाश्त करते जा रहे थे। उन्होंने कहा, 'बेफिक्र पीजिए। आदत पड़ गई तो फिर हुक्का मुँह न लगाइएगा।'

'जी, बड़ी फ़िक्र थी मुझे आपकी।'

'आपकी मेहरबानी है। उस दिन अलहदा होने के बाद बाहर ही रहा। करनाल गया। चीफ़ कमिश्नर साहब आपको अच्छी तरह जानते हैं। मैंने उनसे आपकी बाबत सब कुछ कह दिया है।'

'कहीं आपने उनसे मेरे रोज़नामचे का ज़िक्र तो नहीं कर दिया है?'

'मैंने खुद सब कुछ देखा है। न जाने कितने-कितने रोज़नामचे देखे। बागियों को घेरे में ठहराना, मदद करना, दमामे बजाना, सरकारी कागज़ात लूटना, आग लगाना, मारना, कत्ल करना, ये सब संगीन जुर्म हैं। जेहाद के अन्य कितने ही खतूत हमारे पास हैं। सबके हाथ कटे हैं। दिल्ली के मुसलमानों में शायद ही कोई बचे।'

'तो यह दरबार कैसा है?'

'गदर कुछ खेल तो था नहीं। मलिका ने बड़ी सहनशीलता प्रकट की है। वरना आम अंग्रेज़ तो बहुत गुस्से में हैं और बदला लेने पर तुले हुए हैं। हिन्दुस्तान के आदमियों के खून की नदी भी बहा दी जाए तो उनकी प्यास न बुझे। पर क्या करें, शाही हुक्म से लाचार हैं। वरना शहर दिल्ली ढा दिया जाता, इसका नामोनिशान भी नहीं रहता। देखो-दो-तीन दिन में ही अमन हो गया। लेकिन दिल्ली के मुसलमान सरकार की नज़र में संदिग्ध हैं। अब इस सन्देह को दूर करना उनका काम है।'

'लेकिन जो निर्दोष हैं?'

'वे अपनी निर्दोषिता प्रमाणित करें और मज़े में अपने घरों में रहें।'

'मैं दूसरों की बात नहीं कहता, मगर मेरे खानदान पर तो बैठे-बैठाए नाहक तबाही आई है। वे शहर से भाग गए थे, पर मेरी खैरख्वाही की खबर सुनकर फिर आ गए। दिल्ली में और उसके चारों ओर सख्ती की जा रही है। जो लोग दूर निकल गए हैं, वे ही मज़े में हैं। भले-बुरे को कौन देखता है!'

'लेकिन जाँच सबकी होगी।'

'जाँच क्या होगी साहब, सरकार को इतना खयाल भी नहीं कि वह, शाही आश्रितों और आम रिआया में जो फ़र्क है, उसे देखे। शाही आश्रितों पर सरकार अंग्रेज़ी के ऐसे क्या हुकूक हैं कि उनसे वफ़ादारी की उम्मीद की जाए। किला क्या बर्बाद हुआ, वहाँ के सारे शाही नमकख्वार तबाह हो गए। वे बेमौत मारे गए। यह सब क्या कम है कि अब और बदला लेने की सोची जा रही है?'

'मैंने यह दलील पेश की थी। बड़े ओहदेदारान चुप हैं, लेकिन तहकीकाते बगावत का महकमा बनाना ज़रूरी था, मुझे ही अफ़सर बनाया गया है। मैं पहली तारीख से काम शुरू करूँगा।'

'तब तो मुसलमानों के घरों में घी के चिराग जलेंगे।'

'लेकिन आम अंग्रेज़ों का यह हाल है कि आपकी खैर का ज़िक्र चला तो कहने लगे-जिसके खानदान के सब लोग बागी हैं, उसने तुम्हें क्यों पनाह दी? न सरकार से सम्पर्क पैदा किया, न पनाह का कोई काम खैरख्वाही का किया। उसने सिर्फ सरकार पर दबाव डालने के लिए तुम्हें ज़िन्दा रखा। दिल्ली फतह न होती तो वह ज़रूर तुम्हें मार डालता।'

'ऐसे सख्त हैं वे सब?'

'यही तो बात है।'

'तो मैं अर्ज़ करता हूँ कि आप उनसे कह दें कि मैंने खैरख्वाही की नज़र से आपको पनाह नहीं दी थी। हम पुश्तहापुश्त से शाहे दिल्ली के नमकवार हैं। मैंने तो इन्सानियत का हक अदा किया है। मैं न कोई इनाम या सरकारी मेहरबानी चाहता हूँ, न मेरा आप पर कोई एहसान है। आपने हज़ार रुपयों का तोड़ा मेरे पास भेज दिया, जबकि आपके ऊपर मेरा पचास रुपया भी खर्च नहीं हुआ। मेरी खिदमत की कोई हकीकत नहीं है। मैं शरीफ़ आदमी हूँ। अब आप आए, मेरे खानदान को बचा लेंगे, जो हकीकत में कसूरवार नहीं है। क्योंकि अपने आका का वफ़ादार रहना गुनाह नहीं है तो मैं आपके एहसान से ज़िन्दगी-भर गर्दन नीचे रखूँगा।

'इन बातों को छोड़िए। आपने अपनी जागीर भी देखी जो सरकार ने आपको दी है?'

'वह भी आप ही के तुफैल है।'

'अभी उस दिन शिकार के लिए मैं खैरपुर गया था। वहीं एक पुख्ता तालाब है, पैदावार अच्छी है। जो आदमी पहले इस गाँव का मालिक था वह बड़ी शान से गाँव ही में रहता था। हज़ार रुपये कीमत की घोड़ियाँ थीं। इस गाँव की आमदनी से राजा की तरह रहता था। उसकी हवेली भी बड़ी शानदार है, गदर ने उस बदनसीब को तबाह कर दिया। मुझे खुशी है कि ऐसा आबाद इलाका आपको मिला। अभी उधर रेल निकलने वाली है। गाँव की आमदनी ऑक्ट्राय असिस्टेण्ट की तनख्वाह से भी ज़्यादा है।'

'मैं नहीं जानता किन शब्दों में आपको धन्यवाद दूँ।'

'लेकिन आपने नौकरी की तो कोशिश ही नहीं की। आप कहें तो मैं कोशिश करूँ?'

'हम शाही सरकार के पुश्तैनी आश्रित हैं। वहाँ की नौकरी की परम्परा है कि सारी रियासतें व नौकरियाँ उनके उत्तराधिकारी को दी जाती थीं। इसलिए वे अपनी औलाद के भविष्य से बेफिक्र रहते थे। इसके अलावा और भी बातें थीं।'

'वे बातें क्या थीं?'

'शाही सरकार में जुर्माना, मुअत्तिली, मौकूफी का नाम भी न था। शाबाशी और इनाम-इकराम की हद न थी। तैमूरी नस्लों ने कभी रुपये को रुपया नहीं समझा। शाही तनख्वाहों से औलाद की औलाद तक घटते-घटते किसी-किसी के हिस्से में सिर्फ पैसे ही रह जाते थे। वे भी

दो-ढाई वर्ष में मिलते थे। लेकिन वे पैसे इतने अज़ीज़ थे कि मुफ्ती सदरुद्दीन खाँ सदरुल-सदूर को दिल्ली के किले से ढाई या तीन रुपया माहवार तनख्वाह मिलती थी। ख्वाज़ा महबूबअली खाँ ने तकफीफ का कलम जारी किया तो मुफ्ती साहब का नाम भी शाही मुलाज़िमों की सूची से काट दिया गया। मुफ्ती साहब की बातें तो छोड़िए, डाडरुपल्ली के खिदमतगारों को भी ऐसी रकम की परवाह न थी। मगर मुफ्ती साहब दुहाई देते हुज़ूर तक पहुँचे, और आखिर अपनी तनख्वाह बहाल करके ही टले। किले का सरकारी गरीब नौकरों के साथ ऐसा ही बरताव था जैसा बच्चों के साथ माँ-बाप का होता है। तो साहब मैं ऐसी सरकार में रहा हूँ और खुद अपने-आपको अंग्रेज़ी सरकार की नौकरी के योग्य नहीं समझता।'

72

देखा आपने। दिन-भर भौंरा कमल के चारों ओर गुनगुनाता और इस फूल से उस फूल का रस चखता रहा। जब शाम हुई कमल सिकुड़कर बन्द हो गया। भौंरा भी वहीं कैद हो गया। वह तो शाल और शीशम की सख्त लकड़ियों में भी छेद कर सकता था, परन्तु प्यार का मारा वह चुपचाप कमल के बन्द अंक में पड़ा रहा, सोचता रहा रात बीत जाएगी, सूर्य उदय होगा, प्रभात होगा, कमल खिलेगा और फिर मैं रसपान करूँगा। परन्तु रात ही में मस्त हाथियों का एक झुण्ड वहाँ आया और एक हाथी ने वही कमल नाल सूँड़ में दबाकर चबा डाली। भौंरे के मन की मन में रह गई।

सुनहरी मस्जिद के सामने जहाँ आज फव्वारा है-फांसियाँ गड़ी थीं और गली-कूचों के राजा-रईस-नवाब-शाहज़ादे जो मिले पकड़-पकड़कर फाँसी पर लटकाए जा रहे थे। हर दरख्त पर फाँसियों पर आदमी लटक रहे थे। हर गली में लाशें सड़ रही थीं। हर घर लुट-पिटकर जल-भुन रहा था। हर बशर रो-पीट और सिर धुनकर अपने-अपने सगों को ढूंढ़ रहा था। पांत-की-पात स्त्री-पुरुष, बूढ़े, बच्चे, सयाने, अपने घोड़ों पर, बहलियों पर, रथों पर, पैदल अपनी गठरी-मुठरी लादे बाल-बच्चों, रोगियों और घायलों को ज़बर्दस्ती घसीटते हुए दिल्ली से बाहर रोते-कलपते जा रहे थे। शाही हरम और लाल किले में भी कत्ल हुआ पड़ा था। जहाँ दफ़ीनों और खज़ानों की तलाश में शाही महलों और दरीचों की खुदाई हो रही थी और दबा हुआ शाही धन-दौलत कहाँ है, यह बताने के लिए शाही खिदमतगारों की गर्दनें काटी जा रही थीं। कालू भी इसका भागी था।

लेकिन चाँद-धूल और गर्द में भरा हुआ, वहशी और पागल की तरह दिल्ली दरवाज़े के बाहर फीरोज़शाह कोटले के पास एक ताज़ा बनी कब्र पर बैठा मस्त होकर गज़ल गा रहा था। वह अपने महबूब को पुकार रहा था। कब्र किरन की थी, जो आबरू पर मर मिटी थी। स्त्री-पुरुषों की भीड़ वहाँ रोकर गुज़रती लेकिन चाँद आसमान की ओर मुँह उठाए गा रहा था। सोज़-भरे कण्ठ से, दर्द भरी आवाज़ में, प्यार के तराने, जो उसके दिल की किताब में खून के कतरों से लिखे थे।

73

वही बदनसीब दीवाने खास था। बादशाह पर मुकदमा चलाया जा रहा था। लेफ़्टिनेण्ट कर्नल डाड प्रधान विचारक की कुर्सी पर थे। और बादशाह बहादुर 'ज़फर' अभियुक्त की जगह। दीवाने खास की छतें लर्ज़ रही थीं और खम्भे काँप रहे थे। अदालत ने बादशाह पर फर्द जुर्म लगाई-

'मुहम्मद बहादुरशाह, तुमने कम्पनी बहादुर के पेन्शनयाफ्ता होने पर भी राजभक्ति नहीं रखी। मुहम्मद बहादुरशाह, तुमने ये अपराध किए हैं?' बादशाह ने मुस्कुराकर कहा, 'नहीं।'

अदालत ने गवाहों को बुलाने का हुक्म दिया। कागज़ात पढ़े गए और बादशाह बेहोश हो गए। सरकारी वकील ने कहा, 'अदालत को सिर्फ़ फ़ैसला करने का अधिकार है, दण्ड देने का नहीं। क्योंकि जनरल विल्सन ने अभियुक्त से वायदा किया है कि उसे प्राणदण्ड नहीं दिया जाएगा।' मुकदमे का नाटक खूब ठाठ से खेला गया।

74

रमज़ान का महीना आया। अब ना वे पाकीज़ा खसलत के आलम थे, न वह शान। कुछ मुसलमान मैले-कुचैले कपड़े पहने बैठे थे। दो-चार करान शरीफ़ पढ़ रहे थे। कुछ विक्षिप्तावस्था में बड़बड़ा रहे थे। रोज़ा खोलने का समय हुआ, तो कहीं से कोई थाल नहीं आया। भुजावरों ने खजूरें और दालमोठ लोगों में बाँट दीं। किसी ने कोई फल या साग-सब्जी के टुकड़े बाँट लिये। सबके मुँह पर हवाइयाँ उड़ रही थीं। दुर्दिन ने सबको अपने पंजों में ग्रस लिया था।

ईद की सुबह। एक गन्दी-सी तेज़ अँधियारी गली में एक टूटे-फटे घर में एक शोकग्रस्त शाही परिवार के कुछ लोग बैठे थे। ये लोग नमाज़ से पहले ही इस घर के स्वामी शाहज़ादा मिर्जा दिलदारशाह को गाड़ आए थे। वे दस दिन से बीमार थे। कम्पनी की सरकार उन्हें पाँच रुपये माहवार पेन्शन देती थी। घर में इनकी बेगम और चार सन्ताने थीं। दो लड़कियों की शादी हो चुकी थी, लड़का दस वर्ष का था। पति-पत्नी गोटा बुनते और पेट भरते थे। लड़का पढ़ा-लिखा न था, प्यार से ज़िद्दी हो गया था। यह रो रहा था और कह रहा था, 'मेरे अब्बा को बुला दो, हम ईदगाह जाएँगे।' घर में न खाने को कुछ था, न पकाने को बर्तन। पड़ोसी गोटेवालों ने कुछ खाना तरस खाकर भिजवा दिया। बेगम ने ठंडी साँस ली और बच्चों को वह दान का भोजन कराया। खुद निराहार रही। घर-घर ईद मनाई जा रही थी। सेवइयाँ और पकवान बन रहे थे। पर यहाँ सन्नाटा था। बच्चा नई जूती और नये कपड़े माँग रहा था। बेगम आँसू पीती जा रही थी और कह रही थी, 'बेटा तेरे अब्बा परदेश गए हैं। वे आ जाएँ तो जूतियाँ व कपड़े मँगवाऊँ।'

'तो पैसे दो, मैं खुद ले आऊँगा।'

'बेटे, मेरे पास तो एक भी पैसा नहीं।'

'वाह, मैं नहीं जानता, मैं अभी पैसे लूँगा।' बेगम ने ठंडी साँस भरी, उठी। पड़ोस से लगी खिड़की में जा खड़ी हुई। पड़ोसिन से कहा-

'बुआ सूतक है, मैं भीतर नहीं आ सकती। ज़रा मेरी बात सुन जाओ।'

वह आई तो कहा, 'खुदा के लिए अपने बच्चे का उतारन कोई कुरता, और जूतों का जोड़ा हो तो एक दिन के लिए उधार दे दो, कल लौटा दूंगी।' उसकी आँखों में गंगा-यमुना की धार बह चली। पड़ोसिन ने जूते और कपड़े बेगम को दिए। पर बेगम बेहोश होकर वहीं गिर पड़ी।

लालकिले में सन्नाटा था-दीवानेखास में कबूतरों का एक जोड़ा गुटरगूँ कर रहा था। दूर जमना किनारे कोई दर्दभरी आवाज़ में गा रहा था-

दमदमे में दम नहीं अब खैर मानो जान की।

ऐ 'ज़फर' बस हो चुकी शमशीर हिन्दुस्तान की।

75

दिल्ली में अंग्रेज़ी अमल जमकर बैठ गया था। लालकिले पर यूनियन जैक फहरा रहा था। फाँसियों की विभीषिकाओं ने नगर और ग्राम की जनता के मन में दहल उत्पन्न कर दी थी। दब्बू भेड़ की तरह चुपचाप अंग्रेजों के विधान को अटल प्रारब्ध की तरह देख और सह रहे थे। इलाहीबख्श के पास बादशाही बख्शीश ही बहुत थी। अब अंग्रेज़ी जागीरों और मेहरबानियों ने उसे आधी दिल्ली का मालिक बना दिया था। सरकारी नीलामों में मुहल्ले-के-मुहल्ले उन्होंने कौड़ियों में पाए थे। उनकी बड़ी भारी अट्टालिका खड़ी मनुष्य के भाग्य पर हँस रही थी। सन्ध्या का समय था। अपनी हवेली के विशाल प्रांगण के तख्त के ऊपर बढ़िया ईरानी कालीन पर मसनद के सहारे इलाहीबख्श बैठे अम्बरी तम्बाकू पी रहे थे। दो-चार मुसाहिब सामने अदब में बैठे जी-हुजूरी कर रहे थे। मियाँजी को, मालूम होता है बचपन के दिन भूल रहे थे। वे बहुत बढ़िया अतलस के अंगरखे पर कमखाब की नीमास्तीन पहने हुए थे। धीरे-धीरे अंधकार के पर्दे को चीरती हुई एक मूर्ति अग्रसर हुई। लोगों ने देखा एक स्त्री-मूर्ति मैला और फटा हुआ बुर्का पहने आ रही है। लोगों ने रोका, मगर उसने सुना नहीं। वह चुपचाप इलाहीबख्श के सम्मुख आ खड़ी हुई। मियाँ ने पूछा, 'क्या चाहती हो?'

'पनाह।'

'कौन हो?'

'आफत की मारी।'

'अकेली हो?'

'बिलकुल अकेली।'

'कुछ काम करना जानती हो।'

'बावर्चिन का काम सीख लिया है।'

'तनख्वाह क्या लोगी?'

'एक टुकड़ा रोटी।'

बहुत महीन दर्दभरी कम्पित आवाज़ में इन जवाबों को सुनकर मियाँ इलाहीबख्श सोच में पड़ गए। थोड़ी देर बाद उन्होंने नौकर को बुलाकर उस स्त्री को भीतर भिजवा दिया। उस दिन उसी को खाना बनाने का हुक्म हुआ।

मियाँ इलाहीबख्श दस्तरखान पर बैठे थे। दोस्त-अहबाबों का पूरा जमघट था। तब तक दिल्ली बिजली के तारों से नहीं बाँधी गई थी। सुगन्धित मोमबत्तियाँ शामदानों में जल रही थीं।

खाना खाने से सभी खुश हुए। नई बावर्चिन की तारीफ़ के पुल बाँधने लगे। दोस्तों ने कहा, 'ज़रूर उसे बुलाइए और इनाम दीजिए।'

इलाहीबख्श ने बावर्चिन को बुला भेजा। उसने कहा, 'आका से दस्त-बस्ता-अर्ज है कि मैं गैर-मर्दों के सामने बेपर्दा नहीं हो सकती। हाँ आका से पर्दा फ़जूल है।' दोस्त लोग मन मारकर रह गए। मगर इलाहीबख्श के मन में प्रतिक्षण बावर्चिन को देखने की बेचैनी बढ़ चली। एकान्त होने पर उन्होंने उसे बुला भेजा। बावर्चिन ने जवाब दिया, 'मेरे मेहरबान मालिक! सफ़र, मेहनत और भूख से बेदम तथा कपड़ों से गलीज़ हूँ। ख़िदमत में हाज़िर होने के काबिल नहीं।'

इलाहीबख्श स्वयं भीतर गए और बावर्चिन के सामने जा खड़े हुए। बोले, 'क्या मैं तुम्हारी मुसीबत की दास्तान सुन सकता हूँ? यह तो मैं समझ गया कि तुम शरीफ़ खानदान की दुखियारी हो।' बावर्चिन ने अच्छी तरह अपना बुर्का ओढ़कर कहा, 'मालिक, मेरी कोई दास्तान ही नहीं।'

'क्या मुझसे पर्दा रखोगी?'

'यह मुमकिन नहीं है।'

'तब?'

'क्या आप मुझे देखना चाहते हैं?'

'ज़रूर, ज़रूर।'

वह मैला और फटा बुर्का चम्पे के समान उँगलियों ने हटाकर नीचे गिरा दिया। एक पीली किन्तु अभूतपूर्व मूर्ति जिसके नेत्रों में पानी और होंठों में रस था, सामने दीख पड़ी। इलाहीबख्श ने आँखों की धुन्ध आँखों से पोंछकर ज़रा आगे बढ़कर कहा, 'तुम्हें, आपको मैंने कहीं देखा है।'

'जी, हाँ, मेरे आका! मेरे दादाजान की मेहरबानी से, लालकिले के भीतर, जब आप मेरी डोली में लगाए जाने के लिए चाबुकों से लहूलुहान किए गए थे, तब यह बदनसीब गुलबानू

आपको तसल्ली देने तथा और भी कुछ देने आपकी खिदमत में आई थी। उम्मीद थी, मर्द-औरत की अमानत-खासकर वह अमानत जो दुनिया की चीज़ नहीं, जिसके दाम जान और कुर्बानी हैं, सँभालकर रखेंगे। पर पीछे यह जानने का कोई ज़रिया ही न रहा कि हुजूर ने वह अमानत किस हिफ़ाज़त से वहाँ छिपाकर रखी? गदर में बह रही या मेरे बाबाजान के तख्त के साथ वह भी चली गई।

इलाहीबख्श का मुँह काला पड़ गया। बदहवासी की हालत में उनके मुँह से निकल पड़ा, 'आप शाहज़ादी गुलबानू... ?'

गुलबानू ने शान्त स्वर में कहा, 'वही हूँ जनाब, मगर डरिएगा नहीं। अगर गदर में मेरी अमानत लुट भी गई होगी तो वह माँगने जनाब की खिदमत में नहीं आई हूँ। अब गुलबानू शाहज़ादी नहीं, हजूर की कनीज़ है-महज़ बावर्चिन है। मेरे आका, क्या बांदी के हाथ का खाना पसन्द आया? क्या बदनसीब गुलबानू की नौकरी बहाल रह सकेगी?'

इलाहीबख्श बेहोश होने लगे। वे सिर पकड़कर वहीं बैठ गए। गुलबानू ने पंखा लेकर झलते हुए कहा, 'जनाब के दुश्मनों की तबीयत नासाज़ तो नहीं, क्या किसी को बुलाऊँ?

इलाहीबख्श ज़मीन पर गिरकर शाहज़ादी का पल्ला चूमकर बोले, 'शाहज़ादी, माफ़ करना, मैं नमकहराम हूँ।'

'मैं जानती हूँ। मगर हुजूर, यह तो बहुत छोटा कसूर है। क्या हुजूर यह नहीं जानते कि औरतें दिल और मुहब्बत को सल्तनत से बहुत बड़ी चीजें समझती हैं। आप यकीन करेंगे कि 12 साल मैं आपकी उस ज़मीन में घायल तड़पती सूरत को आँखों में बसाकर जीती रही। जो कुछ बन सका, बाबाजान से कहकर किया। मैं जानती थी कि मिल न सकूँगी। मगर आपको दुनिया में एक रुतबा देने की हवस थी, वह पूरी हुई।'

इलाहीबख्श पागल की तरह मुँह फाड़कर सुन रहे थे।

शाहज़ादी ने कहा, 'जब बाबाजान ने आपके दगा और अंग्रेज़ों से आपके मिल जाने का हाल कहा तो दिल टूट गया। मगर उस दिल से अब काम ही क्या? वह टूटे या साबुत रहे। आखिर अनहोनी तो हो गई। एक बार फिर मुलाकात हो गई। ज़हे किस्मत।'

इलाहीबख्श भागे। वे चुपचाप घर से निकले। नौकर-चाकर देख रहे थे। उसके बाद किसी ने फिर उन्हें नहीं देखा।

बारहवाँ खण्ड

1

ज्यों ही झाँसी में रानी की स्वतन्त्र सत्ता स्थापित हई, समस्त बन्देलखण्ड में भावी क्रान्ति की लहरें हिलोरें लेने लगीं। सागर, नौगाँव, बाँदा, दानापुर, शाहगंज और कालपी में प्रतिशोध के संघर्ष निरन्तर ज़ोर मारने लगे। रानी ने सबसे प्रथम राज्य में व्यवस्था और शान्ति की स्थापना की। वह प्रतिदिन भोर के तड़के पाँच बजे उठकर सुगन्धित जल से स्नान करती। वस्त्र धारण करके पूजा-पाठ में बैठ जाती। बहुधा वह चन्देरी साड़ी ही धारण करती थी। तुलसी वृन्दावन में तुलसी की पूजा करती। फिर पार्थिव पूजा करती। इसके बाद दरबारी संगीत-गायन करते। फिर कथावाचक कथा-पुराण बाँचते। इसके बाद सरदार और माण्डलिक आ-आकर वन्दना करते थे। इस समय उसके दरबार में सात सौ पचास दरबारी हाज़िर रहते। उसकी मेधा-शक्ति इतनी प्रबल थी कि उनमें यदि एक भी अनुपस्थित रहता तो तुरन्त वह उसके सम्बन्ध में पूछताछ करती थी। इस कार्य से निपटकर वह कलेवा करती और फिर एक घण्टा आराम करती थी।

इसके बाद भेंट में आईं वस्तुएँ उसके सम्मुख पेश की जातीं। उनमें से कुछ को पसन्द कर स्वयं रख लेती, शेष सेवक-सेविकाओं को बाँट देती थी।

दोपहर बाद तीन बजे वह पुरुषवेश धारण कर दरबार करती। उस समय वह सुनहरी काम का पायजामा, गहरे नीले रंग का कोट, एक टोपी और उस पर पगड़ी बाँधती थी। कमर में बूटे के काम का ज़री दुपट्टा बाँधा होता था जिसमें रत्नजटित तलवार लगी होती थी। इस वेश में वह साक्षात् रणदेवी का अवतार प्रतीत होती थी। कभी-कभी वह स्त्री वेश में भी दरबार में आती थी। विधवा होने के बाद उसने सौभाग्य चिह्न नथुनी पहनना छोड़ दिया था। अन्य अलंकार भी वह कम धारण करती थी। कलाई में हीरे की वंगड़ियाँ, गले में मोतियों की माला और एक हीरे की अंगूठी वह पहनती थी। बालों का जूड़ा बाँधती, सफ़ेद साड़ी और सादा अंगी पहनती थी।

दरबार में उसके बैठने का कक्ष पृथक होता था। अत: दरबारी उसे प्रत्यक्ष नहीं देख पाते थे। उस कक्ष के द्वार पर सुनहरी काम का पर्दा रहता था। कक्ष में मुलायम गद्दी पर गावतकिए के सहारे वह बैठती थी। द्वार पर सोने-चाँदी के असा लिये असाबरदार खड़े रहते थे। लक्ष्मणराव दीवान कमरे के बाहर द्वार के सम्मुख महत्त्वपूर्ण कागज़ लेकर खड़ा रहता था और उसके

पास ही दरबार का अमात्य बैठता था। रानी प्रत्येक बात को सुन और समझकर अपना निर्णय लिखती और आवश्यक आज्ञाएँ देती थी। न्याय के काम में वह बहुत सतर्क रहती और मुल्की व फ़ौजदारी कामों का निर्णय बड़ी योग्यता से करती थी।

रानी हर मंगल और शुक्रवार को महालक्ष्मी का दर्शन करने जाती। यह मन्दिर एक तालाब के किनारे था, जिसमें कमल खिले हुए थे। मन्दिर से लौटने पर भिखारियों को और दरिद्रों को वह धन, वस्त्र और दूसरी आवश्यक वस्तुएँ बाँटती थी। रानी जब स्त्री वेश में बाहर निकलती तो पालकी पर और पुरुष वेश में आती तो घोड़े पर सवार होकर। सवारी के आगे राजध्वज, मारू बाजों के साथ चलता। इसके पीछे 200 घुड़सवार होते। इसके बाद रानी की सवारी और पीछे 200 सवार। ज्यों ही रानी राजमहल से निकलती, किले में नगाड़ा और शहनाई बजने लगते थे।

इस समय कालपी में तांत्या टोपे अपनी तैयारी कर रहा था और विन्ध्य से जमना तक ब्रिटिश सत्ता का लोप हो चुका था। ब्राह्मण, मौलवी, सरदार, जागीरदार, सैनिक, पुलिस, राव-राजा, साहूकार, देहाती लोग, हर कोई स्वाधीनता की भावना में रंगे हुए थे। इस प्रकार 11 महीने तक रानी ने झाँसी पर अबाध शासन किया।

2

सन् 1858 के जनवरी मास में ही अंग्रेज़ों ने हिमालय से विन्ध्य तक के समूचे प्रदेश को फिर से जीत लेने की योजना बनाई। समूचे भूखण्ड को दो भागों में बाँट दिया गया और प्रत्येक खण्ड पर दखल करने के लिए सेना के दो दल बनाए गए। एक दल कैम्पबेल के नेतृत्व में जमुना के उत्तर से हिमालय की ओर बढ़ा और दूसरा दक्षिण में विन्ध्य तक का प्रदेश जय करने के लिए सर ह्यू रोज़ बढ़ा। कैम्पबेल को सिक्खों, गोरखों तथा कुछ हिन्दी सैनिकों और ज़मींदारों ने सहयोग दिया और सर ह्यू रोज़ को हैदराबाद, भोपाल आदि रियासतों ने सहायता दी। इसके अतिरिक्त उसे मद्रास और हैदराबाद की सेनाओं का भी सहयोग मिल गया। आगे चलकर सर ह्यू रोज़ ने अपने दल के दो भाग किए। एक भाग ब्रिगेडियर विटलाक की मातहती में जबलपुर की ओर बढ़ा और यह तय हुआ कि वह रास्ते के सब प्रदेशों को जीतते हुए ह्यू रोज़ से आ मिले। दूसरे भाग का नेतृत्व स्वयं ह्यू रोज़ कर रहा था।

6 जनवरी को सर ह्यू रोज़ महू से निकला। एक छोटी-सी मुठभेड़ के बाद उसने रायगढ़ पर अधिकार किया। वहाँ से सागर जाकर कुछ अंग्रेज़ कैदियों को छुड़ाया, फिर 10 मार्च को दानापुर और चन्देरी का प्रसिद्ध किला सर कर लिया। 20 मार्च को उसने झाँसी से 14 मील पर डेरा डाला। रास्ते में जो मुठभेड़ उसकी हुई, उससे विद्रोही दल जो हारकर भागा, वह सब झाँसी में एकत्रित हो गया। इस समय तांत्या टोपे चरखारी को घेरे पड़ा था। लार्ड कैनिंग और कैम्पबेल के आदेश थे कि सर ह्यू रोज़ पहले चरखारी के राजा की सहायता करें, परन्तु उसने सर

राबर्ट हैमिल्टन से सलाह कर उस आज्ञा का उल्लंघन किया और सीधा झाँसी पर जा धमका। तालबहट पर उसने मुकाम किया। तालबहट का पुराना किला बहुत मज़बूत था, परन्तु उसमें रक्षा का साधन बहुत कम था। उसका नायक कोई बड़ा आदमी भी न था। ह्यू रोज़ ने आसानी से किला अधिकृत कर लिया। इसके बाद उसने चन्देल पर भी अपना अधिकार कर लिया।

ज्यों ही रानी को इसकी सूचना मिली, उसने झाँसी के आस-पास का सारा प्रदेश उजाड़ डाला, जिससे शत्रु को रसद और पानी मिलना दूभर हो गया। यहाँ तक कि उसने सब पेड़ों को भी कटवाकर जलवा दिया जिससे तपती दुपहरी में छाया भी शत्रु को न मिल सके। अंग्रेज़ी सेना बड़ी कठिनाई का सामना करती हुई आगे बढ़ी। इस समय यदि शिन्दे और टेहरी के राजा अंग्रेज़ों को रसद न पहुँचाते तो सर ह्यू रोज़ की सेना झाँसी के जंगलों में भूखों मर जाती।

इस समय झाँसी में सैनिकों की बड़ी भीड़ एकत्रित हो गई थी। पर इनमें शिक्षित सैनिक कम थे और उनमें अनुशासन की बहुत कमी थी। फिर भी रानी ने उन सबको व्यवस्थित करके झटपट उपयुक्त स्थानों पर तोपों के मोर्चे जमाए और सारे युद्ध-क्षेत्र का स्वयं निरीक्षण किया। रानी स्वयं घोड़े पर सवार होकर हर चीज़ का निरीक्षण करती और आवश्यक आज्ञाएँ देती। कहीं लोगों को उत्साहित करती, उनकी आवश्यकताओं की पूर्ति करती। वह साक्षात् रणचण्डी का रूप धारण कर व्यवस्था कर रही थी। इस समय झाँसी में दो हज़ार लोहारों की भट्टियाँ धधक रही थीं, जहाँ तलवारें, भाले, तीर, बर्छियाँ, बन्दूकें तैयार हो रही थीं। तोपें ढाली जा रही थीं। स्त्रियाँ भी पुरुषों ही की भाँति इस काम में योग दे रही थीं।

रानी ने एक गुप्तचर कालपी भेजकर तांत्या टोपे को भी सहायता करने को बुला भेजा।

तांत्या 20 हज़ार फ़ौज़ मय तोपखाने के लेकर उसकी पीठ पर आ धमका। उसे देखकर ह्यू रोज़ एक बार तो भय से पीला पड़ गया।

जहाँ-जहाँ अंग्रेज़ फ़ौज की टुकड़ियाँ तैनात थीं वहाँ उनकी रक्षा के लिए खाइयाँ खोद ली गई थीं और एक स्थान से दूसरे स्थान तक तार लगा दिए गए थे। कामासिन टोरिया पर एक बड़ी दूरबीन लगाई गई थी और वहीं पर तारघर कायम किया गया था। ऐसी व्यवस्था कर ली गई थी कि युद्धक्षेत्र में एक स्थान से दूसरे स्थान पर समाचार भेजने की सुविधा रहे। दूरबीन से किले के सब हालचाल देखे जा सकते थे।

झाँसी के आस-पास की सब टोरियों की आड़ में अंग्रेज़ी तोपखाने आग उगलने के लिए तैयार कर लिये गए थे। टोरियों के बीच में जो नीची जगह और खाइयाँ थीं उनमें बन्दूकें चलाने के लिए छेद और नालियाँ बनाकर सैनिक अपने जनरल की आज्ञा की प्रतीक्षा में सन्नद्ध खड़े थे। जिस प्रकार ह्यू रोज़ जैसा सुयोग्य सेनापति था, उसी प्रकार उसकी सेना भी सुशिक्षित और सब आवश्यक सामग्रियों से लैस थी। केवल एक संकेत ही की देर थी कि घनघोर युद्ध आरम्भ हो सकता था।

3

सब तैयारियाँ करके ह्यू रोज़ ने रानी के पास सन्देश भेजा, 'आप खुद अपने दीवान लक्ष्मणराव, भाउ बख्शी, मोरोपन्त, त्राम्बे, नाना भोपटकर, दीवान जवाहरसिंह, दीवान रघुनाथसिंह, कुँवर खुदाबख्श और मोतीसाईं के साथ नि:शस्त्र आत्मसमर्पण कर दें, नहीं तो भयंकर परिणाम के लिए तैयार रहें।'

रानी ने गम्भीर होकर कहा, 'इस बात का निर्णय मैं अकेली नहीं कर सकती। झाँसी के सब मुखियों और सब जाति के पंचों को बुलाओ और अपने जो सब सरदार इस समय झाँसी में जमा हैं वे सब आएँ। वे सब एकमत होकर कह देंगे तो मैं नि:शस्त्र अकेली चली जाऊँगी।'

तत्काल ही झाँसी के मुखिया, पंच, सरदार वहाँ इकट्ठे हुए। दरबार हुआ, विचार-विमर्श हुआ। सब ने एक स्वर होकर कहा, 'हम अपनी झाँसी नहीं देंगे। हम कट मरेंगे। हमारा सब धन-रत्न आपके अर्पण है।'

सबका मत सुनकर रानी ने जवाब लिखाया-

'मैं स्त्री हूँ-नि:शस्त्र आ नहीं सकती। राज्य के दीवान और बख्शी ससैन्य आने को तैयार हैं।'

जवाब देकर दूत को विदा कर दिया गया।

इसके बाद रानी ने योद्धा शृंगार से झाँसी को सज्जित किया। सागर, खिड़की, ओरछा फाटक और फाटकों पर सुरक्षा की कड़ी व्यवस्था की गई। दीवान जवाहरसिंह के हाथों नगर का प्रबन्ध सौंपा गया। नगर के सब फाटकों की सुरक्षा भी उसी के हाथों में रही। किले के हर बुर्ज पर सब मिलाकर 51 तोपें चढ़ा दी गईं। किले में इस समय लगभग चार हज़ार सैनिक होंगे। जिनमें कुछ पठान थे और शेष बुन्देलखण्डी योद्धा। किले में केवल एक ही कुआँ था। उसी का पानी सब पीते थे।

रानी की सेना में कुछ स्त्रियाँ भी सैनिक अफ़सर थीं। उन्हें रानी ने अपनी देख-रेख में घुड़सवारी और शस्त्र-संचालन की शिक्षा दी थी। उनमें से अनेक तोपों पर तैनात थीं।

21 मार्च को जनरल ह्यू रोज़ ने अपने सेना-नायकों के साथ झाँसी के इर्द-गिर्द चक्कर काटा। 22 को 20-25 सवार निरीक्षण के लिए किले के अधिक निकट आ गए। उन पर किले पर से गोलियों की वर्षा हुई। उस दिन और कोई कार्रवाई नहीं हुई।

23 मार्च को सूर्योदय के साथ ही ह्यू रोज़ ने धावा बोल दिया। सैपर फाटक की बाईं तरफ़ एक टुकड़ी पर अंग्रेज़ों का तोपखाना था-उसने संभर फाटक और ओरछा फाटक पर गोले दागने आरम्भ कर दिये। शीघ्र ही चलते हुए गोलों की चादर के नीचे गोरी पल्टन संगीनें और बन्दूकें लिये आगे बढ़ीं। जब वे मार में आ गए तो किले पर से उन पर करारी मार पड़ी। यह मार इतनी करारी थी कि अंग्रेज़ी तोपों के मुँह बन्द हो गए। सेना के पैर उखड़ गए।

अब किले की घनगरज तोप पर बत्ती पड़ी। बड़ी विकराल तोप थी यह। गुलाम गौस नाम का एक पठान तोपची इसको चला रहा था। बड़ा अचूक निशाना था गुलाम गौस का। पूर्व की खिड़की और लक्ष्मी फाटक की रक्षा के लिए कड़क बिजली नाम की प्रसिद्ध तोप थी, जिसे भाउबख्शी इस चतुराई से चला रहा था कि दुश्मन के धुर्रे उड़े जा रहे थे।

4

पहले दिन की लड़ाई में ह्यू रोज़ को बहुत हानि उठाकर पीछे हटना पड़ा। अब उसने रातो-रात तीन और नये मोर्चे तैयार किए। एक किले के दक्षिण में, जीवनशाह की टोरियों के ठीक बगल में दूसरा पूर्व की ओर किले से तीन सौ गज़ के फासले पर। तीसरा उसी के निकट ज़रा हटकर।

किले के तोपची भी रात-भर जागते ही रहे। रानी ने तोप पर दुहरी कुमुक का का प्रबन्ध किया था।

तोपची गुलाम गौस खाँ ने देखा-जीवनशाह पहाड़ी की आड़ में होकर बगलवाली टोरियों के पीछे कुछ तोपें और चढ़ाई जा रही हैं।

उसने दोनों हाथों से आँखें मलीं। अभी पूरी तरह दिन नहीं निकला था। बाहर धुन्ध छाई हुई थी। इसी समय गोलन्दाज़ लालता ने एक आल्हा का कड़खा गाया।

गुलाम गौस खाँ ने कहा, 'मुझे काम के वक्त गाना पसन्द नहीं है। देखो, उधर कुछ हो रहा है। उसने तोप की शिशत बाँधी और पलीता छुआ दिया। घनगरज की गरज में सैकड़ों गरजें मिल गईं, दक्षिणी सिरे के सब बुर्जो की तोपें गर्ज उठीं।

अंग्रेज़ी तोपें भी गरजीं।

'अरे, ये अंग्रेज़ तो बड़े ही बेशरम हैं। अच्छा ठहरो।' उसने घनगरज को एक अंगुल इधर-उधर किया-शिशत बाँधा...और धड़ाम-धुआँ साफ़ होने पर देखा कि गोरे तोपचियों और तोपों की धज्जियाँ हवा में उड़ रही हैं। उसने हँसकर कहा, 'अब ठीक हुआ। लाओ ज़रा लोटा दो और खबरदार रहना।' यह कहकर वह हँसता हुआ एक ओर चल दिया।

अब पूर्वी दरवाज़े पर अंग्रेज़ी गोले सरगर्मी में बरसने लगे। कुछ किले की फ़सीलों से टकराते थे और कुछ शहर में गिरकर फटते थे। कड़क बिजली ने ज़रा जुम्बिश ली-थोड़ी ही देर में रोज़ का वह मोर्चा भी ठण्डा हो गया। तोपची सब मारे गए और तोपें बेकार हो गईं।

तोपों में हज़ारों स्त्रियाँ काम कर रही थीं। वे दौड़-दौड़कर गोला-बारूद और दूसरे साधनों को जुटा रही थीं। दोपहर हुई दिन ढला, परन्तु तोपों की सरगर्मी कम न हुई। खण्डेराव फाटक पर और सागर खिड़की पर अब अंग्रेज़ी गोले गिर रहे थे।

रानी घोड़े पर सवार प्रत्येक मोर्चे का हाल-चाल लेती फिर रही थी। वह घायलों की व्यवस्था करती, मरम्मत कराती, तोपचियों को ढांढ़स देती-बड़ी फुर्ती से घूम रही थी। उसकी

दो सखियाँ मुन्दर और सुन्दर उसके साथ थीं। वे भी रानी की भाँति वीर वेश में थीं। रानी ने उन्हें अपना लेफ्टिनेण्ट बनाया था।

सन्ध्या हुई। ह्यू रोज़ बहुत ही हताश भाव से पीछे लौटा।

5

अकस्मात् ही ह्यू रोज़ पर वज्रपात हुआ। उसे सूचना मिली कि तांत्या टोपे 20 हज़ार सेना और ज़बर्दस्त तोपखाना लेकर उसकी पीठ पर आ धमका है।

कानपुर में तांत्या टोपे जब कैम्पबेल से हारकर पीछे हटा तो गंगा पार कर कालपी में उसने मुकाम किया। चरखारी के राजा ने नाना साहब को सहायता देने से इनकार कर दिया था, इसलिए वह सेना का एक भाग लेकर चरखारी पर टूट पड़ा और उनकी 24 तोपें छीनकर 3 लाख रुपया जुर्माना वसूल किया। इसके बाद वह फिर कालपी जा पहुँचा और अपनी सेना को संगठित करने लगा। इसी समय उसे रानी का पत्र मिला कि अंग्रेज़ों ने झाँसी पर अभियान किया है और उसे झाँसी की सहायता करने आना चाहिए। तांत्या टोपे 22 हज़ार योद्धाओं को लेकर झाँसी की ओर बढ़ा और बेतवा के तट पर आ धमका। इस समय उसकी सेना में ग्वालियर कंटिंजैंट की सेना भी थी। इन दिनों कालपी विद्रोही केन्द्र का प्रमुख स्थान था। वहाँ तोपें ढाली और बन्दूकें बनाई जाती थीं और बारूद बनाने का एक कारखाना था।

तांत्या ने अपनी सेना का एक बड़ा भाग बड़ी-बड़ी तोपों के साथ झाँसी से दो मील पर नदी के किनारे नौहट व तिलैया के घाट के बीच रखकर बाकी सेना को तीन भागों में विभक्त करके गढ़, महू की ओर दिगारा की टोरियों के बीच में होकर झाँसी की ओर रवाना किया। इन दस्तों के पास छोटी-छोटी तोपें थीं।

ह्यू रोज़ एक मँजा हुआ सिपाही और दूरदर्शी सेनापति था। उसने शीघ्र ही अपने को व्यवस्थित किया और मस्तिष्क का सन्तुलन नहीं खोया। उसने अपने सहकारियों से सलाह-मशविरा करके एक योजना बनाई और प्रत्येक मोर्चे के तोपखाने से एक-एक तोप ली और केवल अत्यन्त आवश्यक सेना झाँसी के इर्द-गिर्द छोड़ बाकी के कई दस्ते बनाए। कुछ को झाँसी-कालपी का रास्ता रोकने के लिए झाँसी से 7 मील दिगारा की दोतरफ़ा टोरियों पर छिपा दिया। कुछ उत्तर की ओर गढ़महू की झील की पहाड़ियों पर।

6

झाँसी पर अब अंग्रेज़ों की गोलाबारी मन्द पड़ गई। तोपें बराबर अपना काम कर रही थीं। परन्तु उनसे हानि बहुत कम होती थी। किलेवाले समझ रहे थे कि अंग्रेज़ भाग रहे हैं। मोर्चे सूने हो रहे थे। अंग्रेजी सैनिक बिखर रहे थे।

काश कि उन्हें पता लगता कि अंग्रेज़ी सेना की पीठ पर मार करने को तांत्या 20 हज़ार सैनिक लिये आ पहुँचा है। यदि वे किले से निकलकर सीधा धावा बोल देते तो सारे ही अंग्रेज़ इस तरह पिस जाते जैसे दो चक्कियों के बीच गेहूँ पिस जाता है।

अंग्रेज़ों के पास गोरी सेना बहुत कम थी। देशी सेना पर पूरा भरोसा नहीं किया जा सकता था। इसी समय रानी को सूचना मिली कि पेशवा की सेना सहायता के लिए आ पहुँची है। झाँसी में एक प्रकार से आनन्द की लहर व्याप गई। लोग और भी जोश में आकर चिल्लाने लगे।

रानी ने अपने गोलन्दाज़ों को हुक्म दिया कि सावधानी से गोलाबारी की जाए। ऐसा न हो कि हमारे गोले पेशवा की सेना पर पड़ें। इनके बाद किले से भी गोलाबारी कम कर दी गई। पूर्व और उत्तर के तोपखाने बन्द कर दिये गए। परन्तु ज्यों-ज्यों दिन बीतता जाता था, झाँसी की उत्कण्ठा बढ़ती जाती थी। पेशवा की सेना की कुछ भी कारगुज़ारी दिख नहीं पड़ रही थी।

अकस्मात् ही अंग्रेज़ी तोपों की गर्जन से झाँसी में आशंका फैल गई। गोले न शहर पर गिर रहे थे, न किले पर। निस्सन्देह यह पेशवा की सेना से युद्ध हो रहा है। परन्तु वास्तविक स्थिति जानने का कोई उपाय न था।

गोलों की मार से तांत्या के दस्ते तितर-बितर होने लगे। एक दस्ता अंग्रेज़ी घुड़सवारों के बीच फँस गया और पिस्तौलों-तलवारों और बर्छियों से लड़ाई होने लगी। अब ह्यू रोज़ के गोले तांत्या के बेतवा तट पर स्थित सेना पर गिर रहे थे। तांत्या ने भी आरम्भ में जवाब दिया; परन्तु ह्यू रोज़ के दूसरे अनेक दोस्तों ने छोटी हल्की तोपों से दोनों पावों से उस पर आक्रमण कर दिया।

तांत्या की सेना में भगदड़ मच गई। वह बिलकुल अव्यवस्था से नदी की ओर पीछे हटी। तांत्या की भारी-भारी तोपें नदी की रेती में धंस गईं और वे खिंच न सकीं। तांत्या को उन्हें छोड़कर ही नदी पार करनी पड़ी। पर ह्यू रोज़ ने 16 मील तक उसका पीछा किया।

तांत्या की सब बड़ी-बड़ी तोपें और बहुत सा सामान अंग्रेज़ों के हाथ लगा। सन्ध्या तक मैदान साफ़ हो गया। तांत्या के 15 सौ सैनिक मारे गए। वह बड़ी ही कठिनाई से एरच घाट होकर कोंच होता हुआ कई दिन बाद कालपी पहुँचा।

शीघ्र ही झाँसी में विद्युत वेग से यह समाचार फैल गया कि पेशवा की सेना हारकर भाग गई...।

7

झाँसी की रानी लक्ष्मीबाई के पति महाराज गंगाधर के भाई रघुनाथराव थे। रघुनाथराव ने लच्छो नाम की एक वेश्या रख छोड़ी थी। वेश्या मुसलमान थी। इसके दो लड़के थे। बड़े का नाम अलीबहादुर था। महाराजा रघुनाथराव ने उन्हें नवाब का खिताब और कटेरा-पिछौर तथा डामरोन परगना के 85 गाँव जागीर में लगा दिये थे, जिसकी आय साढ़े छिहत्तर हज़ार रुपया

सालाना थी। रघुनाथराव के कोई पुत्र न था-इस आधार पर नवाब अलीबहादुर मन-ही-मन झाँसी की गद्दी का अपने को दावेदार समझते थे। विद्रोह फूटने से प्रथम वे इस सम्बन्ध में अंग्रेज़ों से जोड़-तोड़ भी लगा रहे थे। जब महाराज गंगाधरराव निस्सन्तान मर गए तब भी उन्होंने अपना दावा पेश किया था।

पीरअली उनका विश्वस्त नौकर था। वह उनका दाहिना हाथ था। जब विद्रोह की आग फैली तो अलीबहादुर और पीरअली अंग्रेजों के भेदिए बन गए। सन्देह होने पर अलीबहादुर को तो झाँसी से रानी ने निकाल दिया था, पर पीरअली बड़ा घाघ था। वह मीठी-मीठी बातें करके किले में रह गया और रानी का विश्वासपात्र बन गया। पर यहाँ वह भेदिए का काम करता तथा किले और शहर की सब कच्ची-पक्की बातें अंग्रेज़ों को बता आता था।

इस समय सागर खिड़की पर पीरअली की चौकी थी। जिस दिन कालपी की सेना ने पलायन किया उसी रात को बुरहानुद्दीन नाम का एक बुन्देलखण्डी पठान भी उसी चौकी पर नियुक्त हुआ।

पीरअली के कार्य में यह एक बाधा आ खड़ी हुई। उसने कहा, 'खाँ साहब, आपने नाहक कष्ट किया, यहाँ तो मैं हूँ ही-आप किसी दूसरे मोर्चे पर बहादुरी का सुबूत दीजिए।'

बुरहानुद्दीन ने हँसकर कहा, 'रानी साहिबा का हुक्म है। लाचार हूँ। बेहतर हो आप ज़रा सो लें। मैं यहाँ पहरे पर हूँ।'

'लेकिन मैं सो चुका हूँ। ऐसा ही है तो आप लम्बी तानिए। मैं जाग रहा हूँ।'

'मुझे तो नींद आएगी नहीं।'

'खैर, तो आप रहिए, लेकिन एक बात आपको मालूम है या नहीं?'

'जी नहीं।'

'रानी साहिबा ने मुझे अंग्रेज़ी छावनी की खैर-खबर लेने पर पोशीदा तौर पर मुकर्रर किया है। यह बात किसी से कहने की नहीं है।'

'मैं सरकारी पोशीदा बात किसी से क्यों कहूँगा? आप खातिर जमा रखिए।'

'तो खैर, अब वक्त हो गया। मैं अभी जाता हूँ।'

'कहाँ?'

'अंग्रेज़ी छावनी में। मैं यह जानना चाहता हूँ कि कल कहाँ हमला होगा। इस जासूसी का भार मेरे सिर पर है।'

'वहाँ आप कैसे सब बातें मालूम कर लेते हैं?'

'वहाँ मेरा एक रिश्तेदार सिपहसालार है। वह मुझे सब बातें बता देता है।'

'लेकिन काम जोखिम का बहुत है।'

'ये काम तो खाँ साहब, जोखिम के ही होते हैं। लो, मैं अब चला।'

'क्या मैं भी साथ चलूँ?'

'नहीं दोस्त, ज़रा भी अंग्रेज़ों को पता लग जाए तो जान नहीं बचेगी और मेरा वह रिश्तेदार भी मारा जाएगा।'

'खैर, तो जैसा आप ठीक समझिए कीजिए। मगर आप कब आएँगे?'

'बस पहर रात रहे लौट आऊँगा।'

इतना कहकर पीरअली मोरी में होकर बाहर निकल गया। अभी उसे वहाँ से गए थोड़ी देर हुई थी कि रानी अपनी दोनों सखियों को संग लिये घोड़े पर सवार उधर आ निकली। रानी ने सिपाही को देखकर कहा-

'यहाँ क्या अकेले तुम्हारी ही चौकी है?'

'नहीं सरकार, पीरअली भी हैं।'

'कहाँ है पीरअली?'

'वह हुजूर की खिदमत अंजाम देने गया है।'

'कहाँ?'

'हुजूर, पोशीदा बात है।'

'हमसे क्या पोशीदा है?'

'हुजूर, वह अंग्रेज़ों की छावनी में जासूसी करने गया है। उसने सब बातें रानी को कह सुनाईं। सुनकर रानी सोच में भर गई। उसने नज़र उठाकर सहेलियों की ओर देखा। फिर घोड़े से उतरकर एक ओर बैठ गई। उसने कहा-'मैं पीरअली के आने तक यहाँ ठहरती हूँ, लेकिन हमारा यहाँ हाज़िर रहना उस पर ज़ाहिर न करना। और उसने वहाँ जाकर क्या किया है, यह उससे पूछना।'

रानी वहीं बुर्ज में छिपकर बैठ गई। सहेलियों को उसने पास ही छिपा दिया।

थोड़ी देर में पीरअली आ गया। उसके सब कपड़े-लत्ते कीचड़ में गन्दे हो रहे थे। बुरहानुद्दीन ने कहा, 'कहिए खाँ साहब, खैरियत तो है?'

'तौबा, तौबा, खुदा-खुदा करके जान बची।'

'कुछ काम भी हुआ?'

'क्यों नहीं। बहुत-सी काम की बातों का पता लगा आया हूँ।'

उसने बहुत-सी कपोलकल्पित बातें सुना दीं। फिर कहा, 'अब जाऊँ, रानी साहिबा को खबर दे आऊँ।'

इतना कहकर ज्यों ही उसने ऊपर सिर उठाया, रानी दुर्गा की भाँति सिर पर नँगी तलवार लिये खड़ी थी। उन्होंने कहा, 'कह, तू हमसे क्या कहना चाहता है?'

पीरअली की घिग्घी बँध गई।

रानी ने कहा, 'कह, सच-सच कह, कहाँ गया था?'

'हुजूर जाँबख्शी पाऊँ तो कहूँ।'

'जाँबख्शी की बात छोड़। सच कहता है या अभी तलवार ठूँस दूँ तेरे मुँह में।'

पीरअली गिड़गिड़ाकर पैरों में गिर गया। उसने सच्ची-सच्ची बातें बता दीं। झूठ बोलने का उसे साहस न हुआ।

उसने अंग्रेज़ों को बहुत-सी भेद की बातें बता दी थीं। रानी का शरीर थर-थर काँपने लगा। उसने उसी क्षण उसे वध करने का हुक्म दिया और चौकी पर खूब सावधानी रखने का आदेश दे तथा पहरे बैठाकर वह तेज़ी से वहाँ से चली गई।

8

नाना साहब की जब आँखें खुली तो उन्होंने आँखें फाड़-फाड़कर अपने चारों ओर देखा। धीरे-धीरे उन्हें सब बातें याद आने लगीं। गंगा के गहन गह्वर में प्रवेश और जीवन का विसर्जन। बहुत लोग उस समय उनकी शैया को घेरे खड़े थे। धीरे-धीरे उन्होंने एक मुख को पहचाना। उसी मुख पर उनकी दृष्टि केन्द्रित हुई। वह मुख फतेहपुर के चौधरी भूपालसिंह का था। चौधरी भूपालसिंह नाना साहब के पलंग की पाटी पर बैठे मन्द-मन्द मुस्कुरा रहे थे।

नाना साहब ने कहा, 'तुम भूपालसिंह ही हो न?'

'मैं श्रीमन्त का अनुगत भूपालसिंह हूँ।'

'और मैं?'

'आप श्रीमन्त पेशवा धोन्धुपन्त नाना साहब हैं।'

'तो गंगा ने मुझ अधम का प्राणदान स्वीकार नहीं किया?'

'श्रीमन्त, गंगा मैया ने आपको हमें अपने आशीर्वाद के साथ दिया है।'

'कैसा आशीर्वाद?'

'कि श्रीमन्त पेशवाओं की यशस्विनी तलवार से अभी शत्रुओं का दलन करेंगे।'

'मैं कब से यहाँ पड़ा हूँ?'

'आज ग्यारहवाँ दिन है।'

'और यहाँ कौन-कौन है?'

आहिस्ता से बालासाहब पीछे से निकलकर सामने आए। उन्होंने कहा, 'हम सब हैं श्रीमन्त। सब स्त्रियाँ हैं, पर खज़ाना बहुत कम ला सके हैं। अन्य सामग्री भी है।'

'उधर अंग्रेज़ क्या कर रहे हैं?'

'अभी तो कानपुर में कत्लेआम हो रहा है।'

नाना साहब ने तांत्या की ओर देखा। अभी तक तांत्या ने युद्ध विक्रम प्रकट नहीं किया था। वह अभी तक नाना के मुन्शी से अधिक कुछ न था। अब उसकी सोई हुई कर्तृत्व शक्ति जाग उठी। उसने धीरे स्थिर स्वर में कहा, 'हम चाहते हैं श्रीमन्त कि हमें अपनी अव्यवस्थित सेना को फिर से व्यवस्थित करना चाहिए। मुझे पता लगा है कि हैवलाक शीघ्र ही लखनऊ की ओर जाएगा। बस यही अवसर होगा कि हम कानपुर को फिर हस्तगत कर लें।'

'क्या तुम समझते हो कि कानपुर को तत्काल सहायता प्राप्त नहीं होगी?'

'मैं निश्चित रूप से कह सकता हूँ-हैवलाक ज्यों ही लखनऊ की ओर अग्रसर होगा वह बीच में ही फँस जाएगा। समूचा अवध इसी समय खड्गहस्त हो रहा है। उससे हैवलाक का निस्तार नहीं है।'

'लेकिन हमारी सेना कहाँ है?'

'श्रीमन्त, एक बार मुझे शिवपुर तक जाने दीजिए।'

'क्या तुम्हें वहाँ से कुछ आशा है।'

'जी हाँ, मैं 42वीं ग्वालियर कांटिंजेण्ट को अपने ताबे ले आऊँगा।'

'खैर तो भाग्य का खेल देखना ही होगा। तुम शिवपुर जाओ।'

फिर उन्होंने बाला साहब से कहा, 'और तुम अपनी सब बिखरी हुई सेना को एकत्र करो।'

दोनों सेनानी अपने काम में लगे। नाना गम्भीर चिन्ता में डूब गए।

9

जिस समय तांत्या ग्वालियर कांटिंजेण्ट सेना साथ लेकर लौटा उस समय हैवलाक गंगा को पार करके लखनऊ की ओर अग्रसर हो रहा था। तांत्या चाहता था कि उसकी पीठ पर छापा मारे परन्तु नील का संकेत पाकर हैवलाक फिर कानपुर लौट आया। यहाँ उसने सुना कि नाना फिर सैन्य-संग्रह कर रहा है। वह चौकन्ना हो गया। यह देखकर तांत्या टोपे अपनी सेना को लेकर कालपी हट गया तथा उसे ही उसने अपनी सैनिक छावनी बनाया। यहाँ के किले की रक्षा का भार बाला साहब को सौंप वह अंग्रेज़ों पर छापा मारने की तैयारी करने लगा।

वह उस समय तक चुप बैठा रहा जब तक कि हैवलाक उटरम को साथ लेकर दुबारा लखनऊ को प्रस्थान न कर गया। इस समय कानपुर की गोरी सेना का अध्यक्ष जनरल विंढम था। लखनऊ में सर कैम्पबेल की सेना फँसी हुई थी। बस यही अवसर था, जनरल विंढम को अब कहीं से सहायता नहीं मिल सकती थी। बाला साहब और तांत्या ने सलाह कर विंढम को घेर लिया।

इसे एक दुस्साहस ही कहा जा सकता था। न तो अभी तांत्या टोपे को युद्ध का कुछ अनुभव था, न उसकी सेना ही कुछ संगठित थी; परन्तु उसकी सूझ और साहस अद्वितीय था। कालपी से कानपुर 46 मील है। तांत्या ने चुपचाप यमुना पार करके दोआब में अपनी सेना का शिविर डाला और अपना खज़ाना व अन्य सामग्री जालने में छोड़ी। फिर कानपुर के कुछ गाँवों को दखल किया। जमुना पार करने पर भी उसने एकाएक कानपुर पर आक्रमण नहीं किया। वह चाहता था कि जब तक उसे इस बात की पक्की खबर न मिल जाए कि कैम्पबेल लखनऊ में पूरी तरह उलझ रहा है-वह विंढम को न छेड़े।

उधर विंढम भी चुप न बैठा था। कलकत्ते से आने वाली सेना को उसने कानपुर में ही रोक लिया था और कुछ दलों को कार्थ्यू की कमान में कालपी के मार्ग में नाकाबन्दी करने को भेज दिया था और अब वह शान्ति के साथ तांत्या की प्रतिक्रिया का निरीक्षण कर रहा था। उसके सामने दो प्रश्न थे :

1. क्या तांत्या अवध में जाकर कैम्पबेल की पीठ में छुरा भोंकना चाहता है?
2. या कानपुर पर चढ़ाई करने का इरादा रखता है?

10

विंढम क्रीमिया संग्राम का यशप्राप्त सिपाही था, साहसी भी था, सूझ-बूझ भी। उसकी पैनी थी।

ग्वालियर के सैनिकों ने जून ही में विद्रोह कर दिया था, पर बाद में वे निष्क्रिय बैठे रहे। इन्दौर की सेना ने जब आगरा पर आक्रमण किया तो उसका साथ भी उन्होंने नहीं दिया। जब हैवलाक आदमियों की कमी के कारण संकट में था, वह मौका भी वे चूक गए। कानपुर पर उन्होंने आक्रमण नहीं किया, जो निश्चय ही सफल होता। जब हैवलाक और उटरम लखनऊ चले गए उस समय यदि कोई विवेकी नेता होता तो तत्क्षण ही कानपुर पर आक्रमण करता। पर दुर्भाग्य से ग्वालियर की सेना को संचालित करने वाला कोई साहसी और चतुर दूरदर्शी पण्डित नेता था ही नहीं। ग्वालियर के महाराज और प्रधान दिनकरराव अंग्रेज़ी प्रभाव में थे। यह विद्रोही नेताओं का दुर्भाग्य था कि इतनी शक्तिशाली सैनिक सहायता से वे इतने लम्बे समय तक वंचित रहे। वे आगरा का घेरा डाल सकते थे या दिल्ली को ही अच्छी सहायता पहुँचा सकते थे। ग्रामीण क्षेत्र में छापामार कार्रवाइयाँ कर सकते थे। पर वे अक्टूबर तक पड़े भंग छानते रहे। अक्टूबर में जब वे कालपी की ओर चले तो दिल्ली का पतन हो चुका था।

तांत्या टोपे ने इस सेना को सँभाला। उधर कुँवरसिंह भी कालपी में उससे आ मिला। परन्तु कालपी में गति धीमी और हिचकिचाहट बहुत थी। उस समय ग्वालियर की सेना में 5 हज़ार सवार थे-और साथ में एक अच्छा तोपखाना था। 9 नवम्बर को वे कालपी पहुँचे।

तांत्या टोपे, जिसका वास्तविक नाम रामचन्द्र पाण्डुरंग था, एक अच्छा सैनिक था। वे देशस्थ ब्राह्मण था। नाना से उसके व्यक्तिगत सम्बन्ध थे। वह एक मझोले कद का दुबला-पतला बदसूरत-सा आदमी था। उसके नाक के नथुने कुछ फैले हुए और दाँत भद्दे और टेढ़े थे। माथा नीचा था। साधारणतया वह प्रभावशाली व्यक्ति न था, पर आँखें उसकी तेज़ थीं और उनमें इरादा और साहस झाँकता था। फिर भी उसकी स्फूर्ति में थकावट और अनिश्चितता थी, निर्णायक कार्रवाई करने की योग्यता उसमें न थी। वास्तव में उसे सैनिक शिक्षण नहीं मिला था, न सैनिक अनुभव ही उसमें था। केवल एक नैसर्गिक प्रतिभा और घुड़सवारी तथा निशानेबाज़ी का अच्छा अभ्यास उसे था। वह छापामार व्यूहों में सफल था। परन्तु सम्मुख समर की योग्यता उसमें न थी। वह सैनिक सूझ-बूझ भी नहीं रखता था। यदि वह 13 तारीख को कानपुर आ धमकता जब कि कैम्पबेल लखनऊ में व्यस्त था तो विंढम को नि:शस्त्र करना बहुत आसान था। परन्तु 17 तारीख को जिस दिन सर कौलिन ने रेजीडेन्सी का उद्धार किया-तांत्या अभी अपने लक्ष्य से 15 मील दूर था।

विंढम को आज्ञा थी कि जब तक अनिवार्य न हो खाइयों से बाहर युद्ध न करे परन्तु 17 को विंढम शहर से निकलकर आगे बढ़ा। उसने सोचा कि महत्त्वपूर्ण स्थानों पर ज़ोरदार हमले करके वह शतु को खदेड़ सकेगा और नगर और उसके आस-पास के क्षेत्र की आग और लू से रक्षा कर लेगा। परन्तु इसी बीच लखनऊ से उसका सम्पर्क टूट गया और उसने 24 तारीख को कालपी सड़क पर नहर के किनारे डेरा डाला। 26 को तांत्या से उसकी मुठभेड़ हुई और उसने तांत्या को खदेड़ कर उसकी दो तोपें हथिया ली; परन्तु दूसरे दिन उसे हटना पड़ा और 28 तारीख को उसे खाइयों में शरण लेनी पड़ी।

इस समय सर कौलिन कानपुर की ओर चल चुका था। जब उसे यह सूचना मिली कि विंढम संकट में है, वह सेना को पीछे छोड़ अपने कुछ अफ़सरों के साथ घोड़े पर चढ़ तेज़ चाल से कानपुर की ओर दौड़ा। नावों का पुल उसके भाग्य से अभी अलग था। जब उसने कानपुर में कदम रखा तो अंग्रेज़ी सेना अन्तिम साँस ले रही थी, पर कौलिन के पहुंचते ही तख्ता पलट गया। तांत्या ने यह अवसर भी खो दिया। कैम्पबेल एकदम हमला नहीं कर सका, जब तक मार्ग-रक्षक दल सड़क पर नहीं पहुंच गया। तांत्या ने पुल नष्ट करने की चेष्टा की, परन्तु सफलता नहीं मिली। 6 सितम्बर को कैम्पबेल ने हमला बोल दिया। उसने तांत्या के वामपार्श्व पर आक्रमण किया और ग्वालियर की सेना और नाना की सेना का सम्बन्ध विच्छिन्न हो गया। विद्रोही सेना बिठूर की सड़क पर पीछे हटी। शहर अब भी तांत्या के हाथ में था। परन्तु उसकी सेना का वामपक्ष हट चुका था और शिविर हाथ से जा चुका था। इसलिए उसका वहाँ जमा रहना

सम्भव न था। वह रात्रि में पीछे हटा। उसके पीछे ग्राण्ट को भेजा गया। उसने सराय घाट में उन्हें बखेर दिया। इस प्रकार तांत्या की योजना विफल हो गई। उसकी सेना छिन्न-भिन्न हो गई और उसकी तोपें छिन गईं।

इसी समय ग्राण्ट को पता लगा कि नाना बिठूर में है। वह बिठूर पहुँचा। नाना के महल और मन्दिर ढहा दिए गए थे। परन्तु अफ़वाह थी कि नाना अपना खज़ाना महल के कुएँ में डाल गया है। कुएँ का पानी निकाला गया। कुएँ की तह में भारी-भारी बल्लियाँ भरी थीं। उनके हटाने पर चाँदी की सिल्लियाँ मिलीं, जो काली हो गई थीं। इनके अलावा एक चाँदी का ठोस हाथी का हौदा, बहुत-सी सोने की तश्तरियाँ और अन्य बहुमूल्य वस्तुएँ मिलीं। सबके नीचे गोला-बारूद के सन्दूक थे, जिनमें मुहरें और रुपये भरे हुए थे। अकेले इन सिक्कों की कीमत 2 लाख पाउण्ड थी। अन्य सामग्री भी दस लाख पाउण्ड से कम की न थी। यह सब माल सरकार ने ज़ब्त कर लिया।

11

अब सुरक्षा पंक्ति में किसी भी क्षण दरार पड़ सकती थी। यदि सुरक्षा पंक्ति को भेद कर विद्रोही भीतर घुस आते तो उन्हें रोकने की सामर्थ्य किसी में न थी। अंग्रेज़ों की असहायावस्था देखकर भारतीय सिपाही जो अब तक जी-जान से अंग्रेज़ों की सहायता कर रहे थे बेदिल हो रहे थे। उनमें बहुत-से भाग गए थे। शेष भी अंग्रेज़ों को छोड़कर चल देने का निश्चय कर चुके थे। अब विद्रोहियों के सम्मुख डटे रहना एक प्रकार से असम्भव था और कर्नल इंग्लिश अपने सबसे कठिन कर्तव्य-पालन की तैयारी कर चुके थे। वे नहीं चाहते थे कि लखनऊ में कानपुर की पुनरावृत्ति हो और उनके स्त्री-बच्चे कसाइयों की छुरी से हलाल किए जाएँ। उन्होंने निश्चय कर लिया था कि घेरे में बन्द स्त्री-बच्चों को गोली से उड़ा दिया जाएगा और प्रत्येक सशक्त व्यक्ति लड़ते-लड़ते अपनी जान देगा।

हैवलाक को यह हालत मालूम थी और अब अधिक सोच-विचार करने का अवसर ही नहीं था। अत: उसने लेफ्टिनेण्ट-जनरल मैक्लोड इनस से मिलकर एक योजना बनाई। आलमबाग से रेजीडेन्सी को जो सीधा मार्ग जाता था, उस पर इस समय अवध के नेताओं ने ज़बरदस्त मोर्चाबन्दी कर रखी थी। इसलिए इनस ने प्रस्ताव रखा कि चारबाग पुल तक जाकर दाहिनी ओर मुड़ जाना चाहिए और नहर के किनारे-किनारे शहर का चक्कर लगाकर एकदम उस मैदान में पहुँच जाया जाए जो कैसरबाग और दूसरे महलों तथा नदी के बीच में पड़ता है। उटरम ने भी इस योजना को पसन्द किया और जनरल हैवलाक 25 सितम्बर को सूर्योदय से कुछ पूर्व ही चल दिया और निर्विघ्न बेगम कोठी पर अधिकार करके सिकन्दर बाग जा पहुँचा।

अब अवध की सेना को अपनी भूल मालूम हुई है। मोतीमहल पहुँचकर वह रुका। अब रेजीडेन्सी उससे 11 सौ गज़ के अन्तर पर थी। मोतीमहल और रेजीडेन्सी के बीच छतरमंज़िल के महल थे। छतरमंज़िल के लिए कोई प्रवेश-द्वार न था। वे खास बाज़ार होकर चक्करदार मार्ग

से बढ़े। बड़े ही ज़बर्दस्त प्रतिरोध का उसे सामना करना पड़ा। किन्तु अन्तत: वह और उटरम सांडर्स की चौकी में होकर रेजीडेन्सी में घुस गए। 11 सौ गज़ का यह मार्ग पार करने में उन्हें दो दिन लगे और 31 आफ़ीसर तथा 504 जवान रणक्षेत्र में काम आए। जनरल नील भी इसी मोर्चे पर मारा गया। यह एक साहसिक कार्य था। और इस भीषण हानि को अंग्रेज़ इस मुहिम की ज़बर्दस्त मुठभेड़ को देखते तुच्छ समझ रहे थे।

हैवलाक ने यहाँ आकर रेजीडेन्सी में घिरी सेना को सर्वनाशी दुर्भाग्य से बचा लिया था। जनरल हैवलाक ठीक समय पर ही वहाँ पहुँचे थे। हैवलाक एक प्रकार से अन्धा हो गया था। प्रत्येक भारतीय को वह मार डालना चाहता था। उसने बहुत-से उन भारतीय सैनिकों को भी मार डाला, जो इस गाढ़े समय अंग्रेज़ों के लिए जान दे रहे थे। उनकी रक्षा के लिए अंग्रेजों ने उनकी बाँहों में सुर्ख बिल्ले बँधवा दिए।

हैवलाक के पहुँचने पर एक क्षणिक उल्लास घेरे में पड़े लोगों को हुआ; परन्तु शीघ्र ही विलीन हो गया। वास्तव में उनकी मुक्ति नहीं हुई थी। कुछ और बन्दी आ बढ़े थे। अब उनके निवास और भोजन की समस्या थी जो किसी तरह हल नहीं हो रही थी। इस समय भी एक लाख अवध सेना घेरा डाले पड़ी थी और नाना भी उसके साथ थे। उटरम आलमबाग जाकर और अधिक सेना और रसद लाने की बाबत सोच रहा था। इस बात ने घेरे में पड़े लोगों को भी चिन्तित कर दिया था।

राजा मानसिंह समझौते की बात चला रहा था-परन्तु उसका कुछ भी परिणाम होता नज़र नहीं आता था। मानसिंह और दरोगा वाज़िदअली ने अपने कारिन्दे और अनन्तराम की मदद से कई अंग्रेज़ स्त्रियों को मौलवी के शिविर से बचाया था। पर वास्तव में उसका मन ढिलमिल था। वह खुलकर न अंग्रेज़ों का मित्र बनता था न शत्रु। वह दोनों पक्षों से अच्छे सम्बन्ध बनाए रखना चाह रहा था और इस प्रतीक्षा में था कि जो पक्ष जयी हो उसी से खुलकर मिला जाए।

उटरम की योजना यह थी कि लखनऊ में स्थानीय बड़े लोगों की एक अस्थायी सरकार बना दी जाए और जब तक अंग्रेज़ दुबारा लखनऊ पर अधिकार न कर लें वह प्रबन्ध करे। इस बीच घेरे के आदमियों को निकाल लिया जाए। उसके पास कानपुर से खराब सूचनाएँ आ रही थीं। वहाँ ग्वालियर की सेना और कालपी में जमाव होने की सूचनाएँ निरन्तर मिल रही थीं। फिर भी वह लखनऊ को छोड़ना नहीं चाहता था। उसने प्रधान सेनापति को अवश्य लिख दिया था कि वह लखनऊ सहायता पहुँचाने से पूर्व कानपुर को सुरक्षित करे।

12

इस समय रेजीडेन्सी में जो भारतीय सिपाही काम कर रहे थे उनमें से बहुत-से भाग गए थे। जो थे उन पर सन्देह किया जा रहा था कि वे विद्रोहियों से मिले हुए हैं। जिन पर शक होता, उन्हें ऐसी चौकियों पर भेज दिया जाता जहाँ से बचकर भागना कठिन था। गबिन्स प्राय: उनसे आग्रह

करता था कि वे अपना बचा हुआ रुपया उनके पास जमा कर दें। इससे सिपाही समझने लगे कि हमारा विश्वास नहीं किया जा रहा। घेरा डालने वाले उन्हें धर्मत्यागी और धर्म से लड़ने वाले कहते थे। इन सब बातों का उन पर खराब प्रभाव पड़ता जा रहा था। अंगद जो उनका विश्वस्त दूत था उस पर भी अब विश्वास नहीं किया जा रहा था। सन्देह था कि वह बहुधा रेजीडेन्सी से बाहर जाता ही नहीं है। कहीं छिप जाता है और अंग्रेज़ों की विजयों की झूठी-सच्ची खबरें देता रहता है।

सात नवम्बर को एक सन्देशवाहक कानपुर से मेजर ब्रूस का एक पत्र लेकर आया। उसमें लिखा था कि सर कौलिन कैम्पबेल एक शक्तिशाली सेना को लेकर आ रहे हैं। तीन दिन में उनके आलमबाग पहुँचने की आशा है। परन्तु चाहते हैं कि उन्हें कोई ऐसा यूरोपियन मार्गदर्शक मिल जाए जो उस भूमि से अच्छी तरह परिचित हो।

सर कौलिन कैम्पबेल एक प्रसिद्ध सेनापति और सूझबूझ के सैनिक थे। वे पचास वर्षों से सैनिक सेवा में थे। उन्होंने वेस्टइण्डीज़ और चीन में महत्त्वपूर्ण सेवाएँ की थीं। वे परिपक्व योग्यता और अनुभव के सिपाही थे। क्रीमिया युद्ध में उन्होंने महत्त्वपूर्ण भाग लिया था। लार्ड डलहौज़ी से मतभेद हो जाने पर उसने अपने आधे वेतन पर अवकाश ग्रहण किया था। 11 जुलाई को उसे भारतीय सेना का सर्वोच्च प्रधान सेनापति नियुक्त किया गया और उसने उसी दिन प्रस्थान कर दिया। 13 अगस्त को वह कलकत्ते पहुंचा। अगस्त का मास अंग्रेज़ों का संकट का महीना था; परन्तु उसने एकदम युद्धक्षेत्र को प्रस्थान नहीं किया बल्कि अपने-आपको प्रशासनिक और संगठन के कार्य में लगाया। जब अतिरिक्त सैन्य दल आ गया तो उसने उत्तरी क्षेत्र में प्रवेश किया जो विद्रोहाग्नि से धधक रहा था।

इस समय उसके पास पर्याप्त गोला-बारूद, तम्बू, अस्त्र-शस्त्र तथा अन्य आवश्यक सामग्री थी। 27 अक्टूबर को वह कलकत्ते से चला। बनारस और इलाहाबाद के बीच वह अपने शत्रुओं से पकड़े जाने से बाल-बाल बचा। इलाहाबाद में उसे सूचना मिली कि उटरम को राशन संकट का सामना करना पड़ रहा है। वह 3 नवम्बर को कानपुर पहुंचा। यहाँ उसे गहरे असमंजस का सामना करना पड़ा। लखनऊ को तत्काल सहायता की आवश्यकता थी। उसे भय था कि यदि लखनऊ की भूख-पीड़ित दुर्ग-सेना को शीघ्र सहायता नहीं दी गई तो वह अपनी चौकी कायम न रख सकेगी; परन्तु कानपुर में उसने देखा कि ग्वालियर सैनिक टुकड़ी कानपुर को खतरा उत्पन्न कर रही है। उसने सुना कि तांत्या टोपे और नाना साहब ने कालपी में ज़बर्दस्त सेना की तैयारी कर रखी है।

सोच-विचार कर उसने लखनऊ आगे बढ़ने का ही निश्चय किया। पर उसने विंढम को एक टुकड़ी सेना और तोपखाना देकर आदेश दिया कि कानपुर की ओर शत्रु बढ़े तो डटकर सामना करे; पर वह उस समय तक आक्रमण करने को बाहर न निकले जब तक कि इसके लिए बाध्य न हो जाए।

वह 9 नवम्बर को कानपुर से चला। उसके पास घेरा डालने में अति कुशल एक सैनिक दल था, जिसमें पील की नौसैनिक ब्रिगेड के नाविक तथा घुड़सवार सेना की एक टुकड़ी तथा घुड़सवार तोपखाने के आदमी थे, जिनका नेतृत्व होपग्राण्ट कर रहा था। दिल्ली का पतन हो चुका था और अब ब्रिगेडियर विलसन ने दो सैनिक दस्तों को भेजा था। एक दस्ता कर्नल ग्रेट हैण्ड की कमान में बुलन्दशहर और अलीगढ़ होता हुआ आगरा की राह कानपुर आ रहा था। फिरोजाबाद में कर्नल होपग्राण्ट ने उसकी कमान सँभाली थी। यह सेना अक्टूबर के अन्तिम सप्ताह में कानपुर पहुंची थी और कैम्पबेल ने उसे लखनऊ रवाना कर दिया था। बंटेरा में इसे विद्रोही सेना से युद्ध करना पड़ा। प्रधान सेनापति ने उसे बंटेरा ही में पड़ाव डालने की आज्ञा दी थी, जहाँ प्रधान सेनापति 35 मील के कठिन अभियान के बाद उनसे आ मिला।

सर कैम्पबेल के पास समय कम था। वे चाहते थे कि कालपी की सेना कानपुर पर अभियान करे इससे पूर्व कि लखनऊ का उद्धार हो जाए और वह वहाँ से कानपुर लौट सके। इसी से उसने लखनऊ से एक अच्छे यूरोपियन पथप्रदर्शक की माँग की थी।

थामस हैनरी कैवेन ने अपनी सेवाएँ स्वेच्छा से इस काम के लिए प्रस्तुत की। वह लखनऊ के डिप्टी कमिश्नर की कचहरी में एक क्लर्क था। परन्तु घेरे ने प्रत्येक असैनिक को सैनिक बना दिया था। वह एक भारतीय गुप्तचर की खोज करने लगा जो उसके साथ रह सके। इस समय अंगद ने काम बन्द कर दिया था और कनौजीलाल काम कर रहा था। पहले वह भी कचहरी का एक नाज़िर था। उससे हेनरी की जान-पहचान भी थी। कनौजीलाल एक साहसी आदमी था, अतः कनौजीलाल को साथ चलने को सहमत करके कैवेन नेपियर के पास गया। परन्तु नेपियर ने उसके इस दुस्साहस का समर्थन नहीं किया; पर उसे सर जेम्स उटरम के पास भेज दिया। पहले तो उटरम भी असमंजस में रहा, पर बाद में उसने अनुमति दे दी।

कैवेन ने अपने हाथों और चेहरे को लैम्प की स्याही से रंग लिया और एक रंगीन देशी पोशाक पहन एक गण्डा-सा प्रतीत हो रहा था। पीला रेशमी कुर्ता, लाल पगड़ी, चुस्त पायजामा और देशी जूता। देखकर नेपियर ने भी उसे नहीं पहचाना। आधी रात में वह उटरम के पास पहुँचा। उसने बारीकी से उसकी जाँच की। और तो सब ठीक था पर, उसकी तीखी आँखें भेद खोल रही थीं। तय यह हुआ कि वे लोग रातो-रात जाएँ।

दोनों आदमी गोमती में घुसकर बाएँ किनारे-किनारे चले। वे सकुशल पत्थर के पुल तक आ पहुँचे थे। अब उन्होंने नदी पार कर शहर में प्रवेश किया। शहर की सड़कों पर सन्नाटा था, न रोशनी थी, न आदमी का नामोनिशान था। वे अब बाहर निकलकर खेतों-ही-खेतों में होते हुए एक गाँव में पहुँचे। वहाँ कुत्ते भौंकने लगे। वे भागकर एक दलदल में घुस गए। घुटने तक दलदल में उन्हें दो घण्टे तक चलना पड़ा। कैवेन थक गया। उसके हाथ-पैरों का रंग छूट गया। कनौजीलाल ने बहुत डाँट-फटकार की और पकड़े जाने का भय प्रकट किया। पर वह 15 मिनट तक मुर्दों की भाँति पड़ा रहा। जब वे आगे बढ़े तो कुछ ग्रामीण भागते हुए मिले जो अंग्रेज़ों के

भय से भागे जा रहे थे। अब रात बीत रही थी-वे एक आम के बाग में पहुँचे। कैवेन चाहता था कि वह एक घण्टा सो ले पर कनौजीलाल कह रहा था कि अंग्रेज़ी छावनी में दिन निकलने से पूर्व ही पहुँच जाना चाहिए। इसी समय अंग्रेज़ी घुड़सवार सेना की चौकी के सिख ने उन्हें देखकर ललकारा। वे शुत्र-मित्र को अँधेरे में न पहचान पाए और भागे। पर सवार उनके सिर पर पहुँच गया और उसने एक ठोकर कैवेन को मारी और वह दोनों को बन्दी बनाकर अंग्रेज़ों की छावनी में ले गया।

छावनी पहुंचते ही कठोर चेहरे वाला प्रौढ़ आयु का आदमी बाहर आया। कैवेन उसके निकट गया और अंग्रेज़ी में कहा-मैं सर कैम्पबेल को अपना परिचय देना चाहता हूँ।

'मैं ही सर कौलिन कैम्पबेल हूँ।'

कैवेन ने अपनी पगड़ी उतारकर एक ओर फेंक दी और उसमें छिपा हुआ एक पत्र सर कौलिन के हाथों में थमा दिया। पत्र सर उटरम का था। इसके बाद उन्होंने एक निश्चित संकेत किया जिससे रेजीडेन्सी के आदमियों को ज्ञात हो गया कि कैवेन ठिकाने पर पहुंच चुका है। बाद में इस व्यक्ति को विक्टोरिया क्रास और 20 हज़ार रुपया इनाम मिला और उसे असिस्टेण्ट कमिश्नर का पद दिया गया। कनौजीलाल को भी तहसीलदार बना दिया गया। 5 हज़ार रुपये इनाम और 837 रुपये वार्षिक आय का एक गाँव भी दिया गया।

13

सर कौलिन सोचता था कि अवध जीतने के लिए 30 हज़ार आदमी चाहिए।

इसी से उसने इरादा किया कि अवध को शरद् ऋतु में जीता जाएगा। परन्तु राजनीतिक दृष्टि से लखनऊ का महत्त्व दिल्ली ही के समान था। लखनऊ पर जब तक यूनियन जैक नहीं फहराता तब तक उत्तर भारत का प्रत्येक व्यक्ति यही समझता कि अंग्रेज़ों की हार हो गई है। इसी धारणा से लार्ड कैनिंग ने लिखा था कि इस वक्त भारत में हर किसी की निगाह लखनऊ पर है, जैसी कि दिल्ली पर थी। अवध केवल विद्रोहियों के संगठन का केन्द्र मात्र ही नहीं है अपितु वह परम्परागत राजवंश का प्रतीक है, जहाँ का राजा फिर से अपनी सत्ता स्थापित करने का प्रयत्न कर रहा है। अवध और उसके साथ हमारे सम्बन्ध एक ऐसी बात है जो प्रत्येक भारतीय के मस्तिष्क में गत दो वर्षों से विद्यमान है। अब प्रत्येक भारतीय यह सोचता है कि हमने जो कुछ प्राप्त किया है उसे फिर से अपने अधिकार में रखने में हम समर्थ हैं कि नहीं।

इस राजनीतिक दृष्टिकोण ने सैनिक निर्णय को रद्द कर दिया और सर कौलिन को रुहेलखण्ड की अपेक्षा अवध को प्राथमिकता देनी पड़ी। उटरम अभी भी आलमबाग में मुकर्रर था, पीछे हटने की अनुमति नहीं दी गई।

अवध पर उत्तर की ओर से प्रथम आक्रमण हो चुका था। नेपाल का राणा जंगबहादुर इस समय भी अंग्रेज़ों का मित्र था। जुलाई में ही उसने 3000 गोरखों को गोरखपुर भेज दिया था।

अब 21 दिसम्बर को वह स्वयं 10 हज़ार गोरखे लेकर सीमान्त पर आ पहुँचा। अब सर कौलिन भी फतेहगढ़ से चला और कानपुर जा पहुँचा। 19 फरवरी को जनरल फ्रैंक और गोरखा दल ने चन्दा नामक स्थान में अवध की एक सेना से युद्ध किया जो महदी हुसैन और बन्दा हसन की कमान में थी। अवध की सेना हारकर हट गई और फ्रैंक सुलतानपुर की ओर बढ़ा जहाँ सेनापति गफूर एक भारी सेना लिये उसकी प्रतीक्षा कर रहा था। एक घनघोर संग्राम हुआ। अन्त में विजय अंग्रेजों को मिली। यहाँ फ्रैंक ने पड़ाव डाला और अपनी सेना को विश्राम का अवसर दिया। दूसरे दिन जालन्धर से तीसरी सिख रेज़ीमेण्ट भी उससे आ मिली। 4 मार्च को वह लखनऊ से 8 मील के अन्तर पर था। यहीं राणा जंगबहादुर भी उससे आ मिला।

इस समय आलमबाग में उटरम बड़ी दुरावस्था में पड़ा था। उसके पास आदमियों की बेहद कमी थी और वह इतने खतरों से भरे स्थान पर बड़ी ही कठिनाई से अपनी स्थिति ठीक रख रहा था। वह लखनऊ से इतना निकट था कि विद्रोहियों की नज़र से बचकर नहीं रह सकता था। कानपुर से सम्पर्क बनाए रखना भी उसके लिए सम्भव न था। वह हर बार सोचता था कि उसे कानपुर के और अधिक निकट पहुँच जाना चाहिए; पर प्रधान सेनापति का आदेश था कि वह आलमबाग को न छोड़े! वह जानता था कि अंग्रेज़ों का अगला कदम लखनऊ की ओर है। इसलिए आलमबाग प्रत्येक मूल्य पर उसे अपने अधिकार में रखना ही चाहिए। यद्यपि अवध की सेना खूब जोश में थी और स्वयं बेगम सेना का नेतृत्व करती थी, पर उटरम पर आक्रमण नहीं किया गया। वास्तव में अवध की सेना में जहाँ दुर्दम्य साहस था वहाँ उनमें नेतृत्व की भारी कमी थी। यदि अवध की या दिल्ली की सेना में ठीक-ठाक नेतृत्व हुआ होता तो अंग्रेज़ कमाण्डर के लिए अपनी स्थिति को बनाए रखना असम्भव हो जाता।

तीन महीने तक उटरम विद्रोही सेना को रोके रहा तथा आलमबाग में अपनी स्थिति को कायम रखे रहा। उसे भारी कठिनाइयों का सामना करना पड़ा। फिर भी उसने आलमबाग पर अधिकार कायम रखा। इस बीच प्रधान सेनापति को अपनी सब तैयारियां पूरी करने का अवसर मिल गया। अब उसे कानपुर की ओर से कोई चिन्ता न थी। उसने होम ग्राण्ट को कानपुर से 25 मील दूर फतेहपुर चौरासी में भेज दिया था जहाँ नाना के छिपे रहने का सन्देह था। होमग्राण्ट ने वहाँ पहुँचकर उस किले को ज़मींदोज़ कर दिया जो विद्रोही नेता जसासिंह का स्थान था। परन्तु नाना वहाँ नहीं मिला। सर कौलिन ने पहली मार्च को लखनऊ की ओर प्रस्थान किया और 50 मील घोड़े पर चढ़कर वह आलमबाग आ पहुँचा। वहाँ से वह वैहेरा आया जहाँ ग्राण्ट उसकी प्रतीक्षा कर रहा था।

14

विद्रोह से पूर्व फतेहगढ़ एक नवाब की रियासत थी। पर नवाब ने राष्ट्र सन्धि के द्वारा सन् 1801 में ही उसे अंग्रेज़ों को स्वेच्छा से दे दिया था और वह एक लाख आठ हज़ार रुपये सालाना पेन्शन पाता था। वहाँ 10वीं पैदल देशी सेना की एक टुकड़ी कर्नल स्मिथ के अधिकार में रहती

थी तथा यहाँ तोपगाड़ियों का एक कारखाना किले में स्थापित था। फतेहगढ़ फर्रुखाबाद से कुछ आगे एक सैनिक महत्त्व की चौकी थी, जो कानपुर से आगरा जाने वाली सड़क पर थी। इस समय यहाँ की सेना बर्मा गई हुई थी। कर्नल स्मिथ ने जून ही में यहाँ के अंग्रेज़ स्त्री-बच्चों को कानपुर भेज दिया था। उसके बाद ही उसने अपने तीन अंग्रेज़ साथियों के साथ नाव पर बैठकर किला खाली कर दिया था। 18 जून को विद्रोही दल ने पुराने नवाब के एकमात्र वंशधर को फतेहगढ़ का नवाब घोषित कर दिया था। अब वह विद्रोहियों का ज़बर्दस्त अड्डा था।

कैम्पबेल चारों ओर से फतेहगढ़ के विद्रोहियों को घेरना चाहता था। उसने एक सैनिक टुकड़ी कर्नल वालपोल की अधीनता में रवाना की। उधर दिल्ली से कर्नल सीटन की कमान में एक टुकड़ी आ रही थी। दोनों सेनाएँ मैनपुरी में मिल गईं। सर कौलिन भी पीछे-पीछे गंगा के किनारे-किनारे चला आ रहा था। उसका इरादा दोआब को विद्रोहियों से साफ़ करके उन्हें खदेड़कर रुहेलखण्ड और अवध पहुंचना था। वह इस समय मीरन सराय तक आ पहुँचा था, जहाँ हडसन उसे सीटन के पत्रों को लेकर मिला। जब प्रधान सेनापति काली नदी पर पहुँचा तो वहाँ का पुल टूटा हुआ पाया; पर उसके ढाँचे की मरम्मत हो सकती थी। उसने तेज़ी से पुल की मरम्मत कर ली। विद्रोही सेना ने उसे बाधा न दी पर जब सेनापति की सेना पुल पार करने लगी तो गोलियों की उस पर बौछार पड़ी। किन्तु वे खदेड़ दिए गए। फतेहगढ़ आसानी से फतह कर लिया गया। जब नवाब ने किला खाली किया तो एक लाख पौण्ड मूल्य की सरकारी सम्पत्ति मिली, जिसमें तोपों को ले जाने वाली गाड़ियों के कारखाने में काम में आने के लिए पकाई हुई लकड़ी, सब प्रकार का बन्दूक, सिपाहियों के कपड़े, तम्बू और अन्य सैनिक सामान था। विद्रोहियो ने किले में गोला-बारूद का कारखाना खोल रखा था। उसे भी वे वैसा ही छोड़ भागे। उस स्थान को उड़ाने की भी उन्होंने नहीं सोची।

3 तारीख की शाम को सर कैम्पबेल किले में दाखिल हुआ। इस समय अवध तीन भागों में बँटा था और तीन भागों का नेतृत्व तीन नेता कर रहे थे-एक मौलवी अहमदशाह फैज़ाबादी, दूसरे नाना साहब और बेगम हज़रत महल, तीसरे राजा बेनीमाधव।

कैम्पबेल अब कानपुर पहुंच चुका था। टोपे का आतंक इस समय कानपुर को कँपा रहा था। उटरम लखनऊ में कैम्पबेल के आने की प्रतीक्षा बड़ी बेसब्री से कर रहा था। मौलवी की तलवार और ज़बान दोनों ही अपना काम कर रही थीं। वह अद्वितीय वक्ता था। बेगम हज़रत महल अब स्वयं शस्त्र बाँध घोड़े पर चढ़ अपने मोर्चों पर सेना का संचालन करती थीं। इस समय उनका दाहिना हाथ वज़ीर राजा बालकृष्ण भी मर गए। लखनऊ के प्रत्येक मार्ग पर खाइयाँ बनी थीं और मोर्चे लगे हुए थे। गोमती से नहरें काट दी गई थीं और मौके-मौके पर तोपें जमा दी गई थीं। लखनऊ के उत्तर भाग को छोड़ सर्वत्र युद्ध हो रहा था। अब मार्च व्यतीत हो रहा था। यह सबसे भारी घमासान का काल था। इन्हीं दिनों हडसन मारा गया। अब केवल मौलवी ही मैदान में डटा था परन्तु अन्त में उसे भी मोर्चा छोड़कर हटना पड़ा।

15

2 मार्च की भोर होते ही लखनऊ पर अभियान आरम्भ हुआ। इससे पूर्व ही प्रतिरक्षा की पर्याप्त व्यवस्था कर ली गई थी। नदी के किनारे मिट्टी से भर दिए गए थे तथा शहर में तीन अवरोध-पंक्तियाँ खड़ी कर दी गई थीं। गोमती के उत्तर किनारे अरक्षित अवश्य थे। सर कौलिन के पास 19 हज़ार सेना थी। फ्रैंक्स और जंगबहादुर राणा की मिलकर अब उनकी संख्या तीस हज़ार से भी ऊपर हो गई थी।

प्रधान सेनापति धीरे-धीरे आगे बढ़ा। उटरम गोमती के उत्तर तट की देखभाल करता हुआ बढ़ा और उसने लोहे के पुल पर अधिकार कर लिया। पर सर कौलिन ने पुल पार करने की अनुमति नहीं दी। वास्तव में वह बहुत फूंक-फूंककर पैर रख रहा था। न वह किसी प्रकार का खतरा मोल लेना चाहता था। उसने गोमती के दक्षिणी तट पर आगे बढ़कर दिलकुशा पर अधिकार कर लिया। इसके बाद मार्टीनियर और फिर एक के बाद एक किलेबन्द महलों, दीवारों से घिरे हुए बागों, मस्जिदों और मकबरों को लिया गया। अवध की सेना कहीं भी टिक न सकी। अन्तत: उसने शहर खाली कर दिया। परन्तु उन्होंने जी तोड़कर युद्ध किया। बेगम की कोठी पर वे एक हज़ार योद्धाओं की लाशें छोड़ गए। अन्तत: 18 मार्च को लखनऊ पर अंग्रेज़ों का अधिकार हो गया। शहर के सब शक्तिशाली केन्द्र उनके हाथों में आ गए। अवध की सेना सामूहिक रूप से बचकर निकल गई। मूसा बाग में 19 को घनघोर संग्राम हुआ। मौलवी ने 22 तक मोर्चा लिया।

अब लखनऊ ने वह दिन देखा जो कभी न देखा था। बेगम की कोठी पर कब्ज़ा करते ही लूट और कत्ल का ताण्डव आरम्भ हुआ। लखनऊ एक समृद्ध-सम्पन्न नगर था। दिल्ली उजड़कर लखनऊ बसा था यह कहना अत्युक्ति नहीं। दिल्ली के अन्तिम दिनों में जब मुगल तख्त खोखला हो चुका था, दिल्ली के बड़े-बड़े साहूकार, महाजन और कारकुन लखनऊ-बनारस से मुर्शिदाबाद तक बस गए थे। लखनऊ में बड़े-बड़े शाही संग्रहालय थे। उन सबको तोड़-फोड़कर तथा दुकानों के ताले तोड़कर उनका सामान चौक में ढेर कर दिया गया। कीमती डब्बे, कशीदा किए गए कपड़े, सोने-चाँदी के गोटे, चाँदी के बर्तन, हथियार, भाण्डे-ढोल, शाल-दुशाले, गले में डालने के रूमाल, बाजे, आईने, तस्वीरें, दस्ती किताबें, बहियाँ, दवाइयों की बोतलें, झण्डे, ढाल-भाले और अनगिनत चीज़ों का चौक में पहाड़ लगा था। लोग उन्हें पैरों से रौंदते हुए चल रहे थे। सिपाहियों को लूट और कत्ल का नशा सवार था। रईसों और नवाबों की चिड़ियों के शिकार की छोटी-छोटी बन्दूकें-जिन पर सोने के पत्र तथा जवाहरात जड़े थे-तोड़-फोड़ कर सोना और नगीने निकाल लिये गए। गोटा और ज़रदोज़ी के कामशाल और भारी-भारी जोड़े चौक में जलाए जा रहे थे और वहशी गोरे उनका चाँदी-सोना इकट्ठा कर रहे थे। चीनी के कीमती बर्तन चूर-चूर किए जा रहे थे। बहुमूल्य रत्नजटित कला की अनुपम कृतियाँ तोड़-तोड़ कर उनसे हीरे-मोती निकाले जा रहे थे। तस्वीरों को फाड़ डाला गया था या आग की लपटों में फेंक दिया गया था। फ़र्नीचर और लकड़ी के सामान का भी यही हाल हुआ था।

एक बदज़ात बांदी के संकेत से लेफ्टिनेण्ट-कर्नल गार्डन अलेग्जेण्डर शाही तोशाखाने में घुस गया। यह स्थान अत्यन्त गुप्त था। यह 12 फुट लम्बा-चौड़ा वर्गाकार कमरा था, जिसमें तीन ओर तीन-तीन फुट के फासले से अलमारियाँ लगी थीं, जिनमें ठसाठस बहुमूल्य वस्तुएँ भरी थीं। बड़े-बड़े बक्स, जिनमें कीमती कश्मीरी शाल भरे थे, चाँदी और जवाहरात से मढ़ी हुई तलवारें और दूसरे हथियार थे, एक सोने की ठोस सन्दूकची थी, जिसमें अलग-अलग खानों में जवाहरात भरे थे। हीरा-मोती-लाल-पुखराज। एक बक्स में कुल्लेदार टोपियाँ थीं जो रंग-बिरंगी मखमल की थीं। उन पर बहुमूल्य रत्न जड़े थे। लूट का अधिकांश माल लूटनेवालों ने हथिया लिया। युद्धजित वस्तुओं के अभिकर्ता को बहुत कम चीजें मिलीं। कुछ गोरों को इतनी सम्पदा मिली कि जिनसे स्काटलैण्ड, इंग्लैण्ड और आयरलैण्ड की बन्धक जायदादों को छुड़ाया जा सकता था। और जिनसे बड़े-से-बड़े बन्दरगाह खरीद लिये जा सकते थे। जवाहरात से भरी अनगिनत सन्दूकचियाँ युद्धजित माल के अभिकर्ताओं ने हथिया लीं। इनमें से एक ने लखनऊ की लूट के दो साल बाद 21 लाख 80 हज़ार पौण्ड का कर्जा चुकाकर ऋणग्रस्त जायदाद को बन्धक भार से मुक्त किया। फिर भी जो माल प्रकट में युद्धजित वस्तु की भाँति ग्रहण किया उसका मूल्य तेरह लाख पौण्ड के लगभग था।

अवध के नेता मौलवी और बेगम बचकर निकल भागे। फिरोज़शाह भी भाग गया। कुँवरसिंह कुछ पूर्व ही आज़मगढ़ चले आए थे। फिर भी अवध के शाही परिवार के अनेक लोग पकड़े गए। अवध की बेगमात और शाही खानदान की औरतें एक अंधेरे दालान में सिर नीचा किए अपना भाग्य परिवर्तन देख रही थीं, जिन्हें उनके भाग्य ने एक रात में शाह से भिखारिन बना दिया था।

सर जेम्स उटरम ने नगरवासियों से नगर में लौट आने की अपील की। परन्तु उन पर जो जुल्म ढाए गए थे उससे उन्हें नगर में लौट आने की हिम्मत नहीं हो रही थी। फिर भी लोग धीरे-धीरे वापस लौटने लगे।

गवर्नर-जनरल ने एक घोषणा प्रचारित की जो बहुत ही कठोर थी। इस घोषणा के आधार पर केवल 6 खास-खास ताल्लुकेदारों को छोड़कर शेष सब ज़मींदार रईसों को उनकी पैतृक भूमि से वंचित कर दिया गया। इस घोषणा में उसने यह भी स्पष्ट कर दिया कि वे एक महान अपराध के दोषी हैं और उनसे प्रतिशोध लिया जाएगा। केवल वफ़ादारों को पुरस्कार दिया जाएगा और शेष के सम्पूर्ण स्थायित्व के अधिकार अब अंग्रेज़ी सरकार ने ले लिये हैं। परन्तु उन ताल्लुकेदारों, सरदारों, ज़मींदारों और उनके साथियों को, जो तत्काल अवध के चीफ़ कमिश्नर को आत्मसमर्पण करेंगे-गवर्नर-जनरल वचन देते हैं कि उनका जीवन और उनकी प्रतिष्ठा सुरक्षित रहेगी परन्तु जिन्होंने अंग्रेज़ों के खून से हाथ रंगे हैं, उन्हें दण्डनीय माना जाएगा।

लार्ड कैनिंग ने यह घोषणा इलाहाबाद से जारी की। परन्तु वह भूल गया कि ये शब्द भारतीयों के लिए कितने कर्णकटु थे। वे व्यवहार्य भी नहीं थे। अभी लखनऊ पर उनकी जय हुई थी। पर

अवध अब भी उनके शासन से बाहर था। इस समय न लोगों के मन में अंग्रजों के प्रति श्रद्धा के भाव थे, न उनके न्याय पर विश्वास था। वे भीतर-ही-भीतर घृणा से भरे हुए थे। अंग्रेज़ों की दया उनके आत्मसम्मान पर एक करारा वार थी। उनकी भूमि छीन लेने का मतलब यह था कि बेइज़्ज़ती से जीवन व्यतीत करें। इन सब कार्यों से सब ताल्लुकेदारों ने संगठित होकर अंग्रेज़ों से लड़ने का दृढ़ निश्चय किया, जैसा कि उनके पूर्वजों ने नवाबी ज़माने में किया था।

और अब नये और विस्तृत युद्ध की भूमिका तैयार हो गई।

16

अन्तत: लखनऊ सर हो गया। घेरे में पड़े हुए मृत्यु और जीवन के झूले में झूलते लोगों ने स्वाधीनता की साँस ली। एक सन्तरा लाया गया, जो अत्यन्त स्वादिष्ट लगा। डबल रोटी और मक्खन पाकर स्त्रियाँ और बच्चे किलकारियाँ मारने लगे। कुछ लोगों को रम दी गई, जो सर्वोत्तम शराब से भी अच्छी प्रतीत हो रही थी। परन्तु जब पत्रों और समाचारपत्रों से लदी गाड़ी आई तो लोग हर्षोन्मत्त हो उस पर टूट पड़े। उनके हृदय प्रियजनों के वियोग से घायल थे, जो इस मुहिम में काम आए थे। किन्हीं की पत्नियाँ, पुत्र और किन्हीं की पुत्रियाँ भाग गई थीं। किन्हीं के पुत्र और पति। कितनी ही माताओं ने अपने प्यारे बच्चे को उनके लिए चाव से दिए गए वस्त्र में लपेटकर खाइयों में दफ़न किया था। सबसे अधिक करुण काम मिसेज़ बारटूम का था। उसका भाई गोंडा में सैनिक सर्जन था। जब हेनरी लारेन्स ने हुक्म दिया कि बाहर की चौकियों की सब स्त्रियों को लखनऊ भेज दिया जाए तो पहले वह सिकरोल आई, फिर सिपाहियों की एक टुकड़ी के साथ रामनगर गई। वहाँ और भी शरणार्थी थे। उन्हीं के साथ वह लखनऊ आई। डॉक्टर बारटूम पीछे रह गया था। वह बलरामपुर में राजा के पास सुरक्षित था। बाद में डॉक्टर बारटूम हैवलाक की सेना के साथ सम्मिलित हो गया। उसने पत्नी को एक ही दिन पूर्व सन्देश भेजा था कि वह सुरक्षित है और आ रहा है। उस दिन उसने स्वयं अच्छे वस्त्र पहने और बच्चों को भी सजाया। कुछ अफ़सरों ने कहा, 'वह कल आ रहा है।' पर उसे नहीं आना था, वह न आया। अन्त में उसे सच्ची बात का पता लग गया कि उसका पति रेजीडेन्सी के बाहर मार डाला गया है। सुनकर उसका हृदय बैठ गया। बाद में उसका बच्चा मर गया और वह अकेली ही रह गई। यद्यपि सर कौलिन कैम्पबेल के पास उससे कहीं अधिक सेना थी, जो सितम्बर में सर उटरम और हैवलाक के पास थी, पर वह बिलकुल निरापद लखनऊ पहुंचना चाहता था।

उसने 13 नवम्बर को आलमबाग से प्रस्थान किया। दिलकुशा और मार्टिनियर पर अधिकार कर वहीं रात बिताई। उसका लक्ष्य मोतीमहल था जहाँ पूर्वनियोजित योजना के अनुसार उससे उटरम को मिलना था। शत्रु को भ्रम में डालने के लिए उसने बेगमपीठी पर गोलाबारी आरम्भ कर दी। 16 को उसने नहर को उसके गोमती के मिलने के स्थान पर पार किया और सिकन्दराबाग पर चढ़ाई की।

विद्रोही नेताओं को इधर से आक्रमण की कोई सम्भावना नहीं थी तथा दूसरी तरफ़ के दरवाज़े बन्द थे। सिकन्दराबाग के रक्षकों के पास तोपें नहीं थीं, परन्तु दीवारें मज़बूत थीं। वे अन्त तक वीरतापूर्वक लड़े। पर तीनों का मुकाबला छोटी बन्दूकों से न हो सका। प्रत्येक सिपाही अन्तिम दम तक लड़ा। न कोई भागा न ज़िन्दा बचा। दो हज़ार वीरों की लाशें सिकन्दराबाग की भूमि पर बिछ गईं। दरवाज़े के भारी किवाड़, जिनमें होकर सिपाहियों का एक गिरोह पीछे हट रहा था, आक्रमणकारी सेना द्वारा बन्द ही किए जाने वाले थे कि सिपाही मुकर्रबखाँ ने अपना बायाँ हाथ जिसमें वह एक ढाल पकड़े था, उनके बीच में धंसा दिया जिससे किवाड़ बन्द नहीं हो सका। जब उसका वह हाथ तलवार से काट दिया गया तो उसने घायल हाथ को बाहर खींचा और दाहिना हाथ फँसा दिया। दाहिना हाथ भी कट गया। मुकर्रबखाँ को ऑर्डर-ऑफ़-मैरिट का पदक दिया गया, क्योंकि विक्टोरिया क्रास भारतीयों को नहीं दिया जाता था।

कदम रसूल और शाह नज़फ को दुबारा ले लिया गया। इसी समय उटरम ने मोतीमहल के बीच की इमारतों को उड़ा दिया और 17 नवम्बर को घेरे में पड़े लोगों को सहायता मिली। 496 अफ़सर और जवान चार दिन के युद्ध में हताहत हो चुके थे।

ऐसे हृदय-विदारक दृश्य अनेक थे-अंग्रेज़ों के भी और भारतीयों के भी।

विपत्नीक पतियों ने और पत्नी सहित पतियों ने भारी हृदय से वह स्थान छोड़ा जहाँ उन्होंने अपने जीवन के सबसे कड़े संघर्ष के दिन व्यतीत किए थे।

जब दुर्ग सेना रेजीडेन्सी से रवाना हो रही थी, तब हैवलाक मृत्युशय्या पर था। सर कौलिन कैम्पबेल सबसे प्रथम उससे मिला। उसने उसे सूचित किया कि उसे उनकी विजयों के उपलक्ष्य में 'नाइड कमाण्डर ऑफ़ दि ऑर्डर ऑफ़ बाथ' का सम्मानीय पद मिला है। सुनकर वह एक क्षण चुप रहा। फिर उसने क्षीण स्वर में कहा-अनेक बार मैंने 9 युद्ध और लड़े हैं। वह बहुत दुर्बल हो गया था और उसे निरन्तर दस्त आ रहे थे। 20 तारीख को उसे दिलकुशा लाया गया। उसने इच्छा प्रकट की कि उसका पुत्र ही उसकी सेवा में रहे। वह कट्टर ईसाई था। अन्तिम समय उसने कहा-मैंने 40 बरस अपने जीवन पर इस प्रकार शासन किया है कि जब भी मृत्यु आए मैं निर्भय होकर उसका सामना करूँ।

वह 24 नवम्बर को मर गया और आलमबाग में उसे समाधि दे दी गई। उसकी मृत्यु के दो दिन बाद उसे वैटरन का खिताब मिला तथा राजराजेश्वरी ने उसके प्रति सम्मान प्रकट किया।

17

कैम्पबेल ने रेजीडेन्सी को जल्द-से-जल्द खाली कर देना ठीक समझा। उसने शीघ्रता से घायलों, रोगियों, बच्चों और स्त्रियों को पहले वहाँ से हटाया। अपनी हलचलों को छिपाने के लिए उसने कैसरबाग पर एक तोप लगा दी और रेजीडेन्सी वाले धीरे-धीरे बत्तियाँ जलती छोड़कर चले गए। इस भ्रम में विद्रोही रेजीडेन्सी खाली होने के बाद भी गोलाबारी करते रहे।

जब सब जा चुके तो दो आदमी द्वार पर रह गए। एक था उटरम। दूसरा था कर्नल इंग्लिश। उटरम ने कहा-

'मैं चाहता हूँ कर्नल कि इस स्थान को छोड़नेवाला मैं ही अन्तिम पुरुष होऊँ।'

'नहीं सर उटरम, यह नहीं हो सकता। अपने किले के दरवाज़ों को बन्द करने का अधिकार मेरा है।'

परन्तु वास्तव में अन्तिम अंग्रेज़ जिसने खाई छोड़ी वह कैप्टेन वाटरमैन था। जब सेना दुर्ग छोड़ गई तो वह गहरी नींद में सो रहा था। जब वह अचानक जागा तो चारों तरफ़ सन्नाटा देख बहुत घबराया। वह बाहर गया, वहाँ भी कोई आदमी नज़र नहीं आया। एक चौकी पर गया, उसे भी उसने खाली पाया। तब वह मृत्युभय से इधर-उधर दौड़ने लगा और अन्त में पीछे हटते हुए सैनिक दस्ते के पिछले भाग से उसने सम्पर्क स्थापित कर लिया। परन्तु इस घटना से उसका दिमाग खराब हो गया और वह कई दिनों तक पागल रहा।

चार कैदियों में से दो बचे थे। रुकनुद्दौला पहले ही मर चुका था और तुलसीपुर का तरुण राजा आलमबाग पहुँचने से पूर्व ही खत्म हो चुका था। सर कौलिन जल्दी में थे, क्योंकि कानपुर संकट में था। उसने सर जेम्स उटरम को आलमबाग छोड़ा। जब वह कानपुर पहुँच रहा था, वहाँ ग्वालियर से आई हुई तोपें गूँज रही थीं।

18

दिल्ली का पतन होने पर लार्ड गवर्नर बख्तखाँ अपनी 30 हज़ार सेना और शाहज़ादा फिरोज़शाह को लेकर अवध की ओर लौटे। उनके साथ ही सार्जेण्ट मेजर डफ भी था। दिल्ली में उसने एक तोपखाने का संचालन किया था। जब बख्तखाँ लखनऊ की ओर बढ़े तो मेजर सार्जेण्ट डफ उन्नाव जिले के रूह्या ताल्लुके के राजा नरपतसिंह का मुख्य सलाहकार बन गया। राजा नरपतसिंह ने उन्नाव में अंग्रेज़ी सेनाओं को काफ़ी हानि पहुँचाई थी। इस समय रूह्या के किले पर अंग्रेज़ी सेना ने घेरा डाला हुआ था।

शाम का समय था। किले की एक कुर्सी पर खड़े होकर राजा नरपतसिंह और मेजर डफ बुर्जियों की मरम्मत की देख-भाल कर रहे थे। अचानक डफ की नज़र अंग्रेज़ अफ़सर ब्रिगेडियर एड्रियन होप पर पड़ी। वह अपने सैनिक मोर्चों का निरीक्षण कर रहा था।

मेजर डफ ने इधर-उधर देखा और एक सिपाही से बन्दूक लेकर फ़ायर कर दिया। गोली होप के मस्तक में लगी। वह तत्क्षण मरकर गिर गया। इस घटना से अंग्रेज़ फ़ौज में घबराहट फैल गई। उसने अब सीधे आक्रमण करके रूह्या पर फतह पाने की आशा छोड़ बारूद से किले के फाटक को उड़ाने का निश्चय किया। एक इंजीनियर किले के दरवाज़े का नक्शा बनाने को भेजा गया। उसकी रक्षा के लिए एक सैनिक दस्ता भी था। एक भारतीय जासूस उनका पथ-प्रदर्शन कर रहा था। वे चुपचाप अव्यक्त गुप्त भाव से अपना काम करना चाहते थे, पर डफ ने उन्हें देख

लिया और उनके इरादे को भाँप लिया। वे चने के खेतों में रेंगते हुए किले की फ़सीलों तक चले आए। पर यहाँ से वापस न लौट सके। डफ के अचूक निशाने के शिकार बने।

नवाबगंज के युद्ध में लार्ड सेनापति बख़्तखाँ मारे गए। उनके संगी-साथी हताश हो गए। बहुतों ने रानी की घोषणा के बाद आत्मसमर्पण कर दिया। इस पर गोरे विद्रोही ने आँखों में आँसू भरकर कहा-

'अब तुमने तो अपने लिए कालापानी और फाँसी का चुनाव कर लिया। परन्तु मेरे लिए न कोई घर रह गया, न कोई देश, जहाँ मैं लौट सकूँ।'

इतना कहकर उसने अपनी बन्दूक कन्धे पर रखी और डगमगाती चाल चलता हुआ सन्ध्या के अन्धकार में विलीन हो गया।

19

जिस दिन पटना का पतन हुआ, विंसेण्ट आयर दानापुर से होकर गुज़र रहा था। वह इलाहाबाद जा रहा था। उसने देखा-छावनी के ऊपर लपटें उठ रही हैं। वह 28 तारीख को बक्सर पहुँचा। वहाँ से उसने सुना कि विद्रोहियों का एक झुण्ड आ रहा है। वह गाजीपुर की ओर बढ़ा। उन दिनों गाजीपुर अफ़ीम का बड़ा भारी व्यापार केन्द्र था। वह गाजीपुर से 25 हाईलैण्डर्स के साथ बक्सर लौटा और कप्तान एल. एण्टूज से आ मिला, जिसके पास 160 बन्दूकधारी सिपाही थे। बक्सर से जब वे लोग आगरा जा रहे थे तभी उन्हें डनवर की पराजय और मृत्यु की खबर मिली। बक्सर में उसका अवरोध हुआ, पर उसके पास तोपखाना और एन्फील्ड बन्दूकें थीं। अत: विद्रोहियों को उसने खदेड़ दिया। बीबीगंज के पास बाबू कुँवरसिंह ने फिर उसका मार्ग रोका। एक निर्णायक संघर्ष के बाद कुँवरसिंह को पीछे हटना पड़ा और आरा पर फिर अंग्रेज़ों का कब्जा हो गया। आरा में फिर फाँसियों का ताण्डव आरम्भ हुआ और लोगों ने वीरतापूर्वक अपने हाथों गले में फन्दा डाला।

आरा में परास्त होकर कुँवरसिंह जगदीशपुर चले गए। आरा में जो अंग्रेज़ स्त्री-पुरुष उनके बन्दी थे, उन्हें वहीं छोड़ दिया। उन पर कोई अत्याचार नहीं किया गया। आयर ने उन्हें जगदीशपुर में भी जा घेरा। एक कठिन संग्राम के बाद बाबू कुँवरसिंह को मैदान छोड़ना पड़ा। आयर ने अत्यन्त निर्दयता से घायलों तक को फाँसी पर चढ़ा दिया। जगदीशपुर का महल और दूसरी इमारतें ढहा दी गईं तथा बाबू कुँवरसिंह का बनवाया हुआ एक विशाल मन्दिर भी ढहा दिया गया। बाबू कुँवरसिंह ने रोहतासगढ़ की पहाड़ियों में शरण ली और वहाँ से गुरिल्ला युद्ध आरम्भ कर दिया जिससे ग्राण्ड ट्रंक रोड पर फिर खतरा उत्पन्न हो गया कुँवरसिंह यह भली-भाँति जानते थे कि निर्णायक युद्ध उत्तर भारत में होना है। इस समय कुँवरसिंह रोहतासगढ़ के पास अकबरपुर में और उनके भाई अमरसिंह सहसराम जाने वाली ग्राण्ड ट्रंक रोड को घेरे हुए खड़े थे। सितम्बर के आरम्भ ही में वह मिर्जापुर के जंगलों को

चीरते हुए रीवाँ पहुँच गए। रीवाँ का शासक उनका सम्बन्धी था, परन्तु पोलीटिकल एजेण्ट विलोबी ओसबर्न ने रीवाँ के शासन को कड़ी चेतावनी दे दी थी कि कुँवरसिंह रीवाँ आए तो वह उनसे कड़ा मोर्चा ले। इससे कुँवरसिंह को रीवाँ का रुख भी त्यागना पड़ा। इस समय उनके बहुत-से साथी उनका संग छोड़ गए और अब उनके पास केवल 500 सैनिक रह गए थे। वे सितम्बर के अन्त तक रीवाँ क्षेत्र में भटकते और अंग्रेज़ों के लिए संकट उत्पन्न करते रहे। अन्त में अक्टूबर में वे बाँदा पहुंचे।

इस समय तक दिल्ली का पतन हो चुका था और कुँवरसिंह बदलती हुई परिस्थितियों के अनुसार ही अपनी योजना बनाते जाते थे। अब उन्होंने कालपी का रुख किया और 15 सौ विद्रोहियों तथा 500 अपने सिपाहियों के साथ वे ग्वालियर की सेना से मिलने कालपी की ओर चले, परन्तु उनके साथ न शिक्षित सिपाही थे न अच्छे शस्त्रास्त्र। वह एक अनुशासनहीन भीड़ थी, जो सदैव लूटपाट करने को तैयार रहती थी। इस समय ग्वालियर की सेना भी बड़ी शीघ्रता से कालपी की ओर बढ़ी चली आ रही थी, जहाँ तांत्या टोपे और राव साहब उनके स्वागत के लिए बेसब्री से बैठे हुए थे और कुँवरसिंह को नाना ने आमन्त्रित किया था। कुँवरसिंह चाहते थे कि जब तक ग्वालियर की सेना उनसे न आ मिले वे यमुना पार न करें। इसी से वे इस समय सहसराम-रोहतास क्षेत्र से निकलकर मिर्जापुर की ओर बढ़ रहे थे और रीवाँ, मिर्जापुर तथा इलाहाबाद के क्षेत्र उनसे प्रभावित हो रहे थे। वे बाँदा आ पहुँचे, जहाँ का नवाब पहले ही विद्रोह में सम्मिलित हो चुका था।

उन्होंने अगस्त ही में दिल्ली के बादशाह से सहायता माँगी थी और वहाँ से 40वीं देशी पैदल सेना के देशी अफ़सर अपने 800 आदमियों के साथ उनसे आ मिले थे। बाद में पूरी-की-पूरी 7वीं और 8वीं रेजीमेण्ट तथा 40वीं रेजीमेण्ट के 200 सिपाही तथा प्रान्तीय बटालियन के 60 सिपाही बाँदा में उनसे आ मिले थे।

कालपी में कानपुर पर आक्रमण की तैयारियाँ हो रही थी और अब जगदीशपुर के इस बूढ़े शेर की सारी ही आशाएँ इस युद्ध पर केन्द्रित थीं।

20

मार्च मास समाप्त हो रहा था। गोरखों का दल आज़मगढ़ क्षेत्र के बागियों की सफ़ाई में लगा हुआ था। लेकिन अब सर कौलिन कैम्पबेल ने सारी गोरखा सेना को लखनऊ में बटोर लिया था। इस समय आज़मगढ़ क्षेत्र रक्षक दल से शून्य था। इस स्थिति से कुँवरसिंह ने तत्काल लाभ उठाया। वे आज़मगढ़ से बीस मील दूर अतरौली गाँव पर टूट पड़े। कर्नल मिलमैन ने कुँवरसिंह से मोर्चा लिया; परन्तु उसे भागना पड़ा। आज़मगढ़ पर कुँवरसिंह का कब्जा हो गया। उधर मिलमैन की दुर्दशा की खबर पाकर कर्नल टेम्स गाजीपुर से दौड़ा। परन्तु कुँवरसिंह से टकराकर उसे भी पीछे हटना पड़ा।

इस समय तक लखनऊ सर कर लिया गया था। अत: कौलिन ने इलाहाबाद से लार्ड मार्ककर को रवाना किया। उधर से सर एडवर्ड लुगर्ड भी एक भारी तोपखाना लेकर आ पहुँचा। इस संयुक्त मोर्चे के सामने कुँवरसिंह की न चली। उन्हें पीछे हटना पड़ा परन्तु उन्होंने अपने वीरत्व की धाक शत्रु पर बैठा दी। इस युद्ध में उनके बहुत-से आदमी मारे गए। वे व्यवस्थित रूप से पीछे हटे। डगलस ने 4-5 मील तक पीछा किया। शिवपुर घाट पर पहुँचकर कुँवरसिंह ने कुछ नावों की व्यवस्था की और डगलस के वहाँ पहुँचने से पूर्व ही उनकी सेना गंगा पार कर चुकी थी। केवल 200 आदमी रह गए थे, जिनमें स्वयं कुँवरसिंह भी थे। जब उनकी नाव बीच धार में थी, एक गोला उनकी बाँह में आ लगा। बाँह की हड्डी चकनाचूर हो गई। परन्तु वीरवर वृद्ध व्याघ्र ने तलवार से बाँह काट ली।

अब उनके पास 2 हज़ार थके हुए और घायल आदमी बचे थे। तोपों की बात तो दूर रही उनके पास बन्दूकें भी नहीं थीं। आरा का कप्तान ली ग्राण्ट इसी जंगल में उन्हें जीवित या मृतक पकड़ना चाहता था। इस समय कुँवरसिंह के सिर पर 25 हज़ार का इनाम घोषित था परन्तु अब वे जगदीशपुर वाले अपने नष्ट-भ्रष्ट घर की ओर जा रहे थे। कदाचित् वह वृद्ध व्याघ्र अपनी माँद में ही मरना चाहता था। 23 अप्रैल को एक घनघोर युद्ध हुआ। ली ग्राण्ट की सेना के यूरोपियन सैनिक बुरी तरह घबराए हुए थे। केवल सिखों में थोड़ा अनुशासन था। 35वीं रेजीमेण्ट के 150 आदमियों में से 100 मारे जा चुके थे। ली ग्राण्ट और दो अफ़सर भी खेत रहे। सब तोपची मार डाले गए और अन्तत: पूरी तरह हारकर अंग्रेज़ी सेना नष्ट हो गई। 23 अप्रैल को यह विजय प्राप्त कर 24 को यह विजेता विद्रोही चिर निद्रा में सो गया।

महाराजा कुँवरसिंह की मृत्यु के बाद उनकी सेना की कमान उसके भाई अमरसिंह ने सँभाली। वह कोई विशेष सैनिक प्रतिभा का आदमी न था। पर राजपूती शौर्य और तेज उसमें था। उसने अपनी सामर्थ्य से शाहाबाद जिले में एक समानान्तर सरकार बना ली थी, जिसमें जज, मजिस्ट्रेट, जेल आदि की व्यवस्था की थी। अंग्रेज़ों ने उसके सिर पर इनाम घोषित किए थे, और उसने अंग्रेज़ों के सिर पर। स्थानीय ज़मींदार भी अमरसिंह के साथ संयुक्त थे। उसे अनेक विपरीत परिस्थितियों का सामना करना पड़ा। चारों ओर से अंग्रेज़ों की सेनाएँ उस पर उमड़ी चली आ रही थीं। आरा की ओर से तीन सेनाएँ आ रही थीं, दानापुर की ओर से डगलस गंगा पार कर चुका था। आज़मगढ़ से सर एडवर्ड लुगर्ड और सहसराम से कर्नल वारफील्ड बढ़ चला। इस समय अमरसिंह के पास दो-ढाई हज़ार सैनिक थे, जिसमें घुड़सवार कुल 3-4 सौ ही थे। आस-पास के किसान और ज़मींदार उनके साथ थे। परन्तु वह खुली लड़ाई की स्थिति में न था। वह जंगलों में छिपकर गुरिल्ला युद्ध से शत्रु को परास्त करता रहा। रसद, सामान, खज़ाना लूटने में उसके आदमी कोई मौका न चूकते थे। लुगर्ड बहुत जल्द घबरा गया और बीमारी का बहाना बनाकर पीछे हट गया। अब अमरसिंह ने अंग्रेज़-भक्त ज़मींदारों को दण्ड देना आरम्भ किया। अंग्रेज़ उससे भयभीत थे। गाजीपुर के मजिस्ट्रेट को डर था कि वह कहीं गाज़ीपुर पर न आ धमके। बनारस को भी उससे खतरा था। यह भी अफ़वाह थी कि वह

अवध जाना चाहता है। जलाई में उसने आरा पर आक्रमण किया। कुछ बंगले जलाए गए, कुछ सामान भी लूटा गया। जेल तोड़ दी गई। कैदी रिहा कर दिए गए। परन्तु अन्त में प्रबल प्रताप अंग्रेज़ों का ही सिक्का कायम रहा। नवम्बर में एक निर्णायक लड़ाई के बाद बिहार युद्ध की समाप्ति हुई। अमरसिंह कैमूर के जंगलों में भाग गया। निशानसिंह को पकड़ लिया गया और उसे फाँसी दे दी गई।

बिहार के अनेक ज़मींदार अंग्रेज़-भक्त रहे। दरभंगा, डुमरांव और हथवा के राजाओं ने भारी राजभक्ति दिखाई। यद्यपि उन पर सन्देह भी किया गया। अन्त में बिहार में अंग्रेज़ी सत्ता जमकर बैठी।

21

जिस दिन सर होपग्राण्ट बैसवाड़ा की भूमि में पराजित होकर भागा उसी दिन लखनऊ को मौलवी अहमदशाह ने त्यागा। लखनऊ से 29 मील दूर बारी में उसने डेरा डाला। उस समय बेगम हज़रतमहल 6 हज़ार सैनिकों के साथ वेतौली में पड़ाव डाले पड़ी थीं। सर होपग्राण्ट जब लखनऊ पहुँचा तो उसे चढ़ी रकाब नई सेना देकर मौलवी पर रवाना कर दिया गया। होपग्राण्ट बैसवाड़े की पराजय से खीझा हुआ था। यह तीन हज़ार सेना लेकर बारी की ओर बढ़ा। मौलवी ने उससे नाममात्र को युद्ध किया और वह पीछे हटकर शाहजहाँपुर पहुँच गया। इस समय विद्रोही सेनाओं का यहाँ भारी जमघट जमा था। नाना साहब, बाला साहब, दिल्ली का शाहज़ादा मिर्जा फीरोज़शाह यहीं अपनी छावनी डाले पड़े थे। हज़रतमहल बेगम भी वहाँ जा पहुंची और यह संयुक्त-सैन्य बरेली की ओर बढ़ा।

जब प्रधान सेनापति कैम्पबेल को विद्रोहियों की इस गतिविधि का पता चला तो वह स्वयं एक बड़ा तोपखाना और ज़बर्दस्त सेना लेकर निर्णायक युद्ध करने बरेली की ओर बढ़ा।

मौलवी ने जब शाहजहाँपुर को अरक्षित देखा तो वह उलटकर शाहजहाँपुर पर टूट पड़ा। कैम्पबेल ने यह सुना तो उसने शाहजहाँपुर को सहायता भेजी। यह देख मौलवी फिर अवध में घुस गया और उसने कैम्पबेल की रुहेलखण्ड की योजना को दुचित्ता कर दिया। कैम्पबेल के लिए अब मौलवी एक सिर दर्द था। मौलवी के पास इस समय बहुत कम सेना थी। उसके पास न धन था-न शस्त्र ही थे। वह पुवायाँ के राजा जगन्नाथसिंह के यहाँ जा पहुँचा। राजा जगन्नाथसिंह उसका मित्र था। पर वह भीतर-भीतर अंग्रेज़ों से मिला हुआ था। मौलवी ने गाँव के बाहर बाग में डेरा डाला और हाथी पर सवार हो 20-25 अंगरक्षकों के साथ गढ़ी में गया। जून का महीना था, गर्मी काफ़ी थी, लू चल रही थी। राजा मौलवी को देखकर घबरा गया। उसने प्रकट में उसकी बहुत आवभगत की। बहुत देर तक बातें होती रहीं। जब मौलवी जाने लगा तो गढ़ी के फाटक बन्द थे। मौलवी मतलब समझ गया। उसने गुस्से से लाल होकर महावत को आज्ञा दी कि हाथी फाटक पर हूल दो। हाथी की टक्कर से फाटक चरमरा उठा। महावत हाथी

को हटाकर दूसरी टक्कर के लिए हूलने चला ही था कि राजा के भाई ने मौलवी पर गोली चला दी। गोली लगते ही मौलवी हाथी से नीचे आ गिरा। तब उसने तलवार से उसका सिर काट लिया।

मौलवी का कटा हुआ सिर रूमाल में लपेटकर पुवायाँ का राजा अंग्रेज़ों की छावनी में पहुंचा। अंग्रेज़ सरकार ने उस दिन जश्न मनाया और वह सिर चौकी के द्वार पर लटका दिया गया। राजा को 50 हजार रुपया इनाम मिला।

5 जून, 1858 को यह लज्जाजनक घटना घटी।

मौलवी की हत्या की सूचना पाते ही लार्ड कैनिंग ने घोषणा प्रसारित की, 'जो स्वयं हथियार डाल देंगे, उन्हें हम विद्रोही न मानकर क्षमा करेंगे। जो हमारा साथ देंगे उन्हें जागीरें लौटा दी जाएँगी। किन्तु जो अब भी विद्रोह करेगा, उसे सपरिवार मौत के घाट उतार दिया जाएगा। नाना साहब अब अन्तर्धान हो चुके थे, लखनऊ का पतन और दमन भी हो चुका था, रुहेलखण्ड में अब कोई धुरीधोटी न रह गया था, दिल्ली तो पहले ही खत्म हो चुकी थी। इलाहाबाद से बनारस, आज़मगढ़ तक नील के अत्याचारों से इलाके उजड़ चुके थे, मौलवी की हत्या के बाद अब क्रान्ति का दीप बुझा समझकर अंग्रेज़ों ने यह घोषणा प्रसारित की थी।

परन्तु अभी अवध के खून में गर्मी थी। अभी राजा बेनीमाधव ज़िन्दा था। उसके कारण अवध में विद्रोह ने एक नया मोड़ लिया।

22

मौलवी अहमदशाह की इस प्रकार विश्वासघातपूर्ण हत्या की खबर जब बैसवाड़े में पहुँची तो बैसवाड़े के राजाओं और ताल्लुकेदारों का खून खौल उठा। यद्यपि परिस्थितियाँ विपरीत थीं और अवध पर थकान के चिह्न उभर आए थे। परन्तु इस खबर ने आग में घी डाल दिया। अभी राजा रामबख्शसिंह, चाँदासिंह, हनुमन्तसिंह, दरियावसिंह और लालमाधव जैसे क्रान्तिकारी नेता उपस्थित थे। उनके सिर पर राजा बेनीमाधव थे। वे सब एकत्र हो एक बार अवध की मुक्ति के लिए सन्नद्ध हो गए।

एक तरफ़ तो बैसवाड़ा इस प्रकार उबल रहा था, उधर निज़ामअली मौलवी की हत्या का बदला लेने के लिए पीलीभीत पर चढ़ दौड़ा। खानबहादुर खाँ 4000 सैनिकों के साथ आगे बढ़ा। फर्रुखाबाद से 5 हज़ार विद्रोही सेना और आ गई। विलायतशाह, बाला साहब, नाना साहब और अली नवाती खाँ ने रुहेलखण्ड तथा अवध के 5 हज़ार सैनिक ले अंग्रेज़ों से टक्कर ली। पुवायाँ का राजा घबरा गया। अंग्रेज़ी सेना उसकी रक्षा के लिए वहाँ पहुँची। इधर घाघरा तट पर बेगम हज़रतमहल मोर्चा बाँधे पड़ी थी। शाहज़ादा फीरोज़शाह धार से अवध आ पहुंचा था। इस प्रकार अवध और रुहेलखण्ड में विद्रोह के बादल घुमड़ रहे थे। लखनऊ पर अब अंग्रेज़ी अमल था।

जिस समय मौलवी की हत्या हुई, राजा बेनीमाधव कानपुर का ध्यान छोड़ क्रोधावेश में एकदम लखनऊ पर चढ़ दौड़े। एक बार अंग्रेज़ों के दिल दहल गए। 13 जून को होपग्राण्ट से नवाबगंज में

उनकी मुठभेड़ हुई। इस युद्ध में ताल्लुकेदारों ने अपना अन्तिम जौहर दिखाया। ग्राण्ट की सहायता के लिए हडसन अपने तोपखाने को लेकर आगे बढ़ा। उन्होंने अंग्रेज़ों की तोपों का दृढ़ता से मुकाबला किया। भीषण संग्राम में लाखों के ढेर लग गए। अन्त में अवध की सेना को हटना पड़ा।

इस समय अवध में और भी छुटपुट लड़ाइयाँ हुईं। लखनऊ-कानपुर सड़क अभी भी खतरे से खाली न थी। धीरे-धीरे ग्रीष्म ऋतु बीती और शरद का आरम्भ हुआ। अक्टूबर के अन्त में ही लार्ड क्लाइड ने बैसवाड़े की भूमि पर आक्रमण किया। इस अभियान में अनेक ख्यातिलब्ध अंग्रेज़ सेनापति थे। होपग्राण्ट इस समय सुलतानपुर में छावनी डाले पड़ा था। उसने ही पहल की। प्रधान सेनापति की सेना के समानान्तर चलता हुआ इलाहाबाद और सरनन की राह उसने 28 अक्टूबर को जगदीशपुर पर कब्जा किया। बीच में उसने अमेठी, परदेशपुर, जायस, अहेरा और रामपुर कसिए को भी अधिकृत किया। इस प्रकार सुलतानपुर से प्रतापगढ़ तक का भूभाग उसने विद्रोहियों से साफ़ कर लिया।

नवम्बर में रानी विक्टोरिया ने घोषणा की। घोषणा के अनुसार भारत से कम्पनी के राज्य का खात्मा हो गया और शासन सीधा इंग्लैण्ड की महारानी के हाथ आ गया और उन्होंने राजराजेश्वरी की पदवी धारण करके घोषित किया कि सब विद्रोही जो अंग्रेज़ों के विरुद्ध लड़ रहे हैं हथियार डाल देंगे तो उन्हें क्षमा किया जाएगा। उनकी सम्पत्ति भी ज़ब्त न होगी। न उनके अपराधों की जाँच होगी। दत्तक पुत्र लेने का अधिकार इस घोषणा में स्वीकार कर लिया गया तथा धार्मिक मामलों में हस्तक्षेप न करने का वचन दिया गया। कहा गया कि सरकारी पदों में भारतीयों को स्थान दिया जाएगा।

रानी विक्टोरिया के घोषणा-पत्र के विरुद्ध बेगम हज़रतमहल ने भी एक घोषणा-पत्र प्रसारित किया। घोषणा-पत्र में कहा गया-हम अंग्रेज़ों की बात पर विश्वास नहीं करते। वे हमेशा अपनी शपथों और वादों को तोड़ते रहे हैं। कम्पनी के कानून तथा कर्मचारी सब ज्यों-के-त्यों बने हैं। हमारी प्रजा हमारे साथ है, क्या कारण है कि वे हमारा मुल्क हमें वापस नहीं देते ? उनकी घोषणा में दुश्मनी की झलक है। बस, हम यह आज्ञा जारी करती हैं कि जिन-जिन लोगों ने मुखिया की हैसियत से अपने को अंग्रेज़ों के समक्ष पेश किया है, वे एक जनवरी से पूर्व हमार हुजूर में हाज़िर हो। उनका अपराध क्षमा किया जाएगा।

इस घोषणा से एक बार फिर अवध में गर्मी आई। हकीकत तो यह थी कि लोग अभी तक अंग्रेज़ी नृशंस अत्याचार भूले न थे और उनके मन में गहरे विद्वेष की जड़ें घर कर गई थीं। थके हुए और शिथिल विद्रोही नेता एक बार फिर कमर कसने लगे।

23

अमेठी के राजा लालमाधव राजा बेनीमाधव के दाहिने हाथ थे। इस समय मेजर बारो ने अमेठी को घेर रखा था। अमेठी के किले में इस समय 5000 सैनिक थे। वे सब मरने-मारने पर तुले बैठे थे। बहुत चेष्टा करने पर भी अमेठी का किला अंग्रेज़ों के हाथ नहीं आ रहा था।

राजा साहब दुविधा में पड़े थे। रानी विक्टोरिया की घोषणा उनके सामने थी। वे अपने सेनानायक माधोसिंह से बातें कर रहे थे। उन्होंने कहा-

'तुमने पढ़ा माधोसिंह, फिरंगी मलिका का यह फ़रमान? वह कहती है जो कोई हथियार रख देगा, उसे अंग्रेज़ माफ़ कर देंगे, जायदाद भी नहीं छीनेंगे।'

'तो क्या महाराज तलवार रख देने की तो नहीं सोच रहे?'

'मैं यह सोच रहा हूँ कि आखिर इस लड़ाई-झगड़े का अन्त क्या होगा? लखनऊ गया, कानपुर गया। सारे बैसवाड़े में अंग्रेज़ छा रहे हैं। दिल्ली, कलकत्ता सब जगह उनकी तूती बोल रही है। तो फिर मैं अकेला क्या कर लूँगा? मेरी बाप-दादों की यह छोटी-सी रियासत धूल में मिल जाएगी।'

'अंग्रेज़ों के आगे आप तलवार रख देंगे तो क्या होगा?'

'वे कहते हैं, क्षमा कर देंगे, ज़मीन-जायदाद भी नहीं छीनेंगे।'

'ऐसा कभी किया भी है उन्होंने? सारा बैसवाड़ा खून से तर है। महाराज, मेरी बात मानिए, डोम के हाथ से फाँसी का फन्दा गले में डलवाकर मरने से तलवार हाथ में लेकर युद्ध-भूमि में जूझ मरना अच्छा है।'

'जूझ मरने से क्या मेरी ज़मीन-जायदाद बच जाएगी?'

'नहीं बचेगी। पर इज़्ज़त सदैव के लिए बच जाएगी। बैसवाड़े की भूमि पर आपके नाम के साखे गाए जाएँगे।

'तुम सिपाही हो माधोसिंह, सिर्फ़ मरना-मारना ही तुमने सीखा है, परन्तु राजनीति में आगे-पीछे की सब बातें विचारी जाती हैं। आप मरे जग प्रलय। जब हम ही न रहेंगे तो फिर क्या?'

'तो महाराज की क्या आज्ञा है?'

'लड़ाई बन्द कर दो और जो सिपाही हथियार रखना पसन्द नहीं करते वे किले से चले जाएँ। पर तुम, मैं आशा करता हूँ, मेरा साथ नहीं छोड़ोगे।'

'कैसे छोड़ सकता हूँ, महाराज! मैंने आपका नमक खाया है, जीते-जी उस नमक का हक अदा करूँगा।'

'शाबाश, तो तुम्हीं आत्मसमर्पण का सन्देश लेकर अंग्रेज़ सेनापति के पास चले जाओ।'

'महाराज, मुझे और भी आवश्यक काम करने हैं।'

'कौन-से काम?'

'प्रथम तो मैं आपको बन्दी बनाता हूँ। अब से आप अपने कमरे से बाहर नहीं निकल सकेंगे, न बिना मेरी आज्ञा के किसी से मिल सकेंगे।

'यह क्या! तुम तो अभी नमकहलाली की बातें कर रहे थे। यही नमकहलाली है?'

'हाँ महाराज, जब मैंने आपकी सेवा स्वीकार की थी तब तलवार छूकर प्रतिज्ञा की थी कि प्राण रहते आपकी प्रतिष्ठा नहीं जाने दूंगा। वही प्रतिज्ञा निबाह रहा हूँ।'

'किन्तु किस प्रकार?'

'एक क्षत्रिय की भाँति।'

'मैं क्षत्रिय नहीं हूँ?'

'आप भी क्षत्रिय हैं। इसी से चाहता हूँ मेरी तलवार लेकर अंग्रेज़ों के सिर काटिए या सच्चे क्षत्रिय की भाँति रणक्षेत्र में प्राण दीजिए।'

'और आत्मसमर्पण?'

'आपके वीर वंश में किसी ने आत्मसमर्पण नहीं किया है महाराज, आप भी न कर पाएँगे।'

'और यदि करूँ तो?'

'तो मैं आपको अभी कैद करता हूँ। बाद में आवश्यकता हुई तो गोली से भी उड़ा सकता हूँ!'

'तुम बिलकुल मूर्ख हो माधोसिंह।'

'महाराज अब विश्राम करें। मुझे तोपों की व्यवस्था करनी है। मैं आज रात-भर युद्ध करूँगा।'

'मेरी आज्ञा है कि युद्ध तुरन्त बन्द करो।'

'आप मेरे कैदी हैं महाराज, हुक्म देने की स्थिति में आप नहीं हैं। अब से किले पर मेरा ही हुक्म चलेगा।

इतना कहकर माधोसिंह वहाँ से चला गया और क्षण-भर में पचास सशस्त्र वीरों ने राजा साहब का कमरा घेर लिया।

24

राजा साहब एकदम बौखला उठे। उनकी सेवा में उनके खास खिदमतगार गंगादीन को रहने की अनुमति मिली। थोड़ी ही देर में किले की तोपें गर्ज उठीं। उधर से अंग्रेजों के गोले भी आकर किले में धड़ाधड़ गिरने लगे। राजा साहब ने गंगादीन से कहा, 'क्यों रे, तू भी क्या नमकहरामी पर उतारू है?'

'मालिक, मैं तो आपका ताबेदार हूँ।'

'तो मुझे यहाँ से निकाल बाहर करने की जुगत कर।'

'बाहर तो महाराज, पचास सिपाहियों का पहरा बैठा है।'

'उन्हें देख, उनसे बातचीत कर, उन्हें फोड़। मैं अभी यहाँ से निकल भागना चाहता हूँ।'

गंगादीन बाहर आया। सिपाही क्या थे-अनियन्त्रित भीड़ थी, जिन्हें मुद्दत से तनख्वाह नहीं मिली थी। वे जहाँ-तहाँ टुकड़ी बनाकर बैठे थे। कोई गप्पें लड़ा रहा था, कोई आल्हा गा रहा था, कोई चिलम में दम लगा रहा था। उन्हीं में से एक के पास जाकर गंगादीन ने कहा-'एक चिलम तम्बाकू तो देना जवान। राजा साहब की सेवा करते-करते अब ज़रा फुर्सत मिली है। देखा तो तम्बाकू ही खत्म।'

सिपाही ने तम्बाकू देते हुए हँसकर कहा, 'अब तो राजा साहब हमारे कैदी हैं।'

'ऐसा क्यों कहते हो जवान, वे हमारे मालिक हैं।'

'तो ससुर अंग्रेज़न के काहे गोड़ परत हैं?'

'अरे, देखना, सुबह वे कैसा मोर्चा लेते हैं। उन जैसा बहादुर सरदार बैसवाड़े में कौन है?'

गंगादीन चला गया। राजा साहब से उसकी बातचीत हुई, तीन पहर रात बीती। तोपें गरज रही थीं, पर पहरे के सिपाही ऊँघ रहे थे। राजा साहब गंगादीन के कपड़े पहनकर सकुशल बाहर निकल गए। किसी ने देखा, किसी ने नहीं। जिसने देखा उसने उन्हें खिदमतगार समझा।

किले से बाहर होकर राजा साहब पाँव-प्यादे अंग्रेज़ों की छावनी में पहुंचे और तत्काल मेजर बारो के सामने पेश किए गए। मेजर बारो ने पूछा-

'टुम कौन बज्जात हय।'

'मैं अमेठी का राजा लालमाधव हूँ। मैं आत्मसमर्पण करता हूँ।'

'ओ, टुम बागी सरदार है, अम टुमकू फाँसी देगा।'

'आपको अख्तियार है जो चाहे कीजिए। पर रानी विक्टोरिया ने सबको क्षमादान दिया है, इसी से मैं हथियार रखता हूँ।'

'तुम सचमुच राजा है, कोई बदमाश चोर तो नहीं है?'

'मैं अमेठी का लालमाधव हूँ।'

मेजर बारो ने कर्नल स्टर्लिंग को बुलवाया, दोनों ने सलाह की। इस वक्त राजा लालमाधव के चेहरे पर बदहवासी छाई हुई थी। पहर दिन चढ़ चुका था और अंग्रेज़ी फ़ौजों पर किले से अब भी गोलाबारी हो रही थी।

कर्नल स्टर्लिंग ने कहा-'आप हमें आत्मसमर्पण करता है, उधर आपके किले से बराबर गोलाबारी जारी है, यह क्या बात है?'

राजा साहब ने बताया कि उन्हें किस प्रकार कैद कर लिया गया था और वे भागकर आए हैं। वे जूते पहने कालीन पर अंग्रेज़ों के सामने खड़े थे। दोनों अफ़सर आगे के प्रोग्राम के सम्बन्ध में

सलाह कर रहे थे। सलाह के बाद राजा को अभी बन्दी बनाकर रखने का हुक्म दिया और रसेल को एक सन्देश देकर जनरल मेन्सफील्ड के पास रवाना कर दिया। सब बातें सुनकर जनरल मेन्सफील्ड ने कर्नल हार्नेस को एक टुकड़ी देकर किला दखल करने भेज दिया।

परन्तु इसी समय खबर आई कि विद्रोही किला खाली करके भाग रहे हैं। कर्नल हार्नेस और रसेल ने अपनी छोटी-सी टुकड़ी के साथ किला फतह किया। किले के बाहरी भाग में एक मन्दिर और उसके सामने हरी घास का एक रमना था। किले के चारों ओर गहरी खाई थी, जिस पर काठ का पुल था। पुल पार करके कर्नल हार्नेस आगे बढ़ा। घोड़े फाटक पर ही छोड़ दिए गए। धूप कड़ी थी और जल्दी-जल्दी सब लोग मध्य द्वार तक गए। किलेवालों ने द्वार खोल दिया। फिर कई फाटक पार करके सब अस्तबल में घुसे। वहाँ दो-चार चारपाइयाँ और घोड़ों की ताज़ी लीद के सिवा कुछ न था।

अब वे राजमहल की ओर बढ़े।

उसकी तलाशी आरम्भ हुई। अनाज, मक्खन, घी, तेल, गोला-बारूद, हथियार, गोले-गोलियाँ तथा अन्य युद्ध-साम्रगी प्राप्त हुई। परन्तु सब सामग्री अस्त-व्यस्त थी।

दूसरी ओर जंगल था। कुछ सैनिक तैनात करके ये लोग किले के एक कक्ष में आ बैठे। थोड़ी ही देर में जनरल मेन्सफील्ड और राजा साहब आ पहुँचे। जनरल क्रोध में लाल हो रहे थे और राजा साहब भय से पीले पड़ रहे थे। मेजर मेटकाफ हिन्दी में सेनापति का आशय उपस्थित लोगों को समझा रहे थे। अन्त में राजा साहब को कैद कर लिया गया और महल तथा किले का सब सामान निकालकर बाहर ढेर कर दिया गया। एक प्रकार से लूट हो रही थी और राजा साहब टुकुर-टुकुर देख रहे थे। लार्ड क्लाइड ने खाई पाटने और जंगल काटने का हुक्म दिया। उन्हें आशा थी कि वहाँ काफ़ी सामग्री मिलेगी।

दोपहर बाद सब छावनी लौट आए। सर होपग्राण्ट को तत्काल अहेहा जाने का आदेश मिला। अब वे शंकरपर पर आक्रमण की योजना बना रहे थे।

25

संध्या की गहरी उदासी ने राजा बेनीमाधव को और भी उदास बना दिया था, वे शंकरपुर के किले के एक बाहरी बुर्ज पर टहल रहे थे। सामने मैदान में सेना का शिविर था। घोड़ों की हिनहिनाहट, शस्त्रों की झनझनाहट के साथ-बीच-बीच में सिपाहियों की एकाध कड़खे या आल्हा की तान सुनाई दे जाती थी। शिविर में एक जगह सिपाही रसोई बना रहे थे। उसका धुँआ उठकर वातावरण को और भी धूमिल कर रहा था। सामने ही उनसे पचास गज़ के अन्तर पर उनकी इष्ट देवी का मन्दिर था। कभी-कभी वे मन्दिर के उठे हुए कंगूरे पर अपना ध्यान केन्द्रित कर लेते थे। किन्तु फिर बेचैनी से टहलने लगते थे। उन्हें इस समय राजा दरियावसिंह की प्रतीक्षा थी। उन्हें बुलाने सवार आज दोपहर को ही रवाना हो चुका था और अब ज्यों-ज्यों

देर होती जाती थी उनकी बेचैनी बढ़ती जाती थी। अन्ततः उन्होंने देखा, दो सवार घोड़े दौड़ाते तीव्रता से चले आ रहे हैं। राजा दरियावसिंह ही हैं, उन्होंने मन-ही-मन भुनभुनाते हुए कहा-और दस कदम आगे बढ़ आए।

'मामला क्या है राजा साहब! जो आपने मुझे ताबड़-तोड़ बुलाया? मैं किलेबन्दी करा रहा था। सर होपग्राण्ट सई नदी के किनारे-किनारे बढ़ता हुआ ससोन तक आ चुका है। इसके साथ तीन मज़बूत तोपखाने की बैटरियाँ हैं।'

'सुन चुका हूँ, होपग्राण्ट ही क्या, लार्ड क्लाइड भी परदेशपुर से चल चुका है। तथा ब्रिगेडियर इवली सेमरी की ओर बढ़ रहा है। पर इस बार इनका रुख शंकरपुर की ही ओर है।

'तो हम भी चाक-चौबन्द हैं राजा साहब! इस बार निपट लिया जाएगा। लेकिन आप मुझे ज़्यादा परेशान मालूम दे रहे हैं।'

'पुवायाँ की बदज़ाती तो खैर बैसवाड़े के मुँह पर कालिख लगा ही गई, अब आपने सुना-अमेठी ने आत्मसमर्पण कर दिया?'

'कब? कब? यह तो विश्वास करने योग्य बात नहीं है। लालमाधव तो ऐसे आदमी नहीं हैं।'

'एक घड़ी रात रहते ही मुझे यह समाचार मिला था। तभी मैंने आपको बुला भेजा।'

'तो अब लालमाधव कहाँ है?'

'अंग्रेज़ों ने कैद कर लिया है?'

'यह तो बुरा हुआ।'

'और भी कई राजाओं ने सहायता देने से इनकार कर दिया है।'

राजा दरियावसिंह ने गुस्से से होंठ काटा। उन्होंने कहा, 'कौन-कौन हैं वे देशद्रोही, विश्वासघाती?'

'मुरारमऊ के राजा दिग्विजयसिंह तो थे ही, तिलाई के राजा जगमलसिंह, खजूर गाँव के रघुनाथसिंह, कुरीं सुधौली के हिन्दपाल और चन्दापुर के सुदर्शनसिंह के खत मिल गए हैं। सबने लाचारी प्रकट की है। राजा मानसिंह ने तो लुटिया ही डुबो दी।'

'अरे, राजा मानसिंह ने भी?'

'बस, अब तो हम, आप और रामबख्शसिंह हैं। किन्तु राजा साहब, जब लखनऊ ही न रहा तो शंकरपुर क्या रहेगा!'

'राजा साहब, सारा अवध भी हथियार रख देगा तो भी दरियावसिंह की तलवार म्यान में नहीं जाएगी। अब शंकरपुर में ही हमारी-उनकी किस्मत का अन्तिम फैसला हो जाएगा।'

'मलिका मुअज़्ज़मा की घोषणा ने सभी के दिलों में उथल-पुथल पैदा कर दी है। अब आप देखिए कि हमारी फ़ौज के पास न रसद है न हथियार। गाँववाले उन्हें खाना देते हैं। शंकरपुर की छोटी-सी रियासत यह भार कहाँ से सहेगी? फिर इस समय हमारी शक्ति भी बिखरी हुई है। डौंडियाखेरा पर तो खतरा है ही-रायबरेली, सीतापुर में भी लड़ाई हो ही रही है। अब मेरे सामने तो इन मर-मिटने वालों के लिए एक मुट्ठी चने का सवाल ही भारी हो रहा है। जैसा भी होगा देखा जाएगा। मैं तो अभी डौंडियाखेरा जाऊँगा। सम्भव है, कल हम पर आक्रमण हो जाए। परन्तु पहले यदि शंकरपुर पर हो तो खबर देना।

'नहीं, महाराज दरियावसिंह, अब खबर नहीं दूंगा। आप अपने डौंडियाखेरा को सँभालना। अब हमारी और आपकी यह आखिरी भेंट है। शंकरपुर पर कुछ हुआ तो मैं निपट लूँगा।'

'यह आप क्या कह रहे हैं, राजा साहब?'

'महाराज दरियावसिंह, यह ज़िन्दगी पानी का बबूला है। रहा रहा, न रहा न रहा। आओ भाई, भुज-भर भेंट लो।' इतना कहकर राजा बेनीमाधव अपने मित्र राजा दरियावसिंह से लिपट गए। उनकी आँखें गीली हो गईं। फिर उन्होंने कहा, 'अब जाइए महाराज, रात अँधेरी है। लम्बा सफ़र है। दुश्मन का खतरा है, साथ में कुछ सवार लेते जाइए।'

'न, न, बस मैं और मेरी तलवार ही काफ़ी है।' फिर उन्होंने गरजकर कहा, 'राजा साहब, हम फिर मिलेंगे। तब तक के लिए विदा।'

और वे चल दिए।

राजा धीरे-धीरे देवी के मन्दिर में चले गए। और एक खम्भे का सहारा लेकर बैठ गए। उन्होंने आँखें मूंद ली और गहरी चिन्ता में डूब गए।

26

शंकरपुर का किला अवध का सबसे सुदृढ़ किला था। उसके चारों ओर आठ मील के घेरे में खाई थी। बीच-बीच में बुर्ज बने थे। खाई और किले के बीच का स्थान कंटीले जंगल से भरा था जिसमें केवल एक पगडंडी थी। इस प्रकार यह किला तत्कालीन युद्धकला की दृष्टि से सर्वथा सुरक्षित था। राजा को अभी बहुत-सी तैयारियाँ करनी शेष थीं। उन्हें सूचना मिली थी कि अंग्रेज़ी सेना शंकरपुर से तीन मील दूर पिछुवारा में पड़ी थी। रात-भर राजा ने देवी के मन्दिर में आराधना की। भोर होते ही उन्होंने सेना की परेड कराई। उस समय उन्होंने सेना के समक्ष एक संक्षिप्त भाषण दिया, 'साथी वीर सिपाहियों! आज समय टेढ़ा है। हमारे साथी राजाओं ने सहायता से हाथ खींच लिया है। शत्रु सिर पर है। अब मुझे केवल तुम्हारा भरोसा है, किन्तु मैं चाहता हूँ कि जिन्हें प्राणों का भय हो या अंग्रेज़ों की गुलामी पसन्द हो वे अपना डेरा उखाड़ लें, और अपनी तनख्वाह लेकर चले जाएँ। जिन्हें मरने-मारने की हवस हो, वे यहाँ रहें। अब तुम मेरे नौकर नहीं हो-धर्म के रक्षक हो। हमें बेगम से किए हुए वचनों का पालन करना है। यहाँ के

रजवाड़ों ने हमारा साथ छोड़ दिया है पर हमारा धर्म और आत्मविश्वास हमारे साथ हैं।' राजा का भाषण समाप्त होते ही तलवारें खिंच गईं। सिपाहियों ने कहा, 'हम मरने-मारने पर तुले हुए हैं। हम में कोई पीछे न हटेगा।'

हर-हर महादेव और दुर्गा की जय-जयकार से आकाश गँज उठा। उसी गँज में अंग्रेज़ों की तोपें गरज उठीं, अररधम...अररधम। उत्तर-पश्चिम से ब्रिगेडियर इवली और शेष दो ओर से सर होपग्राण्ट तथा लार्ड क्लाइड ने एकबारगी ही शंकरपुर पर धावा किया। अंग्रेज़ी तोपों के गोले किला, महल, मन्दिर सबका विध्वंस करने लगे। राजा सब्जे पर सवार कभी इस मोर्चे पर और कभी उस मोर्चे पर बिजली की तेजी से घूम रहे थे। राजा ने दक्षिणी मोर्चा संभाला और उनके भाई जुगराजसिंह उत्तरी मोर्चे पर डटे थे। इस समय दक्षिणी मोर्चे पर करारा दबाव था। दिन भर युद्ध होता रहा। शाम हुई, रात हुई, युद्ध बन्द नहीं हुआ। आधी रात के समय उत्तरी भाग से शतु खदेड़ दिए गए और क्षण-भर के लिए वह मोर्चा सुरक्षित हुआ। इसी समय पूर्व-नियोजित योजनानुसार राजा के पुत्र रघुराजसिंह स्त्रियाँ तथा खज़ाना लेकर 14 हाथियों पर किले से निकल चले। उनके सकुशल निकल जाने की सूचना जब राजा को मिली तो वे हटते हुए पश्चिम मोर्चे पर आ गए। इस समय तीन पहर रात बीत रही थी। चन्द्रमा अस्त हो चुका था, पृथ्वी एक गहन अन्धकार में डूब रही थी। राजा थोड़े-से चुने हुए वीरों को लेकर सर होपग्राण्ट के दाहिने दस्ते की ओर घूमे और फिर पश्चिम का रुख कर पोरई के जंगल में गायब हो गए।

किले से तोपें अब भी आग उगल रही थीं और किले पर अंग्रेज़ों के गोले भी कहर बरसा रहे थे। पर राजा सपरिवार सब माल-मत्ता और खज़ाना लेकर किले से निकल चुके थे।

सूर्योदय के साथ ही किले का अवरोध रुक गया। द्वार खोल दिए गए। क्रोधोन्मत्त अंग्रेज़ी सेना ने किले में जाकर देखा कि वहाँ न कोई जीवित प्राणी था, न राजा और उनका परिवार था। केवल एक पागल हाथी और कुछ तोपें खींचनेवाले बैल और घायल सिपाही वहाँ थे।

27

राजा बेनीमाधव का अंग्रेज़ों की आँखों में इस प्रकार धूल झोंक कर अपना सब माल-मत्ता और परिवार सहित निकल जाना एक चुनौती थी। अंग्रेज़ खीझ गए। शिकार सही-सलामत हाथ से निकल गया था। चारों ओर उनके जासूस राजा की तलाश में घूम रहे थे। परन्तु राजा और उन दस हाथियों को जैसे धरती निगल गई थी। धीरे-धीरे राजा की फ़ौज इस प्रकार गायब हो गई थी कि उसका कुछ पता ही न चलता था। गर्मी इतनी सख्त थी कि अंग्रेज़ परेशान हो रहे थे।

रायबरेली से आठ मील दूर रायबरेली-कानपुर सड़क पर भीटा नामक एक स्थान है। उससे दक्षिण की ओर बड़ैला तालाब नामक एक झील है। वह झील मीलों लम्बी है और पानी की पतली पट्टी-सी बनाती चली गई है। राजा ने इसी झील के किनारे अपनी मोर्चाबन्दी की। दोपहर होते-होते उनकी सारी बची-खुची सेना भी वहाँ आ पहुंची। अब राजा भीषण और निर्णायक युद्ध

की सब तैयारियाँ करके यहाँ अंग्रेज़ों की प्रतीक्षा करने लगे। सन्ध्या होते न होते इवली अपनी सेना लेकर उधर आ पहुँचा। राजा ने उसे साँस लेने का अवसर नहीं दिया। वे बाज की भाँति उसपर टूट पड़े। देखते-ही-देखते भीटा का युद्ध विकट संग्राम का रूप धारण कर गया। इवली ने तीन ओर से घेरकर तोपों की बाढ़ दागनी आरम्भ की। राजा ने इस समर में स्वयं सक्रिय भाग लिया था। वे घायल हो गए थे। पर सब्जा पर सवार विद्युत्वेग से समूचे रणक्षेत्र में योद्धाओं को बढ़ावा देते घूम रहे थे। युद्ध का नेतृत्व सरदार मतवालासिंह कर रहे थे।

दिन-भर घमासान युद्ध होता रहा। सूर्यास्त होते-होते अंग्रेज़ों का घेरा बहुत तंग हो गया। वे तीन ओर से राजा को घेरकर दबोचते चले आ रहे थे। उनका इरादा राजा को जीवित पकड़ने का था और राजा अब प्राणोत्सर्ग की तैयारी कर रहे थे। इसी समय हर-हर महादेव का नाद करते हुए अम्बरसिंह और चण्डिकसिंह दो सैनिक राजा को चारों ओर से घेरकर शत्रु सेना को चीरते हुए आगे बढ़े। बड़ा ही संकट काल था। भीषण तोपें आग बरसा रही थीं और मर मिटनेवालों की यह टोली अपने वीर सरदार के प्राणों की सुरक्षा में अपने प्राणों की होली खेलती शत्रु दल के घेरे को चीरती हुई घेरे से पार निकल गई। दोनों सैनिकों ने कहा-'महाराज, कुछ समय के लिए जीवित रहिए, हम यहाँ शत्रु को रोकते हैं, आप सीधे सई नदी पार कर लीजिए। वहाँ सहायता मिलेगी।'

दोनों वीर पलटकर शत्रु से लोहा लेने लगे और राजा आँखों में खून और आँसू बहाते अकेले ही सई के बीहड़ों में खो गए।

राजा का घोड़ा सब्जा एक पानीदार जानवर था। उसके पेट में गोली लगी थी पर वह अपने स्वामी को लिए बेतहाशा भागा जा रहा था। राजा को बहुत घाव लगे थे। नदी के पास आते ही घोड़ा पानी में कूद पड़ा। वह बहुत प्यासा था, उसने जी भरकर पानी पिया। पानी पीकर वह बड़ी कठिनाई से बाहर निकला, पानी उसके पेट के घाव से बाहर निकल रहा था। बस कुछ दूर और चला और फिर गिरकर मर गया। राजा भी मूर्छित होकर वहीं भूमि पर गिर गए। दोनों विपत्संगाती पास-पास पड़े थे। घोड़ा मर चुका था, पर राजा अभी जीवित थे। राजा के पलायन के बाद भी भीटा का संग्राम वैसा ही चलता रहा। सरदार मतवालासिंह एक जीवट का सुभट और सुलझा हुआ सेनानी था। उसने हठपूर्वक अंग्रेज़ी तोपखाने को तालाब में ढकेल दिया। अंधेरी रात थी, तालाब की स्थिति अंग्रेज़ों को ज्ञात नहीं थी। वे आगे बढ़ते गए और तालाब के अतल जल और मीलों तक फैली हुई दलदली भूमि में फँसकर प्राण गँवाने लगे। ब्रिगेडियर इवली बड़ी कठिनाई से प्राण बचाकर भीटा से चल पड़ा। अन्ततः इस भीषण संग्राम में विजय का सेहरा सरदार मतवालासिंह के सिर बँधा।

28

सई नदी के तट से तनिक आगे बड़ का पेड़ था। उसी के नीचे राजा बेनीमाधव बेहोश पड़े थे। उनके पास उनका सब्जा मृत पड़ा था। कोई एक फ़र्लांग के फासले पर मनेरू गाँव था।

अभी पौ फटी थी, एक वृद्ध पुरुष गाँव से निकलकर दिशा-मैदान से फ़ारिग होने के इरादे से उधर आया। उसने देखा कोई व्यक्ति बड़ की छाया में पड़ा हुआ है। निकट आकर उसने देखा वह आदमी अभी मरा नहीं है, साँस चल रही है, शरीर गर्म है। छाती और गर्दन पर गहरे घाव हैं। वृद्ध पुरुष परेशान हो गया। उसने घायल और बेहोश राजा के शरीर को कन्धे पर उठाया और घर ले आया। घर में राजा को लाकर उसने घर का द्वार बन्द कर लिया। थोड़े ही उपचार से राजा को होश आ गया। होश में आकर उन्होंने पूछा-

'मैं कहाँ हूँ?'

'तुम मनेरू गाँव में मेरे मकान में हो?'

'तुम कौन हो?'

'मैं राजपूत हूँ मेरा नाम लाला है, मैं सुनार का काम करता हूँ।'

राजा ने अपने दोनों हाथ फैला दिए। उन्होंने कहा, 'आओ भाई, गले मिलो। तुमने मेरे प्राण बचा लिये।'

'तुम कौन हो, अपना ठिकाना बताओ। तुम्हारे घर पर खबर भेजकर मैं तुम्हारे सगे-सम्बन्धियों को बुलाऊँ।'

'नहीं भाई, इस समय तुम्हीं मेरे सबसे बड़े सगे-सम्बन्धी हो। जो कुछ करना है तुम्हीं करो।' लाला ने राजा की मरहम-पट्टी की। दूध पिलाया। खून धोया, ज़ख्म साफ़ किए।

राजा चुपचाप आँख बन्द किए पड़े रहे। फिर उन्होंने कहा, 'घर में कितने आदमी हैं?'

'तीन हैं। मैं, मेरा बेटा और पुत्र-वधू।'

'बेटा कहाँ है?'

'यहीं है। दिशा-मैदान को गया है।'

'उसे तुम इस क्षण गाँव से दूर भेज दो। जाओ, देर न करो।'

'कहाँ?'

'कहीं भी। उसे कह दो, दूर चला जाए और जब तक सन्देश न मिल जाए, वापस न लौटे।'

लेकिन लाला ने राजा की बात नहीं मानी, चुपचाप खड़ा सोचता रहा। राजा ने कहा, 'सुना नहीं तुमने?'

'सुन लिया, पर बेटे को मैं क्यों भेज दूं, यह भी तो बताओ।'

'पास आकर सुनो' राजा ने कहा।

लाला राजा के पास चला आया। राजा ने कहा, 'मेरा नाम राजा बेनीमाधव है, सुना है यह नाम?'

लाला ने राजा के पैर पकड़ लिये। उसने कहा, 'तो आज स्वामी सेवक के घर आए।'

'परन्तु लाला जी, मेरे सिर पर दस हज़ार रुपये का इनाम है। अब जीने की साध नहीं रही। मेरा सिर काटकर ले जाओ और अपनी निर्धनता दूर करो। तुमने जो मेरी सेवा की है, यही उसका इनाम है।'

'अन्नदाता, यह क्या आज्ञा करी! आपके चरणों से मेरी कुटिया पवित्र हुई। अब आपके लिए देह भी काम आए तो अहोभाग्य।'

'लाला जी, तुमने सच्चे राजपूत की तरह बात की। अब अपने पुत्र को यहाँ से दूर भेज दो। अंग्रेज़ मेरी गन्ध सूंघते हुए आ टपकेंगे। उनकी आँच हम-तुम बूढ़े आदमी झेलेंगे। बहू-बेटे को यहाँ से रवाना करो।'

'आप ठीक कहते हैं, महाराज, मैं अभी इसका प्रबन्ध करता हूँ।'

लाला ने बहू-बेटे को तत्काल दूर की रिश्तेदारी में रवाना कर दिया। तब राजा से मिलकर सलाह की।

तीसरा पहर होते ही गाँव में अंग्रेज़ों के घोड़े दौड़ने लगे। लाला ने कहा-

'महाराज, अंग्रेज आ पहुँचे। बेअदबी माफ़ हो, आप मेरी बहू के वस्त्र पहनकर रसोई बनाने में लग जाएँ। फिर मैं निपट लूँगा।' राजा ने स्त्री-वेश धारण किया और रसोई बनाने में जुट गए।

थोड़ी ही देर में लाला का घर घेर लिया गया।

'अरे इस घर में कौन रहता है?'

'मैं रहता हूँ सरकार।'

'क्या करता है तू?'

'मैं सुनार का काम करता हूँ।'

'तेरे घर में कौन है?'

'मेरे बेटे की बहू है। बेटा घर में नहीं है।'

'बेटा कहाँ है?'

'परदेश कमाने गया है।'

'तेरे घर में बागी छिपा है?'

‘राम, राम, मेरे घर में बागी कहाँ से आया?’

‘हम तलाशी लेंगे।’

‘आप मालिक हैं, जो चाहें सो करें।’

घर की तलाशी ली गई। बहू के रूप में राजा बेनीमाधव और भी सिकुड़कर घूँघट में रसोई के चूल्हे के धुएँ-भरे छपरे के नीचे बैठे चावल बीनते रहे। उन पर किसी को सन्देह न हुआ। परन्तु लाला को गिरफ्तार कर लिया गया। रात उसके घर बागी था, इसके चिह्न मिल चुके थे और घोड़े पर सवार होकर कोई रातों-रात गाँव से गया है, यह भी प्रकट हो गया था। लाला कोई सन्तोषजनक जवाब न दे सका और उसे उसी वट वृक्ष के नीचे लाकर फाँसी दे दी गई।

राजा बेनीमाधव लाला के जाते ही अच्छी तरह अपने अंगों को वस्त्रों में लपेटकर तेज़ी से घर से निकल एक ओर चल दिए। किसी ने उनकी ओर ध्यान नहीं दिया।

29

मनेरू से चलने पर उन्होंने सुना कि भीटा के युद्ध के बाद ही बैसवाड़ के सब राजा अंग्रेज़ों को सलाम करने गए हैं। राजा अपने घायल और अशक्त शरीर की परवाह न कर दिन-रात चलकर, शत्रुओं से अपने को बचाते हुए, सकुशल डौंडियाखेरा जा पहुंचे। यहाँ राव रामबख्श, महाराज दरियावसिंह तथा सरदार मतवालासिंह अपनी-अपनी सेनाएँ लेकर पड़े थे। लखनऊ की फ़ौज से भागे हुए हज़ारों विद्रोही सिपाही भी यहाँ जमा हो गए थे। इस समय भारत-भर में केवल डौंडियाखेरा ही क्रान्ति की ज्वाला से लहरा रहा था। राजा के पहुँचते ही उनमें उत्साह की लहर दौड़ गई। इस समय 8 हज़ार से भी अधिक सेना डौंडियाखेरा में जमा थी।

राजा बेनीमाधव ने भोर होते ही सारी सेना को परेड कराई, आवश्यक त्रुटियों को दूर किया और मोर्चे के स्थानों को सुदृढ़ किया।

अंग्रेज़ी सेना भी लार्ड क्लाइड की कमान में बेनीमाधव की गन्ध सूंघती हुई आ पहुँची। उसने डौंडियाखेरा से आठ मील के अन्तर पर पड़ाव डाला। अंग्रेज़ों के पास 6 हज़ार सुशिक्षित सेना थी। अंग्रेज़ों ने वहाँ से एक सन्धि-प्रस्ताव राजा के पास भेजा। प्रस्ताव में लिखा था, ‘हथियार रख दो, आत्मसमर्पण कर दो, तो तुम्हें क्षमा कर दिया जाएगा।’ राजा ने जवाब दिया, ‘किले का बचाव कर सकना मेरे लिए असम्भव हो गया था, उसे तुमने ले लिया, पर मैं शरण में नहीं आ सकता, मेरी देह मेरी नहीं है, प्रभु की है।’

24 नवम्बर को प्रभात ही में युद्ध आरम्भ हो गया। अंग्रेज़ों ने विद्रोही सेना की दक्षिण भुजा पर आक्रमण किया, परन्तु वह विफल कर दिया गया। तब इवली दुहरी राइफ़लधारी सवारों की टुकड़ी लेकर आगे बढ़ा। चारों ओर घनी कँटीली झाड़ियाँ थीं और असमतल व

ऊबड़-खाबड़ भूमि थी। पार्श्व में एक टीला था, जो घनी झाड़ियों से आच्छादित था। पर टीले के सामने एक दूसरा टीला था, जो ज़रा आड़ में था। इसके बाद गंगा की धारा थी। दोनों के बीच थोड़ा-सा मैदान था।

इवली धीरे-धीरे आगे बढ़ रहा था। उसके पीछे क्लाइड समूची सेना को फैलाकर चल रहा था। एकाएक एक खाई ने उनकी गति रोक दी। खाइयों से विद्रोही सेना ने आग उगलनी आरम्भ कर दी। भीषण मार से अंग्रेज़ फिर पीछे हटे। परन्तु इसी समय छोटे टीलों पर से विद्रोहियों की तोपें उन पर कहर बरसाने लगीं।

अंग्रेज़ों की तोपों का मोर्चा अभी जमा न था। क्लाइड ने बाईं ओर घूमने का आदेश दिया। सैनिक गोलियाँ बरसाते बाईं ओर घूमे। परन्तु इधर भी एक विकट खाई ने उनकी गति रोक दी। अब दोनों सेनाएँ आमने-सामने जमकर आग उगलने लगीं। इवली भी क्लाइड के साथ आ मिला। विद्रोही सेना राजा के नेतृत्व में टीले की ओर मुड़ी। आगे राजा घोड़े पर सवार थे। अंग्रेज़ों ने उन पर भारी तोपों की मार की। पर राजा की वह टुकड़ी टीले की आड़ देकर आँखों से ओझल हो गई।

अंग्रेज़ी सेना भी अब टीले की ओर बढ़ी। इवली के बन्दूकधारी सवारों ने टीले के दोनों ओर से बढ़कर डौंडियाखेरा के प्रत्येक निकास को घेरने की चेष्टा की। लार्ड क्लाइड की सेना भी शोर मचाती हुई आगे बढ़ी। इसी समय राजा दरियावसिंह और रामबख्शसिंह गंगा तट के निचले ढूह से निकलकर अंग्रेज़ी सेना की पीठ पर मृत्यु बरसाने लगे। अब अंग्रेज़ों को न आगे बढ़ने की राह थी, न पीछे हटने की। महाराज दरियावसिंह पीठ पर करारी चोट कर रहे थे और राव रामबख्श बायें पक्ष पर बाज की भाँति टूट रहे थे। अब तो भयानक संग्राम हुआ। गंगा तट लाशों से पट गया। गोलों की धमक, गोलियों की कड़कड़ाहट, मरने वाले जानवरों और आदमियों के आर्तनाद तथा वीरों की हुंकृति ने एक भीषण वातावरण उपस्थित कर दिया। गंगा की स्वच्छ बालू से लाल होती चली गई।

अपनी सेना की दुर्दशा देखकर लार्ड क्लाइड घबरा गया। वह अपनी रिज़र्व सेना के सिख और मद्रासी सवारों को लेकर भीषण गर्जन के साथ गंगा-तट की ओर बढ़ा। अब गंगा की लहरें तोपों की गर्जना से थर्रा रही थीं। एक ओर से इवली ने और दूसरी ओर से क्लाइड ने विद्रोही सेना को बलात् चीरना आरम्भ कर दिया। क्षण-भर के लिए भीषण संकट आ उपस्थित हुआ। इसी क्षण राजा भीमवेग से अंग्रेज़ों के दक्षिणी दल को चीरते हुए और उनके व्यूह को दो टुकड़ों में विभक्त करते हुए राजा दरियावसिंह की सेना में जा मिले। अब चौमुखी मार हो रही थी। विद्रोही तोपों के गोले टीले पर से आग बरसा रहे थे। क्लाइड ने एक बार टीले पर चढ़ने की चेष्टा की। पर उसे बरी तरह हताश होना पड़ा। उसके सैनिकों की लोथें भूमि पर बिछ गईं और आतंक तथा भय से अंग्रेज़ी सेना के पैर उखड़ गए। उन्हें गंगा की ओर खदेड़ती हुई राजा की सेना ने गंगा के गहरे जल में ढकेल दिया।

इवली इस समय साँस पाकर पीछे हटा। महाराज दरियावसिंह ने उसका पीछा किया। दोनों सेनाएँ लड़ते-लड़ते एक गाँव के निकट आ गईं। गाँववालों ने अंग्रेज़ों को घेर लिया-अब इवली बिलकुल घिर गया। गाँववालों ने उसके मरे-अधमरे सिपाहियों को रेत में दबा दिया। बहुतों को तो कुएँ में ढकेल दिया।

परन्तु इस भीषण संग्राम में विद्रोही सेना की भी भयानक क्षति हुई थी। अत: बड़ी ही युक्ति से राजा ने अपनी सेना की तीन टुकड़ियाँ बनाकर रात्रि के अन्धकार में पलायन आरम्भ कर दिया। कुछ थोड़ी साँस पाकर अंग्रेज़ों को दम लेने की फुर्सत मिली और वह रात उन्होंने बड़ी ही अस्त-व्यस्त अवस्था में काटी।

भोर होने पर विद्रोही सेना का नामोनिशान भी न था। अब अंग्रेज़ों के प्रतिशोध की बारी थी। उन्होंने सबसे पहले उस गाँव के प्रत्येक व्यक्ति को मौत के घाट उतार दिया। गाँव में आग लगा दी। अब वे डौंडियाखेरा की ओर बढ़े। सब मन्दिर ढहा दिए गए। राजमहल तोपों से ढहा दिया गया। गाँव फूंक दिया गया-एक-एक घर को जलाया गया। डौंडियाखेरा का नामोनिशान न रहा।

राजा बेनीमाधव यहाँ से भी अपना सब खज़ाना ले गए थे। केवल थोड़ा-सा आटा, चावल और कुछ कपड़े अंग्रेज़ों के हाथ लगे। राजा बेनीमाधव और दरियावसिंह के भाग जाने पर क्लाइड बौखला रहा था। उसकी फ़ौज की पूरी दुर्दशा हो चुकी थी। हज़ारों घायल पड़े कराह रहे थे। कुछ मुर्दे अब सड़ने लगे थे। 'बेनीमाधव निकल भागा' यही एक शब्द अंग्रेज़ों की जबान पर था।

30

लार्ड क्लाइड जयका पुरवा में पड़ाव डाले पड़ा था। इसी समय राजा मानसिंह ने आकर सलाम किया। राजा के साथ उनका भाई भी था। अब उन्होंने अपनी केंचुली उतार फेंकी थी और खुल्लमखुल्ला अंग्रेज़ों के पक्ष में हो गए थे।

लार्ड क्लाइड ने दोनों को कुर्सी दी। कुर्सी पाकर राजा साहब ने दुबारा क्लाइड को सलाम किया और कहा, 'मैं यह खास खबर लेकर खिदमत में हाज़िर हुआ हूँ कि कुछ आदमी-जैसे बूंदी का राजा, गोंडा का राजा, देवीबख्श वगैरा शायद अभी आत्मसमर्पण न करें, लेकिन बेनीमाधव अवश्य आत्मसमर्पण कर देगा।'

'वह तो अपना पुराना दोस्त है,' क्लाइड ने मुस्कराकर कहा।

'हाँ, हाँ, लेकिन अब मेरा कुछ भी ताल्लुक नहीं है।'

'इसी से मैं समझता हूँ कि आपका सन्देश भी विश्वसनीय नहीं प्रतीत होता।'

'क्या आप यकीन नहीं करते?'

‘कैसे कर सकता हूँ! जो आदमी न लालच से, न भय से, न मुसीबत से डिगा जिसने तीन-तीन अंग्रेज़ों सेनापतियों से घिरे रहने पर भी सिर न झुकाया, वह अब कैसे आत्मसमर्पण करेगा?’

‘लेकिन साहब, अब परिस्थिति बदल गई है। बुढ़ऊ हनुमन्तसिंह ने भी अब राजा से मुँह मोड़ लिया। उधर बेगम और बिरजिस कादर भी हथियार रखने की सोच रहे हैं। मामूखाँ की हालत भी डावाँडोल है।’

‘हाँ, मेजर बारो इस मामले में बात कर रहे हैं।’

‘तो साहब, आप यहाँ इतनी ढील डाले क्यों पड़े हैं। इससे तो शतु को निकल भागने का अवसर मिल जाएगा।’

‘मैं इन बातचीतों का नतीजा देखना चाहता हूँ। यदि बेगम हथियार रख देती तो सब झगड़ा खत्म है। क्या आप बता सकते हैं कि इस वक्त नाना कहाँ हैं?’

‘मैंने सुना है वे नानपारा से 8-9 मील पर चुरदा के जंगलों में छिपे हैं। उनके साथ वहाँ का राजा भी है। यह भी सुना है कि वे नेपाल की शरण जाना चाहते हैं, परन्तु नेपाल के राजा ने शरण देने से इनकार कर दिया है।’

‘नेपाल का राजा हमारा दोस्त है। वह उनको शरण नहीं देगा।’

‘राजा बेनीमाधव ने नेपाल के राजा को एक खत लिखा है।’

‘खत में उसने क्या लिखा है?’

‘उसने लिखा है-भारत चोटों से कराह रहा है, अंग्रेज़ों ने सन्धियाँ ठुकरा दी हैं। वचन भंग किए हैं। राजाओं, बादशाहों और नवाबों के राजमुकुट धूल में मिला दिए हैं। आप यह सब जानते हैं। आपकी समानता करने वाला कौन है? पर इन कपटी अंग्रेज़ों के आप दोस्त हैं। यह बड़ी शर्म की बात है।’

‘हमारे दोस्त नेपाल के राजा ने क्या जवाब दिया, आपने जाना?’

‘जी हाँ, यह खत लेकर और बहुत-सी बातें समझाकर नाना ने अपने भाई राव साहब को नेपाल के राजा के पास भेजा था। उन्होंने सब बातें सुनकर कर्नल बलभद्रसिंह को नाना के पास भेजकर कहलाया-

‘अंग्रेज़ दया का व्यवहार करेंगे। आप लोग हथियार डाल दें और उनकी शरण जाएँ, इसी में भलाई है।’

‘हमारे दोस्त नेपाल के राजा ने ठीक जवाब दिया है।’

‘इसी से मैंने कहा कि शायद राजा बेनीमाधव आत्मसमर्पण कर दे।’

'उसके लिए मैं प्रतीक्षा न करूँगा। मैं एक सन्देश की प्रतीक्षा में हूँ और तब मैं अगला कदम शायद नेपाल की तराई की ओर उठाऊँगा। मैं चाहता हूँ आप भी हमारे साथ रहें। हम आपके आराम का पूरा ध्यान रखेंगे।'

राजा मानसिंह ने स्वीकार किया।

31

अकरमपुर के जंगल में लोन नदी के किनारे एक विशाल किला बना था। किला विद्रोही राजा शिवरतन का था, जो सेमरी के संग्राम में काम आ चुके थे। अब उनका स्वाभिमानी भाई अपने थोड़े-से राजपूतों सहित यहाँ डटा हुआ था।

यहाँ आकर लार्ड क्लाइड ने उसके पास सन्देश भेजा-

'तुम किला हमारे सुपुर्द कर दो, और आत्मसमर्पण कर दो तो अंग्रेज़ सरकार तुम्हें माफ़ कर देगी। तुम्हारी जायदाद भी तुम्हें दे दी जाएगी। पर उसने जवाब दिया, 'मैं आपका पक्का दुश्मन हूँ। युद्ध में लड़कर प्राण त्यागना चाहता हूँ।'

लार्ड क्लाइड इस किले को पुलिस चौकी बनाना चाहता था। उसने कर्नल हार्नेस को एक टुकड़ी देकर लड़ने भेज दिया। किले पर युद्ध होने लगा।

लार्ड क्लाइड को बेनीमाधव की चिन्ता थी। वह सोच रहा था, वह लखनऊ कोई नया बखेड़ा न खड़ा कर दे। इस विचार से वह जल्द-से-जल्द लखनऊ पहुँचना चाहता था।

किला थोड़े ही प्रयत्न से अंग्रेज़ों के हाथ में आ गया। राजा का भाई भाग गया। किले पर चौकी की स्थापना करके जॉन रसेल दुत गति से लखनऊ की ओर चला। वह सकुशल लखनऊ पहुँच गया। वह आलमबाग होकर नगर में घुसा।

लखनऊ अब बागियों से मुक्त था। अंग्रेज़ी छत्रछाया फैल रही थी। अंग्रेज़ निश्चिन्तता से बाज़ारों में घूम-फिर रहे थे। नागरिक अब उन्हें भय से देखकर सलामें करते थे। ध्वस्त मार्गों की मरम्मत हो रही थी। मलबे के ढेर और उनमें दबी लाशें उठाई जा रही थीं। यद्यपि नगर कोलाहलपूर्ण था पर सबके चेहरों पर उदासी थी। अब यह वाज़िदअलीशाह का रंगीनी से भरा-पूरा लखनऊ न था, फिरंगियों का लखनऊ था, जिसमें नित नये हुक्म निकलते और नित नये मुकदमे और पकड़-धकड़ होती रहती थी।

29 नवम्बर की सुबह लार्ड क्लाइड ने अवध के चीफ़-कमिश्नर मांटगोमरी से मुलाकात की और बताया, 'बेनीमाधव घाघरा पार करने वाला है।'

'लेकिन उसका इरादा क्या है?'

'इस समय सम्पूर्ण बहराइच क्षेत्र में विद्रोही भरे हैं। वह उन सबको बटोरकर एक बार लखनऊ पर आक्रमण करने की सोच रहा है।'

‘यह तो कदापि न होने पाएगा।’

‘तो लार्ड क्लाइड, आप लखनऊ में ज़्यादा देर तक आराम भी न कर पाएंगे।’

‘आप ठीक कहते हैं, राजा मुझे चैन की साँस न लेने देगा। मैं सोच रहा हूँ कि नवाबगंज और बाराबंकी हाते हुए फैज़ाबाद में उसकी राह रोकूँ।’

‘लेकिन आप युद्ध तो बहराइच में ही कर पाएँगे।’

‘देखा जाएगा। आप कह सकते हैं कि बेनीमाधव इस वक्त कहाँ है?’

‘वह रामघाट के निकट चौक में है। यहाँ हज़ारों बिखरे हुए विद्रोही उसने बटोर लिये हैं।’

‘तब तो मुझे जल्द पहुंचना चाहिए।’

‘मैं समझता हूँ कि आप अभी दो-चार दिन अपनी सेना को विश्राम करने दें। विद्रोही एकाएक कोई कार्रवाई नहीं कर पाएँगे। अभी वे बहुत अस्त-व्यस्त हैं।’

‘यह तो और भी अच्छा है। मैं उन्हें इसी हालत में खत्म कर सकता हूँ।’

‘परन्तु यह प्रधान सेनापति का आदेश है।’ इतना कहकर उन्होंने एक आज्ञा-पत्र लार्ड क्लाइड के हाथों में थमा दिया। आदेश-पत्र में लिखा था, ‘अपनी गति सामान्य ही रखो।’

सेनापति के आदेश-पत्र को पढ़कर लार्ड क्लाइड के माथे पर बल पड़ गए। उन्होंने कहा, ‘इस आदेश का क्या मतलब हो सकता है?’

‘शायद प्रधान सेनापति महोदय यह चाहते हैं कि इस बार सेना के साथ जो युद्ध-सामग्री जा रही है वह सुरक्षित पहुँच जाए। उसमें कुछ गड़बड़ी न हो जाए। आप जानते ही हैं कि अभी हमारा सामान लुट चुका है।’

‘तो मैं हार्सफील्ड को आदेश दे दूँगा कि वह सावधानी से घाट की ओर बढ़े और अपनी गति सामान्य रखे, क्योंकि सब सामग्री वही ले जा रहा है।’

परन्तु गति धीमी होने का परिणाम यह हुआ कि राजा घाघरा पार कर गया और लार्ड क्लाइड 12 दिसम्बर को कहीं घाघरा पार कर पाए। घाघरा पार करके वह ‘जयका पुरवा’ नामक ग्राम में डेरा डालकर विश्राम करने लगे।

32

अंग्रेज़ी सेना नेपाल की तराई में बढ़ रही थी; वे घने जंगलों, पर्वतश्रेणियों, अँधेरी घाटियों, और गहरी नदियों को पार करते जा रहे थे। उन्हें सूचना मिली थी कि तराई की ओर नानपारा में बेनीमाधव, नाना और बेगम के साथ विद्रोहियों का बड़ा भारी जमाव हो रहा है। कोई कह रहा था शतु सेना दो लाख से कम नहीं है। कोई कहता था विद्रोही साठ हज़ार हैं। परन्तु अन्त में उन्हें

विश्वस्त सूत्र से पता लग गया कि उनकी संख्या तीन हज़ार से कम नहीं है और वे एक पहाड़ी किले में आश्रित हैं।

एक दिन बड़े दिन का त्यौहार था। सेना ने पड़ाव डालकर मनाया। इसके बाद लार्ड क्लाइड और मेजर बारो ने दो टुकड़ी सेना लेकर किले पर दो ओर से आक्रमण कर दिया। एक गाँव की आड़ लेकर दोनों दल बन्दूकें चलाते रहे। विद्रोही दल ने अकस्मात् किले से निकलकर हमला बोल दिया। कुछ देर को एक घमासान मच गया, लार्ड क्लाइड के कन्धे पर गोली लगी और वे घोड़े से गिरकर चिल्लाने लगे। उन्हें कैम्प में ले जाया गया। इसके बाद अंग्रेज़ी सेना भी पीछे लौटी।

रात बड़ी बेचैनी से बीती। बड़ी अंधेरी रात थी। पहाड़ी घाटियों में हवा टकरा रही थी। दिसम्बर की कड़कड़ाती सर्दी थी। क्लाइड अर्द्ध बेहोशी में कराह रहा था और मेजर बारो निराश और परेशान था। भीषण अन्धकार में कुछ भी नहीं सूझ रहा था। थोड़ी लकड़ी और पुआल इकट्ठी करके आग जलाई गई और सिपाही आकर हाथ सेंकने लगे। उनकी उँगलिया सर्दी में ठिठुरकर सुन्न हो गई थीं। भोर होते ही मेजर बारो को सूचना मिली कि विद्रोही यहाँ से बीस मील उत्तर की ओर हटकर बंकी में जमा हैं। इसी समय नेपाल से जंगबहादुर की सूचना मिली कि अंग्रेज़ी सेना नेपाल की सीमा में घुसकर विद्रोहियों को पकड़ सकती है। यह सूचना पाते ही अंग्रेज़ी सेना लार्ड क्लाइड को डोली में डालकर आगे बढ़ी। वे दिन-भर बढ़ते चले गए, पर विद्रोहियों का कहीं नामोनिशान न था। घोड़ों और हाथियों के पद-चिह्न तथा सैनिकों के रसोई बनाने के चिह्नों पर वे बढ़ते चले गए। रात को भी कमर नहीं खोली।

पहली जनवरी, 1859 को उन्हें सूचना मिली कि नाना ने आठ हाथियों को राप्ती के उस पार उतारा है। लार्ड क्लाइड राप्ती की ओर से तेज़ी से बढ़ा, रात अँधेरी थी, सामने गहन वन-आगे एक नाले ने उनका मार्ग रोक दिया। अँधेरी रात में नाला पार करने की उनकी हिम्मत न पड़ी। सेना दाहिनी ओर मुड़ी, इसी क्षण चारों ओर से उस पर गोलियाँ बरसने लगीं। नाले से राप्ती की धारा तक विद्रोही सेना फैली थी। इस समय सिख घुड़सवारों ने साहस का परिचय दिया। उन्होंने नाले में घोड़े डाल दिए और विद्रोही सेना को राप्ती की धारा की ओर ढकेलते ले गए। इसी समय मेजर हार्न विद्रोही सेना का पीछा करते नदी में घुस गया, परन्तु वह मार डाला गया। अब फ्रेस्टर ने धावा बोला। राप्ती का जल भोर होते-होते लहू से लाल हो उठा। अंग्रेज़ी सेना ने राप्ती पार करने का साहस न किया। अत्यन्त हताश होकर मेजर बारो वापस लौटे। वहाँ उन्हें सूचना मिली कि बेनीमाधव, मेहंदीहुसेन किलों में होते हुए दूर निकल गए हैं और राप्ती की घाटियों में लुप्त हो गए हैं। यह भी सूचना मिली कि बेगम नेपाल में है।

मेजर हार्न की लाश नदी से निकालकर लाई गई। उस पर विषाद-भरी नज़र डालकर लार्ड क्लाइड ने गवर्नर जनरल को लिखा-बैसवाड़े से लेकर नेपाल की तराई तक पीछा करने पर भी बेनीमाधव, नाना और बेगम का पता नहीं लगा। अवध में हमने तीन वर्ष खून बहाया, गाँव

जलाए, अनेक किले मटियामेट किए, मगर अवध का एक भी विद्रोही हमारे हाथ न लगा। बेगम, नाना, तांत्या टोपे, अज़ीमुल्ला, बेनीमाधव, दरियावसिंह न जाने कहाँ हैं। दीर्घकालीन प्रतिकार की भावना ने उनका मन फौलाद के समान कठोर बना दिया है। वे हमारी शरण में आने की अपेक्षा मर-मिटने पर तुल गए हैं। हम लौट रहे हैं उनके सिरों की जगह मेजर हार्न की लाश लेकर। खत बड़े लाट को भेजकर लार्ड क्लाइड लखनऊ लौट आए।

33

पीरअली से आवश्यक निर्देश पाकर उसी रात ह्यू रोज ने सावधान होकर रातोंरात जाट पहाड़ी पर तोपखानों की बैटरियाँ कायम की और सुबह होने से पूर्व ही शहर पर आग बरसानी आरम्भ की। शहर की घनी आबादी पर मृत्यु बरसने लगी। चारों ओर हाहाकार छा गया। लोग बेतहाशा इधर-उधर भागने लगे। रानी ने यह देखा तो किले से निकलकर शहर के प्रत्येक मुहल्ले में चक्कर लगाने लगी और लोगों को ढाढ़स देने लगी। इस समय बहुत-से मकानों में आग लग गई थी। रानी ने आग बुझाने का प्रबन्ध किया। अन्न-क्षेत्र और सदावर्त कायम किए और फिर किले में लौटी। उसने तोपखाने के अफ़सर गौस खाँ को तलब किया।

गुलाम गौस खाँ ने आकर रानी को प्रणाम किया। रानी ने कहा, 'खाँ साहब, आज पश्चिम में कोई नया मोर्चा अंग्रेज़ों ने कायम किया है, चौथाई शहर बर्बाद हो गया।'

'मैं देखता हूँ सरकार, मगर दक्खिनी मोर्चे का आप ध्यान रखें। अंग्रेज़ सिवा इस ओर के और किसी ओर से नहीं आ सकते।'

'तुम ऐसा क्यों सोचते हो?'

'हुजूर, किला यहीं से नज़दीक है।'

'खैर, मैं वहाँ का बन्दोबस्त कर लूँगी।'

गौस खाँ तेज़ी से चला गया। रानी ने स्त्री सेनानी बख्शिन को दक्षिणी मोर्चे पर तैनात कर दिया। वह घनगरज तेज़ी से अपना काम करने लगी।

गौस पश्चिमी मोर्चे पर पहुँचा। वहाँ लालता ब्राह्मण तैनात था। गौस ने दूरबीन से क्षण-भर देखा, मुस्कराया। उसने कहा, 'पण्डित, देखा तुमने अंग्रेज़ों का मोर्चा?'

'वही है न काली टोरी के पीछे?'

'नहीं रे बाबा, वहाँ तो हमें धोखा देने के लिए बारूद का धुँआ किया जा रहा है। उधर देख-वहाँ जो लाल मिट्टी का ताज़ा ढूह है, वह क्या है?'

लालता भी अपने को पक्का गोलेबाज़ समझता था। उसने दूरबीन से देखकर कहा, 'नहीं उस्ताद, वहाँ नहीं है।'

‘तो पण्डित देखो तमाशा।’

गौस ने तोपों पर दूरबीनें कसीं उन्हें इधर-उधर नीचे-ऊपर खिसकाया। निशाना बाँधा और धड़ाम! धड़ाम!!

लालता दूरबीन से देख रहा था। उल्टी हुई तोपें, मरे हुए तोपची, उधड़े हुए मिट्टी के ढेर।

अंग्रेज़ों का पश्चिमी मोर्चा एकदम चूर हो गया। नगर को साँस लेने का अवसर मिला।

गौस ने रानी को जाकर प्रणाम किया। रानी ने सोने के कड़े गौस के हाथों में पहनाए।

अब चारों ओर भीषण गोलाबारी चल रही थी। दिन ढलता जा रहा था। अंग्रेज़ परेशान हो रहे थे। पश्चिमी मोर्चा तहस-नहस हो चुका था। स्टुअर्ट उसे सँभाल रहा था। उसकी ब्रिगेड का अधिकांश दक्षिणी मोर्चे पर था। रोज़ ने उसे सूचित किया, खूब ज़ोर-शोर से किले के दक्षिणी बुर्ज पर गोलाबारी करो। दक्षिणी ब्रिगेड तेज़ी से आग उगलने लगी। रानी की स्त्री कप्तान बख्शिन दक्षिणी मोर्चे पर जवाब पर जवाब दिए जा रही थी। बारूद और धुएँ से उनका मुँह काला हो रहा था। ब्रिगेड ने बहुत भीषण गोलाबारी की। पर घनगरज ने उस तोपखाने को समाप्त कर दिया। अंग्रेज़ों की बहुत-सी सेना काम आई।

इसी समय एक गोला बुर्ज के कंगूरे को तोड़कर बख्शिन के कन्धे को तोड़ गया। वह अचेत होकर गिर पड़ी। उनका पति पूर्वी बुर्ज पर था। जब उसे यह सूचना दी गई तो उसने कहा, ‘अभी मैं झाँसी को देख रहा हूँ। उसके बाद उसे देखूँगा।’ वह तेज़ी से तोपों पर बत्ती देने लगा।

रानी ने आकर अपनी शिष्या का देह गोद में उठा लिया। बख्शिन ने एक बार आँखें खोलीं। एक मुस्कान उसके चेहरे पर आई और प्राण-पखेरू उड़ गए। रानी का कण्ठ अवरुद्ध हो गया। अंग्रेज़ों के गोले धड़ाधड़ बुर्ज पर पड़ रहे थे। मुन्दर ने दूर से देखा और दौड़ी आई।

‘श्रीमन्त सरकार यहाँ से...’

‘गौस...गौस...’

मुन्दर दौड़ी गई। गौस कुछ ही क्षण में आ उपस्थित हुआ।

उसने देखा-रानी धूल में बैठी है, अपनी सखी को गोद में लिये।

गौस को देखकर रानी ने आँखों में आँसू भरकर कहा-

‘गौस, मेरी यह सखी चली गई बिना ही मूल्य चुकाए।’

‘हुजूर दीवानखाने में तशरीफ़ ले जाएँ, मैं बख्शिन का मूल्य वसूल करता हूँ।’

गौस खाँ ने बिस्मिल्लाह किया, घनगरज को सँभाला। और गरड़घम! गरड़घम!! अंग्रेज़ों का मोर्चा, तोपखाना, गोलन्दाज़ सबकी धज्जियाँ उड़ गईं।

इसके बाद गौस खाँ ने दूरबीन से चारों ओर निरीक्षण किया। उसने कहा, 'आह! देखो यह लोग झोखननाथ के पूर्व में गुसाईंजी के मन्दिर की आड़ से सदर फाटक पर गोलाबारी कर रहे हैं। बेचारा खुदाबख्श मन्दिर के लिहाज़ से जवाब नहीं दे पा रहा है, लेकिन मन्दिरों के बीच में एक सन्धि है, वहीं से वह तोपखाना काम कर रहा है।'

उसने घरगरज का मोहरा मोड़ा, पर निशाना नहीं बँधा। वह दूसरे बुर्ज पर गया। वहाँ रघुनाथसिंह मोर्चे पर था।

'दीवान साहब, ज़रा एक मिनट को तोप मेरे हवाले कीजिए तो,' गौस ने जल्दी से कहा। उसने दूरबीन से निशाना साधा। तोप के सिरे को सँभाला और अररधम!

अंग्रेज़ तोपचियों के धुर्रे हवा में उड़ गए। तोपें उलट गईं।

रानी ने अपना तोला-भर चाँदी का तोड़ा गौस को इनाम दिया। रात हुई पर लड़ाई ठंडी नहीं हुई। रात-भर दोनों ओर से गोले चलते रहे। रानी ने अपनी पीठ नहीं खोली। वह कभी इस बुर्ज पर और कभी उस बुर्ज पर घूम रही थी। किसी को सोने के कड़े, किसी को पोशाक प्रदान कर रही थीं। किसी की पीठ ठोकती थीं। अब चारों ओर से अंग्रेज़ों ने झाँसी को घेर लिया। हाथों-हाथ लड़ाई का अवसर आ गया। सैकड़ों नसैनियाँ लगा-लगाकर अंग्रेज़ सिपाही किले और फ़सीलों पर चढ़ने लगे। किले से, बुर्जियों से गोलों की बौछारें बरस रही थी। 'मारो फिरंगी को' यही नारा बुलन्द था। अंग्रेज़ अपने आदमियों को सीढ़ियों पर चढ़ने को ललकार रहे थे। एक मरता था तो दो आ खड़े होते थे।

अन्ततः अंग्रेज़ सिपाही बुर्ज पर चढ़ गए। संगीनों की मारा-मारी में नगरद्वार खुल गया। बरसाती नदी की भाँति अंग्रेज़ गोलियाँ बरसाते नगर में घुस आए। कत्ल, आग और बलात्कार का ताण्डव नृत्य होने लगा। रानी बुर्ज पर खड़ी देख रही थी। उसने आँखों में आँसू भरकर कहा, 'शत्रु ने मेरी झाँसी को अपवित्र कर दिया।' रानी क्रुद्ध हो अपने शरीर-रक्षकों का दल ले फाटक खोल अंग्रेज़ों पर टूट पड़ी। उसके साथ हज़ारों मरनेवाले वीर भी आगे-पीछे चले। बड़ी भारी मारकाट मची, लोथों से धरती पट गई। रक्त का कीचड़ हो गया, बहुत गोरे मारे गए। रानी मुँह में लगाम दाब दोनों हाथों से तलवार चला रही थी। उसके सुभट उसे चारों ओर से घेरकर उसकी रक्षा कर रहे थे।

अन्त में रानी को उसके जाँनिसार सेवक वापस किले में ले आए। अभी वह आकर खड़ी हुई थी कि दूतों ने दौड़कर सूचना दी-गुलाम गौस खाँ और सरदार खुदाबख्श को अंग्रेज़ों ने गोली का निशाना बना डाला।

जो दूत यह सन्देश लेकर आया था, वह एक बूढ़ा सरदार था। उसकी ओर देखकर रानी ने कहा, 'सरदार, मुझे बारूदखाने की राह दिखाओ। मैं उसमें अपने हाथों से आग लगा दूँगी। मैं अंग्रेज़ों की कैदी नहीं बनना चाहती। अपने किले के साथ मेरी भी समाप्ति होगी।'

सरदार ने कहा, 'सरकार, जीवन में यही क्षण धैर्य धारण का होता है। आपका जीवन है तो सौ बार झाँसी आपकी होगी, पर इस समय यहाँ पर रहना ठीक नहीं है। चलिए गुप्त राह से शत्रु की सेना को चीरकर मैं आपको पेशवा की सेना में पहुंचा दूंगा।'

'किन्तु मैं यहीं प्राण दूंगी।'

'जब तक हम में से एक भी जीवित है। कोई आपके शरीर को हाथ नहीं लगा सकता। परन्तु व्यर्थ मरने से क्या फ़ायदा? मरना है तो शत्रु के दाँत खट्टे करके मरेंगे। चलिए एक-एक क्षण बहुमूल्य है। शत्रु घेरे चले आ रहे हैं।'

रानी की आँखें भर आईं। काली रात के असंख्य तारे उन आँसुओं को देख रहे थे।

34

साँझ का अँधेरा बढ़ता आ रहा था। जल्दी-जल्दी जो कुछ किया जा सकता था, वह किया गया। मृतकों का संस्कार सम्पन्न होने पर रानी ने स्नान किया, पुरुष वेश धारण किया। महल के नीचे के खण्ड में प्रमुख सरदारों को एकत्र किया। तब रानी ने भरे कण्ठ से कहा-

'हमारे सभी सूरमा और वीर गोलन्दाज़ काम आ चुके हैं। शत्रुओं ने नगर हस्तगत कर लिया और अब किला भी कुछ ही क्षण में अधिकृत कर लेंगे। हम सब मिलकर पूरे एक सौ भी नहीं हैं। अभी अंग्रेज़ यहाँ आ जाएँगे। आप लोगों में जो जीता उनके हाथ आएगा, लड़ते-लड़ते जो ज़िन्दा बचेगा, वह फाँसी पर लटका दिया जाएगा। मैं ज़िन्दा तो पकड़ी नहीं जाऊँगी, परन्तु यदि मेरे शव को भी वे छू पाए तो इतने ही में मेरे पुरखों का, मेरे श्वसुर का अपमान हो जाएगा। इसलिए अब श्रीमन्त शिवराम भाऊ की बहू के लिए केवल एक ही साधन शेष है। बारूद की कोठरी में अभी सैकड़ों मन बारूद शेष है। मैं वहीं जाती हूँ और एक पिस्तौल के धड़ाके के साथ अपने पुरखों में मिल जाती हूँ। आप लोग एक-एक करके किले के गुप्त मार्गों से निकल जाएँ। खज़ाना उन्मुक्त है। उसमें से जितना द्रव्य आप ले सकें, ले जाएँ। और विधी-विधान के सम्मुख नतमस्तक हो इन हत्यारे अंग्रेज़ों से अपने प्राण बचाकर अपना शेष जीवन भगवद्भजन में बिताएँ। भूल-चूक में किए गए मेरे अपराधों को आप भूल जाएँ। जाइए, रात का बढ़ता हुआ अन्धकार आपकी सहायता करेगा।

रानी के गरिमापूर्ण वचन सुनकर सब सरदार, सामन्त और प्रियजन अधोमुख हो आँसू बहाने लगे। भाऊ बख्शी ने कहा, 'चलिए श्रीमन्त, यह सेवक भी आपके चरणों में बैठकर स्वर्ग-यात्रा करेगा।'

वह रानी के चरणों के पास बैठकर अश्रु विमोचन करने लगा।

नाना भोपटकर ने कहा, 'श्रीमन्त, यह क्या? आप आत्मघात करेंगी? आप हमारी स्वामिनी हैं। आपका आज्ञापालन करना तो हम सबका धर्म है, परन्तु श्रीमन्त ने, 'अपनी झाँसी नहीं

दूंगी'-यह जो वचन फरमाया था, उसका क्या होगा? श्रीमन्त का वचन भंग होगा, तो आपके पुरखे प्रसन्न नहीं होंगे। यह देखिए-ये असंख्य नक्षत्र इस विपत्काल में आपके धैर्य और साहस को उत्कण्ठा से देख रहे हैं।'

रानी का सिर नीचा हो गया। उसने एक ठंडी साँस ली। भोपटकर ने कहा, 'श्रीमन्त, आप राजमाता हैं। झाँसी का भावी स्वामी यह दामोदरराव आप ही की छत्रछाया में सुरक्षित है। वह आप श्रीमन्त के पुरखों का प्रतीक और झाँसी की आशा है। अभी कालपी में श्रीमन्त पेशवा की सेना उपस्थित है और हम सब आपके सेवक आपके लिए प्राण न्यौछावर करने पर सन्नद्ध हैं।'

'लेकिन नाना साहब, दिल्ली, लखनऊ, कानपुर सबका तो पतन हो गया। झाँसी का भी भाग्य फूट गया। अब किससे आशा की जाए?'

'जनता से, श्रीमन्त! जनता का पतन अभी नहीं हुआ है। आज भी झाँसी का बच्चा-बच्चा झाँसी के लिए प्राण देने को तैयार है। यही दशा लखनऊ, कानपुर की भी है। यह धर्म-युद्ध तो श्रीमन्त, अब केवल राजाओं-रजवाड़ों का नहीं है, सारे भारतवर्ष की जनता का है। हम-आप तो अब जनता के लिए लड़ रहे हैं, अपने लिए नहीं।'

'तो आप क्या कहते हैं कहिए, आप हमारे वृद्ध हैं। हमारे पूज्य हैं।'

'श्रीमन्त, अभी आपकी सेवा में मर-मिटने वालों की कमी नहीं है। ये वीर पठान आपके जाँनिसार हैं। चिन्ता मत कीजिए। अभी भी समय है। आप गुप्त द्वार से किले से बाहर हो जाइए और कालपी पहुँचकर झाँसी का उद्धार कीजिए।'

गुल मुहम्मद ने रानी के कदमों में गिरकर कहा, 'सरकार, अम मर मिटेगा, आप पर आँच न आने देगा। अम पठान है।'

इसी समय भोपटकर के संकेत से सुन्दर ने दामोदरराव को लाकर रानी की गोद में दे दिया।

रानी ने बालक को छाती से लगा लिया। फिर उसने भोपटकर के पैर छुए। फिर उसने सीधी तनकर खड़ी होकर कहा, 'मैं लड़ूँगी। अभी एक घड़ी का समय है। सब खा-पी लें। जो घायल हैं, वे गुप्त मार्ग से निकल जाएँ। शेष मेरे साथ उत्तरी द्वार से भांडेरी फाटक होते हुए कालपी चलें। भांडेरी फाटक को कौन सँभालेगा?'

भाऊ बख्शी ने कहा, 'मैं, श्रीमन्त!' और वह तेज़ी से वहाँ से निकलकर गुप्त मार्ग से किले से निकल गया। रानी ने अपने पुराने सेवक-सेविकाओं को पुरस्कार देकर विदा किया। वे पैर छू-छूकर रोते हुए चले गए। नाना भोपटकर ने आँखों में आँसू भरकर कहा, 'श्रीमन्त, आपका यश बढ़े।' और वे वहाँ से चले गए।

रानी ने ज़वाहरसिंह से कहा, 'आप अपने हल्के में जाकर सेना एकत्र करें और कालपी आ जाएँ।'

जवाहरसिंह ने कहा, 'श्रीमन्त, आज्ञा-उल्लंघन का अपराध क्षमा हो। मैं आपको सुरक्षित पहुँचा दूं, तब दूसरा काम करूँगा।'

रानी ने कुछ उत्तर नहीं दिया। वह पहले शिवालय में गई, फिर महल में आकर पुरुष-वेश धारण किया। कमर में तलवार और शरीर में फ़ौलादी कवच। अंचल में रेशमी झोल। पीठ पर पुत्र दामोदर। वह श्वेत अश्व पर सवार हुई।

किले के उत्तरी भाग में नीचे की ओर द्वार की बगल में एक हवेली, हाथीखाना और घुड़साल थी। यहीं पर मोरोपन्त और जवाहरसिंह ने एक हाथी पर जवाहर और अशर्फियाँ लादीं। अन्य लोगों ने भी कमर में अशर्फियां बाँधीं। इसी समय रानी और मुन्दर घोड़ों पर सवार आ पहुँचीं। अभी एक पहर रात गई थी। रानी ने एक चादर से दामोदरराव को पीठ पर कसा और घोड़े को एड़ दी। पीछे पठान, मुन्दर, जवाहरसिंह, रघुनाथसिंह और सरदार चले। रानी ने एक बार पीछे घूमकर झाँसी को देखा, जहाँ आग की बड़ी-बड़ी लपटें उठ रही थीं। उसने एक ठंडी साँस ली और घोड़ा छोड़ दिया।

35

डौंडियाखेरा की ईंट से ईंट बजाकर, मन्दिरों-महलों को ढहाकर, गाँवों को भस्म करके अंग्रेज़ों ने भगवन्तनगर में अपना शिविर डाला। बैसवाड़े के राजा, ताल्लुकेदार और ज़मींदार अब एक के बाद एक साहब लोगों को सलाम करने आने लगे।

अभी भगवन्तनगर में लार्ड क्लाइड को छावनी डाले तीसरा दिन था। मुरारमऊ का राजा दिग्विजयसिंह हाथी पर चढ़कर आया। जॉन रसेल से उसकी मुलाकात हुई। उसने कहा, 'टुम बदज़ात हमारे सामने हठियार डालना माँगटा।'

'मैं हुजूर लार्ड क्लाइड साहब बहादुर को सलाम करने आया हूँ।'

'लार्ड क्लाइड बागी लोग का सलाम कबूल नहीं करटा, उसकू फाँसी देटा है। अम टुमकू फाँसी डेगा।'

'लेकिन मैं बागी नहीं हूँ। सरकार का खैरख्वाह हूँ।'

'टुम सब काला लोग बागी हय, हम अबी टुमकू उस आडमी का माफक फाँसी पर लटकाएगा।'

'हुजूर, लार्ड क्लाइड मुझे जानते हैं। हुजूर मैं मुरारमऊ का राजा दिग्विजयसिंह हूँ।'

'अच्छा, अम टुमारा नाम लार्ड साहब को देता है, खड़ा रहो।'

'लेकिन मुझे बड़े लाट साहब बहादुर भी कुर्सी देते हैं। आप मुझे खड़ा क्यों रखते हैं।'

'अम बरा लाट नई है मैन,' जान रसेल ने हँसकर कहा और जाकर लार्ड क्लाइड को उसके आने की सूचना दी।

परिचय सुनकर लार्ड क्लाइड ने कहा, 'येस, येस, वह हमारा फ़र्माबरदार आदमी है। उसने कानपुर से भागे हुए आदमियों की जान बचाई थी। गवर्नर-जनरल साहब ने मुझे लिखा है कि उसकी उत्तम सेवा के बदले में उसे इनाम मिलना चाहिए। तुम उसे कुर्सी दो और हमारा सलाम बोलो।'

जॉन रसेल काले हिन्दुस्तानियों से घृणा करता था। उसने माथे पर बल डालकर कहा, 'आप उस हींदन को कुर्सी देने को कहते हैं तो कुर्सी दूंगा। लेकिन मैं हैरान हूँ कि हिज़ ऐक्सलेन्सी इन हिन्दुस्तानियों को क्यों इतना मुँह लगाते हैं!'

'खामोश रहो जॉन रसेल, हम सिपाही हैं, हिज़ ऐक्सलेन्सी की राजनीति की आलोचना हम नहीं कर सकते।'

'खैर, तो मैं उसे आपके पास भेज देता हूँ।'

'भेज दो और उससे नर्मी का व्यवहार करो।'

कमरे में आते ही उसने लार्ड क्लाइड को झुककर सलाम किया। पर लार्ड क्लाइड ने हँसते हुए उससे हाथ मिलाया और कुर्सी पर बैठते हुए कहा, 'मुझे आपको एक खुशखबरी देते हुए खुशी होती है कि हिज़ ऐक्सलेन्सी गवर्नर-जनरल बहादुर ने आपको बहुत कुछ इनाम-इकराम देने का इरादा ज़ाहिर किया है।'

इस पर राजा दिग्विजयसिंह ने हाथ जोड़कर गिड़गिड़ाते हुए कहा, 'साहब, मैं आपका अत्यन्त कृतज्ञ हूँ। मगर मैं तब तक कोई इनाम या जागीर नहीं लेना चाहता जब तक कि आप इन बदमाशों, बेनीमाधव और दरियावसिंह को गिरफ्तार नहीं कर लेते। मैं यदि आपसे कोई गाँव इलाका लूँगा और आपको यदि हमारे मुल्क को छोड़कर चले जाना पड़ा तो ये बदमाश उस जागीर के साथ मेरी बाप-दादों की धरती को छीन लेंगे।'

लार्ड क्लाइड ने उसे तसल्ली देते हुए कहा, 'आप इत्मीनान रखिए राजा साहब, कि इन बदमाशों को जल्द गिरफ्तार किया जाएगा और अंग्रेज़ ही इस मुल्क पर हुकूमत करेंगे। उस वक्त हमें आप जैसे वफ़ादार देशभक्तों की बहुत आवश्यकता होगी।'

'मैं तो सदैव, आपका सेवक हूँ। राजपूत विश्वासघात कभी नहीं कर सकता।'

'हमें आपसे ऐसी ही उम्मीद है। लेकिन क्या आप कह सकते हैं कि राजा बेनीमाधवसिंह कहाँ हैं और दरियावसिंह और रामबख्श कहाँ हैं?'

'मेरा खयाल है कि वे सब अब एक बार लखनऊ में इकट्ठे होंगे।'

'मैंने एक फ़ौजी दस्ता खागा भेजा दिया है कि वह दरियावसिंह के सब स्मृतिचिह्नों को मिटा दे। हमारा एक दस्ता फतेहपुर और दूसरा रायबरेली की ओर बदमाशों की टोह में गया है। हमें उम्मीद है कि फतेहपुर वाला दस्ता गंगा पार कर चुका होगा।'

'मैं कामना करता हूँ कि भगवान आपकी मनोकामना पूरी करे। अब तो मेरा जानोमाल और इज़्ज़त सब कुछ आप ही की दया पर निर्भर है।'

'आप कुछ फ़िक्र मत कीजिए राजा साहब, अंग्रेज़ सरकार बहुत ताकतवर है। हम दुश्मन को पामाल कर देंगे और दोस्तों को निहाल कर देंगे।'

'हुजूर का बोलबाला।' इतना कहकर राजा दिग्विजयसिंह सलाम झुकाकर चल दिए। लार्ड क्लाइड नाश्ता करने बैठा। इसी क्षण कासिद ने आकर सूचना दी, 'जो दस्ता रायबरेली जा रहा था उसके साथ जो ऊँटों में सामान भरा था, वह लूट लिया गया और दस्ते के सब सिपाही काम आए। उनका कर्नल भी खेत रहा। यह बेनीमाधव की करतूत है। वह और दरियावसिंह इस समय सई नदी के किनारे पर मोर्चा बाँधकर डटे हुए हैं।'

'डेविल बेनीमाधव।' वे नाश्ता छोड़कर उठ खड़े हुए। उन्होंने हुक्म दिया-'तम्बू उखाड़ो।' उनका चेहरा फक पड़ गया था। अब रायबरेली का खतरा उनके सिर पर था। कूच का हुक्म होते ही खटाखट खूँटे उखाड़े जाने लगे और उनकी सेना क्विक मार्च करती हुई अकरमपुर की ओर चली।

36

भांडेरी फाटक पर बख्शी भाऊ कोरियों को लिये अंग्रेज़ी फ़ौज की एक टुकड़ी को तलवारों से उलझाए हुए था। जलते हुए मकानों का कुछ प्रकाश यहाँ तक आ रहा था। इसी समय रानी तीर की तरह भीड़ को चीरती हुई पार निकल गईं। अंग्रेज़ सेना कुछ भी न समझ सकी। पर मारो-मारो कहकर पीछे दौड़ी। पठान उलटकर खड़े हो गए। एक मुहूर्त गहरी मारकाट मची। भाऊ खेत रहा। बहुत अंग्रेज़ मर गए, जो बचे भाग गए। रानी अपने साथियों के साथ आगे निकल गईं। पठानों ने दौड़कर उनका साथ दिया। गहरी अँधेरी रात थी, पर रानी को सब राह-घाट का राई-रत्ती पता था। वह छोटी-सी टुकड़ी चुपचाप तीव्र गति से बढ़ती जा रही थी।

अंजनी की टोरियों के पास ओरछे की सैनिक टुकड़ी की चौकी थी। पास ही अंग्रेज़ी सेना की छावनी भी थी। यहाँ रोक-टोक हुई। जवाहरसिंह ने कहा, 'हम ओरछे के सैनिक हैं। अंग्रेज़ी छावनी में जा रहे हैं।' इस बीच रानी निकल गईं।

आगे घोर अन्धकार। पीछे आग से खेलती हुई झाँसी। जंगल और गलमऊ की पहाड़ियाँ। घोड़ों की टापों से चौंककर पक्षी पेड़ों पर चिल्ला उठते। इस समय रानी के साथ 10-15 सवार और मुन्दर ही रह गए थे। आरी गाँव आया और फिर पहूज नदी का किनारा। सबने चुल्लू-चुल्लू पानी पिया और नदी पार की। अब रानी ने जवाहरसिंह और रघुनाथसिंह से कहा, 'अब आप लौट जाइए और सेना एकत्र कर कालपी में मिलिए।' रघुनाथसिंह ने अर्ज़ की, 'मुझे सेवा में ही रखिए।'

रानी ने स्वीकार किया।

जवाहरसिंह ने रानी के पैर छुए और कटीली की ओर लौट गया।

रानी आगे बढ़ी। गुलमुहम्मद और उसकी टोली चौकन्नी हो उनकी पीठ पर थी।

जनरल ह्यू रोज़ को तुरन्त ही रानी के निकल भागने की खबर लग गई। उसने तुरन्त लेफ़्टिनेण्ट बोकर को निज़ाम का एक दस्ता देकर उसके पीछे भेजा।

सुबह की सफ़ेदी आकाश पर छा गई और रानी भांडेर के नीचे बहने वाली पहूज नदी पर फिर पहुँच गईं। यहाँ उन्होंने नहाया, पूजा की, साथियों ने जलपान किया। पर रानी ने अंजलि से केवल थोड़ा जल पिया। अभी अन्तिम अंजलि का पानी मुँह में डाला ही था कि झाँसी की ओर से धूल उड़ती दिखाई दी।

गुलमुहम्मद ने कहा, 'हुजूर, दुश्मन आ गया। आप आगे बढ़ें, हम इनको देखेंगे।'

रानी ने कहा, 'नहीं।' उन्होंने दामोदरराव को पीठ पर कसा और घोड़े पर सवार होकर कहा, 'गुलमुहम्मद, इन टोरियों के पीछे खड़े हो जाओ और ज्यों ही दुश्मन का दल मार में आए, गोलियाँ दाग दो। दस्ता बन्दूक या पिस्तौल से जवाब देगा। जवाब चूकने पर फौरन तलवार लेकर पिल पड़ो। सबने यथोचित मोर्चा बाँध लिया।

लेफ़्टिनेण्ट बोकर का दस्ता घुड़सवारों का था। ठोस पाँत में वे घोड़े दौड़ाते चले आ रहे थे। जैसे ही गोलियों की मार में आए-रानी की टोली ने आड़ से बाढ़ दागी। परिणाम भयंकर हुआ। बोकर के दल के पास भी पिस्तौलें और बन्दूकें थीं। परन्तु बन्दूकें आवरों में पड़ी थीं। वे गठकर चल रहे थे। बन्दकें नहीं निकाल सके। घबराकर उन्होंने पिस्तौलें खाली कर दी। ज्यों ही उनकी पिस्तौलें दग चुकीं, पठान तलवारें ले-लेकर उन पर पिल पड़े। पहली बाढ़ में ही उनका काफ़ी नुकसान हुआ था। अब वे जब तक पिस्तौल भरें या बन्दूकें निकालें, उन पर तलवारें पड़ने लगीं। अंग्रेज़ दल के दो-दो, तीन-तीन सवार एक-एक पठान के पल्ले पड़े। पठान इस समय भयंकर तलवार बजा रहे थे। रानी ने फुर्ती से एक सवार को घोड़े समेत चीर दिया। इस पर बोकर रानी पर दौड़ा। रानी ने बगल में घोड़ा हटाकर एक करारा वार उसके मोंढ़े पर दिया। बोकर चीखता हुआ घोड़े से गिर गया। शेष सेना भाग खड़ी हुई।

रानी की गाँह में अब केवल मुन्दर, गुलमुहम्मद, देशमुख और रघुनाथसिंह बच रहे। बाकी सब खेत रहे। बोकर को उसके साथी उठा ले गए।

रानी अब दुतगति से कालपी की ओर चलीं। रानी का घोड़ा घायल हो गया था। उसके घाव से रक्त तेज़ी से बह रहा था। वह पहूज पार करके एकाएक रुक गया। वह बहुत थक गया था। वह वहीं गिरकर मर गया। परन्तु एक ज़मींदार ने रानी को अपना घोड़ा दे दिया और रानी 102 मील की राह तय करके आधी रात के समय कालपी जा पहुँची।

रानी की टोली झाँसी से निकलकर जब टकसाल के पश्चिम वाले मार्ग से भांडेरी फाटक की ओर बढ़ी थी तो कोतवाली के पास ही अंग्रेज़ी टुकड़ी से उसकी पहली मुठभेड़ हो गई थी। रानी तो

मारकाट करती निकल गईं, पर मोरोपन्त का हाथी बीच में था। जब अंजनी की टोरियाँ में लड़ाई छिड़ी तो उसने समझा हाथी महान संकट का कारण हो जाएगा। उसने दतिया की ओर हाथी बढ़ा दिया। उसके साथ अब कुछ पैदल सरदार ढाल-तलवार लिये थे। कुछ सवारों ने उसका पीछा किया। उसकी जाँघ में तलवार लगी। पर वह निकलकर दतिया जा पहुँचा और तम्बोली के यहाँ ठहरा। परन्तु तुरन्त ही राज्याधिकारियों को मालूम हो गया। राज्य ने उसे पकड़कर झाँसी भेज दिया। हाथी और जवाहरात ज़ब्त कर लिये गए।

रोज़ ने अगले दिन जलते हुए महल और भस्मीभूत पुस्तकालय के बीचोबीच मोरोपन्त को फाँसी पर लटका दिया।

37

अब झाँसी में अंग्रेज़ों का ताण्डव आरम्भ हुआ। किले पर अधिकार करने पर उसका एक भाग तोपों से उड़ा दिया गया। इसके बाद नगर में कत्लेआम हुआ। आधा नगर तो प्रथम ही भस्मीभूत हो गया था और नगर निवासी मारे-मारे फिर रहे थे। अब स्त्री-पुरुष, बाल-वृद्ध का विचार किए बिना जो सामने आता, उसी को गोली से उड़ा दिया जाता था। लूट-मार, जुल्म, बलात्कार का अन्त न था। शहर में लाशों के ढेर लग गए। लाशें सड़ने लगीं। उनकी दुर्गन्ध से नाक फटने लगी।

सात दिन तक लाशों को उठाने का कोई बन्दोबस्त न हुआ। लाशें सड़कर फूलकर कुप्पा हो गई थीं। नगर में तीन हज़ार निरीह नर-नारियों का वध हुआ। लावारिस पशु गाय, भैंस, बछड़े नगर में घूम रहे थे। कुत्ते मुर्दों की आँखें खींच रहे थे। अंग्रेज़ सैनिक घरों से बहुओं-बेटियों को खींच-खींचकर खुलेआम उन पर बलात्कार करते, फिर उनके कलेजे में संगीने भोंक देते थे। सब मन्दिर भ्रष्ट कर दिए गए। मूर्तियाँ चुरा ली गईं। मुरली-मनोहर की मूर्ति बचाने में वहाँ के पुजारी के प्राण गए। उसके जवान लड़के को मन्दिर ही के आँगन में गोली से उड़ा दिया गया।

पहले दिन अंग्रेजों ने लूट की, दूसरे दिन मद्रासियों ने और तीसरे दिन निज़ाम की सेना ने। अनाज, बर्तन, कपड़े तक लूट लिये गए।

जिस समय कत्लेआम हो रहा था, कुछ आदमी माधवराय भिंडे के बाग में आ छिपे थे, इस बाग की चौड़ी दीवारें पोली थीं। उसमें छिपकर कुछ ने प्राण बचाए।

अब झाँसी से बाहर फैले हुए गाँवों की बारी आई। गाँवों को पहले लूटा जाता, फिर उनमें आग लगा दी जाती, और सब स्त्री-पुरुषों को गोली के घाट उतार दिया था।

मऊ की एक छोटी-सी गढ़ी थी। वहाँ का किलेदार आनन्दराय था। वह डटकर लड़ा और कट-कटकर मरा। मरती बार उसने अपने लड़के से कहा, 'तू ज़िन्दा रह जाना और कभी रानी से मुलाकात हो तो कह देना-मऊ झाँसी से पीछे नहीं रही।'

सात दिन तक बलात्कार, मारकाट, खूनखराबी, लूटपाट और आगज़नी के ताण्डव नृत्य होने के बाद रोज़ ने ऐलान किया

खल्क खुदा का, मुल्क मलिका रानी का, अम्ल कम्पनी सरकार का।

38

कालपी यमुना किनारे एक पुराना नगर था। यमुना तट पर एक पुराना मज़बूत किला भी था। तीन ओर परोटका और चौथी ओर यमुना थी। किले के पश्चिम ओर शहर था, बीच में प्रशस्त मैदान था।

पहले कालपी छत्रसाल के हाथ में थी। पीछे वह गोविन्द पन्त के हाथ और सन् 1806 की सन्धि द्वारा अंग्रेज़ों ने कालपी गोविन्द पन्त से ले ली थी। इसके बाद एक बार फिर गोविन्द पन्त के वंशधरों ने कालपी को अपने हाथ में कर लिया था जिसे झाँसी के राजा रामचन्द्रराव की सहायता से वापस ले लिया था। अब कालपी की छावनी ने विद्रोहियों का साथ दिया और कानपुर के पतन के बाद नाना ने कालपी ही को अपना केन्द्र बनाया हुआ था।

कालपी में आकर रानी ने वहाँ की दुरावस्था देखी तो उसे दुःख हुआ। नाना राव ने रानी का बहुत-बहुत सत्कार किया। परन्तु यह आदर-सत्कार के दिन न थे। उत्सर्ग की घड़ी थी। जीवन-मृत्यु का प्रश्न था। रानी ने सेना का प्रबन्ध देखा। सब कुछ अस्त-व्यस्त था। सेना में न अनुशासन था, न अधिकारी थे, न नेतृत्व की क्षमता। उसने सेना की कवायद देखी, परेड कराई। युद्धसामग्री पर विचार-विवेचना किया। सब कुछ देख-जानकर कहा, 'बहुत कसर है राव साहब?'

'तो क्या चिन्ता है? सब ठीक हो जाएगा। यह हमारा तांत्या तीन-तीन जनरलों को हरा चुका है।'

राव साहब की यह बात सुनकर रानी चुप हो गई। फिर उसने मुस्कुराकर कहा, 'उस दिन तो तांत्या एकबारगी अदृश्य हो गए।'

'आपको किले से बाहर निकलकर छापा मारना चाहिए था।'

'एक चूक हो गई। परन्तु हमें भय था कि गोले कहीं तुम्हें हानि न पहुँचायें। फिर रात हो जाने से यह भी पता न लगा कि तुम्हारी सेना किधर से धावा करेगी। फिर सुना कि कालपी की सेना लौट गई और झाँसी अकेली रह गई।

'खैर जो होना था हो गया। अब आप चिन्ता न करें। सब ठीक हो जाएगा। नाना साहब अब घर में दौड़-धूप कर रहे हैं, बानापुर और शाहगढ़ के राजा तथा बाँदा के नवाब जल्द ही फ़ौजें लेकर कालपी आ रहे हैं। बस, अब देर नहीं है। हम कानपुर और झाँसी को शीघ्र ही सर कर लेंगे।' परन्तु वे कोरी बातें-ही-बातें थीं। सेना का संगठन बहुत ढीला था। और सेनानायक भंग

जब तक न छान लें तब तक उनका सरूर न गठता था। ऐसी ही दशा कालपी की उस सेना की थी, जिस पर अब सारे भारतवर्ष की आशा की आँखें लगी हुई थीं।

39

पाठकों को स्मरण होगा कि नर्मदा तथा गंगा-यमुना के बीच के प्रदेश को फिर से जीतने के लिए दो सेनाएँ चली थीं। एक तरफ़ ह्यू रोज़ के नेतृत्व में झाँसी की ओर, और दूसरी ब्रिगेडियर विटलाक की कमान में जबलपुर होती हुई। उसके साथ गोरी पल्टन, मद्रासी काली पल्टन, गोरा और काला रिसाला और उत्कृष्ट तोपखाना था। उसने बड़ी शान से जबलपुर से चलकर सागर में प्रवेश किया। यहीं ओरछा का राजा सेना सहित उससे आ मिला। अब यह संयुक्त सेना बाँदा पर चढ़ दौड़ी। बाँदा का नवाब इस प्रान्त का सबसे प्रबल विद्रोही था। बाँदा के नवाब ने भागे हुए अंग्रेज़ों को शरण अवश्य दी थी, पर वह विद्रोह का भी नेता था और उसने पराई सत्ता के सभी चिह्न मिटा दिए थे तथा स्वतन्त्र नरेश की भाँति रह रहा था। उसने बड़ी दबंगता से ब्रिगेडियर विटलाक का सामना किया। परन्तु अन्त में उसे पीछे हटना पड़ा और वह अपनी अवशिष्ट सेना को बटोरकर कालपी चल दिया। इसके बाद 16 अप्रैल को विटलाक ने विजयी की भाँति बाँदा में प्रवेश किया।

इसके बाद विटलाक किरबी के राव पर चढ़ दौड़ा। किरबी का राजा माधवराव 10 वर्ष का बालक था। अंग्रेज़ उसके गार्जियन थे। वह बाजीराव पेशवा का कोई नज़दीकी रिश्तेदार था। उसके दादा अनन्तराव ने काशी के मन्दिरों को दान देने के लिए दो लाख रुपये अंग्रेज़ सरकार के पास जमा किए थे। अनन्तराव के मरते ही अंग्रेज़ यह रकम हड़प गए। इसके बाद अनन्तराव के पुत्र विनायकराव ने भी कई लाख रुपयों की रकम अंग्रेज़ों के पास धरोहर के रूप में रख दी। परन्तु विनायकराव के मरने पर वह रकम भी अंग्रेज़ हज़म कर गए। बालक माधवराव विनायकराव का दत्तक पुत्र था। नाबालिग होने के कारण रियासत का सब प्रबन्ध अंग्रेज़ कर्मचारियों के हाथों में था। अंग्रेज़ों ने रामचन्द्रराव नामक एक कर्मचारी वहाँ नियुक्त कर रखा था। ऐसी दशा में किरबी रियासत में विद्रोह की कोई सम्भावना न थी। परन्तु किरबी ज़मींदार, धर्मगुरु, व्यापारी, विद्रोह से पूरे तौर पर प्रभावित थे। पूर्व रावों ने जो कुछ किया था वे उनकी कटु आलोचना करते रहते थे। उन्होंने जब दिल्ली और मेरठ में विद्रोह फूट निकलने के समाचार पढ़े तो उन्होंने भी विद्रोह का झण्डा खड़ा कर दिया। न बालक राव की आन मानी, न अंग्रेज़ों के कर्मचारियों की।

परन्तु जब ब्रिगेडियर विटलाक की सेना किरबी में आई तो उसने बालक राव को भी गिरफ़्तार कर लिया और उसका राजमहल लूटपाट कर नष्ट कर दिया तथा रियासत को खालसा बना दिया गया।

अब विटलाक ने मुहबे में उठकर छावनी डाली और वहीं से जीते हुए प्रदेश में शान्ति-स्थापना करने लगा। अब उसने बुन्देलखण्ड का पूरा पूर्वी खण्ड जीत लिया था। और अब इधर से ह्यू

रोज़ और उधर से ब्रिगेडियर विटलाक नाना के दल का दमन करने के लिए कालपी की ओर रवाना हुए।

40

अप्रैल के तीसरे सप्ताह में बानपुर, शाहगढ़ और बाँदा की सेनाएँ कालपी आ पहुँची। ह्यू रोज़ और ब्रिगेडियर विटलाक भी आ धमका। विद्रोही सेना ने कालपी से 42 मील आगे बढ़कर कौंच गाँव में मोर्चा लगाया।

ह्यू रोज़ ने यह देखा तो उसने दूत गति से आगे बढ़कर लुहारी का किला हस्तगत कर लिया। कौंच में पेशवा की सेना संख्या में तो बहुत थी, पर थी सब अनियन्त्रित और अव्यवस्थित। इस भीड़ में आधे तो लुटेरे-बदमाश ही थे, जो सदैव लूट-खसोट का मौका ताकते रहते थे। वे न कवायद-परेड जानते थे, न सरदारों का आदेश ही मानते थे। रानी का मन इस सेना को देखकर निराशा से भर गया था।

सेना का प्रधान संचालक राव साहब था। बड़े होने के नाते बड़ा पद उसे दिया गया था। परन्तु वास्तव में वह न साहसी योद्धा था न दूरदर्शी सेनापति। सेना का एक एकाधिपत्य तो यहाँ था ही नहीं।

जिस रात रोज़ लुहारी के किले को कौंच का पहिला मोर्चा समझकर हस्तगत कर रहा था, उस समय इधर कौंच में राव साहब बानापुर और शाहगढ़ के राजा तथा बाँदा के नवाब नाच-रंग में मस्त थे। वे सब गहरी भंग छानकर मौज कर रहे थे। रात-भर देर तक जागने के बाद जब सुबह उनकी नींद खुली तो उन्होंने सुना लुहारी का किला अंग्रेज़ों ने सर कर लिया और अंग्रेज़ अब हमारी छावनी पर हल्ला बोल रहे हैं।

नशे का रंग बिगड़ गया और सेनानायक राव साहब ज़ोर-ज़ोर से अंटसंट आज्ञा देने लगे। कभी कहते 'हमारा घोड़ा लाओ। हमारी तलवार कहाँ है!' कभी खिदमतगार से कहते, 'जा, ह्यू रोज़ का सर काट ला। तुझे इनाम दूंगा।'

परन्तु सौभाग्य से रानी और तांत्या ने सूर्योदय से पूर्व ही सेना को सँभाल लिया था। पेशवाओं का यह दस्तूर रहा है कि वे अपनी सेना का अग्र भाग सुदृढ़ रखते रहे थे, और ह्यू रोज़ यह जानता था। वह यह भी जानता था कि उसका पृष्ठ भाग बहुत कमज़ोर होता है। इसलिए उसने अपनी सेना के तीन भाग किए। दो भाग कौंच की सेना के पीछे दाएं-बाएँ भेज दिए और एक को सामने ले आया। पेशवा की सेना को केवल सामने वाले दल का पता लगा। यहाँ तांत्या मुस्तैद था। उसने अंग्रेजों से कड़ा लोहा लिया।

परन्तु बँधे इशारे के अनुसार रोज़ के दोनों दस्तों ने जब पेशवा की सेना के पृष्ठ भाग पर दाएँ-बाएँ हमला किया तो पेशवा की सेना इस प्रकार फँस गई कि उसका सर्वनाश ही उपस्थित हो गया।

रानी ने तत्काल ही संकट को देख लिया और वह तांत्या की सहायता से बड़ी चतराई से पीछे हटी और बड़े कौशल से ह्यू रोज़ के व्यूह से सेना को निकाल लाई। आठ तोपें और बहुत-सी सामग्री अंग्रेजों के हाथ आई।

इस पराजय से तांत्या इतना खिन्न हो गया कि वह कालपी नहीं गया। वह अपने पिता के पास चला गया। पेशवा ने अपनी सेना के साथ कालपी में आकर दम लिया। रात ही को दरबार हुआ और युद्ध का परामर्श हुआ। राव साहब खुश थे-बचकर निकल आने पर। पर रानी के होंठ क्रोध से काँप रहे थे। उसने कमर से तलवार खोलकर पेशवा के सम्मुख रखकर कहा, 'यह तलवार आपके पूर्वजों ने हम लोगों को दी थी। इसका यथाशक्ति हमने सदुपयोग किया। अब यह तलवार आपकी कृपा से वंचित हो गई है, इसलिए वापस करती हूँ।'

सब दरबारी एक-दूसरे का मुँह ताकने लगे।

राव साहब ने खड़े होकर तलवार उन्हें पेश करते हुए कहा, 'इस तलवार की शोभा आपके कर-कमलों में है। आपने झाँसी में बड़ा शौर्य प्रकट किया और अब कल ही आपके रण-कौशल से हमारी रक्षा हुई, अब आप जैसा कहें वही किया जाएगा।'

रानी ने कहा, 'केवल अव्यवस्था ही के कारण कल हमें लज्जित होकर भागना पड़ा। अंग्रेज़ी सेना व्यवस्था ही के कारण विजयी हो रही है। हमारे सैनिक और नेता वीर हैं, पर अनुशासित नहीं। इसका प्रमाण है कि झाँसी की सहायता के लिए आपकी इतनी बड़ी सेना आई, हार खाकर लौट गई। इसलिए आप जब तक व्यवस्था ठीक न करेंगे विजय नहीं हो सकती। इसके लिए पहले आप एक व्यक्ति को समूची सेना का पूर्ण अधिकारी प्रधान सेनापति नियत कीजिए।'

राव साहब ने नम्रतापूर्वक कहा, 'आप तलवार ग्रहण कीजिए। आप जो कहेंगी वही होगा।'

रानी ने तलवार ले ली। परन्तु सर्वसम्मति से प्रधान सेनापति राव साहब को ही चुना गया। राव साहब ने रानी से योजना माँगी। योजना स्थिर हुई। मोर्चे जमे, तोपें लगीं, गोलन्दाज़ और सरदार नियुक्त हुए। परन्तु रानी को मिले कुल ढाई सौ सवार, लालकुर्ती दल के, और उनकी नियुक्ति हुई वाम पार्श्व पर। रानी का निर्देश था-जो जिस मोर्चे पर है, वह हर हालत में अपने ही मोर्चे पर डटकर लड़े। किसी भी हालत में मोर्चा न छोड़े। जब तक कि आदेश न मिले।

सेना में खूब जोश था। सब लोग कौंच की हार का बदला लेने को भड़के हुए थे। अफ़सरों से लेकर सिपाहियों तक ने सरूर गाँठने को भंग पी रखी थी। परन्तु सर ह्यू रोज़ को सारी योजना का पता लग गया।

ज्योंही ह्यू रोज़ का एक छोटा-सा दस्ता हल्के तोपखाने को लेकर आगे बढ़ा कि पेशवा ने यही समझा कि यही सम्पूर्ण सेना है। वह ठिए छोड़कर उस पर दौड़ पड़ी।

गोलाबारी हुई और तत्काल ही मार-काट, गुत्थम-गुत्था हो गई। सारी ही सेना में अव्यवस्था फैल गई। अब रोज़ ने मौका देख दोनों ओर से गोले दागने आरम्भ कर दिए और कालपी की सेना अस्त-व्यस्त इधर-उधर भागते हुए पटापट मरकर गिरने लगी।

सेनापतियों का मुँह फक हो गया। रानी ने अपनी टुकड़ी को सँभाला और सेनानायकों से कहा, 'कोशिश करो कि जो जहाँ है, वहीं रहे। मैं इनके तोपखाने का मुँह बन्द करती हूँ।'

रानी ने अपने ढाई सौ आदमियों को पाँच दलों में विभक्त किया। देशमुख, गुलमुहम्मद, रघुनाथसिंह और मुन्दर को एक-एक टुकड़ी दी, एक टुकड़ी अपने हाथ में रखी। फिर उसने दूरबीन लगाई। उसने अपने दस्ते की पाँचों टुकड़ियों को रोज़ के दाहिनी ओर मार्च कराकर ज़रा घुमाया और टूट पड़ी।

अंग्रेज़ इस अचानक आक्रमण के लिए तैयार न थे। वे सहमकर एकदम पीछे हटने लगे। प्रधान सेना से उनका सम्बन्ध छिन्न-भिन्न हो गया और अंग्रेज़ों का तोपखाना कुछ देर के लिए बन्द हो गया। रानी तोपों के मुहानों पर बीस फुट के फासले पर आ पहुँची। यह देखकर कालपी की सेना हर-हर महादेव करती हुई उधर ही दौड़ पड़ी। इस समय रानी दाँतों में घोड़े की लगाम थाम दोनों हाथों से तलवार भाँज रही थीं। उसके शौर्य को देख पेशवा की सेना भी जी-जान से लड़ने लगी। अंग्रेज़ गोलन्दाज़ सब मार डाले गए। जो बचे वे भाग खड़े हुए।

ब्रिगेडियर स्टुअर्ट ने देखा। वह हल्के तोपखाने को लेकर उधर बढ़ा। दूसरी तरफ़ से रोज़ ऊँट तोपखाना लेकर बढ़ा। दोनों ओर से रानी के इस छोटे-से वीर दल पर गोले बरसने लगे। कालपी की सेना के धुर्रे उड़ गए। लोग जिधर जिनका मुँह उठा भाग खड़े हुए। भगोड़े सिपाही एक बार भागे कि भागते ही चले गए।

रानी हताश हो गई। उसने सावधानी से अपना दस्ता पीछे हटाया, बचे हुए सैनिकों को लेकर वह छावनी लौट आई।

इस समय सारी विद्रोही सेना में निराशा का वातावरण फैला हुआ था। बहुत-से विद्रोही रातों-रात भाग गए थे। और दो दिन लड़ाई रही। पर यह लड़ाई न थी। थोड़ी गोलाबारी होती रही। पेशवा की सेना दबती ही गई। अब उसमें अधिकतर लुटेरे ही रह गए थे। ज्यों ही पेशवा कालपी से भागे कि इन्होंने कालपी को लूटना आरम्भ कर दिया।

पेशवा अपनी थोड़ी-सी सेना लेकर भागा। रानी अपने दलपतियों के साथ बची हुई छोटी-सी टुकड़ी के साथ निकल गई। अन्त में इस परास्त, अस्त-व्यस्त और हारे हुए दल ने कालपी से 36 मील दूर गोपालपुरा में पड़ाव डाला।

41

कालपी की पराजय की खबर सुनकर तांत्या टोपे पेशवा के पास गोपालपुरा पहुँचा। उसने अपनी गैर-हाज़िरी का बहुत पछतावा किया। बाँदा का नवाब भी घूम-फिरकर वहीं पहुँच गया। इस

समय पेशवा की सेना में जितने सिपाही हाज़िर थे उतने ही लगभग सरदार और रईस थे। तोपें बिलकुल न थीं, सामान भी नहीं बचा था। व्यवस्था तो थी ही नहीं। गोपालपुरा के एक बगीचे में इन भगोड़ों का लश्कर पड़ा था और सब सरदार मिलकर आगे की सोच रहे थे। बहुत-सी बातें हुईं। बहुत-से विचार सामने आए। मुद्दे का प्रश्न था कि कोई किला हाथ आना चाहिए। राव साहब चाहते थे कि किसी तरह नागपुर पहुँचकर सैन्य-संग्रह करें। पर बांदा के नवाब ने कहा, 'वहाँ हैदराबाद के नवाब की बाधा का भय है।' महाराष्ट्र की ओर खिसक जाने की बात भी चली, पर मार्ग में कितने वन, पर्वत, नद, नदी थे। अंग्रेज़ों की छावनी भी थी। पहुँचे तो कैसे पहुँचे? तब यह विचार हुआ कि अवध की सेना में मिल जाएँ। अभी तक भी अवध के जागीरदार लड़ रहे थे। नाना और बेगम भी वहीं थे। परन्तु अवध में अंग्रेजों की बेशुमार पल्टने भरी थी, कदम-कदम पर प्रतिरोध का भय था। कलकत्ते से और भी सेना आने की अफवाह थी। किसी ने कहा, 'छोटी-छोटी टुकड़ियों में बँटकर इधर-उधर फैल जाना और अंग्रेज़ी इलाके में लूट-मार करना चाहिए। परन्तु इससे क्या लाभ हो सकता था? और इससे जनता का समर्थन भी नहीं प्राप्त हो सकता था। कालपी, दिल्ली, लखनऊ फिर वापस मिल जाएँ तो अच्छा हो-पर मिल कैसे जाएँ!

कोई बात तय नहीं हुई तो रानी से परामर्श किया गया। रानी ने कहा, 'चलकर ग्वालियर के दुर्ग को सर किया जाए। वहाँ बहुत शस्त्रास्त्र और गोला-बारूद हैं, तो भी हैं। धन-रत्न भी है और वह नज़दीक भी है। वहाँ सेना भी हमारा साथ देगी।' अन्त में सारी बातें तय करके ग्वालियर पर ही कब्ज़ा करना तय किया गया।

कालपी को ह्यू रोज़ ने दखल कर लिया। वहाँ उसे बहुमूल्य सामग्री मिली। पन्द्रह तोपें, सात सौ मन बारूद, असंख्य बन्दूकें और तलवारें और नये तरीके के हथियार ढालने की विलायती मशीनें उसके हाथ लगीं।

24 मई को ह्यू रोज़ ने कालपी सर किया। यही दिन विक्टोरिया का जन्मदिन था। इसीलिए उस दिन अंग्रेज़ों ने कालपी में खूब जश्न मनाया और धूमधाम से कालपी पर अपना झण्डा फहराया तथा लूट में पाई हुई चीज़ों का प्रसाद लेकर मौज की। फिर तीन दिन तक डटकर उन्होंने कालपी को लूटा। उसने एक हज़ार मील की कड़ी यात्रा पर्वतों, जंगलों और नदियों को पार करके की थी और कम्पनी के लिए नर्मदा से यमुना तीर तक का समूचा प्रदेश जीत लिया था। अब गाँव-गाँव बागियों को पकड़ने के लिए इश्तहार जारी किए गए।

42

सन् 1844 में अंग्रेज़ों ने सिन्धिया की सेना को, जो होल्कर-सिन्धिया के परस्पर। युद्धों के कारण पहले ही कमज़ोर हो गई थी, पराजित किया और तब से ग्वालियर की सेना में केवल दस हज़ार सिपाही रखने का अधिकार रह गया। ग्वालियर का शासन भी अंग्रेज़ रेजीडेण्ट के इशारे से होता था, यद्यपि जयाजीराव नाममात्र के राजा थे।

विद्रोह के आरम्भ में मेरठ और दिल्ली की घटनाओं का प्रभाव ग्वालियर पर तुरन्त ही पड़ा था। उन दिनों ग्वालियर एक प्रमुख सैनिक केन्द्र था। यद्यपि महाराज ग्वालियर के पास 10 हज़ार सेना रहती थी, परन्तु इसके अतिरिक्त 8 हज़ार से अधिक सेना और थी जो सबसिडीयरी सेना के रूप में थी और ग्वालियर कंटिंजेण्ट कहलाती थीं। यह सेना बड़ी सुशिक्षित, सुगठित और सुसज्जित समझी जाती थी तथा उसकी गणना सक्षम और सबल सेनाओं में थी। इसमें पैदल, घुड़सवार और तोपखाना सभी कुछ था।

विद्रोह का सबसे अधिक प्रभाव इसी सेना पर पड़ा था और मई में ही उसमें अशान्ति के लक्षण दिखाई देने लगे थे और 14 जून को उसने खुला विद्रोह आरम्भ कर दिया था। कुछ अंग्रेज़ अधिकारियों की हत्या की गई थी और उनके बंगले जला दिए गए थे।

ग्वालियर कटिंजेण्ट के विद्रोही सैनिकों की इच्छा थी की महाराज जयाजीराव सिन्धिया उनका नेतृत्व करें। परन्तु महाराज ने स्वीकार नहीं किया था। अनेक आग्रह करने तथा धमकियाँ देने पर भी महाराज अपनी टेक पर कायम रहे थे।

इन दिनों तांत्या टोपे निरन्तर सेनाओं में अंग्रेज़ों के विरुद्ध विद्रोह का प्रचार करते रहे थे। वे ग्वालियर भी पहुंचे थे। उन्होंने ग्वालियर कंटिंजेण्ट के सैनिकों को अपने साथ कानपुर चलने के लिए तैयार कर लिया और उसी की सहायता से नवम्बर में मेजर जनरल विंडहम का परास्त किया। विंडहम ने पराजित होकर किले में शरण ली। यह बात पाठकों को विदित ही है। तांत्या टोपे और रानी लक्ष्मीबाई ने बहुत सोच-विचार करने के बाद ही ग्वालियर पर नज़र डाली थी। उन्हें विश्वास था कि ग्वालियर में उन्हें पूरी सहायता मिलेगी। इस समय भी ग्वालियर कंटिंजेण्ट के हज़ारों सैनिक उनके साथ थे। उन्हें पूरी आशा थी कि ग्वालियर की री सेना उनसे मिल जाएगी और महाराज सिन्धिया भी सम्भवत: उनसे आ मिलेंगे।

राव साहब पेशवा ने यह योजना भी स्थिर की थी कि ग्वालियर से सेना, रसद, रुपया-पैसा, गोला-बारूद तथा रसद-सामग्री जो मिले, लेकर दक्षिण की ओर कूच कर दिया जाए। महाराष्ट्र में एक बार फिर पेशवाई झण्डा फहरा दिया जाए।

इन सब बातों पर विचार करके तथा स्थिर योजना करके तांत्या टोपे और रानी लक्ष्मीबाई दल-बल सहित महोबा होते हुए इन्दुरखी आए। इन्दुरखी के ठाकुर दौलतसिंह ने वहाँ उनका स्वागत किया। वहाँ से सिन्धु नदी पार करके वे दहगाँव आए। इस समय इनके पास 5-6 हज़ार सिपाही और कुछ तोपें थीं। वहाँ 4-5 हज़ार सैनिक और 20 हाथी उनमें और आ मिले।

ग्वालियर के सूबा ने कुछ सवार और तोपें लेकर बागियों को रोकना चाहा, परन्तु तांत्या ने कहा, 'हम अपने रास्ते जा रहे हैं, तुम्हें रोकने की क्या ज़रूरत है?' राव साहब ने उनसे कहा, 'लश्कर की फ़ौज हमसे मिल गई है। इसकी हामी चिट्ठी में हमारे पास मौजूद है।'

हकीकत यह थी कि कौंच में तांत्या पराजित होकर वहाँ से एकदम गायब हो गए थे और ग्वालियर आ, भेष बदल तथा कल्पित नाम से लश्कर में आकर अत्यन्त गुप्त भाव से रहकर

सेना को अपने पक्ष में करते रहे। न तो महाराज जयाजीराव सिन्धिया ही को, और न दीवान दिनकरराव को ही उनके ग्वालियर में होने की खबर लगी। न उन्हें इसी बात का पता लगा कि ग्वालियर के सैनिकों पर, यहाँ तक कि महाराज के खास मराठा सैनिकों पर भी, उनका प्रभाव छा गया है।

पहली जून, सन् 1858 को सोमवार के दिन टोपे दल-बल सहित ग्वालियर के समीप मुरार छावनी आ पहुंचे। इस बीच राह ही से राव साहब ने महाराजा जयाजीराव को मैत्री-सन्देश भेजा। पर महाराज सिन्धिया ने मित्रता के स्थान पर उनसे मुकाबला करने का निश्चय किया और 31 मई को ही अपनी सेनाएँ मुरार छावनी की ओर भेज दी थीं। इस फ़ौज में 6 हज़ार पैदल और 1200 सवार तथा 8 बड़ी तोपें थीं। बाद में महाराज स्वयं भी जा पहुंचे।

तांत्या टोपे ने मुरार पहुँचते ही अपने दल के तीन भाग किए और सिन्धिया की फ़ौज पर धावा बोल दिया। धावा होते ही महाराज के सिपाही भाग खड़े हुए। महाराज स्वयं अपनी सेना का नेतृत्व कर रहे थे और कह रहे थे कि आगे बढ़कर बागियों पर हमला करो। कुछ बन्दूकें छोड़ी गईं पर तांत्या के अग्रसर होते ही सिन्धिया के 6000 पैदल मैदान खाली कर गए। केवल 12 सौ सवार डटे रहे।

अगले दिन 2 जून को सिन्धिया की सेना के केन्द्रीय भाग पर रानी लक्ष्मीबाई ने बड़ी सूझ-बूझ से आक्रमण किया। महाराज ने अपनी सेना को युद्ध करने को बहुत बढ़ावा दिया, पर सेना टाल-मटोल करती रही। इसी समय सिन्धिया की सेना में दूसरी और तीसरी रेज़ीमेण्ट के सवार भागने लगे। इसके बाद चौथी रेजीमेण्ट के सवार भी भाग खड़े हुए। उधर गोलन्दाज़ भी थोड़ा टाल-मटोल करने के बाद भाग चले। यह देख महाराज ने स्वयं 5-6 तोपों में बत्ती लगाई और तोपें चलाईं, परन्तु इससे कुछ लाभ न हुआ। इसी समय दाहिनी टुकड़ी के पैर भी उखड़ गए। इस प्रकार 2 जून का यह ग्वालियर का युद्ध छः घण्टे चला। विजय का सेहरा तांत्या टोपे के सिर बँधा।

महाराज जयाजीराव खिन्न मन फूलबाग महल लौट आए और वहाँ से तुरन्त सुरक्षित स्थान को जाने की तैयारी करने लगे। वे आगरा की ओर चले जहाँ ग्वालियर के पोलिटिकल एजेण्ट श्री मैकफरसन तथा अन्य अंग्रेज़ पहले ही रवाना हो चुके थे। महाराज भी फूलबाग से केवल विश्वस्त सवारों को लेकर आगरे की ओर चल पड़े।

43

तांत्या टोपे की यह विजय एक जादू के चमत्कार के समान ही प्रतीत हुई। जो सेना कालपी से बुरी तरह हारकर सारा साज-सामान छोड़कर भागी थी और बिना गोला-बारूद तीन-तीन फांके करके मुरार पहुंची थी, वह कैसे सिन्धिया की इस सुसज्जित सेना को हराने में सफल हुई, यह एक चमत्कार ही था।

विजय प्राप्त कर तांत्या टोपे तथा राव साहब ने लश्कर शहर तथा किले पर अधिकार कर लिया। ग्वालियर की बिखरी हुई फ़ौज एकत्र हो गई। उसने पेशवा को तोपों की सलामी दी और उनकी अधीनता स्वीकार की। पेशवा बाजे-गाजे के साथ राजमहल आए।

अब इनके पास ग्वालियर सेना की बहुत सामग्री जमा हो गई थी। उन्होंने किले पर 25-30 तोपें चढ़ा दीं। फिर उन्होंने कम्पू कोठी का कोट तोड़कर वहाँ रखे हुए खज़ाने पर कब्ज़ा कर लिया और सैनिकों को दो-दो महीने की तनख्वाहें बाँट दीं। इस प्रकार सैनिकों में बीस लाख रुपया बाँटा गया।

अब उन्होंने ग्वालियर शहर की रक्षा की योजना बनाई। उन्होंने शहर की चारों दिशाओं के नाकों की मोर्चाबन्दी के कुल 8 मोर्चे कायम किए और प्रत्येक मोर्चे पर कुछ पैदल सैनिकों, सवारों, तोपों, आदि की व्यवस्था की। मुन्ना साहब की कोठी का मोर्चा राव साहब और लक्ष्मीबाई ने सँभाला। कम्पू कोठी के मोर्चे पर तांत्या टोपे और गौरीशंकर डटे। प्रधान सेनापति भी श्री रामचन्द्र पाण्डुरंग उर्फ तांत्या टोपे बने। रानी लक्ष्मीबाई ने अपना शिविर नौलखा बाग में रखा। पेशवा के संगी-साथी सरदार शहर के भिन्न-भिन्न महलों में जा उतरे। पेशवाई सेना ने रेजीडेन्सी में आग लगा दी तथा उसका माल-असबाब लूट लिया। अब पेशवा ने सिंहासनरूढ़ होने का निश्चय किया। उन्होंने तीन जून को फूल बाग में दरबार किया। दरबार में पेशवा राजसी ठाठ से आए। कानों में मोतियों के चौकड़े, गले में मोती का कण्ठा। आगे-पीछे मोरछल चँवर डुलाते चोबदार नकीब। सरदारों ने ताजीम दी, पेशवा ने खिलअतें बाँटी। अष्ट प्रधान और एक प्रधानमन्त्री नियत हुए। फ़ौजों को दो मास की पेशगी तनख्वाह में 20 लाख रुपये बाँटे गए। नगर-भर को दावत दी गई। मिठाइयाँ व पान, भांग-बूटी, श्री खण्ड की धूम चली। ग्वालियर गाने व बजाने का केन्द्र-रातदिन महफ़िल जमने लगी। ताना रीरी, धी धृक ताता धुत्। भाण्ड आए, नक्काल आए और कलाकार आए। दोनों हाथों से पेशवा ने रुपया लुटाया।

रानी ने एक दिन कहा-

'श्रीमन्त पेशवा साहब, यह क्या हो रहा है?'

'यों ही ज़रा, मनोरंजन, गर्मी बहुत पड़ रही है बाई साहब!'

'परन्तु विपद् की घटाएँ उमड़ रही हैं। बरसने में देर नहीं है।'

'तो क्या चिन्ता? आप हैं, तांत्या हैं। अंग्रेज़ आएँ तो!'

'परन्तु सेना की तो बड़ी दुर्दशा है। अंग्रेज़ चौकस हैं।'

'हमारे पास किला भी तो है, बाई साहब!'

'और यदि किला छिन गया?'

'यह कैसे हो सकता है?'

‘जो आपकी समझ में नहीं हो सकता था, वही हो रहा है और समय कम है। अंग्रेज़ी सेना आ रही है। चेत जाइए, सेना को सरदारों में बाँटकर व्यवस्थित कीजिए।’

‘हो जाएगा। नाच-रंग भी आवश्यक हैं। दरबारी शान तो रखनी ही चाहिए, पेशवाई स्वीकार करके उत्सवों, दरबारी मुजरों का क्रम न चले तो लोग कहेंगे, यह कैसा पेशवा?’

रानी की त्यौरियाँ चढ़ गईं। वह क्रोध से होंठ चबाती हुई उठ गईं।

44

कालपी के युद्ध के बाद जनरल ह्यू रोज़ ने समझा था कि बस, अब विद्रोह खत्म हो चुका और अब वह हालैण्ड जाने की सोच रहा था। परन्तु ग्वालियर के युद्ध से उसके सब सपने हवा हो गए। जब गवर्नर-जनरल को ग्वालियर की खबर मिली तो वे भी बेचैन हो गए।

अंग्रेज़ों को इस बात का तो थोड़ा गुमान था कि विद्रोही ग्वालियर जाना चाहते हैं। परन्तु वहाँ की स्थिति बहुत अच्छी थी और वहाँ जो कुछ हुआ उसकी उन्होंने कल्पना भी नहीं की थी। अब गवर्नर-जनरल ने अपना सारा ध्यान ग्वालियर की ओर केन्द्रित किया। सर ह्यू रोज़ की छुट्टी मंसूख कर दी गई और उन्हें हुक्म हुआ कि गोरों की दो पलटनें, दो तोपखाने और गोरों का रिसाला लेकर फौरन ग्वालियर पहुँचें। हैदराबाद फ़ौज़ को भी झाँसी होकर ग्वालियर पहुँचने का आदेश मिला। ये फ़ौजें मेजर शोर के नेतृत्व में रवाना हुईं। सीपरी में जो सेना स्मिथ के नेतृत्व में थी उसे भी ग्वालियर पहुँचने का हुक्म मिला। इस प्रकार से चारों ओर से अंग्रेज़ी सेनाओं के दल-बदल ग्वालियर की ओर चल दिए। जनरल ह्यू रोज़ की सेना अत्यन्त सशक्त थी। उसमें हाथियों का तोपखाना भी था-कई हज़ार गोरे पैदल और सवार थे। जनरल ह्यू रोज़ की सेनाएँ जालौन, इन्दुरखी, अमायन, दहगाँव होती हुई 14 जून को मुरार पहुँचे, ऐसी योजना थी। इसी दृष्टि से अन्य सेना भी उधर बढ़ रही थी।

अंग्रेज़ी सेनानायकों को विश्वास था कि वे ग्वालियर पहुँचते ही विद्रोहियों को मार भगाएंगे। इसी से मध्यभारत के ए.जी.जी. हैमिल्टन और पोलिटिकल एजेण्ट मैकफर्सन ने जो सेना के साथ ही थे, महाराज सिन्धिया को भी आगरे से बुला लिया था। वे समझते थे कि महाराज की उपस्थिति का प्रभाव अच्छा पड़ेगा।

महाराज सिन्धिया 15 जून को तथा अंग्रेज़ी सेना 14 जून को ग्वालियर पहुंची और मोर्चेबन्दी करने लगी। तांत्या ने भी इस बार जमकर संग्राम करने का स्थिर किया। अंग्रेज़ी फ़ौज के मुरार के निकट पहुँचते ही उन्होंने अपने खास कम्पू की दो पल्टनें और कुछ तोपें मुरार के आगे बड़ेगाँव के रास्ते में अंग्रेज़ी फ़ौजों को रोकने के लिए भेजीं। परन्तु अंग्रेज़ी फौजों के पास आते ही सात सौ सिपाही बन्दूकें पटक भाग खड़े हुए।

मुरार पहुँचते ही अंग्रेज़ों ने ये इश्तिहार लगाए, ‘दो पुरुष और एक औरत-राव साहब पेशवा, तांत्या टोपे और लक्ष्मीबाई को जो मारेगा या पकड़ेगा उसे एक लाख रुपया इनाम मिलेगा।’

45

रानी प्रतिदिन तड़के अपनी कर्नल मुन्दर के साथ घोड़े पर सवार होकर घूमने जाती। वह सैनिक दृष्टि से प्रत्येक पहाड़ी, उपत्यका और घाटी को देखती।

उसने देखा-ग्वालियर का किला और पश्चिम-दक्षिण की पहाड़ियाँ ग्वालियर की बस्ती और लश्कर के नगर की अच्छी रक्षा कर सकती हैं। पूर्व की ओर की पहाड़ियों का सिलसिला लश्कर से लगभग दो मील पड़ता था। वह भी रक्षा का साधन था। उत्तर-पूर्व में मुरार की ओर खुला मैदान था। उसे रोकने को केवल सोनरेखा नाला था। जो लश्कर को तीन ओर से घेरकर मुरार की ओर चला गया था। दक्षिण में दुर्गा का मन्दिर दुश्मनों की आड़ बन सकता था। रानी ने देखा कि पूर्व की पहाड़ियाँ इन पर यदि शतु की तोपें पहुँच जाएँ तो नगर, लश्कर तथा मुरार को संकट हो सकता है।

रानी कभी तेज़ी से घोड़ा दौड़ाती। कभी धीरे-धीरे मुन्दर से बातचीत करती। वह सोनरेखा नाले के एक कगार पर खड़ी नाले के उत्तरी कोर पर एकान्त में एक कुटी का ध्यान से निरीक्षण कर रही थी। आस-पास कोई बस्ती न थी। अकेली वही कुटी थी। रानी ने पूछा, 'इस कुटी में कौन रहता है?'

'बाबा गंगादास हैं। सुना है, बड़े त्यागी-सन्तोषी पुरुष हैं।'

'पर तू देखती है। यह स्थान युद्धस्थली बन सकता है। तो तू जाकर बाबा से कह-वे दूसरी जगह चले जाएँ।' किन्तु कुछ रुककर रानी ने कहा, 'चल मैं भी चलूँ।' अभी सूर्यास्त नहीं हुआ था। पर सूर्य की किरणें तिरछी पड़ रही थीं।

रानी ने जाकर देखा कि एक अवधूत वृद्ध साधु, जिसकी सफ़ेद दाढ़ी नाभि तक फहरा रही थी, चुपचाप कुटी के बाहर बैठा अस्त होते सूर्य को देख रहा था। उसकी मुखमुद्रा गम्भीर और प्रसन्न थी।

रानी कुछ हर्षित हो घोड़े से उतरी। निकट जाकर प्रणाम किया।

'बाबा ने हँसकर कहा, 'आ लक्ष्मी बेटी, आ, तेरा कल्याण हो।'

रानी ने चमत्कृत होकर कहा, 'आप क्या मेरा नाम जानते हैं?'

'मैं तो सभी को लक्ष्मीरूपा मानता हूँ। तेरा नाम क्या लक्ष्मी है?'

'हाँ, मेरा नाम लक्ष्मीबाई है।'

'बाबा ने ध्यान-सा करते हुए कहा-

'रानी लक्ष्मीबाई तो झाँसी की रानी है।'

'मैं वही भाग्यप्रताड़िता स्त्री हूँ।'

बाबा उठकर खड़े हो गए। उन्होंने कहा-

'ओम् तत्सत्। आ बेटी, तेरी वीर गाथा मैंने सुनी है। कह, तेरा क्या प्रिय करूँ?'

'बाबा, यहाँ शीघ्र घनघोर युद्ध होगा। आप अपनी कुटी कहीं सुरक्षित स्थान पर ले जाएँ।'

बाबा हँस दिए। उन्होंने आकाश की ओर आँख उठाकर देखा। फिर कहा, 'सूर्यनारायण अस्तंगत हो रहे हैं, पर देख पश्चिम दिशा में कैसी लाली फैली है।'

'देख रही हूँ बाबा, पर यह क्षण-भर ही की है।'

'तो इससे क्या हुआ! अस्त होता हुआ भी सूर्य दिशाओं को लाली देता है, इसका यह प्रताप तो देख!'

इतना कहकर बाबा गम्भीर हो गए।

रानी ने कहा- 'बाबा, आप क्या भविष्य कह सकते हैं?'

'नहीं बेटी, मैं गरीब साधु क्या जानूँ।'

'कुछ तो कहिए बाबा।।

'मैं क्या कहूँ। भगवान ने ही कहा है-कर्मण्येवाधिकारस्ते।' फिर कुछ चुप रहकर उन्होंने प्रसन्न मुद्रा से कहा, 'उस घड़े में ठण्डा जल है बेटी, पिओ।'

रानी के संकेत से मुन्दर ने जल पात्र में लिया। रानी ने पीकर कहा, 'बहुत शीतल जल है बाबा, प्राण शीतल हो गए।'

'किन्तु बेटी सूर्यास्त हो गया। अब तुम जाओ।'

'मेरा मन होता है इस कुटी में ही विश्राम करूँ?'

'जैसी भगवान की मर्जी।'

'यहाँ युद्ध होगा तो आप क्या करेंगे?'

'यथा नियुक्तोऽस्मि तथा करोमि।'

रानी प्रणाम करके चली गई।

46

ह्यू रोज़ ने अपनी सेना के कई भाग करके अनुभवी अफ़सरों के सुपुर्द कर दिए। ब्रिगेडियर स्मिथ को ग्वालियर के पूर्व की ओर पाँच मील पर कोटे की सराय भेज दिया। एक योग्य अफ़सर को ग्वालियर-आगरा मार्ग पर नियुक्त किया। इसके बाद स्वयं एक मज़बूत दस्ता लेकर कालपी-ग्वालियर के मार्ग पर 6 जून को बढ़ा। ब्रिगेडियर स्टुअर्ट उसे राह में मिल गया। 16 जून को उसने बहादुरपुर गाँव

में पड़ाव डाला। यहीं पर जयाजीराव हार खाकर भागा था। जनरल ह्यू रोज़ के साथ मध्य भारत और ग्वालियर के पोलिटिकल एजेण्ट भी थे। साथ ही उसने जयाजीराव और दिनकरराव को भी आगरे से बुला लिया था। उनका खयाल था कि उनकी उपस्थिति से ग्वालियर की सेना पर अच्छा प्रभाव पड़ेगा।

मुरार में पेशवा की काफ़ी सेना थी। बाकी सेना इधर-उधर बिखरी हुई थी। इनमें अधिकतर सैनिक सिन्धिया की सेना के ही थे। परन्तु उनका नये तौर पर सैनिक संगठन नहीं किया गया था तथा ये 10-12 दिन जो अत्यन्त महत्त्वपूर्ण थे, यों ही खो दिए गए थे।

जनरल ह्यू रोज़ ने दो घण्टे की लड़ाई ही में पेशवा की मुरारवाली सेना का मुँह मोड़ दिया और मुरार पर अधिकार कर लिया। पराजित सेना भागकर ग्वालियर आ गई। रोज़ ने एक घोषणा प्रसारित की कि ग्वालियर सेना के सब सैनिक जो विद्रोहियों से मिल गए हैं, यदि वापस आ जाएँगे तो उन्हें क्षमा कर दिया जाएगा। अंग्रेज़ महाराज जयाजीराव को फिर गद्दी दिलाने को आए हैं। घोषणा का फल अच्छा हुआ और सरदारों तथा सैनिकों में फूट पड़ गई। उनके मन फिर गए। उसमें से बहुत-से वापस अपनी पुरानी जगह पर लौट गए।

राव साहब घबरा गए। नशा उनका उतर गया। तख्तनशीनी खत्म-सी दिखने लगी। मुरार के युद्ध में रानी ने भाग नहीं लिया था। अब उन्हें रानी की याद आई। उन्होंने रानी को मना लाने के लिए तांत्या को भेजा। तांत्या रानी के सम्मुख आकर हाथ जोड़कर खड़ा हो गया। रानी ने कहा, 'कहो वीर सेनापति, क्या हाल है?'

'हम तो आपको मुँह दिखाने लायक भी न रहे।'

'लेकिन ये तोपें कहाँ गरज रही हैं?'

'अब आप डूबती नैया की पतवार लीजिए, अब तो क्षमा माँगने के लिए भी समय नहीं है?'

'क्या भंग छानने, नाचने-गाने के लिए भी नहीं? श्री खण्ड और लड्डू भोग लगाने का भी समय नहीं है।'

'अब आप रक्षा कीजिए श्रीमन्त!'

'टोपे, तुमसे तो मुझे बड़ी आशा थी।'

'अब आप जो आज्ञा दीजिए, वही किया जाए।'

रानी ने होंठ काटे। कुछ देर मौन खड़ी रही। फिर एक दीर्घ श्वास लेकर कहा, 'यह मेरा शायद अन्तिम प्रयास होगा।'

'नहीं, सरकार, ऐसा क्यों कहती हैं!'

'खैर, पेशवा से कहो, एक बार साहस करें। कदाचित् विजय प्राप्त हो जाए, नहीं तो तुम दक्षिण को निकल भागने की ताक में रहो।'

उसने अपने पाँचों सरदारों की ओर मर्मभेदिनी दृष्टि से देखा। ज़रा मुस्कुराई। उसने कहा, 'टोपे, मैं सबसे कठिन मोर्चा संभालने का भार ले रही हैं। पूर्वी मोर्चा मेरे ताबे रहा। उधर ही से शतु के प्रवेश का भय है।'

रातो-रात तैयारियाँ हुईं। पूर्वी मोर्चे पर, जहाँ अंग्रेज़ों ने अधिकार नहीं किया था, तोपखाने, पीछे पैदल और रिसाले के घुड़सवार यथास्थान नियुक्त कर दिए गए। वह मोर्चा दक्षिणी मोर्चे तक फैला हुआ था।

उत्तरी मोर्चे पर तांत्या था। उसकी सेना में अवधी और रुहेली सिपाही अधिक थे। उसने भी तोपों को यथास्थान जमाया था। पश्चिम का मोर्चा राव साहब के हाथ था। उसमें अधिकांश सिन्धिया की सेना थी। शहर के भीतर-बाहर की रक्षा का प्रबन्ध बाँदा के नवाब कर रहे थे। किले की रक्षा का कोई खास प्रबन्ध न था। कुछ तोपें और गोलन्दाज़ वहाँ थे।

17 जून की सुबह युद्ध आरम्भ हुआ। ब्रिगेडियर स्मिथ ने कोटा की सराय से निकलकर आक्रमण किया। जैसे ही अंग्रेज़ी सेना तोपों की मार में आई, रानी ने पूर्वी द्वार से तोपें दागनी आरम्भ कर दी। गोलाबारी होने के थोड़ी देर बाद अंग्रेज़ी सेना भाग खड़ी हुई। लालकुर्ती दल के सवारों ने उनका पीछा किया। स्मिथ ज़रा आगे बढ़कर रानी के सवारों को दूर ले गया। फिर उसने उलटकर तीन ओर से रानी के दल पर आक्रमण कर दिया। खूब घमासान युद्ध हुआ। स्मिथ पुल मार्ग पर अधिकार करने की प्राणपण से चेष्टा कर रहा था। रानी का लालकुर्ती दल जरा विचलित हुआ कि रानी सिर पर आ धमकी। गुलमुहम्मद इस दल का नेतृत्व कर रहा था। रानी ने कहा, 'खान, आज हाथ ढीला क्यों पड़ रहा है?'

गुलमुहम्मद ने कहा, 'हुज़ूर, हमारा हाथ अब मुलाहिजा हो।'

वह तलवार घुमाता अंग्रेज़ी दल में घुस पड़ा। साथ ही रानी भी दोनों हाथों से तलवार भाँजती हुई। गुलमुहम्मद ने पलटकर कहा, 'हुज़ूर, तोपखाना।'

रानी संकेत समझकर पलटी। एक टोरिया के पीछे रानी का तोपखाना मार कर रहा था। रानी ने जाकर तोपों को ज़रा इधर-उधर किया। फिर धूम-धड़ाम! कहर बरसने लगा। गोरी सेना की धज्जियाँ उड़ गईं। अंग्रेज़ पटापट मर रहे थे, पर बड़ी वीरता से लड़ रहे थे। शाम को जब दोनों दल लौटे तो अंग्रेज़ पस्त हो रहे थे। उनका बहुत नुकसान हुआ था।

रानी ने गुलमुहम्मद को कुँवर की उपाधि दी।

47

28 जून एक मनहूस दिन था। रात ही को सिन्धिया की सेना के बहुत सैनिक भाग गए थे और पेशवा की सेना पर अब कोई भरोसा नहीं किया जा सकता था। रानी ने सूर्योदय से पूर्व ही स्नान किया। गीता-पाठ किया। कदाचित् कोई दैवी शक्ति उससे कह रही थी, यह आज का अन्तिम प्रभात है।

रानी ने मर्दानी पोशाक पहनी, गले में मोतियों की माला और पगड़ी पर हीरे का जगमग तुर्रा। लोहे के कुल्ले पर चन्देरी का जर्क-बर्क लाल साफा। लोहे के दस्ताने और भुजबन्द।

रानी का घोड़ा जब लाया गया तो वह लंग कर रहा था। रानी ने कहा, 'घोड़ा लंग क्यों करता है?'

'सरकार, शायद कल घाव खा गया है।'

'तो दूसरा घोड़ा लाओ।'

कर्नल मुन्दर एक घोड़ा ले आई। घोड़ा देखने में पानीदार था। अस्तबल के अफ़सर ने कहा, 'सरकार, सिन्धिया सरकार का यह खास घोड़ा है।'

रानी ने जाँच की नज़र से देखा। फिर गुलमुहम्मद की ओर देखकर कहा, 'आज भी मुझे तुम्हारा कल जैसा ही जौहर देखने की आशा है। पर यदि पश्चिम का मोर्चा उखड़ जाए तो दक्षिण चल पड़ना।'

गुलमुहम्मद ने मुँह फेरकर एक आँसू पोंछा। धीरे से कहा, 'जो बचेगा वह दकन जाएगा सरकार।

इसी समय मुन्दर ने कहा, 'सरकार कुछ खा-पी लें।'

'दामोदर को अच्छी तरह खिला-पिला दो। पीठ पर पानी का इन्तज़ाम रखना। मैं केवल शर्बत पिऊँगी। लेकिन क्या सब खा-पी चुके?'

'जी हाँ सरकार!' इसी समय दामोदर आ गया। रानी ने उसे प्यार किया। कुछ खिलाया-पिलाया।

सब लोगों ने थोड़ा-थोड़ा कलेवा जेबों में डाल लिया। पीठ पर पानी का बर्तन कस लिया। रानी ने शर्बत पिया। रानी ने हँसकर कहा, 'मुन्दर, मेरे निकट ही रहना, और रघुनाथसिंह आप भी। और मौका टेढ़ा आए तो दामोदर की रक्षा करना।' दोनों ने आँखें नीची कर लीं। बात मुँह से न फूटी।

अंग्रेज़ी सेना के बिगुल दूर से सुनाई दिए। सेना कूच कर रही थी। तोप का धड़ाका हुआ। रानी ने रामचन्द्र राव को हुक्म दिया, 'आज तुम दामोदर को पीठ पर बाँधो। मैं यदि मारी जाऊँ तो इसे दक्षिण पहुँचा देना। और तुम रघुनाथराव, ध्यान रखना मैं मारी जाऊँ तो शत्रु मेरे शरीर को न छूने पाए। लाओ घोड़ा।'

घोड़ा आया। तोपों के धड़ाके निरन्तर हो रहे थे। रानी ने मुस्कुराकर कहा, 'ये तांत्या की तोपें हैं।'

घोड़े पर सवार होते हुए रानी ने कहा-

'यह घोड़ा तो अस्तबल को प्यार करने वाला है। पर खैर, आज इसी से काम निकालूँगी।'

सब सरदार घोड़ों पर जम गए और सबने रणस्थली को प्रस्थान किया।

अब सूर्योदय हुआ। रानी ने घोड़े को एड़ लगाई। वह हिचका और तेज़ हो गया। रानो का मन घोड़े की ओर से शंका से भर गया।

अंग्रेज़ों ने आज बड़े यत्न से व्यूह रचा था। कल के युद्ध से अंग्रेज़ चिन्तित थे। उन्होंने अपनी पैदल पलटनें बीहड़ों में छिपा दी थीं तथा हुजरा सवार चारों ओर से टुकड़ियों में बँटकर आक्रमण कर रहे थे। रणक्षेत्र मीलों तक फैला हुआ था। तो पीठ पर सन्नद्ध थीं। रानी के दल के नज़र आते ही हुजरा दल ने चारों ओर से बन्दूकों की बाढ़ दागी जिसका जवाब इधर से भी दिया गया। रानी ने दुर्धर्ष आक्रमण करके हुजरा सवारों को पीछे धकेल दिया। अंग्रेज़ अफ़सर रानी का रण-कौशल देख थर्रा उठे।

तोपें रानी की पीठ पर गरज रही थीं और रानी गोलों के धुएँ में आगे बढ़ रही थीं। हुजरा सवार पटापट मर रहे थे। रानी का लालकुर्ती दल अब तलवारें सूतकर उन पर पिल पड़ा।

इसी समय रानी को सूचना मिली की पेशवा की बहुत-सी सेना भागकर ग्वालियर की सेना से जा मिली है और राव साहब के दो मोर्चे छिन गए हैं। अंग्रेज़ उनमें घुस रहे हैं। रानी ने उलटकर अपनी पीछे आती हुई पलटन पर नज़र डाली। इसी समय उसने देखा उसके पृष्ठ भाग का तोपखाना चुप हो गया। रानी ने एक गहरी साँस ली और दाँतों से होंठ काटकर उलट पड़ी। उसने तोपखाने को सँभाला जो अंग्रेज़ों के हाथ जाने ही वाला था।

यहाँ रानी का ब्रिगेडियर स्मिथ के सवारों से भीषण संग्राम हुआ। संगीनों की मार भी होने लगी। अंग्रेज़ों की कड़ाबीनें, संगीनें और तोपें अब पेशवा की भागती हुई सेना का चारों ओर से घेरा कर रही थी और अंग्रेज़ी सेना बाढ़ की नदी की भाँति उमड़ी चली आती थी। इस समय रानी की रक्षा के लिए लालकुर्ती दल ने अभूतपूर्व शौर्य प्रकट किया। बड़ी ही कठिन मार के बीच में रानी में अपने मोर्चे पर मुड़ी। भागती हुई पैदल पलटन और रानी के बीच में हज़ारों हुजरा सवार फैले हुए थे। पर रानी के लालकुर्ती दल ने न कड़ाबीन की आन मानी, न संगीनों की, न गोला-गोली की। वह रानी को चारों ओर से बचाकर शत्रु दल को चीरती चली गई। इस समय रानी दाँतों से रास पकड़े दोनों हाथों से तलवार चला रही थी। दुहरी मार में जो आ जाता वही ढेर हो जाता था। आज रानी के विक्रम को देखकर अंग्रेज़ आश्चर्यचकित हो रहे थे। रानी आगे की राह बनाती हुई दक्षिण-पश्चिम की दिशा में सोनरेखा नाले की ओर बढ़ रही थी। सामने गंगादास की कुटी थी और कुटी के पीछे कुछ अन्तर पर पेशवा की पैदल सेना का मोर्चा।

चारों ओर अंग्रेज़ हुजरा सवार इस छोटे से दल को फाँसते चले आ रहे थे। रानी के अगल-बगल कर्नल मुन्दर, रघुनाथसिंह, रामचन्द्र देशमुख, पीछे गुलमुहम्मद और केवल 20-25 लाल सवार। घेरा सिमटते-सिमटते कम होता जा रहा था लेकिन रानी की दुहत्थी तलवार आगे का रास्ता

साफ़ करती जा रही थी। पीछे के सवार क्षण-क्षण में कम होते जा रहे थे। इसी समय तांत्या ने रुहेली और अवधी सेना को लेकर अंग्रेज़ी सेना पर आक्रमण किया। अंग्रेज़ अब तांत्या की ओर मुड़े। रानी के घेरे में बहुत कम अंग्रेज़ रह गए। सूर्यास्त हो ही रहा था कि लालकुर्ती का अन्तिम सवार गिरा। रानी के पास अब केवल चार सरदार और एक तलवार रह गई। पीछे कड़ाबीन और तलवार लिये हुजरा सवार आक्रमण करते जा रहे थे। आगे संगीनधारी गोरे राह रोके थे। रानी ने एक बार पीछे नज़र डाली। रामचन्द्रराव की पीठ पर बालक दामोदर था। उसकी रक्षा के विचार से वह केवल बचाव कर रहे थे। रघुनाथ और गुलमुहम्मद दोनों बाजू अंग्रेज़ों को काट रहे थे। बड़ी ही कठिन घड़ी आ लगी थी। रानी ने मुन्दर को संकेत से कहा कि वह रामचन्द्रराव की पीठ पर रहे। रानी दोनों हाथों की तलवारों से संगीन-बरदारों की काट करती हुई आगे बढ़ी। एक संगीन की हूल उसके सीने के नीचे पड़ी। रानी ने तत्क्षण उस संगीनधारी के दो टुकड़े कर दिए। रानी को जख्म काफ़ी लगा, पर आतें बच गईं। ज़ख्म से खून बहने लगा। लेकिन रानी और आगे निकल गईं। उनके साथी दाएँ-बाएँ बढ़ रहे थे। अब सिर्फ़ आठ-दस गोरे घुड़सवार उन्हें पछिया रहे थे। रघुनाथसिंह पास आए, रानी ने तलवार भाँजते हुए कहा, 'गोरे मेरी देह को हाथ न लगाने पाएँ।' सुनकर गुलमुहम्मद भी पास आ गया। इसी समय एक अंग्रेज़ ने पिस्तौल दागी। गोली मुन्दर के सीने में लगी और वह घोड़े पर लटक गई। रानी ने मुड़कर देखा, कहा-'रघुनाथसिंह, सँभालो।' उन्होंने घोड़े की रास मोड़ी। पिस्तौल वाला अंग्रेज़ काट डाला गया। और भी कई कटे।

रघुनाथसिंह घोड़े से कूद पड़े। फुर्ती से साफा फाड़कर मुन्दर की पीठ पर कसा और घोड़े पर सवार हो आगे बढ़े।।

अब नाला सामने था। रानी ने नाले की ओर घोड़ा बढ़ाया। रामचन्द्रराव भी बढ़े। अंग्रेज़ सवार चार-पाँच थे, उन्हें गुलमुहम्मद ने अटका रखा था। रानी ने नाले पर आकर घोड़े को एड़ दी, पर घोड़ा अड़ गया। रानी ने पुचकारा, थपथपाया, पर सब व्यर्थ।

अंग्रेज़ सवार सिर पर आ गए। एक ने पिस्तौल दागी। गोली रानी की जाँघ में लगी। उस सवार ने उनके गले में मोतियों की माला देख उन्हें कोई बड़ा सरदार समझा था। रानी ने बाएँ हाथ की तलवार फेंककर घोड़े की अयाल पकड़ी और दूसरी जाँघ का सहारा ले आसन बाँधा। इतने में वह अंग्रेज़ पास आ गया। रानी ने एक ही वार से उसके दो टुकड़े कर दिए। परन्तु इसी समय दो और सवार निकल आए। रानी ने फिर घोड़े को एड़ दी, पर घोड़ा अड़ा रहा। वह दो पैरों पर खड़ा हो गया। रानी को पीछे हटना पड़ा। उनकी एक जाँघ काम नहीं दे रही थी, खून की धारा पेट और जाँघ से बह रही थी।

गुलमुहम्मद अंग्रेज़ सवार की ओर लपका, पर उसके पहुंचने से पहले ही उसका एक करारा वार रानी के सिर पर पड़ा। वह सिर का हिस्सा कट गया और दाहिनी आँख बाहर निकल पड़ी, परन्तु इतने पर भी उन्होंने घातक पर वार करके उसका कन्धा उड़ा दिया। इसी समय गुलमुहम्मद ने पहुंचकर उसके दो टुकड़े कर दिए।

अब तीन अंग्रेज़ थे। गुलमुहम्मद ने एक को खत्म किया, दूसरे के घोड़े को जख्मी किया। तीसरा भाग खड़ा हुआ।

गुलमुहम्मद फिरा। देशमुख घोड़े से गिरती हुई रानी को सँभाल रहे थे।

दिन-भर के थके-माँदे भूखे-प्यासे गुलमुहम्मद ने दाढ़ी नोच ली। उसके मुँह से निकला, या परवरदिगार। उसकी आँखों से बेअख्तियार आँसू बह चले। वह तलवार फेंककर वहीं भूमि पर बैठ गया।

रघुनाथ और देशमुख ने रानी को घोड़े से उतारा। रामचन्द्रराव ने थूक निगलकर कहा, 'चलो बाबा गंगादास की कुटिया पर।'

सूर्य अब छिप गया।

बालक दामोदर रोने लगा। रामचन्द्रराव ने ढाढ़स दिया। गुलमुहम्मद से कहा, 'कुँवर-साहब, हिम्मत रखिए। अब भी अंग्रेज़ घूम रहे हैं। उनके हाथ रानी का शरीर नहीं पड़ना चाहिए।'

सब दुत गति से बाबा गंगादास की कुटिया पर पहुँचे।

कुटिया पर पहुँचकर रामचन्द्रराव ने अपनी वर्दी उतारकर रानी को लिटाया, बँधे हुए साफे के टुकड़े से सिर के घाव को बाँधा। रघुनाथराव ने अपनी वर्दी पर मुन्दर का शव रखा।

बाबा गंगादास ने कहा, 'सीता और सावित्री आ पहुँची?' रानी ने पानी के लिए मुँह खोला। बाबा गंगादास ने जल मुँह में डाला। रानी के मुँह से ओम् निकला और प्राणपखेरू उड़ गए।

अब और कुछ नहीं हो सकता था। सबने मिलकर दोनों शवों को कुटिया में ला रखा और बाबा गंगादास ने कुटिया में आग लगा दी। अँधेरी रात में वह असाधारण चिता धाँय-धाँय जलने लगी।

रामचन्द्रराव ने कहा, 'झाँसी का सूर्य अस्त हो गया।' बालक दामोदर सिसक-सिसक कर रो रहा था।

गंगादास ने कहा, 'सूर्योदय फिर होगा।'

बहुत दिन बाद उस कुटिया की जगह एक चबूतरा बना था। उस पर एक मुसलमान फकीर फूल चुन रहा था। कुछ मुसाफ़िर उधर से निकले। पूछा, 'किसका मज़ार है साईं बाबा?'

'अमारा पीर का मज़ार है, अम गुल साईं है बाबा।'

48

अंग्रेज़ों ने नरवर के राजा मानसिंह से कहा था कि वह टोपे को गिरफ्तार करा देगा तो उसे नरवर की जागीर वापस दे दी जाएगी, पर मानसिंह सदैव दुटप्पू चाल चलता रहा और उसने

दोनों ओर का विश्वास खो दिया। उसकी जाँबख्शी तो हुई पर नरवर की जागीर उसे नहीं मिली।

इस समय सर ह्यू रोज़ हालैण्ड चले गए थे और उनके स्थान पर मध्य भारत की सेना की कमान जनरल नेपियर ने सँभाली थी। जनरल नेपियर अत्यन्त सावधान सेनानी थे। उन्होंने अनुभवी सेनानायकों के नेतृत्व में 6 टुकड़ियाँ तांत्या टोपे को घेरने में लगा दीं। पर तांत्या इनके हाथ नहीं आए। वे नौ महीने तक भागते-भागते जब थक गए तो उनकी इच्छा अपने कभी के साथी मानसिंह के यहाँ कुछ दिन आराम करने की हुई। मानसिंह को उन्होंने सन्देश भेजा। मानसिंह ने उन्हें पाडौन के जंगलों में छिपाने की व्यवस्था की। उधर जनरल नेपियर ने तांत्या को पकड़ने का भार घुड़सवारों के अफ़सर मेजर रीड को सौंपा। उसने देखा राजा मानसिंह की सहायता के बिना सफलता सम्भव नहीं है। उसने मानसिंह के चारों ओर जाल फैला दिया। उसने मानसिंह के सम्बन्धी सरायमऊ के ठाकुर नारायणसिंह को अपने साथ मिला लिया, उसकी सहायता से उसने राजा मानसिंह के कुटुम्ब की स्त्रियों को गिरफ्तार कर लिया और कहा कि जब तक तुम तांत्या को पकड़वा न दोगे, स्त्रियों का छुटकारा न होगा।

मानसिंह दुर्बलचित्त, विश्वासघाती तो अवश्य था, परन्तु तांत्या पर उसकी परम श्रद्धा थी। उसने इस संकट में तांत्या से ही सलाह ली। दो प्रश्न थे-एक तो मानसिंह के कुटुम्ब की स्त्रियों की रक्षा, दूसरे तांत्या के चारों ओर अंग्रेज़ी सेना के घेरे से तांत्या को मुक्त कराना। दोनों प्रश्नों का हल निकल आया। एक वीर हुतात्मा ने अपने को तांत्या कहकर पाडौन के जंगलों में पकड़ा दिया और अपने नेता की रक्षा में फाँसी पर झूल गया। मानसिंह की स्त्रियाँ मुक्त हो गईं और तांत्या की खोज-जाँच बन्द हो गई।

बरेली के खानबहादुर खाँ नेपाल में पकड़कर बरेली लाए गए। वहाँ उन्हें फाँसी दे दी गई। नाना साहब पेशवा के, भतीजे राव साहब कश्मीर में पकड़े गए। उन पर कानपुर में मुकदमा चलाया गया और उन्हें फाँसी दे दी गई। ज्वालाप्रसाद ने नेपाल में आत्मसमर्पण किया। उन्हें कानपुर लाकर उन पर मुकदमा चलाया गया और फाँसी दे दी गई। रंगी बापूजी गुप्ते के पुत्र सीताराम को सतारा लाकर फाँसी दे दी गई।

साठ हज़ार विद्रोही जन नेपाल की शरण गए, जिनमें नाना साहब, बाला साहब, बेगम हज़रत महल तथा उनका पुत्र भी था। पहले नेपाल के राजा जंगबहादुर ने शरण देने से कतई इनकार कर दिया। बहुत पत्र-व्यवहार हुआ। नाना ने जंगबहादुर राणा को लिखा-'भारत के कोने-कोने में नेपाल की कीर्ति छा रही है। हमने बहुत इतिहास देखा-पढ़ा पर आपने जो कुछ किया वह अद्वितीय है। आपने आप ही के प्रजाजनों से दुष्टतापूर्ण व्यवहार करने वाले अंग्रेज़ों को सहायता दी। उसके द्वारा सहायता माँगते ही आप उठ दौड़े। आपकी उदारता अद्वितीय है। आपसे सदैव से ही पेशवा वंश का मित्रता का सम्बन्ध रहा है। ऐसी दशा में पेशवा के वंशज विपत्काल में आपसे शरण माँगें तो स्वाभाविक है। खासकर उस हालत में जबकि आपकी उदारता इतनी भारी है कि

आपने अपने शत्रु अंग्रेज़ों को भी मुक्त सहायता दी है। जिसने शत्रु को अपने घर में बुलाया वह मित्र की रक्षा तो विपत्काल में अवश्य करेगा। हिन्दुस्तान अन्याय की चोटों से कराह रहा है! अंग्रेज़ों ने सन्धियों को ठुकरा दिया, वचनों को कुचल दिया, राजाओं के मुकुट धूल में मिला दिए और अब भारतीय प्रजा की मर्जी के विपरीत आग, फाँसी और कत्लेआम से आतंक उत्पन्न करके उनके सिर पर पैर रखकर शासन करना चाहते हैं। आप जानते हैं, जब भारतीय राज्य ही नष्ट हो जाएगा तो उसका धर्म भी नहीं बच सकता। आप हिन्दू हैं। हमने धर्म-युद्ध किया है। अब आप अपना धर्म निबाहें।' इस पर बहुत बातचीत चली। पर जंगबहादुर ने शरण नहीं दी। केवल बेगम हज़रत महल और उसके पुत्र को अंग्रेज़ों के इशारे से नेपाल में बस जाने दिया।

49

विद्रोह की आग बुझ गई और उसकी राख पर बहुत बाद तक अंग्रेज़ों का ताण्डव होता रहा।

नाना साहब विद्रोह के बाद 60 वर्ष जीवित रहे तथा भेष बदले देश-विदेश घूमते रहे। राजा बेनीमाधव साधु वेश में देश-देशान्तर में विचरण करते रहे। कुछ लोगों ने उन्हें देखा, पहिचाना, पर अंग्रेज़ उन्हें न पा सके। अजीमुल्ला का कुछ भी पता न लगा। नाना साहब की बड़ी बहन कुसुमबाई बनारस चली आई। वहीं अज्ञातवास करने लगी। सन् 1917 में उनकी मृत्यु हुई। राजा दरियावसिंह अपने विश्वस्त साथी शिवदयालसिंह के साथ काशी आकर साधु वेश में सन् 1862 तक रहते रहे। बाद में वे अपने साथी सहित सेवरी में गिरफ्तार किए गए और फतेहपुर कचहरी के अहाते में फाँसी पर लटका दिए गए। रामबख्श अपने विश्वस्त सेवक चन्दी के साथ साधु वेश में रह रहे थे। वे प्रतिदिन गंगा स्नान को जाते थे। गंगा में खड़े हो घण्टों पूजा करते थे। एक दिन सेवक को गुस्सा करके मार बैठे। उसने अंग्रेज़ों को भेद दे दिया। भोर होते ही अंग्रेज़ों ने उन्हें गिरफ्तार कर लिया। उन्हें रायबरेली लाया गया। रायबरेली के डिप्टी कमिश्नर एलन ने उन्हें बरगद के पेड़ पर लटकाकर 8 जून, 1861 को फाँसी दे दी। राजा बेनीमाधव अंग्रेज़ों के हाथ नहीं लगे। कहा जाता है कि सन् 1861 में एक मुस्लिम फ़कीर ने ग्वालियर के महाराज से एकान्त मुलाकात की ज़िद की। मुलाकात होने पर उसने कहा, 'वह ग्वालियर ही में मरना चाहता है, किन्तु उसका अन्तिम संस्कार हिन्दू रीति से हो।' परिचय पूछने पर वह फ़कीर रोने लगा। उसने इस शर्त पर अपना परिचय राजा को दिया कि मरने से पूर्व यह भेद प्रकट न हो। वे राजा बेनीमाधव थे। राजा के लड़के रघुराजसिंह को सीतापुर जिले में चहलारी नामक ज़मींदारी मिली। बाद में उनके कोई सन्तान नहीं हुई।

सन 1877 में दिल्ली में तथा 78 में लखनऊ में दरबार किया गया। दरबार में अंग्रेज़ों के खैरख्वाहों को पुरस्कार, उपाधियाँ, प्रमाण-पत्र दिए गए। राजा बेनीमाधव के 223 ग्रामों के राज्य को मुरारमऊ के राजा दिग्विजयसिंह और खजूरगाँव के राजा को तथा रायबरेली के अन्य राजभक्त ताल्लुकेदारों को बाँट दिया गया। मुरारमऊ के राजा दिग्विजयसिंह को सी.एस. आई. की उपाधि तथा राजा का स्थायी पद मिला। नरसिंहपुर तालुका भी उन्हें भेंट किया गया।

राजा शंकरबख्शसिंह खजूरगाँव को आनरेरी मजिस्ट्रेट और असिस्टेंट कलेक्टर बना दिया गया। खजूरगाँव के राजा के चचा विश्वनाथसिंह को बेनीमाधव का कठगर इलाका दिया गया। भुवनसिंह बनर्जी को शंकरपुर का इलाका दिया गया तथा राजा की उपाधि दी गई। पंजाब के अनेक वीरों को भी, जिन्होंने अवध में राजभक्ति प्रकट की थी भीटा, खुरेहटी, बेलाभेरी के इलाके बाँट दिए गए। मुहम्मद मोहसिन, मुहम्मद रफी को अलीपुर चकराई; अवध के एक्स्ट्रा कमिश्नर सैयद अब्दुल हकीम को बेनीमाधव का इलाका दिया गया। बेनीप्रसाद को मझगंवा दिया गया। इसी प्रकार राव रामबख्शसिंह तथा राजा दरियावसिंह के इलाके भी खैरख्वाहों को बाँट दिए गए।

50

सत्तावन की घटनाओं के बाद टोपे कुटुम्ब के 12 व्यक्तियों को ग्वालियर दुर्ग में जाँच के लिए रखा गया था। इनमें तांत्या के पिता पाण्डुरंगराव, उनकी माता समलाबाई, उनकी बहिन दुर्गा, भाई और उनकी पत्नियाँ थीं।

27 अगस्त, सन् 1859 के दिन तांत्या टोपे के पिता पाण्डुरंगराव सपरिवार ग्वालियर के किले से मुक्त किए गए। वे बिठूर आए। उनका मकान मलबे का ढेर बन चुका था और उन्हें खड़े रहने तक का स्थान न था। उनकी चित्तवृत्ति भी विक्षिप्त-सी हो गई थी।

यहाँ आने के तीसरे ही दिन वे सपरिवार गंगा तट पर एक कुटी के आगे बैठे थे। उनकी पत्नी भीतर भात राँध रही थी। एक पहर रात जा चुकी थी। बच्चे भूख-भूख कहकर रोते हुए सो गए थे। उस समय एक वैरागी ने आकर उनके पैर पकड़ लिये। पाण्डुरंग ने देखा उनका पुत्र तांत्या टोपे है, उन्होंने हर्षातिरेक से कहा-

'तु...तुम?'

'चुप, चारों ओर जासूस हैं। मातुश्री को तनिक यहाँ बुलाइए, उनके चरण छुऊँगा।'

'तो शिवपुरी में जिस पर मुकदमा चलाकर फाँसी दी गई थी वह तुम न थे?'

'नहीं।'

'तो क्या 20 जुलाई को तुम्हें फाँसी नहीं लगी?'

'नहीं। एक वीर पुरुष ने मुझे बचाने के लिए अपने प्राण दिए।'

पाण्डुरंगराव ने पत्नी को पुकारा। पुत्र को देखकर वे मूर्छित हो गईं।

अधिक समय नहीं था। तांत्या ने एक छोटी-सी थैली पिता के चरणों में रखी। एक बार फिर चरणों में सिर नवाया और चल दिए।

थैली में कुछ मोहरें थीं। उसी से पाण्डुरंगराव ने एक कच्चा घर बनाया और उसमें रहने लगे।

इस घटना के दो बरस बाद सन् 1861 में काशी के खुर्देकर कुटुम्ब में तांत्या की सौतेली बहन दुर्गा का ब्याह हो रहा था। एक वैरागी ने हठात् वहाँ प्रवेश किया। वह सीधा विवाह वेदी पर पहुँचा। कुछ मुद्रा उसने बहिन की हथेली पर रखीं और तेज़ी से चला गया। कुछ ने उसे पहचान लिया-वे तांत्या टोपे थे। परन्तु किसी को भी पता नहीं लगा कि वे कहाँ लोप हो गए।

सन् 1862 में टोपे के पिता पाण्डुरंगराव की मृत्यु हुई। हठात् मृत्यु-शय्या पर प्रकट होकर तांत्या ने अपना मस्तक रख दिया और तत्क्षण ही लोप हो गए।

कुछ दिन यह कुटुम्ब बिठूर ही में रहा।

कुछ दिन बाद तांत्या के तीन भाई नेपाल चले गए।

उनमें से दो ने नेपाल सरकार के यहाँ नौकरी कर ली। तीसरे भाई नाना साहब पेशवा की माता सई बाई की सम्पत्ति की देखभाल करने लगे जो नेपाल में रहती थीं। सन 1862 में तांत्या का एक सौतेला भाई रामकृष्ण पाण्डुरंग नौकरी की तलाश में बड़ौदा पहुँचा। वहाँ उसने अपना परिचय महाराज गायकवाड़ को दिया तथा नौकरी माँगी। तांत्या टोपे के नाम से महाराज थर्रा उठे। उन्होंने उसे असिस्टेंट रेजीडेंट के सामने पेश किया। साहब ने उससे पूछा-

'आजकल तांत्या टोपे कहाँ हैं?'

'मैं नहीं जानता। जब हम से अलग हुए तब से कभी नहीं मिले, न हमने उनके बारे में कुछ सुना।' रामकृष्ण का यह जवाब सुनकर साहब चुप हो गए।

*****

www.ingramcontent.com/pod-product-compliance
Lightning Source LLC
LaVergne TN
LVHW100637051026
849519LV00001B/247